shiji
wenxue
jingdian

世纪文学经典

王安忆 著

王安忆精选集

 北京燕山出版社
BEIJING YANSHAN PRESS

"世纪文学60家"书系总策划:
白烨、陈骏涛、倪培耕、贺绍俊、张红梅

"世纪文学60家"评选专家名单:
(以姓氏笔画为序)

丁　帆　　南京大学中文系教授
王中忱　　清华大学中文系教授
王晓明　　华东师范大学中文系教授
王富仁　　汕头大学中文系教授
白　烨　　中国社会科学院文学研究所研究员
孙　郁　　鲁迅博物馆研究员
吴思敬　　首都师范大学文学院教授
陈思和　　复旦大学中文系教授
陈晓明　　北京大学中文系教授
陈骏涛　　中国社会科学院文学研究所研究员
陈子善　　华东师范大学中文系教授
孟繁华　　沈阳师范大学教授
於可训　　武汉大学文学院教授
杨匡汉　　中国社会科学院文学研究所研究员
杨　义　　中国社会科学院文学研究所研究员
张　炯　　中国社会科学院文学研究所研究员
张　健　　北京师范大学文学院教授
张中良　　中国社会科学院文学研究所研究员
赵　园　　中国社会科学院文学研究所研究员
洪子诚　　北京大学中文系教授
贺绍俊　　沈阳师范大学教授
谢　冕　　北京大学中文系教授
程光炜　　中国人民大学中文系教授
雷　达　　中国作家协会创研部研究员
黎湘萍　　中国社会科学院文学研究所研究员

出版前言

"世纪文学60家"书系的创编与推出,旨在以名家联袂名作的方式,检阅和展示20世纪中国文学所取得的丰硕成果与长足进步,进一步促进先进文化的积累与经典作品的传播,满足新一代文学爱好者的阅读需求。

为使"世纪文学60家"书系的评选、出版活动,既体现文学专家的学术见识,又吸纳文学读者的有益意见,我们采取了专家评选与读者投票相结合的方式。我们依据20世纪华文作家在中国现当代文学史上的地位与影响,经过反复推敲和斟酌,确定了100位作家及其代表作为候选名单。其后,又约请25位中国现当代文学专家组成"世纪文学60家"评选委员会,在100位候选人名单的基础上进行书面记名投票,以得票多少为顺序,产生了"世纪文学60家"的专家评选结果。为了吸纳广大读者对20世纪华文作家及作品的相关看法和阅读意向,我们与"新浪网·读书频道"全力合作,展开了为期两个月的"华文'世纪文学60家'全民网络大评选"活动。2005年12月16日,读者评选结果在"新浪网·读书频道"正式公布。为了使"世纪文学60家"的评选与编选,能够比较客观地反映专家和读者两方面的意见,经过反复协商,最终以各占50%的权重,得出了"世纪文学60家"书系入选名单。

"世纪文学60家"书系入选作家,均以"精选集"的方式收入其代表性的作品。在作品之外,我们还约请有关专家、学者撰写了研究性序言,编制了作家的创作要目,为读者了解作家作品、创作特点和其在文学史上的地位,提供必要的导读和更多的资讯。

"世纪文学60家"评选结果

排名	作家	专家评分	读者评分	评选结果	排名	作家	专家评分	读者评分	评选结果
1	鲁迅	100	100	100	31	赵树理	85	55	70
2	张爱玲	100	97	98.5	32	梁实秋	67	71	69
3	沈从文	100	96	98	33	郭沫若	70	65	67.5
4	老舍	94	94	94	33	陈忠实	67	68	67.5
4	茅盾	100	88	94	35	张恨水	64	70	67
6	贾平凹	94	92	93	36	苏童	58	75	66.5
7	巴金	94	90	92	36	冰心	51	82	66.5
7	曹禺	100	84	92	38	穆旦	78	52	65
9	钱钟书	80	99	89.5	39	丁玲	78	47	62.5
10	余华	85	92	88.5	40	顾城	29	95	62
11	汪曾祺	100	76	88	41	舒婷	51	69	60
12	徐志摩	85	89	87	42	张承志	67	51	59
12	莫言	94	80	87	43	王朔	45	72	58.5
14	王安忆	94	77	85.5	44	刘震云	58	58	58
15	金庸	70	98	84	45	韩少功	54	57	55.5
15	周作人	94	74	84	46	阿城	54	56	55
17	朱自清	70	93	81.5	47	张洁	64	44	54
18	郁达夫	78	83	80.5	48	三毛	22	85	53.5
19	戴望舒	94	66	80	49	铁凝	51	53	52
20	史铁生	80	79	79.5	50	张炜	60	40	50
20	北岛	78	81	79.5	50	李劼人	78	22	50
22	孙犁	94	62	78	52	宗璞	64	33	48.5
22	王蒙	78	78	78	53	郭小川	58	36	47
24	艾青	94	60	77	53	柳青	58	36	47
25	余光中	78	73	75.5	55	施蛰存	51	42	46.5
26	白先勇	85	64	74.5	56	张贤亮	42	49	45.5
27	萧红	85	61	73	56	刘恒	64	27	45.5
27	路遥	60	86	73	56	高晓声	45	46	45.5
29	闻一多	78	67	72.5	56	李锐	51	40	45.5
30	林语堂	54	87	70.5	60	徐訏	45	43	44

目 录

以寻找与发现站立当代文学潮头
　　　　　　　　……………………… 晓华　汪政 001

中篇小说

流逝 ……………………………… 003
小鲍庄 …………………………… 080
小城之恋 ………………………… 163
我爱比尔 ………………………… 227
隐居的时代 ……………………… 307

目录

短篇小说

天仙配 …………………… 349
发廊情话 …………………… 364
一家之主 …………………… 379

创作要目 ……………… 晓华 汪政 394

（本书目由贺绍俊选定）

以寻找与发现站立当代文学潮头

晓华 汪政

一

王安忆是当代一个颇具特色的女作家。上世纪90年代后期,王安忆创作了一批短篇小说,一开始的两篇《蚌埠》和《从黑夜出发》就给人很大的冲击力,她将自己十几年前的短篇写作背景推出了人们的阅读参照系统。《蚌埠》显然吸取了中国历史书中写"志"的一些经验,一座城镇占据了小说表达的大部分空间,蚌埠的地理位置、经济特点、车站、码头、浴室、旅馆以及家居生活在此都得到了细致的展现,它是可以称得上"地理志"或"风俗志"的,但仔细读过去,一种感伤与怀想会在文字里慢慢地氤氲开来,蚌埠虽然占据了小说的大部分篇幅,它却渐渐退却为一个特定的时间与空间的背景,人,70年代与蚌埠有着生活关联的人却从那物的缝隙里钻了出来,他们,才是作品真正的主体。《从黑夜出发》也是一篇在形式上有突破的作品,它同样质疑和废置了我们关于短篇小说的一些经典概念,这里没有情节,没有确定的叙述环境,只有一个叙事人"我"放松而轻盈地在语言里漂浮。小说想象奇特,天马行空,叙述飘忽奇诡,即使放在80年代末的实验小说中也称得上独树一帜。

从这两篇作品可以判断,王安忆的这次相对集中而专注的短篇写作是一次自觉的艺术行为,这并不是说,王安忆对短篇有了现成的乃至定型的审美理想和艺术图式,如果说有的话,那恰恰是未定型的。短篇小说确实是一个有限的艺术空间,从来都是写作者在技术上的角力场。因此,在王安忆看来,如果在她的短篇小说重新"开张"时不先将场地拓开,后面可能也就缺乏足够腾挪的场地与高度,这可能是《蚌埠》《从黑夜出发》等作品的意义。所以,没有必要为后来的诸如《天仙配》《酒徒》一类的小说吃惊,因为这种经典重现也是短篇的可能性存在之一。

构成王安忆上世纪90年代后期短篇小说创作主流的是像《喜宴》《开会》《青年突击队》《花园的小红》《王汉芳》等一批乡村小说,它们虽不似《从黑夜出发》一样尖锐,也不似《天仙配》一样面面俱到,但倒是将一种新的尝试通过反复的书写使之在稳健的推进中臻于完美,它们的风格是写实的,叙述者将叙述内容组织起来的线索是一些具体的时间、空间或某一个日常的事件和话题,以此取代了传统的富于戏剧性的情节,这样,人物就被凸现了出来,场景也被凸现出来。以《喜宴》为例,小说写村上的一个小学老师娶亲,知青们应邀去吃喜酒,小说记叙的基本上是吃喜酒的全过程,细致、翔实,似乎没有任何的技巧,如实的一步步道来,新郎、新娘、亲友、知青、小孩、帮忙的,各色人等,各种表情,在一个阴天的午后共同演出着乡村的一出风俗剧。《青年突击队》《花园的小红》《王汉芳》等作品,或以某个人为主,或如冰糖葫芦般串起一群人物,用速写的形式勾勒出他们的形与神。这样的小说尽可能地回归到了原初的日常生活,在王安忆看来,它们比起一些有象征意味的理念小说来,更具趣味。她认为它们来自于"感性的经验",有一个明显的题材上的特征就是这类作品叙述的都是过去的农村,王安忆认为现在的生活是经不起这般书写的,而由于生活环境的变迁造成的时间和空间距离的改变所产生的美却获得了本体论的地位:"我写农村,并不是出于怀旧,也不是为了祭奠插队的日子,而是因为,农村生活的方式在我眼里日渐呈现出审美的性质,上升为形式。这取决于它是种缓慢的、曲折的、委婉的生活,边缘比较模糊,伸着一些触角,有着漫流的自由的形态。"①不仅仅是形式,或者说"真正的形式,则需要精神的价值"②。而过去的生活恰恰是具有精神性的,"那时候,生活不像现在,这样的人工和格式化。它和自然靠得更近,劳动和收获直接从自然之中攫取,它所受到的制约,因是从自然的状态中生出,就有了一种神性,成为了仪式,因而具有了审美的性质"。③ 其实,审美是一个方面,因为即使不是为了怀旧,不是为了祭奠插队的日子,也还有另一番世俗的人间情怀。似乎是为了维护叙述对象的完满自足,不去破坏它们自在的天然的美,王安忆显然故意压低了叙述的声调,更重要的是拉开了叙事的距离,这些作品几乎全都是在冷静地看,静心地听,这是从叙事语调与节奏上一眼就可以感觉到的,但就是在这些平实冷静的语调中,我们还是可以体会到叙事人的温情、怀想与珍爱。

二

寻找与发现,可以说是目前能感受并把握得住的王安忆创作历程的主题线索。这种寻找与发现几乎就包孕于她创作的肇始阶段,与"雯雯系列"处于交叉的状态,如《鸠雀一战》《流逝》,等等,只不过在这一阶段,它显得断断续续,自在而隐蔽,其明晰与自觉应该是80年代中期的事情,一个重要的标志便是《小鲍庄》《大刘庄》等一批作品的诞生,所以,王安忆被划入了当时的寻根派作家群。其实,王安忆成为寻根派作家是偶然的,因为寻根文学作为一次集中运作的文学思潮有着特定的文化背景与主题话语模式,而此前此后,王安忆作品的主题模式都要显得宽泛得多,多样得多。不一定是神话原型意义上的,也不一定是某一特定的地域文化、生存的状态以及形成这种状态的不可见的力量,包括我们自身,我们从哪里来,又将向何处去,

---

① 王安忆:《生活的形式》,《上海文学》1999年第10期。
② 王安忆:《生活的形式》,《上海文学》1999年第10期。
③ 《二篇小说谈》,《北京文学》2000年第1期。

都是王安忆寻找与发现的意义域。

确实可以从这些层面对王安忆的寻找与发现进行主题学的进一步划分与叙述。我们在第一部分从短篇小说艺术的角度重点介绍了王安忆近年的创作,这一方面是因为它们是不可回避的,它们几乎构成了王安忆这一阶段创作的全部,并且可以断言,这批作品对当前和今后的中国当代短篇创作将产生相当的影响;另一方面,这批作品又是王安忆小说一个重要部分,是王安忆对乡村的一次再寻找与再发现,只不过这次的寻找与发现偏重于形式与审美罢了。王安忆这样叙述这一过程:"小说这东西,难就难在它是现实生活的艺术,所以必须在现实中找寻它的审美性质,也就是寻找生活的形式。现在,我就找到了我们的村庄。""这种方式在当时都被艰难的生计掩住了,如今,在一个审美的领域,我重新发现了它们。"①短篇是乡村的形式,它恰恰可以作为王安忆乡村系列中、长篇的对照,作为后者,显然比形式包容有更直接、更具体而又更深邃的内涵,它们力图展示的是人在乡村的生存状态以及支撑着、决定着这状态的乡村精神与乡村理念。

小鲍庄和大刘庄是王安忆曾经着力刻画的两个乡村部落,在这样的乡村里,以血缘为纽带的宗族仍然是潜在的支配力量。大刘庄里的迎春与小牛恋爱了,由于这样的方式与旧的婚嫁习俗相冲突,所以遭到了家族势力的阻挠,而这时,代表乡村现行政治力量的支部书记也旗帜鲜明地站在家族势力一边。这样的情形实际上就是东方农业文明的特征,以血缘为纽结的宗法制总是与显在的政权形式互为表里,当然,它们的基础又都是建立在经济利益之上的,比如小鲍庄,拾来作为一个外乡人之所以不能顺利地成为二婶的倒插门女婿,其深层的原因就在于此,也因为同样的原因,拾来虽然入赘二婶家,却不可能获得对这个家庭的支配权。与这种稳定的经济与政治关系相一致的是乡村社会的文化、伦理观念与生活方式,《姊妹们》是一部

---

① 王安忆:《生活的形式》,《上海文学》1999年第10期。

可以从多角度予以解读的作品,其中的一个视角就是从乡村未婚女子的生活方式来看取乡村的民情风俗以及这种风俗下的伦理意味。从自然地理、耕作特征和日常生活等方面详细地介绍了"我们庄",再现了中国农村相当长的历史时期内自给自足的自然经济的生动面貌,它既是指"我们庄"的建筑特征,也是一个"姊妹们"将要出现的象征性的背景,因为乡村的风俗以及伦理规范等总是先于女孩子们的,而且具有不可动摇不可怀疑的地位,它给女孩子提供了生活的环境,给她们滋养,甚至,也养育并呵护了她们的气质和美学趣味,所以,其作用是双重的:"我们庄也以悉心的关爱护着她们,这同样是以严格和规矩来表达的。"这样的严格和规矩渗透在人们日常生活的方方面面,包括女孩子们的衣着打扮、行为方式,直至语言。关注到语言,并从这一层面去理解乡村确实是王安忆细心与精深的地方,在《小鲍庄》里,占据中心的语词是"仁义",作为一种传统思想,它确实维系和调节了乡村的人际关系,对孤老头鲍五爷,人们关心备至,"敬重老人,这可不是天理常伦嘛!"他们自豪地说:"现在是社会主义,新社会了。就算是倒退一百年来说,咱庄上,你见过哪个老的,没人养饿死冻死的!"鲍秉德的妻子不能生育,鲍秉德依然和她相守夫妻之情,而他的妻子却觉得负疚,觉得自己的存在挡住了鲍秉德的传宗接代,于是,她装疯,然而秉德仍然照顾着她,在无法可想的情况下,她只得自沉山洪。这个情节的含义显然是双重的,"仁义"固然可以守住朴素的人伦关系,但"仁义"也似一张无形的强有力的网,挡住了人们的生路。因此,一方面是绵延坚韧的传统,一方面也就不断激发起超越的欲望与行为,但其结果一般都是悲剧性的。在乡村,年轻人往往是构成与传统"离心"的主要力量,他们的一种本能的反应也许是走出村庄,"事实上,她们大多只能从一个村庄到另一村庄,但这种宿命并不能消除她们对外面世界的憧憬,她们特别热心她们也许永远不能企及的地方"(《姊妹们》)。《大刘庄》里的百岁子去闯城市,行前大志子曾对他说:"你是读过书的人,想的就是比人多。只不过,这些想头弄不巧反会累了你。"大志子的话不幸言中,百岁子首先在人们的语言中被"火车轧死了",继而真实地乞丐般地回到了故乡。《小鲍庄》里的鲍仁文被刻画成与一个乡村格格不入的"文学青年",由于环境的压迫,在无形的内在的冲突中,鲍仁文最终走向了畸形。确实,对缓慢发展着的乡村来说,文明与野蛮的冲突可能是永恒的。在《小鲍庄》中,王安忆虽然以捞渣的死以及由此引发的故事宣告了"仁义"的死亡,但从叙事结构与语调上强调的却是乡村传统的生命力。由于视角的关系,对中国近二十年的乡村变化王安忆落笔不多,但从她叙述的着眼点来看也可以这样予以理解,任何外在的变化在短时期内都一时难以改变乡村的内在肌理,因此,乡村的经济结构与组织形式可能或正在发生变化,但其强大的力量却可能以另外的隐蔽的方式存在着、播撒着,而这恰恰是一些瞩目于乡村外在面貌变化的作家们不太容易看到的。在《隐居的时代》里,王安忆叙述了"文革"时代的乡村故事,她用一些外来的人与事去检验乡村,演奏了一个以不变应万变的乡村节奏,乡村成为一个独特的文化存在与文化势力,它可以包容一切,溶化一切,这一主题代表了王安忆对乡村的最新理解与发现。

三

从空间上讲,王安忆将生存分成了城市与乡村。王安忆对城市的书写开始于80年代,其实,她最初的小说"雯雯系列"的大部分就是以城市为背景的,但看得出,她的注意力并不在于此。到了《鸠雀一战》《流逝》等,城市才似乎显山显水起来。虽然这些作品依然笼罩在人生的意义与理想这样的早期的一贯的主题之下,但那些当年不经意的描绘与自然而然流露出来的感喟现在看来却是非常有意味的。它们在当初还只是不被注意的萌芽,却在王安忆后来的城市写作中越长越大,构成了王安忆的"城市生态学"。比如《流逝》中写欧阳端丽如何精打细算,在精打细算中流露出的趣味与感觉,它们是很感性的,很真实的,正是它们构成了欧阳端丽、欧阳端丽一家以及一座城市如水一样不断地流淌的生活。所以,当作品中的文光问道"不知怎么搞的,我常常感到无聊呢!我不晓得人活着是为了什么,真的,人活着究竟为了什么"时,欧阳端丽毫不犹豫地回答说:"为什么?吃饭,穿衣,睡觉。"这三个词是日常生活的精华,也是王安忆城市概念的代码,只有它们,才是城市的丰满的血肉。到了《海上繁华梦》这一阶段,王安忆更加彻底地将上海这个相比较而言更为合乎现代都市概念的城市的日常生活推上了前台细致地加以摹画,它们虽然显得零碎,篇幅也参差不齐,但叙述时间的跨度是很大的,甚至通过回忆将旧上海拉回人们的视野,从而多侧面多角度地再现了上海这座城市的人与故事。

所以,王安忆的城市非关风云,王安忆的城市也不是我们由城市这一语词在人们接触它的第一时间所想到的时尚与新潮,王安忆关注的是更为稳定更为感性也更为真实的东西,但这种东西又不是我们通常的传统,不是那种实际上是都市里的乡村的"京味"与"津味"之类的。这里确实牵涉到对城市生态的理解问题,也就是说,城市的生活方式究竟由什么来引领,又是如何演化、累积而成形的?这类问题王安忆是通过上海这样的个案分析来回答的。王安忆揭示的不是上流阶级生活方式本身,而是这种方式如何自上而下渗透、衰减、定型为每个城市人眼前与心中的生活图式的,这是城市的财富,是城市的潜在的支配力量,是城市真实的相对稳定的一面。

当然,这样的价值、趣味与传统也并不是没有它们的对立面,尤其是像上海这样的移民成分很大的城市,但也许正因为有了许多的对立,才显得出它的"顽强",它的"韧劲"。早在《流逝》中,这种对立就产生了,而到了《好婆与李同志》《逐鹿中街》《悲恸之地》,这样的对立被演绎得更加丰富。《好婆和李同志》的冲突是从题目上就可以体味得出来的,城市文化在进军中遇到了一触即溃的抵抗后就演变成一场文化改造运动,好婆的丈夫、现在一天到晚挂着斯的克的"一号里公公"原是大买办曾家的看门人,正因为如此,好婆既通熟上流社会的雅致,又精于里弄的细碎光阴;而李同志夫妇是一对山东人,政治地位包括艺术素养(李同志是一歌剧演员)虽高,但那无馅的实心馒头,一日三餐断不能少的大蒜、动辄大碗鱼肉的习惯,即使穿了漂亮衣服也难免露出"缝没有对齐"的玻璃丝袜的做派还是招来了以好婆为首的上海居民的侧目。好婆耐不住,看不惯,她要改造李同志,她要通过"改造"显示文化上的优势以获得平衡,她告诉李同志他们家如何吃精致的馄饨、如何保养地板、如何打扮自己、如何与城市人交往,在这由外到内的潜移默化中,李同志终于有所改观,好婆曾欣慰地说"李同志,你变多啦!……现在完全是一个上海人了"。

当一个城市被这样揭示,当一个城市的精神由生活的细节来呈示时,它的主角就很有可能是由女性来充当的。王安忆的都市小说几乎都是由女性来担任主角看来不是偶然的,她曾系统地阐发过女人与城市的关系①。这应该说是王安忆对城市相当独特的体认。其实,细想过去,城市原是两性的,如果从"政治经济文化的中心"去看城市,就会看到《子夜》,看到《天下财富》,那无疑是更近于男性的,但这些都被王安忆置于背景之中。以《长恨歌》来讲,也不是没有左右时局或推波助澜的男性,比如与王琦瑶关系甚大的李主任,但王安忆只写王琦瑶眼中的李主任,只写"爱丽丝"公寓里的李主任,他的结局只一句话:"一驾北平至上海的飞机坠毁,罹难名单上有位叫张秉良的成年男性,其实是李主任的化名。"而其他的一些男性也大都若隐若现,他们闪烁在妇女们的裙裾间,与妇女们一样碎碎地聊着街头的风景和里弄里的传闻,一同享受着闺房的麻将与瓜子,消磨着闷闷的午后和白炽灯下的夜晚。城市确实具有相当的空间与弹性,为女性提供了面对公众的舞台和严守秘密的闺房,王琦瑶就在这舞台与闺房里长大、流转、迁徙与沉浮。如果说男性的城市是大起大落变幻莫测的话,那女性的城市则相对稳定而绵长,这实在契合王安忆对城市的追问和预设。当然,这不是说女性的城市就没有更替与变化,而

---

① 王安忆:《男人和女人,女人和城市》,《中国当代作家面面观》,时代文艺出版社1991年版。

是说这是一种与男性城市迥然不同的另一种变化,它不是金戈铁马、桑海沧田、长歌浩叹,而是依稀恍惚的昨日旧梦,是若明若暗的雾里观花,是对月细思量的前世今生。岁月蹉跎,可女性的城市总是有迹可寻,《文革轶事》里的赵志国来到张家,感到震惊的就是这一点。对女性的叙述与描写在王安忆的都市小说中是一个纵向聚合关系的能指世界,女人是众多纷飞飘荡中的城市意象的一种,它们可以替换为旗袍、咖啡、香水、首饰、霓虹灯、影院、照相馆、广告、流行报刊、点心小吃、闪着路灯的甬道和轻飏在人们耳边嘴旁的飞短流长……女性的命运实际上就是城市的命运,城市的变化也就是妇女的变化,它们互为镜像,《长恨歌》里的王琦瑶是上海弄堂里走出来的典型的上海小姐,她似乎被动地被上海所塑造、所接纳,自然而然地、按部就班地走着上海女性走过的或期望走过的路,而在这漫长的路上,她领略并保存着这城市的精华,她的存在是一个城市的存在,她时时提醒人们回望日益阑珊的旧时灯火,即使当王琦瑶飘零为一个街道护士时,她依然能复活人们的城市记忆。

四

从空间上将王安忆对生存的寻找与发现以乡村与城市两条线进行叙述是一种归纳,不过,王安忆自己还设计了另一种途径,在《纪实与虚构》里,她称之为"纵和横的关系"。其实,这"纵和横的关系"在本质上还是"纵",是主体在时间中的经历。大约是从《六九届初中生》开始,王安忆的许多作品都带有这种时间书写的味道,着重描叙个体或群体的生命轨迹,努力寻找这些生命轨迹所包含的生存的秘密。将《六九届初中生》《黄河故道人》《流水三十章》《米尼》《伤心太平洋》《纪实与虚构》等作品读下来,不管它们是一些个人成长史也好,还是一些家族兴衰史也罢,总有一种摆脱不了的宿命的意味,偶然、预感、征兆、暗示、秘密、命运、无奈等等经常出现在这些作品中。

《六九届初中生》《黄河故道人》和《流水三十章》是王安忆80年代中期完成的三部曲长篇,之所以把它们叫作三部曲,是因为这其中有许多或明或暗的联系。《六九届初中生》是王安忆的第一部长篇,也可以说是前期"雯雯系列"的一个终结。在强大的命运面前,主人公雯雯是迷惑而柔弱的,她除了跟着生活的惯性朝前走似乎别无他法。到了《流水三十章》,王安忆给我们的不再是单纯的雯雯,而是一个同雯雯年龄相仿,同样走过三十年的时间却截然不同的张达玲,雯雯让我们轻松,张达玲则让我们压抑。王安忆在塑造这个人物的时候,是想把她写成一个不和谐的人,一个只有灵魂而没有躯壳的人,张达玲始终以自己的方式抗拒着外部世界,但命运并不理会她,把她抛来掷去,自己完全不能把握。《黄河故道人》的主人公杨森(三林)是土生土长的黄河故道人,但他却执着地想走与父辈不同的人生道路,追求一种新的生活,音乐是他实现人生梦想的路径。小说用两种字体,从两个点开始向前推进,就像人生的两个起点,第一个点的终结,是第二个点的开始,王安忆人为地把它们缠绕交织在一起,变成了两个并进的故事。命运像是开了一个玩笑,杨森在命运的安排下回到了自己的位置。

"三恋"、《岗上的世纪》、《叔叔的故事》、《乌托邦诗篇》等也是一批关于个体的小说,在本文的叙述方式下,它们实际上是成长小说的变体,对这一点,王安忆自己的看法也有一些变化。在"三恋"写作后相当长时间内,王安忆也认为它们是写"性"的[1],但是王安忆后来对这几篇作品的看法超越了这一层面,在谈到《荒山之恋》时,王安忆认为:"爱情其实不是由两个人决定的,是由两个人的命运决定的。""我更侧重于对命运的认同。"[2]这样的认识更能揭示"三恋"等作品深层次的蕴涵,其实这样的蕴涵是可以从作品的叙事结构上看出来的。《小城之恋》:来自农村的两个少年在成长中相互揭开了男女欲

---

[1] 参见王安忆等:《两个六九届初中生的即兴对话》,《上海文学》1988年第3期。
[2] 王安忆等:《从现实人生的体验到叙述策略的转型》,《当代作家评论》1991年第6期。

望的世界,在欲望的世界中,两性缺一不可而又互为敌手,欲望世界成了战场,最终是两败俱伤,一个心如死井,一个堕落如行尸走肉;《荒山之恋》:小提琴手从小自卑,金谷巷女子却又过于早熟,一个渴望更多的依恋,一个试图在爱情上有新的创造,他们不合时宜地走到了一起,而结局则是宣告理想的人生出路的破灭;《锦绣谷之恋》可以算是一场虚幻之恋,这场恋情充满了臆想与夸张的成分,女主人公不但无法将它"现实化",反而认命地回到过去,残酷地以这场恋情作为乏味的家庭倾斜的平衡砝码。从这样的概括中可以看出,性与情爱可能只是一个题材问题,它们只是喻体,而本体则是人们自身也无法左右的性格和那些总是悖逆着人的意愿的不可知的力量,所谓性爱种种亦不过是命运之笔涂写的轨迹而已。《叔叔的故事》是王安忆十分看重的作品,表面上是叔叔的故事,实际上是两代人的故事,是"我"与"叔叔"不同人生之路的映照,叔叔的形象是王安忆对中国知识分子的批判,通过他的人生之路,王安忆写尽了一个知识分子在社会公共话语描绘背后的另一种生存境况,作品充满了对比与反讽,王安忆为叔叔安排了一个又一个自设与他设的高尚、纯净、睿智与辉煌的神话,然后又一一击碎。与叔叔的徒劳挣扎相区别,"我"们这一代可以说是"无"的一代,什么也没有,什么也不干,看上去似乎差别很大,但在实际上是一样的,叔叔是知其不可而为之,并时常自以为是地陶醉在这"为"中,而"我"们则是知其不可为故而不为,但他们面对的东西是一样的,于是,这就不仅仅是显见的个人命运的悲剧,而是关系到当代人精神层面。

与这类成长小说及其变体同质异构的是王安忆的家族小说,比如《进江南记》《伤心太平洋》《父系和母系的神话》《纪实与虚构》,它们表露出强烈的寻根意识,寻根的动力源于一种无根的焦虑,"没有家族神话,我们都成了孤儿,恓恓惶惶,我们生命的一头隐在伸手不见五指的黑暗里,另一头隐在迷雾中"。经过王安忆的寻找与创造,家族神话是建立起来了,但她从这神话中看到了什么呢?从历史哲学的角度讲,看到的是历史理念对个体的捉弄,看到的同样是不可驾驭的命运野马的左冲右突,看到的是人们徒劳的挣扎,看到的是偶然的不可见的因素对重大事件的杠杆作用。在《进江南记》里,王安忆以追寻先祖的踪迹为线索,织入了江南一带的许多侠客英烈、文人骚客的事迹,在清风朗月与山河血色中写尽了英雄末路的无奈与痛楚。《纪实与虚构》通过对"茹"姓的考辨将母系的神话上溯到塞北大漠的"柔然"部落,小说从发生在两千年前的拓跋部战争写起,从木骨闾做了草原游牧民族的奴隶主,再到社仑创建游牧国家,成了"我们柔然最后一名英雄",然后突厥崛起,柔然被灭族灭宗,最后则是另一部分充当蒙古人的"堕民"南迁到浙东。这里固然有金戈铁马、长空雁鸣的剽悍与豪气,也有江南烟雨、楼阁亭台中的烛光与书香。但不管怎样又都仿佛是冥冥之中无形之手牵扯着的木偶,即使心明如镜也只能俯首于命运的安排。从飞沙走石的塞北到烟水迷蒙的江南,从跃马扬鞭的斗士到逃难偷生的"堕民",在漫漶莫辨的史志与南音北腔的讹传中流淌的是地老天荒的人世苍凉。

我们围绕寻找与发现这一对词组对王安忆的作品做了叙述与分析,这种叙述与分析可能失之琐碎,但它确实反映了其创作变化的轨迹。如果说王安忆的创作有什么恒定要素的话,那恰恰是她不断地求新与求变,这也许是这位女作家几十年来一直站立在中国当代文学的潮头的原因。

中篇小说

流　逝

一

隔壁房间里的自鸣钟"当当当"地打了四点,欧阳端丽在黑暗中睁开眼睛,再不敢睡了。被窝很暖和,哪怕只多待一分钟也好,她拖延着时间。谁家的后门开了,又重重地碰上了司伯灵锁——"砰",随后,弄堂里响起一阵又急又碎的脚步声。端丽咬咬牙翻身坐起,把被子一直推到脚下,似乎为了抵抗热被窝的诱惑。一团寒气把她包裹了,打着寒噤,迅速地套上毛衣、棉袄、毛裤——毛裤软绵绵的很难套上。五分钟以后,她已经围着一条黑色的长围巾,挎着篮子,拧开后门锁,重重地碰上门,匆匆走了,身后留下一串沓沓的脚步声。

天,很黑。路灯在冰冷的雾气里哆嗦。几辆自行车飞快地驰过去,三两个人缩着脖子匆匆走着,一辆无轨电车开过了。端丽把围巾没头没脑地包裹起来,只露出两只眼睛,活像个北方老大嫂。风吹来,刀子割似的,一下子就穿透了毛线裤和呢裤,她觉得似乎只穿了条单裤。俗话说:寒从脚底来。腿一冻,带得全身都打哆嗦。该做一条薄棉裤,她思量着。从没想到上海会有这么料峭的北风。因为她从来不曾起这么早并且出门,她也从不曾以为早起出门是什么难事。有时,阿宝阿姨没买到时鲜菜,她会说:"你不能起早一点吗?"现在,阿宝阿姨走了,轮到她早起了。她叹了一口气。

穿过马路,赶上前边那个挎菜篮的老太婆,又被两个小姑娘从身后超过,街面房子的门里不时有人走出,提着竹篮,打着哈欠,碰上了门,袖着手向前走去。走向菜场的队伍渐渐壮大了。到了路口,转弯,前面就是菜场。昏黄的灯光像一大团浓重而浑浊的雾气,笼罩着熙熙攘攘的人群。地上潮漉漉黏搭搭的像刚下过一场细雨,这里那里沾着菜皮,鱼鳞。人声嘈杂,都在说话,都听不清在说什么。一辆黄鱼车横冲直撞地过来了,人流被劈成两股。一伙小孩子和妇女挤在黄鱼摊前,吵吵嚷嚷,推推搡搡,眼看着要打起来了。端丽赶紧站远一点。这种地方,大都是被这些野孩子和以专给人家买菜为职业的阿姨垄断着,旁人休想插脚。他们似乎有一个什么联合同盟。如你想买时鲜菜、热门菜,早早地去了,排在第三位,甚至第二位。然而一开秤,转眼间,你会发现自己已经到了第十七、十八人后面了,哪怕在你前边只是一块砖头,刹那间,也会变出这许多人来。他们互相拉扯,互相证明,结成一个牢不可破的堡垒。

端丽身不由己地走在人流中,心里盘算来、盘算去,总也没法子把这八角钱的菜金安排妥。公公的定息、工资全部停发,只给每人十二元生活费,还不包括已经工作了的大儿子,端丽的丈夫文耀。他自然是到了自食其力的年龄,可惜他从没这么打算过。他拿着六十元的大学毕业工资,早早地结了婚,生下二女一男。端丽没有工作,大学毕业后竟把她分到了甘肃,她不去,她不少那几个钱用。谁想到过会有这一天呢?六十元,要供给五口人的衣食住行。

六十元,扣除煤气,水电,米,油盐酱醋,肥皂草纸牙膏等费用,剩下的钱全作菜金,也只够每天八毛。越是没有吃的,越是馋。三个孩子本来吃饭都需要动员,而如今连五岁的咪咪都能吃一碗半饭。一碗雪里蕻炒肉丝放在饭桌上,六只小眼睛一眨一眨,一会儿就把肉丝全啄完了。端丽狠狠心,决定买一块钱的肉,干菜烧肉,解解馋,明天吃素好了。

想好了,便挤到肉摊子跟前。人不多,只排了十来个人,她在末尾站上,一边细细打量肉案上的肉,经过衡量比较,看中了一块夹精夹肥的肋条。前边有两位指着那块肉,斩去了五分之二,可别卖完了!她的心有点跳。又有一个人要买那块肋条肉,只剩三指宽的一条了。好在,她已排到了跟前,紧张、兴奋,使她一时没说出话来。

"要哪块?快点快点!"卖肉的小师傅不耐烦地用一根铁条在刀口"霍霍"地挫了几下,后边的人直推端丽。

"要这块肋条,一块钱!"她怕被人挤出去,两手抓住油腻腻的案板。

小师傅拖起肉,一摔,一刀下去,扔上秤盘:"一块两毛!"

"我只要一块钱的。"她抱歉地说。

"只多两角钱,别烦了好不好!"

"麻烦你给我切掉,我只要一块钱。"端丽脸红了。

"你这个人真疙瘩,你不要人家要!"

"给我好了,小师傅。"后面一个男人伸过篮子。端丽急了:

"我要的,是我的嘛!"她夺过肉,掏出钱包,点了一块两角钱给他。

肉确是很好,可是,把明天的菜金花去了一半。要么,就作两天吃好了。这么一想,她轻松了。走过禽蛋柜,她站住脚:买几只鸡蛋吧!蛋和肉一起红烧,味道很好。孩子的营养要紧,来来正是长身体的时候,不能太委屈了。她称了半斤蛋,四毛四分。作两天吃也超支了四分。不管它了,过了这两天再说吧!她吐了一口长气,转回头走出菜场。

天色大亮,路上行人匆匆,自行车"滴铃铃"地直响成一片,争先恐后地冲。有一些小孩子,斜背书包,手捧粢饭或大饼油条,边走边吃。端丽想起了多多和来来,加快了脚步往家走。

文耀和孩子们都起床了。多多很好,没忘了点煤气烧泡饭。这时,都围着桌子吃早饭呢!

"妈妈,买油条了吗?"来来问。

"妈妈买肉了,今天吃红烧肉烧蛋。"端丽安慰孩子。

来来欢呼了一声,满意地就着什锦咸菜吃泡饭。多多却噘起了嘴,没精打采地数珍珠似的往嘴里拣饭米粒。这孩子最娇,也许因为她最大,享的福多一点的缘故吧,对眼下的艰苦日子,适应能力还不如弟弟和小妹妹。

"别忘了给姆妈爹爹端一点过去。"文耀说,匆匆扒完最后几口饭,起身走了。

"好的。"她回答,心里却十分犯愁。

"我的语录包呢!"多多跺着脚,烦躁地叫。

"你自己找嘛!"端丽压制着火气说。她刚披上毛巾开始梳头,这么披头散发地在菜场上走了一早晨,简直不堪回首。

"咪咪,你又拿我的东西。没有语录包不能进校门的呀!"

端丽只好放下梳子,帮她一起找。咪咪也跟在后面找,她最小,却最懂事。最后在被子底下找到了。

"不是我放的。"咪咪赶紧声明。

"不是你,难道是我?"多多朝她翻翻眼,匆匆地检查着里面的语录、老三篇等宝书,这是他们的课本。去年年底划块块分进中学,每天不知在学什么,纪律倒很严,不许迟到早退,多多这样出身不好的孩子,就更要小心才行。

"多多,在学校少说话,听到吗?"端丽嘱咐道,"人家说什么,随他的去,你不要响,别回嘴,听到吗?"

"晓得了!"多多下楼了。她很任性,不肯受屈,端丽最替她担心了。

"妈妈,我走了。"来来也跟着下了楼,他还在上小学,很老实,不大会闯祸。

这时候,端丽才能定下心继续梳头。她的头发很厚,很黑,曾经很长很长,经过冷烫,就像黑色的天鹅绒。披在肩上也好,盘在脑后也好,都显得漂亮而华贵。她在这上头花时间是在所不惜的。可是红卫兵来抄家时勒令她在十二小时内把头发剪掉。她剪了,居然毫不感到心疼。当生命财产都受到威胁时,谁还有闲心为几根头发叹息呢?她只求太平,只求一切尽快尽好地过去。只是从此,她再不愿在镜子前逗留,她不愿看见自己的模样。匆匆地梳好头,匆匆地刷牙、洗脸……她干什么都是急急忙忙,敷敷衍衍。过去,她的生活就像在吃一只奶油话梅,含在嘴里,轻轻地咬一点儿,再含上半天,细细地品味,每一分钟,都有很多的味道,很多的愉快。而如今,生活就像她正吃着的这碗冷泡饭,她大口大口咽下去,不去体味,只求肚子不饿,只求把这一顿赶紧打发过去,把这一天,这一月,这一年,甚至这一辈子都尽快地打发过去。好些事,她不能细想,细想起来,她会哭。

"妈妈,我到楼下后门口站一会儿好吗?"咪咪请示。

"好孩子,在家里。妈妈煮好蛋,帮妈妈剥蛋壳。"端丽央求咪咪。她怕咪咪和邻居孩子接触。一旦有了纠纷,吃亏的总是咪咪,碰到不讲理的大人,就更糟了。

咪咪没有坚持,有些忧愁地叹了一口气,不知怎么,这孩子会叹气。她走开了,趴在窗口往下看。

端丽洗碗,扫地,揩房间,把肉洗干净泡上酱油炖在沙锅里,另一个煤气煮鸡蛋。

"妈妈,"咪咪从窗口扭过头来说,"'甫志高'又来找小娘娘了。"

"噢。"端丽答应着。"甫志高"是小姑文影学校里高她两级的同学,长得和电影里的"甫志高"活像。这男孩子出身也不大好,父亲开私人诊所,两人都没资格参加红卫兵,逍遥在家,不知怎么开的头,来往起来了。

"他俩出去了,"咪咪又报告,"'甫志高'走在前头,小娘娘在后边。"

"咪咪,来剥蛋!"

"噢!"咪咪来不及地跑了过来。能有点事干,她很高兴。

沙锅里飘出肉的香味,十分馋人。可是,肉却缩小了。端丽惶惑地看着它们,不晓得该如何阻止它们继续小下去。

"嫂嫂。"文光拿着一只碗一双筷子走到水池子跟前,拧开水龙头冲了一下,收进碗柜。

"这么就算洗过了?"端丽恶心地说。看他那么懒洋洋的邋遢样子,她不晓得他当年和父亲划清界限的革命闯劲上哪儿去了。

"并没有油腻。"他和蔼地解释道,走出厨房,顺手摸了摸咪咪的脑袋。咪咪毫不理会,全神贯注地看着手里的鸡蛋,她轻轻地敲了几下,翘起小手指头,小心地揭着,像是怕把它揭痛似的,神情很严肃。

端丽在剥好的光滑的鸡蛋上浅浅划了三刀,放进肉锅,对边上神情关注的咪咪解释:"这样,味道才能烧进去。"

"肯定好吃得一塌糊涂,妈妈。"咪咪说。

端丽心里不由一酸,这种菜是乡下粗菜,过去谁吃啊!难得烧一小钵,直到烧化了,也很少有人动筷子。她看了就发腻,可现在居然真觉得香。

肉煮好,连同干菜、鸡蛋,有大半沙锅。端丽找了一个样式好看的小碟子,先在底下铺上一层干菜,然后放上几块方方正正的肉、一只蛋,送到隔壁房间去。他们原本是同婆婆一起吃的,公公停发工资后,婆婆说分开好安排,就分开了。

"端丽,你们自己吃好了,让来来吃好了。"婆婆客气着。

"一点点东西,姆妈,给爹爹尝尝味道。"端丽放下碟子赶紧走了。这么一点东西再推来让去的,她要羞死了。

她准备吃两天的计划,在中午就破产了。她先用筷子在沙锅里划分了一下,勉强够三顿,可一顿只浅浅一碗,分到五张嘴里,又有几口了呢!她毅然把碗盛满:要吃就要吃畅,明天的事明天再说。

午饭后,是一天中最清闲自在的时候。端丽松了一口气,打开衣柜,想找几件旧衣服拆拆,翻一条棉裤。找出两条旧裤子,可作里子,又找了一件咪咪小时候的旧棉袄,把棉花拆出来可作心子。材料找全,就坐下开始工作。第一道工序是拆,拆比缝还难,很枯燥,又急不得。正拆着,小姑文影来了。文影不算十分漂亮,但举止有几分恬静,很讨人喜爱。她们姑嫂以前的感情并不怎么好,常为一些小事叽叽咕咕。文影见端丽做了新衣服要和妈妈吵,端丽见文影买了新东西也要和丈夫生气。现在,所有的东西一抄而空,再没什么可争的了。加上文影学校停课,整天很无聊,常来嫂嫂房间坐坐,反倒和睦了许多。

"嫂嫂,你在拆什么?"

"两件旧衣服,改一条棉裤。"

"这件也要拆吗?我帮你,"文影找了一把小剪子,也拆了起来,"棉裤太笨重了,应该用丝棉做。"

"几斤丝棉都抄掉了,还都是大红牌的呢!几件丝棉棉袄也抄了,全放在楼下,连房间一道封起来。只剩你哥哥的一件驼毛棉袄了。"

"再加一条厚毛线裤还不行吗?穿棉裤难看!"

"我老太婆了,难看就难看,随它去了。"端丽半真半假地笑着说。

"瞎三话四。嫂嫂你是最不见老的。不过,那时你真漂亮,我至今还记得你结婚那天的模样。"

"是吗?"

"真的。你穿一套银灰色的西装,领口上别一朵紫红玫瑰,头发这么长,波浪似的披在肩上,眼睛像星星一样,又黑又亮。那时我五岁,都看傻了。"

"是吗?"端丽惆怅地微笑着。

"我觉得你怎么打扮都好看。记得那年你妈妈故世,大殓时,你把头发老老实实地编两根辫子,还是很好看,怪吧!"

"有啥怪的。人年轻,怎么都好看。"端丽决计打断小姑的追忆,她不忍听了,越听越觉得眼下寒碜,寒碜得叫人简直没勇气活下去,"你现在是最最开心的时候,人生最美好的阶段。"

"可是我们只能穿灰的、蓝的、草绿的,只能把头发剪到齐耳根,像个乡下人。"文影叹了一口气。

"就这样也好看,仍然会有人爱你。"嫂嫂安慰她。

"但愿……"

"你那同学对你有意思？看他来得很勤。"

"嫂嫂，你又瞎三话四！"文影脸红到脖子根。

"我说的是实话，你也有十七岁了吧！"

"我才不想那些事呢！我还想读书。"

"想读有什么用。再说，真读了又怎么样？我大学毕业还不是做家庭妇女。"

"那是你自己要做家庭妇女。我就不！"

"说得好听！如果要你去外地，你去吗？我是怎么也不去外地的，在上海吃泡饭萝卜干都比外地吃肉好。"

"都传说，我们毕业了，有分配去外地的名额。"文影忧愁地说。

"端丽，"婆婆来了，一脸的惊恐不安，"楼下来了十几个人，都是你们爹爹单位的，戴着红袖章。"

"真的？"姑嫂二人顿时紧张起来，文影脸色都发白了。端丽站起身，把门关好，强作镇静安慰婆婆："别怕。最多是抄家，东西也都抄完了。"

"我就怕他们上来缠，问这问那。不回答不好，回答错了，又给你爹爹添麻烦。"

"别说话，"文影低声叫，眼睛充满了惊恐。她很容易紧张，有点神经质。每次抄家之后，她都要发高烧，"别说话，让他们以为楼上没有人，就不会上来了。"

于是，三个人不再出声，静默着，连出气都不敢大声。只听见楼下传来拆封开门的声音，有人吆喝："再来两个人，嘿——扎！"好像在搬东西。

不知过了多少时间，房门忽然开了，三个人几乎同时哆嗦了一下。有人走了进来，却是来来。大家松了口气，婆婆直用手抚摸胸口以安抚心脏。

"你怎么上来的？"端丽不放心地问，似乎楼下布了一道封锁线。

"我走上来的。"来来实事求是地回答。

"楼下那些人没和你说话?"

"没有。他们在搬东西呢,把东西都搬到卡车上。小娘娘的钢琴也搬走了。"

"让他们搬吧!我什么都不要了。只要他们别上来。"文影疲倦地说。

大家又静默了一会儿,听见下面钥匙哗啦啦的锁门声,然后,是汽车的启动声,"嘟"——走了。

"妈妈,我肚子饿。"来来说。他十一岁,正是长的时候,老感到饥饿,随时随地都可进食。

"自己去泡一碗泡饭。"端丽随口说,可立刻觉察到婆婆极不高兴地看了自己一眼,便改口说:"给你一角钱吧。"

来来高兴地跑过来接了钱,把这张小钞票摊平夹在书里。仍然爬上椅子继续做功课,没资格参加红小兵,只好闷头做功课。他是长孙,是阿奶的命根子。

过了一会儿,多多也回来了。端丽一边和小姑、婆婆闲聊,一边听见来来轻声得意地对姐姐说:"妈妈给我一角钱。"

"稀奇死了。"多多嘴巴噘起来了。

来来讨好地趴在姐姐耳朵边说了些什么,多多的脸色才和缓下来。端丽放心了,一旦孩子当着婆婆的面闹起来,就是她的过错了。

"你们爹爹置这份家业,是千辛万苦,你们不晓得,"婆婆唠叨,"当年他一个铺盖卷到上海来学生意,吃了多少苦头,才开了那爿厂……"

"那都是剥削来的。"小姑不耐烦地顶母亲。

"什么剥削来的?你也学文光。我的陪嫁全贴进去了,银洋钿像水一样流出去……"

"你不要讲了好吗?给人听到又不太平。"

"文影,你不可以这么凶的,"端丽制止小姑,"姆妈,你心里烦就对我们说,这话可万万不能对外人讲。"

"妈妈!"多多在叫,"我们出去玩,一歇歇就回来。"多多搀着咪咪,来来走在前边,一只脚已经下了楼梯。

"去去就来噢!"端丽嘱咐道,"人家说什么都不要搭腔啊!"

"晓得了!"多多回答,三个人扑通扑通下了楼。

淘米烧晚饭时,三个人才回来,一脸的心满意足,嘴唇一律油光光的,咪咪的嘴角上还残留着一些黄黄的咖喱末。

"你们吃什么了?"

"吃牛肉汤,妈妈。"咪咪兴奋地说。

端丽吓了一跳,一毛钱如何能吃到牛肉汤,简直不相信自己的耳朵:"不要瞎讲。"

"是吃牛肉汤,一人一碗。"来来证明,妈妈的惊讶叫他更觉着得意了。

"多少钱一碗?"

"三分钱。还多一分钱,给咪咪称了重量,咪咪有三十七斤呢!"

"这么便宜?"端丽更加吃惊,"在啥地方吃的? 是淮海路上吗?"

"不是。要穿弄堂的,一条小马路,角落里有一爿点心店,名字叫红卫合作食堂。"

"你们怎么找到那里去的?"端丽不知道那个地方,她只知道红房子西餐馆,新雅粤菜馆,梅龙镇酒家……

"我们慢慢走,一边走,一边看。姐姐说要买合算的东西吃。"

"多多,"端丽叫道,"你们吃的那地方卫生不卫生? 可别吃出毛病来。"

"有什么不卫生,好多人在那里吃呢!"多多说。

"我们吃得很合算,是吧,姐姐,"咪咪说,"我们对面那人吃一碗牛肉汤是两毛钱呢,其实和我们的汤一模一样,就是有几片肉。"

"你们的汤里没有牛肉?"

"我才不要吃牛肉呢!"多多说。

"我也不要。"来来和咪咪异口同声地响应。

端丽一阵心酸，说不出话来了。接连吃两天素菜的决定便在这一刻里崩溃了。

她每天上菜场，总要被一些荤菜、时鲜菜所诱惑，总是要超过预算。她不会克制，不会俭省，不会瞻前顾后，却很会花钱，很会享受。她习惯了碗橱里必定要存着虾米、紫菜、香菇等调味的东西，她习惯每顿饭都要有一碗像样的汤。她觉得自己克得很紧，过得很苦，可是钱，迅速地少下去，没了。她苦恼得很，晚上和文耀商量，文耀比她还发愁，最后仍然得由她来想办法：

"有些用不着的东西，卖掉算了。"

"对，就这么办！"文耀高兴了，刚才还山穷水尽，这会却柳暗花明，他以为可以一往无前，于是翻了一个身，呼呼地睡着了。他在学校以潇洒而出名，相貌很好，以翩翩风度吸引了不少女孩子。有一次电影厂借学校拍电影，也把他拉去充当群众。他学的是土木，功课平平，却很活跃。学校乐队里吹蛇形大号，田径赛当拉拉队，组织学生旅游，开晚会，都很积极。他会玩，和他在一起很快活。高傲而美丽的端丽委身于他，这可算是一大因素。而到了如今这个没得玩了的日子，端丽发觉他，只会玩。

后门轻轻地吱嘎了一声，开了，又轻轻地咯嗒碰上了。然后，楼梯上响起轻轻的脚步声。是文光回来了。他就像个幽灵，神出鬼没的。出去，进来，谁都不知道，谁也不注意，更不知他在想什么。"文化大革命"刚开始的时候，他站出来同父亲划清界限，将被子铺盖一卷，上学校去住了。可是不到两个月，却又灰溜溜地回了家。不知是红卫兵仍不愿意接受他，还是他自己不愿参加。回来时，又黑、又瘦、又脏，据说身上还长了虱子。总之，像个叫花子。父亲没骂他，没赶他，却不再搭理他，连正眼也不瞧一下。母亲呢？只是一个劲儿地说："前世作孽，前世作孽！"

真是前世作孽，好好的一家人，变成这么一摊子，端丽只觉得自己命苦。

二

端丽翻箱倒柜,将穿不着的衣服找出来,准备送到寄售商店去。

多多的东西不能卖,她穿了还都能给咪咪穿,来来的衣服也可以给咪咪改。只有咪咪的衣服可以卖掉一些。她拣出一件橘红的小大衣,一套奶油色的羊毛衫裤。文耀的西装可以卖,只是怕卖不出价钱,这年头有谁穿西装?眼下最时髦的服装是草绿的军装。这件自己的织锦缎小棉袄也可拿去,还有几条毛料裤子,都是纯毛的,做工极考究,全是在"新世界""培罗蒙""朋街""鸿翔"做的,剪裁合体,每件都经过很仔细的式样。她翻拣着这些东西,心里隐隐地作痛。她喜欢穿好衣服。穿着不合身、不合意的衣服,她会难受,会不自在,好像自己不再是自己,而是另一个人了。她骄傲不起来,整个心绪破坏了。记得有一次,参加文耀表妹的婚礼。两个月前她就开始做准备,这在她的生活里是很重大的内容,她买了一段黑红碎花图案的料子,去"新世界"做一条连衣裙。她皮肤白而光洁,穿深色的衣服特别迷人。取衣时间正是婚礼那天的早上,她以为很巧,正好。可是早上去取,却回说还没从工场里出来,要她下午五点去取。下午,她穿着家常的裤子衬衫和文耀一起去"新世界",取了衣服直接乘二十六路去和平饭店,虽说要稍迟到一点,可出席这种场合端丽总是要迟到的,这是身份。衣服是取到了,可却很不合身,胸围宽了一点,原来工场的裁剪师傅将二尺八寸误认为二尺九寸了。胸围一宽,整体都松松垮垮,没了线条。她几乎要哭了。文耀安慰她:"倘若人家说你衣服大了,我们就告诉他们说,这是新兴的样子,时髦!"他是很能说笑话的,可这会儿端丽却一点也笑不出来。整整一晚上,她都无精打采,不说话,不动弹,也不太吃菜,只盼着宴席早散。

她把这件连衣裙也拣了出来,连同其他衣服,一起打成包裹。

"妈妈,"趴在窗口看弄堂作乐的咪咪叫道,"楼下来了两部卡车。"

端丽丢下包裹,也跑到窗口往下看。果然,小花园前的铁门敞开了,门口停了两辆卡车。车上跳下几个人,卸下一些破破烂烂的家什,往屋里搬。

"有几个小孩子。"咪咪说。

"是新搬进来的人家。"端丽自言自语。这是常有的事,弄堂好几幢房子搬进了新住户。插进来的都是住在杨树浦、普陀区等边缘地带的工人,举止和这里的老住户大相径庭。

楼下,一个妇女捧着一口米缸叫嚷着:"放在哪块?"

"江北人!"咪咪笑了起来,学着说,"放在哪块?"

端丽把咪咪扯过来,关上了窗:"别看了。江北人都凶得要命,千万别招他们。听见吗?"

咪咪不再趴在窗前看了,可端丽自己却没事找事地老跑到窗户前,隔着玻璃往外看。车上的东西渐渐地卸完了,只剩下一筐筐煤球和劈柴。然后,连这些东西也慢慢地都卸完了,卡车开走,留下两个男人,两个女人,以及一群穿着一色改制的工作服的、大大小小的男女孩子,在底下忙进忙出。端丽渐渐地认清刚才那捧米缸的大块头女人和瘦小的、只顾埋头干活不大说话的男人是一家,那女人被称作"阿毛娘"。另一个武高武大的男人和戴一顶纱厂工作帽的女人是一家,至于那一帮孩子,她没能搞清谁是谁家的,她觉得他们彼此没有什么明显的差别,都很邋遢和粗野。端丽心里很乱,不知该如何同新邻居相处才好。这些人的脾性,她不了解,因为从来不曾与他们打过交道。隔壁弄堂里有几家不怎么样的人家,那些孩子常常过来捣蛋,对着端丽他们的背脊叫"阿飞!"甚至扔石头。"文化大革命"开始后,这些孩子又都跑来把小花园围墙上插的碎玻璃统统砸光。然后骑坐在上面,呼口号,骂人,朝玻璃窗扔砖头,每日必来,十分尽职。楼下房间封掉后,才太平了下来。这些是端丽对这些人家唯一的经验。她担心得很,平添了一层烦恼。转而又想到封掉的三楼,要是再

搬进这么两家,便可联合成战斗队,每日都可开斗争会了。正发愁,多多回来了:

"妈妈,楼下搬来两家人家,才好玩呢!他们把地板拖干净,进门就脱鞋。"

"这有什么好玩?"端丽心绪烦乱地说。

"他们真的赤脚在地上走?"咪咪极有兴趣,追着姐姐问。

"不相信你自己去看。"

"妈妈,我下去一歇歇。"咪咪来不及地要走。

"不许去!"端丽气汹汹地叫道。咪咪委屈地扁扁嘴巴,抽回了脚步,却并不走回来,靠着墙站在门口。

"妈妈,你怕什么?他们又不吃人。我上来时,一个大块头女人还朝我笑呢!"多多说。

"你不懂!来抄家,来斗你爷爷的,当初岂止是对你爷爷笑。"端丽叹了一口气,"咱们家如今是谁都能欺负的了。"

多多不说话了,坐在桌子前,从语录包里掏出一本红封面的小书,咕噜咕噜背着,这是他们的功课。

端丽站起身,看看摊了一床的东西,强打起精神,收拾着。

"多多!"端丽叫。

"做啥啦?"

"多多,你来一下,妈妈有事对你讲。"

"人家在背老三篇呢!明天学校里要抽查。"多多噘着嘴过来了。

"多多,你帮妈妈去寄售商店走一趟,拿着这些东西,给。"

"去干吗?"

"这,这都是没用的东西,放在家里也占地方,卖掉算了!"端丽连对孩子都羞于承认目前的贫困。在她看来,贫困如同罪恶一般见不得人。

"让我去卖东西?我不去,你自己去好了。"

"妈妈去不好,要让人看到,会以为咱们家还有什么东西,又要来抄家了。"

多多不响了,她对抄家十分惧怕。可是让她去卖东西,她是无论如何不干的。停了一会她又说:"那就不要卖好了。"

"你这小囡怎么这样不听话!"端丽火了,"大人叫你做点事情,真吃力。"

多多嘴一撇,眼泪掉下来了:"你让我干别的事情好了。"

端丽心软了,不得不说了实话:"多多,妈妈没有钱用了,真的。后天要收水电费,妈妈没钱了。好孩子,帮帮妈妈的忙。"她脸涨红了,觉得自己也要哭了。

"要是人家……看见我了,怎么办呢?"多多抽泣着问。

"你是小孩子,不显眼,"端丽重又把包裹和户口簿塞在她怀里,"咪咪,陪姐姐一起去。"

"好的!"咪咪一直靠在门口墙壁上,这会儿听见允许她下楼,精神来了。她过来牵着姐姐的手,来不及地拉她走,多多一边走一边擦眼泪。

端丽松了一口气,其实她和多多同样地不愿去干这事,甚至比多多还害羞。她怎么会沦落到这个地步了呢?

隔壁传来婆婆的说话声,很响。老太太一定又在生气了,否则她绝不会忘形到这个程度,在这时候大声地说话,让楼下的新房客听见岂不又惹麻烦?端丽决定走过去劝解一下。

"姆妈,你怎么生气了?"端丽说。文影在给母亲泡茶,文光半躺在角落里的折叠床上。

"端丽,你听听!这个冤家自说自话在学校里报名参加什么战斗队,到黑龙江去开荒种地。黑龙江是啥地方,你晓得吧!六月里落大雪,鼻头耳朵都要冻掉。"

文光一声不吭,根本不打算解释什么,仰天躺着,对着天花板发愣。

"姆妈,你消消气!"端丽接过文影手里的茶杯递给婆婆,一边扶她在高背藤椅上坐下,"也许人家一定要他报名,他也是不得已。"

"不,是他自觉自愿的。"文影说,她和二哥同校,"甫志高"又是和文光同级,看来消息可靠。

"报名也不要紧,"端丽宽婆婆的心,"现在都兴这样,动员大家统统报名,但批准起来只有很少一部分人。"

"我们这种成分,不自愿还要来拉呢!"

"也不一定。说不定就因为我们成分不好,人家不批准呢!虽是去黑龙江,也是战斗队,政治上的要求一定很严。"

"去黑龙江还要什么条件?"婆婆困惑了,"五八年,一号里小老虎爸爸当了右派,不是把一家门都发配黑龙江了吗?"

"此一时,彼一时,变化大了。"

婆婆喝了一口茶,脸色好一点了。这会儿,她倒是有点庆幸自己有个极坏的成分。

"端丽,楼下搬进两家江北人,你知道吗?不晓得人怎么样。"

"我们横竖不和他们搭界。"端丽安慰道。

"江北人,也许是厚道的,"文影抱着幻想,"阿宝阿姨不就是江北人吗?"

"她吃我们的饭,狠得起来吗?"婆婆不以为然,直摇头。

"爹爹!"文影叫了一声,赶紧去拿拖鞋,端洗脸水。老头子干了一天的杂务工,一身灰,一脸阴云地回来了。

端丽站起身,问候道:"爹爹回来了?"

"回来了。"他敷衍着。这是一个身材高大的人,往日里谈笑风生,很有气派。文耀的风度就是承他而来,只是一点没将他的精明能干学来。老头子穿了一身灰拓拓的人民装,比旁人更显得邋遢,也许他生来是为了穿好衣服的。

"爹爹好好休息吧,我走了。"端丽走出房间,轻轻地关上门。文影却前脚跟后脚地出来了。

"六六届的毕业分配方案下来了。"文影轻轻地说。

"还好吗?"

"有百分之四十的比例留上海,照顾家庭经济困难、长子、成分好的;第二等是上海郊区农场,然后有苏北大丰农场,最差的是插队落户,有安徽、江西,真的就是扛铁锆种田。"

"文光即使不报名,也难留住。"端丽沉重地说。

"就是呀!不晓得我们六八届的方案如何。"

"别想那么远。凡事恐怕都有定数,愁也没用,躲也是躲不掉的。"

"天晓得我是个什么命,真想找人去算算。"文影忧郁地说。

"妈妈!"多多回来了,"我们……"

"噢,回来了!"端丽打断了多多,"要烧晚饭了。文影,别发愁,趁现在年轻的好时候,和'甫志高'多玩玩。"

文影扑哧一声笑了。

端丽把两个孩子推进了屋,关上房门,轻声说:"不能让阿奶他们知道我们在卖东西,阿奶阿爷要生气的。"

孩子听话地点点头。其实端丽并不是怕婆婆生气,而是……怎么说呢?总之是僧多粥少。想想过去,公公婆婆也并不那么顾这里。那年,端丽想买一套水曲柳家具,婆婆说没钱,等明年吧。可不久却给文影买了一架钢琴。想到这里,端丽坦然了。

"卖多少钱了?"

"一共一百零五块钱。"多多把钱和单据交给妈妈。

"一百零五块?"端丽一愣,光她那两条毛哔叽裤子,当时就花了七十多元。

"可不是,这么多。开始我都不信,"多多兴奋得很,"那营业员说,如果寄卖,就是放在他们那里卖出以后再付钱,还可以卖得更贵。我想一百块已经很多了,再说你不是讲后天就要付水电费吗?"

"对的,对的。不过照理还可以再多卖点钱的。"

"那你自己去卖好了。"

端丽不再响了,心里却思量,下次确实要自己去办,人家有点欺负小孩子。

"妈妈,楼下新搬进的人家,真的赤脚在地上玩。"咪咪说。

"哦。"

"那个大块头阿姨说,他们从来没见过这么好的房子。他们以前住在哪里?是怎么样的房子呢?"咪咪很纳闷。

"住在棚户区,草棚棚房子。"

"作孽。"咪咪老气横秋地说。

吃过晚饭,端丽下楼去倒垃圾。对着楼梯的那间房间大敞着门。果然,那大块头女人坐在地板上做针线,四五个孩子在地板上滚成一团,嬉笑着,快活得很。门口放着一溜鞋子。屋里空荡荡的,没什么家具。当她倒掉垃圾回来的时候,发现那大块头女人正打量她,睁着一双很大的、有点突出的眼睛。端丽低下头,赶紧上楼了。

晚上,夜深人静了,端丽把今天的收入告诉了文耀。文耀本已沉沉欲睡,一听骤然间有了一百多元,立刻清醒过来。

"一百零几?"

"一百零五块。"

"给姆妈五十块吧。"

端丽不作声。

"明天买只鸡,买只母鸡,炖汤。"

端丽不作声。

"再买两斤广柑,长远没有吃水果了。"

端丽仍不作声。

"买点火腿摆在家里。"

端丽"扑哧"一声笑了:"你怕我不晓得花钱?要教我花。"

"有了钱,吃掉最合算。吃在肚子里,谁也看不见。像爹爹,辛辛苦苦置份家业,到头来成了资产阶级。吃掉干净。"

"你指望一百块钱能置家业?"

"我是打比方的。"

"来来十岁生日,在国际饭店请客,一桌就是一百元。"

"不错。"

"不当家不知道,现在我可知道钱是最不经用的。"

"不错。"

"我想来想去,这一百块钱不能全吃掉,要留点备用。万一孩子病了,或者出了什么要紧事,到时候就不会发愁了。"

"不错。"

"后天要付水电,大后天要来抄煤气,离你发工资有十来天,菜金还没着落,这前后算算起码需要三十块钱,才能挨到发工资。发了工资又怎么?还是不够,所以还要留三十块补贴下月。"

"这么算下来,不能给姆妈了?"

"你看着办吧!"停了一会,端丽又缓和了口气说,"姆妈那里也有不少穿不着用不着的东西,说不定她也会想到走这步棋。咱们往那里送,他们也不好意思白收,还得再送还过来。这样客气来客气去反成了彼此的负担。"

"唉!"文耀叹了一口气。到了如今,他只会叹气。端丽发现自己的丈夫是这么无能。过去,她很依赖他。任何要求,任何困难,到了他跟前,都会圆满地得到解决。其实,他所有的能力,就是父亲那些怎么也用不完的钱。没了钱,他便成了草包一个,反过来倒要依赖端丽了。他翻了一个身,紧紧地抱住了端丽。

唉,轮到端丽叹气了。她甚至希望自己有个工作,哪怕是教书。嫁过来的第二年,附近的民办小学缺少师资,上门来请她去代课。她一口回绝了。她怎么能去教书?而且是当一群小娃娃的老师。尽管,正是由于那么多老师的辛苦,才使她完成了高等教育,为她的嫁妆镀了金,然而,在她看来,教书却是卑下的职业。她不去。她不愁吃,不愁穿,何苦去干那个?

如今,吃也愁,穿也愁。她想到,要是当初去代课,也许早已转了正,每月也有五六十元工资了。哦,五六十元。她不由激动起来,甚至忘了以往五六十元,甚至更多的钱在她手里,南京路上走一遭就可以花个精光。时过境迁,人民币都增值了。

楼梯上又响起轻轻的脚步声:笃、笃、笃!老二回来了。他究竟在想什么?究竟为什么要报名去黑龙江?他好像竭力要离开这个家,这个家怎么对他不起了?给他吃,给他穿。他说一声想学画,立刻请来一位家庭教师。学学不高兴了,说会一门外语有好处,又请了一位外语教师,结果什么也没学出来,倒反把功课落下了许多,连中学都没考上,再读了一年毕业班。这一年,家里请了两位家庭教师,补语文,补算术。老师比他更急,拿了人家的钱总要出成果,不为人家子弟负责,也得为自家的钱负责。文光倒像没事人一样,疲疲沓沓,笃笃定定,还常常逃课。家里怕他用坏了脑子,像侍奉月子似的,牛奶、鸡蛋、桂圆,也成了每日里的功课。第二年算考上了,逢到考高中,又如此这般地折腾了一番。还争气,也考上了。眼看着要考大学了,不知别人怎么认为,端丽是为他捏了一把汗。这当儿搞"文化大革命",废除高考制,简直是救了他,只可惜也并没给他另一条路走。

端丽想起阿宝阿姨的一句话,她说:"你们家的人不是长的,是用金子铸的。"

是的,是用金子铸的。倒是贵重,却没有生命力。

三

端丽夹在买鱼的队伍中,紧紧挨着前边那个男人宽阔的背。她居然有勇气来买鱼了。大人孩子都想鱼吃,鱼又是较便宜的荤菜,她豁出去了。半夜三点钟就跑了来,她不信这样的诚意还感动不了上帝。前边的人越来越多,不断地把她往后边挤,离柜台越来越远了。还好,卖鱼的营业员出来写号头了,这是防止插队的有效办法。那人走到队伍跟前,先摊开胳膊,把队伍推了一遍,将凸出来的人全推进

队伍,使之整齐了,也更挤得难忍了。然后从耳朵上取下半支粉笔,开始写号。直接就写在人们的胳膊上,一边写,一边大声地吆喝:

"三号,四号……"

端丽心里很不舒服,有一种屈辱感。衣服上写了个号码,叫人想起犯人的囚衣。

"二十号,二十一号……"

眼看号到她了,她决定和那人商量一下:

"同志,请你写在这里好吗?"她揭起夹袄前襟的一角。

"当心蹭掉!二十七,"那人很好说话,嘱咐了一声,继续往后写,"二十八,二十九……"

端丽松了一口气,好了,现在什么也不用再担心,只等开秤。

"五十九,六十!好了,好了,走吧,买不到了,后边买不到了,别白排了!"那人叫嚷。

这说明,号上的人就都能买到鱼。端丽换了换脚,心里很踏实,很高兴。没料到,吃条鱼还这么难,她想起过去对阿宝阿姨的种种责难,有些歉疚。

"一人两斤,一人两斤!"柜台上宣布。开秤了,队伍慢慢地往前移动,虽说挪动很慢,但毕竟是在往前动了。终于,她到了跟前。围着沾满鱼鳞的大围裙的女人,刷刷地抓起几条鱼,往秤上一摊,叫道:

"两斤一两,七角八分。"

端丽赶紧把篮子送过去,那女人正要往篮里倒鱼,忽然停住了:"你的号码呢?"

端丽提起夹袄衣角:"喏,在这里。"

"啥地方有?"那女人怀疑地盯着她,"人家都是起三更来排队,插队不作兴的。"

"我有号!"端丽把夹袄前襟又往前扯扯,这下子连自己都呆住了。夹袄的羽纱里子上,只有几点白粉笔灰,什么号码也没有。羽纱本来就很滑,写不上字,再加上人挤人,在毛线衣上蹭来蹭去,果真擦掉了。

"出去,出去!"后面有人叫嚷,还有人过来推她,拉她。

端丽绝望地扒住滑腻腻的柜台,却一句话也说不出来,她马上要哭了。

"她排在这块的!"忽然响起一个沙哑的苏北口音,"我证明,她排在这块的。"

大家都循着那声音回过头去,端丽看见,说话的正是楼下那个阿毛娘。她排在端丽后边十几个人远的地方,这时,探出身子对着大家说话:

"她把号头写在褂子里面。大家可以查查看,她前头那人是几号,后头那人又是几号。查得出的!"

前面的是二十六,后头是二十八,她正是二十七。而且,大家也确实想起这个年轻女人一直老老实实地站着,连窝都没挪。掌秤的女人把鱼倒给她,一边教训道:"以后晓得了哦?别把号头写在衣服里面,要什么好看?要好看就不要吃鱼。"

端丽提着篮子,仓皇地挤出队伍,连头都不敢回,她从来没有这么狼狈过。可是,不管怎么,鱼,总归买到了。当她又买了点雪里蕻、土豆,转身走出菜场时,遇见了阿毛娘和另一个妇女,这妇女给弄堂里好几家买菜,大家都叫她金花阿姨,端丽也有点面熟。她认为应该向阿毛娘表示一下谢意:

"刚才,多亏你了。"

"实事求是嘛!"她爽快地说。

旁边的金花阿姨插嘴道:"你自己出来买菜啊?不容易呵!"

端丽觉得她话里有些讥诮的意味,没搭腔,阿毛娘却搭了上去:

"买菜还不容易?没得钱不买菜才是不容易哩!"

金花阿姨对着端丽的篮子瞧瞧说:"买这么点菜,够吃吧?"其实她并无恶意,只是好奇罢了。端丽家那两扇老是关闭着的门,对弄堂里的一般居民,都是个谜。

端丽为被人看出了窘迫,很难堪,脸红了,将菜篮换了只胳膊。

"有鱼吃还不好?皇帝也不过是吃肉吃鱼。"阿毛娘说。

"你不晓得,他们过去享的是什么福。"

"不就是资产阶级那一套!"阿毛娘不以为然地撇了撇嘴。

端丽听不下去了,加快脚步,谁知她们也跟着加快了脚步。

"现在靠不了老头子了,苦啰!"

"苦什么?自己工作就是了。"阿毛娘把一切都看得简单,这是一种幸福。

端丽把脚步放慢了,轻声说:"要有工作就好了。"

金花阿姨说:"我看你这样的情况,最适合给人家看个小孩。不要出门,在家里就把钞票赚了。"

"怎么个看法?"端丽心动了。

"早上送到你家,晚上领回去,给他吃两顿。"

"哦。"端丽心里活动开了。家用实在紧张,每月都需贴补进三四十元,那一百零五元早已用完。变卖东西已成为公开的事情,婆婆屋里也卖了好几包衣服。前些日子,"甫志高"借了部黄鱼车,帮忙拉一张红木八仙桌去寄售,端丽也让他把一张三面镜梳妆台拉走了。苦日子过过,孩子们懂了不少事。多多不再为跑寄售商店掉眼泪了,放学以后常常和几个要好的小朋友一起到寄售店逛逛,看寄卖的东西卖出了没有。如已卖出,她就极高兴地回来报告,端丽便松松手买一些水果、熟食、点心,最多不过三天,就能收到邮局寄来的领款通知单。然而,坐吃山空,靠卖东西维持,终究不是长远之计。找个孩子带带,不会耽搁家务,又有收入。咪咪在家很寂寞,也可帮着照看,倒是个两全的好办法。走了一段,她吞吞吐吐地开口了:

"金花阿姨,你,是不是帮我留心一下,有没有这样的人家。我反正没事,也便当……"

话没说完,金花阿姨就领会了:"好的,好的,包在我身上。"

端丽出了一口长气。

金花阿姨晚上就给回音了,她很卖力,很热心,端丽家虽已败落到这程度,她依然很有兴趣来打打交道。请她进屋坐,她不肯,只肯站在楼梯口,却不时伸长脖子往房间里瞅。

她给找的是个一岁半的男孩子,名叫庆庆。父母双职工,三十八岁才得了这么一个宝贝,不舍得送托儿所。知道了端丽的情况,虽顾虑她家成分不好,怕会招惹麻烦,但也觉得这种人家生活习惯好,讲卫生,有规矩,孩子交过来可以放心。反复权衡,终于同意了。工资一月三十元,包括两顿饭一顿点心。另外,他们自己订半磅牛奶,每天就让送奶工人直接送这边来。

第二天一早,上学的、上班的都还围着桌子吃早饭,庆庆就被送来了。这是一个不认生的孩子,很白很胖,有一双黑葡萄似的眼睛。端丽抱着他,他挣扎着要下来,站在地板上。文耀、多多、来来、咪咪,站得远远地看着他,神情都很严肃,好像在看一个小怪物。端丽也觉得有点紧张,她从来没接触过别人的孩子。连自己的三个,也都是请奶妈带的。她虽有奶,却不喂,因为喂奶是很容易损害体形的。面对着大家的审视,庆庆并不畏惧,他也在审视着他们,看看这个,看看那个。忽然之间,他蹲下来,只听哗哗一阵水声,撒尿了。

"龌龊煞了,"多多叫道,"要死了!"

文耀皱了皱眉头。

"他怎么在地板上小便?"来来问端丽。

端丽也不知道,沉默着。

这时候,庆庆"哇"的一声哭了。他感觉到了大家的指责和不满。

咪咪走过去,拉起了他:"你们不要讲他了,他还小呢!"咪咪是唯一欢迎他的人,她实在太寂寞了。她最小,没有弟弟妹妹,常常对端丽要求道:"妈妈,再给我生个小弟弟,妹妹也行,好吗?"如不是"文化大革命",端丽是还要生的,总还应该再有个儿子吧。她的职责就是养儿育女,而到了眼下,就这三个,她还愁养不活。

咪咪把啼哭不止的庆庆搡到浴室,指着抽水马桶:"尿尿在这里。"然后一扳抽水的扳头,哗哗哗地冲下一股水,庆庆不哭了。端丽松了一口气,赶紧去拿拖把拖地板,拖干净地就煮牛奶。沸腾的牛奶是这么迅速地溢出钢精锅,把她吓了一跳,险些儿把手指头烫坏了。

喂庆庆吃东西是一桩顶顶伤脑筋的事情,他拒绝进食,不时地用胖而有力的手推开勺子或玻璃杯。连哄带灌,总算喝下半杯牛奶,不料他喉咙口咕噜了一声,"哗"的一下,又全部吐了出来,前功尽弃,奶腥味搅得端丽也想吐。中午吃饭,一口饭含在嘴里可含上半天,饭不是糖,含含就溶化了。须用尽力气动员他嚼,用舌头搅拌,最后劳驾喉咙往下咽。端丽说尽了好话,简直要求他了:

"好庆庆,乖,咽下去。庆庆真乖,咽了吧,咽了,咽了,乖!"

庆庆包着一嘴的饭,只顾摆弄前面的积木,毫不理会端丽的奉承。端丽绝望极了,不晓得他为什么要绝食,她不知道自己那三位小时候比庆庆要难伺候一百倍。

咪咪饶有兴趣地站在旁边看,忍不住要求道:"妈妈,让我试试看好吗?"

"这又不是喂洋囡囡吃饭,有什么好试的!"端丽烦躁地拒绝帮助。

咪咪不响了,过了一会儿,她伸出手指头,在庆庆紧锁着的嘴巴上轻轻敲了三下:"笃笃笃,开开门,我要进来了。"

庆庆眨眨大眼睛,喉咙口"咕咚"一声,咧开嘴笑了。里面空空荡荡,端丽赶紧将一勺饭趁机送了进去,门又关上了。

"笃笃笃,小白兔在家吗?"咪咪换了个花样。

门开了。

"飞机大炮轰轰轰!"

门开了。

"汽车开进来了!"

门开了。

半碗饭下肚,却又听到喉咙口"咕噜噜"的响,像是呕吐的先声。

"阿弥陀佛!"端丽念佛了。

咪咪忽然拿起一只锅盖,用一只骨筷乒乒乓乓敲起来,敲得他不知所以,惊慌失措,晕头转向,继而又兴奋起来,欢天喜地手舞足蹈。饭,终于没吐,端丽却再不敢喂他了,就此打住。以后,端丽便把咪咪的先进方法全照搬过来:将庆庆的嘴假想成一扇门,用出其不意的响声压制倒食。于是,喂饭就成了一桩十分热闹的把戏。

值得庆幸的是,这孩子除了这个毛病,还有个极好的习惯,他上下午都各有一次相当长时间的睡眠。当他睡去的时候,端丽便感到从未有过的轻松和安静,她甚至在这乱七八糟的生活中感觉到了幸福。

这天,当她正尽情享受那难得的幸福时,文影却惊慌地跑来了:

"嫂嫂,二哥去黑龙江批准了,还有一个星期就要走。姆妈在哭,爹爹在骂,你快去劝劝吧!"

端丽也很吃惊,赶紧跟着文影往外走,走到门口又回头嘱咐咪咪:

"看好小弟弟,别让他摔下来啊!"

隔壁房间里天翻地覆的乱。床上放了一堆草绿色的东西,是大棉帽、大棉裤、大棉袄,文光在打铺盖卷。婆婆哭得直哼哧,什么话也说不出来,公公病假在家,坐在唯一一张红木太师椅上,脸板得铁青,对着婆婆发脾气:

"他不是去死,这么哭法子做啥?"

"不是死,是充军!"婆婆说,"冤家,你是自讨苦吃,总有一天要后悔,后悔也来不及了。"

"你让他去!我看他是忒无聊了。"公公说罢,站起身走了出去。

"你到啥地方去?"婆婆对着他叫,"让人家看见又要说你装病!"

"我上班去!"

"前世作孽,前世作孽!"

端丽看看床上的棉帽棉裤,知道这一切已是不可挽回了。想了

一想,她弯下腰扶住婆婆:

"姆妈,你不要太伤心,你听我讲。弟弟这次被批准,说不定是好事体。说明领导上对他另眼看待,会有前途的。"

婆婆的哭声低了。

"你看,这军装军裤,等于参军。军垦农场嘛……"

"不是军垦,是国营。"文光冷冷地纠正她。

"国营也好,是国家办的,总是一样的。"

婆婆擦了擦眼泪:"一下子跑到那么远的地方,喊也喊不应了。好好的一份人家,一下子拆成天南地北的。"

"这些就不要去想了,文光是有出息的,出去或许能干一番事业。"

"我不要他干什么事业,只要人保保牢就行了。"说着又潸然泪下,文影跟着哭了。端丽一阵心酸,不觉也掉下泪来。

相对着哭了一阵,端丽冷静下来,心想:难过归难过。走,总是走定了。一个星期一眨眼工夫就过去了,很多具体的事都要一件件办起来才好。婆婆年高,又伤心,办不了什么事,文影年轻,从没经过什么,也不能指望。看来,要靠自己了。这么想着,她把眼泪擦了擦,对文光说:

"你先把铺盖松开,被里、床单都要拆洗一下才行。文影,帮二哥洗一洗。"

文影跑过来把被子抱走了。

"文光,你列张单子,看需要带些什么东西。"

文光愣了半天神,只在纸上写下"被子"两个字,便再也想不起什么了,似乎一条被子可以闯天下。端丽叹了一口气,接过笔,帮他列了下去:脸盆、箱子、帐子……这两兄弟怎么都这样没有用?!

列好单子,端丽又划分一下,哪些家里是现成的,哪些则需要去买。毛估估,起码要两百块钱才能把他送上"革命征途"。

"学校里给没给补助?"她问文光。

"没有。说凭通知能买帐子、线毯什么的。"文光回答。

婆婆说："要么赶快到寄售店去,将那只寄售的八仙桌折价卖了,不管多少,总是现钱。"

"姆妈,先别忙。我想可以到公公单位里去申请一下,去黑龙江是革命行动,理应支持。他们给,很好;不给也没什么,再作别的打算不迟。"

"端丽啊,这事只能拜托你了。"

"你别发愁,姆妈。我去。"端丽这么回答,心里却也有些发憷。

趁着庆庆睡觉,端丽跑了一个下午,去了公公的单位,又去了文光的学校。两边都还通情达理,单位补助了五十元,学校补助了二十。本来没有什么大指望,得了这些钱如同发了横财一般高兴。端丽将自家卖梳妆台的钱拿了出来,她明白了,这年头想要存钱是不可能的,她打消了这念头,倒也舍得往外拿了,人穷反倒慷慨了。七凑八凑总算有了两百多块钱。星期天,庆庆不送来,端丽陪着小叔子上街买东西。商店里人很多,不少商品上面贴着字条："凭上山下乡通知购买。"不少人都是在买出远门的东西。文光在拥挤的人群面前很怯懦,不敢挤,挤了几下就退了下去,永远接近不了柜台。端丽心中不由升起一股怜悯,这样个娇生惯养、金子铸成的人,出门在外,如何能不受欺负。他为什么要报名呢? 端丽忍不住对他说:

"文光,我看你是多心了。当初你划清界限有你的原委和苦衷,家里并没记恨,何苦赌气?"

"我不是赌气,嫂嫂。"

"那又是为什么?"

"我自己也不大清楚,也许爹爹倒说对了,是忒无聊!"

"这么样解闷,不是开玩笑吗?"端丽吃了一惊。

"不,嫂嫂,你不懂。"

端丽不响了。

走了一段,文光轻声说:"不知怎么搞的,我常常感到无聊呢! 我不晓得人活着是为了什么。真的,人活着究竟为了什么?"

"为什么?吃饭,穿衣,睡觉。"

"不,这是维持生存的必要的手段,我问的是目的。"

"天晓得。"端丽说。

"生活没有意义,好像我这个人没什么用处似的。"

"当初你和家里划清界限也是因为无聊?"端丽觉得他这样的想法很古怪,暗暗好笑。

"或许吧!"

"为什么又要回来呢?不在那里坚持着。"端丽不无讥讽地说。

文光神色黯淡了:"他们太野蛮了。我受不了,实在吃不消。"

端丽又开始可怜他了,不再说话,心里却仍然为他感到没事可做而奇怪,不觉自语道:"我可真想无聊几日,我实在累坏了,真担心会一下子垮下来。"

一个星期,确实一眨眼就掠过了。文光要走了,婆婆哭得昏天黑地,端丽一定不让她去火车站送,让多多请半天假在家看庆庆,自己和文影去火车站送行。

文光胆怯地靠在车窗口,一会儿便被从窗口挤开了。端丽愣愣地看着,不知他哪一天又会吃不消,想着回家。然而这一去几千里路程,回来就不易了。端丽的眼泪滴了下来,而身边的文影早已哭成泪人儿了。火车启动时,文光眼圈儿红红的,别转头去,不再转过脸来。火车越开越快,越开越快,在极远极朦胧的地方拐了一个弯,不见了。

端丽挽着红肿着眼睛的文影默默地走出站台,上了四十一路汽车后,文影出了一口长气,轻声说:"二哥走了,我也许就可以留上海。"

"怎么?"

"政策是'两丁抽一',"文影解释,又悄声说,"我那个同学分在上海工矿了,他是独子,特殊照顾。"

"哦——"端丽明白了,"你喜欢他吗?"

文影脸红了,却没回避:"他已经向我表示过好几次了。"
"这人还好吗?"
"他能力很强。和他在一起,我感到挺有依靠的。"
"就这好!"端丽简直羡慕起小姑了。要是她的丈夫能力强一点,可以减少她很多疲劳了。
"嫂嫂,你觉得他怎么样?"文影征求意见。
"只见过几面,印象不深。听多多他们都叫他'甫志高'。"
文影打了嫂嫂一下。
"我看过那电影,甫志高并不难看,挺斯文。"
文影又打了嫂嫂一下:"难听死了。"
端丽微笑着端详小姑,发现她长大成人了。宽阔而白净的前额,给人明朗的感觉。鼻子很秀气,嘴角的线条很可爱,眼睛虽已哭肿,但却流露出一种少女才有的热望,显得极有光彩而又动人。端丽不觉感动了,但愿她能幸福。有一桩如意的婚姻,也可补偿其他的不足了。

回到家,已经六点钟。多多抱着庆庆正跳脚,说同学刚来通知她,今天晚上,要下达最新最高指示,七点钟就要到学校等着举行庆祝游行。可妈妈还不回来烧饭,庆庆家里也不来接人。她把庆庆塞到妈妈怀里,背着语录包就走。端丽叫:

"才六点,吃了饭再走。"
"不高兴,晚了!"多多带着哭音嚷,还是跑掉了。她是最受不得一点委屈的。

夜里九点多钟,多多才回来。端丽端出晚饭让她吃,一边问:
"什么指示?"
多多狼吞虎咽着,含混不清地回答:"知识青年到农村去……"

四

早上,端丽买菜回来,照例弯下腰拿牛奶,送奶的把牛奶都放在门口地上。可是地上却只有一摊碎玻璃,一摊乳白色的水迹。一定是那些野孩子干的,他们常常来和张家捣蛋,在楼下大声喊:"张文耀,敲图章!"让人白跑一趟。或者学着红卫兵吆喝着打门,让人虚惊一场。甚至,在夜里将石头砖瓦扔进二楼窗口。大家都已经很习惯,认为这是生活中正常的插曲。然而今天的玩笑,有点过分了。这牛奶是庆庆的,要赔偿!一瓶牛奶一角七分,再加上瓶子两毛。咪咪一直想要的一盒彩色蜡笔,可以买两盒……端丽看着碎玻璃,发起呆来。

后门开了,阿毛娘提着煤球炉出来生炉子。他们搬来这里是强占私房,房管处开不出房票,没房票煤气公司就不给装煤气。所以他们一直在烧煤球,每天生炉子,搞得弄堂里烟雾弥漫,昏天黑地,人家都不敢开窗、往外晾衣服。

"怎么了?"阿毛娘问。

"牛奶瓶被小孩子砸掉了。"端丽醒过来,弯下腰收拾玻璃片。

"哪家小伢子这么捣蛋?找他去,要他赔!"

端丽摇摇头,苦笑了一下。

"不知道哪家?那你骂,对着弄堂骂,骂他十八代灰孙子!"

端丽又摇头。

"你不会骂?还是不敢骂?怕什么!你公公是你公公,你是你,共产党的政策重在表现,不能把你们当一路人看。"她开导端丽。

端丽不响,笑笑。

"做人不可太软,要凶!"阿毛娘传授着她的人生哲学。

端丽抬起头看看她,心里倒是一动,似乎领悟了什么。

"就像上班挤汽车,越是让越是上不去,得横性命挤。"

端丽点点头。

文耀和孩子们都起来了,多多在打扫房间,她现在已将一部分家务接了过去。干得不坏,就是有个毛病,牢骚大得吓坏人。有时,端丽实在受不了,就说:"我宁可你不干,也不要听你发脾气。""那我就不干!"她气得气都短了。可等到第二天,就看不下又动手做了,牢骚还是依旧。见多不怪,端丽随她去讲,好在她确能帮自己分去一点负担了。

"妈妈,买油条了吗?"来来问。

"买了,买了。"端丽把油条从篮子里拿出来。

"妈妈,我不吃油条!"多多说,"你把四分钱给我。"

"买都买了。没有钱给你。"

"不,给我嘛!油条我不吃,给我四分,公平合理。"多多固执地说。

"妈妈,庆庆要吃牛奶了。"咪咪搀着庆庆过来。

端丽猛地想起了牛奶,不由抬起手拍了拍脑袋:"牛奶被小赤佬敲碎了。咪咪,你快吃早饭,吃过了到食品店门口排队买一瓶,去晚了就买不到了。"

零售牛奶十分紧张,每天只卖很少的几瓶,必须在九点半钟开门之前就等着。咪咪排队买东西是好样儿的,不急躁,不擅离岗位,乖乖地站着,无论排多久都没有怨言。而且这孩子很仔细,小小年纪出去买东西,大至交付五六元钱的水电,小至两分一盒的火柴,从没错过帐,丢过钱。她比哥哥姐姐都更知道生活的艰辛,谁让她生不逢时,刚懂事就遇乱世。

这会儿去排队,起码九点半才能买回牛奶,庆庆九点就该睡上午觉了。好歹得给他吃点东西,吃什么呢?端丽低头看看小家伙,他正半张着嘴愣愣地瞅着咪咪吃泡饭。咪咪把油条放在一边,光吃酱瓜,津津有味,很是馋人。端丽灵机一动:"咪咪,你给他吃一口泡饭看看。"庆庆居然吃了,而且咽了。端丽赶紧盛了小半碗泡饭,把油条撕碎,然后坐下来喂他。

"端丽,"文耀叫她,"妹妹学校来通知,晚上要召开家长会。姆妈耳朵不好,叫我去。我想恐怕是要动员上山下乡的事。我不大会应付这些事,你去吧,啊?"

"你怎么这样没用场?"端丽哀怨地说。

"现在又不比爹爹那时候,人要能干才能生存。托共产党福,一人一份工资,省心省力,没有肉吃,也有饭吃。"

"我看是爹爹的钞票害了你,什么事都不会干。"

"我是有爹爹的钞票。没钞票的人我看也不见得有能耐,不过比我多几句牢骚。"

"你的嘴倒能说。"端丽说不过他,这时候方能记起他在学校里是个辩才。

"好,不说了。晚上,你去开会啊?"文耀把碗一推,温存地抚摸了一下端丽的头发,走了。咪咪吃完了泡饭,手里拿着没舍得下饭的油条,一点一点咬着跑去排队了。来来还没吃完,悄悄地对多多拒绝的那根油条进行蚕食。多多站在自己的小床跟前,低着头不知在干什么。端丽好奇地望望她,见她在往一个泥罐子里丢钱。

"多多,你在存钱?"

"嗯。我同学送我一个扑满,钱放进去就拿不出来了,最后存满就把它砸碎。"

"你存钱干吗?"

"我要买一双松紧鞋。"多多说。目前,女孩子中间很流行男孩子穿的松紧鞋。

端丽发现女儿长大了,胸脯开始丰满,衣服绷在身上,显小了。姑娘大了,就知道要好看,知道打扮。端丽感到对不起女儿,心想着应该给她做几件衣服。自己在她这个年纪,有多少衣服哪!

多多把扑满小心翼翼地放在床底下,以免被庆庆顽皮碰碎:"这样才能存住钱呢!"

这给了端丽一些启示。当然,她不是小孩子了,自己能管制自己,用不着拿个扑满来强行节约。她找了个旧日用过的珠花小手提包,决定将一些可用却没用去的钱放在这里,虽是极少的几个钱,可总是在积起来。炒菜时,味精没了,她刚要张嘴喊咪咪去买一袋,转念一想:这完全可以省下,鲜与不鲜之间,本没有一道绝对的界限。她把省下的六毛二分钱丢进了钱包。上街买牙膏,她毅然摒弃了从小用惯的美加净,而买了上海牙膏,又省下两毛八分。她尝到了节约的乐趣,并且一发不可收拾,心心念念想着如何装填钱包。以至文耀也讽刺她是"葛朗台"。

趁庆庆睡觉,她打开箱子,想找几件旧衣服给多多改两件衬衫。家里本来有着成堆成堆的各色料子。买料子,是她往昔生活里的一大乐事。走在街上,逢到绸布店必定进去,不管用得着用不着,她总要买几段。有时因为花样别致,有时因为料子质地优良,有时因为自己喜欢,有时仅仅因为想买。不少衣料买回来便忘在了一边,都被虫蛀了。抄家时把这些东西全翻出来,集中在院子里开"阶级教育展览会",连她自己都吃惊怎么会积存了这么多东西。

端丽找出两件半新的旗袍,花色都很好看,一件是咖啡底色上奶黄碎花,一件是天青色的。她摆过去,摆过来,不明白该如何下剪刀裁。想了一会,她取出多多的一件衬衫,先用报纸照样儿放大一点,剪了几个衣片。然后把衣片放在拆开的旗袍上,尽力使衣片全部被容纳,再用划粉划下来,最后才用剪子。她慢慢地做着这一切,像小孩子做拼板游戏,颇有兴味。当她先用大针脚把衣片连上的时候,心中的高兴是无法形容的。她很佩服自己,多么聪明啊!居然想出这么个主意,她尝到了创造的滋味。多多放学回来,她立即要多多试样。多多穿上以后,就再不肯脱了,兴奋得红着脸,在镜子前左照右照。在她新衣服穿不完的时候,还是个不懂事的小娃娃,当她长成大姑娘,真正爱美了,却从没穿过一件新衣服。她没什么可以修饰的,只能在两根短辫子上下功夫,一会儿系紫色的玻璃丝,一会儿系红色的玻璃丝,不同颜色玻璃丝能带来的微妙的变化,只有她自己才能觉察。端丽告诉她,衣服还没最后做成,需用细针细线缲起来方可穿着。多多恋恋不舍地脱下衣服,就嚷着要自己缲。端丽不愿意,这件劳作这么吸引她,也许因为这是头一件从她手里创造出来的成果吧!

这一个下午,母女俩都很兴奋。端丽一边密密地缝着,一边思忖着接下去,还要为来来和咪咪改做什么。

文影学校的家长会真是谈分配问题的。这届毕业生是插队落户一片红,百分之百的外地农村,简称"外农"。去向有黑龙江、云南、内蒙古、贵州、安徽、江西。经济困难者,独生子女者,统统不予照顾,通通接受贫下中农再教育。

回家商议,大家决定屏住不走。姆妈说:"我已经把她养到十八岁,不信这会儿就少你一口饭了。"端丽也表态:"没什么了不起,我大学毕业还不过做家庭妇女。"文影从头至尾一直在掉泪,搞得大家好心酸。端丽很可怜她,也许只有她知道文影伤心的更深一层原委。"甫志高"已经正式上班了,在闵行一家大工厂做工。想想自己当年,这正是最开心、最无忧虑的时候,而文影这些姑娘,却在豆蔻年华承受这么多的忧愁。想到这里,她更下了决心,要帮助小姑赖到底。方案定了,可落实起来却不那么简单。

先是班主任来动员,端丽几句话就把他呛出去了。她虽不大晓得外面的形势,但看他那破破烂烂的一身便知他目前的地位不高,人人都可欺得。接着里弄里打着锣鼓来宣传,野蛮小鬼趁机砸碎两扇玻璃窗。然后,学校里开学习班,端丽出席,让文影在家带庆庆。名曰学习班,就是逼着表态,不表态不让回家,吃饭时给每人送来一碗开水一只面包。第一天端丽没吃,但第二天仍向她收钱,一气之下,索性吃了。这一关挺过来了,但学校和爹爹单位接上关系,将文影的生活费停发,爹爹因此挨了批斗。婆婆、文影成天啼哭不止,文耀只是连声叹气,一无所措。端丽和他说说,他反而不耐烦,说:"妹妹也是太娇气,我不信外地是地狱,那里不也有千千万万人在生活。"胸怀一下子广大了许多。最后,学校来了最后通牒,再不报名,就要强行将户口在总册上注销。并且,越往后去的地方越糟,只有内蒙古、云南,甚至还有西藏。这些地方在只知道天井上方一块云的上海市民听来,就像是外国,想都不敢想的。实在无奈,文影决定去了江西。

江西总比安徽远了一些,可安徽吃杂粮,那是绝对受不了的。

家里倾其所有,为文影准备一份行装。她远不如文光好将就,什么都要带,什么都要买。马桶、木盆、火油炉、钢精锅、上海大头菜、香肠、罐头,仅牙膏就带了十条,卫生草纸带了一肥皂箱。如没有钱满足她的需要,她就哭,哭得人肠子都揉碎了。后来,只得又卖了几件东西。端丽把钱包里攒的钱也奉献出来,多多空前地懂事,将扑满递给妈妈,转过脸说:"你摔好了,松紧鞋我不买了,现在反正已经不兴了。"端丽不忍心,收了起来,可是到最后,文影还要买十斤卷子面,端丽只好把扑满砸了。数数,已有四元多钱,超过一双松紧鞋的价值了。她留了一点钱,准备去买一块直贡呢鞋面,自己学着做一双。她深感到这家的子女都是无用且自私。楼下阿毛娘的大儿子也去安徽插队,运行李那天她看见,只有一只板箱一个行李卷放在自行车后架上一捆就驮走了。

给文影送行的场面极其凄楚。因是上山下乡的高峰季节,北站压力太大,所以是在彭浦货车站发车的。没有月台,送行的人站在很低的碎石路基上,伸长了胳膊也摸不到车上人的手,给人一种咫尺天涯的感觉。文影从未离开过上海,也从没想过要离开上海,尽管她的父辈是出生在浙江一个依山傍水的小镇上,十八岁才来上海学生意的。而说到了底,上海究竟又才有多少年的历史?但她只属于上海,上海也应属于她。尽管没去过外地,却听来了很多外地的坏话。包括端丽,也是对上海以外的一切地方既惧怕又憎恶。然而看到文影那种几不欲生的失态样子,端丽伤心之余又有些奇怪:外地究竟有那么可怕吗?究竟是谁也没去过那里呀!她有点觉着好笑,附带着把自己也嘲笑了。

公公也去送了,他以为文影走有他的责任。如果他当年不做老板,只老老实实当一个伙计,文影就可以屏到底了。火车开了,"甫志高"先走了,他还要上夜班。端丽陪着步履蹒跚的公公慢慢走出站台。默默走了一段,公公怆然说道:

"都怪我作了孽,带累了你们。"

"爹爹,你不要说这个话,我们都享过你很多福。"

公公不响。

"爹爹,你别忒担心了。文影很娇,没出过门,想得很骇人。也许真到了那里也不过如此。"

"文影是很娇,我们家三个孩子都很不中用啊!"公公说。

端丽以为自己说话造次,公公生气了,不敢再作声。公公却又道:

"端丽,我看你这两年倒有些锻炼出来了。我这几个孩子不知怎么,一个也不像我。许是我的钱害了他们。他们什么都不会,只会花钞票。解放前,我有个工商界的老朋友,把钱都拿到浙江家乡去建设,铺路,造桥,开学堂,造工厂,加上被乡下人敲竹杠,一百万美金用得精光。我们笑他憨,他说钞票留给子孙才是憨。果然还是他有远见。"

端丽不知道该怎么搭腔,不响。

"幸亏是新社会,每个人总有口饭吃。无能就无能,罢了!只愿他们老老实实,平平安安,我也闭眼睛了。"公公凄楚地说。

"是呀,只求大家都太太平平。"端丽轻声附和。

五

庆庆要进幼儿园了,就要离开端丽的家了,全家都有些恋恋不舍。多多不再提起为他所受的委屈:炎炎夏日,自己的汗来不及擦,却要给他扇风哄他入睡,他却偏偏不睡。她手扇酸了,最后是声泪俱下。她抱着庆庆上街走了一圈,用难得的一点零用钱给他买了根雪糕。来来对庆庆撕坏他邮票的罪行,重新采取了既往不咎的宽大态度,并且画了好几艘航空母舰送给他。咪咪本来就和他很好,但曾经因他用手捞菜吃,打了他的手心,于是就老问他:"庆庆,你恨我吧?"

连老是叨叨庆庆太难弄的文耀都赏了他几句好话:"这孩子还是很乖的,不爱哭,不哭的孩子好。"最后的几天里,大家都抢着给庆庆穿衣,喂饭,抢着抱他。庆庆是个很有感情的小孩,经过这两年的共同生活,已经完全站在端丽他们的立场上了。有野小鬼来闹事,他会简洁而严正地指责:"坏!"家里带来水果,他会送到端丽嘴边说:"娘娘吃。"多多发脾气,他会和咪咪一起害怕,一声不吭,悄悄进,悄悄出。离开的那天,他居然抱着端丽的脖子放声大哭起来,哭得端丽心里酸溜溜的,好一阵难过。他走后,有很长一段日子,端丽不习惯,心里总是空空落落。买菜回家,她常常下意识地弯腰去寻牛奶;烧饭时常常把锅倾斜一点,使低处的饭能烂一些可供庆庆吃;坐着缝东西,她又会莫名其妙地一惊,以为庆庆睡醒了在哭。逢到这种时候,她就感到又好笑又不解。

自己有了三个孩子,却从没在孩子身上尝到这么多滋味,甜酸苦辣,味味俱全。她的孩子跟着奶妈长大,不跟她吃,不跟她睡,只要奶妈,不要她。她以为很正常,并不见怪,孩子是跟着奶妈长的,自然同她亲,跟自己疏了。

庆庆走了一个月,端丽才发现更实际的一块空白,每月突然少了近二十元收入。她不得不去找金花阿姨,请她再找一个孩子。去之前,她想到屡次麻烦人家,很不过意,买了一盒水果蛋糕带了去。金花阿姨一口答应帮她找人家,却死也不肯收蛋糕,连连说:"罪过,罪过!"要说过去她对端丽家的窘迫还有些怀疑,以为他们是"真人不露相",哭穷;而如今,她是真相信了。她说:"像你这样的盘房小姐,少奶奶,居然帮人家领小孩,必定是山穷水尽了。"过了两天,金花阿姨来了,并没带来确切的回音,却带来了一斤三两毛线。

"张家媳妇,"她总是这么称端丽,"你会织绒线衫吧?"

"绒线倒是会的,不过不一定拿得出去。"

"不要客气,不要客气。有个老太太想织件绒线衫,只要暖热,不要好看。送出去织吧,全是机器摇,可惜了好绒线,想找人手织。"

"我试试看好了。"

"尺寸在这里,样子就是一般老太太套在外面的开衫。平针,上下针,随便你。工钱嘛……"

"我不要工钱,我横竖没事情,织织玩玩。"

"这有啥客气的?这是人家托我的事。工钱我去打听过了,四块钱,好吧?"

"我不要工钱。"

"你不要我就不给你织了。"金花阿姨说着丢下毛线就走了。

端丽专心专意,日赶夜赶地织了一个星期不到,完成了。收入四元,正好赶上付掉煤气帐。她觉得自己狼狈,可又有一种踏实感。她感觉到自己的力量,这股力量在过去的三十八年里似乎一直沉睡着,现在醒来了。这力量使她勇敢了许多。在菜场上,她敢和人家争辩了,有一次排队买鱼,几个野孩子在她跟前插队,反赖她是插进来的。她居然夺过他们的篮子,扔得老远。他们一边去拾篮子,一边威胁:"你等着!"可结果却并没发生什么。来来刚升中学,在学校受了欺侮,她跑到学校,据理力争,迫使老师、工宣队师傅让那孩子向来来道歉。她不再畏畏缩缩,重又获得了自尊感,但那是与过去的自尊感绝不相同的另一种。

自从织过这件毛衣后,她去找了本《绒线编结法》,学了好几种花样,又去找金花阿姨,想请她再帮着介绍一点毛线生活。可是她一眼看见上次织的毛衣正罩在金花阿姨自己的身上,她再也说不出话来了。

其实不用开口,金花阿姨也知道她的来意,歉然说:"我一直在打听,没有合适的人家。不过,我听讲街道工场间最近缺人手,你可以去申请一下嘛!"

"工场间?"

"生活很轻的,当然钞票也不多,我也不大清楚。"

"这事该找谁去说呢?"

"先找找你们弄堂的小组长。"

"好的,谢谢你。"

"谢什么?"

"我走了,"端丽走了两步又回过头,抚摸了一下金花阿姨身上的毛衣,轻声说,"我不该……"

金花阿姨推开她的手:"那老太太穿了嫌小,卖给我了。只要毛线钱,手工费就算她蚀的老本。"

端丽眼圈红了。

一路上,她考虑着金花阿姨的提议,越想越觉得是个好主意。咪咪马上要上学,不能在家帮忙了。多多下乡参加三秋劳动,去时只说两周便回,可忽然说是要备战,为疏散起见,暂不返沪,要作半年一年的打算。战争在端丽眼里太遥远了,她只知道多多不在家,不能搭搭手了。带小孩,非要有一双眼睛长在他身上,否则就会出事。这不是一瓶牛奶,碎了可以赔,这是性命交关的事啊!如今家里离得开人了,完全可以出去工作,生产组收入虽不多,可总是有一定保障的。在这一系列的考虑中,她居然一点都没想到自己的出身和那张大学文凭。她只想着生活的实际:房租、水电、煤气、油盐柴米。要是文光知道了这些,又会如何地悲哀啊!本是维持生存的条件,结果反成了生活的目的。他以为生存是用来为一个极伟大的终极目的服务的。然而,左右前后观望一下,你,我,他的生活却实在只为了生存,为了生存得更好一些。吃,为了有力气劳作,劳作为了吃得更好。手段和目的就这么循环,只有循环才是无尽的,没有终点。唉,说不清楚,人生就像一个谜。有人说,生,为了吃苦;有人说,生,为了享乐;有人说,生,为了赎罪;有人说,生,为了牺牲……让那些吃饱穿暖的人去想吧,这会儿端丽满脑子里,只有一个念头——设法进工场间,争得一份固定收入,维持家里的开销。这个念头占据了她,充实着她。她没有回家,直接往里委会去了。

不知道是因为工场间缺人已到了不可拖延的地步,或者是为了好好改造端丽这位"资产阶级少奶奶",回音很快来了,同意她进生产组做临时工。

端丽上班了。

工场间设在一幢石库门房子的底层。弄堂太狭窄,两排房子之间距离很近。因此,房间里每天只有很少时间能照进太阳。很阴冷,而一旦太阳照进来,又很潮热。房间不大,约二十平方左右,从这头到那头摆了一长条木板台子,上方是一长列日光灯,人就坐在木板台子两侧工作。端丽在指定给她的位置上坐下,环顾了一下周围的同事们,大都是四十岁上下的妇女,有一些年纪很老的老阿姨。还有一部分小青年,有男也有女,都是因为身体不合格,不能去插队落户才分到这里的知识青年。另外还有一个看不出年龄的人,他总是憨厚地微笑着,笨拙地转动身子,跑上跑下,送活取料,喘着粗气,十分巴结。大家都叫他阿兴,对他动手动脚地开些极不礼貌的玩笑,他只是笑,口角慢慢地沁出一处口涎。是个傻子。

做的生活是绕一种装在半导体收音机上的线圈,很简单,不需要技术,只要细心,耐心。如金属线绕得稍有点不匀、不齐,或松了或紧了,都要作废重来。

端丽仔细而努力地工作,做了一个小时还没有报废过一个。她感到兴趣,看见从自己手里绕出了一个个零件,整整齐齐地躺在纸盒子里,又兴奋又得意。当那阿兴来收活儿时,她都有点舍不得让他搬走。十点钟,墙上的有线广播响了,开始播送工间操音乐。大家放下手里的活儿,伸着懒腰纷纷起身往外走。邻桌的梁阿姨告诉她,上下午各有十五分钟工间操的时间,愿做操就做操,不愿做也可以休息休息,总之,这十五分钟是不用再做生活的。端丽放下手里的活儿,可是却不知干什么才好。她坐在板凳上,无聊地看着自己的指甲。小青年在弄堂里嬉闹,疯笑着,笑得很粗鲁。阿姨们都倚在门框上,东看看,西望望,扯着山海经。端丽感觉到她们不时好奇地回头看看她。

"是那边大弄堂里那资本家家里的大媳妇吧?人样生得蛮好看,像姑娘似的。"

"小囡都有三四个了。会保养呀,显得多少后生。"

"……搞得真结棍,少奶奶也出来做生活了。"

…………

端丽本想出去和她们一起站站的,可是听到人家这么议论,她不好意思走出去了。手脚都无处可放,干脆,她又埋下头绕起线圈来。

"欧阳端丽!"梁阿姨叫她,"这么巴结干吗?出来玩玩。"

端丽尴尬地笑着站起来,走过去。

"生活做得惯吗?"一个小矮个子阿姨问她。

"还好,蛮好!"她回答,她认出这阿姨曾经来家里破过"四旧",几个四尺高的明代青瓷瓶全都是她打碎的。

"早上出来还来得及?"又一个高大壮实的女人问。

"有点紧张。早起点还是来得及的。"她回答。今天半夜里她就起来了,扫地、烧早饭、买菜。在菜场上听到喇叭里"嘟嘟"响了六点,她就再不敢逗留了,怕错过了时间。很久以来,她没被时间严格地约束过,七点钟的事放在八点钟做也可以。现在可不行了,七点半上班,晚半分钟也不行。

"小囡大了吗?会得帮忙了吧!"一个脸很黑,上唇汗毛很浓的阿姨问。

"老大已经十五岁,会做点了。不过跟学堂下乡备战去了。"端丽认出这女人的儿子时常来与她捣蛋作对。

"伲阿囡也去了,我叫她阿哥跑到乡下把她拉回来了。打仗就打仗,打起来,一家人死在一道。现在没死都得吃饭,她回来拆纱头可以拆点钞票来。"梁阿姨大声说。

"花样经透唻!一歇歇剪尖头皮鞋,一歇歇插队落户,一歇歇打仗。花样经翻下去,翻得没有饭吃才有劲!"

"小菜难买潽……"

端丽默默地听着阿姨们谈论时事，很有同感，但一句也不敢插嘴。心里却奇怪这些当初那么起劲地来她家破"四旧"的人，对生活也有着和她一样的叹息。看来，他们过得也不好，"文化大革命"也并没有给他们带来什么好处。

中午，有一个小时的吃饭时间，多数人不回家，他们早上把带来的饭盒子送到居民食堂蒸热，这时就在工场间里吃。端丽匆匆忙忙往家里赶，心想，以后最好也在工场间里吃午饭，省得这么奔来奔去，吃完饭，还有时间打个瞌睡呢！只是中午文耀和两个孩子吃饭该怎么安排呢？唉，文耀是一点忙也帮不上。

下午的四小时就不如上午好过了。这一系列的动作，重复得毕竟太多了，并且她已经很容易很轻松地掌握了。新鲜感消失，只觉得很枯燥，很闷气。她的腰有点酸，脖子有点酸，眼睛呢，老是在日光灯下盯着看，也有点酸，她累了。她不断地看表，越看表越觉着时针走得慢，她怀疑表停了。

好容易挨到工间操时间，她赶紧放下活儿，站起来同大家一起走出工场间，站在弄堂里，她觉得很惬意。几个青年在捉弄阿兴，一会儿叫他唱歌，一会儿叫他跳忠字舞，十分恶劣。大家都呵呵地乐，连端丽也乐。她既觉得很缺德，想到人家家里人知道了，会如何难受，可又从心里想笑。她笑得很响，很放肆。

两个女青年学着骑黄鱼车，一直骑到马路边上，不时尖声惊叫，以为要翻车了。一个小伙子奔过去趁机找便宜："叫我一声阿哥，我教你们踏黄鱼车。"

"叫你阿弟！"

"好极了，再叫叫看！"

"阿弟！"

不知他采取了什么具体的行动，只听得麻雀窝被捣了似的一阵叽叽喳喳的聒噪，然后便是乖乖的叫"阿哥"声音。接着，便看见那小伙子踏着车，两个女孩子坐在后面，三个人脸上都带着满足和兴奋的神情,慢悠悠地骑了回来。

也许仅仅是昨天,端丽还会觉得他们又无聊,又轻浮。可今天,她同大家一起笑,觉得很有趣,很开心。工作太枯燥了。一点点极小的事情会使人振作。简单的劳动使人也变得简单了。

十五分钟极其迅速地过去,工作又开始了。端丽感到手指头的每个小关节都酸了,她已经是下意识地机械地操作。她清楚地听见时钟的嘀嗒嘀嗒。弄堂里有小孩子的嘈噪声,几个小孩背着书包登登登地穿过工场间上楼了,这是楼上人家的孩子。终于,放工的铃声响了。端丽走出工场间,一身轻松。夕阳很柔和,天边染了一层害羞似的红晕。马路上自行车铃声丁零零地响着,像在唱一支轻松而快乐的歌。一个一定是被老师留了晚学的调皮孩子,头顶书包,在行人的腿间钻来钻去,招来一阵怒骂。生活像流动的活水,端丽是水中的一滴。她心情很好,很开阔,她从来没体验过这种心情。

回到家,咪咪告诉她,姐姐来信了。端丽忙着淘米做饭,让来来念给她听。多多的信写得十分懂事,一上来就写:"亲爱的妈妈、爸爸(她把爸爸排在妈妈后面)、弟弟、妹妹:你们好!"然后又向爷爷、奶奶问好。接下来就写他们的生活,她说他们基本上不大干活,每天睡懒觉,很开心。这个星期吃了一次肉,老师带他们一起走了二十里路,去一个叫什么陈水桥的小镇上吃了馄饨和大饼油条,很开心。晚上,大家早早钻进被窝,吹灭了灯,讲鬼故事,吓得夜里不敢起来上马桶,也很开心。只是有一点,很想家,每个人都哭过一次。不过,老师悄悄对他们说,可能很快就可以回家了,似乎这消息是来自一个很遥远很神秘的指令。老师叫他们不要说出去。所以多多也叮嘱妈妈千万不要说出去——然而这却被来来十分响亮地念了出来,端丽赶紧让他小声点——最后,多多又让妈妈保重身体,不要太劳累,叫弟弟妹妹听话。端丽听到这里,眼泪汪汪的,觉得自己这么多辛苦没有白费。甚至觉得吃了这么多苦而听来女儿这么几句话,是非常值得的事情。

这天夜里,非常意外的,文影回来了。和另一个女生一同来的,那姑娘坐都没坐,和文影一起将带来的花生、竹笋、香菇分了,说了声"明天见",便提了自己的一份回去了。

文影虽只去了五个月,但大家都觉得如隔三秋,全家老小都披衣起床了。文影黑了,瘦了,却还精神。婆婆先是高兴,跑进跑出打水潽蛋、倒洗脸水,忽又想起文光,远在北国,不知何时才能见面,不觉又落下泪来。文影情绪倒很好,有说有笑,反比过去话多了,也活泼了。她谈到那里的山,山上的树和泉眼;谈到集体户里为一顿饭一担水的拌嘴;谈到那里的乡下人都叫作老表。大家饶有兴趣地听着,听了半天,才想起问她,是怎么回来的,出差还是探亲?文影回说看病。什么病?大家一愣,文影诡秘地眨眨眼睛,不回答,大家只以为是妇科病,便也不追问。一看,时间已过两点,就此打住,都回去睡了。

端丽却睡不着了,想想觉得有些奇怪,推推丈夫:"文耀,你觉得文影有点怪吧?"

"有啥怪?"文耀莫名其妙。

"话多得很,同她平素很不一样。"

"出去见过点世面了,锻炼出来了嘛!脾气又不是生死了不能改的。"

"我总觉得不对头。她到底是来看什么病呢?"

"我看你有点神经病了!"文耀翻了一个身,睡了。撇下端丽一个人胡思乱想了好久,不知什么时候朦朦胧胧睡着了。

第二天,她下班回来,正遇那与文影同行的女同学从家门出来,浅浅地打了个招呼,擦肩而过了。回到家,见婆婆坐在她屋里,愁容满面,叫了声端丽,连连说:"前世作孽,前世作孽!"

"怎么啦?姆妈。"端丽慌了,心中那不祥的疑云浓重扩大了。

"端丽啊!妹妹生的是这里面的毛病啊!"婆婆点点太阳穴。

果然。端丽的心往下沉了沉。

"文影本来就不情愿去,心里不开心,夜里老是在被子里哭。后来,她上海的那个男朋友写信去,意思说不谈了。她看了信反倒不哭了。发毛病了呀!"

"这个人真不讲仁义,当时他横追竖追,是他主动的呀!不过,一个在上海,一个去乡下,确实也不好办!"

"这种毛病叫花痴,老法人家讲,要结婚才会得好,这哪能弄啦!"婆婆捶捶桌子又哭了。

端丽赶紧跑去把门关严:"姆妈,万万不可被妹妹听见。这种病不能受刺激,一刺激就要发。"

"你说怎么办呢?端丽啊!我一个老太婆,不中用了,你爹爹现在也是自身难保,走出走进都不自由,文耀只会吃吃玩玩,就靠你了。"

"姆妈,这种话没什么讲头。眼下,给妹妹看病是要紧的。"

"我怕去看了毛病,传出去,害她一生一世。"

"毛病总要看的。我先去打听一下,你不要急。"

"打听的时候,只说为别人帮忙,万不可漏出真情。"

"你放心,姆妈,你放心。"

文影的症状一日日明显起来,老是听见"甫志高"叫她,就奔到楼梯口等着,等了半天等不来,就叹气。回到屋里坐坐,又坐不定。过一会儿又洗澡换衣,梳妆打扮,说晚上分明同"甫志高"有约会,去逛马路或者看电影。同行的那位女生将文影送到家就算完成任务,再不来了。于是,一家人为着她忙得团团转。端丽已去打听了精神病院的情况,可婆婆犹豫着不愿送去看病,怕事情传开,对文影将来不好。

端丽要上班,烧饭,洗衣,还要帮着劝慰文影,忙得焦头烂额。正烦乱着,多多回来了,一看到妈妈就扑上来,亲热得要命。她长大了一截子,稍黑了些,却不瘦,反显得很健康。端丽看着女儿,十分高兴,她还是头一回尝到离别和重逢的滋味。她毫不犹豫地煎了几个荷包蛋,慰劳多多,别人也跟着沾了光。文耀趁机让来来去打了一两黄酒,他是很会抓住时机享受的。晚上,多多一定要和端丽睡一个床,于是文耀被赶到屏风后头多多的小床上去,咪咪也挤了过来。母女三人叽叽呱呱谈了一夜,什么话都讲了,连同多多她们夜里讲的鬼故事都讲了。来来不能参加,很妒忌,不时地说一声:"疯子!"文耀睡醒一觉听见她们在笑,以为天亮了,坐起来看看月亮,摇摇头又躺下。

说着,笑着,多多和咪咪终于睡去了,端丽一手搂着一个女儿,心里充满了做母亲的幸福。她忽而又想起了过去的好日子,那日子虽然舒服,无忧虑,可是似乎没有眼下这穷日子里的那么多滋味。甜酸苦辣,味味俱全。多多翻了个身,细长而丰满的胳膊绕住了妈妈的脖子。端丽感动地想:我们再不分开了。一家人永远在一起,无论发生什么也不分开。她这会儿比以往任何时候都更爱她的家庭,家庭里的每个成员:任性的多多,馋嘴的来来,老实厚道的咪咪,还有那个无能却可爱的丈夫。她觉得自己是他们的保护人,很骄傲,很幸福。

六

星期六晚上,婆婆把文耀、端丽找来,要同他们商量文影的事,让大家想想办法,然而她一上来就定了调子:

"精神病院,我想来想去不能送。"

于是,文耀和端丽也不好发表意见了。

"进了医院,要绑起来住橡皮房间,还要坐电椅,没有毛病也要作出病来了。"

关于精神病院的传说确实十分可怕,虽然谁也没去过那里,但越是没有事实依据想象就越自由。文耀、端丽只好沉默着。

"我们宁波乡下,有过一个花痴,什么药也没吃,结过婚以后好得清清爽爽。"

端丽听到这里,开始明白婆婆的用意了,便小心翼翼地说:"文影年龄不小了,照理说是可以考虑婚嫁大事。只是现在人在乡下,一没户口,二没工资,恐怕难找到合适的人家。"

"是的,姆妈。再说有这种毛病,瞒人家是瞒不过去的,不瞒人家吧,人家说不定……"文耀没说完,就被母亲气汹汹地打断了:

"所以要请你们哥哥嫂嫂帮忙呀!要你们来做啥?不就是想办法。文影会得嫁不出去?真是笑话了。"

"嫁怎么会嫁不出去,总要找个靠得住的人啊!"端丽打圆场,"姆妈再让我们好好想一想,好吧?"

夜里,端丽和文耀商量来商量去,觉得只可能在乡下找个婆家。文耀凄楚地说:

"想不到,我们家的姑娘落到了这个地步。"

"怪谁?怪你自己姆妈老脑筋。有毛病不看,要结婚,自己要跌身价。"端丽没好气地说。

"姆妈活了六十多岁,会没有你我懂?进了精神病院,等于历史上有了一个污点。你懂吗?"文耀振振有词。他只敢在权威已经确立的理论前提下,坚持意见,发挥见解。学校里,权威是工宣队;家里,权威则是父亲母亲。

"那你就从命,不要怨天怨地。"端丽说毕,不再出声。

"动气了?"过了会儿,文耀不放心地问。

"没有。我在想,既然注定找乡下人了,总要找个好的。还有,能不能找个近处的,比如绍兴、昆山,结了婚以后还好调过来。离上海近,生活习惯好一点,也叫得应一点。"

"对,对!"文耀直点头,觉得妻子很聪明。

婆婆对此建议也十分赞成,当即决定给她宁波乡下一些娘家的远亲写封信。虽是"文化革命"至今没来往过,可从前,没少给他们好处,想来不会不帮这个忙的。并且是把一个上海姑娘送上门去做媳妇,她认为该抢着要才合理呢!信,是由文耀写的,严格地说,是端丽口授,文耀记录。先寒暄了几句客气话,再把文影的情况写了一些,并附上一张相片,然后转入正题——找份人家。只说想往近处调,距上海近点。关于病,就写了极含蓄的一句:"受了点刺激,身体不大好。"信寄走了,以后的日子,便是在盼望回信中打发了。每日两班邮差,成了大家最欢迎的人。盼过上午盼下午,盼过下午盼明天,文影的病症似乎越来越严重了。

一件事未了结,又来了一件,多多的中学三年混过去,要分配了。同六八届一样的一片红,据市乡办的人说十年后、百年后,仍是一片红,这样才能代代红。天天上班,工场间里常常谈论这话题,看来上山下乡影响到了每一个家庭。

"女儿学校里上门来动员了,"梁阿姨说,"我对他讲:你放心好了,我们不会去的。讲过一句再不和他啰唆,让他一个人坐在房间里,横竖他也不会偷东西。他坐了一歇就走了。"

"伲囡也要分配,她姐姐刚去安徽,学堂里不好意思来动员。我不让她去,她和我吵,我说我养活你,你还有什么可吵的!"

"跑得去插队落户,还是要养她。他们又养不活自己,反倒在火车上贴掉钞票。"

"在家里也不见得一生一世没有工作。上两届讲'两丁抽一',这两届一片红,下头两届又不晓得如何了。我们国家的政策不过夜,人就不好太呆了。"

端丽不好插嘴,可听听这些牢骚,能出出气,也能得到启发。她心里活动起来,是不是再应该试一试,把多多留住。当初文影分配时,如再硬硬头皮咬咬牙,说不定也就赖下来了。从感情上来说,她舍不得和女儿分开。女儿大了,和妈妈贴心多了,想到要把她送走,好比在心上剜了一刀。从经济上来说,她也无力再准备一份行装。小叔和小姑相继下乡,把家里最后一点老底都挖尽了。

"欧阳端丽,"梁阿姨叫她,"你家小孩挨着插队落户吧?"

"老大是六九届的,一片红呀!"

"你让她去?"

"讲心里话,真不愿,她读书早,读的是五年制,现在十五足岁都不到。但是我们家这个成分恐怕赖不下去。"端丽忧心忡忡。

"有啥赖不下去？你怕啥？插队落户么最最推板了，再坏也坏不到哪里去了。"

"到时候再讲了。"端丽说，心里却好像定了许多。

回到家里，多多就告诉她，晚上学校要来家庭访问，让她等着。

吃过晚饭不多久，果然有人敲门，正是多多学校的工宣队师傅和一位老师。他们坐下来先是环顾了房间，接着便和蔼地询问家里的情况：

多多的父亲多少工资，母亲多少工资，弟弟妹妹多大年龄，多多的身体好不好，等等。然后就开始了动员工作。端丽心里别别跳着，早就在做着回绝他们的发言准备。这会儿，不等他们把话说完，就气急败坏地说：

"多多年龄很小。参军年龄，工作年龄都是十八岁，她不到十五，不去。"

"李铁梅也很小……"那工人师傅说。

"多多比李铁梅还小三岁呢！"

"早点革命，早点锻炼有什么不好？"工人师傅皱皱眉头，那老师只是低头不语。

"在上海也可以革命，也可以锻炼嘛！再说她是老大，弟弟妹妹都小，她不能走。等她弟弟到了十八岁，我自己送到乡下去。"也许精神准备过了头，她说话就像吵架一样。

工宣队师傅和老师相视了一眼，说不出话来了，转脸对着文耀说："多多的父亲是怎么想的呢？"

文耀摸着下巴，支吾道："上山下乡，我支持。不过，多多还小……"

"多多的出身不太好，她思想改造比别人更有必要。"

端丽火了，一下子从板凳上跳起来："多多的出身不好，是她爷爷的事，就算她父亲有责任，也轮不到她孙囡辈。党的政策不是重在表现吗？你们今天是来动员的，上山下乡要自愿，就不要用成分压人。

如果你们认为多多这样的出身非去不可,你们又何必来动员,马上把她户口销掉好了。"

这一席话说得他们无言以对,端丽自己都觉得痛快,而且奇怪自己居然能义正词严,说出这么多道理,她兴奋得脸都红了。

他们刚下楼梯,多多就从箱子间冲了出来。刚才一听妈妈吵起来,她就吓得躲进了箱子间,关上门,也不怕闷死。多多冲着妈妈说:

"什么什么呀!你这样对待工宣队,我要倒霉的。"

"倒什么霉?最最推板就是插队落户了,再坏能坏到哪里去?"

文耀抱着胳膊看着她,摇着头说:"真凶啊!怎么变得这么凶,像个买小菜阿姨。"

"都是在工场间里听来的闲话,"多多嘀咕,"真野蛮!"

"做人要凶。否则,你爷爷这顶帽子要世世代代压下去,压死人的。"

文耀同意了:"这倒也是。"

"那我怎么办呢?"多多发愁。

"怎么办?在家里,爸爸妈妈养你!"

来来忽然说:"刚才妈妈一下子站起来,那两个人吓得往后一仰。"来来学着,大家都笑了,连多多也止不住笑了。

待了一段日子,多多自己不定心了,说她的同学都走了,常常和端丽闹。端丽只说:"让他们走,你还怕没有地方给你插队?"也就随她闹,不理会。多多从没见过妈妈这么有主意,这么强硬,心里倒也安定了,太平了许多。整天在家买菜、烧饭,管理弟弟妹妹,她戏称自己是"小家庭妇女","小劳动大姐"。她分担了妈妈很多劳动,使妈妈在工场间里工作得很安心,很好,常常受到表扬,每月总可有四十元上下的收入。端丽每月补贴婆婆十五元,充作文影的生活费。

宁波方面早已接上头,只是介绍的人家总不称心,直到八月才初步选定了一家。这家姓王,父亲是当地的大队会计,儿子今年二十六岁,比文影大三岁,年龄很合适。文化程度是高中毕业,这点也合适。

现在是生产队会计。姊妹很少,只一个十八岁的妹妹,口舌是非便能少了许多,这也中意。全家商量,又问了文影的意见,对她说只说是结了婚可往南方调,女大终要当嫁。文影也同意了。然后再由端丽给宁波的王家写信,表示同意见面,同意考虑。

立秋这天,那人来了,由端丽婆婆的一个亲戚陪同。小伙子长得不错,身高体阔,一双眼睛虎虎有神。头发三七开分得很整齐,青年装的上口袋里插了三杆钢笔。正巧是星期天,端丽想方设法弄了一桌小菜待客。

婆婆对小伙子还满意,公公只轻轻地说了声"粗坯",也没发表不同意见,文耀和端丽自然也不能有意见。只是端丽总有点觉得那人生相不太厚道。文影自己倒挺喜欢,精神好了许多,而话又比往日多了数倍。人家不知道内情,只当是生性如此,活泼而已。只有自己家的人暗暗担心,怕她发病。而实际上,这终是瞒不过去的,但此时此刻,谁都不那么想,一门心思地自欺欺人。

中午吃饭了,因为来客是乡下人,也就不必讲究。公公没有陪客,倒是多多等三个孩子一本正经地坐去三个座。端丽在厨房里炒菜上桌,正忙着,忽见三个孩子冲进厨房,把门关上就憋不住地笑了起来。多多笑得眼泪都掉下来了,咪咪捂着肚子蹲在地上。

"发什么人来疯!没有规矩。"端丽斥责道。

"妈妈,那人的吃相真好玩。"多多忍住笑报告。

"怎么好玩?"端丽好奇起来。

"就像前世没有吃过似的。"多多说。

"他一边吃,一边眼睛瞪这么大,在菜碗上看来看去。"来来学着。多多和咪咪又笑瘫了,蹲在地上。端丽也笑了,可笑过之后,心里却酸酸的,很为文影难过。

吃过饭,婆婆打发文影去睡觉,对客人抱歉道:"这孩子身体不好,不能太吃力了。"然后,向端丽使了个眼色,端丽会意地把孩子们赶出去。她知道婆婆要和客人正式谈判了,自己也识相地走出去带

上门,可婆婆叫道:

"端丽,你也来坐坐吧!"

她走进房间,见婆婆的表情有点张皇,知道她是怯场了,这事少不了又落在自己身上了。端丽心里也是一阵为难,不知该怎么开口才好。她故作镇静地泡来两杯茶,心里紧张地思忖着。

"阿娘,吃茶。"她把茶端过去。

"噢,嘿,罪过,罪过!"那老太太连声客气着。

"弟弟,吃茶,"端丽坐下,聊天似的说,"乡下年成还好吗?"

"一个工一元两角。"小会计报账道。

"那就很好了。文影插队那山里,一个工只值四五角,她又做不了一个工。"

"太穷了,太穷了!"老太太说。

"所以妹妹心里不开心呀!身体也不好了。心情是很影响身体的。"

"自然,自然。"

"张文影到底生的什么病?"那年轻人发问了。

端丽和婆婆不由交换了一个眼色,停了一停,端丽说:"她这个病也不算什么病,只要开心就像没有病。就怕生气、伤心,就要发作了。"

"发作起来什么样呢?是癫痫吗?"他刨根问底。

"不是癫痫,不是癫痫。发起来不过是闷声不响,或者哭哭,或者笑笑。"

年轻人和老太太交换了一个眼色,不再问了,神色却黯淡了许多。

端丽扯开了话题:"你们一个大队多少人家?"

"总有百十来户。"他敷衍。

"主要种点什么东西?"

"稻哇。"

气氛冷了许多。这么又坐了一会儿,婆婆起身出去找咪咪买点心,端丽也起身去拿热水瓶来斟茶。当她拿着热水瓶走到门口,听屋里传来轻轻的说话声:

"这种病结了婚就会好的。"那老太太在劝小伙子。

"我又不是一帖药。"小伙子闷闷不乐地说。

"她毛病好了,有你的福享了。张家是什么人家,你知道?"

"现在还有什么,不都靠劳动吃饭。"

"你年纪轻,不懂。有句老话道:瘦死的骆驼比马大……"

端丽的心冰凉冰凉,站在门口怔住了。

"端丽,做啥?"婆婆过来了,奇怪地瞅着她。

"姆妈,你来。"端丽转过身,不由分说地拉住婆婆的手,走到厨房,关上了门。

"啥事体?端丽。"婆婆莫名其妙。

"这门亲算了吧!嫁过去,对谁也不会有好处,"端丽压低声音急急地说,"且不说结了婚,妹妹的病不一定能好。那里虽是姆妈你的老家,可那么多年不走动,人生地疏,妹妹在那里举目无亲。万一婆家再有闲言闲语,只怕她的病只会加重。再说,人家好端端一个小伙子,为何要到上海来找媳妇,恐怕也有别方面的贪图。"接着端丽就把刚才听来的话一一转述了。

婆婆怔怔的,过了一会儿,眼泪下来了:"前世作孽,前世作孽!"

"姆妈,你听我一句话,我和文影虽不是亲姐妹,但我决不会为她坏的。她的病不能再耽误了,要看病。"端丽恳切地说。

婆婆哭着:"我老了,也有些糊涂了。这事全靠你了。虽说你只是个媳妇,可比我儿子还强,爹爹昨天还夸你呢!"

这次是正式的权利下放。端丽立即行动起来,带文影去看了病,医生说需要住院治疗,可是病床很紧张,去家等医院的通知吧!端丽又设法托人找关系。她如今工作了,有了新的社会关系。工场间的阿姨虽粗鲁,却很热心,热心中掺了点好奇,因此促进了热心。七转八转,居然和精神病院住院处的护士长联系上了。十一月时,终于得了一张床位。

端丽送文影住院去了。

女病房是一间很大的房间,足有二三十个床位,一个个身穿白衣服的病人,坐在各自的床上,神态各异。有的极其冷淡,有的十分粗鲁,有的兴奋地动个不停,有的懒懒的昏昏欲睡,还有一个像幽灵似的从这头飘到那头,从那头荡到这头。文影沉默着,沉默中含着恐惧。她紧紧地依着嫂嫂,像个孩子似的需要保护。端丽挽着她的手,轻声安慰着,实际上也是安慰着自己:

"这里倒蛮静的。好好休息,什么也别管,下午,我和姆妈就来看你。"

文影听话地点点头。

办好了住院手续,听护士交代了探病的规章制度,服侍文影换了衣服。白色的,染有几块黄色药渍的病员服罩在文影消瘦的身体上,像套了一只口袋,把人都显小了。文影好像一下子小了十岁,脸色苍白,眼神怯怯的,每一转眸都像是在寻求保护。她又好像突然苍老了十岁,眼角、额头有了细细的皱纹。背有些佝偻,走路行动透出迟钝、蹒跚。

端丽走的时候,让她躺着别动,可她不声不响,仍然站起身,默默地跟在嫂嫂身后,走到门边。端丽回过头:

"进去吧!"

文影不说话,倚着门,凄楚地看着嫂嫂走下楼梯。在这一瞬间,端丽几乎对自己的做法动摇了,她怀疑自己是不是错了。在这里,她感到每个人都是精神病,而独独自己的小姑不是。她了解小姑发病的原委,她认为小姑的发病是合理的,她是极清醒极正常的。她不该和这些反常的人在一起。她这么认为,更加觉得把文影送进去是桩错误了。

下午,婆婆去看了文影,回来就哭。以后,每个人去看望回来都唉声叹气的,言语之间,不免有些责备端丽心狠手辣,似乎她把妹妹送入了地狱。端丽压力很重,而且有些负气。于是更加觉得对文影有着不可推卸的责任,这责任压得她很疲倦,很紧张,可却也使她精神大振。

她从来没对谁负过什么责任,自己生下那三个孩子,如果生了病,她只需向奶妈问罪,自己心灵上是没有一点负担的。这会儿,却要为文影及其全家负责任了,她觉得这是个很沉重的负担。

她几乎每天下班跑医院,看望文影,向医生询问情况。多挣点钱为文影买营养品,她请金花阿姨又找了一个孩子带。这个孩子,基本上由多多负责。

这当儿,文光回来了,是探亲。然而半个月过去了,他又去信续了半个月假。一个月过去了,他又续假。这么拖了三个月,他干脆连续假都免了,毫无走的打算。每日里睡睡懒觉,逛逛马路。和插队前一样,百无聊赖,闷闷不乐,进进出出没有一点声响,只多了一个抽烟的习惯。他回来不走,本在端丽意料之中,可暗地里又总希望他不至于那么糟糕。这会儿,是真正认定他没出息,从心里可怜他又瞧不起他。

这么过到了七三年,忽然下来一个文件,凡有医院证明有病的或独养子女,均可办理回沪手续。端丽行动起来,到处奔波,为文影办理病退。她的病已是人所共知的事情,手续办得十分顺利,只是最后还须去一次江西。

"让二弟去吧!他在家横竖没事,并且又是出过门的人,总有数些。"文耀提议。

"我?不行!江西话我听不懂,如何打交道,"文光很客气。似乎除他以外,其他人都懂江西话似的,"还是哥哥去。哥哥年龄大,有社会经验。"

"我要上班呢!"

"请假嘛。你们研究所是事业单位,请事假又不扣工资。"

"扣工资倒好办了。正因为不扣才要自觉呢!"文耀顿时有了觉悟,"弟弟去嘛!你没事,譬如去旅游。"

"我和乡下人打不来交道,弄不好就把事办糟了。"

兄弟俩推来推去,婆婆火了:

"反正,这是你们两个哥哥的事,总不成让你们六十多岁的爹爹跑到荒山野地去。"

"哥哥去,去嘛算了!"

"弟弟去,弟弟去,弟弟去了!"

端丽又好气又好笑,看不下去了,说:"看来,只有我去了。"

"你一个女人家,跑外码头,能行吗?"婆婆犹豫着。

端丽苦笑了一下:"事到如今,顾不得许多了。总要有个人去吧!"

最后,还是端丽出马,去了十天,回来了。带来了户口、粮油等关系,还把文影的箱子衣物带了回来。另外,她把文影没用完的草纸、肥皂、毛巾、牙膏和不易携带的热水瓶、钢精锅、火油炉,在当地处理了。变卖来的钱,正好抵偿了来回路费,还剩两块三角。

回到家,大家都很欢喜,婆婆告诉她,文影的病情有了好转,就怕复发。医生说,再巩固一段时间便可以出院了。端丽一阵轻松,腿却软了,不由瘫坐下来。一家人惊慌地围住她,问她怎么了。她疲倦而幸福地微笑着,噙着眼泪喃喃地说:

"总算一家人平平安安,团团圆圆。"

七

三年的时间,一分一秒地熬过去了,回过头看看,又好似只有一眨眼工夫。公公婆婆老了一些;端丽转正了;文影作为病退知青分在街道幼儿园做老师;来来中学毕业分在隔壁弄堂口小烟纸店站柜台;咪咪升了中学;多多终于赖下来,进了街道一爿做洋娃娃的生产组,交了一个男朋友,人品模样都好,出身工人阶级。虽总难免有屈就之感,但想到多多的孩子可不必再戴资产阶级帽子,也就心安了。独有文光、文耀两兄弟,依然如旧,一个在家里睡睡懒觉,逛逛马路,发发呆,不想前也不想后,得过且过;另一个省心省力地捧着国家铁饭碗,碗里饭不多也没少,六十元,倒是一点没有显老。

到了一九七六年年底,世道发生了翻天覆地的变化。反映到张家的,首先是知识青年的回沪,文光立即抖擞起来,跑回黑龙江,把户口办了回来。然后,政策落实了,退回了抄家物资——实际上只是幸存的一小部分,十年里停发的定息和工资补发了,存折还了,三楼的房间启封了,楼下那两户,也受到了房管处的催促。他们趁机向房管处提出条件,当房管处给予满足时,那条件忽又提高了,水涨船高,不知何时能解决。这是他们改善自己居住条件的最难得的机会,确实不能轻易放过。而张家惨淡十年能有今天,只认为是天赐洪福,千谢万谢,心满意足,并不要求百分之一百的偿还。

一家人,个个欢欣鼓舞,公公婆婆像是年轻了几十年,容光焕发。孙子孙女也是欢天喜地。他们中间除了文耀,都是在最低级的小集体单位,看不到前景,加工资轮不上,找对象也难排上号。如今,就是不工作也能过得舒舒服服,十年的艰辛终于得到了补偿。

父亲拿到了十年强制储蓄起来的一大笔钱,豁达地说:"我老了,钱是带不到棺材里去的。"他将钱分给了每个子女一份。另外,又给了端丽一份,他说:

"端丽在这十年里,很辛苦。这个家全靠她撑持着。在文光、文影身上花的心血是不可用钱计算的。"

"爹爹,我不要!"端丽说。这半年来的迅疾变化,使她觉得像在做梦。如今,这一厚沓钞票放在面前,日光灯下,票面上每一道细巧的花纹都清清楚楚,她才感到真切。然而,这么厚的一沓拾元票面的钞票,又叫她有点莫名其妙地害怕,"十年里兵荒马乱,我就算是有心也无力,并没有做什么。我不能拿这钱。况且孩子都大了,我也有了工作,我们不缺钱用。"

"爹爹既然已经讲了,你就不要客气了。"婆婆说。

端丽还想推辞,却感觉到文耀在轻轻地踢她的脚,又把话咽了下去。可心里却定了主意,绝不收那钱,她认为多拿了钱会难做人的。

回到三楼——三楼归还,他们住上去,公公婆婆独自住二楼。关上房门,文耀立即就说:

"你的主意真大,也不和我商量,当场就回脱爹爹的钞票。"

"是爹爹给我的,当然由我做主。"

"我是你的什么人啊?是你丈夫,是一家之主,总要听听我的意见。"当家难的时候,他引退,如今倒要索回家长的权利了。

"那么现在我对你讲,我不要那钱,要这么多钱干吗?"

"你别发傻好吗?这钱又不是我们去讨来的,有什么好客气的?"

"我不想……"

"为啥不想要?你的那个工作倒可以辞掉了,好好享享福吧!"

"不工作了?"端丽没想过这个,有点茫然。

"好像你已经工作过几十年似的。"文耀讥讽地笑道。

端丽发火了:"是没有几十年,只有几年。不过要不是这个工作,把家当光了也过不来。"

"是的是的,"文耀歉疚地说,"你变得多么厉害呀!过去你那么温柔,小鸟依人似的,过马路都不敢一个人……"

他那惋惜的神气使得端丽不由得难过起来,她惆怅地喃喃自语道:"我是变了。这么样过十年,谁能不变?"

文耀温存地将端丽一绺夹着银丝的额发撩上去:"你太苦了,老了许多。我是个没用场的人,只有爹爹的钱,可以报答你。"

端丽不响,慢慢转过脸,对着五斗橱上的镜子。很久没有细细地打量自己,镜子里的形象生疏了——头发的样式俗而老气。眼睛下面不知什么时候悄悄地垂下了两个泪囊,嘴角鼻凹又是什么时候刻下了细而深长的纹路。面颊的皮肤粗了,汗毛孔肆无忌惮地扩张开来,她情不自禁地抬起手抚摸了一下脸庞。这时,她看见了自己的手,皮肤皱缩了,指关节突出了,手指头的肉难看地翻过来顶住又平又秃的指甲,指甲周围,长满了肉刺。

"我是老了。"她沮丧地垂下手,呆呆地看着镜子里那个丑陋而陌生的形象,那确定无疑的正是自己。

文耀走到她身后,抚摸着妻子的头发,轻声说:"别难过。这十年,我们要赎回来。"

端丽从镜子里端详着丈夫,她似乎又看到了十多年前那个风流倜傥的丈夫,他潇洒自如,谈吐风趣而机智,浑身洋溢着一种永不消退的活力。她爱他。

当天夜里,他们就把钱存进了银行的通宵服务处,让它毫不耽搁地生利、生息、变本、再生利、生息……可是,工作她没舍得退。这是不容易争取来的,再说,天有不测风云,说不定哪一天……一切都是不可靠的,唯有职业是铁打的,这是社会主义的优越性。她考虑了一下,决定请病假,工资全扣完了不要紧,只要保留这个职业。这些年的辛苦,她得了轻度的腰椎间盘突出症。里弄里的合作医疗,很容易开出病假,只要你自己舍得钱。

她去送病假条时,梁阿姨看都没看,就爽快地说:"你休息吧!这种生活本不是你做得长远的。"

也许梁阿姨确有弦外之音,也许只是她自己多心了,端丽涨红了脸,急忙解释说:"其实不休息也可以,不过就是想治疗得彻底一点。好了之后,我还是要来做的。"

"可以,可以。你啥时候想来就啥时候来。"梁阿姨说。

旁边的小矮个子阿姨插嘴道:"你也是有福不会享。叫我是你,真不来做这种短命生活,每日里不歇一口气地做,也只有一块六角。"

大块头阿姨说:"张家媳妇,想穿点,有钞票不吃不用,真是'阿木林'了。"

"靠工场间这点工钿不会发财的……"

"不不,话不能这样讲。毛病好了我还是要来做的。"端丽红着脸说,赶紧出来了。走出石库门,穿出弄堂,到了马路上,一阵风迎面吹来,她才感觉到背心出了一层汗,衬衫都湿了。她出了一口长气,往家走去。走到路口,看见金花阿姨迎面走来。

"张家媳妇!"金花阿姨叫她。

"哎,金花阿姨,这一向还好吗?"

"蛮好!昨日碰到你家先生了,他说你们家要找个阿姨。你们要半日的?全日的?还是光洗衣服或者买小菜的啊?"

端丽忽然窘起来了。这事虽是这几天家里商量的,她也觉得有必要找个保姆,可是她坚决不同意请金花阿姨推荐。不知为什么,她认为拜托金花阿姨帮这个忙是极不合适,极不应该的。为了这,还和文耀吵了嘴,他为她不服从自己很觉气愤,很是怀念十几年前不敢过马路的端丽。

"我倒认识一个人,五十多岁,人蛮清爽,蛮老实。不过就是临时户口,你们要看看人吧?"

"究竟用不用人也还没说定呢!"端丽支吾着。

"你回去和你家先生商量商量好吧?不要想不穿,有钱就过过惬意日子嘛!"金花阿姨开导她。

"好的,我回去商量商量。过几天给你回音,让咪咪到你那里去。"

"我来,我来。"

"咪咪去,咪咪去。"

她们客气着,然后分手了。端丽背心上又出了一层汗。

以后的十几天里,端丽就跟着文耀一起跑商店:添置家具,买电视机、电冰箱、电风扇,买衣料、衣服、皮鞋,买种种护肤、护发的面霜,还有染发水、洗发精……端丽烫了头发。

她坐在理发店的镜子前,心咚咚地跳着,想象不出自己会变成什么模样。当头发一绺一绺地卷起,放下,做好,吹好,整理完毕以后,她对着镜子出了好一会儿神。镜子里的形象,她既感到陌生,又感到熟悉。她欣慰地发现,自己还没老到不可收拾的地步。

"蛮好,蛮好!"文耀站在她身后,满意地说,把她从迷茫中唤醒了。她羞涩地一笑,站了起来,下意识地挺直了腰。无意中瞥见橱窗里自己的影子,她很满意。自我感觉变了,变得十分良好。她想,还可以再好好地生活一番呢!

南京路上,人来人往,十分拥挤。人们像排成队似的慢慢行走着,绝不可能快步如飞,也无必要快步如飞。在这里,人们就只是为了走走,看看,买买东西。这是一条没有目的地的道路,或者说,这道路本身就是目的地。端丽走在人群中,耐着性子慢慢挪着,手不能甩,腿不能迈,不觉有些急躁起来,总想快点穿过人群向前走。难免挤着了几个人,于是人们便都回头看她,皱眉,撇嘴。

"你干吗这么快?难道去赶火车?"文耀拉住了她。

"这么慢吞吞,肚肠根都痒了。"她说。

"急什么!家里有什么事,有阿姨在,又不要你回去淘米烧饭。"

"我晓得。不过,我们也没什么事呀。"

"没有事慢慢逛逛玩玩呀!你看,这块料子很雅致。"

"我穿太嫩气,多多穿又有点老气。走吧!"她极力往前走。

"难道非要买才可以看吗?欣赏欣赏玩玩嘛!"文耀极力挽住她的脚步。

"这皮鞋也挺好,后跟还有点样子。"

端丽细细瞧了一回,说:"要三十张专用券呢,真棘手!"

"看看嘛!"

好久好久没有来南京路了,她感到路上行人比十几年前多出好几倍,每个店里都挤得满满腾腾,头都发昏了。从东走到西,一边走,一边不时地需要吃点东西增加动力。这么走着吃着,就只为了看看。挤来挤去,好不容易挤到柜台跟前,也就为了更贴近地看看。也许这走、挤、吃的本身就是目的,就是乐趣吧。这太浪费时间和精力了,端丽实惠地想。然而再静下心来细想想,她如今有的是时间和精力,总要有个出处吧!这样使用未尝不可。她想起,过去自己曾经很希望有一天能悠闲地走走、逛逛,不要再像赶火车似的往家赶——家里总有那么多的杂事在等她:晚饭、脏衣服、庆庆……她又想起更远的过去:自己时常在南京路、淮海路逛的,那时候一点不急躁,常常能得到意外的收获:一双样式新颖少见的皮鞋,一块五分钟之内便会抢光的衣料。那时候,常常有亲戚朋友,或只是擦肩而过的路人,羡慕地看着她,问她:"你这件衣服在哪儿买的?""现在还能买到吗?""这皮鞋不是外面带进来的吧?"……

"端丽,"文耀在叫她,"这个电视柜和咱们那套家具很协调,是吗?"

"嗯,让我看看。"端丽细细地打量了一下橱窗里的电视柜,乳黄色,水曲柳木料,一排七个抽屉,样式朴素而华贵。

"喜欢吗?"

"确实很好,多少钱?哟,一百块,太贵了。"

"贵什么?喜欢,就买嘛。咱们也需要个放电视机的东西。"文耀拉着她走进家具店,挑中一个。然后走到付款处,刷刷地点出一百元钱,轻轻巧巧地往小玻璃窗里一递。那派头,那风度,大方而优雅。文耀花起钱来总是很漂亮。端丽满意地抚摸着电视柜,心想:今天一下午终究不是白逛的。

以后,她时常出来逛了。偶尔真能买到一点新鲜的东西,就算买不到什么,也能了解市面上的商品情况,服装流行款式,所谓市场情报吧!因此,每一回她都不认为是白逛的。渐渐的,她开始对走、挤、看的本身也感觉到了乐趣,于是,逛马路便成了她生活中的一大内容。

这时候,公公的一些工商界老朋友重又走动起来,其中有不少女眷是端丽很要好的小姐妹,社会交际频繁了。获得新生之际总要庆贺一番,不知是由谁领的头,开始走马灯似的设宴请客,新雅、美心、国际,和平,几乎每周都要赴宴。第一轮结束,又开始第二轮:结婚宴席;第三轮:生日宴席;第四轮:为了宴席的宴席……赴宴、请客,又成了端丽生活的一大内容。而这一项又连带起了第三项——做衣服,做头发,修指甲,按摩面部皮肤肌肉。走进工场间,蓬头垢面都不要紧,而走在栗色的光亮的打蜡地板上,坐在杯盘碗盏闪闪发亮的餐桌前,便要有个同样发光闪亮的外表。工场间里要的是产品,这里要的却是文雅的态度,好的吃相,入时的衣装。大家都在互相打量,暗中比较。

这三项,使得她的生活丰满了,忙碌了。端丽感到自己青春勃发、精力旺盛,她觉得自己确能够再好好生活一番。她不仅想到自己,还想到孩子们,这十年里,他们跟着父母受了很多委屈,应该好好地补偿孩子。她决定给三个孩子各买一块进口表。咪咪还小,暂不买。等她中学毕业了再买,那时兴许又有更好的进口表呢。多多三天之内便打听到了表的一切行情,买了一块瑞士罗马女表。来来却不大热心,只顾忙着功课,准备考大学。七七年落第了,决定再考一次。端丽催他:

"明天礼拜,跟爸爸一起上南京路走走,看有没有你喜欢的表。"

"明天我要温课,不行!"他一口回绝。

"那么让爸爸做主买了。好吗?"

"随便!"

"英纳格,好吗?"

"随便。"

"欧米迦,好吗?"

"随便。"

端丽不高兴了:"你怎么这样随便?"

"是随便嘛!戴什么表不一样?要紧的是考上大学。"他埋下头,不再搭理妈妈。

端丽默默地看着来来,这孩子如今变得又瘦又高,跟小时候完全不一样了。对吃食的热心转移到了学习上面,但仍然是那么一副急匔匔、饥不可待的神气。每天在小烟纸店站了八小时柜台,晚上还要用功到十一二点。端丽让他请半天病假温习功课,不要开夜车了,错过子夜觉是极伤身体的。来来听从了,请了半天假,却比平日更加拼命。端丽以为还不如上班轻松呢!站柜台虽然是"站",但无须用脑子。因此也不再劝他请假了。

"何苦呢!"端丽自言自语,"'文化大革命'苦了十年,现在还不享点福,自己和自己过不去。"

"妈妈,你真是!"来来不耐烦地抬起头,"'文化大革命',我们这种人,拼死了也上不了大学,现在好不容易一律对待择优录取,你又来烦。"

"大学,大学有什么意思?妈妈正正式式大学毕业,又怎么样?'文化大革命'当中,给人当保姆,工场间当学徒,什么没干过?我想来想去也想穿了,只要有钞票,什么都有了。"端丽想起这些年身无分文的窘迫,她想起为了挣每一分钱所付出的辛苦和委屈,眼圈红了。

十年的苦难,留给每个人的经验都是很不一样的,而在一个人的每一个时期也都是很不一样的。这会儿,端丽从这十年的体验中吸取的只是一种实惠精神。她决心好好生活,像文耀所说的,赎回十年。她以为那十年是白过了。

八

端丽一个月一个月地开病假,但她自己不再亲自送去,总打发咪咪或者阿姨送去。有一次,阿姨带来了梁阿姨的一张条。梁阿姨说:现在待业青年很多,又有从外地回沪的青年要安排,工场间人手很够了。她身体实在不行,可以把工作退掉。如同意,让阿姨过去讲一声就行了。阿姨是刚从扬州乡下来的,很老实,规规矩矩站在一边等端丽回话。端丽笑笑说:"等会儿再说吧!"把阿姨打发走,准备等文耀回来再商量。可文耀回来时,带了一架日本索尼的四喇叭收录机,全家欢腾,多多为了邓丽君,来来为了英语,咪咪既为邓丽君,也为英语,心中尚有个不好意思说出口的所为,则是为听听自己说话的声音。这孩子不知怎么,土头土脑的,姐姐叫她"阿乡"。给她做一件衣服,她叠好收起来不舍得穿,让她一个人出去吃点心,她只吃一碗阳春面。端丽也高兴,是为了家用电器的日益齐全。大家商量着如何安置这个四喇叭,端丽便把要同文耀商量的事忘了。第二天想起时,又觉得这不是什么大事,无须这么认真。随他们去,将她除名,无所谓;给她留职,也无所谓。

家里事很多,都在为文影的婚姻问题忙。如今,有了一份数量可观的陪嫁的文影,已不乏追求者了,轮到文影挑挑拣拣。文影对自己的估价很高,却没想到自己年近三十,再如何保养,也要见出点老气。再加上前几年生的那场病,服的药似有些副作用,据说都含有一些激素的成分。她过早地发胖了,体形不再像过去那样秀气苗条,显出了蠢笨。因而造成了"高不成,低不就"的局面。前几天,端丽的一个小姊妹又为文影介绍了一个对象,男方是在某科研单位工作,长相很体面,魁梧,健壮,又很斯文,家里也是颇有些底子的。文影很欢喜,可那男的态度却不甚明朗。往来几次后,还是断了。文影很不开心,似有些要犯病的样子,家里人极担心,想尽一切办法让她散心,姆妈陪她去了一次苏州。回来后精神好了点,端丽趁机劝她:"妹妹,你快三十岁了,不要拖得太久了。"

"我也不想拖,可总要找个称心如意的。"

"当然。但眼光稍稍放平一些,要实事求是。"

"什么叫实事求是?我的要求并不过高,对男的条件总要对得起我自己才行。"

"那自然。不过,身外的条件究竟是次要的,主要是看人品。"

"人要好,条件也要好。"

"条件不是主要的,还是要感情好。"端丽想起文影曾经过的爱情波折,她应该懂得势利眼的可恶,怎么还如此看不破,实在是白白地病了一场。可端丽却忘了多多——她让多多与那位工人出身的男朋友断了关系,她对多多说:"凭你现在的条件,可以随你挑,随你拣。"果然,多多找到了个极好的——父母均在国外,早晚要出去接受遗产。

"条件为什么不重要?"文影说,异样地盯着端丽的眼睛,"你当初不也是看我哥哥有钱才嫁过来的?"

端丽的脸刷地红了:"妹妹,你可不要这样说话。我跟你哥哥享了福,可也受了苦。'文化大革命'……"

"爹爹不是补偿你了?给了你那么多,我这个亲生囡也不过只比你多一半。"文影刻薄地说。

端丽脸白了,嘴唇动了动,却没说出话来。她站起来转身就走了。回到家里,她不由得哆嗦了起来。原来小姑这么在看待自己。当然,她和小姑的这类纠纷,在"文化大革命"之前常常发生,虽没有这么粗鲁地面对面拌嘴,可私下却没少生气。可这会儿,她感到不习惯,无言以对,不知道该怎么辩驳小姑。她一整天都憋着气,胸口起伏着,焦灼地等待文耀回来,好向他倾诉这一切。然而她等不及了,等多多下班回来,统统告诉了多多。多多是任性惯了的,一听气得火冒三丈,一定要找小娘娘去讲清楚。端丽说过之后,气平了不少,倒反劝起女儿来:"算了算了,不和她一般见识。"多多不想算,想找着机会把话说给娘娘听。

早上多多去上班,走到二楼文影门前,端丽趴在楼梯上嘱咐了一句:"骑车子小心。"多多新买了一辆台湾小轮子车,进进出出,哪怕只一百米距离也要以车代步,弄得端丽好不提心吊胆。

多多听了妈妈的话,站住脚,大声说:"妈妈,你又要多管闲事,管了也不会落好的!要是你不管,人家现在做乡下媳妇,多少有劲!"

文影在屋里隔着门说:"闲事不是白管的,有报酬,何乐而不为。"

于是一句来,一句去,没完没了了。

这样的摩擦越来越多,连端丽都觉得无聊了,可又无力解脱,心情十分不好。文影也忒气人,嫂嫂或是多多,每买一件东西,她知道了都要闹,闹过之后,总要得到一件同样的或不同样的东西才能解气。而每回她向父母要东西要不着,也必定迁怒到嫂嫂身上,用嫂嫂得到的那份额外的财产压父母。她越来越难伺候,越来越难满足,婆婆一个人都对付不了了。而端丽认定了,不再去管闲事,一句嘴不插,只是心里奇怪:文影为何不与插队落户那情那景比较比较,总该有一番忆苦思甜吧!当她责备着小姑时,却丝毫没想起自己,实也应该好好地"忆苦思甜"一番。她都把那十年忘了,那不堪回首的十年没有了。有时候,端丽常常会感到一种突如其来的怅惘,但她从不追究那怅惘从何而来。

　　面对着这矛盾,各人的态度均不相同。公公骂文影忘恩负义;婆婆责备端丽得了便宜还不肯让人;文耀很乐观,认为这是过渡时期的矛盾,等妹妹出了嫁便会解决;文光很淡泊,认定这是有闲阶级无聊生活的反映。看见嫂嫂为此烦恼,便劝说道:

　　"何必!这都是吃饱了饭撑的。生活没有意义,各自为自己的精神寻找寄托。"

　　"你又有什么寄托呢?"端丽没好气地顶他。

　　"没有什么。每天上下班,做满八小时,月初领工资。一切都不用费心,一切都是现成。我们只需吃了做,做了吃。"

　　"你也不一样的无聊!"

　　"当然,所以我想着,把工作退了。"

　　端丽点点头笑道:"是啊,吃饱饭了,又要想出花样来了。"

　　"爹爹给我的钱,足够做本钱了。现在政府不是鼓励个体经济吗?我想开个西餐厅。"

　　"发疯!"端丽想到他连炒鸡蛋都不会。

　　"我是觉着自己要发疯了。我们活着,就只为了活着。我们对谁都没有责任。"文光忽然变得忧郁起来。

端丽缓缓地劝他:"你能有今天,很不容易,要知足了。"

"是的,"他闷闷地说,"省心,又省力。吃了做,做了吃,平行的循环,而生活应该是上升的螺旋。"

端丽不理他了,只是摇头。

"嫂嫂,那年我去黑龙江,你陪我去买东西,还记得吗?"

"记得。"

"路上,你对我说的话,我这会儿感到很有哲理。"

她吓了一跳:"请你不要寻我的开心。"

"不不,是真的。我问你,人为什么要活着。你说:吃,穿!当时我觉得庸俗,可现在我想透了。就是为了吃,穿。我们劳动是为了吃穿得更好;更好地吃穿,是为了更努力地劳动,使吃和穿进一步。人类世界不就是这么发展的?"

"你想的总是很好。"端丽肯定他。

"所以我想,不要那铁饭碗,自己创造新大陆。"

端丽仔细地看看他,摇了摇头:"我劝你就这么想想说说算了,千万别动手去做,你做总是做不到底的。"

"何以见得?"文光不服气。

"你和爹爹划清界限,没划到底;去黑龙江建设边疆,也没建到底。"

"那时太幼稚,现在成熟了。"

端丽还是摇头。

"你等着看。"文光说。

等了不少日子,端丽见他并无什么动静,每天上下班,不高兴了就请半天病假,躺在床上捧着一大堆杂志看小说。如今文学刊物如雨后春笋,层出不穷,任他怎么看也看不完的。那开西餐馆的念头也许已自生自灭了,或许,这正是他成熟的标志。端丽心中暗暗好笑,但在内心对他倒有了一点好感,觉得这些年他毕竟有过一些思考,因此也有了一些长进,尽管只停留在口头,但总比连口头的长进也没的人强些。她想起了小姑,她这十年的长进,不过是从小姐脾气发展成了老小姐脾气,越发难弄。看到多多和她的男朋友走进走出,都要说几句闲话。多多完全能意识到自己的优越,索性不理小娘娘,不屑于和她拌嘴。她觉得自己迟早要离开家,有一种临时观点,经常迟到,早退,旷工。端丽看不过去,有时说她:"你不去也要请个假,病假还是事假,总要有个说法。我在路上碰到你同事都不好意思说话了。"

多多噎妈妈:"你自己不也不去上班?让他们把我开除好了。"

端丽气得说不出话来,发现多多的脾气和十年前一样的坏了,娇纵、任性、贪玩、爱打扮。她忽然十分想念"文化大革命"中那个下乡回来、皮肤黑黝黝,叫她"亲爱的妈妈"的多多。她叹了一口气,心想,这十年家里苦虽苦,感情上却还是有所得的。熬出头来了,该吸取一些什么经验教训吧!生活难道就只是完完全全的恢复?

生活在恢复,连更早一点的交谊舞会都恢复了。虽然没有舞厅,可是大学里,工厂里,机关里,甚至自己家里,都开起了舞会。文耀常常带着端丽和孩子去朋友家跳舞,有时在自己家里开。来来的复习迎考到了最紧张关键的阶段,他从不参加。咪咪只是坐在旁边看,土里土气地傻笑。她真土,居然还扎着两根牛角辫,穿着黑布鞋。新衣服,皮鞋,她总不穿,好好地收着。多多警告她:"再不穿,式样就要过时了,想穿也穿不出去了。"她仍不穿,有点乡下人的派头,小家子气。

多多很快就学会了跳舞,但总有一些变异,肩膀,腰,随着节奏扭着,并觉得古典的交谊舞已满足不了,年轻人都去学新式的扭摆舞。端丽这一辈人是不欣赏的。端丽的舞姿是最最古典,最最标准的,含蓄、优雅,有点懒懒的,却又是轻盈的。当她随着圆舞曲旋转时,会忘了自己四十多岁的年龄,她以为回到了大学生的舞会上,她和文耀这一对,总是舞会中心的漩涡。

每一个舞会,都是欲罢不能,直到深夜、凌晨才能结束。人的兴奋有着惯性,当这惯性终于消失,随之即来的却是寂寥,这寂寥使人疲倦,疲倦得烦躁。端丽惧怕这种寂寥,因此总不愿舞会结束,而拖延得越久,则越感到寂寥,疲倦感也越发强烈。弄到后来,她简直怕听到人家邀请她参加舞会了。她既抵不住舞会的吸引力,又抵不住跳毕之后的寂寥和倦怠。真不知如何是好。

自从有了舞会以后,端丽养成了晚睡晚起的习惯,准确的应该说是恢复了这习惯,在"文化大革命"之前,她都是这么着的。十点钟才起床,喝一杯咖啡,两片夹心饼干当早餐。也不换衣服,只穿着睡衣在屋子里走来走去。她最怕这时候来客人了,于是感到房间不够用,就去找婆婆商量:

"姆妈,'四人帮'打倒有两年了,我们再去催催房管处,把楼下的房间要回来,可以做客餐厅。现在,爹爹、文耀的朋友都来往起来了,没个客餐厅不方便啊!"

"这几天,你公公也在叨咕这桩事,不晓得能不能要回来呢,下面人家不知足得很,条件提得越来越高。也不想想过去住的是草棚棚。"

"去催总比不催好吧!"

公公又去催了几次,房管处迫不得已,加紧与楼下两家谈判,过了一个月,总算谈妥,楼下人家要搬了。

端丽想起阿毛娘对自己的种种好处,心里倒有点过意不去,买了一只蛋糕,表示恭贺乔迁之喜。阿毛娘不接蛋糕,眼睛望着别处,冷冷地说:

"还是老板有钱,住洋房,工人穷得响叮当啊。"

端丽不知说什么才好,站了一会,把蛋糕放在已搬上卡车的一张小桌子上,上楼了。她站在三楼窗前,默默地看着一筐筐煤饼、劈柴,一件件破烂的家什搬上卡车,最后,卡车"嘟"的一声,走了。

她走下楼,推进门去。房间很干净,地板拖得发白了,墙壁用石灰刷得惨白,墙上还留着一张新崛起的电影明星的照片。他们尽自己所能保护这房子,装饰这房子。她想起,阿毛娘说过:他们从没住过这么好的房子。她又想起,当咪咪听说他们原先住草棚子,老气横秋地说:"作孽!"这时,端丽心中升起一丝歉意,她想,他们现在搬到哪儿去了呢?但愿不再是棚户区。

不几天,房管处来人将两间房间打通,恢复原样。墙壁糊了贴墙布,地板打上了蜡。沙发买来了,三人的,双人的,单人的;茶几买来了,宽的,窄的,长条的;立灯、窗幔……都买来了。客餐厅重新建设起来了。

现在,"文化大革命"以前的一切,都恢复了。

当端丽重新习惯了这一切的时候,她的新生感却慢慢儿地消失尽了。她不再感到重新开始生活的幸福。这一切都给了她一种陈旧感,有时她恍惚觉得退回了十几年,可镜子里的自己却分明老了许多,于是,她惆怅,她忧郁。这是一种十分奇怪的感觉,她自己都没有意识清楚,也不知道这感觉从什么时候开始的。

她觉着百无聊赖:宴会,吃腻了;舞,跳累了;逛马路,够了;买东西,烦了。她想干点什么,却没什么可干的。这会儿,她倒开始羡慕文光。文光看小说看入了迷,居然学着动手做起小说来。他将他没有勇气实践的一切都交给小说中的人物去完成。这些东西居然发表了一二篇,还收到几个傻里傻气的中学生的来信。他越加起劲了,请了长假在家里写作。多少年来苦恼着他的问题解决了。经过这么些折腾,他总算为自己找到了一点事情做,这是一桩非常适合他的事情。他不再感到空虚,不再悲哀了。开始,端丽认为他是回避,可后来也服气了,他毕竟还能想出来,并能写下来,这也是不容易的。她读过他的小说,那只是一片透明的幻想,倒也给人一种安慰。端丽也很想找点事来做做,她太无聊了,无聊得烦闷。

在这烦闷的日子里,来来的大学录取通知来了,是全国第一流的重点大学。来来捧着通知的手直颤抖,半晌也没平静下来。其他人的高兴都很适当,不过分。张家并不缺少大学生,只要没有意外事故,每个人基本上都能受到大学程度的教育。到了八月底,来来要报到住校,端丽为他收拾行李。买蚊帐,买床单,买箱子,买卧式的录音机,一眨眼,三百元钱就出手了。她不由想起在那动乱的日子里,为文影、文光整理的两份行装。那时真难啊! 多多把一分一分从嘴里挖出来的钱都奉献了。想起这些,端丽疲倦地坐了下来。光是想想,也吃力,也后怕。当时自己是多么能干,多么有力量。那个能干的女人这会儿到哪儿去了呢? 而且,究竟那个能干的女人是不是自己呢? 她恍恍惚惚的,心里充满了一种迷失的感觉。她像一个负重的人突然从肩上卸下了负荷,轻松极了,轻松得能飘起来,轻松得失重了。

人生轻松过了头反会沉重起来;生活容易过了头又会艰难起来。

来来欢天喜地地去了学校,多多欢天喜地地出了嫁,家里更加冷清了。文耀见端丽闷闷不乐,以为家里客人多,送往迎来的太累了,便提议趁国庆三天假去杭州玩玩。端丽也以为自己是累了,想出去散散心,或许情绪能好转。她同意了,并建议带咪咪一起去。

"人家都说咪咪小家子气重得很,怪我们不带她出去见世面。"

"这孩子命苦,一生下来不久就碰上'文化大革命',该让她多享点福。"文耀也说。

可是咪咪不愿意:"我不去,我要复习功课。这次测验,代数只得了八十分。"咪咪学习很巴结,可是也许学习方式有问题,成绩总是平平。端丽可怜她,认为她大可不必费那么大劲读书。

"功课回来也有时间复习的。你不是还没去过杭州?"

"回来又要上新课了。今年升高中要考,代数没把握考一百分,就没希望进重点中学高中。"

"进不了就不进,我们不和人家争。现在家里好了,不会让你吃苦的,"端丽说的是真心话,她觉得咪咪和来来不同,她不是个读书的料,读起来吃力不讨好,何苦拼命呢! 她怜惜地抚摸着咪咪的头发,"你跟着爸爸妈妈吃了不少苦,现在有条件了,好好玩玩吧!"

咪咪抬起头,认真地看着妈妈:"妈妈,我们怎么一下子变得这么有钱了?"

"爷爷落实政策了嘛!"

"那全都是爷爷的钱?"

"爷爷的钱,就是爸爸的钱……"端丽支吾了。

"是爷爷赚来的?"

"是的,是爷爷赚来的。但是爷爷一个人用不完,将来你如果没有合适的工作,可以靠这钱过一辈子。"

"不工作,过日子有什么意思?"咪咪反问道。她从小苦惯了,是真的不习惯悠闲的生活。

端丽说不出话了,怔了一会儿,淡淡地说:"你实在不愿去就不去吧。"

"好的!"咪咪解脱了似的重又埋下头去做功课。端丽走到门口又回过身看了咪咪一眼,她后脑勺上两根牛角辫冲着天花板,一笔一画都贯注了十二分的兴趣和认真,她从来就是这样,干每件事都很认真,很仔细,很有兴味。她喜欢做事情,端丽无论让她干什么,她都欢天喜地,似乎这些琐事有着无穷的趣味。有一次,端丽让她排队买西瓜,队伍很长,太阳很辣,两小时之后,端丽才去换她。她汗流满面,却兴致勃勃,看到妈妈高兴地说:"只有九十八个人了。"九十八个人仍是一列很长的队伍,但总是在慢慢地缩短,接近目的地了。咪咪从小习惯的是在日头下,流着汗,一小步一小步地接近目标,获得果实。这十年的艰苦岁月,在咪咪身上留下了不可磨灭的烙印。岁月,毕竟不会烟消云灭,逝去得那么彻底,总要留下一点什么。要想完完全全恢复到"文化大革命"以前那情那景,是不可能的。端丽心里涌上一股说不出的滋味:好像是安慰,又好像是悲哀,她对杭州之行的兴趣淡漠了许多。

在杭州的三天,还是愉快的。跟着旅游车,凡事不用操心,可以尽兴地玩乐。三天之后,旅游车返回上海,车上那几对新婚夫妇,随之感叹:

"好了,再会了,杭州。明天又要上班了,唉!"他们叹着气,但那表情却并不悲哀。端丽不由得羡慕起他们来。他们回去了还有事干,尽管也许是极苦极脏极费力的事。自己确不用辛苦,没有什么事等着她,她可以自由地安排时间,想干什么干什么。然而,干什么呢?她沉默地望着越来越远的西湖,心里空落落的。

"是呀,明天要上班了,"文耀也说,"你看,还是你惬意。"

端丽愠怒地看了他一眼,她以为他是在嘲笑她,气她。过后又觉得自己可笑,神经过敏。然而一想,自己难道已经无聊得有点神经质了吗?不觉又害怕起来,极力使自己愉快。她试图轻松起来:

"过年,我们到宁波去玩吧!"

"对了!宁波的小镇很有风味,还可以从普陀山绕道去烧炷香。"文耀对游玩的路线总是十分明确。

前后左右几个小青年把脑袋靠拢过来听着。

"普陀山是佛教圣地,据说现在又修复了,每日里,朝山进香的人络绎不绝……"

一个新郎官说:"我们也去。"

他的小爱人,一个很清秀的女孩子白了他一眼:"啥地方来这么多钞票?"

"加几个班,不缺勤,年终奖金肯定够去一次。"

新上任的小主妇认真地核算了一下,点头批准了:"这倒是够了。"

端丽又悲凉起来,她老是羡慕人家,使得自己心情越来越糟。

到家了,一进门,阿姨就告诉她,工场间梁阿姨来过了,讨她的回话,请她无论如何要在这个星期决定了。

"阿姨,去烧洗澡水吧!"文耀吩咐,转头对妻子说,"退了吧,爽气点。"

"退了,"端丽怔怔地看着丈夫,"就没有工作了。"

"没有就没有,不就几十块钱吗?"

"这倒不光是为了钱。"端丽说。

"不为钱是为什么?"文耀脱外套,换拖鞋。

"要是再来一次'文化大革命'呢?"

文耀笑了起来:"要再来就亡党亡国了。"

"这倒是。"

"'文化大革命'已经过去了,彻底过去了,再也不会有了。"

"是过去了。"端丽同意,可是她却想,要真是这么一无痕迹,一无所得地过去,则是一桩极不合算的事。难道这十年的苦,就这么白白地吃了?总该留给人们一些什么吧!难道,我们这些大人,还不如咪咪吗?

"你不要心有余悸了。"

"先生,水开了,浴缸也擦了。"阿姨说。

"好,好。"文耀答应着,"哎,阿姨,你去工场间,讲一声……"

"不!"端丽叫了一声。

"怎么?你还要去工作?有福不享。"

"你不要管我,"端丽心烦地说,"我自己的事自己解决。"

"你主意也太大了,什么都是你说了算!"

"过去我倒蛮想听听你的主意的,可你有过什么主意吗?"

文耀真的恼了:"好了,不要吵了。阿姨你去讲,欧阳端丽明天就去上班。"

"阿姨,我自己去讲。"端丽说。心里却有一点发虚,真要她明天就去上班,她能去吗?那阴冷的石库门房子,惨白的日光灯,绕不完的线圈,粗俗的谈吐,轻薄的玩笑,阿兴流着口涎的微笑……她软弱地又说了一声:"明天我自己去讲。"

晚上,她睡不着,一个人坐在客厅前的小花园里,望着天上幽远的星星出神。秋夜的天空又高远又宁静,给人一种空明的心境。

"嫂嫂。"有人叫她。

"哦,是文光,吓了我一跳。还没睡?"

"已经躺下了,可脑子里忽然升上一个念头,就再也睡不着了。"文光靠着落地窗,抽着烟,烟头一明一暗。

"是来了灵感?"

"也许。有一个人,终生在寻求生活的意义,直到最后,他才明白,人生的真谛实质是十分简单,就只是自食其力。"

星星在很高很远的天上一闪一闪,端丽忽然想哭,她好久没哭了,生活里尽是好事,高兴的事,用不着眼泪。

"用自己的力量,将生命的小船渡到彼岸……"

眼泪沿着细巧的鼻梁流入嘴中,咸而且苦涩。她好久没尝过这滋味了,她如今什么味也尝不到。

"这一路上风风雨雨,坎坎坷坷,他尝到的一切甜酸苦辣,便是人生的滋味……"

"你说得总是很好,可实际上做起来却多么难呵!"端丽在心里说。

端丽的头发湿了,天,开始下露水。夜,深了。丁香花香更加浓郁,客厅里的大钟"当当当"打着。时间在过去,悄悄地替换着昨天和明天。它给人们留下了露水,雾,蓓蕾的绽开,或者凋谢。然而,它终究要留给人们一些什么,它不会白白地流逝。

一九八二年五月九日　徐州

小鲍庄

引　子

　　七天七夜的雨,天都下黑了。洪水从鲍山顶上轰轰然地直泻下来,一时间,天地又白了。

　　鲍山底的小鲍庄的人,眼见得山那边,白茫茫地来了一排雾气,拔腿便跑。七天的雨早把地下暄了,一脚下去,直陷到腿肚子,跑不赢了。那白茫茫排山倒海般地过来了,一堵墙似的,墙头溅着水花。

　　茅顶泥底的房子趴了,根深叶茂的大树倒了,玩意儿似的。

　　孩子不哭了,娘们儿不叫了,鸡不飞,狗不跳,天不黑,地不白,全没声了。

　　天没了,地没了。鸦雀无声。

　　不晓得过了多久,像是一眨眼那么短,又像是一世纪那么长,一根树浮出来,划开了天和地。树横漂在水面上,盘着一条长虫。

还是引子

　　小鲍庄的祖上是做官的,龙廷派他治水。用了九百九十九天时间,九千九百九十九个人工,筑起了一道鲍家坝,围住九万九千九百九十九亩好地,倒是安乐了一阵。不料,有一年,一连下了七七四十九天的雨,大水淹过坝顶,直泻下来,浇了满满一洼水。那坝子修得太坚牢,连个去处也没有,成了个大湖。

直过了三年,湖底才干。小鲍庄的这位先人被黜了官。念他往日的辛勤,龙廷开恩免了死罪。他自觉对不住百姓,痛悔不已,扪心自问又实在不知除了筑坝以外还有什么别的做法,一无奈何。他便带了妻子儿女,到了鲍家坝下最洼的地点安家落户,以此赎罪。从此便在这里繁衍开了,成了一个几百口子的庄子。

这里地洼,苇子倒长得旺。这儿一片,那儿一片,弄不好,就飞出蝗虫,飞得天黑日暗。最惧怕的还是水,唯一可做的抵挡便是修坝。一铲一铲的泥垒上去,眼见那坝高而且稳当,心理上也有依傍。天长日久,那坝宽大了许多,后人便叫作鲍山,而被鲍山环围的那一大片地,人们则叫作湖。因此别处都说"下地做活";此地却说"下湖做活"。山不高,可是地洼,山把地围得紧。那鲍山把山里边和山外边的地方隔远了。

这已是传说了,后人当作古来听,再当作古讲与后后人,倒也一代传一代地传了下来,并且生出好些枝节。比如:这位祖先是大禹的后代,于是,一整个鲍家都成了大禹的后人。又比如:这位祖先虽是大禹的后代,却不得大禹之精神——娶妻三天便出门治水,后来三次经过家门却不进家。妻生子,禹在门外听见儿子哭声都不进门。而这位祖先则在筑坝的同时,生了三子一女。由于心不虔诚,过后便让他见了颜色。自然,这就是野史了,不足为信,听听而已。

一

鲍彦山家里的,在床上哼唧,要生了。队长家的大狗子跑到湖里把鲍彦山喊回来。鲍彦山两只胳膊背在身后,夹了一杆锄子,不慌不忙地朝家走。不碍事,这是第七胎了,好比老母鸡下个蛋,不碍事,他心想。早生三个月便好了,这一季口粮全有了,他又想。不过这是作不得主的事,再说是差三个月,又不是三天,三个钟头,没处懊恼的。他想开了。

他家门口已经蹲了几个老头。还没落地,哼得也不紧。他把锄子往墙上一撑,也蹲下了。

"小麦出得还好?"鲍二爷问。

"就那样。"鲍彦山回答。

屋里传来呱呱的哭声,他老三家里的推门出来,嚷了一声:"是个小子!"

"小子好。"鲍二爷说。

"就那样。"鲍彦山回答。

"你不进来瞅瞅?"他老三家里的叫她大伯子。

鲍彦山耸了耸肩上的袄,站起身进屋了。一会儿,又出来了。

"咋样?"鲍二爷问。

"就那样。"鲍彦山回答。

"起个啥名?"

鲍彦山略微思索了一下:"大号叫个鲍仁平,小名就叫个捞渣。"

"捞渣?!"

"捞渣。这是最末了的了,本来没提防有他哩。"鲍彦山惭愧似的笑了一声。

"叫是叫得响,捞渣!"鲍二爷点头道。

他老三家里的又出来了,冲着鲍彦山说:"我大哥,你不能叫我大嫂吃芋干面坐月子。"说完不等回答,风风火火地走了,又风风火火地来了,手里端着一舀小麦面,进了屋。

"家里没小麦面了?"鲍二爷问。

鲍彦山嘿嘿一笑:"没事,这娘们吃草都能变妈妈。"此地,把奶叫作了妈妈。

大狗子背了一箕草从东头跑来:"社会子死了!"

东头一座小草屋里,传出鲍五爷哼哼唧唧的哭声,挤了一屋老娘们,吸吸溜溜地抹眼泪甩鼻子。

"你这个老不死的,你咋老不死啊!你咋老活着,活个没完,活个没头。你个老绝户活着有个啥趣儿啊!"鲍五爷咒着自个儿。

他唯一的孙子直挺挺地躺着,一张脸蜡黄。上年就得了干痨,一个劲儿地吐血,硬是把血呕干死的。

"早起喝了一碗稀饭,还叫我:'爷爷,扶我起来坐坐。'没提防,就死了哩!"鲍五爷跺着脚。

老娘们儿抽搭着。

队长挤了进来,蹲在鲍五爷身边开口了:

"你老别忒难受了,你老成不了绝户,这庄上,和社会子一辈的,'仁'字辈的,都是你的孙儿。"

"就是。"

"就是啊!"周围的人无不点头。

"小鲍庄谁家锅里有,就少不了你老碗里的。"

"我这不成吃百家饭的了吗?"鲍五爷又伤心。

"你老咋尽往低处想哇,敬重老人,这可不是天理常伦嘛!"

鲍五爷的哭声低了。

"现在是社会主义,新社会了。就算倒退一百年来说,咱庄上,你老见过哪个老的,没人养饿死冻死的?"

"就是。"

"就是啊!"

鲍五爷抑住啼哭:"我是说,我的命咋这么狠,老娘们,儿子,孙子,全叫我攮走了……"

"你老别这么说,生死不由人。"队长规劝道。鲍五爷这才渐渐地缓和了下来。

二

鲍山那边,有个小冯庄。庄上有个大闺女,叫小慧子。一九六〇年,跟着她大往北边要饭,一去去了两三年。回来时,她大没了,却多了个二岁的小小子,说是路边上拾来的。她就叫他拾来,他就叫她大姑。于是,渐渐的,一庄子人都改口叫大姑了。大姑一辈子没嫁人,守着拾来过。大姑疼拾来,疼亲儿似的。拾来吃稠的,大姑喝稀的;

拾来穿新的,大姑穿补的。只见大姑对拾来翻过一次脸,倒也不是为什么大事。拾来不知从哪翻出个货郎鼓,坐在门口摇着耍,大姑劈手夺过去,给了他一耳巴子。多少好东西叫拾来糟蹋了,大姑也不心疼,也不知这货郎鼓是金打的,还是银打的。倒是有些蹊跷。还有一桩蹊跷事。有一天,几个媳妇姊妹坐在一堆晒太阳纳鞋底,拾来走过来,一头钻进大姑怀里,伸手就掀她褂子前襟。大姑脸变了,推开拾来,站起身拾了板凳就朝家走,留下拾来呆站着。媳妇们逗拾来:

"想吃妈妈?找你娘去,这是你姑啊!"

拾来扁扁嘴,要哭又没哭。

渐渐的,庄上传出一个怪话,说的什么怪话,从不叫大姑听见,倒是常常有人去问拾来:

"拾来,你大姑那货郎鼓找来让我耍耍可管?"

"拾来,你大姑的妈妈你吃过吗?"

"拾来,你大姑……"

拾来虽小,却晓得问的不是好话,倒不回去向大姑学嘴,只是一味地沉默。问的人便越发觉着蹊跷,越发地要问。

拾来阴沉沉地看着他,然后一声不作地走了。于是,人们更加觉着这一大一小共同保守着一个什么秘密。而拾来则变得孤寂起来,尽力躲着人,和一切人疏远着,只与他大姑接近。

就这样,大姑带着拾来过。到如今,大姑老了,没人上门提亲了;拾来大了,长得又高又大,堂堂一条汉子,干活拿九分五的工了。住的还是大姑她大盖的那间小屋,快趴到地底下去了,拾来要弯下腰才能进门。屋里黑洞洞的,一眼两块砖大的窗,冬天塞团草,夏天把草拔了。灶底下是张案板,案板边上是一张床,床板上一领凉席,凉席上一个枕头一条被。拾来大了,一头睡不下了,大姑缝了个布口袋,塞进麦穰,又做了个枕头。一人一头睡。大姑抱着拾来的脚丫子睡,拾来的脚丫子一直伸到大姑暖暖的怀里,心里才觉着踏实,不一会儿就睡过去了。

初春的夜里,拾来觉着有点燥热,忽然睡不着了。一双脚搁在大姑的怀里,暖暖的,软软的。他轻轻地动了一下脚趾头,脚趾头触到了一个更加柔软的地方,他头皮麻了一下,不敢再动了。他听见了自己的心跳。风吹进窗洞,窗洞里的草"嗞啦啦"轻响了一下。他试探着又动了一下脚,想离那柔软远一些,不料他的脚在那柔软暖和中陷得更深了。拾来这才发现,他的脚是在一个温暖的峡谷里。这双脚已经在这峡谷里沉睡了十五年了。他感觉到那峡谷最底层,最深处,有一颗心在跳动。风吹进窗洞,轻轻地响了一声。

第二天早起,拾来眼皮子耷拉着喝稀饭,不吭一声。大姑问他:"怎么啦?哪儿不好过?"

他不说话。

大姑去摸他的脑门。

他一扭头,让开了。

中午,大姑烧开了锅,才见他扛了个凉床架子回来了。问他从哪扛来的,他不吱声,闷着头,扯绳子网床。

夜里,他自个儿睡在凉床上,枕着枕头,裹着一床破棉絮,缩成了一团,直到下半夜才慢慢伸展开来。他梦见自己的一双脚又搁进了温和的峡谷里,岂不知大姑把棉被给他盖上,自己和衣蜷了一宿。

三

鲍仁文缠定了老革命鲍彦荣,要了解他的生平,以著成一部长篇小说。题目已经起定,就叫作《鲍山儿女英雄传》。老革命这一生尽管有过几日峥嵘岁月:跟着陈毅的队伍打了好几个战役,可谓是九死一生,眼下每月还从民政局领取几元津贴。可他极不善于总结自己,也一无自我荣耀的欲望。他最关心的是一家六七张口,如何填得满。见了鲍仁文成天拿了个本本问那早已作了古的事,而且问了一遍又一遍,心下早已烦了,想起身而去,又经不住鲍仁文烟卷的笼络。十分的折磨。

"我大爷,打孟良崮时,你们班长牺牲了,你老自觉代替班长,领着战士冲锋。当时你老心里怎么想的?"鲍仁文问道。

"屁也没想。"鲍彦荣回答道。

"你老再回忆回忆,当时究竟怎么想的?"鲍仁文掩饰住失望的表情,问道。

鲍彦荣深深地吸着烟卷:"没得工夫想。脑袋都叫打昏了,没什么想头。"

"那主动担起班长的职责,英勇杀敌的动机是什么?"鲍仁文换了一种方式问。

"动机?"鲍彦荣听不明白了。

"就是你老当时究竟是为什么,才这样勇敢? 是因为对反动派的仇恨,还是为了家乡人民的解放……"鲍仁文启发着。

"哦,动机,"他好像懂了,"没什么动机,杀红了眼。打完仗下来,看到狗,我都要踢一脚,踢得它汪汪的。我平日里杀只鸡都下不了手,你大知道我。"

"这是一个细节。"鲍仁文往本子上写了几个字。

"大文子,你赔了这么多工夫,还搭上烟卷,是要干啥哩?"他动了恻隐之心,关切地问道。

"我要写小说。"鲍仁文回答他。

"小说?"

"就是写书。"

"是民政局让你写的?"

"不是。"

"是公社要你写的?"

"不是。"

"那是给谁写的呢?"

问到了文学的目的,鲍仁文作难了。这是历代多少大文豪争辩不清的问题,他小小的鲍仁文作何回答。他只草草地说了一句:"我自己想写呢!"

"写成书能得钱吗?"老革命锲而不舍地问道。

"没得钱。'文化大革命'了,稿费取消了。"鲍仁文耐着性子解释道。

"那你图啥?"又回到了"文学的目的"的问题上。

鲍仁文不再回答,只是微笑了一下,笑得有点忧郁。停了一会儿,他又问:

"我大爷,你老再说说涟水战役可管?"

鲍彦荣沉默了一会儿,从兜里摸出烟袋。

"你老吸这个。"鲍仁文递上烟卷。

"我还是吸这个过瘾。"鲍彦荣执意不接受烟卷,他忽然觉着自己在小辈面前做得有点不体面。

鲍仁文只得自己点了一支吸起来。

烟雾缭绕着一盏油灯,一点火光跳跃着,把人的影子投在墙上,鬼似的乱扭着。

影子在霉湿的墙上扭着,忽而缩小,忽而扩张起来,包围住整间屋子。人坐在影子底下,渺小得很。

"我要写一本书。"他心想。他在县中念了二年,晓得苏联有个高尔基,没上过一天学堂,结果成了大作家;他有一本《创业史》,听说那作家是在乡里的;他有一本《林海雪原》,听说那作家是个行伍出身,不识几个字的……古今中外,无穷的事实证明,作家是任何人都能做得的,只要勤奋。"勤奋出天才",他写在自家床头。

他没日没夜地写着,写在中学里没用完的练习本上,写了有几厚本了。他大他娘要给他说媳妇,他也拒绝了。先著书,后成家,这也是他的座右铭,记在了心里。

人家叫他"文疯子",这里有着几重的意思。一是他的名字叫仁文;二是他这个疯子是文的,而不像鲍秉德家里的,是武的,耍起疯来几个男人也弄不了她;三是这"文疯子"的"文"里还有着一层"文章"的意思。

面对大家善意的讥讽,他不动声色,心里想着他记在本子上的又一句话:"鹰有时飞得比鸡低,而鸡永远也飞不到鹰那么高。"

四

牛棚里,孤老头子鲍秉义坐在凉床上,唱花鼓戏:

> 关老爷门口字两行,古人又留下劝人方。
> 这一字出马一杆枪,二字上横短来下横长。
> 三字立起来像川字,四字好比四堵墙……

老革命鲍彦荣目不转睛地看着他,听得出神。

鲍彦山家老大建设子替他喂牛,铡齐的麦穰子填进槽,刷啦啦的响。

鲍秉义打小跟一个戏班子唱戏,卖过嘴,叫族里人瞧不起。老了,回来了。孤身一人去,孤身一人回。问他在外成过家吗?他微微一摇头。有多事的人,给他说过几回寡妇,他还是微微一摇头。

后来,传来一个怪话,说他在戏班子里,和那挂头牌的女角儿相好了,那女戏子又把他甩了。还有个怪话,说他对东头鲍彦川家里的有点意思。鲍彦川死了有四年了,他家里的拖了四个孩子,再嫁也是难。只不过,都是一族里的,论起辈分来,鲍彦川家里的该叫鲍秉义叔,是想也不敢想的。

如今,他单身一人,就让他喂牛,住在牛棚,他有落脚处了,牛也有照应了。

虽瞧不起他干的那行当,可大人小孩都爱听他唱,都叫他作唱古的。一段曲儿能唱遍上下五千年的英雄豪杰:

> 一字出马一杆枪,韩信领兵去见霸王。
> 霸王逼在乌江死,韩信死在厉未央。
> 写个二字两条龙,王母娘娘显神通。
> 花果高山摆下阵,水帘洞里捉妖精。

写一个三字三条街,陈世美求官未回来。
家里撇下他的妻,怀抱琵琶又上长街。
……

一把坠子吱吱嘎嘎地拉着过门。

五

捞渣满地乱爬了。小脸儿黄巴巴的,一根头毛也没有,小鬼似的。就是笑起来的模样好,眼睛弯弯的,小嘴弯弯的,亲热人,恬静人。大人们说他看上去"仁义"。

他没得什么吃,只有他娘的奶。他娘像头老牛——他大说的,吃什么都能变成妈妈。开始是吃红芋,后来红芋也不能吃净的了,要掺红芋秧子。

他大哥建设子过年十九了,还没说上媳妇。媒人还没进门,就吓回去了。黑洞洞的三间屋,给水泡松了,眼看着就要瘫成一堆烂泥。屋里那块床板,两床棉花套子破成渔网了。

这天,门前来了个打莲花落子要饭的,一个十一二岁的小丫头,尖尖的下巴颏,圆圆的一对眼睛。他大姐抱着捞渣站在门前玩,那小妮子站定了,打响莲花落子,滴溜溜地打了一转,才开口唱道:

这大嫂,实在好,
抱小孩,也不闹。
……

他大姐还没过门呢,涨红了脸,唾了一声,进屋去了。他娘却乐了,觉着这妮子鬼得喜人,从大锅里舀了一瓢稀饭给她喝。她不喝,倒在一个大瓷碗里,说要端给她娘喝。

"你娘在哪里?"他娘问。

"在庄东头大柳树底下,有病了。"小丫头说着走了。

他娘一顿饭吃得不踏实,心里七上八下的,像是搁进了一桩事。吃罢饭,她把锅撂下,又盛了一满碗稀饭,抓了两张煎饼,往庄东头去了。

庄东头大柳树是小鲍庄最高的地方。那年夏天,下了九天九夜的雨,一整个庄子,全淹在水里,只露出大柳树的梢,一丛子草似的,停了几十只老鼠。

柳树下果然靠了个病病歪歪的女人,蜡黄的脸皮。小妮子偎在她身边自己给自己梳小辫。干巴巴猴儿似的人儿,倒有两条乌黑油亮的大辫子。鲍彦山家里的往这娘俩身边一蹲,摸摸丫头的辫子,说:

"早年,我也有这么一头好头毛。那时,只扎一根独辫子,这么长一段红头绳。"她将手指伸成一扎。

后半晌,有人看见鲍彦山家里的,带着外乡人模样的娘俩,往家去了。过了两日,那女人脸色滋润了一些,走了。小闺女留下了。每日里,跟着捞渣那十二岁的小哥文化子下湖割猪菜,回到家就抱着捞渣在门前玩,唱小调儿,嗓门又尖又脆,听着喜人,惹得那些二流子似的小伙站在门前不走了:

"小翠子,唱个'十二月'!"

鲍彦山家里的便从门里蹿出来,先把二流子们骂退了,再骂小翠子:

"甭唱了,没脸没皮的,唱什么!"说急了,还在她身上拍两下。渐渐,小翠子便不唱了。嗓门也像喑了似的,哑哑的,连说话都懒得说了。她唱,她不唱,捞渣总和和气气地对着她笑,笑得她也只好笑了。

人人喜欢捞渣,独独鲍五爷见了他就来气。为的是捞渣落地的时候,正是他的社会子咽气。于是他便认定他的社会子是叫捞渣抓了替身。如今他被队里"五保"起来了,心中却是很不乐意听说这"五保"两个字。"五保户"在人们心目中,就算是"绝户"的代名词了。鲍五爷脾气倔,见不得自己成了大伙的累赘,总到队里争活儿干。队里便给了他些烂草烂绳头,让他搓绳。于是,他每日里就坐在磨房的墙根下,晒着太阳搓绳。

磨房里人不断。小驴蹄子得得打着地;石磨辘辘辘辘地压着石盘;推磨的娘们尖起嗓子吆喝驴;面,沙沙地从筛子上洒下箩。他听着总觉得心窝里暖烘烘的,不那么寂寥了。

小翠子背着捞渣,一手拐着篮子,一手牵着小叫驴,来磨面了。

小叫驴套上了套,戴了眼罩,捞渣被放下了地,坐在太阳下抓石子玩,就在鲍五爷脚边。鲍五爷斜起眼瞅他,轻轻骂了一声:"鬼!"

"鬼"听见了,伸出手拍了一下鲍五爷的大毛窝,笑了。

鲍五爷心里头咯噔一下子,觉得那笑模样实在像他社会子,鼻子一酸,说:

"你这个鬼吧!"

小叫驴嘚嘚地围着磨盘转,小翠子轻轻吆喝着:"吁,吁。"

六

鲍秉德家里的又闹了,爬树上梁的,把锅都砸了。几个大男人拉住她,被她拖了几丈远。最后把她四脚朝天翻倒在地,才捆住了。她龇牙咧嘴地吼着,没人声了。

鲍秉德抱着脑袋蹲着。鲍彦山家里的端了一碗稠得能挑上筷子的芋干子稀饭,夹了两张煎饼,给他送去。他不吃,说心里堵得慌。众人们也没得法子,只能陪他叹气。

鲍秉德家里的疯了有八九年了。她娘家是鲍山那边十里铺的人家,做姑娘时如花似玉。都说鲍秉德交了桃花运,娶了十里铺的一枝花。不料这娘们儿中看却不中用。来的头年怀了一胎,生下是个死孩子,第二年又是一胎,还是个死孩子,怀了有三四胎,胎胎是死的。暗地里就有人说怪话:兴许是做姑娘时不规矩来着。生下第五个死孩子时,疯了。疯了以后,那怪话才没有了。说疯子的怪话就太不厚道了。

刚疯的那阵子,曾经有人劝过鲍秉德,把她离了,再娶一个。鲍秉德一口回绝:"我不能这么不仁不义。一日夫妻百日恩,到这份儿上了,我不能不仁不义。"他说不出过多的道理,只是口口声声的"不能不仁不义"。后来"文疯子"写了一个广播稿,题名大约是"阶级感情深似海",还是"阶级情义比海深"之类的,投给了公社广播站,给广播了一下。后来,他又往县广播站投,就没投中。不过,鲍仁文的名声还是出去了,知道小鲍庄有了个舞文弄墨的。鲍秉德的名声也出去了。这下子,就是他想离也离不成了。就这么凑合过吧,只是鲍秉德一日比一日话少,成了个哑巴。他心底深处,很奇怪的,暗暗的,总有点恨着鲍仁文。好像,他给自己的事情做了包办,后来却又撒手不管,很不负责。而鲍仁文,隐隐的,也有些畏着鲍秉德,似乎觉着自己欠了他些什么。总之,有些尴尬起来。

鲍秉德家里的在地上乱挣着,一会儿,地上就被她歪了一个坑,浮土一蓬一蓬地扬起来。这疯子虽说是武的,却不伤别人,只打她男人,打孙子似的揍。鲍秉德是不怕她揍的,这么捆起来只是为了怕她伤了自己。有一年腊月里,她一股劲跑到湖里跳了大沟,鲍秉德忘了自己不会水,也跟着跳了下去,让人一起救了上来。

鲍秉德闷着头,不由滴下一滴泪来。他遮掩着大声咳了几声,吐出几口痰,把那滴泪盖住了。

"你也别太愁了,"鲍二爷劝他,"啥事都有个头,你又没做过缺德事,凭什么这样难为你。"

"我家里的她娘家,有个疯子,疯得蹊跷,好得也蹊跷,"鲍彦山说,"不知怎么就疯了,疯了有十几年,爬树上梁的。后来,他奶奶死了,棺材一落地,他这边立马就好了。醒过来了哩,就好比做了一场梦。问他是怎么啦!他什么也不知道,这十多年就像是睡过来似的。"

"真是的吗?"大家都问问他,连鲍秉德也抬起眼睛,好像看到了一丝希望。

"现在都有两个儿了,好好的,清泠得很。"

"这是胡诌八扯的,"远远的,蹲着鲍仁文,"说正道的,该送我七奶去城里疯人院。"

"那是不成的。"大家一起反对。

"那么些疯子都关在一起,不打成一堆,撕碎了才怪。"

"听人说,那就像坐大狱似的。"

"大夫都拿着带钉的棍哩!"

"这不是病!"

鲍秉德自己是不用再说什么了,只是恨恨地盯着了鲍仁文。

鲍仁文长叹一声,立起身,走了。傍晚的太阳,落在地沿上,把他的影子拉得细溜溜长,孤孤单单地斜过去了。

七

拾来和他大姑分床睡了,到了夏天,他便把凉床抬出去,在大槐树下睡。等到秋凉了,外面睡不住人了,他把凉床子扛进屋的时候,他大姑猛然发现拾来长成了一条汉子,屋子越发的小了。

拾来越发的孤独了,唯一可接近的大姑,这会儿他却疏远起来,比对平常人还要疏远得厉害。一天没有三句话,吃饭只听得喝稀饭响。吃罢饭,对坐着,连喝稀饭的响都没了,只觉得又腻味又不自在,只得早早上了床睡去。夜里听见大姑的磨牙声,打鼾声,睡也睡不踏实。到后来,他见了大姑就要躲,怕似的,又像是恨似的。自己也琢磨不透,只觉得心窝里烦躁得慌。

早起,他大姑和他商议,把猪卖了。

"卖就是了。"他没好气地说,像有一肚子火似的。

"卖了猪,扯几丈布,给你缝个新被窝。"大姑说。

"扯就是了。"

"买个凉床子。"

"买就是了。"

"那凉床,冯大家虽然没说要,可话里那音,总是急着要使的意思。"

"还就是了。"他就好像吃了枪子儿似的,绷着脸,埋着头。

"你向队长告个假,上街一趟。"

"不管。"他一口回绝。

"咋不管?"

"不管就是不管。"他硬邦邦地说。自己也不晓得为啥不管,故意要找别扭。

"你不去我去。"大姑也气了。她也弄不明白,这些日子咋侍弄不好这个侄儿了。

大姑换了一身衣裳,借了一挂平车,把猪捆了,推起就走。她迎着早晨的太阳走去了,蓝白花的裆子裹着她健壮的身子,肩膀头圆滚滚的。轻轻快快地上了路。

拾来眼睁睁看着他大姑上了路,心中又十分地后悔起来。一整天,他心里都不安生,不时抬头看看日头,再往大路上眺一眼。大路上走着一挂平车,却不是他大姑,是个大男人,推着一平车的红芋。

直到收工,他大姑还没回来。拾来烧开了锅,馏上馍,蹲在家门口等着。不晓得怎么回事,这会儿,他想起了他大姑的种种好处。他心里那一团无名火溶成了一片热腾腾的东西,像水似的荡漾开来,流遍了他的全身。他想着,该对他大姑好。

上弦月升起来了,碧空上细弯弯的一勾,却把个大地照得明晃晃,白花花。

他心里忽然不安起来,会不会出什么事了?都什么时候啦!他浑身一激灵,站起身,来不及锁门,就往庄头走。迎面过来几个割猪菜的小孩,背上的草箕子比人高,小山似的。走到跟前,让开了道,看着拾来过去,看稀罕似的。拾来总叫人觉得稀罕。而面对这些探究的眼光,拾来更与人接近不了啦。他成天价唬着个脸,叫人见了害怕,岂不知他心里是害怕人的。

白花花的一条大路,弯弯曲曲盘过一道坝子,没了。

坝子上翻过来一只黑虫,顺着白花花的路爬了起来,越来越大了。定睛一看,是一挂平车哩!

拾来一拍大腿,三步并两步地迎上去。果然见他大姑推着一挂平车,平车上是凉床,凉床底下一只篮子,篮子里,有布,有两斤肉,还有一盒卷烟。拾来眼窝热了一下:她见我吸烟了?

拾来捡了一个烟嘴,拾掇了一个烟袋,背着人吸呢。

他跑上去,接过大姑的车把子,迈开大步,把大姑甩下了二丈远。他的两张大脚片子踩在白花花的大路上,轻轻巧巧地走着。车轱辘"嗞咕嗞咕"转着。路边一只小虫"嚯嚯"地唱,秫秫"刷刷"地在拔节儿。月亮婆婆把什么都照得明明晃晃,清清白白。拾来心里一片空明,又平静又欢愉。他不明白,事情咋会变得那么好,叫人觉得,活着是一桩多大的美事,受了多大的恩德。

八

小翠子长个儿了。细溜溜的身子,穿了她大姐的紫花布裙子,直拖到膝盖上。烧锅,刷碗,割猪菜割得比谁都多。人喜欢她,她也喜欢人。就是不和建设子说话,建设子也不理她。两人不能搁一个桌上吃饭。有时见了面,隔老远眼皮子就耷拉下来了,像是几百年的仇人似的。鲍彦山家里的倒喜欢,说这才稳重,稳重好。她对小翠样样满意,就是有一桩搁在心里老放不下,这丫头子太聪明了。她时常想起第一次看见小翠的情景:滴溜溜地打着莲花落子,小嘴一张:"这大嫂,实在好,抱小孩,也不闹!"太鬼了! 其实,她最怕的也就是当时她最爱的。看看建设子那么蔫,几棍子打不出一个响。这丫头子能乖乖地跟他过吗?鲍彦山家里的心中没有一点数。因此,有时候,她难免觉得自己要吃亏。逢到这种念头上来,她就拼命地使唤小翠子,似乎是要在鸡飞蛋打之前把本给捞回来。

"翠,喂猪了!"

"翠,把你哥的衣裳拿河里洗了!"

"死妮子,水缸见底了。"

小翠给使唤得滴溜溜转。她眼睛里的笑模样一天比一天少,变得十分严肃,下巴颏越发的尖,两条乌黑的大辫也有点见黄。有人看见她在庄东头大柳树下哭过,不出声,抹抹眼泪,赶紧地又走家了。看见的人自然要叹息,可是大家都晓得,比起别庄上的童养媳,小翠可说是享福了,不挨打,给吃饱。小鲍庄的童养媳是最好做的了,方圆几百里都知晓,这庄的人最仁义,可惜是太穷了。

有了小翠这一把割猪菜的好手,文化子下了晚学,再不必急急忙忙地下湖了。他深感得着了小翠的好处,嘴甜得很,赶着小翠叫"翠姐"。他叫一声,小翠的脸就红一下。文化子不愧是文化人,读着书,晓得男女平等的道理,有着很先进的民主思想,见他娘吆喝小翠吆喝得紧了,他常常会挺身而出:"我去担水。"

他担着桶去了,小翠撵着喊他放下。他不干,飞快地跑,小翠便飞快地追。这么跑着追着到了井沿上,他抢什么似的把桶放了下去,桶脱钩了,飘在水上,傻眼了。

"你看你,慌啥?"小翠说他。

"都是叫你赶的。"文化说她。

"看你咋办?"小翠说。

"这有啥难的!"文化弯下腰去,伸下扁担去钩,扁担绳晃悠晃悠。

"看你能的!"小翠撇撇嘴,弯下腰去夺扁担。

"我能行。"文化不放手。

"给我。"

"不给。"

两人趴在井沿上,水上飘着一只桶,一根扁担钩晃悠晃悠。井底映着两个人影,一个小翠,一个文化。扁担钩子钩着了桶,却没吊起来,倒把水搅花了,花了一阵,又平了。小翠和文化又出来了,看电影似的。

"你看你那样儿!"小翠说文化。

"我看你还怪俊哩,翠姐!"文化嘻着脸说小翠。

"呸！"小翠唾了他一下。

"怎么，我说错了？"

"错了。"

"你丑吗？"

"不是这个错。"

"那又怎么错了？"文化子纳闷儿。

"就是错，就是错。"小翠点着他鼻子说，那活泼泼的样子又回来了一点。文化子又傻了眼，不吭气了。

桶，捞上来了，水打满了。两桶水搁中间，文化在后，小翠在前。文化把扁担搁上肩，弯着腰，半蹲着，等着小翠上肩。刚要上肩，小翠又直起腰回过头问道：

"你多大，我多大？"

"你属牛，我属鼠。"文化立即回答。

"那么你咋叫我姐？"

文化一愣。

"可不是你错了！"小翠直起腰，扁担上了肩，刷溜溜地就走，把文化拽得一踉跄。

扁担悠着。水在桶里悠着，悠到桶边上，又回来了。

九

捞渣歪歪扭扭地能走了，话也能说不老少了。正吃晚饭，鲍五爷拄着拐来了。鲍彦山招呼他：

"五爷，来吃。"

捞渣学嘴："来七（吃）。"

鲍五爷装没听见，不理会他，在门槛上坐下来，看蚂蚁搬家。

"吃过了吗？"鲍彦山紧问着。

"吃过了。"鲍五爷回答。

"咋吃的？"

"煎饼,稀饭,咸菜。"

"你老要懒得烧锅了,就过来。咱家人多锅大,多一人少一人见不着。"鲍彦山家里的说。

"我能烧。"鲍五爷回答。闷着头看地。天黑了,看不见蚂蚁了,一只蚱蜢蹦跳过去。

什么东西碰了他的嘴,定睛一看,捞渣什么时候到了跟前,小手里攥着一块煎饼,捏成了团,直送到他嘴边。他看看捞渣,捞渣朝他笑着,一脸厚道相。他心里又是咯噔一下,扭过了脸去。

月亮升起了,眼前豁亮了许多。

鲍五爷掉回头,捞渣正坐在他脚边抓土玩,稀稀的黄头毛底下露出了头皮。鲍五爷伸出手在那头皮上胡噜了一下,心想:"我咋像是在哪见过这鬼哩。"

前边牛棚里在唱古,坠子吱吱嘎嘎地传得老远:

　　写一个五字无底洞,薛仁贵跨海又去征东。
　　征东招够人共马,回马枪挑凤凰城。
　　写一六字变化开,我配姣娥女裙钗。
　　带领三千人共马,才把唐王我主救出来……

十

在一千里外的北京,正进行着一场江山属于谁的斗争。

一千里外的上海,整好了装,等着发枪了。

十一

里外三新的新被窝,软软和和地裹着拾来。拾来钻在被窝里,舒服得心里发虚,有点不实在。翻来覆去,不知怎么舒服才好,反倒睡不踏实了。

月光照进堵了一半的窗洞,落在大姑的床上。大姑盖着一床旧棉被,薄得像纸,硬得也像纸。

大姑是真疼自己,拾来想。这世上不会再有像大姑这样疼自己的人了。是媳妇也不能这样,是娘也不能这样,是姐妹更不能这样。拾来这辈子没娘,没姐妹,还没媳妇,他不知娘、媳妇、姐妹的疼是啥味道,他只觉得大姑的疼是天底下最最好,最最好的。

是大姑给铺的被,身下垫一层,身上盖一层,腿后跟还折了一道,紧紧地裹住了脚。脚一暖,浑身都暖了,俗话说:"寒从脚底来。"好多日子,脚没这么暖和过了。可是,这暖和又和那暖和不一样。拾来想起那温暖的谷。那柔软的暖和是非常特别地包围着他的脚。

月光移到了大姑的脸上,那脸庞近两年丰腴了起来,只是眼角的皱纹很密。

大姑好像微微地哆嗦了一下,拾来赶紧闭上了眼,等他再睁眼时,大姑已经掉过身去,脸朝里了。月光移到了她的身上,洼下去而又凸起来的地方。

过了几日,有一天,大姑对拾来说:

"拾来,你过年就十八了吧!"

"嗯哪!"拾来生硬地回答。天一亮,他夜里的那些柔情便全退潮似的退去了,不晓得退到什么地方,找也找不见了。

"也该说媳妇了。"她停了一下。

拾来不吭声,心跳了。

"二奶她娘家高庄有个闺女,比你长一岁。啥都好,就是小时出花,脸上落了疤。"她又停了一下。

拾来不吭声,心跳得凶,气都喘不过来了。

"她不嫌咱家穷,愿意跟你过。你要是愿意,明天就上高庄去一下。我让冯大家二小子进城捎了两斤果子。"她停住不再说了。她听见拾来喘气声,像牛一样。

只听得"砰"的一声,碗碎了。拾来站起身跑了,带倒了案板,带倒了板凳,咸菜碟子掉了,臭豆子撒了一地。

大姑怔怔地望着一地的碗渣子。进来一只鸡,啄着臭豆子。啄啄,又丢下;啄啄,又丢下。

拾来出去一天,直到夜半才回来,三星都偏西了。大姑坐在床沿,没睡,等他。

他一进门,拉开被子,蒙上头就睡倒了。

"拾来。"大姑叫他。

他不动弹。

"拾来,"大姑脸对着窗洞,一字一句地说,"我给你置一副货郎挑子,你走吧!"

他不动弹。

"你成人了,自己过去吧。我不能养你一辈子,你也不能守我一辈子。"

他不动弹,只觉得从头到脚都凉了,就像掉进了冰窟。

一个风和日暖的早晨,拾来挑着一副货郎挑子,上路了。上路前,大姑不知从哪摸出一个货郎鼓,她用手抹了抹鼓面,轻轻摇了一下,"叮冬",货郎鼓响了一下,响得还脆。她看看鼓,又看看拾来,张张嘴,要说什么,又没说。然后把鼓交给了拾来。拾来接过鼓看了看,恍恍惚惚记着小时玩过,为了玩它还挨了一耳巴子。这是他从小长成人,第一次挨耳巴子,就一次,也记得住了。他随手把货郎鼓往货架上一插,径直走了,没有回头。货郎挑子在他宽厚的肩上晃悠着,货郎鼓清清脆脆地响着:

叮冬,叮冬,叮冬,叮冬。

大姑听着那鼓声一步一步远远地去了,眼泪直流了下来。

十二

早几天就听说,县上要来个作家,来此地采访治水的事。

这几天又听说,那作家日后就到了,住宿都安排妥了,住县一招。

鲍仁文要去见见那作家。早几天,就把他这些年写的文章拾掇出来,看了几遍,改了几遍。这几天,又重新抄了一遍,整整齐齐地撂在一起,用他娘糊的鞋靠子贴上光溜溜的画报纸,做了个精装的封面,封面上用墨笔写了两个立体的美术字——作品。直弄到夜半,他只眯盹了一小会儿,天就亮了。他起床洗了脸,刷了牙,又用他娘的破梳子沾了点清水梳梳头,穿上他的蓝卡其学生装,夹着"作品"出发了。

他娘撵了他有半里地,要他捎上半篮鸡蛋上街卖了。他装没听见,大步流星地走出了庄子。

太阳很好,把风都暖热了。半个多月没下雨,大路上的浮土有半脚深了。大车过去,平车过去,自行车过去,人走过去,把个浮土踢起来,扬了个半天,遮黄了太阳。

他感到燥热,走过大方家井沿上,向个提水的老头讨了半瓢水喝,再接着赶路。

路,向前蜿蜒,看不到头,难得遇见个人。远远的,看见个小黑点。走着走着,渐渐大了,大了,大了,显出人形了,辨清男女了,认出眉眼了。到了跟前,过去了,前边只有一条白生生的路,蜿蜒到看不见的远处去了。太阳到了头顶,踩着自己的影子走。

他觉得困顿,像是睡着了。"作品"的封面滑溜溜的,老往下打滑,他把它搂搂好,向前走。

这是他的宝贝,他的心肝,他的所有的一切,一切的所有。他为它熬了多少夜,熬了多少灯油。他累极了,困极了,难极了,写不出一个字却又非要不停地写下去,写下去。这时候,他便会困惑起来:

"这么苦究竟是为啥?究竟图的啥?会有个什么结果呢?"于是他会一下子委顿下来,心里充满了虚无的情绪。这种心情冲击得最强烈的一次,他竟把他写了九个晚上还没写完的一篇小说撕了。然而,等那一阵狂暴过去之后,他望着一地的碎纸片,落寞地哭了。这时,他特别想往什么上面偎靠一下,温暖一下,安慰一下自己这颗破碎而孤寂的心。他觉得自己苦得很,苦得很。他蜷缩着,自己偎依自己,慢慢地平静下来,又重新摊开一张纸,拿起笔。除此以外,他不明白还有什么能给自己安慰和偎靠的。只有这么写着,他才能够希望着什么,妄想着什么。

路,无穷无尽地延伸着,这是一条寂寂的路。他又觉着渴,却再不能遇上一口井了。

日头偏过正午,他走上了刘庄的地,前边就是县城了。有人担着空挑子往回走,是从街上下来的。

城里很安静。街中央馆子里,一地的鸡骨鱼刺,一个围着稀脏的围裙的娘们,正往外扫,招来了两条狗。剃头店里只有一个师傅靠在剃头椅子上打呼噜。一只猪大摇大摆地从百货店走出来。

他走过邮局,走进招待所。他心中忽然有些紧张。他努力回想着"作品"中最叫自己满意激动的段落,语句,想给自己增添一点信心和勇气。然而,却怎么也想不起来,那些绞尽脑汁写下来的章句全消失得无影无踪。他发觉,自己过去的半生的价值,和今后半生的价值,马上就要得到一个裁决。他有些腿软,几乎要掉过头走去了。

传达室的老头在打盹,口水流在衣襟上。一个女人低着头织毛线。没人理会他。

"大姐。"他犹豫了一下,还是叫了。

"大姐"皱着眉头抬起脸,不太耐烦的样子。

"大姐,这里住的可有一位作家?"

"什么'坐'家,'站'家,不知道!"她回答。

"就是从外面来的,写文章,写书的。"

"叫什么名儿?"

"不知道。"

"男的女的?"

"不知道。"

她低下头继续织毛线,不再搭理他。

他又恳切地叫了一声"大姐",没有回应。无奈,只好罢了。他站在招待所门口,思忖了一会儿,掉过身往县委走去。他有个中学里的老同学,在县委宣传部打字。

很顺利地找到了那老同学,她也还认得他。而当他向她打听作家时,她却茫然了好一阵,然后才想起带他去找一位王科长打听。王科长皱皱眉头,抬起手,抖一抖手腕,把袖子抖下去,露出亮晶晶的坦克链表带,然后才去抚摸锃亮的分头:

"听说过这么一件事,不清楚,不清楚,听说过。"

"你去问问张科长嘛!"那老同学微微撒娇地扯扯他的袖管。

原来这位王科长只是个干事,"科长"不过叫叫听听而已。等找着了张科长,真相才大白。是有这么回事,曾经是要来个作家。可是后来不来了。也许是这里治水的事情不够典型吧,犯不着曲里拐弯地到此地来。于是,便不来了。

鲍仁文寂寞地走在大街上,心中不知是喜还是悲。倒像是放下了一块石头,觉得轻了,又觉得空了。他慢慢地走着,觉出了饿,口袋里有一卷夹了大葱的煎饼,他打算出了城就吃它。走过邮局,他站在报栏前看一会儿报纸。他注意到一张报纸的下角有一块目录,是省里一个文艺刊物的目录。何不向他投一稿试试呢?他忽然想到。不由激动起来,血液向上涌去,脸红了。他镇定了一会儿,默记下那刊物的地址。然后,走进邮局,在角落里坐下,翻开他的"作品"。

他把"作品"放在桌沿底下看,没有人瞅见。邮局里没有人,只有一个老头,在缝一只包裹。那老头像是个先生,文质彬彬的样子,戴了一副框架发黄的眼镜,笨手笨脚地拿着一管大针,一针一针缝合着包裹。包裹是寄往青海的——鲍仁文偷看了一眼。

鲍仁文挑了一篇小说,又挑了一篇散文,想想,再挑了一篇小说,卷在一起。

柜台里的人问他:"是什么东西?"

"稿子。"他迟疑了一下,脸红了。

"什么?"那人不明白。

"稿子。"他说,脸又白了,好像在做一桩极见不得人的勾当似的。

那人把稿子往秤上一扔,过了秤,然后又拿起来往一个大筐里一扔。鲍仁文瞅在眼里,怪心疼的。就好像自己亲手养大的孩子要出远门游历去了。

从邮局出来,他心里却又一片恬静。太阳落了,黄黄地照着路边的土墙。有人进了馆子,传出划拳声。猪,哼着。广播里在播放一支快活的曲子。

他算着那稿子的路程,什么时候可以到省城了。他从这一刻起,就在等待了。他从此便有了理由等待,有了东西可希望了。

他觉着很幸福,不由跟着广播哼了一句,没合上调,哼得难听,赶紧住了嘴。

晚霞在他身后的天空上变幻着。他看不见晚霞,只觉着了那绚烂的光。

十三

大姑耳朵跟前,老有一只货郎鼓在响着:
叮冬,叮冬,叮冬,叮冬。

十四

太阳落到地边上,割猪菜的孩子都往家走了。小翠和文化来得晚,草箕子里还差点儿才满。

"文化子,你每日价,在学校,一早晨,一白天,忙的啥呀?"小翠子问道。

"上课呗。语文、算术、地理、历史、自然……学习就是了。"文化告诉她。

"学啥哩?我看你啥也不懂。桶掉井里也钩不起来,割猪菜割得多笨!"小翠子讥笑文化。只有在湖里,对着文化子,她才敢撒野。

"哼,我懂的,你不懂的,多着呢!"文化子不服气,他在学校里尽得两分,只有在小翠跟前,才有得显摆。

"你说说看!"小翠斜着眼瞅瞅他。

"你知道,人是打哪儿来的?"文化问。

小翠扑哧笑了:"娘肚子里生出来的呗!我当你知道什么哩。在学校里就学了这个?躲滑罢了。"

文化微微一笑,不与她斗嘴,继续深入问道:"娘是打哪儿来的?你会说娘是姥姥肚里生出来的。姥姥打哪来的?姥姥的姥姥打哪来的?"

小翠果然被问住了,扑闪着大眼睛,不吱声了。

"告诉你吧,人是猴子变的。"文化压低声音,极其神秘地说道。

小翠轻轻地惊呼了一声。

"你看,猴和人像吧?活像!"

"那,猴又是什么变的呢?"小翠怔怔地问。

"猴子,是鱼变的。"文化犹豫了一下,最终还是很肯定地说出来了。

"咋是鱼变的?"小翠困惑极了,鱼和人可是一点也不像。

"你知道吧,这地球上……"

"地球?啥球?"

文化打了个格愣,感到和小翠说话十分困难,由此领会到了进行启蒙教育的必要性:"就是咱们住的这地。"文化用脚跺跺地,又伸出胳膊画了个圈。

小翠转头看看周围,大地笼罩在苍茫的暮色里。

"这地上,最早,最早,最早,最早,什么也没有,只有水,只有水。"

"哦!"小翠抬起眼睛,望着渐渐暗下去的天,出着神。

"只有水,只有水。"

"那可不就像闹水的时候。"小翠轻轻地说。

"你们那地方也闹水?"文化问。

"差不多年年闹。我小时候,刚满周岁那一年,闹得可凶。听俺娘说,没天没地了,只有水。"

"你能记得?"

"我记得……有一条长虫。"小翠怔怔地说。暮色越来越浓,她的眼睛在暮色里闪亮着,像两颗星星。

"走家吧。"文化有点害怕。

"割满了就走。"小翠子垂下眼睛割了一棵富富苗。

文化低下头,割了一棵七七芽:"走家吧!"

"你割不满没事,我割不满可不管。"小翠忽然气了。

"瞧你说的,我娘就这么偏心吗?"文化有点难堪。

"你娘偏心,天底下没有比你娘更偏心的娘了。"

"你咋胡砍哩!"文化也有点气了。

"咋是胡砍?你娘为啥叫你念书,不叫你哥念书?"小翠回过头,一双黑黑的眼睛看定了他。

文化说不出话了,半天才结结巴巴地说:"我哥人老实哩。"

"谁稀罕他老实。"小翠子提起草箕子,跨过两条芋头趟,又蹲下了。

"老实人靠得住。"文化又结结巴巴地说了一句。

小翠不理他,手脚麻利地割着猪菜。她眼尖,哪儿有猪菜都逃不过她的眼。她的手快,眼到了,手也到了。过了一会儿,小翠说话了:

"文化,你往后给我讲讲,你们上的学吧。"

"管,"文化说,又加了一句,"那还不管。"

小翠说:"我不会亏待你,我唱曲儿给你听。"

"唱个'十二月'。"文化子立马说。他是从那些二流子嘴里听说有个"十二月",也不知"十二月"究竟是什么,想得心痒痒的。

小翠子稍停了会儿,唱了一句:

　　正月里来本是个新年……

她调门起得很高,声音细细的,尖尖的,颤颤的。文化觉着,小草抖索了一下。四下,毕静。

喜欢笑那哈万象更新。

牵挂个美少年。

知心人难见，

相思对谁言……

她哀哀怨怨地唱着，并不懂一字一句里的意思，听大人唱，她也唱，唱熟了，便觉出那一股凄戚很对她心思。

她凄凄戚戚地唱着，文化子凄凄戚戚地听着。

十五

捞渣会给鲍五爷送煎饼了。这倔老头才怪，谁送他饭食，他都不要，似乎一吃人家饭，他便真成绝户了。可是捞渣给送去，他便为难了。看看那张小脸，不收就觉着不过意。

捞渣会拉呱了，见鲍五爷一个人孤得慌，晓得同他问长问短地解闷。

"吃过了吗？"他问鲍五爷。

"吃过了，你呢？"鲍五爷搭理他。

"吃过了。"

"吃的啥饭食？"鲍五爷问他。

"吃的面条子。"

"不孬。"

"你吃的啥？"他问鲍五爷。

"煎饼，稀饭，臭豆子。"鲍五爷一字一句地回答，毫不含糊。

"蛐蛐儿。"他拿给鲍五爷看。

"是蛐蛐儿。"五爷点头。

"是男，是女的？"

五爷笑了："这鬼。蛐蛐儿咋说男女，要说公的，母的。"

"是公的,是母的?"

五爷自己默了一会儿神,感叹道:"要论起来,说男女也没错,也是个性灵。"

"把它放了吧!"捞渣忽然抬头说。

"放就放吧。"五爷说。

一老一小看着那蛐蛐儿一蹦,蹦没影了。

捞渣和鲍仁远家二小子玩"斗老将"。鲍五爷帮着捞渣捋杨树叶子,捋了满满一大鞋壳,一小鞋壳。鲍五爷捂一只鞋,捞渣捂一只鞋,一捂捂两天。捂出来的杨树叶梗子,黑得油亮,比麻还韧。鲍仁远家二小子的杨树叶梗子捂得嫩,拉不过捞渣。斗一个,断一个,斗一个,断一个。急眼了,越急越断。捞渣就把自己的换给了二小子。

然后,二小子便翻本了,斗一个,赢一个,斗一个,赢一个。捞渣输惨了,可他不急不躁,依然是喜眉喜眼的。鲍五爷在边上瞅了这半响,等二小子走了,他问捞渣:

"捞渣哎,你咋把你的'老将'全换给二小子了?"

"我看他要哭了。"捞渣说。

"你输了不难受吗?"

"难受。"

"那你还换给他?"

"我看他要哭了。"捞渣又说。

鲍五爷不问了,看看捞渣,在他稀稀拉拉的黄头毛上胡噜了一下,叹了一口气。停了一会儿,自语似的说:

"你也该让他,论起来,你是他叔哩。"

十六

大姑老听得见一只货郎鼓响:

叮冬,叮冬,叮冬,叮冬。

十七

鲍仁文每天收工都要往庄东大路上走两步,见有没有送信的来。大前天迎到一回,有两封信,一封是鲍彦海家大小子打金华部队上来的;一封是鲍二爷家的,打关外来的,鲍二爷家里的是那年他闯关东从关外带来的。昨天又迎到一次送信的,却没有信,送信的只是打这里路过,往大刘庄去的。

今天他又往大路上走去,远远地听见有什么在响:叮冬,叮冬,像是一只货郎鼓,渐渐的才看见过来一个人,是个走路的,担着货郎挑,慢慢地近了。

他背后是太阳,红彤彤的停在大路的尽头,他走在大路上,货郎鼓叮冬叮冬响着。

"兄弟,你见没见有骑车子的往这边来?"鲍仁文大声问道。

"没有。"卖货的回答。走近过来了,剃得雪青的头皮,黑黝黝的脸膛上,宽肩大膀,嘴唇上的胡子却还没硬,软软地趴着。

"大哥,前面的庄子叫什么名?"他问道。

"小鲍庄。"鲍仁文回答,慢慢转过身往回走。

"哦,这就是小鲍庄。"小伙子说,和鲍仁文齐着肩走,货郎鼓叮冬叮冬地响。

"怎么,你知道小鲍庄?"鲍仁文瞅瞅他。

"咋不知道?小鲍庄的名声可响哩。都知道这庄上人缘好,仁义。"小伙子说。

"哦。"鲍仁文不再问了。

小伙子东张西望着,早有几个小媳妇听见货郎鼓声音,探出头来了。

"大兄弟,你停一停,让我挑个顶针儿。"有人喊。

回头一看,见是个四十多岁的女人从台子上走下来。她黄白的皮肤,头发在脑后随随便便窝了个纂,耳朵边上散落下几绺头发。身上穿的褂子破得可以,好像就前后披了块布,闪闪忽忽,飘飘荡荡,结实的身躯时隐时现着。她走到货郎挑子跟前,低下头,在匣子里挑顶针儿,手腕圆圆的。垂下的眼睑上长着密密长长的眼毛,是个毛乎眼。

"收工啦?大文子。"她招呼鲍仁文。

"买针啊?二婶子。"他招呼鲍彦川家里的。

又来了几个媳妇儿,要买针头线脑的。鲍彦川家里的,挑个顶针儿挑个没完了。

"他二婶,你再挑也挑不出金的银的来。"鲍彦山家里的说她。

"我就是买根针,也要挑个可心的。"她回答,耐心地挑着。"大兄弟,打哪儿来的?"鲍彦山家里的问他。

"打山那边来的。"

"家里有父母吗?"

"没了。"小伙子瓮声瓮气地说。

"有兄弟姐妹吗?"

"没。"

"呀,是个苦命的孩子。"鲍彦山家里的抬起头看他,看他宽鼻大眼,生得厚道,不由怜惜起来。

鲍彦川家里的正试着一个顶针儿,试戒指似的。这会儿回过头来问:

"你叫个啥名儿?"

"拾来。"他说。他发现这女人的声音好听,低低的,厚厚的,听起来就好像一股温吞吞的河水从心上淌过去。

她终于挑好了,把一个两分的分币递到货郎手里,温乎乎的,有点儿潮。

一群媳妇姊妹围着他,都抬头看他,看得他背上冒冷汗,不自在得很。

"咦唏!"娘们儿同情地叹息着。

拾来脑门上开始冒汗,虽说别扭,可心里却暖和和的。自打走出冯井,他第一次露出了笑脸儿。

那么些媳妇姊妹的手在他匣子里翻江倒海地翻腾,他一点不生气,蹲下来,拔出烟袋。烟荷包里却挖不出烟了。忽然,"啪"的一声响,一样软乎乎的东西掉在他手上,一个烟荷包。抬头一看,那买顶针儿的二婶正看着他,说了声:"吸吧!"转身走了。一件破大褂子挂在身上,飘飘忽忽地上了台子,闪进一扇门里。

这天夜里,拾来宿在牛棚,和唱古的鲍秉义挤一床。晚上,牛棚里照例挤了一屋人,听他唱古:

写一个七字把腿翘,关老爷手提偃月刀。
我问老爷哪儿去,霸王桥上去逮曹操。
写一个八字两边排,八仙随后过海来。
蓝采和撕掉阴阵板,四海龙王又糟糕。
……

十八

鲍彦山家里的很纳闷:小翠可不是天天在眼皮底下转,怎么猛地一下,开始长身子了?那身板不再是竹竿子似的直溜到底,不知什么时候圆了,结实了,胸脯子满满的,小腿肚子鼓了起来,尖下巴颏子圆了。女大十八变,变俊了,水灵了。

多少人同她说:"该给孩子圆房了。"

她同男人商量:"该给孩子圆房了。"

建设子已经二十四,该圆房了。

小翠子觉出了不对劲。她娘待她和气多了,那天失手打了个碗,也没说她,只叫她扫干净碗渣子,别让捞渣扎了脚,便完事了。文化子却又远着她,不再与她说长道短的了。建设子白天黑夜地收拾里屋,往地上垫土,往墙上抹石灰。而庄上那些大嫂大婶们,都对着她挤鼻弄眼的,诡计得很。

小翠子把捞渣从屋里拽出来,带到井沿上,问他:

"捞渣,翠姐待你好不好?"

"比亲姐还好。"捞渣说。

"那你为啥骗翠姐?"

"我没骗。"

"你骗了。"小翠激将他。

"没骗,真没骗!"捞渣急了。

"好,你不骗我,那你告诉我,这几天,我娘和我大商量啥了?家里要办什么事了吗?"

"俺大哥要娶媳妇了。"捞渣说。

小翠子只觉得头脑子"轰"的一声,炸了似的。她定定神,夸奖捞渣:"说实话才是好孩子,你走家吧。"

"你上哪儿?翠姐。"捞渣问。

"我站一会儿,"她说,又改口道,"我上二婶家去借个鞋样子。"

捞渣走了,没走远,站在树影里瞅着小翠,他是个有心眼儿的孩子。

小翠一会儿回转身,慢慢地朝东头走去,越走越快,捞渣撵不上了。

她跑到庄东头大柳树前,一头栽倒在树底下,抱着树号啕大哭起来,一边哭一边嚷,嚷一句话:

"我才十六岁,我才十六岁!"

哭声几乎把全庄的人都招来了,捞渣早已跑去报了信,鲍彦山和他家里的一起跑来了,要把小翠拖回家去。小翠死抱着柳树干不松手,嚷着:

"我才十六岁,我才十六岁!"

旁边的人都忍不住滴下泪来,特别是刚过门的小媳妇们,更是触景生情,哭成泪人儿了。

鲍彦山家里的流着泪劝小翠:"咱娘俩一起过了这么些年,有什么话儿不好说,要你这么伤心?"

小翠往树身上撞着头,声泪俱下:"我才十六岁,我才十六岁!"

"娘也不瞒你了,你娘你大是想着要给你们圆房了,建设子过年就二十五了……"鲍彦山家里的哭得比小翠还凶,又伤心又忍不住觉得委屈,眼泪像小溪似的流了个满脸。

"我才十六岁,我才十六岁!"小翠嚎累了,抽抽搭搭地说着。

"建设子虽说生得笨,心眼是好的,丫头。你跟他过,亏不了你的。"

"我才十六岁……"

"你是老大媳妇,这个家就是你当了。丫头,你就不想想娘的心了吗?"

小翠只是摇头,一个字也说不出来,手却牢牢地抱住树干,拖也拖不开。直到鲍彦山当着众人面,宣布圆房再缓二年,她的手才从柳树干上松开了。

事情过去了。小翠子的下巴颏子又削了下去,而身子上圆起来的地方却不再平复下去。她眼睛里的神情越来越严肃,连个笑丝儿也没了。她娘对她又抠起来了,文化子却有点讨好她,见她扫地,就来夺她的扫帚。而她呢,却对文化子结下了仇,把扫帚"啪"地朝地上一扔,转身就走。

终于有一天,文化子在井沿上截住了她:

"小翠,你咋啦?我怎么你了?"

"你没怎么我。"

"那你怄啥?"

"怄你没怎么我。"小翠恶作剧地笑笑,担起扁担要走。

文化子按住扁担,不让她起:"你把话说明白。"

"我的话再明白不过了。"

"我咋听不明白?"

"你没长耳朵,你没长人心。"

"你咋骂人!"

"就骂你,没心没肝没肺没肚肠!"她一猛劲,担起了水桶。

文化子没防备,跌了个四脚朝天,恼了。

小翠子却笑了起来,"咯咯咯咯",清脆的笑声把树上的鸟儿都惊飞了。打那以来,她是第一次笑。

文化子就不好再恼了。

十九

早起,鲍秉德家里的忽然清清泠泠地说道:

"也苦了你了。"

鲍秉德心窝里一热,鼻子一酸,不由落下了泪来。

他家里的也落泪了:"我拖了你半辈子了,也该到头了。"

鲍秉德一听这话不吉祥,赶紧喝住了她:"什么到头不到头的!一日夫妻百日恩,咱们这一辈子好歹都守在一起了。"

她不言声,抹了一把泪,便起身去喂猪。猪食烧得稠稠的,搅得匀匀的。鲍秉德好久没见她这么利索过了。头发梳平了,光溜溜地在脑后窝个纂,海昌蓝的袖子很可体。鲍秉德不由看呆了。他想起她做姑娘的时候:他提着两包果子去相亲,一上台子就看见一个小姊妹坐在门口纳底。她看看他,他也看看她。她脸庞像一轮满月,额头上一排牙子齐崭崭地盖到眉毛上头,细细的眉,细细的眼,眼梢微微挑了挑。他看呆了,她忽然脸红了,站起身进了偏屋,只见一条大粗辫子在他脸面前扫了过去。他想起她做新娘子那天:大辫子窝成一个硕大的纂,小山似钩坠得脑袋往后仰,乌黑的头发里埋着一截红头绳,大红袄儿,脸儿像一朵桃花。她端坐在那里,任人怎么闹她只不言声,也不笑,也不恼。鲍秉德只盼着闹房的快走,快走……他想她刚有喜的那阵子:她想吃酸,他跑到山那边去找杏子。每天夜里,他都要趴在她肚子上听听动静,他听得清清泠泠,有一颗心跳,扑通扑通的。他记得他做了个梦:她生了,下了一个大蛋,再仔细瞅瞅,不是蛋,是个大地瓜。后来,生了个死孩子。他揍过她,关着门揍。她一声不哼,任他拳打脚踹,也不哭,也不叫。揍过了,也不和他怄气,照样的,他要咋,她就咋。他揍过了,也心疼,也后悔,可是急了,便什么都忘了,外人是一点儿也看不出来。渐渐的,她的圆脸变长脸了,红颜色褪去了。后来有一天,鲍秉德收工回家,见地没扫,锅没烧,一地的碎碗渣子。正要发火,却见他家里的坐在小凳上拔自己的头发玩儿,一边拔,一边朝他乐……

"上工去吧!"她叫醒了他。他这才听见上工的锣在敲:当当当,当,当。他抹了把眼睛,站起身走了。

在湖里平地,鲍二爷和他挨着趟。他告诉鲍二爷:

"她的病见好哩!今天早起清清泠泠地说话哩!"

"她咋说?"鲍二爷问。

鲍秉德一五一十地把那些话都说了。不料鲍二爷变了脸,锨把子拍了一下地:

"不对啊!秉德。"

"咋了?"鲍秉德头皮一麻,心里咯噔的一下。今儿早起,他心里隐隐的,也有点觉着不对劲。只是说不上来。

"我说老七,你还是回去守着她的好。"鲍二爷说。

"她今早清泠得很哩,比往常都要清泠。"他说,心里"怦怦"地乱跳。

"就是这清泠不对啊,她糊涂着倒不怕。"鲍二爷跺跺脚。

众人都围拢过来,纷纷劝鲍秉德回家去守着她。鲍秉德额头上沁出了冷汗,提起铁锨走了。

他快快地抄着大步往庄里跑。平整过的土地一大片,一大片,看不到边。远远的地方有一丛绿树,那就是小鲍庄。他快快地跑着,跑了半天也跑不近。四下里静静的,隐隐传来说笑声。太阳高了,烤得背上发烫。好像有鸟叫。风贴着地过来了,把裤腿灌满了。

他跑进了庄子,庄子里静静的,见不到人。像是有个小孩担着水穿过杨树林子走过来,再一细瞅,又没了。他跑得喘不过气来了,稍稍放慢了脚步,心想:不会有什么事了。这一庄子都静得睡着了似的,能有什么事？一只狗在喉咙里吼着跑过来,几只鸡悠闲地散着步,啄着土坷垃。太阳,明晃晃地照着。

他吐出一口气,有点笑话自己疑神疑鬼。这会儿,再跑回湖里去,也不值得了。他掮起铁锹,慢慢地上了台子。

有一只烟囱冒烟了,不是他家的。

他家的门闩着。他推了推,推不动。里面杠上了。他拍着门,叫:"哎——!"

他叫她"哎",她也叫他"哎"。不能像别人那样,叫"孩他大","孩他娘"。没个孩子,连个叫头也没了。

她不应声。

他又叫:"哎——"

还不应声。

他急了,砰砰地拍着门,脚上来踹了几下,铁锹头拍掉了。招来一群小孩和老娘们,一起打门,一起叫。门硬是叫顶开了。进了门,鲍秉德扑通一下坐倒在地上了,只看见一件海昌蓝褂子在眼前晃悠,地上一把踢翻的板凳。他家里的,悬在梁上。

众人七手八脚地把她放了下来,放平在地上。她居然还有气,没勒对地方。鲍秉德上前一把搂住她放声大哭起来,屋里顿时唏嘘一片。

捞渣早已往湖里去喊人了。不一会儿,呼啦啦来了一大下子人。鲍仁文拖开鲍秉德,上来就做人工呼吸,是那年在中学里上生理卫生课时学的。队长那边就招呼人,整好了凉床,把人抬起就走。

"钱!"鲍秉德绝望地叫道,"我兜里半个钱也没啊!"

"队里给你齐。"队长回头对他嚷。

"大伙儿给你齐。"众人对他嚷。他这才跟跟跄跄地跟着跑去了。

两天以后,鲍秉德用挂平车,把他家里的推回来了。他家里的坐在平车上,啃一颗青桃,三岁毛娃似的。像是什么事也不记得了,什么事也不曾有过似的。

二十

耕读老师来动员捞渣上学了。捞渣七岁了,该上学了。

可是文化子已经在公社上中学了。一家供不起两个学生。他大说:要就是捞渣上,要就是文化上。

要早二年,就好办了,文化子巴不得不上学呢!可如今不同了,文化子不知咋的开了窍,一下子学进去了。从班上最后一名蹿到第一名。小鲍庄只有三名考上公社中学的,他就占了一名。他读书上劲多了。家里没得粮票给他带去吃食堂,他就每天来回跑,二十里路哩,中午带一卷煎饼,泡着茶吃。苦死了。

捞渣也想读书。庄上有学校的孩子,脖子上都有一条红围脖,这就叫他羡慕。他虽然还不知晓这红围脖是啥意思,可他知道是叫人学好的。那天二小子的红围脖叫老师要回去了,因为他和人打仗,把人门牙敲掉了。可见,做了坏事是不能得的,反过来,就是做好事才能得红围脖。

他大说,还是让捞渣读吧,文化子能写个信儿记个账就管了,回来做活也算是个大半劳力。文化子不干了,又哭又闹还不吃饭,捞渣便说:"让我二哥念吧,我不念了。"

文化子这才收了眼泪,下湖去给捞渣逮了一只叫天子,小翠用秫秫秸编了个小笼子。捞渣玩了小半天,就把它给放了。"它自个儿在笼子里,太孤了。"他说。他大摸摸捞渣的头,叹着气:"好孩子,过年大一定叫你念。"

捞渣不念书了,成天下湖割猪菜,和着一班小孩子。小孩子都偎他,欢喜和他在一起。谁走得慢,捞渣一定等他。谁割少了,不敢回家,捞渣一定把自己的匀给他。谁们打架了,捞渣一定不让打起来。跟着捞渣,大人都放心。这孩子仁义呢,大家都说。

捞渣能割猪菜了,鲍五爷却连绳头都搓不动了,成天价只能坐在墙根底下晒太阳,一直晒到中午,懒懒起来走回家烧锅。捞渣就不让走了：

"来俺家吃吧！"

鲍五爷也不推了。吃长了，他大就逗捞渣："你老叫五爷来家吃，俺家粮食不够吃了，咋办？"

捞渣认认真真地回答："我少吃一张煎饼，少喝一碗稀饭。可管？"

他大这才笑出来，摸摸老儿子的脑袋。

这天，嫁到山那边的大闺女带着孩子回来了。捞渣就到鲍五爷那里去借一宿，和鲍五爷脚对脚地挤一床。鲍五爷偎着捞渣小猫似的身子，说：

"捞渣，五爷的被窝叫你焐热了。"

"五爷，我每天给你焐被窝。"捞渣说。

鲍五爷偎着捞渣暖暖和和的小身子，心窝里滚烫滚烫的，话也多了：

"捞渣，你来和五爷睡，你大答应吧？"

"我大最依我了。"捞渣说。

"你娘答应吧？"

"我娘也依我。"

"他们要说我这老头子啰唆哩。"

"不会哩。"

"我老不死，自己都活烦了。"

"好日子都在后头哩，"捞渣开导五爷，"二小子每天上学，他说老师说的，好日子都在后头哩！'四人帮'打倒了，立马有好日子哩！"

"捞渣，你想不想上学？"

"想，"捞渣说，然后又说，"不想。"

鲍五爷看出他是想的："你们学费要几块钱呢？"

"不老少，三块多哩。"

"五爷给你付了吧。"

"不能,五爷,你的钱是大伙儿的……"

这一句话提醒了鲍五爷:"是啰,我吃的是百家饭,我是个老绝户哦!"

"五爷,你咋是绝户呢!咱都叫你爷爷哩。"捞渣说。

"鬼吔,你的嘴好乖哟!"鲍五爷说,过了一会儿又说,"捞渣,你有点像我那社会子哩。"

捞渣没应声,睡着了。

"眉眼像,脾性也像。"鲍五爷说。

捞渣睡得安静,连丝鼻息声都没有。窗洞叫堵上了,屋里黑得伸出手不见五指。

"和社会子一样,都仁义。从不和人吵嘴磨牙……"鲍五爷对着黑暗拉着呱。

墙根有一只虫嚯嚯地叫着。

二十一

牛棚里在唱古:

> 写一个九字挂金钩,七狼八虎窜幽州。
> 就数十字写得全,刘邦去也没回还……

二十二

拾来走了两日,又回来了。他把货郎鼓插在腰里,没让它响。他走到他头回停下来卖货的那台子下,对着台子上喊:

"二婶!"

喊了两声,二婶出来了,穿了一件半旧的裲子,不露肉了。两手黄澄澄的大秋秋面:

"大兄弟,咋又回来了!"

"我上回把二婶的烟荷包带走,忘还来了。"拾来从兜里掏出烟荷包,朝她举了举。

"这还值得送回来吗?给你了,不要了。"二婶说。她低低的,哑哑的,又带点甜味儿的声音叫人心里十分舒坦,像喝了一口热茶。

"哪能。"拾来说着走上台子来了,把那烟荷包朝二婶跟前递过去。

"不要了呢。"二婶说,举着两手黄澄澄的面,朝后退着。

"哪能。"拾来朝她走去。

她只能要了,可是两手的面,怎么好拿?她便侧过身子:"替我搁兜里呢!"

拾来把手伸进她斜开的兜,兜里暖暖和和的。他的手停了一下才抽出来,手上带着她的体温。

"进来坐坐,喝碗茶吧!"她说。

"不了,走了。"他说,脚却不动窝。

"坐坐歇歇吧。"她说。

"走了。"他却不走。

"进来坐坐嘛!"她伸出肩膀头子抗了他一下,他顺势进了屋。

屋子不小,有三间。可是空荡荡的,没什么东西。地上爬着两个小孩,一个三岁模样,一个四岁模样。门前架了张鏊子。二婶接着和面,拾来坐在板凳上吸烟。

"这是老几?"拾来问。

"老三老四。"二婶回答。

"怪喜人的。"

"烦人呗。"

他们一句去、一句来地拉呱。不知咋的,他在这个二婶跟前,觉着很自在,很舒坦。

他觉着这二婶虽说是第二次见面,却好像老早就认得了似的。

"他大做活还没收工?"他问。

"他大做鬼去了,死了!"她回答。

"哦。"他愣了。过了一会儿,慢慢地说:"二婶也是个苦命人啊!"

"苦惯了。大兄弟,你能帮着烧把火吗?"

"能。"拾来忙不迭地站起来,挪到鳌子跟前去,点了火。

"大兄弟。"二婶叫道。

"嗯哪!"拾来答应道。

"你打山那边来,那边是分地了吗?"

"都吵吵呢,嗷嗷叫,怕是快了。"

"分了地,就够俺娘儿个苦的了。"二婶叹气。

"大伙儿会帮忙的,这庄上的人情特好。"拾来安慰她。

"一分地,劳力就是粮,劳力就是钱,谁知道会是咋样哩。"

"都是一个庄一个姓,大家锅里有,不会少你几张碗的。"拾来说。

"你你这个大兄弟嘴怪会说哩。"二婶笑了。

"我嘴最笨了,我说的是实情。"拾来红了脸。

"你说的是实情。"二婶瞅了他一眼,小声说,像是说给自己听的。

面和好了。二婶搬了张小板凳坐到鳌子前,伸手将面团在鳌子上轻轻一抹。滋啦啦的一阵轻烟腾起。拾来忽然心里一咯噔,他咋在这轻烟里看见了大姑的脸。

一只竹劈子将那煎饼一挑,二婶的脸又清澄起来:"别走了,在这儿吃吧。"

"不了。"拾来嗫嚅着,二婶没听见,将面团子在鳌子上一抹,抹得溜溜圆,再一挑。拾来看着二婶的手:手腕圆圆的,手指肚鼓鼓的,手背的皮有点起皱,却结结实实的。他见过最多的是媳妇姊妹的手,每日里有多少双媳妇姊妹的手在他眼皮子底下翻腾,挑来拣去。可他却从没觉得有哪双手像这双那样,看着心里就自在,就舒坦,就亲近,就……怎么说呢,心里就暖暖和和的。他像是在哪里见过这么双手,要不,咋这样眼熟呢!

"你也是个苦命的,"二婶抹着面团子,悠悠地说,"往后路过这里了,就进来喝碗茶,吃顿饭,歇歇脚,就算是个落脚的地方吧!"

拾来鼻子酸酸的,不说话。

"有洗的涮的,就搁下。一人在外苦,不容易。"

"二婶!"拾来抬起头喊了一声,眼睛里满满的都是泪。

二十三

这天夜里,大姑耳朵边没听见货郎鼓响。一夜睡得安恬。

二十四

地分到户了。不论文化子怎么哭怎么闹,他大都不让他念书了。文化子急得没法,找了鲍仁文来说情。鲍仁文对他大说:

"我叔,你眼光得放长远点。分地了,要多收粮食,就看个人本事了。让文化子上学,学点科学,种田才能种好哩,单凭死力总不行。"

鲍彦山只是吸烟,不搭话。

鲍仁文又翻报纸念给他听:某某地方一个高中生养长毛兔成了万元户;某某地方一个大学生种水稻,也挣了不老少……听得鲍彦山眼珠子都弹起来了,可话一回到文化身上,他便又泰然下来。似乎文化子与那些人是一无联系的。任凭鲍仁文深入浅出地解释,他亦是不动心,说:

"远水救不了近火啊,大文子!你不知晓。"

"还是多读书好哇!"鲍仁文不放弃努力。文化子在一边抽抽搭搭的,要放弃也放弃不得。

鲍彦山斜过眼瞅瞅鲍仁文,不吱声。其实,鲍仁文来做这个说客是最不合适的了。他自己本身就是一个极有力的反证,证明着读书无用,反要坏事。时时提醒着人们不要步他的后尘,万万别把自己的孩子们弄成这样:赔了功夫赔了钱,弄了一肚子酸文假醋,不中看,不中用,真正是个"文疯子"。

没有任何办法了。文化子晓得哭也是没用,便也不哭了,省些力气吧。倒是小翠背底里说他：

"就这样算了？"

"算了。"文化子垂头丧气地说。

"甩！"小翠子鄙夷地说了一个字。

文化子脸涨红了。在此地，无能、窝囊、饭桶、狗熊，用一个"甩"字就全包了。一个男人最坏的品质怕就是"甩"了，一个男人"甩"，那还怎么做人？还怎么叫人瞧得起？文化子动动嘴唇，没说什么，站起来要走。小翠子上前一把拽住他的袖子：

"你把我唱的曲儿还给我。"

"这怎么还？"文化子朝她翻翻眼。

"你唱还给我，唱个'十二月'！"小翠揉了他一下。

"我不会唱。"

"不会唱也得唱。"

文化子愣了一会儿，晓得是犟不过小翠的，他总也犟不过小翠，犟不过心里还乐滋滋的，真不知见了什么鬼！"那我唱个别的。"他请求。

"也管。"小翠通融了。

文化子苦着脸想了想，又说："唱个革命歌曲。"

"唱吧！"

文化子沉吟了一会儿，咳了几声，清清嗓子，开口了："一条大河波浪宽——"他唱了一句便停下来，偷眼瞅瞅小翠，看看她的反应，他怕她笑。

她没笑，看着他，微微张着嘴，倒有些吃惊似的。

"风吹稻花香两岸，我家就在岸上住——"文化子一边唱一边偷看她，她默着神，像在想什么。

"听惯了艄公的号——"文化子唱得鼓起了喉咙，只好认输，"实在是吊不上去了。"

小翠子像醒过来似的抬起眼睛看看他，轻轻地说："这个曲儿怪好听的。"

文化得意起来,雪了耻似的。

文化子不读书的消息一传开,那耕读老师便闻讯而来,动员捞渣上学。不得已,他向鲍彦山兜出了心底话:

"说实在的吧!我这个耕读老师做了这些年,至今也没转正。您让捞渣上学,也是给我脸面。这第一期的学费,我替捞渣缴了吧!"

鲍彦山看看老师,终于点头了。不过学费没让老师缴,他说:"真让他念书了,我就得供他学费,万不能让你老师掏腰包。"

他是说话算话的,一口气缴了学费,还花了六毛七分钱,给捞渣买了个新书包。鲍五爷在拾来的货郎挑子上拣了支花杆铅笔,给放在书包里了。

捞渣上学了,做小学生了。第一学期,就得了个"三好学生"的奖状。

小翠把捞渣的奖状拿在手里,颠来倒去地看个不停,看完了便问文化子:

"你念这些年咋没带回过一张花纸来家?"

文化子不屑地看了一眼奖状:"这不算什么。"

"啥才算什么?"小翠回他嘴。

他俩时常这么一句去一句来的拌嘴,鲍彦山家里的都看在眼里了,慢慢地看出了些个意思,夜里,在枕头上,和男人商量:

"小翠十七了,该给他们圆房了。"

可是就在这时候,小翠忽然不见了。割完最后一垄麦子,小翠说:

"你们先走家,我去沟里涮涮毛巾。"然后就再没回来。

二十五

现今文艺刊物多起来了,天南海北,总有几十种。鲍仁文往四面八方都寄了稿,那一厚本"作品"已经拆开寄完了。寄出去一份,他就增加一份期待。他的生活里充满了期待,没有空隙去干别的了。他和他老娘那三亩四分地里,苗比别人少,草比别人多,都种不过二婶的地。真不知他是中了什么邪魔了。他娘甚至跑到二十里地外,三里堡的土地庙去烧了一炷香。那土地庙早已被毁了,她就把香插在庙前边的大树上。这个庙的菩萨灵,她认为。

他那在县委宣传部打字的老同学给他个消息,省里要开一个笔会。笔会,就是许多作家聚在一起,谈谈,玩玩,以文会友的意思。笔会先在省城开,然后就要到这鲍山去玩玩。这些年旅游风盛,稍有点来历的地方都叫拿出来做胜地了。鲍庄要说起也算有点来历的。据说,那上边还有个什么脚印儿,是那位鲍家的先人巡察治水情况时留下的。还有一个洞,洞里有石桌石椅,是那位先人坐镇指挥时用的。据说,那里也要设置旅游点了,当然,眼下只有一座小房子,里面有卖茶的。荒荒的,野野的,作家们就是要看这野味,亭台楼阁,画山秀水看惯了,要换换口味。

于是,这批作家便要来游一下鲍山。

于是,省里早早就通知了县里,要县里早早做好准备。县文联——现在县里都有文联了——计划着请这些作家们和本县的文学青年见见面,座谈座谈,讲讲话,指导指导,以繁荣基层文学创作。海报贴出去了,要听讲座要见面的,得买票。不到两天,票就全卖出去了。现今的文学青年也是非常多的。

那老同学也代鲍仁文买了一张票。鲍仁文早早地就在盼望这一天了。长这么大,读了这么多小说,这么地热爱文学,可他却从来没见过一个作家。这实在是太不公道了。

他早早地就在盼这一天了。眼看着这幸福的一天之前的那些不幸福的日子,一日一日熬了过去。那老同学却托人带话来说:讲座见面会取消了。作家们不来鲍山了。因为有的要到西双版纳开笔会,有的要到九寨沟开笔会,还有的要到西藏参观访问,剩下二三个虽没别处的笔会邀请,却也没了兴致,终于没能成行,早早地分散到各地去开笔会了。近来的笔会是非常多的。比起那西双版纳、九寨沟、西藏,这鲍山又野得很不够了。

于是,他又只能继续往各地刊物寄稿子,继续期待着,继续什么也期待不着。

每日里,他在自家那三亩四分地里做活儿,脑子里就像在开锅,种种事情涌上心头,种种滋味充斥在心里。想想年龄是偌大,著书是偌渺茫,没有业,也没有家,这么一日一日过去,实在令人惧怕得很。那一日复一日的单调平凡的生活后面,究竟掩隐着什么?前头的希望究竟什么时候才能到达?他又恨不能马上跨过五年八年,看看那前景是如何锦绣,或者如何黯淡,也好早早死了心。因此,他望着那毒辣辣的日头,就有些为难起来,究竟要它过去得快还是慢呢?

和他的地挨边儿的是鲍彦川家里的地。她每日里带着十一岁的大儿子在地里做活,不兴歇歇的。天不亮来了,天黑了还不归。吃饭也不回去,她八岁的闺女提着个篮子给送来,就在地里把张煎饼卷巴卷巴,吃了,喝几瓢凉水,然后再接着干。

"一个人管吗?二婶。"他每日都要招呼她一声。

"管。"她回答。她就是说不管,也不见得有人来帮她忙。这地一到手,人就像疯了似的,恨不能睡在地里,谁也顾不上谁了。这阵子,真是谁也顾不上谁了。

不过,每隔三五日,鲍仁文就看见有个膀大腰圆的外乡小伙子在二婶家地里做活。看看不像是雇工,二婶待他像自家兄弟,他待二婶也不外。他干活肯下力得很,一点不掺假。再说,这年头,又上哪儿去请雇工。就算有雇工,二婶也未必请得起。

那小伙子最多有二十岁,憨憨厚厚的。要来总是响午后来,一干干到天黑。有一次,他直起腰左右看了看,正好看到鲍仁文,便龇着牙笑了一下,牙白得耀眼。鲍仁文认出了,就是那天挑货郎挑的弟兄。

小伙子和二婶不外得很。有一次,见他给二婶翻眼皮,二婶眼里进了颗沙子;有一次,见二婶帮他挑手上的刺儿。二婶吸烟,小伙子帮她点火;小伙子吸烟,二婶帮他点火。他叫她"二婶",她叫他"大兄弟",孩子们叫他"叔"。瞅不透他们是什么关系。瞅着只觉得怪有趣儿的。

日子过得那么平淡,难挨,看看他俩,倒也解解闷。

二十六

这天,那小伙子正给二婶锄地,却呼啦啦地跑来了一伙子人,为首的正是鲍彦山。他抡起扁担,一家伙把那小伙子掀翻在地上了。接着,一伙人就拥上来,连打带踢,那小伙子抱着头在地上乱滚。

二婶担着一挑水走到地边,来不及搁下桶就朝这边奔过来了。桶翻了,水涓涓地流着。

二婶跑着跑着,绊倒了,爬起来再跑,一边叫道:"要打打我,要打打我。"

她跑到跟前,就去拖鲍彦山,鲍彦山给了她一脚:"连你一起打。"

她被踢得蹲了一下,又站直了,跑上几步,扑倒在鲍彦山脚边,抱住鲍彦山的膝盖:"大哥,你饶了他小命一条吧!"

鲍彦山不由放下了扁担,瞅了一眼弟妹,叹了一口气,骂道:"你这不要脸的娘们,还有脸给他说情!"说罢,就一使劲甩脱了她。

二婶翻转身,索性抱住了那小伙子,不管不顾地嚷:"是我偷了他汉子,没他的事!是我偷了他汉子,没他的事!"

一阵更加激烈的拳脚交加。二婶和那小伙子紧紧抱成一团,再不作声了。任他们怎么踢、怎么打、怎么骂,只是不作声。

打累了,终于歇了手,在他身上踹了一脚,说道:"下次再叫我瞅见你往这庄上跑,没你好果子吃。"

他们抱成一团,一动不动像死过去了似的。人走了,半晌过后,才动了起来。

小伙子哇的一声哭了:"二婶,我干了缺德事,败了你家的门风。你揍我吧!"

"这不怪你。"二婶整了整衣衫。眼里没有一滴眼泪,干干的。

"我带累了你,二婶。"

"是我带累了你,拾来。"

"我这就走,再不敢来了。"

"你要走,就走吧。"二婶幽怨地看着他。

他爬起来,要走,却又蹲倒了,脑袋垂在了裤裆里。

"你咋不走?"二婶问他。

"我走了,这地你自己咋锄得完。"拾来说。

"我能锄。"

"那,我走了。"他回过头,犹犹豫豫地对二婶说。

"慢,你的货郎挑子叫他们砸散了,你拿什么去做买卖?"

"我能拾掇。"

两人不再说话,低着头。过了一会儿,二婶慢悠悠地说:"我说,拾来。"

"我听着哩。"

"我说,你要不嫌我年岁大,不嫌我孩子多,不嫌我穷,你,你就不走了!"二婶说罢,猛地扭过脸去了。

拾来却抬起了脸,眼睛里流露出欣喜的光芒,他感激涕零地叫了声:"二婶!"

"你别叫我二婶了。"

"管。"

"你叫我,孩他娘。"

"管。"

二婶慢慢地转过脸,望着拾来,泪糊糊地笑了。拾来也憨憨地笑了。两张鼻青眼肿的脸,就这么泪眼婆婆地相对着,傻笑着。

拾来留下了,却不敢叫本家兄弟们看见。可是这怎么瞒得过人!鲍彦川的本家兄弟到处寻着拾来。

拾来去找队长。现在分地了,没有队了,也就没队长了,队长叫作村长了。村长不如队长能管事。他说他管不了鲍家兄弟,他心里也是不想管,这事儿不能管。这是小鲍庄百把年来头一桩丑事,真正是动了众怒。

拾来是个五尺高的汉子,不是一只烟袋一只鞋,不能藏着掖着。早晚叫他们瞧见了,便跑不了一顿饱打。拾来叫他们打急了,撒腿就跑。二婶在后边大声地叫:

"往乡里跑,往乡里跑!"

一句话提醒了拾来,拾来抱住脑袋,掉转身子就往乡里跑。一气跑了七八里地。到了乡里,才算有了公断:照婚姻法第几第几条,寡妇再嫁是合法的,男方到女方入赘也是合法的。从此,拾来在小鲍庄有个合法的身份,不用躲着人了。

可是,倒插门的女婿难免叫人瞧不起,连三岁小孩都敢在头上动土。干干净净的鲍姓里,忽然夹进一个冯姓,并且据说这个冯姓也不那么地道,纯净,是硬续上的,来路十分不明。叫众人难以认可。一篓瓜里夹进了葫芦,叫人怎么看得顺眼。再加上拾来和二婶的年龄,总给人落下话把。好在,拾来从小是在这种好奇又鄙夷的目光中长大,这对他不新鲜了。而他漂荡了这几年,终于有了个归宿。他一点儿没觉着二婶对他有什么不合适的,他想不出他怎么去和一个大闺女过日子,和着一个小姊妹过日子,那也叫过日子吗? 二婶对他,是娘,媳妇,姊妹,全有了。拾来心满意足,胖了,像是又高了一截子,壮壮实实,地里的活全包了。

二十七

今天晚上和明天白天天气预报:

今天晚上,阴有雨,雨量小到中等,局部地区有大到暴雨。预计明天,仍有中到大雨。希望有关部门及时做好防汛工作……

县里成立了防汛指挥部。

乡里成立了防汛指挥部。

村里也成立了防汛指挥部。

二十八

雨下个不停,坐在门槛上,就能洗脚了。西边洼处有几处房子,已经塌了。

县长下来看了一回。

乡长下来看了两回。

村长满村跑,拉了一批人上山搭帐篷,帐篷是县里发下来的。

远天,天亮了一些,云薄了一些,雨下得消沉了一些,心都想着,这一回大概挨过去了。不料,正吃响饭,却听鲍山西边轰隆隆地响,像打雷,又不像打雷。打雷是一阵一阵的轰隆,而这是不间断的,轰轰地连成一片,连成一团。"跑吧!"人们放下碗就跑,往山东面跑。今年春上,乡里集工修了一条石子路,跑得动了。不会像往年那样,一脚插进稀泥,拔不起来了。啪啪啪的,跑得赢水了。

鲍秉德家里的,早不糊涂,晚不糊涂,就在水来了这一会儿,糊涂了,蓬着头乱跑。鲍秉德越撵她,她越跑,朝着水来的方向跑,撒开腿,跑得风快,怎么也撵不上。最后撵上了,又制不住她了。来了几个男人,抓住她,才把她捆住,架到鲍秉德背上。她在他背上挣着,咬他的肩膀,咬出了血。他咬紧牙关,不松手,一步一步往东山上跑。

鲍彦山一家子跑上了石子路,回头一点人头,少了个捞渣。

"捞渣!"鲍彦山家里的直起嗓门喊。

文化子想起来了:"捞渣给鲍五爷送煎饼去,人或在他家了。"

"他大,你回去找找吧!"鲍彦山家里的说。

水已经浸到大腿根了。

鲍彦山往回走了两步,见人就问:"见捞渣了吗?"

有人说:"没见。"

有人说:"见了,和鲍五爷走在一起呢!"

鲍彦山心里略略放下了一些,还是不停地问后来的人:"见捞渣了吗?"

有人说:"没见。"

有人说:"见了,搀着鲍五爷走哩!"

水越涨越高,齐腰了。鲍彦山望着大水,心想:"这会儿,要不跑出来,也没人了。"

后面的人跑上来:"咋还不跑!"

"找捞渣哩!"

"他早过去了,拖着鲍五爷跑哩!"

鲍彦山终于下了决心,掉回头,顺着石子路往山上跑了。

鲍秉德家里的折腾得更厉害了,拼命往下挣,往水里挣。鲍秉德有点支不住了。

"你不活了吗?"他大叫道。

她居然把绳子挣断了,两只手抱住她男人的头,往后扳。

"狗娘养的!"鲍秉德绝望地嚎。他脚下在打滑了,他的重心在失去。他拼命要站稳。他知道,只要松一点劲儿,两个人就都完了。水已经到胸口了。

她终于放开了男人的头,鲍秉德稍稍可以喘口气。可还没来得及喘气,她忽然猛地朝后一翻,鲍秉德一个趔趄,不由松了手。疯女人连头都没露一下,没了。

一片水,哪有个人啊!

水撵着人,踩着石子路往山上跑。有了这一条石子路,跑得赢水了。跑到山上,回头往下一看,哪还有个庄子啊,成汪洋大海了。看得见谁家一只木盆在水上漂,像一只鞋壳似的。

村长点着人头,除了疯子,都齐了,独独少鲍五爷和捞渣。

"捞渣——"他喊。

"捞渣——"鲍彦山家里的跺着脚喊。

鲍彦山到处问:"你不是说见他和鲍五爷了吗?"

"没见,我没说见啊!"回说。

鲍彦山急眼了,到处问:"你不是说见了吗?说他牵着鲍五爷!"

都说没见,而鲍彦山也再想不起究竟是谁说见了的。也难怪,兵荒马乱的,瞅不真,听不真也是有的。

鲍彦山家里的跳着脚要下山去找,几个娘们儿拽住她不放:"去不得,水火无情啊!"

"捞渣,我的儿啊!"鲍彦山家里的只得哭了,哭得娘们儿都陪着掉泪。

"别嚎了!"村长嚷她们,皱紧了眉头。自打分了地,他队长改作了村长,就难得有场合让他出头了,"还嫌水少?会水的男人,都跟我来。"

他带着十来个会水的男人,砍下几棵杂树,扎了几条筏子,提着下山去了。

筏子在水上漂着,漂进了小鲍庄。哪里还有个庄子啊!什么也没了,只有一片水了。一眼望过去,望不到边。水上漂着木板,鞋壳子。

"捞渣——"他们直起嗓子喊,声音漂开了,无遮无挡的,往四下里一下子散了,自己都听不见了。

"鲍五爷——"他们喊着,没有声,好比一根针落到了水里,连个水花也激不起来。

筏子在水上乱漂着,没了方向。这是哪儿和哪儿哩?心下一点数都没有。

筏子在水上打转,一只鸟贴着水面飞去了,鲍山矮了许多。

"那是啥!"有人叫。

"那可不是个人?"

前边白茫茫的地方,有一丛乱草,草上趴着个人影。

几条筏子一齐划过去。划到跟前,才看清,那是庄东最高的大柳树的树梢梢,上面趴着的是鲍五爷。鲍五爷手指着树下,喃喃地说:"捞渣,捞渣!"

树下是水,水边是鲍山,鲍山阴沉着。

男人们脱去衣服,一个接一个跳下了水。一个猛子扎下去,再上来,空着手,吸一口气,再下去……足足有一个时辰。最后,拾来一个猛子下去了好久,上来,来不及说话,大口喘着气,又下去,又是好久,上来了,手里抱着个东西,游到近处才看见,是捞渣。筏子上的人七手八脚把拾来拽了上来,把捞渣放平,捞渣早已没气,眼睛闭着,嘴角却翘着,像是还在笑。再回头一看,鲍五爷趴在筏子上早咽气了。

筏子上比来时多了一老一小,都是不会说话的。筏子慢慢地划出庄子,十来个水淋淋的男人抬着筏子刚一露头,人们就呼啦地围上了。

一老一小静静地躺在筏子上,脸上的表情都十分安详,睡着了似的。那老的眉眼舒展开了,打社会子死,庄上人没再见过他这么舒眉展眼的模样。那小的亦是非常恬静,比活着时脸上还多了点红晕。

鲍彦山家里的瞪着眼,一字不出。大家围着她,劝她哭,哭出来就好了。

村长向人讲述怎么先见到鲍五爷,而后又下水去找捞渣。

拾来结结巴巴地向大家讲述:"我一摸,软软的。再一摸,摸到一只小手。我心里一麻,去拽,拽不动,两只手搂着树身,搂得紧……"

人们感叹着:"捞渣要自己先上树,死不了的。"

"捞渣要自己先跑,跑得赢的。"

"那可不是?小孩儿腿快,我家二小子跑在我们头里哩!"

"捞渣是为了鲍五爷死的哩!"

"这孩子……"

打过孟良崮的鲍彦荣忽然颤颤地伸出大拇指:"孩子是好样儿的!"

"我的儿啊——"鲍彦山家里的这才哭出了声,在场的无不落泪。

捞渣恬静地合着眼,睡在山头上,山下是一片汪洋。鲍秉德蹲在地上,对着白茫茫的一片水,喱喱地哭着。

天渐渐暗了,大人小孩都默着,守着一堆饼干、煎饼、面包,是县里撑着船送来的,连小孩都没动手去抓一块。

天暗了,水却亮了。

二十九

这次大水闹得凶,是一百年来没遇到过的大水。可是,全县最洼的小鲍庄只死了一个疯子、一个老人和一个孩子。这孩子本可以不死,是为了救那老人。

水下去了,要办丧事了。大伙儿商议着,不能像发送孩子那样发送捞渣。捞渣人虽小,行的是大仁义,好歹得用一副板子送他。万不能像一般死孩子那样,用条席子卷巴卷巴。

男人们去买板子了,女人们上街扯布。蓝的卡,做一身学生制服,鱼白色的确良,缝个衬里裤子。还买了一双白球鞋。捞渣打下地没穿过一件整裤子,都是拾他哥哥们穿破穿烂的。要好好地送他,才心安。

全庄的人都去送他了,连别的庄上,都有人跑来送他。都听说小鲍庄有个小孩为了个孤老头子,死了。都听说小鲍庄出了个仁义孩子。送葬的队伍,足有二百多人,二百多个大人,送一个孩子上路了。小鲍庄是个重仁重义的庄子,祖祖辈辈,不敬富,不畏势,就是敬重个仁义。鲍庄的大人,送一个孩子上路了。

小鲍庄只留下了孩子们,小孩是不许跟棺材走的,大人们都去送葬了。

女人们互相拉扯着,曞曞地哭,风把哭声带了很远很远。男人们沉着脸,村长领着头,全是彦字辈的抬棺,抬一个仁字辈的娃娃。

刚退水的地,沉默着,默不作声地舔着送葬人的脚,送葬队伍歪下了一长串脚印。

送葬的队伍一直走到大沟边。坑,挖好了,棺材,落下了,村长捧了头一捧土。九十岁的老人都来捧土了:"好孩子哪!"他哭着,"为了个老绝户死了,死得不值啊!"他跺着脚哭。

风吹过大沟边的小树林子,树林子沙啦啦的响。一满沟的水,碧清碧清,把那送葬的队伍映在水上,微微地动。土,越捧越高,越捧越高,堆成了一座新坟。坟映在清泠泠的水面上,微微地动。

他大在坟上拍了两下,哑着嗓子说:

"孩子,大委屈你了,没让你吃过一碗好茶饭!"

刚止住的哭声又起来了,大沟的水哭皱了,荡起了微波,把那坟影子摇摇晃晃的。

天阴阴的,要下似的,却没有下。鲍山肃穆地立着,环起了一个哀恸的世界。

这一天,小鲍庄没有揭锅,家家的烟囱都没有冒烟。人们不忍听他娘的哭声,远远地躲到牛棚里,默默地坐了一墙根,吸着烟袋。唱古的颤巍巍地拉起了坠子:

> 十字上面搁一撇念作千字,
> 千里那哈又送京娘。
> 有九字往里拐念力字,
> 力大无穷有燕张。
> 有人字一出头念入字,任堂辉结拜杨六郎……

鲍二爷轻轻问老革命:

"鲍秉德家里的找到没有?"

老革命目不转睛地看着唱古的,轻轻说:"没有。"

"这就怪了。"

"大沟都下去摸过了。"他盯着唱古的回答。

"这娘们……兴许……怪了……"鲍二爷摇头。

老革命一字不拉地听着:

> 有五字添一个单人还念五,
> 伍子胥打马又过长江。
> 有四字添一横念西字,
> 西凉年年反朝纲。
> ……

三十

鲍仁文把拾来和二婶的故事,写了一篇文学色彩很浓的广播稿,寄给了广播站。题目叫作《崇高的爱情》。他写拾来不嫌二婶年纪大,孩子多,二婶则不嫌拾来没根底,没地又没房。由于有了崇高的爱情,他们便结为伴侣。白日辛勤地劳动,夜里在灯下制定"致富计划",等等等等。不出一星期,就广播了,引起了极大的轰动。有人从十几里外来小鲍庄,为了看一眼拾来和二婶。可是,这并没有改变拾来在小鲍庄的地位,人们还是叫他"倒插门的"。

和他家地连边的还有鲍仁远家。他光天化日之下,犁去二婶两犁地,拾来也不敢作声。因此二婶没有男人时没受过欺负,这会儿有了男人,倒任人欺负了。而没有男人的二婶不是个省油灯,到处敢和人争和人吵,和人理论理论,现如今有了男人倒不敢了,像有了什么短处似的。她总觉得自己这个男人不是明门正道的,自己心里先亏了三分理,便再也嚷不出去了。可不管怎么说,还是有个男人好啊,不论是明道还是暗道。有个男人,心里踏实多了,过日子有个帮手,到底不那么累人了。她从心底里是感激拾来的。可是她又隐隐地觉着,自己也是收容了拾来。所以,她使唤拾来起来,那话里总难免有一种不客气的味道:

"拾来,水缸见底了!"

拾来便去挑水。

"拾来,烧锅!"

拾来便烧锅。

"拾来,锅溢了。"

拾来便不烧。

"拾来,猪跑了。"

"我正吃饭哩!"拾来说。

"你不能吃着攥着吗?"

于是拾来便卷巴一张煎饼跑去了,嘴里"啰、啰"地叫着。

拾来也习惯了,任她使唤。使唤不怕,就怕她嘟囔。有时候,拾来任务完成得不那么圆满,她就会嘟囔个没完。拾来虽说是个倒插门的,毕竟也是个男人,也有脾气,发作起来也是不得了的,于是就要闹。不过,他们闹起来和别人不一样。他们插着门闹,压着声儿闹,打死了也不叫唤。闹完了,打完了,开了门,又像没事人一样了。夜里,两口子还是恩恩爱爱,该干啥还干啥。

拾来隐隐有点不满足的是,这个家他做不了主。这个家是二婶的家,有什么事,人家从不找他,而是直接去找二婶。其实,就是来找他,他也会去问二婶的,可人们连这个过场都不记着要走一走。而二婶呢?也常常忘记和他打商量。比如,小三子上学的事。其实,她要来问他,他也会让三子上学的,她的孩子就是他的孩子,他能亏待得了吗?可是二婶问都不来问他,好像他不是这家的男人似的。他心里自然有点不自在。心里不自在吧,又不好说出来,憋又憋不住,就在别的事上露出了脸色:

"稀饭咋这么稀,是涮锅水吗?"

"我多放了半瓢水,你凑合喝吧,老爷!"二婶说。

"干一天活,喝这个管吗?雇的短工也得管饱饭!"拾来放下碗,搁重了一点,"砰"的一声响。

"你走街串巷卖货的时候,能喝上这个就不错了哩。"二婶撇撇嘴说。

打人不打脸,揭人不揭短,这话说到了拾来的短处,也是痛处,他干脆把碗摔了。

二婶也会摔碗,摔得比他响,"乒乓"的,当然,没忘了先关门。

打一次,闹一次,当时不觉得什么。可一次一次多了,总归要留下一点什么。一点一点的积了起来,自然是个事儿。虽然不大吧,可搁在心里也是个疙瘩,怪不畅快的。不过,过日子嘛,不畅快原来就比畅快多,没什么大不了的,也能过下去。不如人家的有,可人家不如的也有。就是这么回事。

广播稿在乡里广播了不久,又在县广播站广播了。拾来和二婶觉得怪臊的,可毕竟有点得意。成了名人了,便也觉得不该闹。想不闹就能不闹了吗?也不能。他们只能把门关得更严,声音压得更低。

鲍仁文听到县广播站广播了,便激动得了不得。要知道,被县广播站选中的稿子,这在他的文学生涯中,是一个至高点。他自己都不晓得怎么来的一个印象,就是县广播站广播过的稿子都要在县文联办的一份名叫《文苑》的刊物上发表。他沉住气等着县文联给他寄到有他稿子的《文苑》。等了半个多月,也不见动静,又不好意思问上门去,只好作罢。他又想着再加工成一篇小说,给省里的刊物寄走了。接下来,就又是无穷无尽的等待。至于拾来和二婶在屋里打架,他就不负责了。

三十一

捞渣死后,文化子叫他娘数落得够呛。样样事情,他娘都要拿捞渣来对照他。而他自己也奇怪起来,怎么相对着自己每一处缺点,捞渣都有一处优点。而他的缺点又那么多,一动弹就露出了马脚。于是,便不时提醒起他娘对捞渣的怀念,数落之后便是哭,哭起来就没个完了。

"文化子,给娘捶捶背。"他娘叫道。

"我在喂猪哩。"他说。

他娘便哭了:"捞渣要在,不用我说,他就给我捶了。捞渣在,我一进门,他就递洗脸水过来了,不要我动弹了。捞渣,你咋走得那么早哩……"

哭得人心里酸酸的,烦烦的。文化子憋得慌。他心里也难受,难受的不仅仅是弟弟死了。当然,弟弟死了,他也难受得像心里剜去一块肉似的。这个弟弟好,虽然比他小许多,却处处让他。要不为让他,也能早一年读书,多挣两张"三好学生"的奖状来家了。可是,难过归难过,死的死了,活着的还得过日子哩。因此,活着的人就不免要多想想活着的人,活着的事。

他想小翠子。自打小翠子走了,他才渐渐明白过来,小翠子是喜欢自己的,而自己也是喜欢小翠子的。并且,小翠子对他的希望,也一日一日地明了起来了。文化子变闷了,比他哥还闷。小翠子走,他哥也难过,难过的是媳妇没了。他哥二十六了,想媳妇呢。而他文化子难过的不是媳妇,她不是他的媳妇。哥哥还没媳妇,他不敢想媳妇。所以,他又盼着他哥快娶媳妇,但是,最好不是小翠子,一定别是小翠子,可千万别是小翠子。哦,小翠子,可千万别回来。可是他又耐不住地想小翠子回来。下湖去,他想着,小翠子跑过来,推了他一个脸朝天;井沿上,他想着,小翠子蹦出来,接住他的扁担:"还我的'十二月'!"他想起他"还"她的那支歌儿,叫她一下子就唱会了,一丝音儿都不跑。"你该是上学念书的。"文化子叹了一口气。他发现小翠子对他的希望,其实也是她自己的希望。她真该去上学的。而如今,连他自己都没得学上了,还谈什么小翠子呢!

他想学校,想看书了。他常常跑到鲍仁文那里去,借书看,和他拉呱。他自己也觉得出奇,如今和谁都不大能拉得来,却和鲍仁文能拉。

"文哥,你不能老一个人这样过下去吧!"他说。

"我不能像众人那样过下去。"鲍仁文回答。答得莫名其妙,可文化子全懂。

"你不觉得苦?"

"苦倒不怕,只要有盼头。"

"你有盼头吗?"

"想就有,不想就没有。"鲍仁文极其微妙地笑了一下,可文化子全领悟了。

"怎么过不是过一辈子呀,是不是,文哥?"

"只要自己觉得有滋味。"

"各人有各人的过法,是不是,文哥?"

"别看别人怎么过,只管自己,就行。"

"也别管别人怎么看咱们过,只管自己过的,就行。"

他们俩像参禅似的,能拉呱一夜。每次从鲍仁文那破得不成样的屋子里出来,文化子便觉得心里敞亮了一点。

有一天夜里,他从鲍仁文家回来,走到家门口,忽然从黑影地里闪出一个人,站在了他的跟前,一双乌溜溜的眼睛看牢了他。是小翠!他险些儿叫出了声,小翠一把将他的嘴捂住,拖住他,跑到了家后。小翠的手滚烫滚烫,他拽住再不松开了。

两人跑下台子,钻进秫秫地,这才站定。小翠回过头,看着文化,文化也看着小翠。小翠的脸盘子瘦了一圈,眼睛更大了,黑洞洞的,深不见底。月光将秫秫叶的影子投在她脸上,影子摇晃着,她的脸一明一暗,像在梦里似的。

"你跑哪儿去了?"文化子想去摸摸她的脸,却不敢,倒被这个念头弄得哆嗦起来了。

小翠子不回答,只是看定了他。

文化子不由害怕起来了,推推她:"你咋又回来了?"

"为你回来的。"小翠子说,眼泪直流了下来,很大很大的泪珠儿,打在秫秫叶儿上,"啪啪"的响。

这下轮到文化子不说话了。

"你不要我回来?"小翠哀怨地问。

"我正想着找你去。"

小翠子一把抱住了文化子的脖子,文化子这才敢抱住她。月亮悄悄地看着他们,看了一会儿,挪了一点,再看一会儿,再挪一点儿。下露水了。秫秫在拔节,"刷刷"地轻响着。一只秋虫在"曜曜"地唱。秫秫叶子摇晃着,把影子晃到小翠身上,又晃到文化子身上。露水凉凉的,甜甜的。

"翠,别走了。要走,我们一起走。"

"我回来,就是来讨你这句话的。你这么说,我就不怕了。"

"我也不怕,翠。"文化子喃喃地说。

"我就要你这句话,文化。"小翠喃喃地说。

"我想你想得好苦。"文化子哭了。

"我想你想得好苦。"小翠哭得更伤心了。

"我都想你来骂我,打我。"

"贱骨头!"小翠破涕而笑了。笑了一声,又哭了。

两人轻轻地笑着,又轻轻地哭着,月亮悄悄地看着他们,秫秫叶儿悄悄地拍打着他们。

三十二

鲍秉德结婚了。娶的是十里铺的一个麻脸大姊妹,虽是麻脸,人长得粗笨,可还是大闺女的好啊!是鲍彦山家里的给做的媒,一说便成了。立马定好了日子,说娶就娶过来了。虽然那疯子才死了不过三个月,但大伙儿都谅解:这男女两头都不能等了。三亩四分地躺在那里了,天天要人侍弄,家里没个做饭的不成。再说,鲍秉德年已过四十,等着抱儿子哩。

庄上有头有脸的,鲍秉德全请,还请了鲍仁文。可是鲍仁文却推托有事,没去。他坐在他那小破屋里,听到鲍秉德家里传过来的划拳喊令声,心中十分怅惘,像是失落了什么。他觉着,有些寂寥。一盏孤灯伴着个孤魂,自己不明白自己究竟在活的个什么。

那边像是更喧哗了,许是在闹房。又静了下来,大约新娘子在唱小曲儿了。静了一阵,又闹起来,大约是唱毕了。鲍仁文屏着气听那边的动静,没提防门开了,进来了一个文化子,把他结结实实地吓了一跳。

"看新娘子了?"鲍仁文问他。

"瞅了一眼。"文化子说。

"咋样?"

"一脸的坑。"文化子坐在床沿上,翻着书。

鲍仁文脑袋枕着胳膊,躺在床上,望着黑洞洞的梁。

"俺娘又在哭,想捞渣了。捞渣去年这个时候,和俺娘坐在一条板凳掰大秫秫棒哩。"

"捞渣是个好样儿的,连鲍彦荣这个功臣都敬着他几分。"鲍仁文说。

"文哥,你不能把捞渣的事写个文章吗?"

"写捞渣?"鲍仁文坐了起来。

"捞渣不是为自己死的,是为鲍五爷死的,有写头哩!"

"可不是,可以写个报告文学。"鲍仁文自言自语道。

"俺这弟弟够苦的,才过了九个年,还没做人呢!就没了。"

"他人虽然小,做的是大德行。"

"俺娘一哭就叨叨,没给他吃过一顿好茶饭。今年能收得多,能吃饱肚子。他又不在了。"

鲍仁文下了地,脚在床下边摸着鞋。他完全被激动了起来,浑身充满了一种幸福的战栗。"灵感来了,"他说,"是灵感来了。"他肯定。赶紧地摸笔、摸纸,把文化子完全忘了,撇在一边。

他不理会文化子,文化子也不理会他,脱了鞋,上了床,枕着胳膊躺倒了,和鲍仁文换了地方。他望着黑洞洞的梁。

小翠子今天晚上不知会不会来了,庄上这么大的动静,人来人往走马灯似的,到三更也消停不了。小翠子在十里地以外的柳家子给人做短工,说一得闲就过来。让文化子每天晚上,月到中天了,就到家后台子上去望望。他们约好,咬着牙等,等建设子娶上了媳妇,小翠回来,和文化子成亲。她虽然和建设子一没结婚,二没登记,可全庄的人,所有的人都认定她是建设子的媳妇了。而文化子,则是她的小叔子。所以,她必须等建设子成了家才能露面。

鲍彦山家里的,为建设子的事愁得不能行。她明白,建设子说不上媳妇的重要原因,是家里没房子。那三间破泥屋,经这么一场百年不遇的水一泡,又趴下去了一截,屋顶天天往下掉土坷垃,说不定什么时候就全趴下了,把一家几口人全埋在了里面。她和男人筹划着,收了秋,把粮食除了留种,全卖了,盖房子。可是没粮食吃什么呢?

这又是要发愁的事。两口子,每天夜里在枕头上烙饼,翻来翻去,翻到鸡叫天亮。

文化子望着屋梁,那屋梁上头像是有个黑不见底的大洞,望着望着,文化子觉着自己好像陷进了那大洞。

那边静下来了,有人打门前走过,说话的声音碰地响:

"麻脸倒不怕,能生养就行。"

"看她那粗腰大腚,能生一窝哩!"

"奶奶的,清泠。"

脚步沓沓地敲着泥地,远去了。

月到中天了。

三十三

二婶家大小子有十六了,长成个大个儿,黑黑的脸膛子,不笑。去年,还叫拾来"叔",今年不叫了。拾来叫他,他也爱理不理的。二婶什么事都跟他商量,就更不和拾来商量了。拾来常常窝气,实在气不过了,他便把那散了架的货郎挑找出来拾掇拾掇,看见了货郎鼓,他拿在手里轻轻一摇:

叮冬,叮冬。

货郎鼓的声音生脆生脆。拾来愣愣着,像是想起了什么,最后又什么也没想起。他把货郎鼓往腰里一插,挑起货挑子走了。也不跟二婶打个招呼。二婶烧好了锅,等拾来吃饭,等等不来,等等不来。庄前庄后找了一遍,人说,没见拾来,倒见有个货郎,打大路上走过去,那模样确是有点像拾来。她赶紧跑回家找那散了架的挑子,一找没找到,她便明白了。

"我怕你不回来?贱样!"她撇撇嘴,自己盛碗稀饭,抓张煎饼吃了,把锅刷了睡了。一夜没睡踏实,一有个风吹草动,她就要竖起耳朵听听,是不是有人敲门。没人敲门。

第二天早起,她该干啥还干啥。第三天也这么过了。到了第四天,她有些沉不住气,一夜没合眼,围着被坐在床上,吸着烟愣一宿。天亮了,她换了件海昌蓝的半新褂子,决定去找拾来了。

"我娘,你去找啥?找个熊!"大小子粗鲁地对她说。

"我去找你大!你个没良心的杂种!"她乱骂着,大小子不敢作声了,她还骂,"要没他,你早死了,不饿死也得累死。他是你大。别看他大不了你多少岁,也是你大。你敢不叫他大,你看着……"二婶骂着,不由有点心酸。她想起拾来刨地的模样,光着脊梁骨,背上的汗珠子亮晶晶的,把裤腰都滚湿了。

拾来挑着货郎挑走在大路上,大路白生生的,翻过了前边的坝子,不见了。他忽然想起了一个月亮夜,这路白花花,坝子上翻过来一只甲虫,慢慢的近了,近了,是一架平车,一个穿着蓝白花夹袄的女人拉着平车,车上有个凉床架子,一个篮子,篮子里有布,有棉絮,有果子,还有一盒烟卷。他心乱跳着,眼窝里热乎乎的,像有什么东西流了出来,他抬起手摸了一把。庄子里静悄悄的,只有老人和孩子。他走到他家的草屋跟前,那草屋几乎全陷到地底下去了,地面上只剩个烂屋顶了。前前后后的倒有了好些青砖到顶的房子。

门上没锁,虚掩着,推门推不动,再使劲,门倒了。屋子里空空的,一地的碎麦穰子。阳光从窗洞里透进来,卷着几缕灰。屋里只有一眼灶,两个床,一个板床,一个凉床。他站着,头快碰上屋梁了。门口拥着几个小孩儿,愣着眼看他。

"这屋的人呢?"他问小孩儿。

"走了。"小孩儿回答。

"走哪儿了?"

小孩儿面面相觑,一个大点儿的说:"上北边了。"

拾来站了一会儿,走了出来,把门装好,掩上,回过身来。

阳光扎着他眼疼,睁不开。太阳晃眼。

拾来挑着货郎挑走在大路上,走过一片一片的地,这是两个,那是三个,在做活。他想着二婶的那地。他想着那地被太阳晒得烫脚,烫到心里去的滋味儿;想着那地腥苦腥苦的气味儿;想着那地种什么收什么,一点儿骗不得,也一点儿不骗人的诚实劲儿;想着二婶刨地时,那破褂子飘飘忽忽的,时隐时现着一双柔软结实的妈妈。他懒懒地走在大路上,货郎鼓无精打采地响:

"丁——冬,丁——冬。"

进了庄子,有个媳妇儿来挑花线,有个姊妹来拣纽子……各色各样的手在匣子里翻腾着。他瞅着那些个手,心里闷闷的。好歹等她们挑够了,买了,或是不买了。他整理了一下挑子。上了肩。直起腰,刚迈步,又站住了,离他十来步的地方,站着个娘们儿,脸上又是土,又是汗,成花的了。手掐着腰,恨恨地瞅着他。

"二、二,"他又改口道,"孩、孩他娘。"

"孩他娘死了!被她男人甩了,上吊了,投河了,一头撞在鲍山上撞死了!"

"哪,哪能。"拾来赔着笑脸,心里却像喝了一碗滚烫的茶,舒坦极了。

"她男人找着黄花大姊妹了!找着穿高跟鞋儿,烫狮子头的洋妞了!找着住楼的小姐了!"

"哪,哪能!"拾来走近去,抬起手,碰了碰二婶的肩膀,被二婶一巴掌打掉了。

"她男人死了,她守寡了,她改嫁了,嫁山那边去了!"

"哪,哪能。"拾来把打回来的那只手放到脑袋上,挠着脑袋。

"生了一大嘟噜孩子,有男的,有女的,有长的,有短的,有方的,有圆的……"二婶自己也笑了,赶紧又掩住。

拾来朝前走了两步。

"你走哪去?"二婶嚷道。

"走家呀!"他回答。

"哪是你的家?你还记得家?"

拾来不敢动了,站在那里。

"你是死了吗?还不动弹,你想死在野地喂狗了?"

拾来这才敢走动,跟在她后边。他心里就像放下了一块石头,他问自己:究竟有啥事呢?什么事也没有,啥事也没有。他回答自己。他越走越轻快,不由走到了二婶头里。

太阳照着土地,风吹着大柳树,柳枝子飘拂来飘拂去,一只雀子唱着。货郎鼓"叮冬叮冬"地响。他走着走着一回头,见二婶在抹眼泪,他又傻了:

"你,这是干啥呢?"

"你这个没良心的!"二婶哽咽着骂。

"我去去就来家了。"

"我不找你,你来家?"

"不找也来家。"

"说瞎话。"

"要是瞎话天打五雷轰!"拾来赌咒发誓。他望着二婶泪糊糊的毛乎眼,鼻子也酸了。

两口子相跟着回了庄,天已到响午了。二婶开了锁进了屋,一边吆喝拾来:"烧锅!"

拾来还没坐到锅跟前,她又嚷:

"水缸见底了,还不挑水去,这么没眼色的。"

于是,拾来又站起来去挑水。

三十四

鲍秉德不明白自己咋会有这么多话的。天黑,他脑袋一挨上枕头,就开始对着新媳妇叨叨,叨叨个没完。他告诉她小鲍庄的来历:鲍家祖上做过官,莫看如今贫寒,却是有根底的。他告诉她自己家那些啰啰唆唆的事:自己过去的那女人,那女人怎么变疯了,又怎么想上吊没死成,后来发大水时,又怎么摔下去,淹死了,至今连根头发都没找着。

媳妇总是静静地听着,黑里见不着她脸上的麻子,什么也看不见,只觉着她的脸贴着他的脸,眼睛眨巴着,半天眨巴一下,半天眨巴一下。他知道,她醒着,在听他说呢!

鲍秉德原以为自己是不好说话的哩。他常常一连几天不说一个字。猛一开口,把自己都吓了一跳。如今这么说个没完,连自己都觉着烦人了。可不会是这几年的话全憋在肚里了。说也奇怪,人一说话就像是活过来似的。他像是活过来了。回想那几年,都不知道自己在活个什么劲。他就是觉得自己说的太多了,怕人烦。

她的脸贴着他的脸,半天一眨巴眼,半天一眨巴眼。她醒着,在听他说哩。

她肚里已经有了,不知为啥,他不用趴到她肚子上去听,也晓得一定是个活跳跳的孩子。他这么断定。他觉得这个娘们儿就是专给他生孩子过日子的,就是个不折不扣的娘们儿,家里的。搂着这样的娘们儿睡,睡得踏实,睡得实在。

可是,有时候,他坐在板凳上,脚泡在脚盆里,吸着烟袋,看着她忙活。看着看着,不由得会看到一个苗苗条条的背影,一条大辫子在背上跳着,长虫似的。他的心,就会像刀剜似的一疼。他觉得那疯子是有意跳下水,给这个媳妇儿让路的,也是给他让路的。唉,要是找着她的尸体,埋在地头,也好时常看看,捧捧土,拔拔草,心里的难受也好有个地方发落。可她不知躲哪儿去了,连根头毛也找不见了,连把土也不让他捧,草也不让他拔,连个地头也不占他的,连个难受也不给他。是放他过去,也是叫他放她过去。

鲍秉德心里酸酸的难受。可是天一黑,一搂着那娘们儿,话又来了。耳根子隐隐的好像家后秫秫地里有人唱小曲,声音细细的,风吹似的。再凝神一听,又没了。

三十五

鲍仁文熬了几宿,写成了捞渣的报告文学。这回,他发了狠,一连抄了四、五、六、七份,发通知似的发给了好几下处:省里的,地区的,县文化馆的;刊物,报纸:青年报,少年报……

收过了秋,粮食进了屋,囤了起来。过年了,鲍秉德家里的肚子挺得老高,快生了。

庄前庄后连连响着鞭炮,起屋上梁哩!

这一天,大路上来了一辆吉普车。进庄就问鲍仁文家住在哪里,然后就一径找了过来。

鲍仁文正在地里做活,见一辆吉普车老远地来了。车停了,下来两个人,朝他走过来了,是朝他走过来的,踩着刚出头的麦苗。他站直了腰,用手搭起凉棚望着,心里"怦怦"地跳起来了。他看得出这两个人不是乡里人,其中一个甚至不是此地人。他们是来做什么的?太阳照着眼,眼睁不开。那两个人从太阳照眼的地方走来了。

那两个人一步一步走来了。

两个人一步一步走来了。

两人一步一步走到了跟前,问道:

"你是鲍仁文同志吗?"

"是的。"他说,声音有些打战。

"这是地区《晓星报》的记者老胡同志,"那个像此地人的人指着那个不像此地人的人说,"我是县文化馆的,我姓王。"

老胡同志早已伸出手,握住了他的手。老胡同志戴了副眼镜,嫩相得很,不敢判断他的年龄。城里人的年龄不好说。他热情地摇摇鲍仁文的手,拉他在地头上坐下,好像是他家的地头似的。

他果真是为捞渣的报告文学而来的。他们收到稿子,先是看了一遍,压起来了。后来,过了年,临近三月份了。三月份是礼貌月。领导上要他们好好地抓一个典型,以配合五讲四美的宣传。于是他们又想起了这篇报告文学,重新找出来看了一下,传阅了一下,都觉得事迹是可以的。就是,怎么说呢? 文章还要润色,并且要更加充实加强捞渣几年如一日照顾五保户这一情节。要知道,如今老人问题,简直是个世界性的社会问题。所以就派老胡同志来和鲍仁文同志合作,一起完成这篇报告文学。事情很紧急,今天,鲍仁文就要跟他们进城去。要力争在三月以前完成,让老胡同志带着稿子回报社发排,三月一日见报。

鲍仁文听他说着这一切,就好像坠入了五里云雾中。"我不是在做梦吧?"他问自己。"我可不是在做梦吧!"他又问自己。他觉着头晕,觉着身子软软的无力,连微笑也微笑不动了。他看着老胡同志那张嫩生生的脸,听不见他在说什么,就好像放电影出了故障,只有人影没有声音似的。老王同志递过烟卷,他糊里糊涂地接过来,居然让老胡同志点的火,连声谢谢也没说。

最后,老胡同志站起来,拍拍屁股上的土,说:"好,就这样。"

鲍仁文也站起来,拍拍屁股上的土,说:"好,就这样了。"

"我们现在就走吧!"

"好,走吧。"鲍仁文跟着说。恍恍惚惚的,不知要走到哪里去。走出麦地,上了吉普车,一股子臭汽油的味,叫他清冷起来:老胡同志是要上捞渣家去瞅瞅,和他父母拉拉。

鲍彦山家里的在烧锅,见来了两个陌生人,有些着慌,忙不迭地站起来。老王同志说:

"这是地区《晓星报》的记者,专来采访你家鲍仁平的事迹,要写文章报道哩!"

他娘还是惶惑。

"这是县上、地区上的干部,来问问你家捞渣的事,要写文章表扬哩!"鲍仁文解释说。

她便懂了,释然了:"屋里坐,屋里坐!"

屋里漆漆黑,一个粮食囤子占了三分之一的地方。老胡似乎有些吃惊地左右看看,没有说话。有人到湖里把鲍彦山喊来了。

"这是鲍仁平的父亲。"鲍仁文介绍。

两人一齐上前,一人握住了一只手,使劲摇着。鲍彦山惶惑地看着他们,好容易把手解脱出来:

"坐,坐吧!"

各就各位坐下以后,老胡同志扶了扶眼镜,低沉地问道:

"鲍仁平是从几岁开始照料五保户鲍五爷的?"

"打小就跟鲍五爷亲呢。会说话就会邀鲍五爷吃饭;会走路,就会去给鲍五爷送煎饼。"

"他为什么会对鲍五爷这么好呢?"

"他俩有缘分。鲍五爷不理人,倔,就理捞渣,和捞渣亲。"

"鲍仁平生前记不记日记?"

"日记?"

"捞渣活着时每天写不写文章?"鲍仁文解释道,无形中他成了翻译。

"自打他上学,每天放过学,割过猪菜,吃过饭,就趴在桌上写作业。写个不停,冬天手冻麻了,还写;夏天,蚊子咬疯了,还写。叫他,捞渣,明天再写吧!他说:'明天还有明天的作业哩!'"

"他写的东西还在吗?"

"和他的书包一起烧了。"

"烧了?"老胡同志很吃惊。

"此地的风俗:少年鬼,他的东西不兴留家里,统统都烧,烧不了的就埋了,扔了。"鲍仁文解释。

"哦。"老胡同志轻轻地叹了一口气。

"这孩子命苦,没吃过一顿好茶饭。"他大唏嘘起来,眼泪啪啪地落在了地上。他咳了一声,吐了两口痰,用脚搓搓,搓去了。

老胡同志不再说话,过了半响,轻轻地说:"走吧。"

鲍仁文带他们到大柳树下去看看。老胡同志仰起头望望那树梢,想象着当时那鲍五爷是怎么趴在那树上的。又低头看看树干,想象着捞渣又是怎么抱住这树干死的。老胡摸摸那粗糙的树身,不说话。

鲍仁文又带他们到大沟边捞渣的坟上去看了看。坟上长了一些青青的草,在和风里微微摇摆着。一只雪白的小羊羔在啃那嫩草,一个小孩在大沟里洗脚,瞪大眼睛严肃地瞅着他们。

"小孩,过来,有话问你。"老王喊他。

他跑上来,牵起小羊羔,转头就跑了。一边跑一边回头看。

"乡里小孩没见过世面。"鲍仁文代他抱歉道。

老王摇摇头,笑了:"我想问问他,鲍仁平的事。"

老胡一直没说话,站在捞渣的坟前。

坟上的草青青嫩嫩的,随着和风微微摇摆。

三十六

鲍秉德家里的生了,生得毫不费难。人到湖里喊鲍秉德,他忙不迭地往家跑。刚到门口,还没搁下锄子,里面就"哦"的一声,下地了,是个大胖闺女。

不是小子,鲍秉德也不泄气。闺女小子,他都要,一样的金贵。梦里都做过几回了,有人喊他大。

不过两个月,他家里的又怀上了。乡里来动员计划生育,要他女人去流产,去结扎。他嘴里答应着,第二天就把他家里的送回了娘家。留得青山在,不怕没柴烧。

他一个人从她娘家十里堡走回来,想想要乐,想想要乐。没想到一个人都活到这份上了,眼瞅着没什么指望了。不料,山回路转,又行了。他走到了大沟边上,走过了捞渣的坟。风吹过坟头,青草沙沙地响。他腿一软,蹲下了,他想起了那疯女人。他望着小小的坟,坟下黑黝黝的大沟水,不由生出一个奇怪的念头:

"没准是捞渣把她给拽走了哩,他见我日子过不下去了,拉我一把哩。"

他又望望坟,坟上的草在月光下发亮。

"都说这孩子懂事。这么小,就这么仁义。"

他看看大沟,水,在月光下闪闪发亮。

"这孩子也真奇,仁义得出奇。和鲍五爷的缘分也出奇,这是个小怪孩。"

他抓起一把土,拍在坟头上:

"好孩子,你保佑你七爷生个你这样的好儿子吧!"

他把土拍结实了。又停了一会儿,走了。

庄里噼里啪啦的鞭炮响,起屋上梁哩。

大沟对面,树影地里,有两个人,在说话:

"你家收这么多粮食,还不盖屋?"

"我大说先还账哩!这么些年咱家欠队上的账不少,大说,做人要讲个信义,借了账不能不还。"

"那房子,什么时候盖呢?"

"收了麦,卖了粮食,就盖屋。"

"你家咋不去做生意?光死种粮食。也种点别的,上街卖去。"

"我大说了,最要紧的是粮食。有了粮食,什么也不怕了。再说——"

"再说什么?"

"我大说,咱是本分人,不是生意人。"

"做生意怎么啦?"

"那得会坑人,心要狠才管。"

"一街都是做生意的,一街都是狼了。"

"我不是这个意思。"

一颗石子扔进了大沟,荡起一个水花,水花一圈一圈地荡开了。

"生气了?"

"生什么气?我是怕为了盖房子,把你饿毁了。我知道你是个大肚汉。"

"满地里青的黄的,什么不能吃?灰灰菜,妈妈菜。"

"吃得你生浮肿病。我大是生浮肿病死的。"

"不能。我娘说是把粮食都卖了,总还要留一点儿。"

"这才对了。"

风吹过树林子,一大沟的水微微荡起波纹,闪闪地亮。

"你在想什么?翠。"

"我想,以后来,我带馍馍给你吃。"

三十七

鲍仁文跟着老胡,在县一招住了三天。说是合作,其实就是鲍仁文提供材料,老胡执笔。写完之后,再让鲍仁文看一遍,看有哪些地方失真,不符合事实的。鲍仁文指出后,老胡就改去。弄了两天,鲍仁文只动了嘴,却没有动笔,心里是很不过瘾的。

而这三天与老胡的接触,却使他打破了一些对记者的神秘感。他没料到记者也是和他一样的人,要吃饭,要睡觉,睡觉还打呼,打得如雷贯耳,害得他两宿没睡踏实。而且他晓得了老胡比他要小三四岁,插过队,然后自学成才,进了报社。他有时请鲍仁文喝酒,喝多了就发牢骚。抱怨自己没有文凭,如何地吃不开。房子挤,工资低,奖金制尚在争取之中,等等,等等。鲍仁文只是不明白,从事这么崇高的事业的人,怎么会有这么多俗事的困扰。而有了这许多繁杂俗事的打扰,还怎么能够对人类的灵魂开展工作!

当他从县城往家走的时候,心里充满了一种失落的感觉。不过,等他进了小鲍庄,面对着人们完全改变了的尊敬的目光时,那失落感又消失了,内心渐渐地充实起来。一周以后,《晓星报》上头条登出了文章:《鲍山下的小英雄》。他的名字赫然地用铅字印在了题目下边,老胡后边。他对着那报纸,心跳得厉害,像要从嗓子眼里蹦出来了。镇定了一会儿,他开始看文章,心跳渐渐缓了下来,正常了。文章里没有一句是他写的。他慢慢地平静下来,又从头看了一遍。这一遍,他发现有几句话一定是出自于他最早的原稿。比如:"死亡面前,他把生留给他人,把死留给了自己。"这句话在原稿上,他记得就有的。当他看到第五、六遍的时候,他从字里行间看到了自己的劳动。他确确实实地认可了,这是老胡的文章,也是他鲍仁文的文章。他的文章终于用铅字印出来了,他的名字,终于用铅字印出来了。这铅字,便是一种认可,一种肯定。他的名字不再是无足轻重的。他的存在像是更加确定,更加切实了。如果说他原本对自己是否存在还有一些怀疑,一些犹豫,一些不敢肯定,那么这会儿,是完完全全放心了。

文化子把这文章念给他大他娘听,不料他大他娘脸上却淡淡的,好像在听一个别人家的故事似的。那些激动人心的话,对他大他娘作用不大似的。文章里的捞渣,离他们像是远了,生分了。只是当文章提到鲍彦山的名字时,鲍彦山抬起头问了一声:

"提我了?"

"提你了,你是捞渣的大嘛!"

"提我干啥,怪没趣儿的。"

"你是捞渣的大嘛!"

他便不再吱声。

文章里还提了许多人,比如组织救人的村长,捞起捞渣的拾来,他们都让文化子或别的读过书的孩子念了好几遍。

这文章激动了许多人的心,有人给鲍庄小学写信,有人给捞渣他大他娘写信,也有人给小鲍庄全体乡亲写信。清明那天鲍庄小学全体师生,来给捞渣扫墓。照此地规矩,在坟头上压了块土坷垃。然后献上一只花圈,用野花野草扎的。五颜六色的,在阳光下,灿烂得很。

过了两个月,收毕麦子。小鲍庄又来了一辆吉普车,下了三个人。一个是县文化馆的老王,一个是个小妞,穿着连衣裙,另一个是个男的,有四十来岁。他们一起步入了鲍彦山的家。这是从省里来的省报记者。省里决定,要大力宣传捞渣。

鲍彦山比上回镇定多了,握过手,请客人坐下。然后把捞渣牺牲的前后经过讲了一遍。不免要伤心,掉眼泪。

"鲍仁平生前最尊敬的是哪一位英雄人物?"那女的问道。

鲍彦山有点不大明白,可究竟不好意思叫人再三地解释,便点点头,想了一会儿说:"捞渣对大人孩子都很尊敬的,见了老人总问好:'吃过了吗?'和小孩儿呢,从不打架磨牙。"

那女的便在笔记本上刷刷地记了一阵,又问:"他这样做,是受了谁的影响呢?"

鲍彦山又想了一会儿:"我和他娘打小就对他说:'见了人要说

话,要招呼。比你年长的人,万不可不理会。比你小的呢,要让着,这才是好孩子。'咱这庄上哩,自古是讲究仁义,一家有事大家帮,方圆几十里都知道。这孩子,就是受了这个影响。"

那女的又在笔记本上刷刷地记了一阵。又抬头问道:"他照顾鲍五爷,是不是学校安排的任务?"

"不是。他就是对鲍五爷好,他俩有缘分呢!说实在的,鲍五爷也对他好,两好才能合一好呢!"鲍彦山说。

那男的开口了:"鲍仁平生前用过的书包,能让我们看看吗?"

"全烧了,"鲍彦山说,"此地的规矩,少年鬼的东西不留家,统统烧的烧,埋的埋。"

"他有没有照片呢?"他又问道。

"没有,他没照过照片。"

"哦。"那男的好像吸了一口气。

"这孩子命苦,没吃过一餐好茶饭,"鲍彦山眼圈又红了,指指屋里的粮食囤,"能吃饱了,他又不在了。"他哽咽起来,再也说不下去。

"我们再去找拾来同志谈谈。"他们站起身来,告辞了。

鲍彦山站在门口,目送他们走去,心里凄然地想:捞渣这孩子,活着虽不咋的。可死了,有这些人来问他,也算是有了福分。心下不觉安慰了一些。

他倚着门站着,好像听见一阵货郎鼓的响:"叮冬、叮冬、叮冬、叮冬!"展目望望,前边村道上,走着一个挑货郎挑的老头。

三十八

拾来正烧锅。见有省里的干部来找,二婶便推起拾来,自己烧了。拾来就吸着烟,和省里的干部说话。

"那天,是你下水去捞上了鲍仁平,是吗?"那男的问。

"大家都下水了,有的捞上来烂鞋壳子,有的捞上来烂棉花套子。最后,我才把捞渣捞上来。"拾来诚实地说。

"你是怎么摸到他的呢?"那男的问。

"我闭着眼一个猛子扎下去。"他正说着,二婶端来了几碗茶,一人一碗,也给拾来端了一碗,拾来赶紧去接。

二婶让开了,放在案板上:"别烫着了。"

拾来感激地看了她一眼,接着说:"我一个猛子扎下去,手碰到了大柳树,我扶着树干沿着树身摸下去,碰到了一只小手。我的气已经吐完了,浮上来吸了一口,再扎下去,就把他拖上来了。拖不动,他手抱着树,抱得死紧。"

"哦。"那男的吐了一口气,那女的不停地往本子上记。

"他是为鲍五爷死的。"拾来说。

那两人很感动地看着拾来,尤其是那个小妞,眼睛里水汪汪,亮晶晶,像是要哭了。拾来被她看得脸上有点发热,低下了头。

"我们再到村长那儿去。是他组织救人的,是吗?"那男的问拾来。

"是他,一听说少了人,立马带我们下山了。"

"他家住在哪里?"

"他家就住在村东,高台子上,有一排……"

"孩他大,你陪二位同志跑一趟不完了。"二婶发话了。

拾来看看二婶,二婶也正看他。他便站起身陪他们去。

不久,省报上登了一大块文章,题目是:《幼苗新风——记舍己为人小英雄鲍仁平》。文章写得很长,很详细,还配了一幅画。大家传着看下来,都说很像捞渣的。文章里提到了拾来,并且进行了一番描写,说他是:纯朴憨厚,身体强壮,几次下水,终于救上了鲍仁平,可是鲍仁平已经在他怀里永远地闭上了眼睛。还把拾来和二婶的事提了一下,说他不嫌二婶穷,把二婶的孩子当自己孩子待。这是作为英雄成长的背景来写的。甚至也提到老革命鲍彦荣。介绍了一番他的光荣历史。说,小英雄从小生长在这么一个地方,前辈们为人民不怕牺牲的精神,无疑对他起了潜移默化的影响作用。

这一段,鲍彦荣找人念了一遍,琢磨了好久,不由唤起了他早已沉睡的荣誉感。有那么一两天,他寻着鲍仁文,想和他拉拉。可是鲍仁文已经不得闲了,他正在抓紧写一个更长、更富有文学性的作品,他决定写一本小英雄的传记。

文章发表后不久,便有邻庄、邻乡,甚至邻县的小学生,排着队,抬着花圈,来到捞渣的墓上,过队日,凭吊小英雄,向小英雄宣誓。各色各样的花圈盖住了坟上的青青草,渐渐的,堆得高了,把小小的坟也盖住了。远远望过去,只看见一个花包子。像绿海上的一个花岛似的,被太阳照出了五光十色。

这时,省里出版社来了一个作家和一个编辑,为了编辑出版一本《小英雄的故事》。

鲍仁文终于这么贴近地看见了一位作家。

作家是个小矮个子,瘦瘦的,四十岁上下的年纪,抽烟抽得厉害。好像有着极严重的气管炎,坐在那里不说话,也听到他喉咙里咕噜咕噜地响。他看了鲍仁文写的草稿,决定和鲍仁文一起来搞这本《小英雄的故事》。在这"传记"的基础上搞,这"传记"确实收集了小英雄的大量生平材料。他们一起对小英雄的亲人进行了反复采访,然后,又去找拾来。

拾来不在,二婶在。鲍仁文就向作家介绍:"这是拾来家里的。"

"拾来家里的,你上湖里去喊一下拾来吧!"鲍仁文对她说。

拾来家里的便去了。

鲍仁文对作家说:"此地叫妻子都叫家里的。我这么叫给你听,是好让你知道此地的风俗习惯。"作家笑笑。

拾来回到家,先和作家们招呼,然后对家里的吆喝一声:"烧茶!"

于是,家里的便去灶前蹲下,引火烧锅。

拾来便向作家们叙述他捞小英雄的过程:"我一个猛子扎下去,没有。再一个猛子扎下去,也没有。后来,我想,鲍五爷趴在大柳树上,捞渣准保不能离大柳树远。就挨着树又扎下去,手摸着了树。这是庄东头的树,咱们小鲍庄最高的树。那回,水淹得只剩树梢了。你想,还能有别的了吗?"

作家点头,往本子上记。

"我扶着树干,沿着这树干摸下去,碰到了一只小手,冰凉……"他讲述着,渐渐被自己的叙述感动,声音也昂扬起来。这时,二婶端上茶来了。

如今,二婶要敬着拾来三分了,庄上人都要敬着拾来三分了。拾来自己都觉得不同于往日了,走路腰也直溜了一些,步子迈得很大,开始和大伙儿打拢了。

"拾来,今响午,作家在你家吃晌饭了?"有人找拾来拉呱。

"没有。他们上乡里去吃了。"

"你咋不留作家吃呢?"

"留啦。他们才客气。城里人才客气。"拾来说。

"拾来,你咋不回老家瞅瞅?"

"太远了,不回了。"

"老家还有人吗?"

"就我一人哩。"拾来声音放低了,有些伤感。

过几天,有人给拾来捎了个话:庄口走过一个老货郎,见鲍庄的人就打听拾来,问他成亲过后好不好?有没有娃娃?鲍庄人待他还说得过去吗?那人一一回答了他。临了,那老货郎让他捎信给拾来,他大姑在北边过得不错,有吃有穿的。问他:"不去看看拾来吗?"老头犹犹豫豫地说:"不了。"

这天夜里,拾来做了一个梦,梦里有一只货郎鼓,老在耳边响:"叮冬,叮冬,叮冬!"

三十九

这天,县上来了一部吉普车,车子停在鲍彦山家门口。车上走下县委书记,一把握住鲍彦山的手,告诉他:"鲍仁平被团省委评为少年英雄了,光荣啊!"

鲍彦山愣愣着,枯树根似的手被县委书记温暖柔软的手包裹着。

他不明白,少年英雄究竟意味着什么,只明白被县委书记这般器重是不可多得的。心中激动,一时上什么也说不出来。

县委书记搀着英雄父亲,走进英雄的家,沉默了,半天才说出一句话:"苦了你们。"

"现在不苦了,粮食有了,"鲍彦山指指粮食囤子,"就是捞渣他,不在了。"

"粮食够吃吗?"县委书记摸摸粮食囤。

鲍彦山家里的忽然插了进来:"咱们商议着把粮食卖了,盖房子哩。"

县委书记抬起头,环顾着黑洞洞的房屋,说:"这房子不能住了。"

"没有房子,大孩子二十七了,还说不上媳妇儿。"她抹了一把眼泪。

县委书记望着黑洞洞的房子,说了一句:"粮食万万不能卖。"然后紧紧地握了一下鲍彦山的手,走了。

第二天,村长来告诉鲍彦山,县里批给了他家木材、水泥、砖瓦,给他家盖房子呢。

又过了几天,村长告诉鲍彦山,乡里农机厂派给建设子一个名额,让他转吃商品粮了。

正是捞渣死了一周年,县里决定:迁坟。

县里的小学抬着花圈来了,乡里的小学抬着花圈来了,鲍庄的小学抬着花圈来了。

捞渣的棺材从大沟边起出来,迁到了小鲍庄的正中——场上。填了十几步台阶,砌了一个又高又大的墓,垒上砖,水泥抹上缝,竖起一块高高的石碑,碑上写着:

  永垂不朽

现在,鲍庄最高的不再是庄东的大柳树,而是这块碑了。碑,矗立着,后面是青幽幽的鲍山。

队鼓敲起来了,队号吹得嘹亮,县委书记讲了话,献上了第一只花圈……

鲍彦山和他家里的痴愣愣地坐着,想哭又不敢哭。事先,不少人交代过他们:"这场合,再哭就不大好了。"

捞渣的墓迁到小鲍庄正中来了,又大又高,像一座房子。砖砌的,水泥抹了缝,再不会长出杂草来了,也不会有羊羔子来啃草吃了。

四十

鲍彦山家的新屋上梁了,封顶了。开了大大的窗,粉白墙,洋灰地,敞敞亮亮的四大间屋。

建设子在农机厂上班了。上门提亲的不断,现在轮到他挑人家了。

建设子结婚的那天,小翠子回来了。她进门就在她大她娘脚边跪下,磕了一个响头。不等她大她娘返过神来,爬起来拿了扁担水桶就去挑水,一趟一趟,把两口大缸都挑满了,满得溢到缸沿上了,还挑。文化子叫她别挑了,她还往井沿上跑,文化子去撺她,撺到井沿上。她正把桶放了下去,文化子夺桶,桶落到了井里,两人便趴在井沿上钩桶。

"笨死了!"小翠说他。

"怎么怪我?"文化子很委屈。

"就怪你,就怪你!"小翠对他撒野。

"怪我什么呢?"文化子越发的委屈。

"怪你不是老大是老二。"

"是老大咋了?是老二又咋了?"

"要是老大,我生成是……用得着费这么大周折?"小翠眼圈红了。

文化子眼圈也红了。

两人眼泪都落了下来,啪啪地落在井里,井里横漂着一只桶。

村里开路,把原先的村路拓宽,压平,铺石子。来的人和车一日比一日多,没条路不方便。开路,要开掉拾来家一垄菜地,拾来和他家里的,爽爽快快地答应了,连赔偿也不愿收。拾来说:"我要收了这钱,我的人,就没了。"

县里要在捞渣墓后盖纪念馆,收集遗物时犯了难。小英雄生前用过的穿过的,所有的东西都烧了。后来二小子发现,他家茅房泥墙上,有着捞渣写的字,写的是自己的名字——鲍仁平。

问他,确实是小英雄写的吧?他说:

"没错。那天,我和捞渣一起拉屎,各人写各人的名字玩哩!"

当然,边上还有二小子写的字:鲍兆和。

可那泥墙一碰就烂,起不了。只能放那儿了。

尾 声

捞渣的墓,高高地坐落在小鲍庄的中央,台阶儿干干净净的。不用村长安排,自然有人去扫。他大,他娘,他哥,他嫂自然不必说了。还有鲍仁文、鲍秉德、拾来,也隔三隔五地去扫。只是要求村长买一把公用的扫帚,用自家扫地的扫帚扫坟头,总不大吉利。

太阳照在那碑上,白生生的,耀眼得很。

碑后面是一片新起的瓦房,青砖到顶,瓦房后面是鲍山,青幽幽的,蒙在雾里似的,像是很远,又像是很近。

还是尾声

鲍秉义拉着坠子,曲儿唱到了终了:

> 有二字添一竖念千字,
> 秦甘罗十二岁做了宰相。
> 有一字添一竖带一钩念丁字,

丁郎又刻苦孝敬他的娘。
一二三四五六七八九十，
十九八七六五四三二一，
珍珠倒卷帘那么一小段。

　　鲍彦荣听着，像是走了神，像是想起了什么。他想着自个儿的那些好样儿的年月：班长死了，他吼了一声："跟我来！"打得只剩两个半人了。那个只剩半拉胳膊半拉腿的战友，现如今也不知在了哪里。
　　床板上还抱着腿坐了一个人，一个老头，罗锅腰，一脸皱皮，是打很远的北边来的一个老货郎，在这里借宿。他坐在墙角里，听着古，两只眼却盯着坐在门槛上的拾来。
　　拾来觉出有人看他，朝墙角里瞅瞅，看见了一双老眼。他瞅了一眼，又瞅了一眼，心下奇怪，觉着有点熟。再瞅了一眼，就挪不开了。两双眼睛远远地对视着。
　　一把坠子吱吱嘎嘎地拉着。

一九八四年十一月十七日　徐州
一九八四年十二月三十日　北京

小城之恋

小小的时候,他们就在一起了。在一个剧团里跳舞,她跳"小战士"舞,他则跳"儿童团"舞。她脚尖上的功夫,是在学校宣传队里练出来的,家常的布底鞋,站坏了好几双,一旦穿上了足尖平坦的芭蕾鞋,犹如练脚力的解去了沙袋,身轻似燕,如履平地。他的腰腿功夫则是从小跟个会拳的师父学来的,旋子,筋斗,要什么有什么。下腰,可下到头顶与双脚并在一处;踢腿,脚尖可甩至后脑勺,是真功夫。这年,她只十二,他大几岁,也仅十六。过了两年,《红色娘子军》热过去了,开排《沂蒙颂》的时候,有省艺校舞蹈系的老师来此地,带着练了一日功,只这一日,就看出他们练坏了体形,一身上下没有肌肉,全是圆肉,没有弹性和力度。还特地地将她拉到练功房中央,翻过来侧过去的让大家参观她尤其典型的腿、臀、胳膊。果然是腿粗,臀阔,膀大,腰圆,大大的出了差错。两个乳房更是高出正常人的一两倍,高高耸着,山峰似的,不像个十四岁的人。一队人在省艺校老师的指拨下,细细考察她的身体,心里有股不是滋味的滋味。她自然觉着了羞耻,为了克服这羞耻,便做出满不在乎的傲慢样子,更高的昂首挺胸撅腚,眼珠在下眼角里不看人似的看人。这时候的她,几乎要高过他半个脑袋。他的身体不知在什么地方出了问题,不再生长,十八岁的人,却依然是个孩子的形状。只能跳小孩儿舞。待他穿上小孩儿的装扮,却又活脱脱显出大人的一张脸,那脸面比他实际年龄还显大。若不是功夫出色,团里就怕早已作了别样的考虑。

两人虽都算不上主角儿,却都勤于练功,一早一晚的,练功房里常常只见他们两人。大冷的天气,脱得只剩一身单薄的练功服,不用靠近,便能互相嗅到又香又臭的汗味儿和人体味儿。他的味儿很重,她也不比他轻。似懂非懂的同屋的小女孩儿便说她有狐臊臭,都不愿与她床挨床住。她不在乎,还想:"狐臊就狐臊,你们还没呢!多有人没,少有人有的东西,才是真正稀罕呢!"想归想,心里总还微微地有些难过,有点自卑。岂不知,那与狐臭是风马牛不相及,只不过人体味儿稍重些就是了。间或,练到一半会立定下来,喘一口气,互相看看,吸吸鼻子,她便好奇了,说道:"咦,你身上有西瓜味儿。"他便侧过头低下脸,抬起胳膊朝腋下嗅嗅,笑道:"我是甜汗儿,夏日里蚊子最好吃我。"可不是,白生生的皮肤上,这里那里全是褐色的小疤,夏天里留下的,再褪不去了。随后,他则惊讶地说:"你身上可是股蒸馍味儿!"她也抬起胳膊嗅嗅腋下,回答道:"我是酸汗儿,蚊子不吃。"果然是光洁得连个针尖大小的斑点都没的,黑黝黝的发亮。两人便喘喘地笑,笑过了,再练,各练各的,有时也互相帮着。她的胯紧,他便帮她开胯,让她仰面躺在地板上,蜷起两腿,再朝两边使劲分开,直到膝盖两侧各自触到地面。待到她爬起身来,红漆地板上便留下了一个人形的湿印子,两腿蜷着朝两边分开,活像只青蛙。那印子要过一时才能干了褪去。他练着吸腿转,总绕着那人形,转不开去,遇了鬼打墙似的,直到那人形隐在地板宽阔的条子里边。他则期待着再长高若干公分,以为韧带的松紧是关键,便努力地拉韧带。背靠墙站好,请她帮助将绷直的腿朝头顶上推。她推得下力,脸蛋贴着他腿的弯处。他常靠的扶把尽头的那块墙壁,天长日久,石灰水刷白的墙上便有了一个黄黄的人形,独腿的,再褪不去了。她如站在那端的扶把上压腿,看着那独腿的人形,便觉有趣,沿着脚跟朝上瞅,直瞅到腿根。

这么着辛勤地练下去,他是越练越不长,她则越来越多圆肉,个子倒是很长,离那颀长却甚远。只是依着时间的规律,各人都又添了一岁。

这地方,是小小儿的一座城,环了三四条水,延出一条细细的汽车路,通向铁道线。最大的好处便是树了,槐、榆、柳、杨、椿、桃、李、杏、枣、柿，水灵灵的碧绿。轮船顺着水下来，早早的就看见一片郁郁葱葱的小洲，渐渐近了，便看见那树丛里的青砖红瓦，再近了，才听着一阵阵不卑不亢的歌声，是水客拉水的号子。此地人吃惯了河水，一吃机井水便肚疼腹泻，水客做的就是拉水送水的营生。平车上安着柏油桶，桶里盛着河水，随着道路不平的颠簸，溅出水花。河边的道儿，被车轮辗出深深浅浅的沟。无数条沟交错着。车轮从这条沟岔进那条沟，车轱辘在坎儿上硌一下，号子便打个顿，颤音似的，还有着节奏。一颤一颤的刚去远，又有后来的响起，萦绕不绝，与那绿阴阴的树丛常在。轮船却开走了，丢下几十个人，十几个挑子，踩着颤悠悠的跳板，沓沓地走上岸来，走上通向街心的土路。

　　城里的街，大都是石块拼成的路，人脚磨得光滑滑的，太阳晒得热烘烘的，透过布底鞋烫着脚心，一身都舒坦了。挑子在肩上颤悠，脚板敲得石路沓沓的响，到了街心，才下了挑子，原来是一挑鲜嫩鲜嫩的韭菜，头刀割下，还带着露珠。这一日，城里十户有九户吃的是韭菜馅的扁食，一街的韭菜香。那韭菜挑子闲了，搁进一扎炸果子，悠悠地去了。

　　上南边买草的马车"嘚嘚"地当街走过，车上张着被单做帆。老马低着头啃吃啃吃地走，身边跑着没有羁绊的马驹子，摇头摆尾地撒欢，四条细长腿跨得老高，一忽儿跑前，一忽儿落后，一忽儿又左右四下地乱走，撞了老妈妈的凉粉摊子，也没计较，谁都给它让道，任它闹去。

　　脱落了石灰，露出青砖的墙上，贴了大幅的海报，电影院演的电影，戏院演的戏。电影是一角的票，戏院则是三角；电影是人影儿动，身手很不平凡，戏院里虽是武艺低了几筹，却是真人形的。价钱很公道。到了夜里，都能满场，刚够满的场，正好的。

　　到了夜里，街上的挑子走尽，店铺上了门板，黑黝黝的一条街，石子路在月光下闪着莹莹的光亮。门闭了，窗关了，过了一阵子，灯也灭了。孩子开始做梦，梦到大了时候的情景，老人却想心事，想那少年时候的光阴，不老不少的男女们则另有一番快乐，黑暗里运动着，播下了生命的种子。来年这个时候,小城里便又有了新生的居民,呱呱地哭着。

这会儿,是黑漆漆的静。

影院里,唯有一块屏幕光明着,活动着人影儿,人影儿演着悲欢离合的故事。戏院里,是一方戏台辉煌灿烂着,真人扮着假角儿。

他们总是不间断地练功,是想停也停不了。一旦停了下来,她会越发地圆胖肥硕,而他身上是连一分膘也不敢长的,横里多一分,竖里便更短了一分。他们只有这样苦苦地练下去了。

其实,也并不是很苦的,甚至还很有趣。她的身材已经到了穿什么都不合适的地步,并且,做什么事情都嫌笨拙,很不自在。只有当衣服一件一件脱去,只剩下一身练功服时,才略微的匀称起来。当她做着日常生活绝不需要的举手投足的舞蹈动作,良好的自我感觉便逐渐上升。她对照着前后左右的镜子,心想:以为她丑陋是绝不公平的,以为她粗笨也是绝不公平的。汗珠从她缎子般光滑的皮肤上滚落,珍珠似的。头发全汗湿了,一绺一绺的粘在长而粗壮的脖子上。她的发根生得很低,几乎延到脖子与背脊的交际之处,脖子上的短发湿透又干,全翻卷了起来,太阳照在上面,侧面极像一只绵羊。他也只有在仅着练功服时才显得修长一些,并且,能有那么些凡人不及的武艺,身体的短处又能算得上什么。当他耍着难度极大的功夫时,心中的感情竟是壮阔的。他将上衣脱了,袒露出极白却粗糙的背脊。他的脸上与周身都起着茂盛的青春痘,犹如吸收了养料总要有出处,不是高,便是胖,他的养料与能源,全都茁壮了这群疙瘩,赤豆似的,饱满着,表示着他旺盛的青春的体力与精力。待到慢慢儿地平复下去,便留下一个个褐色的井似的凹坑,这凹坑尤其布满在背脊上,使那面背脊极像一块粗糙坚硬的岩石。每一口褐色的井上都溢着一颗硕大的汗珠,通明着。

出汗犹如沐浴,汗水将身体深处的污垢冲洗出来;一身大汗过后,会有一种极其轻快舒适的感觉。

只有一间小小的水泥地的小屋做洗澡用,靠着茶炉子,茶炉子紧靠着一口机井,可将掺好了的冷暖相宜的水端进去,搁在一个水泥砌的小台子上,台子下面有一道阴沟,可供出水。此外,门后还有一排衣钩,专给挂衣服用,这便是全部了。男女用的都是这一间,倘若门关着,就须大声问道:"有人吗?"里面则回答:"有人。"如是女声,男的便止步折头等待,相反也是。否则,里面就拔了插销,闪在门背后,等人进去再关上门。天热的时候,这里是颇拥挤的,为此引起的争端也很经常。而到了冬天,就寥落了。由于是一间朝北的屋子,且没窗户,终日没有阳光,十分阴冷,又没有任何御寒的装置。没有油漆的板门开了半扇,裸出被水冲洗得发白的水泥地。如不是还有他俩每日轮流地进去冲洗,留下一摊摊水迹,便更凄凉了。他总是先让她洗,趁着一身热汗,还不至于觉得很冷,可也不敢久留,很快就会觉出逼人的寒气。等她的时候,为了保持身体的温度,他还继续练着,环绕练功房作着大跳,每跳到北边一排窗下,似乎就听到那洗澡房里泼水的声响。眼前不免要现出,水从她光滑、丰硕的背脊上泻下,分为两泓,顺着两根决不匀称的象腿似的腿,直流到底,泅进水泥地里的情景。有一日,因为她从头至尾没有挪动双脚,待他端了水进去的时候,竟看见地上一摊水迹当中,有着一双干干的脚印,是穿着海绵拖鞋的脚印。他凝视着脚印,渐渐从那脚印上延出了双踝,小腿,膝盖,大腿,一直向上,一整个人形都伫立在眼前似的。不知不觉,一盆水凉了。

过了一天,他便买了一只苹果绿色的塑料桶送给她,因他记起她曾经抱怨脸盆太小,即使端两盆也不够洗的。一桶水可就多了,他想。大约是水多了,洗得很痛快,从此,湿地上再没有留下干干的脚印儿,脚印儿被水淹了。

微烫的水,盛在桶里,桶不由得变了形状,提起在手中,变成扁圆形的了。阳光照透了苹果绿的桶壁,将水照成鲜嫩的颜色,冉冉地冒着淡绿的热气。水在她手下颤颤着,进了阴暗的小屋,隐在没有油漆,半朽了的板门后面。屋里极暗,没有窗,也没有灯,只从门下漏进扁扁的一条光线。那桶水却微明着,荧光似的,盈盈地绿着。水是烫手的,干燥挺硬的毛巾迅速地湿透了。她将饱蘸着热水的毛巾撩到肩上,水直流下胸前和背后,如千万枚针刺在了皮肤上。她"嘶嘶"着,接连地撩着毛巾,朝身上泼水。水,渐渐地浅了,也暗了。这时,她开始穿衣服了。推开门,阳光刺痛了眼,犹如热烈而粗暴的抚摸,她幸福极了。看见汗水淋漓的他依然在作着不间断的大跳,一块稀脏的护膝裹着漆黑的腿,不觉有点怜悯,便慷慨地将桶借他使用。第二天,她提着他还来的桶去接水,却发现那桶用过之后没有涮洗,桶底上有着一些浅灰色的残水,桶壁周围也布了一层浅灰色的颗粒。她正想张嘴骂人,却又止了,怔怔着。她斜着桶转了一圈,看那浅灰色的水里有着一些微粒,不由揣摩着那是什么,可不会是他身体上的皮屑?她晓得皮肤不仅会沁出油汗,也会有颗粒状的皮屑。并不是灰,也不是土,只是皮肤的微粒。她想到这些,不觉又嫌恶起来,压上一股清水,泼了,再压上半桶,才下手擦洗桶壁。那塑料的桶壁在手掌下,总有些粗糙似的,有一些再也洗不去的东西,摩挲着手心。她捧起每一握清水,都看得见其中有些微屑,鱼一般活跃地游着,无论房里是多么黑暗。这一天,洗过澡,她总有一种没洗净的感觉,背上有些刺痒,就经常耸动着肩背,做出一些不甚雅观的动作。同屋的女孩儿更有些嫌恶她,几乎要以为她是长了虱子之类的东西,尽管她是天天洗澡,而她们一个星期才到澡堂去洗一次。

澡堂是那样的澡堂,和男子的一样,也是在一个大池子里,下饺子似的下进去,烫着。到了下午,那水便稠了似的混沌起来。由于剧团在这城里有着特殊的身份,每个星期六的早晨,在那些乡里人进城之前,澡堂提前为剧团开放两个小时,让演员男女们进去洗澡。她们都自带着脸盆,将水从池子里舀上来冲洗,等她们一个个沐浴完毕,披着湿淋淋的头发,红润着脸蛋,西施浣纱似的将盛了脏衣服的脸盆斜端在腰间,走出澡堂,门口已经候满了脸上巴着眼屎索索抖着的乡里人,仰慕地看着她们,再也无从想象她们皇后般的幸福境遇。

冬日的下午,街上总走着一些被澡堂的热气蒸红了脸膛的乡里男人和女人。

蒸红了脸膛的男人和女人,捎着挑子或挎着篮子,或拉着平车,满足地,急匆匆地走在出城的道路上:一条是通向轮船码头,一条则跨过分洪闸,直朝北而去。傍晚时分,太阳从分洪闸顶上,高高的泥塑的三面红旗后面,渐渐下去,将早已褪了色的红旗重新染红,那便是闸下最喧腾的时刻,平车辘辘地滚过,间着自行车寥落的铃响,女人自家纳的鞋底,踩在盖了薄灰的水泥地上,印上了整齐的抑或不很整齐的针脚儿,赶着日头,一路下去,下到泥路上,脚印儿淹没在飞扬的尘土里了。

那是干燥的季节,一连三个月没有雨下,大路上起了一寸厚的浮土,埋住了脚面,地里裂了口儿。塘里的水干了,井里的水浑了,坝下大河低了,裸出暗绿的苔藓。落日是火红火红的,落下闸顶之后,却隐在了极远处的一丛绿树后边,变魔术似的。凡是绿树丛处,便是一个村庄,看得到,走不到,犹如海市蜃楼。到了夜极深沉的毕静时刻,却传来了悠长的狗吠。城里的狗不叫,成千上万只猫则沸腾着。是这样的时候,夜夜都叫出尖锐的声音,似哭,似笑,似喘,似叹,激荡着一整座县城,扰得人不能安眠。有那单身的光棍儿,便来不及地起床,提起扁担就抡,却是抡也抡不开的,犹如出生就长在了一起。再细瞅,却发现是两条静默的狗。猫儿早已跑散,继续撕肠裂肝地叫。第二日早起,揉着布了血丝的眼睛,首先是咒猫儿,然后骂狗儿,继而抬头看天,并没有下雨的意思,再咒天儿。最后,想起了前面中学校里外边来的一对男女,竟穿了条纹与烂花的裤子,虽是在屋里睡觉,并不见人,可究竟是裤子,怎能用条纹布与烂花布制作,无论如何也是不对的。

他们辛勤地度过了一个严冬,迎来了干燥的春季,她的身体已经丰硕到了无法再丰硕的地步,犹如早熟的果子,只是不匀称。而他那身体犹如他的意志那样坚定地凝固了,再不长一分。她长成了个大人似的,却依然是孩子脾性,说喜就喜,说悲就悲,喜过即悲,悲过即喜,转瞬万变,却自然得如同夏日的天,并不令人觉着无常和虚假。只是憨得可以。逗院里小孩儿玩笑,七逗八逗,逗出那样一句话:"俺爸夜里咬俺妈嘴巴子。"别人听见,心里窃喜,脸上却作不听见,岔了开去。唯有她喜得前仰后合,不知如何是好,非但自己毫不掩饰,也破坏了别人的回避。纷纷红了脸,想要止住她,她则很懂似的说:"这孩子什么也不懂。"人们叫她逼得没法子,只得说道:"真是个憨丫头。"她却又极不服气:"其实我一点不憨,什么都了解的。"只有不理睬罢了。随着她日益长成个女人的形状,那脾性则越发地显出稚气与颠顸。

她依然如小时那样,请求他帮她开胯。这工作于他却越来越为艰难,可他无法推却。由于无法推却,这要求便更加折磨了。她躺在他的面前,双腿曲起在胸前,再慢慢向两侧分开,他再克服不了内心的骚乱了。他喘着粗气,因为极力抑止,几乎要窒息,汗从头上,脸上,肩上,背上,双腿内侧倾泻下来。在他孩子般的形体里,心灵似乎是一种补偿,加快着速度成长,完全是成熟男人的心了。当他为她开胯的时候,他心里生出了一股凶恶的念头,他想要弄痛她。便下了狠劲。她不由尖叫了起来,那尖叫如同汽笛的长啸,把他吓了一跳,手软了,松开了她的膝头。她并拢了双膝,用胳膊抱在胸前,继续叫着,随后便骂,骂出一串男人才能骂的粗话,比如:"我操你。"她完全不懂那真实的含义,只当是很有力的袭击,很解气的。却不料反而启发了他的想象,使他越发焦躁,便也回骂了同样的粗话,这却有着确切的实用的含义,她同样地不懂这含义,依然赖在地上不起,抱着双膝,还不是老实地抱着,时而伸直一条,只抱一个膝盖,时而伸直另一条,只抱另一个膝头。当她伸屈腿的时候,饱满的腹部与胸部,便十分结实地波动一遍。见他回骂,她越发激怒,越发骂出一串不堪入耳且又逻辑不通的粗话,比如:"我操你姐夫!"他更加激动起来,用加倍粗野却含义真切的话反击。她不再让他说话,一迭声的骂,声音又尖又高,企图压住他的骂声。他的骂声低沉而有力,具有一种缓慢的穿透力。当她自以为胜利停下来休息的时候,他的声音却雄浑地回荡着。这才发觉,他的咒骂一直没有停息,与她并行。犹如乐队里的大提琴似的,虽少有旋律,那音响却永远不灭。她来不及换气,接连地大骂,试图压制他。他毫不退让,沉着地伴随她的聒噪,直到她声嘶力竭,躺在地板上滚来滚去哭泣起来,他才住口,阴沉沉地注视着她。

她浑身已经滚得漆黑,两只漆黑的手无所顾忌地揉着眼睛,染黑了泪水,脸上流满了肮脏的眼泪。他忽有些心酸,便提了她的桶,盛满了冷暖相宜的水,叫她洗澡。她不听,依然哭着。由于有了安慰,哭得更加伤心,那伤心也更加真实。他只得近前去拉她。她的身体虽是沉重,况且又硬往下坠着,可他却是力大无穷,十分轻易地拽起她来,将她推进洗澡房。听到里面插销声响,继而传出来了呜咽的泼水声,他的心忽而充满了柔情,温存起来。

水泼在身上,那泥汗剥皮似的褪了下去,她觉着了轻松。眼泪早已干了,只是仍不屈地抽泣,示威似的。而心里却奇怪地充斥了一股温暖。那温暖渐渐地注满了全身,如同被人很亲爱地抚摸。她几乎觉到了快乐,却仍不愿停止抽泣,那抽泣也像是一种安慰了。

从此,他们不再说话,成了仇人。

虽不说话,练功却还是练的,只是不说话了。他练他的,她练她的,自己练自己的。他不帮她开胯,她也不帮他扳腿,各自独立练着。两人都严肃着面孔,过分地认真着,像是进行着一场很重要很庄严的活动。练功房没了他们往日的说话声和笑声,那说笑声在空旷的练功房里,原本是会有些微回声似的反响。如今,只剩了脚掌落地的"嘭嘭"声,回声是"空空"的寂寥,更显得单调了。与这寂静的气氛相反,心里是热闹而紧张的。她心里仍在激烈地与他争吵,用一千一万个她了解与不了解的肮脏字眼骂他。骂过之后,却觉着自己是受了欺侮的,可怜而无助,便十二分地自爱起来。每一举手与每一投足,都是用着既委屈又自尊的态度做着,完全没意识到自己的做态,却只茫茫地感到练功有了新的目的似的,更富有意义了。那不仅是自娱,不仅是为了长进,似乎还格外地有了一份表演的意味。于是,她练功更比平日刻苦,对自己极为苛求,听任自己的身体由于失败狠狠地摔在地板上,痛得几乎要叫出声,她却忍着,挣扎爬起,再作第二次绝无成功希望的尝试。似乎是为了要使什么人大受感动,而实际上,自己却早已将自己感动得几乎要下泪。这同时,他更是折磨自己,将自己的身体全无必要地弯曲成不可思议的形状。他弯下腰,头达到了两脚之间,还不为止,便从两脚间伸出来,昂起来,平视着世界。那身体的路线令人困惑不已,哪是上,哪是下,一时有些迷乱。而他的眼睛经过了一个完整的三百六十度的历程,却更为镇静地看着这世界。这世界历经了两次倒置之后,似乎变了一个状态。他以这样的姿势,可以静静地持续二十分钟。他好像是在恨着自己的身体,有意要惩罚它似的。那身体似乎是在他灵魂以外的,与他灵魂作着对,由他灵魂作着裁决。而他的惩罚由于太过,不免带了一点矫揉的成分。他们各自为了自己也不明了的心情,艰苦卓绝着,迎来了入春以来第一场雨。

雨是这样下起来的:

序幕是一个酷热的七月般的天气,来不及地扒下两件毛衣,却连衬衣都穿不住了。院子里开始出现飘逸的裙子,却还没有走出院门的勇气,只在剧团内部遗憾地招摇着。然后,天却陡然阴了,阴了整整一天,豆大的雨点掉了下来,时光倒流般地凉了。眨眼间,鲜艳的裙裾没了,晾了满院的衣服棉被收了,露出了湿淋淋的水泥地。一处高,一处低,低处汪着水,雨点下在水洼里,敲出一圈一圈水波。这时,已到了黄昏,雨里的黄昏,有些暖暖的凄凉,或者是凉凉的温暖。雨从练功房的屋顶上,顺着瓦棱,弯弯曲曲,磕磕绊绊地走下屋檐,转眼,屋檐上就挂了一张水帘。

家家屋檐上挂了一张水帘,人们半掩着门,倚着那半边门框,隔着水帘,拉着家常,内容不外乎是今春的旱和今春的雨。边说话边吃饭,饭盛在大瓷碗里,托在左手上,右手操着一双弯曲了的白木筷。木筷挑着大米的稀饭,由于放了碱,稀饭呈红褐色,分外的香甜,碗边有一些腌豆子和咸菜,散发出霉烂的气味,那气味闻久了,竟有些鲜美起来。雨,落在碎石地上,竟是那样的响亮,盖住了一切声响,须大着嗓门说话,才能交谈。谁家的门紧锁着,主人还没回来,门口的衣服没人收,让雨淋得透湿,是一条烂花布的裤子。那烂花由于湿了,便格外地鲜艳起来。

天又凉了,须穿毛衣,没有毛衣的乡里人,便穿棉袄,棉袄几乎一律是黑色的。雨后的街上,竟有些萧瑟起来。碎石的地面被雨水彻底地洗刷了,黑是黑,白是白,鲜明得好比墨笔描写过的。河里的水涨高了,淹过了布着青苔的河岸,清澄极了。闸下的水泥道也白了,水泥道下的泥路却黑了,那一丛,这一丛的树阴则是葱绿葱绿,那是村庄。哪个村庄里,大雨时死了一个小孩,是下湖割猪菜,蹚大沟时滑了脚。故事传过几里地,被风吹散似的没了。城里人依然夸这雨好,下得及时,滋润了天气,人舒服。乡里人也夸,地里的小麦都绿了。

他们依然不说话,仇人似的。旁人都看出来了,觉着蹊跷。蹊跷了一阵便习惯了,不再见怪。等到习惯了一阵,却又有点奇怪。因为那敌对的时期终究有些漫长了,其中像有着什么不寻常的缘故,自然不能由他们任意地仇人下去。问她,她不说;问他,他也不说。再问她,由于他们郑重的态度,她不觉也觉着严重起来,态度生硬而又固执。这态度使他们更为重视,以为即将打开她的心扉,更努力地问道。不觉勾起了她的委屈,那委屈因他们的严肃态度而夸张扩大,她便哭了。这一哭,加强了人们的信心,加紧地盘根索底。她则摇头哭道:"我不说,我没有可说的。"这确实是实话,可听起来意味却极其深长。再问下去,她便再没说话,只是一径地哭,且还哭得伤心。那伤心少半是因为委屈,多半则是由于惶惑和难堪,因她知道确实没有发生什么事情。什么事情都不曾发生,情形却弄得这样严重,她以为自己是有责任的,因此,还有一点害怕。有了她这个态度,大家至少也满意了一半,再去问他,便也有了理由。他被逼不过,只得骂人了。他咬紧牙关,恶狠狠地骂着,骂些什么,为什么要骂,自己却不明白,觉着荒唐,则又收不住口。大家一径朝他嚷着,勒令他住口,勒令他向她赔礼,究竟赔什么礼,心中都有了数似的。只有他俩不明白,而其实真正明白的也只有他俩。可他俩并不以为自己是明白的,他们只当自己是什么都不明白,大大受了委屈,受了捉弄。被大家拥着,由舞蹈队长捉住他们一人一只手,使劲往一起凑,凑拢了好握手言和。他们挣扎着,挣扎得很凶,多少人合力才按住了他们。她哭着,他骂着,因为挣扎不动,气得要命,恼得要命。手终于触到了手,他们还挣着躲闪,而那躲闪却有点做作起来。他们互相触到了手,心里忽然地都有些感动似的,挣扎明显地软弱了。两只手终于被队长强行握到了一起,手心贴着手心。他再没像现在这样感觉到她的肉体了,她也再没像现在这样感觉到他的肉体了。手的相握只是触电似的极短促的一瞬,在大家的哄笑中,两人骤然甩开手逃脱了。可这一瞬却如此漫长,漫长得足够他们体验和学习一生。似乎就在这闪电般急促的一触里,他意识到了这是个女人的手,她则意识到了这是个男人的手。他们逃脱开去,再次见面都觉着了害羞,不敢抬头对视,更不敢说话了。

因此,他们依然是不说话。不过,这时候的不说话,是得到大伙的认可了,便不再多作计较,由他们去了。练功是照常的练,练得依然艰苦。她拼命地摔打自己,肉体的疼痛给了她一种奇妙的快感,几乎为了这疼痛而陶醉。越是疼痛,越是怜惜自己,也越是不屈不挠。他则是尽力地扭曲自己的身体,将身体弯成什么也不像的形状,这才镇定下来,对自己的严酷使他骄傲。而当他们之中任何一人走开,单独留下任何一人的时候,那种自我折磨的决心和信心便会消散,浑身的兴奋与紧张一下子松弛了。他们这样给自己上着酷刑,原本是为了显示,可惜的是,他们的思想全集中在自己身上,分不出哪怕是十分之一,百分之一的注意去观赏对方忘我的表现。他们是白白地辛苦了。他们是为了自己才需要着对方。有了对方在,那艰苦与忍耐才会有快感,有意义。说到究竟,他们还是在向自己显示,向自己表现,要使自己信服和感动。

可是,年轻而浅薄的他们,自然不会意识到这些,他们只是单纯地乐意练功,练功的时候必须是两个人同在。由于莫名的需要对方在场,他们便建立了默契,如是单独一个人,决不会来练功,只要有一个人先到了场,另一个便不招即来,然后,也不会有任何一个人轻易地擅自离开。

　　三场雨下来,天是一日一日热了,夏天到了。蝉是从天不明就开始长歌,一直到天黑。烈日晒透了练功房薄薄的瓦顶,热气包围了,从敞开的门窗里涌进。他们的汗水每日都把地板洗刷一遍,地板渐渐褪了红漆,露出苍白的原色。汗水从每一个毛孔汹涌地流出,令人觉着快意,湿透的练功服紧紧地贴住了她的身体,每一条最细小的曲线都没放过。她几乎是赤身裸体,尽管没有半点暴露,可每一点暗示都是再明确不过的了。那暗示比显露更能激起人的悬想和欲念。她的身体是极不匀称的,每一部分都如漫画家有意的夸张和变形一样,过分的突出,或过分的凹进。看久了,再看那些匀称标准的身体,竟会觉着过于平淡和含糊了。而他浑身上下只有一条田径裤头,还有左腿上一只破烂不堪的护膝。嶙峋的骨头几乎要突破白而粗糙的皮肤,随着他的动作,骨头在皮肤下活动。肋骨是清晰可见,整整齐齐的两排,皮肤似乎已经消失,那肋骨是如钢铁一般坚硬,挡住了汗水。汗水是一梯一梯往下流淌或被滞住,汗水在他身上形成明明暗暗的影子。而她却丝绒一般的光亮细腻,汗在她身上是那样一并地直泻而下。两个水淋淋的人儿,直到此时才分出了注意力,看见了对方。在这之前,他们从没有看见过对方,只看见、欣赏、并且怜惜自己。如今他们忽然在喘息的机会里,看到了对方。两人几乎是赤裸裸地映进了对方的眼睑,又好似从对方身体湿漉漉的反照里看出了自己赤裸裸的映象。他们有些害羞,不觉回避了目光。喘息还没有停止,天是太热了,蝉则是太聒噪了。

　　正午的时分,只有蝉在叫,一街的门洞开着,里面却寂静无声。那午时的睡眠,连鼾声都没了,只有一丝不知不觉的口涎,晶亮地拖在枕畔,似还冒着热气。百货大楼阔大的店堂里是格外的空寂,苍蝇嗡嗡地飞,划着圆圈。营业员趴在柜台上沉睡,玻璃冰着脸颊,脸颊暖热和湿漉了玻璃。偶有不合时宜的人,踟蹰在寂静的店堂,脚步搓着水磨石地,无声地滑行。码头没有船到,河水在烈日下刺眼地反光,一丝不挂的小孩沿着河岸走远,试探地伸脚下水,水是热得滚开了似的。停了几挂拉水的平车,跷起的车板下,睡着水客。

她想做一个"倒踢紫金冠",终没有做成,重重地摔下来,地板像是迎了上去似的,重重地拍在她的身下。她接触到温热的地板,忽然地软弱了。她翻过身来,伸开胳膊,躺在地上,眼睛看着练功房三角形的屋顶,那一根粗大的木梁正对着她的身体,像要压下来似的。幽暗的屋顶像是深远广阔的庇护,心里空明而豁朗。顺着黑暗的椽子往下移动,不料却叫阳光刺痛了眼睛,那檐下的日光是分外的明亮,反叫人心情黯淡了,万念俱灰似的。她静静地躺在地板上,时间从她身边流过,又在她身边停滞,院里那棵极高极老的槐树,将树叶淡淡的影子投在窗户上,她几乎看得见那只长鸣的蝉的影子,看得见它的翅膀在一张一合。这时候,在她的头顶,立了两根钢筋似峭拔的腿骨。腿骨是那样的突出挺拔,肌肉迅速地收缩到背面,隐藏了起来。她将头朝后仰着,抬着眼睛望着那腿,腿上有一些粗壮而疏落的汗毛,漆黑地从雪白的皮肤里生出。她默默地凝视着,觉得滑稽。那腿骨却向她倾斜下来,他蹲在了她的前面,看着她的眼睛,忽然问道:

"要我帮你起来?"

"不要!"

她想嚷,不料声音是喑哑的,嚷不起来。她一猛劲,抬起上身,他早已将手挟住她的腋下,没等她坐好身子,已经将她推了站起。她站不稳,他的手却像钳子般挟住了她的腋窝,迫使她站稳了脚。他的两只手,握住了她的腋,滚烫滚烫,身体其他部分反倒阴凉了。这两处的热力远远超过了一切,她不觉着热了,汗只是歌唱般畅快地流淌。等她站稳,他的手便放开了她的腋下,垂了下去,垂在膝盖两侧。她腋窝里的汗,沾湿了他的手掌和虎口,而那腋窝里的暖热,整个儿地裹住了他的两只手。这会儿,他垂下的双手觉得是那么寂寥和冷清。

他不由自主地伸张了几下,妄图抓住什么,却什么也没抓住。她站稳了,径直走向扶把,一下一下地踢腿。脚尖划着空洞的半圆形,阳光耀眼地挂在脚尖,在空中甩出去半个光圈。她过分突出,突出得已经变形了的臀部活动出丑陋的形状,他十分,十分地想在上面踢上一脚。她觉出他的注视,心里则是十分的快意。他的目光滚热地抚摸着她粗壮的腿,那腿早已失了优美的线条,却是一派天真地丑陋着。她无休止地踢腿,韧带一张一弛,又轻松又快乐,不由要回过脸去瞅他。不料他早已走了开去,去进行自己的功课。她顿时泄了气,腿仍是一下一下地踢着,却失了方才的精神。他正劈腿,左右劈成一条直线,身子却慢慢地伏在地上,胳膊与腿平行地伸直,贴在地面,手却握住了跷起的脚尖。他感觉到她目光的袭击,击在他最虚弱最敏感的地方,他情不自禁地一哆嗦,收缩起四肢,蜷成了一团。她的目光早已收回。他心灰意懒地蜷在地上,蜷了一会儿,站起身体,重新抖擞起来。他走到她的身边,站住了,努力挣扎了一会儿,不由憋红了脸,喃喃地开口了:

"你究竟对我有什么意见?"

她没提防他会说话,更没提防说出这种认真的话来,不由也窘了,脚尖慢慢低落,脸也涨红了,回答说:"没什么意见。"还好笑地笑了一声。

"我们不要这样了,"他说,又补充了一句,"还是应该互相帮助。"

"我无所谓。"她说,心里却怦怦地跳着,觉得事情有点不平常了。

就这样,从此,他们又说话了。可是,说话的境界似乎还没有不说话的美妙。一旦说话,那紧张便消除了,随之,那一种兴奋,那一种莫名其妙地等待事情发展的激动与好奇,那一种须以默契来交流的神秘的意识,也消失殆尽了。然而,彼此终究是轻松了,要承受那一种紧张毕竟是太吃力,也太危险了。究竟是什么样的危险,谁都不明白,然而那一种冒险的心情,却是谁也都有的。

他们重又正常地交往了,可却再恢复不了以往那一种明澈的心情，都怀了鬼胎似的，有点躲闪，也不再互相帮着练功了。他们只说话。话说得简短而生硬。他要通知她食堂已经开饭，晚了便买不到好菜，明明是好心的意思，出口却变成警告一般："开饭了啊！"她则恶声答道："谁不知道！"她用完了洗澡房让他来洗，口气却如最后通牒："我可是洗好了啊！"他答应得也很不耐烦："谁不知道你洗好了！"他们好像不会用别的口气说话了，至于先前，他们是怎样和颜悦色而又自然而然地说话，是谁也记不起来了。这样地恶言恶语，却并不吵闹起来。他们谁也不愿吵了，再不愿像个仇敌似的不说话。好不容易才打破了那尴尬的局面，他们是都懂得珍惜的。可是，那尴尬局面的转变，又使两人心里都有点遗憾似的。他们本以为事情会有什么不寻常的发展，都在颤颤地，怯怯地，等待着。而如今却一切正常了，不会有什么不寻常的事发生了，或者说，不寻常的事情发展了一点点就截止了，两人的期待都落了空似的，互相都有些奇怪的怨恨。因此他们生硬的口气不尽是做作，而是有一些儿真实的原因。她常常会莫名其妙地给他白眼，她的眼白因为黝黑皮肤的衬托，格外的醒目，效果也特别的显著。他的脸色则是常常阴郁，布满了乌云似的，由于他苍白的皮色，这阴郁也格外的黑沉，有时竟叫她有些害怕，不敢太对他撒性了。

不过，他们毕竟是说话了，自从他们彼此开始说话的那天起，两人的练功却都有些松懈，这样的折磨自己失去了意义，他们将改换一种交流和交战的方式。却又找不到新的方式，双方都有些迷茫。在有一段日子里，两人却像是失了生活目标似的，有点无精打采。天又是特别的热。正午的太阳底下，有人在街上的石子路上，摊熟了一个鸡蛋。围了有上百个人参观，头上冒着油汗，惊讶得忘了热，只有小孩为了满头化了脓的疖子，死命地嚎。到了夜晚，太阳落了，吸饱了热气的地面喘不过气来，将那热气一团一团吐了出来，蒸着满街的凉床凉席子。外面和屋里其实是一样的热，热得连蚊子也没有了。一连几日的喘不过气来，后来，天阴了，飘来了雨云，下雨点子了。如同撤退的军队，凉床凉席子"刷"地不见了，进屋了，大人孩子转眼间睡熟了，如同死过去似的。到了夜半，却又热醒，枕上身下是一摊汗水，浸着身子。撑开肿着的眼皮，只见窗外又是一轮明月，碧晴的天上，云影儿也没一丝。

城外的庄稼却长得特别喜人，黄豆绿油油的，出嫩荚子了。乡里老头热得狗似的伸出舌头喘，却还说："该热的时候使劲热，该冷的时候使劲冷，才是正经的天气。"瓜也长得好，小小的籽籽瓜，三分钱就可买得一个，薄削的皮，鲜红的瓤，乌黑的籽，走街穿巷地叫卖。一早就热得出油，喊了个卖瓜的进院，大伙儿凑了他的筐子吃，吃得肚胀，再让会计销账，直接往防暑降温费上销。卖瓜的消消停停，坐在伙房边的背阴的走道里，竟也有了几丝穿堂风。一得意，就开了讲，讲瓜田里的故事。有守瓜田却捉到男女奸情的，还有大姊妹收瓜贪吃屙了裤子的，种种丑闻恶事。有人去报告了团领导，险些儿扣发了他的瓜钱。他还是便宜，没受煎熬就卖出了一挑瓜，算完了一日的营生。挑着空挑子悠悠地出城。那一路，每隔二里地就有一口甜水井，又冰又凉，喝了好消暑。卖瓜的心想，凭啥，街上人就得受这个罪，热热的天，挤住在一堆儿，连个歇凉的树阴地也没有，不凭日头的高低，靠住钟点的做活儿。不过，那城里的姊妹真好，白生生的皮儿，嫩生生的肉儿。那是城里男人的福分。

街上的人可怜的是乡里人，毒辣辣的日头底下，连个躲处也没有，胳膊腿燎起了水泡，一层层地褪皮。衣服也褪了色，从不见身上有一点鲜亮的颜色，活个什么趣啊！就是那瓜好。不解的是县中学里那对夫妇，大热的天，却也紧闭着门，黑夜尚可想象，大白天的却又何必，不成是青天白日的也耐不住了，这可是何等的燥热啊！白里黑里的，却又不见半个崽子下地，女人的肚子姑娘似的扁扁平平，姑娘似的细腰窄腚，姑娘似的细皮嫩肉。

出了三伏，立了秋，还有十八天的赛火呢！

出了赛火的十八天，剧团派人去南边靠大海的大地方的大剧团，学节目。去的都是主演和主力，轮不着他们，他们依然是每日地练功。依然练得不得法。她长高长大了一轮,不长的他看起来就像是缩小了一轮。她觉着自己长得太高大了,身体简直成了累赘。洗澡时,望着自己那对丰硕得奇异的乳房,不由得诧异却又发愁,她不明白它们怎么长成了这样,不明白它们究竟还将怎么下去?她甚至以为是得了什么奇怪的毛病。想到此,头皮都发紧,害怕得想哭。她打量着自己硕大的每一个部分,连自己都有些惧怕。她想她是太大了,而她又无法使自己缩小,处在苗条秀气的女伴中间,她硕大得不禁自卑自贱起来。加上她没头没脑没有分寸的言辞,伶俐的女伴叫她作大憨子。幸而她不是个肯用脑子的人,这一点惧怕与自卑的心情,丝毫伤害不了她的健康。她精力旺盛,胃口很大。夜里,睡进被窝,两条胳膊搂抱着自己,心里对自己是十分的宠爱。然后,便像个婴儿一样香甜,没有一点儿心事地睡着了。睡梦中会咂嘴,咂出很受娇宠的声音。对他来说,累赘的是他心灵的成熟。他的心似乎是熟透了,充满了那么多无耻的欲念,那欲念卑鄙得叫他胆战心惊。他不知道这些欲念来自他身体的哪一部分,如果知道的话,他一定会毅然将那一部分毁灭。后来,有一个夜里,他在不该醒的时候醒来时,忽然明白了那罪恶的来源,他自以为那全是罪恶。可是这时候,他忽然发现,要毁灭那个部位是如此的不可能,并且,那些欲念也因这个部位的宝贵而为他珍爱起来。他不明白这出于什么样的理由。

这时候,外出学习的人回来了,穿着样式别致的衣服,提了更新换代的旅行包,走下了轮船,踩上颤巍巍的跳板,一步一步走上了岸。他们两人也去接了,她总是挤不前去,连一件行李也抢不到手,却也一样的激动,一样的热烈。或开路般的走在前边,或压阵似的走在后边,叽里呱啦地说些风马牛不相及的话,谁也不回答,谁也没听见。可是,如没了她和她的聒噪,这迎接的场面便要冷静许多了。沉默的他却走在了中心,由那位跳洪常青或方排长的主演搭了肩膀,一起走着。并不起眼的他,却是这位主演的好朋友,军师一般的地位。从码头回团的路上,那主演告诉他:

"有你的角色演了。"

那角色是双人舞《艰苦岁月》里的小红军,再找不出像他那样矮小而又武艺精湛的演员了。在别的很多剧团里,这角色都是由女演员演的。这角色就像为他而设计的,几乎不用研究讨论,就定了下来。这本就是属于他的角色。一切都顺利极了,只有一件困难,便是那舞蹈里有不少托举,更有很长的一段,老红军须背负着小红军行走,且还要走出健美的舞步,做出刚劲的动作。这时候,方显出他的不利。看上去瘦小的他,却有着令人吃惊的体重。"老红军"背不动他,一上肩便弯了腰,再不可能走出舞蹈的步伐。并且,他们双方都没经受过托举的训练,不会借助巧力而使身体轻便,他只会死死地攀负在人背上,一心的惶惑与抱歉终是无用。当他又一次重重地从人背上跳下来的时候,那人再止不住怨言了:

"你是太重了。"

他红了脸,转而反击道:"你是太熊了!"

那人面有愠色,眼看一场冲突就要起来。大主演便出场解围道:"让我来试试。"于是负了他背上走了一遭,走是走了下来,却是喘个不休。接着,旁边的人也纷纷上前尝试,将他在背上背来背去,走来走去,嘻嘻地笑着。他终于捺不住了,挣着跳下地,把身下的人推了一个趔趄,人们这才收敛了。

这天晚上,他没有吃饭,留在练功房里练弹跳。他知道那最初的纵跳是很关键的,一旦能轻松地上了肩,后边的路程便好走了。如果在上肩时就耗尽了力气,且又调整不好呼吸与步子,就麻烦了。除此以外,他希望自己能灵巧一点。不过一会儿,她也来练了,像是帮助消食,每顿饭后,她都要练功。这样她才有理由多吃。她是极爱吃的,吃得极多。今天,她新换了一套肉色的练功服,是这回出去学习的人买回来统一发下的。是那些大剧团里正规的练功服,领口开得极低,尤其是背后,几乎裸到了腰际。裤头是平脚的,绷得过紧,深深地勒进大腿根部。

他忽然很和蔼地向她请求,帮助他排练这托举的一段。由于他久已陌生的温和口吻,更由于她从下午起就憋在心里的那一股愚蠢的逞强心情，她欣然答应了。他先向她交代了动作，不料她站在一边早已将动作记熟，竟做得一丝不差。他便跑去问电工索来录音机和磁带，快转到那个地方，开始了音乐。他上了她的背，她竟不觉得吃力，由于激越的音乐的伴奏，还很快活。他在她背上动作，很感踏实，他没想到她的肩背是那样的宽厚而有力量。他们极顺利地走完了一遍，她只微微地有一些正常的喘息。没等他开口，她便跃跃地说道："再来一遍。"这回，他们是从头来起，她将老红军的动作全学了下来，做得倒并不难看，尚有激情，到了托举的时候，十分自然地上了肩。她的胳膊又结实又有力。由于她承受的轻松，使他也有了自信，动作大胆了，反倒灵巧了，减轻了她的负担。他们渐渐熟练起来，竟比他原有的搭档更为默契。五遍六遍下来，他们可以一无负担地，轻松自如地去做所有的动作。他们忘记了技巧上的困难，忘记了托举前须作的思想准备。那每一举手，每一投足，犹如他们的本性一样自然，音乐又是那样的激动人心，重复使它更亲切更悦耳。她忘了那角色是一个老红军，只以为就是她自己。他也忘了那角色是一个小红军，也以为就是他自己。每一个动作都是他们自己的动作，出自他们的心愿和本能。他们忘情地舞着，大镜子里闪过他们的身影，他们的身影迅速地从这一面镜子闪到那一面镜子，他们的身影包围了他们自己，他们竟觉得他们是很美的了。再没有比舞蹈里的自我感觉更为良好的了，况且，还有着音乐。

当他再一次伏到她背上的时候，嗅到了浓重的汗味儿。他的胸脯感觉到了她厚实的背脊，那背脊裸在低低的后领外面，暖烘烘，湿漉漉。他同样暖热而汗湿的胸脯，与她背脊滞涩的摩擦，发出声响，轻微地牵扯得疼痛。他的膝头觉出了她努力活动的腰，他的手觉出了她浑圆结实的肩头和粗壮的脖子，那脖颈由于气喘，一紧一松。沿着汗湿的头发，他的鼻子觉出了她脑后盘起的发辫的触碰，带着一股浓郁的油汗气息，上面有一枚冰凉的夹子，戳痛了他的脸颊。他全身的感觉都苏醒了过来，从舞蹈的技巧中解脱了出来，于是又重新地紧张起来。与方才那抑止了全身心的紧张相反，这会儿，所有的感官和知觉全都紧张地调动起来,活跃起来,努力地工作着。舞蹈已成了机械性的动作,分不去他丝毫的注意了,他负在一个火热的身体上面,一个火热的身体在他身下精力旺盛地活动着,哪怕是一丝细微的喘息都传达到他最细微的知觉里,将他的热望点燃,光和火一样喷发出来。

这光与热传达给了她,她什么也感觉不到,只觉得背上负了一个炭盆似的燎烤,燎烤得按捺不住。可一旦等他下去,燎烤消失,背上又一阵空虚,说不尽的期待,期待他重新负上背来。一旦上来了,则连心肺都燃烧了起来,几乎想睡倒在地上打个滚,扑灭周身的火焰。可是音乐和舞蹈不允她躺倒。她像是被一个巨大而又无形的意志支配着,操纵着,一遍一遍动作着,将他负上身,又将他抛下地。她忽然轻松起来,不再气喘,呼吸均匀了,正合着动作的节拍。躯壳自己在动作。两具躯壳的动作是那样的契合。他每次跳上肩背都那样轻松自如而又稳当,不会有半点闪失,似乎这才是他应有的所在,而在地上的跳跃全成了焦灼的等待。当他负上背时,她才觉心安,沉重的负荷却使她有一种压迫的快感。他们所有的动作都像是连接在了一起,如胶如漆,难舍难分,息息相通,丝丝入扣。他在她背上滚翻上下,她的背给了他亲爱的摩擦,缓解着他皮肤与心灵的饥渴。他一整个体重的滚揉翻腾,对她则犹如爱抚。她分明是被他弄痛了,压得几乎直不起腰,腿在打战,可那舞蹈却一步没有中断。音乐是一遍又一遍,无尽地重复,一遍比一遍激越,叫人不得休息。夜已经深了,有人在对着练功房怒吼,骂他们吵了睡眠,还有人用力地开窗,又用力地关窗。这一切,他们都听不见了,音乐笼罩了整个世界,一个激越的不可自制的世界。

最后,终于有人扳动了电闸,灯一下子灭了,音乐戛然止住,一片漆黑。院里所有的灯都灭了,连月亮都没有,是个没有月亮的夜晚,伸手不见五指,如同堕入了深渊。他已负在她的背上,动作与音乐一起止住,凝固了似的不动了。足有半分钟,他从她背上落了下来,掉在了地板上。两人没顾上说一句话,惶惶地逃跑了。奇怪的是,在那样漆黑的夜晚中,竟没有碰撞,也没有跌跤,就那么一溜烟似的逃窜了。

后来,《艰苦岁月》中的小红军,还是由一名女演员取代了。他是如同铅块一样沉重,而且日益地沉重,日益地笨拙,谁也负不起他了,而他竟失去了先前那一点技巧,在谁的背上也无法放松自如,这紧张与笨拙更加重了身体的分量。他再找不到那噩梦一样迷乱的夜晚,在她肩背上的感觉。他与谁都建立不了息息相关的默契了,除了她。可她见了他,却有点躲闪,他也同样,害怕见到她。他们甚至不敢在一起练功了。有她在,他便不去,有他在,她也不去。渐渐地,他们又有了新的默契,不在一处相遇的默契。可是他是那样刻骨地想念她,她虽不像他那样明确地想念,却是心躁。她变得十分易怒,不明来由地就与人吵架,吵到最后,即使是她占了上风也免不了一场惊心动魄的哭嚷。院子里是那么小小的一方,她放肆的哭闹声几乎注入了每一个角落。他远远地躲在屋里,听着那哭声,充满了心碎然而快乐的感觉。

大热过后的秋天,是格外的天高气爽,阳光是透明的,空气如水洗过一般,白杨树很高的树梢上,挑着一缕阳光,即使乡里人的面色也显得白皙了。这一个秋天,街上很流行铁灰的卡裆子,西服领,微微地掐腰。要有穿着这样的裆子从街上走过,一街的人都会停住脚嫉羡地望。第一个穿这裆子的,是县中学那外方来的女人,她很招摇地从街上走过,提着菜篮,向沫河口来的"猫子"买螃蟹。此地将船民叫作"猫子",起心底里可怜他们,没个安生的家,常年漂流在水上,没个根似的。螃蟹张牙舞爪地到了她篮里,滋滋地吐着气泡,巴着篮子的竹壁向外爬。她竟不怕,一只一只捉了回去。到了晌午,街上就传遍了,县中学那对男女,竟吃那样的东西。说这话时,"猫子"已经回了船上,一橹一橹地去远了。他想着这些人吵吵嚷嚷的真可笑,几辈子地待在一地,生了根似的,什么世面也见不着了。他望望蹲在船头奶孩子的女人,女人很安心地看着船下的绿水,一波一波地荡着,撩着衣襟,腾出一只食指,在孩子脸颊上划着。岸边是整齐的大柳树,柳丝儿低垂,一排几十里,"猫子"心里很宽畅。

这个秋天,她满十七岁,他则是二十一岁了。依然是互相地躲闪和逃避。那一个夜晚,时时缠绕在他们心上,想甩也甩不脱。他们想作出忘记或不在意的样子,为了可以坦荡地重新在一起相处。可是只须短短的一瞥,便再也佯装不下去,匆匆地缩回头去,还是不敢见面。然而,虽是不见面,彼此却被对方全部占据了。他的想象自由而大胆,那一夜的情景在心里已经温习了成千上万遍,温故而知新,这情景忽然间有了极多的涵义,叫他自己都吃惊。她是不懂想象的,她从来不懂得怎么使用头脑和思想,那一夜晚的感觉倒是常常在温习她的身体,使她身体生出了无穷的渴望。她不知道那渴望是何物,只觉得身体遭了冷遇,周围是一片沙漠般的寂寥,从里向外都空洞了。莫名的渴念折磨了她,她无法排遣,只是加倍地吃,吃的时候似可解淡许多,于是就吃得极多,极饱,吃到肚胀为止,而练功却懒怠了。她的体重迅速地增加,各个部位都努力膨胀,她变得又丑又笨。而他却在消瘦,每一根骨头都暴露了出来,挑着皮肤,皮肤上每一个毛孔都生出疙瘩,伤痕累累。他简直像一只拔光了毛的雏鸡。食欲不振,为了唤起食欲,他总是买了最多最好的饭菜,摆开在练功房门外的水泥地上,自己则坐在门槛上,瞪着怨恨的眼睛望着饭菜,久久不动筷子。他也不常去练功了。

练功房显得很寂寥。

他们都很寂寥。

后来,演出了,在县城里唯一的戏院里。戏院像一个巨大的仓房,粗大的木梁架住三角的房顶,场灯缀在没有油漆的木梁上,一盏一盏一盏。同样没有油漆的木柱立在场内,正好挡住那后面两个座位的视线,每一场都必有这座位的观众的争吵,可是每一场都仍然将这座位照价售出,谁也不记得这座位的号码。水泥地上粘着痰迹和烟蒂,浮着一层永远扫不尽的洋灰与土。时常地停电,一旦停电,会场一片漆黑,乱过一阵,才有一盏汽油灯幽幽地点燃,照亮在丝绒已经磨平了的紫红色大幕跟前。然后又有了第二盏,第三盏,第四盏,沿着幕沿一溜儿排开,从底向上将人脸照亮,留下一些丑陋的阴影。

没有他俩的事,他俩在后台,她照管服装,他照管道具。没事的时候,就跑到幕侧看演出。幕侧有着一排排的硬景片,隔了几重几进,她站在这片的暗影里,他站在那片的暗影里,彼此只隔了两步的距离。可是台上的光明将幕侧遮得更为幽暗,他们谁也没有发觉谁,孤独地看着台上的节目。节目一个一个向下走,终于走到那个舞蹈《艰苦岁月》。熟悉得几乎陌生的音乐陡然响起,他们不由同时哆嗦了一下,这颤抖如同电流一般,在空中相遇,流通,他们忽然觉出彼此就在附近。心跳了,脚步却没有移开。他回头望了一下,正望见她的目光,她忽然向后退了一步,退进一个高大的景片的遮蔽里,那景片是一间营房。他随即也追了进去。景片后面一片漆黑,激越的音乐从幕前传来,充满了一整个剧场,笼罩了一切。他站了一会儿,伸手凭空地摸了一下,什么也没摸到,却感觉到她的躲闪。她笨拙的躲闪搅动了平稳的气流,他分明听见了声响,如潮如涌的声响。然后,他又向前去了半步,伸手抓住了她的手,她的手在向后缩,他却攥紧了,并且拧了一下。她似乎"哎哟"了一下,随即她的背便贴到了他的胸前。他使劲拧着她的胳膊,她只能将一整个上身倚靠在他的身上。他是力大无穷,无人能挣脱得了。他的另一只手,便扳过她的头,将她的脸扳过来。他的嘴找到了她的嘴,几乎是凶狠地咬住了,她再不挣扎了。音乐已到了尾声,小号,定音鼓,全上了,汹涌澎湃,气震山河,一切卑微琐细的声响都被吞没了。

犹如冰河解冻,一江春水直泻而下。谁都不能明白的,他们忽然之间,容光焕发。她面色姣好得令人原谅了她硕大笨重的体态,眸子从未有过的黑亮,嘴唇从未有过的鲜润,气色从未有过的清朗,头发则是浓黑浓密。她微黑的皮肤细腻光滑,如丝绸一般。身体依然是不匀称,可每一个不匀称的部位,线条却都柔和起来,不同先前那样的刺目。并且,她的神情也有了明显的改变,似乎是自信了,脸上总满不在乎地带着沾沾自喜的笑容,虽然愚蠢得很,可那一种明朗灿烂,也不由叫人心动。他,则是平复了满脸满身的疙瘩,褐色的疤痕不知不觉地浅了颜色,毛孔似也停止分泌那种黄腻腻的油汗,脸色清爽得多了,便显出了本来就十分端正的五官。鼻梁是高而挺直,眉棱突起,眼睛陷下,很有些像阿尔巴尼亚人。阿尔巴尼亚电影是这些年唯一能看到的西方电影,那里面的人种,渐渐形成了一派审美的标准。他的眼睛有一种天然的思考的光芒,使他很肃穆,也很深沉,一点不轻薄,使他十五岁孩子形状的形体也有了男人的意味。他们的生命,似乎冲过了阻碍,又流畅了,显出那样一股欢欣鼓舞的活力。他们彼此不再惧怕,躲避只是在众人眼前。由于只在人前躲避,那躲避便有了一种神秘的趣味,似乎一整个人类都被他们嘲弄了似的。他们假作仇敌似的互不理睬地擦肩走过,目不斜视,心灵却诡秘地交换着眼色和微笑,心中是十分的得意和骄傲。在没有人的时候,他们便如胶如漆,再也分不开了。他们并不懂什么叫爱情,只知道互相是无法克制的需要。

每天晚上,夜幕降临时分,两人便不见了,撇下一大个黑沉沉的练功房。直到雾气白了黑夜,三星沉西的时候,两人才像幽灵似的先后出现在院里,蓬着头发,乱着衣襟,眼睛在黑暗里灼灼的闪亮,踩着湿漉漉的石板地,各自摸回了自己的宿舍。这一夜是出奇地幸福,经过激动的抚摸与摩擦的身体,是那么幸福地疲乏,骄傲地懒惰着。那爱抚好像是从毛孔里渗透了,注进了血液,血是那样欢畅地高歌着在血管里流淌。幸福得几乎要叹息,真恨不能将这幸福告诉每一个人,让每一个人都来妒忌他们。可又必得将这幸福牢牢地圈在心里,不可泄漏一点一滴。因为这全是罪孽。尽管她什么都不懂,可却懂得这是犯罪。什么是应该的,她不知道,可什么是不应该的,她却很知道。而什么都懂的他,便更明白这是非同小可的犯罪了。可这罪孽是那样的有趣,那样的吸引人,不可抗拒。当两个身体一旦接触,合二为一的时候,什么犯罪,什么不应该,什么造孽,便什么都不存在了,只有欢乐,欢乐的激动,欢乐的痛苦,欢乐的惊惧。他们最初的感觉是恐惧,最先克服的也是恐惧。没有头脑的她最是容易消除恐惧的,而极有头脑的他,则更懂得如何克服恐惧。当恐惧消失了以后,他们竟还有些遗憾,有些哀悼它的逝去。无论是没有头脑的她,还是有头脑的他,都永远地记着在那恐惧的颤动里的亲爱,是何等的快意。那惊惧顽强的抵抗,欲望顽强的进攻,在这激烈的交战中,身体得到了如何强大而又微妙的快感。

两个身体是那样的相亲相爱,爱得无法爱了,灵魂便也来参战了。他们忽然地那样亲密无间,并且不再避讳任何人,那是任何人都没有思想准备的。他们又在一起练功了,重新互相帮助,互相体贴入微,连一句重话都是亲昵的。两人的饭菜票合在了一起,买来了饭菜,一起吃着。他的衣服全由她包洗了,而装台卸台时,她的那一份活也由他包干了,尽管她一点不比他软弱,可他不让她插手。她便只能闲着,吃着脆生生的红心绿皮萝卜。如有人责备她,她便不客气地回嘴,到了说不赢的时候,自有他来支援。两人结成了这样坚强的同盟,简直可以永远立于不败之地了。可是,当身体和灵魂结合在一起,那爱仍然不足以排遣的时候,便会采取一种决然相反的宣泄的形式,一种反目的形式。犹如他们好得那么招摇一样,他们也常常坏得惹人非议。那一段日子里,他们便成了真正的敌人,单独在一起的时候,身体以强烈的排斥为吸引,如同搏斗似的,互相抵抗,谁都不愿撤离,撕扯着,纠缠着,直至筋疲力尽,然后便是温情脉脉的亲爱,亲爱过后,又是搏斗。到了人前,他们便冷眼相对,反唇相讥,吐不出一句好话,以那种污秽的语言相骂。人们吓唬着要去找团长惩治,也无济于事。就这么样,好好坏坏,坏坏好好,就像互相欠了宿债一般,不知什么时候才能清算与了结。

这是一个多事之秋。

连天的雨,大河隐在雨丝和雾气里面,船像个魂似的,在茫茫水天中靠了码头,又离了码头。城外泥地全被踩烂了,被乡里人的赤脚带进街上,搅了一城的泥浆黑水。泥鳅都钻到街上来了,还发现了一条南方的蚂蟥,一城的人都慌了,明知道是城郊大队旱改水,养了几亩水稻田所带来的,却仍然赶不走大祸临头的预感。那蚂蟥活动得那样机敏,一旦咬住了腿,便再不松口,使劲地拍了下来,腿上便是一个深不见底的洞,过了半响,血才潺潺地流了出来。

雨,渐渐地停了,地,渐渐地干了,天气却陡地冷了起来,入冬了。

这年的冬天,犹如夏天出奇的热一般,却是出奇的冷。没有风,太阳好得喜人,天晴和得像春日,却只刀割似的手疼,脚疼,脸也疼。鼻子耳朵都红了,萝卜似的。在街心,即使是太阳地里,也休想能站定半分钟,冷得够劲,却不动声色。就像要发生什么不寻常的事了,有一股不安的心情,游魂似的在街上飘移。

果然,过了阴历年,就死了当家的——总理。

事情有了答案,那不安便渐渐平息了。

后来,又死了大元帅朱老总;

后来,又地震;

后来,又死了领头的——毛主席;

后来,四人帮倒台了。

这一个秋天里,他们各自长了一岁,她十八,他二十二,却就像长了一百岁似的,上一个秋天里的事,回想起来,则好像是上一辈子。

他们爱得过于拼命,过于尽情,不知收敛与节制,消耗了过多的精力与爱情,竟有些疲倦了,为了抵制这疲倦,他们则更加拼命,狂热地爱。身体所受的磨炼太多太大,便有些麻木,须更新鲜的刺激才能唤起感觉与活力。他们尽自己想象地变换着新的方式。互相却稔熟得渐渐失去了神秘感,便也减了兴趣。可他们是欲罢不能,彼此都不能缺少了。尽管每次归来,都是又疲倦,又厌烦,却又很不尽兴地失望,可是每次出发的时候,那期待仍然是热烈而迫切的。

他们一身大汗地回来,走上狭窄的木梯,梯子在脚下吱嘎着,搔着他们的脚心。他们觉着又疲乏,又肮脏,却没有兴致到那洗澡房去洗澡。茶炉子是早已熄了火,急急忙忙出去时,忘了打热水,水瓶空空的,又不敢倒别人的水瓶,怕别人就此识破了什么。院子里是一片寂静。他们疲乏地躺在床上,黏黏的皮肤极不舒服,连被窝都潮湿了。他们简直不明白,怎么这样的拼力也达不到最初的境界了,十分的苦恼。他们又忍不住地自惭形秽,很想脱胎换骨,重新做人,暗暗下着决心。可是到了下一天,互相见了面,不约而同地都做了那约定俗成的手势和眼神,暗暗约了会面的时间。在那约会前的几个小时里,心中的焦灼使得坐立不安,幸而他们已久经锻炼,竟可做得一点破绽也没有,不被察觉地度过了那焦灼的几个小时,溜出了院子。

身体那么狂热地扑向对方,在接触的那一瞬间,却冷漠了,一切感觉都早已不陌生,没有一点新鲜的好奇、惊慌与疼痛。如同过场似的走了一遍,心里只是沮丧。得不着一点快乐,倒弄了一身的污秽,他们再不能做个纯洁的人了。这时方才感到了悲哀与悔恨,可是,一切早已晚了。

剧团里,谈恋爱的人日益增多,几乎都成双成对,一起进,一起出。他们本也应该加入这二路纵队,并且可作领队的。可是却深觉惭愧,很不够格似的。眼看着别人,都比自己纯洁,都有着美丽的前途,而自己却早早地掉下了泥淖,再也洗不净了。因此,在这大谈恋爱的风气之中,他们却悄悄地藏匿了起来,形同陌路。别人只当他们又有了新的纠葛,早已不觉稀罕,只由他们闹去,谁都不知道他们心里的苦衷。这苦衷因是两个人的,本就是两份,便也谈不上什么分担与释解,一起扛在了身上,却又不能作点交流,互相安慰。互相都十分明白,可稍一点破都会无限地难堪与烦恼。没有一点解决的办法。因此,在这苦恼里,他们是极其地孤单了。他们孤独地各自担着自己的一份苦恼,只觉得世上所有的人都比自己快乐。他们是过于性急,不知忍耐,不知节省,早早地将快乐都享用尽了,现在只省下惭愧和苦恼了。

由于这苦恼,由于这苦恼只能由他们分别各自地承担,他们互相怀恨了。这是认真的怀恨,很严重的怀恨。其中严肃的意味使他们不再当着人前纠缠不清,当着人前的纠缠叫他们以为是轻佻并造作的了。他们只在没人的时候纷争。他们吵得极凶,说出极其刻毒的话,去刺痛对方最容易受伤的部位。她对他哭喊着:"我恨你,我要杀你!"他将两手的虎口对准了她的咽喉,压低声说:"再嚷,就掐死你。"她恨他是真实的,他要掐死她也是真实的,于是互相都有些害怕,软了手下来。他们真实地激动着,互相骂着,彼此气得打战,最后终于扭在一起厮打起来。他是力大无穷,她激烈的情绪使她就像打不倒似的。厮打到后来,那愤怒却渐渐平息,只是激动还在。他们不知是厮打还是亲热,或许又是厮打又是亲热,一时上,昏天黑地,什么都退去了,只有一股无名的狂躁。这时候,身体内侧升起了一股奇异的快乐,他们逝去已久,呼唤已久,早已等待得绝望的快乐,出人意料地来了,在人一无准备的时候来了。他们终于搏斗到了筋疲力尽,瘫软下来,却是久已未有地满足。他们渐渐安静下来,互相看了一眼,眼光里已没了怨恨,只有亲昵的爱。两人这才搀着手,像放假回家的小学生一样,只是纯洁地挽着手一悠一悠地回去了。仅仅是两只手的接触也使他们觉着了亲爱。一直走到离开剧团院子一百米的地方,他们才松了手,忽又觉着自卑的压抑。院子里传出的琴声与歌声,就好像从另一个世界上传来。他们又觉出了身上的肮脏,好像两条从泥淖中爬出来的野狗似的,互相都在对方面前丢尽了脸,彼此都记载了对方的丑陋的历史,都希望对方能远走高飞,或者干脆离开这世界,带走彼此的耻辱,方能够重新地干干净净地做人。那仇恨重又滋长出来,再也扑不灭了。

分洪闸下,总是有手扶拖拉机突突突地来来去去的大路上,总有人看见有男鬼女鬼在打架,女鬼披了头发,男鬼血口喷人,打得吱吱叫。这故事顺着大路走远了,添了枝加了叶,等它折回头走进街里时,完全是另一个陌生的面貌了。他们和别人一起,胆战心惊地听着这故事,在比较安宁的和平的夜晚。

他们想要摆脱对方了,先是他冷淡了,然后她也冷淡了,这冷淡并不使双方难过,甚至有些轻松,好像是激战过后的休息。他仍回复了以往的生活节奏,每天仍然练功,练罢之后洗澡,吃饭,睡觉,睡得尚平静,心情开朗了,性情也平和了。可是经历过了这一段以后,两人都有些显老,超出了他们的实际年龄。她竟瘦了,皮肤松弛下来,大腿根上现出了水波般的花纹,他却胖了。在内心里,他们都有些苍老似的,团里那些少男少女的恋情,在他们眼里,好像是一场幼稚的游戏,早已看透了幕帷,识见了真谛。她有些失了廉耻,忘了自己还是未出阁的女儿家,照例有些不该听不该说的故事,她可全然的不在乎,觉着一切都十分自然,就连误入了男厕所也是十分的坦然。别人的嘲笑一点不被她理解,心里只是委屈和纳闷。而在他,男女之间的避讳,早已是撕得粉碎。任何女人在他眼里都是赤裸的,一眼便看到了最隐秘的部位。他无法对任何一个异性留有距离,而使心里充斥了神圣纯洁的感情,这使他痛苦万分。这世界,早早地向他揭示了秘密,这样一目了然地活着,再有什么能激起他的好奇与兴趣呢?他不由得万念俱灰,人生好像刚起步就到了尽头。这时候,他们才明白,无论他们怎么冷淡,不在一起,都已经是有罪的人了,依然是有罪的人了。他们终是个不洁净的人了,他们小小的年纪就不洁净了,要不洁净地度过多长的岁月才了结啊!因此,当他们分开的时候,灵魂却相依了。

可是,他们依然没有勇气再走到一起,彼此都有些害怕,害怕那样地下去,最终会是什么结果。可是在他们最最坚决的时候,心底深处,却是谁也不曾真正地相信,他们之间的关系,就这样告终了。他们只是在等待,等待到那终于等待不下去的一天,再说吧。他们依然和平日一样地生活,晚晚早早地各自回了宿舍,上了床,自以为十分安宁又十分幸福,其实不过是在度过暗自契约的限期。他们彼此都有个预感,事情不会就此结束,因为冥冥之中,他们实在是谁也不愿意就这样结束。不过,这时分的轻松与安宁,也不是虚拟的。他们实在是太激动,太疲劳,需好好的养息才能够恢复。

那样的罪恶,就好比是种子,一旦落了土,就不可能指望它从此灭亡。他们处在一个蒙昧的时期,没有一位先行者来启开他们的智慧。况且有一些事情,即使是圣人都无法启明的,只有自己在黑暗中摸、碰、爬、滚,从污泥浊水中找出一条出路。好比偷吃了禁果的亚当与夏娃,上帝都无法拯救了,只得将他们逐出伊甸园,世世代代的受苦。他们又是那样平凡卑微的孩子,怎能期望他们与自然的力量抗衡。他们只凭着自己小小的善恶的天性与聪明,忽明忽暗着。

这一个春天,平安度过了。

他们似乎已经到了境界似的安静下来,彼此之间既不好,也不坏,和平常的关系一样,偶尔在一处说一些没要紧的闲话,偶尔在一起做一些不收效的练功。甚至,关于他们的流言,也渐渐地平息了。即使实在闲了,谈起来也都当作已经过去了的旧事。连他们自己都认为,事情是过去了,如暴风雨般急骤的情欲已经过去了,再没危险了。精神便也慢慢地松弛下来,解除了警戒。甚至有点恢复到最初的时候,她没有顾忌地对他大喊大叫,他也宽容地忍让着,就像什么事情也没发生过的一样。即使单独在一起时,也能平和地相处了。他们简直有点怀疑,他们曾经有过那样的关系吗?回想起来,每一次,每一个细节,都那么清晰可见,历历在目,可却总像梦中,事实上,他们双方都正处在一个养息的,初愈的阶段,疲劳与紧张刚刚消除了,可元气尚未恢复,身体仍然是虚弱的,微醉般懒洋洋的,软绵绵的,似睡似醒的。这确是一个心旷神怡的境界,可为时却极为短暂,甚是转瞬即逝的。紧接着,一场更为汹涌澎湃的波动将会来临。他们将会发现,先前一切仅只是暴风雨之前掠过天空的闪电,远方滚来的雷鸣,是一个序幕,一个序曲,一个引子,一个预言。由于他们弱小而胆怯,这些已经几乎将他们吓破了胆,他们几乎溃散。幸而他们年轻,身体又健康,头脑则简单,且有充分的好奇心。因此,他们居然能以不慢的速度恢复起来,等待接受生命狂潮般的,正式的洗礼。

他们又开始每天的练功了,似乎共同在回想以往的美好的生活。那身体违拗了本来原理的伸展与收缩;那剧痛与疲劳之后快乐轻松的喘息;将身体内部的污垢冲刷出来的淋漓的大汗,以及大汗过后的洗澡,滚热的水针扎般地从身上滑过。已被遗忘的练功的一切快乐都重新唤起了。她几乎觉得自己是身轻如燕的,一连可以做成百上千个吸腿转而不停歇,直至身体终于支持不住摔倒在地上,一整个练功房的三角形的屋顶还在一扬一抑地旋转。她竟以为她仍然在转,她将永远这样旋转下去。她感觉到身体的健康、有力,服从她的意志,得心应手地做着各种动作。各种动作由于一段时间的疏远,又由于实在是太稔熟了,再不可能忘怀,便格外的亲切,新鲜。练功房的镜子上折射出几个她旋转的身影,她看见前后左右有几十个自己在旋转,犹如几十个自己在舞蹈,又如几十个自己在欣赏自己。她便深深地陶醉了。而他的身体则是前所未有的柔软坚韧,他垂手直立着,静静地凝视着眼前,然后,上身极慢极慢地朝后仰去,仰去,头朝了下,世界在他镇静的凝视里倒置了。这才举起手,举至齐肩,头顶将要落底时,手正好抵住地面,缓缓地向前挪动,挪到脚跟,头再度昂起。颠倒的一切又重新在他凝眸中调正过来。他便静静地看着,身体觉不出一点勉强的痛苦,十分的自然,似乎这才是最正常不过的站立了。她旋风似的闪进他平静的视野,又旋风似的闪出。随着她的漩涡似的转圈,顺着他身体弯曲的轨道,有什么在缓慢而顺畅地流泻。他们似乎都能体验到那一种暗河般的流动,几乎听见了它潺潺的水声。

这时候,剧团要出发,上南边演出了。

走的那天,街上家家都在煮粽子,一街的粽叶清香。天蒙蒙亮的时候,轮船磨磨蹭蹭地靠岸了,"哗"地涌出人来,沓沓踩着跳板上岸,扁担篮子碰撞着。人下过了,剧团才上船,一箱箱的道具,服装,灯光,软景,幕条,往上搬着。好容易搬完,连人也上齐了,船动了,太阳已经升起,被对岸大柳行婆婆娑娑地遮着,含羞似的。水客们的号子响起了,一声高,一声低,间着车轮的辘辘声,荡漾在金晃晃的水面上。雾气散了,那号子声陡然地明亮起来,十分高亢,却含着一股说不出来的荒凉,贴着水面向上腾起,越升越高。车轮在泥泞的车辙里行走,从这条车辙滚到那条车辙,每一滚动,车身便颠簸一下,水忽悠一下,从桶口泼了出来,号子打了个颤。从此,那号子便永远有着不断的停顿与颤音,记录着道路的坎坷。

太阳是越升越高。

船,迎着水流慢慢地行走,太阳跟随着,在柳枝垂帘的廊里行走。

水波粼粼的闪光,一泓清水,一泓浊水,从船底滚过。舱里是水洗过的潮湿,又似从未洗过的肮脏。烟蒂,浓痰,瓜子皮,鸡屎,涂了一地。人们挤挤地坐在朽了一半的连椅上,耳畔被隆隆的马达声堵住了,什么也灌不进了。他们坐在底舱,不知是有心,还是无意,竟坐在了一起。底舱是加倍的气闷和潮湿,一排气窗外面,是站在船栏边上的人脚,像是站在了舱内人的肩上,走来走去,时而密集,时而分开,天光便时而漏进,时而遮住。舱内却总是黑暗,点了一盏电灯,灯泡裹了一层灰垢,被一舱的烟雾缭绕了。是那种劣等的烟叶,塞在烟袋锅里,一口一口吸进,一蓬一蓬呼出,熏得呛鼻,时间长了,就微微地头晕。船微微地晃着,昏暗的灯泡轻轻地摇晃,一舱的烟雾也在慢慢地摇晃,人脚在人肩上走来走去,恍若梦中。都有些沉沉欲睡。连椅上人挤着人,肩膀与肩膀挤得太紧,只得佝偻了,两排连椅又离得太紧,膝盖夹着膝盖,再没有比从那两行人中间走过更难的了。人们将额头抵着膝盖,辛苦地睡着。头在膝盖上滚来滚去,互相碰着。

他们紧紧地挤在一起,胳膊贴着胳膊,腿贴着腿。她枕着膝盖上的书包几乎要睡着了。他则透过气窗,从人腿的缝隙里望着白茫茫的水和天出神,也几乎是睡着了。机器的轰隆充满了整个头脑,整个世界都沉入在这轰鸣之中。劣等的烟味渐渐失却了那股辛辣苦涩,反倒甜了起来,是一种令人昏迷的腥甜。他们几乎睡着,只留有一线知觉还悠悠地醒着,游丝般的飘移。这醒着的一线知觉萦绕着他们彻底松弛、没有戒备的身体,漫不经心似的撩拨,好比暖洋洋的太阳下,凉沁沁的草地上,一只小虫慢慢地在熟睡的孩子的小手臂上爱抚似的爬行;好比婴儿的时候,从母亲乳房里细丝般喷出的奶汁轻轻扫射着娇嫩的咽喉;好比春日的雨,无声无息地浸润了干枯的土地;好比酷暑的夜晚,树叶里渗进的凉风,拂过汗津津的身体。他们睡得越是深沉,那知觉动得越是活泼和大胆,并且越来越深入,深入向他们身体内最最敏感与隐秘的处所。它终于走遍了他们的全身,将他们全身都触摸了,爱抚了。他们感到从未有过的舒适,几乎是醉了般地睡着,甚至响起了轻轻的鼾声。那知觉似乎是完成了任务,也疲倦了,便渐渐地老实了,休息了,也入睡了。这时,他们却像是被什么猛然推动了一下,陡地一惊,醒了。心在迅速地跳着,钟摆般地晃悠,浑身的血液热了起来,顺着血管飞快却沉着地奔腾。他们觉着身体里面,有什么东西醒了,活了,动了。是的,什么东西醒了,活了,动了。他们不敢动一动,不敢对视一眼,紧贴着的胳膊与腿都僵硬了似的,不能动弹了。彼此的半边身体,由于紧贴着,便忽地火热起来,一会儿又冰凉了。他们脸红了,都想挣脱,却都下不了决心,就只怔怔地坐着。前边的气窗,忽然豁亮了,没有一点点的遮挡,都是白茫茫的水,船就像在河底行走,他们就像在河底行走。他们被挤得动弹不得,捆住了似的。似有一根无形的绳索,将他们从头到脚捆住了,捆得那样结实,他们挣不脱一点点了。

太阳早已落了,落在船头很远的地方,烟叶也吸得疲倦了,烟雾却像凝固了似的,消散不去,罩在头顶,令人觉着了压迫。脖子有点发硬,顶了磨盘似的。肚子叽叽咕咕地叫,不知是他的叫,还是她的叫,几乎压过了机器的轰隆。他们饿了,刚才开饭的时候,他们都睡着了,同伴没招呼醒他们,只好由他们错过了。好在,船将抵码头了。

这一天,这里的孩子,都用五色线织成的小网袋,兜着一只青皮大鸭蛋,挂在胸前,网袋底下,缀着一束五彩的流苏,随着鸭蛋在胸前的晃悠,一摇一摆。火车直接从街心轰隆隆地驶过,路面都震动了。每个人的鼻孔都如烟囱般的漆黑。楼,是不计其数了,高高低低,如火柴盒样四角四方地立着,既傲慢,又呆笨。到了夜晚,四面亮出一方一方的窗口,街上是喧闹多了。路灯是玉兰花瓣形状的,隐在梧桐树叶里,隔一段亮出一盏。隔一段亮出一盏,汽车来去地穿行,自行车如潮般地在汽车两侧,为它们开道,丁丁零零响成一片。橱窗被日光灯照得雪亮,花红柳绿,五彩斑斓。旁边的墙上贴了层层叠叠的海报,借了橱窗的灯光照亮了:四面八方的剧团,南北东西的戏种,形形色色的节目,真是一片繁荣似锦。

他们的海报印小了,比人家的小了一半。是淡黄色的薄纸,很容易被风刮破了边。不敢覆在人家上面,只挨在边上,孙子似的。不过,头三场还是满座。此地的人多呢!此地有的是人,挤来挤去,泰然自若地在疾驶的车辆间穿行。汽车揿着喇叭,尖厉得刺耳,响彻了云天。冷不防,一声呼啸平地而起,喇叭声忽地没了,一列火车轰隆隆地驰过,然后,喇叭声才又显现出来,却总有点鬼祟了。越过一方一方明亮的楼房,朝前望去,深蓝的天空上,有着一柱黑烟,冉冉地升起,渐渐地漾开,十分优美地飘荡,扩展,盛开成一朵美丽的黑色的牡丹。慢慢地移目,便可看见,四周围的天空上,缀满了这样美丽的黑色的图案,先后变幻,织成一个神话般的包围圈。黑烟溶解在碧蓝的空气里,天色逐渐加深了颜色,于是,那灯光衬着漆黑的夜幕,便格外地明亮起来。

码头上,一日有七八条轮船靠岸,又离岸,汽笛声此起彼落,声长声短。

这城市里,有近一半的人是流动的,车带来,船带走,或者船带来,车带走。

这城市,就格外地不安静了。

他们租的是一家小小的剧场,八百个座位,却赫赫然地叫作个"人民影剧院"。没有专门的宿舍,剧场介绍了附近的招待所,每人每天的宿费正够抵消演出的收入,只得婉言谢绝,自力解决了。女宿舍安在放映间里,那是窄窄的一条走廊,墙上仅有几方安置放映机的窗洞,正传送进剧场里的喧嚣和热腾腾的人气,出奇的闷热。一长条木板,如东北的大炕,人挨人挤着。第一夜,谁都没有睡安稳,浑身刺痒得难忍,使劲撑起眼皮,开开灯看,却发现,有绿豆大的臭虫在席缝间自由地爬行。男人则四处为家,等观众走尽,哪里都可睡得了。离开老婆的第一夜,结过婚的男人都有些不惯,空落落的不踏实,辗转反侧,只得以回忆和想象来自勉。声音在空寂的剧场里响亮地回荡,总是一些不雅的玩笑,一字不漏地送进放映间的窗洞。女人只当没听见,又忍不住要笑,硬憋着,互相不敢对视,眼睛稍一交流便会揭开帷幕。折腾了一夜。第二日早起,都红肿了眼泡,脸色不清不白,花了似的。

演出照常进行。

此地的观众不好将就,微微的一点差错,便会灵敏地起了反应,还会说出一些刻毒的话。演出便须分外地小心,十分认真。将疲劳硬压下去,抖擞着精神。精神振作得太过,闭幕散场还绰绰有余,况且又吃了夜宵,深夜十一二点却还一无睡意。天气又闷热,人们便三三两两在台前台后闲话讲古,还有的,干脆出了剧场到街上凉快。先是在门口马路走走,后来就越走越远,直走到了河岸上。夜晚的河岸十分安静,河水缓缓地流动,轻轻拍打着。几点隐隐的灯光,风很凉,裹着湿气扑来。先是大家一群一伙地走,然后便有成双成对的悄悄地分离出来,不见了。反正,河岸是那样的长,又那样的暗。这一天,他们竟也分离了出来。起先,他们是落了后,落在了人群的后面。他似乎没发现她也落后了,她似乎也没有发现他的落后。他们只是分开着,自顾自走着。那天,没有月亮,也没有星星,天很暗,他们全被黑暗裹起了,各自裹着一披黑夜的幕障独自走着。其实,彼此才只有十来步的距离。他走在河边的柳树林里,她则走在堤岸内侧的柳树林里。露水浸湿的土地在脚下柔软而坚韧,脚步落在上面,再没有一点声响。她张开两只手,轮番摸着两边的大柳树。左手扶住一棵,等右手扶住另一棵时,左手便松了,去够前边的。粗糙的树皮摩擦着她的手心,微微地擦痛了,却十分的快意。那是很慈祥的刺痛,好比姥姥的手搀着她的手。她调皮地,有意地将手掌在树身上搓着,搓痛了才放手。他则扯下了一根柳枝,缠在脖子上,凉阴阴的。他将柳枝缠成一个绞索的形状,小心地用力地扯紧了两头,沁凉的柳条勒进了脖子,越勒越深,那沁凉陷进了肉里,他几乎要窒息,却觉得很快乐。如不是柳枝断了,他还将更用力扯紧。他重新又折了一枝,重新来那套玩意儿。不一会儿,折断和没折断的柳枝便披挂了一身,他像个树妖似的。前边的人群越走越远,只是说笑的声音清晰地传来,还有歌声,唱得很不入调。河水轻微地拍响了。这时候,天上忽然亮起了一颗星星,很小很远,却极亮。黑暗褪色了,他看见那边柳树林里活泼泼的人影。她也看见那边柳树林里,奇怪的披挂着的人影。他们彼此都不太确定,却彼此都心跳了。天上又亮了一颗星星,这一颗,要大一点,近一点,就要落下河里似的。黑暗又褪去了一些,露出白蒙蒙的雾气。蒙蒙的雾气里,他看见了她,她也看见了他。都没有回头,却都看见了。她依然用手轮换着摸着树向前走,土地是越来越柔软,每一次抬脚,似乎都受到温情脉脉的挽留。树是越来越慈祥,像是对她手心粗糙又纯洁的亲吻。他继续折着柳枝,用柳枝制作圈套,勒索自己的脖子。那凉爽的窒息越来越叫他愉快,他没有发觉,脖子上已经印下了血痕。他只是非常的轻松和快乐,忍不住自语般地说道:

"天很好啊!"

不料那边有了清脆的回响:"是很好!"

于是他又说:"星星都出来了。"

那边回答:"是都出来了。"

他接着说:"月亮也要出来了。"

那边又回答:"是要出来了。"

话没落音,月亮出来了半轮,天地间一下子豁亮了,可那雾气更朦胧了。他渐渐地从柳树底下走出来,她也渐渐地从柳树底下走出来,走到中间的大路上,这是掺了沙石的土路,沙石在月光下闪着莹莹的光彩。

"这几天,天很热啊。"他对着已经肩并了肩的她说。

"热,我不怕。"她回答,手上湿湿的,黏黏的,好像沾了树的眼泪。她将手合在一起,使劲搓着,搓得太用力,发出"咕嗞咕嗞"的声音,他便用柳枝去打她的手:

"搓什么,别搓了!"

柳枝凉阴阴地打在火热的手上,一点不疼,她却躲开去,说:

"就搓!"

他便再用柳枝打她。她左躲右躲,他左打右打。她拔腿就跑,他就追。她撒开两条又粗又长的腿,像一只母鹿似的跑,心跳着,好像被一只狼追着,紧张极了,却又快乐极了,就格格地笑了。他哈下腰,如同一只野兔子那样,几乎是贴着地面射出去的,又激动又兴奋,微微战栗着,咬紧了牙关,不出一点声响。他们俩只相距一步之遥,他伸长手臂,差一点就可触到她了,可她不让他触到。前边的说笑声,歌声接近了,影影绰绰地看见了人群,她不由慢下了脚步,被他一把逮住。似乎是从河的下游,极远极远地,逆着水上来了水客们悠扬苍凉的号子,细细听去,却被风声盖住了。

半轮月亮又回去了,星星也黯淡了,雾气更浓了,五步以外就不见人影,只听前边的歌声攀上了堤坝,离了河岸,渐渐远去了,回荡了许久。河水是漆黑漆黑地流淌,几点忽明忽暗的灯光。

他们激动而又疲惫地手拉着手,走在回去的路上,渐渐进了市区,灯光依然明亮,火车轰隆隆地驶过,车站与码头沸腾的人声充斥了一整座城市,连夜都不安宁了。他们走在窄窄的街道上,水泥的坚硬的路面再不隐匿他们的脚步,发出分外清脆的叩响。无论他们怎么小心,怎么轻轻地迈步,那叩响总是清脆,悦耳。天空边缘微明,他们以为是破晓了,不由得心里着慌,如同犯了大忌,加快了脚步,分开了手。"太晚了!"他们一起想到。他们觉着四周的一切,全在黑黝黝地监视着他们。"以后再不敢了。"他们不约而同地一起想到,自觉着犯了大罪,奔进了剧场。

天边微明,是终夜不息的灯光,这城市的夜晚总是这样微明的。

剧场里一片漆黑,连场灯都关了。她在伸手不见五指的黑暗里摸索着,爬上了放映间,终于摸到了自己的铺位,双膝触地摸了进去。因为怕惊扰了别人,衣服也没敢脱,就这么和衣睡了。他则还在漆黑的台侧摸索,他找不到自己的铺盖卷了。最终放弃了努力,便想找一只箱子凑合睡了,每一只箱子上都睡了人,被他的摸索打扰,恶狠狠地骂。他只好住了手,摸到幕条,将拖曳到地上的幕条垫了半个身子,脸贴着幕条睡了。幕条渗透了几十年的灰尘,灰尘扑了他一脸,他却觉着了安全的偎依。

明知道这一切发生的不是时候,也不是地方,他们却再也遏止不住了。养息过来了的他们是越加的健康，身心都强壮极了。经验过了的他们是越加的成熟，懂得如何保留旺盛的精力，让这精力倾注在最关键的当口。这肮脏罪恶的向往搅扰着他们，他们坐立不安，衣食无心。可是他们找不到一处清静的地方，到处都是人，每一个旮旯里都是人，人是成团成团地在着。他们只有在演出之后去河岸。可是，这时候他们却发现，连河岸都不是那么清静的，人来人往，还有手扶拖拉机，车斗上坐着又粗鲁又下流的乡里人，只要是单独走着的一对男女，都可招来他们无耻的笑骂。这些人的眼光是特别敏锐，兴趣又是特别强烈，如同探照灯似的从柳树林间扫过，是无法躲过的。并且，此后再没有那么深沉的黑夜了，月亮与星星总是照耀如同白昼，连一棵小草也看得清亮。没有黑暗的幕帷，即使是绝对的安全，也没兴致了，也要分出心警戒着，害羞着，内疚着，自责着，再也集中不了注意力享用那种奇异的痛苦和快乐了。最初的那一个夜晚，如今回想起来就像一个神话似的不可能，不真实，像是命运神秘的安排。自从有一次，他们在最是如火如荼的时刻，被一辆驶过的手扶拖拉机大吼了一声，那沮丧，那羞辱，使得他们再不敢来河岸，甚至提一提河岸都会自卑和难堪。他们只得在小小的挤挤的剧场里硬挨着，其中的煎熬只有他们自己才明白了。他们觉着这一整个世界里都是痛苦，都是艰苦的忍耐。他们觉着这么无望的忍耐下去，人生，生命，简直是个累赘。他们简直是苟延着没有价值没有快乐的生命，生命于他们，究竟有何用呢？可是，年轻的他们又不甘心，他们便费尽心机寻找单独相处的机会，最后一个节目是一个较大型的舞蹈，几乎所有的女演员都上了，她虽不上，却须在中途帮助主演抢换一套衣服，换完这套衣服以后，还有七分钟的舞蹈，方可闭幕。照理说，演员们还须换了衣服卸了装才回宿舍，可是后台实在太拥挤，有好些女演员，宁可回到宿舍来换衣服。不过，她们从台前绕到观众席后面再上楼进放映间，至少也需要三分钟时间，加在一起，一共就有了十分钟。这十分钟于他们是太可宝贵了。前台，从放映机的窗洞里传进的每一句音乐，全被他们记熟了，每一句音乐，于他们都是一个标志，提醒他们应该做什么了。一切都须严密地安排好程序。狂热过去以后,那一股万念俱灰的心情,使他们几乎要将头在墙上撞击,撞个头破血流才痛快。可是等到下一天,那欲念炽热地燃烧,烧得他们再顾不得廉耻了。

"我们是在做什么呢!"

他们喘息还没平静,就匆匆地起身。他飞快地下楼,她则飞快地清理战场,不由得这样惶惑地想:

"我们是在做什么呢?"

这屈辱,这绝望竟使向来没有头脑的她,也开始这样询问自己了:

"我们是在做什么啊!"

却没有回答,他们自己回答不了自己,也没有任何人可以回答他们,他们只能自责自苦着。

然而,由于匆忙紧张而不能够尽兴,却更令他们神往了。由于他们深觉着外人的干扰,便分外地感觉到孤独,禁不住紧紧地偎依在一起,相濡以沫,敌视地面对着一整个世界。他每天都要买东西给她:花露水,冰糕,手绢,发夹,香粉。她整天地对着镜子扑粉,黑黝黝的脸蛋上敷着厚厚的白粉,犹如一只挂了白霜的柿饼。自己觉得很俊,却又没有心思为这俊俏高兴。她愁苦得什么都不在意了。由于这愁苦,她竟也知道温柔体贴了。她从集市上买了新鲜的肉、蛋,借了别人的火油炉子,煮给他吃。煮得少油没盐的,火候也不对,他却也充满感激地吃完了。她坐在旁边,紧张地注视着他,等候他作出反应。他默默地吃,不说一句话。看着他一点一点吃完,她便也松弛下来,满足了。他们没有地方单独地谈话,可是灵魂却已经一千遍一万遍地立下了海誓山盟。他们又孤苦又焦灼,身心受着这样的煎熬,却非但不憔悴,反而越来越茁壮,越来越旺盛。他们几乎忍无可忍,却必须要忍受。心里如同有一把烈火在燃烧,却又没有地方逃脱,只能直挺挺,活生生地任凭烧灼,没有比这更苦的了。傍晚,从码头那面传来汽笛的长鸣,他们揣测是从那小城过来的轮船,便不可抑制地,疯狂地想回去,想离开这个沸沸腾腾的地方。那小城,这时候想起来,是多么清静,安宁得可人。

好在,这一个台口已经演完,要换台口了。他们期待在下一个台口,能有一处清静的地方供他们消磨去那灼人的欲念。

这一次转移,乘坐的是火车,他们耐心地等待着卸台,装箱,将布景,灯光,道具,服装装上一节包下的车皮,然后在一无遮挡的车站上,顶着正午的烈日,等来了火车。挤上了火车,却没有座位,只能站在过道里,站也站不安稳,一会儿送饭的车来了,一会儿送水的车来了,都须他们迅速地让开,挤着坐客的腿了,则要遭到不耐烦的呵斥。可他们耐着性子,压着火气,由于对下一站充满了热望,甚至有些快活起来。他们面对面站着,背靠着两边的椅背,却都扭着脸,谁也不看谁,心里的愿望却是共同的,不用言语也能了解的。火车哐啷哐啷地开着,不紧不慢,每一个小站都要停车,可是他们有着足够的耐心,真心地以为,到了地方就好了。那河岸越来越远地抛在了身后,谁也不去想它,却谁也忘不了它,它与他们同在了,要挟似的永远追随他们。

这是一个酷热的暑季,挥汗成雨。他们疲惫不堪地下了车,终于到了地方。剧场有一千个座位,还有个小小的后院,四面三排平房,紧紧围了个机压水井,一天到晚水声不断,如同下雨一般。太阳却早已晒透了薄薄的瓦顶,屋里像个蒸笼样的闷热。男人们耐不了这闷热,挟了席子出来,睡在院子的石板地上,一院子的人。他们这才惊异起来,原先的期望究竟有何根据,究竟是期望什么样的好处?难道会有一人一间房不成?他们觉出了那期望的荒谬和虚无,不由得垂头丧气。而在这里,其实是远远不如先前,上上下下,究竟将人分离了。如今,这许多人到了一个平面上,无遮无蔽,无隐无藏,一切均在光天化日众目睽睽之下,并且连那极不安全的河岸也没有了。他们不禁怀念起那已经走过了的城市,忽然发现了那里实在有着许许多多的机会,却没有好好珍惜和利用,错过了时机。在这里,是再没什么主意好打的了,再没什么指望的了。沮丧和失望叫他们对以后的台口也不敢有什么期待了,而眼下的日子又是那样难挨。他们灰心极了,绝望极了,他们变得极其的烦躁。刚到的晚上,她便与人吵了一架。起因是极小的事情,她正挂帐子,却被人碰撞了一下,刚理好的帐子又落下来乱了。乱七八糟的时候,有一点碰撞是再正常不过的了,她却大吵大闹起来,噙着一包眼泪,嘶哑着嗓子,哽咽得说不成句。那女孩儿不是个肯饶人的,与她骂了起来。一旦拉下了脸,可比她厉害了一百倍,什么样尖刻的话都说了,还说出一些再明确不过的暗示,连蠢笨的她都听明白了,却无法回嘴,只是一径地发抖,咆哮,像野兽似的。如不是人们使劲地拖住了她,她必定会扑上去将这伶俐的女孩儿撕碎。可这初次的较量却使她明白了,她不是这里所有人的对手,她的嘴是极笨的,说出话是极可笑而没有力量。并且,自从那一次起,女伴们都明显地远离她,一边疏远她,一边有心说给她听道:"咱们惹不起还躲不起吗?"气得她干噎,却没有一点理由与她们去分辩,心里窝着一团无名的火焰,与那炽热的欲念汇合在一起,她总得有个出口才行哪!她只能向着他发作了,这是求援的发作,他立即接应了过来,两人干了起来。他心里是早已窝了一团火气,如不是他的头脑的抑止,他早已和一百个人打过一千次架了,可他毕竟比她明事理,懂得自制。可是,那燃烧对他比对她更要强烈和残酷,他早已经按捺不住了,他早已是被灼得走投无路了。如不是她先开了头,他立刻就也要发作了,同样是求援一般的发作。对于他,她是唯一可以提供发泄的出路,对于她,他也同样是唯一的出路了。他们互相都是唯一的,他们只有自己对着自己开火了。这一次干架,是剧团历史上罕见的,他是那样地把她踩在脚下,踹得几乎要死去,而她竟还爬得起来,反将他扑倒在地,随手抓起了一块石头,就朝他头上砸去。没有任何声响地,一注殷红的血流了出来,流到石板地上。周围的人吓呆了,拦腰抱住了也同样吓呆的她,将他抬起往医院去了。半路却让他挣了下来,硬是走回来了。用手捂着伤口走了回来。血从捂着的手掌下淌下,滴在裸着的胸脯上。他却觉得心里松快了,也稍稍平静了。这一天,他们难得地安静了下来,心里灼人的燃烧也缓和了一些。

可是,从此以后,他们便成了天下最大、最敌对、最不共戴天的仇人了。他们几乎不能单独相处了,偶一碰撞,便会酿成一场灾难性的纠纷。不需要几句口角的来去,立即撕成了一团,怎么拉扯都拉扯不开,好比两匹交尾的野狗似的。多少人想起了这个比喻,却没有一个人敢说出口,太刻薄了,并且,也都真心地有些害怕。于是,就想方设法地将他们隔离开来,不让在一处,以免摩擦。可是,他们却是谁也离不开谁了,要一日不见,他们便着魔似的互相寻找,一旦找到,不分青红皂白,上去就是一拳或一脚,然后,一场搏斗就始料不及地开始了。

这是一场真正的肉搏,她的臂交织着他的臂,她的腿交织着他的腿,她的颈交织着他的颈,然后就是紧张而持久的角力。先是她压倒他,后是他压倒她,再是她压倒他,然后还是他压倒她,永远没有胜负,永远没有结果。互相都要把对方弄疼,互相又都要对方将自己弄疼,不疼便不过瘾似的。真的疼了,便发出那样撕心裂肺的叫喊,那叫喊是这样刺人耳膜,令人胆战心惊。而敏感的人却会发现,这叫喊之所以恐怖的原因则在于,它含有一股子奇异的快乐。而他们的身体,经过这么多搏斗的锻炼,日益坚强而麻木,须很大的力量才能觉出疼痛。互相都很知道彼此的需要,便都往对方最敏感最软弱的地方袭击。似乎,相互要置对方于死地而后快。彼此又都是一副死而无悔的坦然神色。

他们越来越失去控制,已经没有理性,如同挑逗情欲似的,互相挑衅生事,身体和身体交织在一起,剧烈地摩擦着,犹如狂热的爱抚。他们都恨死了对方,没有任何道理的,想起对方,气都粗了。他们真恨啊!简直恨之入骨。因为找不出理由,就越恨越烈了。当他们撕扯着在地上滚来滚去的时候,常常忘记了他们的所在,忘记了四下里围观的人群。他们处在一种狂热的迷乱中,旁人的拉架如同打扰了他们的沉醉似的,激起他们的愤怒与反抗。而他们知道,他们所有的怨气和暴力都只可向对方一个人进行,于是便更加倍地折磨对方,这一点,又是他们极其清醒的地方。他们真是苦啊!苦得没法说,他们不明白,这么狂暴的肆意的推动他们,支使他们的,究竟是来自什么地方的一股力量。他们不明白,这么残酷地烧灼他们,燎烤他们的,究竟是从哪里升起的火焰。他们不明白自己是

怎么了?是

怎么了?是

怎么了?

他们身上的一股知觉,被这么漫不经心,没有同情地玩弄着,撩拨着。他们本是纯洁无瑕的孩子,可是究竟是什么东西,在冥冥之中,要将他们推下肮脏黑暗的深渊。他们如同堕入了一个陷阱,一个阴谋,一个圈套?他们无力自拔,他们又没有一点援救与帮助,没有人

帮助他们。没有人

能够帮助他们!

他们只有以自己痛苦的经验拯救自己,他们只能自助!

回去的希望是那么渺茫,还有十来个台口在等待,都是半年前就签好了合同,双方鲜红的大印盖在了白纸黑字上面,如同法律一样不可违抗。绝不可能为了照顾两个无人知的孩子的无人知的情欲而有所改变。他们只有等待,等待是没有尽头的,中间不允许一点点偷欢。每一个城市和每一处剧场情形都不尽相同,有大有小,有坏有好,可是有一点却是同样的,就是没有一方可供他们独处的清静之地。那柳枝垂帘的河畔越来越远,再也见不到了。那河畔不可泯灭地印进了他们的记忆,还有那从河的下游逆着水上来的汽笛声声,传达着那熟悉亲切的小城的消息。他们饥渴难熬,只有以互相折磨来消灭彼此过于旺盛的精力与体力。渐渐地,人们开始习惯他们的厮打,不再努力地阻止和间离他们了。而在没有外力拉扯的情形下,他们单对单的搏斗,似乎又少了一种快乐。免去了同外力的拼搏,那狂热的精力便得不到充分的发泄。各自的力量一旦集中于对方,则是足以置人死地的,这叫他们自己都害怕了,毕竟他们心里都还明白,

对方对自己的重要。如若没了对方,哦,那可怎么得了。因此,不知不觉地收敛了一些。天气是那样的热,外面的热与心里的热交流在一起,他们几乎要死去了,要能死去倒是福分了,他这么想。她虽则没有多大的智慧能想到生与死的问题,却也是一样的不怕死。可是他们年轻的生命是那样强壮,百折不挠,又经受了锻炼,他们简直是不死的了。他脸上身上喷发出一批赤色的疙瘩,如同熟透的果子,即将绽开了。而她,这样的折磨不仅不使她消瘦,却反常地肥胖了起来。多出的肉十分累赘,她的体形改变了。以前虽说也不匀称,可毕竟是女孩儿家,总是有一股抹不去的清静秀丽,如今却蠢笨了,像个村妇一样,臀部沉重地垂在了腿上,走路像鸭子那样摇摆身子。并且日益的邋遢,毫不讲究衣着,穿得乱七八糟,却还扑粉。举止也无半点注意,将条皱巴巴的裙子向后一撩,就坐了下去,站起时,凳上便留下一摊汗迹,正是一个屁股的形状。有好心的女伴对她说了,她也不加在意,一会儿就忘了。

"她像个娘们儿了。"女孩儿们背后议论道。就有结过婚的人断定:

"她是个娘们儿了。"

天气实在太热,几十个人的大通铺里简直睡不得人,男人们早已露天睡了,女的也逐个逐个地移出了宿舍,移上了剧场顶上的平台。男女各半边,谁也惹不着谁,虽说下半夜的露水将身子打了个透湿,可是谁也没有勇气进那房间。房里是一片黑暗,蚊子如同一万把提琴拉着空弦,嗡嗡嗡地响彻了天地。有一日,深夜里,他们事先谁也没有说好的,偷偷地溜下了顶楼,进了没有一人的房间。蚊子肆意地飞翔着,一排排地掠过脸上,手上,身上。他们静静地站立着,只听见对方急急的呼吸。站了一会儿,他抓住了她的胳膊,将她揉进了一座不知谁的蚊帐里,蚊子也跟随进来了,轰炸般地在耳边鸣响。顿时,身上几十处地方火燎似的刺痒了,可是,顾不得许多了。他们一身的大汗,在肮脏腥臭的汗水里滚着,揭了席子的,粗糙木板拼成的床板,硌痛了他们的骨头,擦破了他们的皮肤,将几十几百根刺扎进了他们的身体,可,他们什么也觉不出了。忽然,蚊子的轰鸣刷地静了,闷热退去了,竟觉着了凉爽,那是转瞬即逝的一刹那,紧接下来便是屈辱的悔恨。她嘤嘤地哭了起来,泪汗纵横。他虽不哭,却是起心的懊恼,眼泪往心里流着。

天哪!这是不是要死了?是不是得了什么不治之症了?是不是要去看看大夫,问问人了?可是,多羞耻啊!这是不能为第三个人知道的啊!因为有了这必须严守的秘密,他们便再也摆脱不了孤独与寂寞了。他们永远有着一份肮脏的隐秘,他们永远无法泰然自若地与人相处,他们永远孤独了!他用手握成拳,重重地不敢出声地捶击着床沿。蚊帐里飞进成千上万只蚊子,包围住他们,尽情地喝着他们的血。他们周身已经麻木,再不觉得疼或者痒。世界处在一片呻吟般的轰鸣中间,没有东西南北中了。

秋凉时分,他们回了县城。傍晚时就看见了那簇绿阴阴的树丛,太阳从那后边一点一点往下落,将那绿色的树丛映得金光四射。慢慢地暗了颜色,最终成为黑漆漆的一团,隐在越来越深的暮色里了。天黑了,船才靠了岸,走下剧团的大队人马,疲惫不堪地捎着行李,走过窄窄的跳板,上了岸。水客依旧在唱着,悠长而曲折,荡漾在黑沉沉的水天之间,传得极远。他们走在人群里,走过颤颤悠悠的跳板,那跳板在他们脚下颠簸得厉害,却决不将他们甩下河去,那颤悠于他们既是熟悉极了的,却又陡地陌生了。他们的即使黑夜也没遮掩住憔悴的脸,微微昂起着,淡漠地看着这分离了三个月的小城,止不住有点心酸似的。一切都那样的亲切,却又有点隔阂了。他们走上河岸,停了一下,不远的地方,有一架水车努力攀登着陡峭的河岸,水客深埋着头,号子的歌唱在最低沉处有力地回旋,水车摇晃着,水从桶口泼了出来。前边通往街心的大路,被月光照耀着,走着稀疏的人和一架车,车是毛驴拉的,蹄子清脆地叩着土路,"嗒嗒"地响。他们走上了大路,大路直通街心,却也分出了几条岔路,去向看不见的远处。毛驴拉着小车,走上一条岔路,不见了,只有清脆的蹄声,传来了很久。

大路通往街心,街上的商店与人家,全已经闭了门,静悄悄的。他们一群人杂沓的脚步,惊扰了这宁静。有人推开半扇门张望着,伸出披了衣衫的半边身子。照相馆的橱窗暗了灯光,依然摆着那几幅上了颜色的照片,大多是剧团的女演员的剧照,眼圈画得又粗又浓,嘴是鲜红欲滴的两瓣。其中也有她的一幅,没有上彩,挤在角落里,是"喜儿"的装扮,半身,天真而做作地拧着脖子。他们走过橱窗,不由得向里面张望了一下,那就像是很远很远的事情了,又好像是另一个他们都不熟识的人。他们极淡漠地看了一眼,走了过去。

脚踩在月光下的石子路上,碎石子光滑地反射着光亮,每一块石子的边缘都勾勒得清晰,看久了,倒不像是一路碎石,而是一张线条纵横交错,曲折迂回的网络。他们走在这张网络上,犹如走进了一个梦境,一个十分清静的梦境。他们竟有些恍惚起来。可周围的一切又是那样的切实,路在脚下是坚硬得拍出了声响。月光如水,泻在身上是凉而暖的。路边黏着的柿子皮是滑的,不小心踩上了,就要跌倒。小饭铺紧闭的门前,封住的炉子是热的,闪着隐隐现现的火星。街边茅厕的气味是臭的,弥漫得那么广泛,已经不觉着臭了。

"我们终于回来了。"他们在心里想。

"我们到底回来了。"他们又想。

可是心里却出奇的平淡,还有些怅怅的。他们好像将什么丢失了,没有好好儿的全部带回来。他们好像是两个陌生人走进了这不陌生的小城。这三个月犹如三十年、三百年那样的漫长。小城却依然如故,只是多出了几万只野猫,十分的安静,悄无声息地窜来窜去,或趴在墙头静静地注意地看人。有一座新扒倒的院墙,新房起了一半,半截新房安静地坐在一地的砖瓦石木中间。

他们终于走进了剧团大院,剧团的大门敞开着,灯光通明,传达室亮着灯,茶水房亮着灯,伙房亮着灯,有家属的人家也亮了灯,和着看门老头站在门口翘首等待。他们在热烈的欢迎里进了院子,各自去了宿舍,开了门,开了窗,灯一盏一盏亮了。练功房的灯也都大开着了。他们穿过练功房去伙房吃夜餐,走在褪了色的红漆地板上,地板微微有些动摇,发出吱吱的声响。他们不由得都在镜子前停留了一下,镜子里的自己竟有点陌生。她小小的年纪,下眼睑却有点松弛,脸上的皮肤很粗糙,鼻沟里的汗毛孔也涨大了,走路的姿态那样蠢笨,老鹅似的。他竟瘦出了皱纹,疙瘩留下的疤痕很深很密地布满了全身,他急切地渴望彻头彻尾地洗一个澡。洗澡房门口排起了长队,有等不及的,便端了水去自己宿舍洗,水泼了一地。二楼的水透过疏漏朽烂的地板,滴到一楼,一楼如下雨似的,大声地叫喊,却没有酿成纠纷。大家都很快活,终于回来了啊!如同流浪似的漂泊了一百天,终于回到了安定的窝里,都十分的快意。

他们也快乐,却平静得多。在外三个月,天天想回来,似乎回来就是另一番境界,另一番生活。如今真的回来了,却又不明白,究竟有什么新的情境和生活等待他们。当然,他们在一起的事情将要容易得多了。在此地,他们熟门熟路,知道哪一处是僻静的地方。这样僻静的地方,他们可以一口气举出十几个。在外面的日子里,他们苦思冥想的,可不就是清静的,可以独处的,可以肆无忌惮无所不为极尽下流的一方藏身之处?如今,这地方不愁了,可是,他们是多么苦恼啊!他们苦恼的心情,使这渴望许久的日子,也显得平淡了。可是,他们到的第二天晚上,他们就悄悄地出去了,不用开口明言,这里已经有了坚强的默契。此后,几乎是每一个夜晚,他们都出去,直至夜深才归。有时也并不等夜深,一旦完毕就分手了。那已经平常得如同日常起居饮食,没有特殊的意义,却不可或缺。他们只能这么样了,似乎除此以外,不可能有别样的日子了。似乎在一次极强大的推动之下,产生了永久的惯性,他们再也止不住了。可是,快乐是越来越少,就只那么短促的一瞬,有时连那一瞬都没了。而到了这时候,却又焦急起来,似乎失去了什么极重要的东西,非得将它找回不可,他们便接连地焦躁地尝试着,直到将自己折腾得精疲力竭为止。他们真不明白,人活着是为了什么?难道就是为了这等下作的行事,又以痛苦的悔恨作为惩治?他们好像是失了脚,踩到了以红花绿草伪装的陷阱,无可阻止地往深渊里堕落;他们好像是滑入了奔腾的急流,又旋进了湍急的漩涡,身不由己。他们自以为是世界上最倒霉的人了,简直想一死了之,可又下不了决心,居然还有一点眷恋,眷恋的和痛苦的竟是一件东西,就是那一份肮脏的欢情了。好比命中的劫数还没有完,他们是逃也逃不脱的。

秋去冬来,这一个冬天却出奇的暖和,连雪都没有大下,薄薄的一层,刚及地面就融化了,晶莹的雪花即刻变成了漆黑的泥淖。然后,便接着一个多病的春天。几乎每个人都生了病,感冒、肚疼、咳嗽、气喘,乙型肝炎突然地流行起来。医院成了最最热闹的地方,门庭若市,更有一种人人难免的不大不小的怪病,就是肚泻。先是拉稀,然后是小泻,泻到最后,就微微地发烧,然后就好了,并没有大的后果,却是十天半月的无力虚弱,食欲不振。县医院的大夫为此病伤透了脑筋,翻遍了所有的医书都找不到答案,最后才发现是饮水的问题。此地没有自来水,机井水是苦涩的,吃水全是那条河水,河上长年载舟走船,船是烧的柴油,废油漏在水里,冷眼便能看见一摊一摊的油污发亮,水结起了皮膜似的。加上今年冬暖,不仅许多细菌没有冻死,还平生出许多新鲜活跃的病菌,于是,那河水就脏得很了。水是人人都吃的,自然人人都得泻肚了,不泻才奇了。医院里自己配了个方子,制出草药,就在门口摆个案子,不用挂号,只说是肚泻,便发上一包。街上有工作的人交上一张记账单即可,如是没有工作,或乡里人,也只需付五分钱。乡里人得此病的倒是极少,没福喝街上的水呢!他们幸灾乐祸地说,乐得很。由于忠厚的秉性却也十分地同情。这些日子,乡里人进城却进得勤了,赶着大车,车上置着黑色的人造革皮囊,专装粪水的。城里的茅厕满得飞快,半日不去,就淌了一地的黄水,慢慢地出了茅厕口,向街心漫去。猫狗也得了这病,却没人给它们吃药,泻得个满街满地,到处都可见到神情委顿,行动迟缓的猫狗,垂着尾巴慢慢地走。好端端个清静的城,一刹那变得臭气冲天,满目污秽。简直不知道是犯了什么大戒,老天在惩罚似的。

即使是这样的时刻,他们也间歇不了。为了寻找一块干净的,没有屎粪的地方,他们不辞劳苦地跑得很远,直跑到十里外的场上,藏身在草垛里,将乡里人金贵的牛草压得粉碎。有一夜,因为连日水泻,身体十分虚弱,竟昏昏沉沉地在麦垛里睡去了。这一夜,睡得是又深沉又不安,两人都做了许多噩梦,似真似假,惊出一身一身的冷汗,露水浸透了盖在身上的隔年的麦穰子,渗进了衣衫又渗进了肌肤,冷得哆嗦,却醒不过来,只是紧紧地蜷成一团,时而滚在一起,时而又分开。不知过了多少时间,他们几乎是同时地睁开眼睛,天色已经微明。他们望着鱼肚白的天空,心里很不明白,只愣愣着。然后,又忽然一同想起,原来是一整个夜晚都过去了。便惊叫着翻身而起,仓皇向城里赶去。早起的农民看见这一对衣衫不整,一头一身碎麦穰子的年轻男女,诧异地注视着,看着他们跑过。远处传来生产队里上早工的钟声,当,当,当,悠悠扬扬传来,在他们耳里听起来,是那样的不吉祥,可也来不及去想了。当他们气急败坏地赶到剧团时,人们已经起床了,有的在水池子边刷牙洗脸,有的倚在墙角蹲着吃早饭,还有的已经在练功房里练功了。吃饭的,洗脸的,有说有笑,练功房里放着练功用的钢琴伴奏录音,那是三拍子的舞曲,又清新又美好,这一切,都像是众人有意安排好,向他们展览自己的幸福。面对着这清洁而和平的幸福,他们羞愧地惊住了,他们以为自己是世上最最不幸的人了。这一天的晚上,她终于决定,死去算了。

她是个头脑简单的孩子,小小的年纪就来到剧场做学员,只读了三年书,连给邻县的父母写封整齐的家信也不成。她本是个快乐的孩子,不知人事不知愁,成天只知坐了吃,吃了睡,什么事情都不晓得开动脑筋。因此,她比别人添加三五倍的练功,收效却甚微。如同她把生想得很简单一般,她把死也想得简单。她下这样的决心并不十分困难,并不需十分的勇气和十分的思考。她隐隐地以为,死就是睡觉,就是出远门,走远路,出发似的。当然,这出发与那出发不同,不同的地方仅是她不能将她的任何一件东西带走,她的任何一件东西,无论多么心爱,都必得留下。留下就留下,这也没什么,头脑简单的她想道。可是,当她认真地开始为死去做准备的时候,忽然发现要将她的东西好好地留下,也并不是一件省心的事情。如同每一次的准备出发一样,她首先整理的是衣服。她将一大个柳条箱的东西都倒在床铺上,一件一件抖开,抚平,再叠好,心里思量着留给谁更合适。她看到了一些刚进团时穿的旧衣服,又瘦又小,样式极土气。她将衣服在自己身上比量着,怎么也不能相信,这里面曾经套下过自己的身体,与自己如今的身体比起来,那简直是婴儿的衣服了。她想起了那时候,她才十二岁。十二岁的自己,回想起来像是极遥远的事,其实这中间也只有九年的日子。她摆弄着那些衣服,注意到上面的针脚,是妈妈用蝴蝶牌缝纫机扎的。她耳边似乎听见了那缝纫机"嚓嚓嚓"轻快的声音。那声音有时会变得粗糙,爸爸就拿着一盏绿色的油壶,给机器喂油,油壶细细的壶嘴鸡啄米似的在机器各个部位点着,点过之后,那声音就又轻快了,"嚓嚓嚓",唱歌似的。可惜这些衣服实在太旧,太难看了,谁要呢?谁也不会愿意穿的,就凭着那大红大绿的花样,也没有人会喜欢。当然,乡里人除外,乡里人什么都稀罕的。记得有一次,上水利工地去演出,那房东家的女孩,连裤子都没有,只好成天坐在被窝里。被窝是一床没里子也没面子的渔网似的棉花套子。于是,她便找了一张纸,把这些衣服包好,在纸包上写明:请领导转送给贫下中农的小孩。然后放在箱子的角落里,再接着整理。当时最时兴的军便服,肥腿裤,都还在,半旧不新的。腰身很细,她如今是再也套不上了。这些,可以送给妹妹穿。妹妹只比她小两岁,高中毕业已经工作了,在肉店里收钱开票。这些衣服虽不时兴了,可剧场里的穿扮总被人以为率领了服装的新潮流。妹妹当时可是眼红得要死。她也用纸包了,在包上写道:送给亲爱的妹妹。不知为什么,要在"妹妹"两字前边加上"亲爱"两字,这不由叫她一阵鼻酸。妹妹于她决不能算是"亲爱"的。有一次,妹妹来看她,正巧与她错过,她请假回了家。同屋的女伴就负起了招待妹妹的责任,用姐姐搁在窗台上的饭票盒,日日给她买最好的菜吃。等到五天后她从家里回来,饭票盒已经空了,她骂了妹妹一顿,妹妹当晚就走了。因为她工作得早,在家里有着特殊的地位,早已不把妹妹放在眼里了。她把纸包放进箱子,继续整理。她看见了那件她最心爱的铁锈红的外套,这是托人从省城捎来的,正合她当前的身量,领子是低低的西服领,尽管在外面大地方是早已过了时的,可在此地,就是很时髦的了。多少女孩儿羡慕这件衣服,讹她,要她让呢!怎么说她都没让,她不舍得。她不舍得将这件衣服送给任何人,就决定留给自己穿着,再配上那条合身的黑色三合一裤子,丁字形皮鞋。这是她最摩登、最珍爱的一套,穿上之后,整个人变了样似的。她一件一件整理好东西,每一件东西都奇怪地勾起了回忆。她不曾想到自己竟有着这么多的回忆,有些得意,却又有些酸酸的难过。她忽然有点不想死了,并不是永远不想死,而是今天,有点不想死。明天吧!她一边锁着箱子,一边想着,还有好些粮票和钱没有处理呢,要给家里寄去。粮票有一百多斤。她三个月没去领粮票,后来去领了,会计就说,给你全国通用的吧。于是她就有了一百多斤全国粮票。她不懂得粮票是可以寄特种挂号信的,所以就很怕寄丢,放在身边,打算下次回家带去。可是等不及了,她叹了一口气,把箱子塞进床肚,抚平床单。床单,褥子,被子也须交代一下,总得拆洗一下吧,总有几个月没洗了,她终于嗅到了那上面的难闻的气味。她发现事情很多,便安心了,反正今天是死不了了。吃过晚饭,她想到应该先去观察一下死的地方,看看环境,于是,洗了碗筷,让同屋的女伴捎回宿舍,就独个儿去了。

她选择的地点是河边。

她顺着微微倾斜的大路走着,看到码头了,看到那红瓦顶的票房了。大路通下河岸,陡峭了起来。她止不住脚步,一阵小跑,跑得太冲,险些儿跑进了水里,赶紧收住了脚,这时,陡地响起了水客高亢的号子。这一回,不知为什么,水客唱得出奇的高亢,叫人听了,灵魂都颤动了。她不由得停住了,水客的号子越来越激越,呼喊似的,扯直了嗓子,发出声嘶力竭的声音。她忽然想到,要是到了明天,正式要死的时候,这号子也是这样嚎着,可怎么死得安心。于是她便顺着河岸走去了,她要走到一个号子声音传不到的地方。

剧团的饭早,这会儿,太阳才刚刚落到底,河水金碧辉煌。她沿着金碧辉煌的河边走去,暮色渐浓,罩住了湍湍的河水,罩住了她的身影,号子的歌唱却还在苍茫的暮色中久远地回荡。她走不出去了,那号子跟着了她,她却固执朝前走着。

这时分,他正在老地方焦急地徘徊。她从来不失约的,况且这本来无所谓"约会",这本是两个人的本性所致。他不明白她出了什么事情。月亮升起的时候,他便往另一个也是常去的地方跑去,或许她会在了那里。那里也没有人影,风吹过草丛,寂寥地嗖嗖着。他又急急地跑到第三个地方……他是不会去死的,因为他比她头脑复杂,比她多一点智慧与理性,他明白死是怎么样一件可怕的事情。他是宁可赖活着,也不去好死的。他一个人在嗖嗖的风里跑着,从一个地点跑到另一个地点,最后才想到了河岸,想到的是这里的河岸,脑海中出现的却是河的上游那一处柳枝垂帘的河岸。他不怀希望地向河岸跑去,跑到河岸时,她却已经走了。她怎么朝前跑都跑不出那忽而高亢忽而柔和的号子声,便赌气回去了。他们交臂而过。这是他们第一次交臂而过,第一次错过。他不知道这是错过,只当是再也找不着她。她从来在他的预料里面等待,迎合着他的走向;他也从来在她的预料里面等待,迎合着她的走向。而这回却不了,他知道其中一定有着重要的缘由,却不明白究竟是什么缘由。一股预感笼罩了他,他不知是凶是吉,只是有点害怕,有点空虚,有点灰心地茫然。号子声已经沉寂,只有河水轻轻地拍击着河岸。

这时候,她早已睡熟了。很长时间以来,她没有这样安详而清洁地沉睡过了。没有梦的搅扰。睁开眼睛,天虽还很早,只蒙蒙的亮,她却感到十分的清新和振作。周身很温暖,很干燥,很光滑,于是便觉出了被子和床单的腻滑。她想到这一天的事是很多的,再也躺不下去,翻身起床,就拆洗被子和床单。被里床单都是黑擦擦的,摸在手里,很厚,又很软,抹了油似的。透明的机井水哗哗地冲击着它们。她用双手揉着它们,让水浸透。手在冰凉的水里,说不出的清爽。然后,她便开始擦肥皂,擦了有半块肥皂,开水一烫,在搓板上很轻松地搓出了丰富的泡沫。泡沫温暖着她的手,她轻快地在搓板上一下一下推着,推出"唷吃唷吃"的声音。这样挺好的!她忽然觉着,心里竟有些快活起来。正洗着,他端着脸盆来了,阴沉着脸,小声问她昨晚怎么了。她回答说:肚疼,疼得打滚。他信了,却又不很信。又问,今天晚上来吗?她说来的。反正,她想,今天她要去死了,说什么谎话都可以不负责任了。他也不很信,偷眼看她,她的脸色很平静。这平静叫他有些不安,又不好再问下去,因为看门老头来捅茶炉了。她愉快地搓着被子,雪白的泡沫溅得四处都是,并且,飞出了一些泡泡。泡泡反射出初升的太阳,赤橙青蓝黄绿紫,美妙地飞扬开去了。她竟哼起了歌。她的嗓门极粗,却不哑,听多了,还有些圆润。她哼着歌儿搓被单,被单埋在一盆雪白的泡沫里。她将袖子挽得高高的,一双黝黑结实的手臂插进泡沫里,觉着说不出的凉爽和温暖。她觉出自己双臂里饱满的力气。这一大堆床单,被她像搓洗手帕似的揉搓着,毫不觉吃力。待到搓完,清水一过,那床单与被里出人意料地洁白起来。她清过之后,绞干晾上,太阳已经升高,新鲜的阳光照在洁白的床单上,将她的身影投在上面。她看见了自己的身影,正伸直双臂拉平着被单。"这是我吗?"她心里说,好像有点陌生似的看着自己的身影,然后便拾起脸盆跑开去了。她忽然想好好地洗一个澡。

她打了许多水,满满一洗脸盆,满满一洗脚盆,还有满满一塑料桶,一样一样搬进小小的洗澡房,然后关上门。屋里一片漆黑,只看见清水在发亮,一圈一圈地发亮,像是三口深井,包围了她。她将头埋进脸盆,热水湿透了头发,浸润着油腻污垢的头皮,头皮针扎般地痛痒起来,却说不出地舒服,止不住打了个哆嗦。她用毛巾拖了水泼在身上,泼到的地方,便如针刺般地发疼,好像长久的麻木之后初初苏醒一般。周身的皮肤,一片一片地苏醒了,张开了毛孔,吞吐着滚热的水汽,体内的污垢流了出来似的,她觉着轻松极了。她一遍一遍地往身上抹肥皂,一遍比一遍搓出越来越丰富洁白的泡沫。皮肤在一遍一遍的搓洗之下变得薄削,柔软,细腻。当她揩干身子,穿好衣服,推开了木门,近午的阳光,一下子刺痛了她的眼睛,不由得眯缝起来。这时候,她又有点不想死了。她觉得身上很舒服,她不记得曾有过这样的舒服没有。于是,她决定再推迟一天。

被里被单被太阳晒得又松又脆,一股阳光的香味儿。她干干净净地睡在干爽清洁的被窝里,心想,这一天是留对了,然后就很安心地睡着了。在她睡得香甜的时候,他却在那几个老地方来回奔波着找她,心里充满了凶吉未卜的预感,十分地慌乱,却又欲火难耐。他咬着牙想道,一旦找着了她,必将她撕成碎块,捣成齑粉。他隐隐地意识到她是背叛了他,背叛他们的默契了,心中更加愤怒。这背叛有一种逃离的意味,似乎是将他一个人抛弃在这无底的苦难的深渊里,而自己却脱身了。她怎么能这样狠心,她怎么能抛下他孤零零的一人,在这深渊里无望地挣扎,连一点可以攀援的东西也没有。他狂躁地在齐膝的荒草里走来走去,踩着地上的枯枝,枯枝将他的脚踝戳破了,流出血来,他才略感平静了一些,垂头丧气地坐倒在地,两手捧着头。一只虫顺着他的脚往上爬,爬上他的大腿,他竟没觉着。那只虫干脆在他腿上"嚁嚁"地唱了起来。

这一天,她是一定要死了,她想。她是再挨不下去了,也没有理由挨下去了。因为要去死,她才能这样坦然地对着一脸激怒的他连连撒谎,她才能快快活活地和大家一处吃饭,一处说笑,甚至有了一种平等的感觉。因为她就要去死了,心里的一切重负便都卸了下来。她不曾想到,决定了去死,会使她这么快乐。她这个决心是下对了,她很欣慰地想。由于这轻松与快活,她却又舍不得去死,竟是一日一日地赖了下来,延长这享受。每天都洗澡,将自己收拾得干干净净。由于怕把自己弄脏,对那样的事情,则很自觉地抑止了渴望。可是,总有点羞愧,欺骗了谁似的。

这一天,她终于要去死了。晚上,她一个人走到了河岸,河岸静悄悄的,轮船已经开过,红瓦顶的票房关了门,人都走尽了。水客们都歇着,停止了歌唱。她沿着河岸走了一阵,停住了脚步。没有月亮,也没有星星,河水黑漆漆地波动,像一头巨兽在缓缓地沉重地喘息。她忽然害怕了,打了个寒噤。就在这一瞬间,月亮陡地跳出了云间,水客的号子拔地而起,无比的激昂。她浑身抑制不住地打着寒噤,心里害怕极了。她这才明白,死不是一件简单的事情,死是很不简单的,这一死就不能再活了,这一走就不能再来了。她哭了。一颗一颗很大的泪珠滚过她脸颊,水客的号子却婉转起来,抑抑扬扬,在黑黝黝的河水上方回荡。月亮照见了一切,河对岸的柳树都显出了婆婆娑娑的影子。难道一定要死了吗?

她问自己:难道非死不可了吗?

她哭着问自己。不死可不可以呢? 就这样挺好的! 她觉着十分绝望,就绝望地哭着。

不死不行吗? 以后一定好好的,安安分分的,她哀求着自己。得不到一点回答,只得哀哀地哭着。

这时候,在另外的地方,他们时常会面的杂草地上,他一个人也在哀哀地哭。他总算彻底地明白了,她是欺骗了自己,她是撇下了自己,她怎么能撇下自己呢? 他是那么软弱,那么可怜,他哭得在地上打滚,石头和枯枝戳痛了他,他也不觉得,哭得凄凄的。他不明白,以后的日子将怎么挨下去,人生像无尽的长夜,看不见一点黎明的曙光。她怎么这样无情无义呢! 本来他们是应该在一起受苦的,他们必得在一起受苦,除了受苦,他们又还能做什么呢?

她在河岸哭着,坐在河水边上,双手抱着膝盖,头埋在膝间。水客的号子一声高一声低,像在呼唤迷路的孩子。月亮在云间一会隐,一会显,像在照亮迷失的归途。

他将头埋在深深的杂草里,用黑暗的杂草将自己深埋起来。他在伸手不见五指的黑暗里恸哭,哭他以后的孤独的苦难的日子。

她像贼似的溜进院子,溜进自己的房间,她满心以为她是不该再回来的,心里十分地羞愧。肚子却不识趣地饿了起来,还叫出很响亮的轱辘声。她只得去吃晚饭剩下的半块馍馍,难为情地嚼着。她为自己的生命觉着不好意思,好像这一条生命是偷来的似的。馍馍嚼出了甜味,肚子安静了,她才悄悄地上床,心想着明日天亮了,可怎么见人啊! 可是明日天亮,人们对她同过去一样,丝毫没有两样,令她又诧异又感激,这一日便是格外的勤勉,帮同屋的打来了开水,还帮看门老头扫了院子,茶炉开了,也是她小跑着取来"开水"的牌子,挂在茶炉上。这一天平安无事地度过了,她开始心安的时候,却在伙房门口遇见了他。她惊得手里的稀饭都泼了出来。他在宿舍里整整躺了一天,她一天没看见他,一天也都没想起他。这会儿,她才恍悟过来,这才是最最没法交代的事情。他阴沉沉地看着她,问她怎么回事,她结结巴巴地说又肚疼,他就说:"我叫你疼个痛快!"飞起一脚,踢在她的小腹上,她弯下腰,手里的碗摔在了地上。可她没吭声,她想她是活该挨打的,想好去死却没死。旁边的人呼啸着围上来,抓住他,又抓住她。不料她并没有还手的意思,连嘴都没回一句,只是赶紧地拾了自己的碗,跑了。他在大家的拉扯下没有目的地挣扎着,骂着一些谁也听不明白的脏话。她跑上楼梯,跑进自己房间,一下子扑倒在床上,心里嚷着:我不干了,反正我不干了,我再不干那样的事了,要是能叫我再不干,让我做什么都愿意! 小腹在微微疼痛,他这一脚可真是下了力了。小腹在轻轻地疼痛,那疼痛像一个活物在慢慢蠕动,搔痒着她,撩拨着她。她忽然有一阵恐惧,她发现自己身体里那一股欲念又抬头了,那欲念随着她决定不死而复活了。这一个晚上,她非常地不安宁,她知道,他一定在那老地方等她。她险些儿跑了去,她心里骚动得厉害,身上如发疟疾似的,一阵冷,一阵热。她真是糟了,真是病入膏肓了。可不能去啊,可不能去啊! 她大声地在心里警告自己。"最后一次,他太可怜了!"另一个意志又在说。她明明知道可怜他是假,可怜自己是真,早已识破了,可却消灭不了这个既软弱又坚强的意志。然而,她知道,这一去便再也收不了场了,这一去是再也收不了场了。这时候,她忽然变得非常明理,世界上的是非善恶,全都通晓了似的。她在她内心两种意志的战争中成长了。这一夜,她终于没去,可是心里冲动得厉害。所以说服了自己没有去,是由于自我安慰:明晚再去吧。

明日的一整天,都是惊惧不安的,心里的欲念更加活跃,更加强烈,由于这多天没有满足而分外地饥渴。到了晚上,她实在实在忍不住了,奔到那地方,却不见他的人影。她又跑到第二个地方,依然不见人影,第三个地方,第四个地方,全都落空了。她连连地跺脚,怅惘地回顾着。他是前一天晚上已经对她彻底失望,不再来等待了。他们又一次失臂而过。这是第二次失臂而过。这一次的失臂便注定了他们必须分离的命运。她惶惶然地走回剧团,练功房里大开着灯,钢琴丁叮冬冬响着,有笑声,还有歌声。她忽然打了个寒战:幸而他不在那里,侥幸啊!她为刚才的行为后怕起来,心里充满了恐惧,又充满了庆幸。他不在,这犹如神明的保护。

河里的流水忽又洁净了,肚泻病渐渐止了,满街的粪臭一日一日消散,透出了槐花的清香。夏天到了,这一个夏天,热得非常适中,阳光清澄地直泻下来,草木长得极绿。城郊的菜地里,蔬菜长得格外的肥壮喜人。城里平添了一百架录音机,日日放着港台和大陆的歌星的歌唱,亦不知是流行歌曲推广了录音机,还是录音机推广了流行歌曲。新店铺开张之际,门口放着录音助威,毫不相干地咏叹着无常的爱情。出丧大殓,送殡的队伍里播着录音,唱的也是关于爱情。流行歌总也逃不了爱情的主题,就如流行的人生总也逃不脱爱情的主题。小城在爱情的讴歌里失了宁静,变得喧闹了。轮船却还是每日两次靠岸,捎来一些奇怪的东西,比如录音机和邓丽君,还比如,那一种失踪已久的半边黑半边白的骨牌。同时,也带走一些奇怪的东西,比如,重阳时分,一筐一筐的四钳八脚的螃蟹,还比如,县中里那一对寡言的夫妇,据说是去了地球那一边,此地白,那里黑,此地黑,那里白的地方,与一些金发碧眼的人们在了一起。甚至,"猫子"从这里飘过,也要留下一点东西,比如,女人罩在奶上的小兜兜,拳头大的裤衩,比如,可以折成三截又"哗"一下张开的洋伞,"猫子"都阔了,腕上戴着晶亮的手表。

他们的事情还没有完,他发誓不能这样轻易地放过了她。她也深觉得这样被他放过不算回事,反有些悒悒的。不争气的是她的身体,她的身体背离了她的灵魂,如痴如狂地渴望着与他的身体接触,摩擦,即使是虐待而死,也在所不惜。而她几乎要妥协,使她不得妥协的则是他阴沉险恶的目光。她晓得他是不会来满足她的,他似乎是晓得她在受着煎熬,晓得她将有求于他,于是便格外的傲慢。尽管他同样地也在受着熬煎,夜夜梦见与这个女人的厮混,可他决意要报复她,他决计不会叫她痛快。两个人的灵魂站了出来,站在肉体前边作着交锋。

这场事端是她先挑起来的,她几乎有点后悔,与这个男人厮混的情景也常常在梦中出现。她不明白,是这样好,还是那样好,身体的饥渴实在难耐,它是周期性的出现,每一次高潮的来临都折磨得她如同生了一场大病,每一次过去,则叫她松口气下来,蓄积起精力以等待下一次高潮的来临。她竟然渐渐消瘦了,这时候,她已经毫不在意消瘦给她带来的好处,她秀气了一些。她的注意却全在于如何克服身体的欲望。那样的时候,她是多么渴望着看见他,只要他有一点点暗示,她就会奋不顾身地走向他去。可是,他是连看也不看她一眼,他深知这渴念于他和于她是一样的强烈,他如今硬耐着性子是为了将她完全召回,再不要起一丝一毫离心离德的念头。他是太知道这个女人了,他知道她健壮的身体所需要的是怎样强壮的抚爱。他料定她是会来伏倒在他的脚下,他的余光将她的消瘦与憔悴全看了进去,心中不由暗喜。由于要惩治她的决心那样强烈,他竟将身体的欲望压抑了。

如今,她是傍着他的报复在软弱地坚持,如不是他的惩罚,她的坚持就全崩溃了,她也将不复新生。可是,这样的坚持是太艰苦,也太危险了,她随时害怕着自己会忍耐不下去,奔到他面前,抱住他的腿,怎么踢也不松手。她又去了两次河岸,可是死是那么恐怖,生的愿望则那么强烈,水客的歌声萦绕在耳畔,她又走了回来。

他们这样僵持着,她想到他是真的恼了,他却想不到她怎么会是这样固执。他禁不住软弱了下来,这一软弱,火样的欲念便腾起了,那样的炽烈和汹涌,他是再怎么努力也压不下去了。他开始密切地注视着她的动向,寻找着机会,无论如何要抓住她了。这一个晚上,他看见她独自个儿出了院门，便远远地跟上了。

　　她走过石子路的街心，走上了通向河岸的大路，月光将大路照得白生生的，大路缓缓地倾斜。她走下了堤坝，到了河岸，又沿着河岸向远处走。他这才加紧了脚步，渐渐地接近了她。她并没有发觉，反将脚步放慢了，最后停了下来。这时，他扑了上去。她吃了一惊，然后便作着有力的挣扎。尽管这一扑是她渴望的，尽管她正是被这渴望折磨才独自来到河岸，尽管如今是她意志最最虚弱不堪一击的时候，可是，一旦接触到了他的身体，她却真正地恐怖起来，她知道这一来便前功尽弃了。她好像站在了悬崖的边上，看见脚下浮着白云，她知道白云下面是深不可测的山谷。她是真正地作着挣扎。可是他已经完全失了理性，他就像一头野兽，怀着决一死战的决心。她渐渐地用尽了力气，徒然地作着抵抗。由于她的身体已经寂寞了很长的时间，由于她的渴念已经绝望而不复存在，由于她的抗拒是真心而努力的，由于这一时刻是她身心都一无准备的，意外的，一股巨大的快感充满了她的全身，她是从未得到过这样的快乐。这一次的快乐使她觉得以前那一切算不了什么，而此后是死而无憾了。那快乐弥漫了她身体的每一个角落，再没得到过这样的满足了，这满足似乎带了一种永恒的意味，犹如一次成功的告别仪式。连他都觉着了异常，翻身躺在地上，与她并排躺着，望着一天的星星。这时候，水客的号子从烟气笼罩的河面上升了起来，似乎是一百个水客如一个人般的歌唱，浑厚有力却又单纯齐整。他们并排地躺着，一种从未经历过的感觉挟住了他们，他们都觉得事情有点奇怪，与往常很不一样，一种强大的预感笼罩了他们。

　　以后的日子，她一直觉着很奇怪。她开始想吃酸的，向来喜爱的荤腥却叫她作呕，她呕吐了几回，头晕了几回，然后便好了。即使在最最糟蹋的日子里依然运转正常的来潮如今却停止了，与这周转同步起伏的那一股不安静的欲望竟也平息了下来。她觉得身体的某一部分日益的沉重，同时却又感到无比的轻松，好像卸下了长久的负荷。她终于明白，她要做妈妈了。

她将布带子紧紧缠住腹部,以免漏出破绽。她是连一点常识都没有,以为这样就可消灭。可是她却又极心爱那腹中的生命,好奇得不得了,到了夜晚,便在被窝里松开绑带,抚摸肚子,似乎触摸到了那生命柔软的躯体。如今,她是非常的平静,心里清凉如水,那一团火焰似乎被这小生命吸收了,扑灭了。而这时候,她却更加害怕他了。她怕他会扼杀这生命。她想他那种粗暴的踩躏是会毁了这生命的。于是她便不敢一个人胡乱走了,哪里也不敢去,总是待在宿舍里。她一点没去想以后将怎么办,她甚至没有想到,这生命总有一天会喷薄而出,别人将怎么看待呢?她只是将它牢牢地守在肚子里,守在她无比宁静的心田里。

后来,腹部却越来越隆起。首先发现的是他,于是就牢牢盯着,想找机会问一问。这一天,午休的时候,她下楼上厕所,在院子里遇见了他。他蹲在练功房门口,守株待兔似的等着,他问她:"你的肚子……"不等问完,她便匆匆答道:"没你的事。"匆匆地折回头回宿舍了。她怕他会伤了这肚子,她不允许任何人伤这肚子。然后,便有了些议论,领导终于找她谈话了。她先是否认,否认不下去了便承认了,却是怎么也不说是和谁的,只说是自己的,自然荒谬得可笑。领导说出了他的名字,这全在大家的有目共睹之中,她却惊惧地连连摇头:"不,不,不,不,是我的,是我一个人的。"说着便哭了起来,哭得很伤心。领导要她去动手术,她死也不愿意,竟跪在地上求饶。领导威胁着要开除她,她则说随你们的便,反倒不哭了。

这时候,他躲在办公室紧隔壁的灰尘弥漫的道具室里,趴在墙上,紧贴着耳朵,头上挂了半张残破的蜘蛛网。脱落了石灰的砖缝里传来他们的谈话。他知道他是闯祸了,他们闯祸了!这是什么样的祸啊!他沿着墙渐渐地滑了下来,滑坐到地上,蜷成了一团。他们的造孽会有一天遭到惩罚,这是他从来不曾怀疑的。可事实上,对这一天,他一无准备,也一无想象。现在,好了,惩罚来了。他们的欲念,竟有了果实,他们竟无意地播下了生命的种子。这生命是怎么回事?意味着什么?要把他们怎么样?他真是害怕极了。那不期而至的生命在他眼里,变成了巨大的危险的鸿沟,彻底地隔离了他和她。他以为他们是被这生命隔离了,而丝毫没有想到这本是最紧密的连接。她的哭声从墙缝里漏进,刺着他的心,他不由得热泪盈眶,充满了绝望的怜悯,为她,为他,为他们之间的一切,他知道,那一切终于告终了。

孩子是在一个秋天的黎明出生的。全团的人都去了医院,只剩下他自己,坐在黑漆漆、空荡荡的练功房中央,那一片坚硬的地板就好像干涸的沙漠。他双手抱着腿,头垂在膝间,万籁俱寂,连虫鸣都灭了,他竟变得迟钝,无法运用他的头脑,百思不得其解,不明白将要发生什么,不明白这是怎么了!那生命发生在她的身上,不能给他一点启迪,那生命里新鲜的血液无法与他的交流,他无法感受到生命的萌发与成熟,无法去感受生命交予的不可推卸的责任与爱。其实,那生命里的一半是他的,然而,他尚需要间隔着肉体去探索,生命给予的教育便浅显了。况且,他被他自己的痛苦攫住了,得不到一点援助,他动弹不了了。从这一刻起,他被她超越了。

她躺在血污里,痛苦得发不出声。孩子在血污中降生了,居然有两个,一个男,一个女。

听见孩子此起彼落的哭声,谁也不忍将她开除,只给她记了一个大过,然后安排她去看门。就在孩子出生的几天前,看门老头去烧茶炉,走到一半就倒在院子当央,等人发现,已经没气了,诊断是脑溢血。

她一个人带着两个孩子,住在传达室里。每日要收发报纸信件,烧茶炉,还要叫电话,一份微薄的工资却要养活三口人,很艰难。好心而多事的人劝她送掉一个孩子,她死不答应。因她听说,一对双是不能分离的,必须在一起养,尤其是一个男一个女,就更不能分离了,分离了就更活不了了。日子虽然艰难,可是她却十分的愉快,心里明净得如一潭清水,她从没有这样明净清澈的心境。多年来折磨她的那团烈焰终于熄灭,在那欲念的熊熊燃烧里,她居然生还了。她以为是这两个孩子的帮助,对他们是无比感激无比恩爱,全心全意地保护他们,不让他们受一点伤害,并且,总是奇怪地以为他们处在险象环生之中,最大的危险便是他了。她不让他看他们,她怕他会掐死他们,如同掐她一般。她极力否认他们与他的关联,岂不知,他对他们仅只有一点点好奇而已,甚至还有些害怕。而他们就好像要抓住他不放似的,竟越长越与他相似。那额,那鼻,那嘴,所有的人都看出了他们与他的相似,他是再逃不过这血缘的圈套了。他只能远远地,匆匆地瞥见一眼,她总是躲着他,看见他就仓皇地逃离。仅这一瞥也足够攫住这印象了,他又惊讶又害怕,孩子要以自己的灵魂去追捕他了,他唯有逃避。他无法承担这一个事实,那便是,他有孩子了。不,不,他没有,他毫无准备,他毫不能理解这里面的意义,因此,他注定得不到解救,注定还要继续那股烈焰对他的燃烧。由于她的脱生,必由他一个人单独地承受,那燃烧便更加狂烈,他想尽一切办法去宣泄体内岩浆般的热量。

开始,他赌博。在牌桌上,再没比他更焦躁不安的了。红着眼,手指痉挛着,脚在桌下剧烈地颤抖,抖动了一整张牌桌格格地响。他赢进许多,又输出许多,将赢进的全输了,本也输了,手表也卖了,还欠了债。然后又想结婚。底下小镇上的家人为他说了个镇上的媳妇,三个月后,两人就成了亲。婚后的日子很不顺心,每次老婆来探亲,住不满日子就要回去。旁人问她急什么,她就掉泪,说受不了,究竟什么受不了,却说不出口,抹着眼泪就走了。他也不挽留,阴沉沉地笑笑。功是早已不练了,却喝酒,喝得烂醉。然后就得了肾炎,治好了以后,剧团也不好留他了,把他分去百货大楼守柜台。他嫌堂堂男人守柜台丢人现眼,一气之下,就回了家乡的镇上,老婆为他在镇粮管所谋了份开票收钱的事儿。走的那天,一伙人送他,走过传达室,她正一手抱一个孩子,站在门口,看街上孩子玩方宝,意外地没有躲避,而是看着了他。他也定定地看了她一眼,走了过去。

这时候,他们都是大大的人了。他二十八,她也二十四了。曾有热心的人要给她说个男人,她也并不反对,一个人究竟是太寂寞了。

可是没有人愿意,她是这城里出了名的女人,烂了帮的破鞋,带了两个私孩子,连爸爸都不知道是哪个,提起过了还要朝地上唾三口,除去晦气和脏气。而事实上,经过情欲狂暴的洗涤,她比以往任何时候都更干净,更纯洁。可是没有人能明白这一点,连她自己也不明白,只是一味地自卑。没人愿意娶她,她也不怨恨,只是带了两个孩子,勤勤恳恳地过日子。

岁月如流水,缓缓地流过,流水如岁月,渐渐地度过。水客的歌声一日一日稀薄,城里建起了自来水塔,直接把水引了过来,没水客的生计了,于是那歌声便沉寂了,再没人听见,也没人记起。只在剧团出发的日子里,她一个人带着两个孩子守着空寂的院子,睡着的时候,她深沉平静的梦里,便隐隐地响起了那忽而高亢忽而低回的歌唱。孩子一日一日地长大,会叫"妈妈"了,把个"妈妈"叫得山响,喜欢在练功房越来越褪色的红漆地板上玩耍。那一片地板在他们的眼里,简直是辽阔的了,四周都是镜子,往中间一站,四面八方都是自己,他们便害怕地逃走,却又按捺不住好奇心,手牵手慢慢地走回来,定定地站住,观望着。她倚着门框等茶炉的水开,手里提着那块写了"开水"字样的木牌,望着她的孩子在地上滚爬,怅怅地微笑着。

"妈妈!"孩子叫道。

"哎。"她回答。这是能够将她从任何沉睡中唤醒的声音。

"妈妈!"孩子又叫。

"哎!"她答应。

"妈妈!"孩子耍赖地一迭声地叫,在空荡荡的练功房里激起了回声。犹如来自天穹的声音,令她感到一种博大的神圣的庄严,不禁肃穆起来。

一九八六年五月九日一稿
一九八六年五月三十一日二稿　上海

我爱比尔

　　缓慢起伏的丘陵的前方,出现一棵柏树。在视野里周游了许久,一会儿在左,一会儿在右。其余都是低矮的茶田,没有人影。天是辽阔的,有一些云彩。一辆大客车走在土路上,颠簸着。阿三看着窗栅栏后面的柏树,心想,其实一切都是从爱比尔开始的。

　　说起来,那是十年前了。阿三还在师范大学艺术系里读二年级。在这个活跃的年头,阿三和她的同学们频繁地出入展览会、音乐厅和剧场,汲取着新鲜的见识。她们赶上了好时候,什么都能亲闻目睹,甚至还可能试一试。阿三学的是美术专业,她同几个校外的画家,联合举办了一个画展。比尔就是在这画展上出现的。

　　画展的另两个画家,是阿三业余学画时期的老师,也是爱护她的大哥哥,都是要比阿三年长近十岁的,在"文化大革命"中度过他们的青春时代。在他们的画里,难免就要宣泄出愤懑的情绪,还有批判的意识。相比之下,阿三无思无虑的水彩画,便以一股唯美的气息吸引了人们。在圈内人的座谈会上,阿三声音颤抖地发言,说她画画只是因为快乐,也吸引了人们。这阵子,阿三很出了些风头。当然,随着画展结束,说过去也过去了。重要的是,比尔。

　　比尔是美国驻沪领馆的一名文化官员。他们向来关注中国民间性质的文化活动,再加上比尔的年轻和积极,自然就出现在阿三这小小的画展上了。比尔穿着牛仔裤,条纹衬衣,栗色的头发,喜盈盈的眼睛,是那类电影上电视上经常出现的典型美国青年形象。他自我介绍道:我是毕和瑞。这是他的汉语老师替他起的中国名字,显然,他引以为荣。他对阿三说,她的画具有前卫性。这使阿三欣喜若狂。他用清晰、准确且稚气十足的汉语说:事实上,我们并不需要你来告诉什么,我们看见了我们需要的东西,就足够了。阿三回答道:而我也只要我需要的东西。比尔的眼睛就亮了起来,他伸出一个手指,有力地点着一个地方,说:这就是最有意思的,你只要你的,我们却都有了。

这几句对话沟通了他们,彼此都觉着很快活。

比尔问阿三,"阿三"这名字的来历。阿三说她在家排行第三,从小就叫她阿三,现在就拿这来作笔名。比尔说他喜欢这个名字。阿三也问他"毕和瑞"这名字的意思。比尔认真地解释给她听,这是一个吉祥的名字,"和"是"万事和为贵"的"和","瑞"是"瑞雪兆丰年"的"瑞"。阿三见他出口成典,就笑,比尔也笑,再加上一句:我喜欢这个名字。阿三觉着这个年轻的外交官有点傻,你逗他,他却认认真真地回答你,你笑,他也笑。他随和得叫阿三都不相信,怎么都行似的。可阿三也能看出,他不怎么愿意叫他比尔。如要叫他毕和瑞,却又轮到阿三不愿意了,她觉得这是个名不副实的名字。于是她对比尔说:你要我叫你中国名字,你就也要叫我英文名字。比尔就问她的英文名字是什么,她临时胡诌了一个:苏珊。比尔说:这个不好,太多,我给你起一个,就叫 Number Three。阿三这时发现,比尔并不像他看上去那么老实。

就像爱他的中国名字一样,比尔爱中国。中国饭菜,中国文字,中国京剧,中国人的脸。他和许多中国人一样,有一辆自行车,骑着车,汇入街道上的车流之中。现在,他的身边有了阿三,骑的是女式跑车,背着一个背囊,像是要跟着他走天涯似的。其实呢,两人赛车般地疯骑着,最后是走进某个宾馆,去那咖啡座喝饮料。这种地方,是有着势利气的。有一回,比尔去洗手间,阿三一个人先去落座,一个小姐过来送饮料单,很不情愿的表情,说了句:要收兑换券。阿三不回答她,矜持地坐着。等比尔回来,在她对面坐下,小姐再过来时,便是躲着阿三眼睛的。阿三心里就有些好笑。还有些时候,遇到的是一个轻浮的小姐,和比尔打得火热,而把阿三晾在一边,阿三心里也好笑。再听到比尔歌颂中国,就在心里说:你的中国和我的中国可不一样。不过她并不把这层意思说出口,相反,她还鼓励比尔更爱中国。她向比尔介绍中国的民间艺术:上海地方戏,金山农民画,到城隍庙湖心亭喝茶,还去周庄看明清时代的民居。

周庄真是把比尔迷住了。那些小石桥在比尔的大身躯之下,像个小世界。比尔在周庄的桥上走过去,引来一些人跟着。有一个老妇就扯扯阿三的衣袖,很内行地问:他是什么国的人?阿三说:美国。老妇撇着嘴不以为然地说:前几天来过三个英国人,带的照相机比他的大,是托在肩胛上的。这时,比尔和两个小孩攀谈上了。他们告诉比尔,有一户人家的灶间里,也开了一条河,船可直接走进房里。比尔就让他们带路去。两个小孩走在前边,就有别的孩子嘲笑他们,还向他们扔石子。他俩险些儿就要打退堂鼓,还是比尔稳住了局势。他回过身邀请大家一起去,那些孩子则红了脸,退缩了。中午饭以后,比尔和阿三再出现在周庄著名的双桥上,人们就已经熟悉了他们,甚至还有人问道,有没有吃过饭?本是当天就要回去的,可是下午的宁静留住了他们。等到夕照来临,将那桥下的水染金,炊烟也染金,比尔就更走不脱了。他听见了唱晚的牧歌。

他们就决定明天早上回去。

周庄的旅馆大约也是明清时代的,板壁的结构,推开二楼的窗,看着楼下沿水的街市,清明上河图似的。他们俩隔着一面板壁,各从各自的房间窗户伸出头去,看风景,聊天。黄昏的光线是很细致的,连水波都勾出了细纹,丝丝缕缕的。比尔背诵起《桃花源记》,阿三没一句接得上的,也没一句听得进的。想的是些别的事情。后来,天黑到头了,月亮又没升起来,竟连一线光也没有了。两人在一间房内坐了一时,心情忽变得惨淡,甚至有些后悔留在这里。各人都搜寻着话题,想渲染一下气氛,终也没有结果,便分手就寝。关灯前,阿三听见板壁上响了三记,她也叩了三响,彼此就算道了晚安。同时,还生出一点相濡以沫的亲切心情。夜里,阿三醒来一次,发现房内特别明亮,抬头一看,月亮正在周庄的上空。静静地想着,比尔就在隔了一层板的地方,似乎能听见他的鼻息声。可是待她敛息屏气仔细听去,听到的却是哪里传来的电视机里的节目声。阿三这才晓得,其实还不很晚呢。早晨,阿三起来一个人出去转悠。转悠到一处,见薄雾中有一个身影伫立着,走近去,那人转脸朝她一笑,原来是比尔。两人都有些一日不见如隔三秋的心情。

周庄之行使阿三和比尔亲近了一步,建立起一点个人间的关系。在此之前,他们就好像两个文化使者似的,进行着友邦交流。他们再坐到酒吧喝酒,双方的心情都有些变化。有一回,比尔新要了一种酒,让阿三尝尝。他将酒杯递近去,阿三伸过脖子,噘起嘴凑到杯沿上。忽然一抬眼,遇上比尔的眼睛,两人停了有一秒钟,有一些重要的事情就在这一秒钟里发生了。

阿三长的是一双猫眼,通常眯缝了细细一条望着你,忽然间却睁开了,又大又圆。这使她看上去有一种东方的神秘。当它们从垂帘的刘海后面对着比尔的时候,比尔的心就一颤,一股温柔的冲动击中了他。他第一次拥抱阿三,感觉到这小小的柔软无骨的身躯,觉着这女孩太像是九条命的猫变的。他把这个意思说给阿三听,阿三就问:为什么是九条命的?比尔说:在我们西方,就这么认为,猫能够死九次。阿三说:可我死一次就够了。比尔听了,就去吻她,发现她的唇舌也是神秘的,似开又似合。比尔激动难耐,不知把她怎么好。怀里这个肉体的暧昧不明,具有着极大的挑逗性,比尔始料未及。但他最终想到了中国女性的贞操观。汉语老师曾经给他们讲过一本中国古代的"烈女传",给他留下崇高和恐怖的印象。于是,他努力使自己平静下来了。

阿三提起的心放下了,却惶惶的不安。她想,是不是她做错了什么,叫比尔没了兴趣,或者是她太不够主动,也叫比尔没了兴趣。这天余下来的时间里,两人都有些沉闷,各自若有所失。分手时,比尔摸了摸阿三的脑袋,这叫阿三觉出,比尔对她还是有感情的。这天阿三回到学校宿舍,在帐子里好好地审视了一番她的身体。审视的结果是,她的身体没有问题。在灯光的暗影里,显得纯洁无瑕。可矛盾也在这里,它显然是不具备经验的。是不是这个扫了比尔的兴?但是,它勤于学习。她伸了伸腿,在心里对比尔说。

第二天,阿三就着手创造一幅新画,看上去就像是一面壁画的草图。画的是一个没有面目的女人,头发遮住了她的脸,直垂下来,变成了茂盛的兰草,而从她的阴部却昂首开放一朵粉红的大花。在一整幅阴郁的蟹绿蓝里,那粉红花显得格外娇艳。一周之后,新画完成,取名为"阿三的梦境"。在一个周末的大家都回家的下午,阿三把比尔叫到学校,在宿舍里向他展览了这画。比尔看了画后,向阿三提出一个问题。

他说:我理解这画是关于性,那么,你对性的观念是从哪里来的?因为我知道,中国人对性不是这样的态度,那么,就是西方,而我知道,你并没有去过西方,我大约是你认识的第一个西方人。阿三却回答说:这画并不是描写性。比尔一时转不过弯,只得钻进牛角尖说:你可能认为不是,可在你的潜意识里,却一定是的。阿三就笑了:你正好说反了,这画意识里是性,潜意识里却不是。比尔被她搅糊涂了,把最先的问题也忘了。这时,阿三将床头上的一件绸衣服罩上她身上穿的白色连衣裙,说:让我来向你表演中国人的性。说罢,又从同学床头捞了一件睡裙再罩上绸衣服,接着,又套上了第三件。就这样,她套了这层层叠叠、长长短短的一身走向比尔,非得仰起脸才能对住他的眼睛,说:现在,你来向我表演西方人的性。比尔望了她一会儿,动手将她的衣服脱下来,直脱到白色连衣裙,不禁迟疑了一下。可阿三的姿态是等待的,表示还没完结。于是比尔就脱去了她的连衣裙。

最后,阿三说:明白吗?千条江河归大海,这就是我的回答。比尔这才想起自己的问题,可是已经解决了。艺术和理论的铺垫,弥补了阿三经验方面的缺陷。比尔觉着她既天真又老练,身体含着稚气,却那么柔韧,有一股曲折委婉的刺激,非常的缠绵。比尔不由自主了。

阿三的身子糅进了比尔的身子,脑子还是阿三自己的。有一刻她被惊惧抓住,觉着大祸临头。下一刻,欢喜却来了。总之,是不寻常。一阵暴风疾雨过去,她看见了身下的鲜血,很清醒的,她悄悄地扯过毛巾毯,将它遮住,不让比尔看见,而比尔也压根儿没想起这回事来。晚上一个人的时候,阿三觉出了疼痛,可却是让她感觉甜蜜的。她仔细地体味它,这是一个纪念。

后来,比尔就对阿三说,他开始明白东方人对性的感受能力了,那其实是比西方人更灵敏,更细致的。比如,他曾经看过一些中国的春宫,还有日本的浮世绘,做爱的场面,是穿着衣服,有些还很繁复累赘,然而却格外的性感。阿三说,这就是万绿丛中一点红,要比漫山遍野的红更加浓艳。他们又谈到各国的服饰,均以为日本女性的和服敞开的领子里那一角后颈,要比西方人的比基尼更撩拨人意。然后,他们就穿着衣服做爱,那种受拘束的忍无可忍使得欲望更加高涨。有时候,他们面对面地站着,比尔的手伸进阿三的衣服,那层层叠叠、窸窸窣窣的动静,真叫人心旌摇曳。里头的那个小身子不知在什么地方等着他,是箭在弦上的情势,比尔他何曾经历过啊!他想:这是人吗?这是个精灵啊!

与实际的做爱相比,阿三的兴趣更在营造气氛方面。她是花样百出,一会儿一个节目。像阿三这种发育晚的女孩子,此时还谈不上有什么欲念,再加上心思不在这上头,全想着比尔怎么高兴。同金发碧眼的比尔在一起,阿三有一种戏剧感,任何不真实的事情在此都变得真实了。她因此而能够实现想象的世界,这全缘于比尔。所以,她就必须千方百计地留住比尔,不使他扫兴而离去。阿三晓得自己在做爱上肯定比不过比尔那些也是金发碧眼的对手,她以为比尔一定有着对手,并且想起她们,也毫无妒意。她就想着从别的方面战胜她们。比尔曾经对她说过:你是最特别的。阿三敏感到他没有说"最好的"。她自知有差异,却不知如何迎头赶上,只能另辟蹊径。

他们做爱的地方通常是在周末时阿三的学生宿舍,也曾经到宾馆租过房间,但在那种地方,阿三的艺术全无用武之地。房间太干净,太整齐,也没有可供创作的材料。当然,有浴室,可这又是一个新课题,阿三完全陷入被动。她不知所措地站在淋浴器下面,水淋淋的,由着比尔摆布,倒是有了一点欲念,但是很快被沮丧压倒了。比尔从来不带阿三去他的住处,阿三很识相的从来不问,虽然心里有些嘀咕。但是,在宿舍有在宿舍的好处,那是阿三的地盘,她更加自如,想象力很活跃。冬天到了,宿舍里没有暖气,他们在一床床沉重的棉被底下做爱,取暖,于比尔都是新鲜的经验。午后的阳光模模糊糊地照进来,心里有一些颓唐,还有些相依为命似的。

一个外国人,频繁出入学生宿舍,自然会引起校方的注意。先是班主任,后是教导处,最终是校保卫处,陆续找阿三谈话,要她严谨校风校纪,并向她了解比尔的情况。阿三闭口不言,也对比尔闭口不言。但她悄悄地着手在校外租借私房。从他们地处南郊的学校,再继续往南去,有一个华泾村,村民都是花农,以种菊花为业。近些年家家新造了楼房,自己住不完,就向市区一些无房户出租。阿三就是到华泾村去租房子的。当阿三打点停当,带比尔到新租的房子里,正是华泾村晒菊花的日子。家家门前都搭着晒花架,铺着白菊花。他们穿行过去,上了二楼,走进阿三的房间。温煦的阳光照在窗帘上,空气中洋溢着苦涩的花香,比尔真是有醉了的感觉。阿三把房间布置得很古怪,一个双人床垫放在正中间,一顶圆帐系在吊扇的挂钩,垂到地上,罩住床垫。他们就在那里面做爱。

然后,比尔让阿三坐在他的膝间,面对面的。裸着的阿三就像是一个未发育的小女孩,胳膊和腿纤细得一折就断似的。脖子也是细细的,皮肤薄得就像一张纸。可比尔知道,这个小纸人儿的芯子里,有着极大的热情,这就是叫比尔无从释手的地方。比尔摸着阿三的头发,稀薄,柔软,滑得像丝一样,喃喃地说:你是多么的不同啊!这就好像是用另一种材料制作出来的人体,那么轻而弱的材料,能量却一点不减,简直是奇迹。阿三看比尔,就想起小时候曾看过一个电影,阿尔巴尼亚的,名字叫作《第八个是铜像》。比尔就是"铜像"。阿尔巴尼亚电影是那个年代里唯一的西方电影,所以阿三印象深刻。

她摸摸比尔,真是钢筋铁骨一般。可她也知道,这铜像的芯子里,是很柔软的温情,那是从他眼睛里看出来的。他们两人互相看着,都觉着不像人,离现实很远的,是一种想象样的东西。

有一次,比尔对阿三说:虽然你的样子是完全的中国女孩,可是你的精神,更接近于我们西方人。这是他为阿三的神秘找到的答案。阿三听了,笑笑,说:我不懂什么精神才是西方的。比尔倒有些说不出话来,想了想,说:中国人重视的是"道",西方人则是将"人"放在首位。阿三就和他说《秋江》这出戏,小尼姑如何思凡,下山投奔民间。比尔听得很出神,然后赞叹道:这故事很像发生在西方。阿三就嗤之以鼻:好东西都在西方!比尔又给她搅糊涂了,不知事情从何说起的。但比尔还是感觉到,他与阿三之间,是有着一些误解的,只不过找不出症结来。阿三却是要比比尔清楚,这其实是一个困扰着她的矛盾,那就是,她不希望比尔将她看作一个中国女孩,可是她所以吸引比尔的,就是因为她是一个中国女孩。由于这矛盾,就使她的行为会出现摇摆不定的情形。还有,就是使她竭力要寻找出中西方合流的那一点,以此来调和她的矛盾处境。

现在,她特别热衷于京剧的武打戏。她对比尔说:如果能将《三岔口》中人物动作的路线显现与固定下来,会是一幅什么样的画面呢?她把她所记录下来的《三岔口》的动作线条用国画颜料绘在一长幅白绢上,在比尔生日那天,送给他作礼物。比尔很喜欢,当作围巾系在羽绒服的领子里。然后,两人就去吃自助餐,在一家新开的大酒店里。

正好是感恩节,人特别多,大都是美国人,比尔的几个同事也在,隔了桌子招着手。阿三今天化了很夸张的浓妆,牛仔服里面是长到膝盖的一件男式粗毛衣,底下是羊毛连裤袜,足登棉矮靴。头发束在头顶,打一个结,碎头发披挂下来。看上去,就像一个东方的武士,吸引了人们的目光。小姐走过来点蜡烛,很锐利地扫她一眼,这一眼几乎可以剥皮。这些地方的小姐都有着厉害的眼睛。阿三不免有些夸张地笑着,嘴里的英语也比平时用得多。同比尔一起去撺菜时,她一路同比尔聊天,停停攘攘,流连了许久。最后她挑了一小块蛋糕,插上蜡烛,让比尔吹灭,说:生日快乐!比尔头晕晕的,盯着阿三说:你真奇异。阿三注意到,比尔没有说"你真美"。

  出酒店来,两人相拥着走在夜间的马路上。阿三钻在比尔的羽绒服里面,袋鼠女儿似的。嬉笑声在人车稀少的马路上传得很远。两人都有着欲仙的感觉。比尔故作惊讶地说:这是什么地方?曼哈顿,曼谷,吉隆坡,梵蒂冈?阿三听到这胡话,心里欢喜得不得了,真有些忘了在哪里似的,也跟着胡诌一些传奇性的地名。比尔忽地把阿三从怀里推出,退后两步,摆出一个击剑的姿势,说:我是佐罗!阿三立即做出反应,双手叉腰:我是卡门!两人就轮番做击剑和斗牛状,在马路上进进退退。路灯照着,将他们的影子投在地上,奇形怪状的。有人走过,就盯着他们,过去了,还回头看。他们可不在乎,只顾自己乐。闹了一阵,阿三重又钻进比尔的羽绒服里。这时,两人就都安静下来,静静地走着路,有时抬头看看天。深蓝的天被树枝杈挡着,空气是甜润的。

  比尔谈起了童年往事。他的父亲是一个资深外交官,出使过非洲、南美洲和亚洲。他的童年就是在这些地方度过。阿三问:你最喜欢哪里?比尔说:我都喜欢,因为它们都不相同,都是特别的。阿三不由想起他说自己特别的话来,心里酸酸的,就非逼着他回答,到底哪一处最喜欢。比尔就好像知道阿三的心思,将她搂紧了,说:你是最特别的。这时候,阿三提出了一个前所未有的问题:比尔,你喜欢我吗?比尔回答道:非常喜欢。由于他接得那么爽快,阿三反有些不满足,觉得准备良久的一件事情却这么简单地过去了。她想:下一回,她要问"爱"这个字。比尔对"爱"总该是郑重的吧!可是,她也犹豫,问"爱"合适不合适。他们之间的关系,与"爱"有没有关系呢?阿三不知道比尔是怎么想的,也不知道自己是怎么想的。

  阿三租了华泾村的房子,与比尔的约会倒比过去少了。一是路远,二是一个外国人出现在农人之中,多少有些顾虑。每一次去都要下大决心似的。有时甚至想把比尔装扮起来,潜送进去,好躲掉那些令人不安的目光。好不容易进了屋,他们便要逗留很久,有时是一个下午带一个晚上。阿三正给一个丝绸厂画手绘丝巾,每一条都不重样,画一条有十块钱。于是,四壁便挂满了所谓记录京剧武打的运动线路的丝巾。这些富有流动感的线条,萦绕着他们,他们就好像处在漩涡之中。也有丝巾尚未画上线条的时候,洁白的挂满一墙,而房前房后都是盛开的菊花。他们的床垫便好像一个盛大的葬礼上的一具灵柩。阿三躺在比尔的怀里,心里真想着:就是死也是快乐的。天黑下来,比尔的面目渐渐模糊,轮廓却益发鲜明,像一尊希腊神。阿三动情地吻着比尔,在他巨人般的身躯上,她的吻显得特别细碎和软弱,使她怀疑她能否得到比尔的爱。

比尔说:你是我的大拇指。阿三心里就一动,想:为什么不说是他的肋骨?紧接着又为自己动了这样的念头害起羞来,就以加倍的忘情来回报比尔的爱抚,要悔过似的。这样,她就更无法问出"爱不爱我"的话了。但她却可以将"喜欢"这个题目深入下去。她问比尔究竟喜欢她什么。比尔认真地想了一会儿,然后说:谦逊。阿三听了,脸上的笑容不觉停了停。比尔又说:谦逊是一种高尚的美德。阿三在心里说:那可不是我喜欢的美德,嘴上却道:谢谢,比尔。话里是有讽意的,直心眼的比尔却没听出来。

比尔走了以后,阿三自己留在屋里,也不穿上衣服,就这么裸着,画那丝巾,一笔又一笔,为这个不常使用的房间挣着房租。想着比尔馈赠给她的美德:谦逊,不觉流下眼泪。她哽咽着,手抖着,将颜料撒在身上,这儿一点,那儿一点。她心里有气,却不知该向谁撒去。向比尔吗?比尔正是喜欢她的谦逊,怎么能向他撒气?那么就向自己吧!眼看着她就变成了一只花猫,一只伤心的花猫。

这段日子,阿三缺课很多。她的时间不够,要绘丝巾挣钱,要和比尔在一起,这两桩事都是耗费精力,她必须要有足够的睡眠。现在,她的白天几乎都是用来睡觉的。她独自蜷在那大床垫上,耳畔是邻人们说话的声音,脸上流连着光影,这么半睡半醒着,直到天渐渐暗下来,她也该起来了。她的下眼睑是青紫色的,鼻根上爬着青筋。

倘若是要去见比尔,她就要用很长时间来化妆。她的妆越化越重,一张小脸上,满是红颜绿色。尤其是嘴唇,她越描越大,画成那种性感型的厚嘴唇,用的是正红色,鲜艳欲滴。阿三的眼睛本有点近视,房间里的灯光又不够亮,所以实际上的妆要比阿三自己所认为的更加浓烈。看上去,她就好像戴了一具假面。她的服饰也是夸张的,蜡染的宽肩大西装,罩在白色的紧身衣裤外面。或者盘纽斜襟高领的夹袄,下面是一条曳地的长裙,裙底是笨重的方跟皮鞋。

等校方找阿三谈话,提醒她还有一年方能毕业,须认真上课,第二天,阿三不和任何人商量,就打了退学报告。从此,学校里就再找不着她的人影。直到暑假前的一个晚上,她悄悄回到宿舍,带走了她的剩余东西。去的时候,同宿舍的一个女生在,乍一见她,都有些认不出,等认出了,便吃了一惊。看着她收拾完东西要走,才问她知道了没有。阿三说知道什么,她说学校已经将她作开除处理了。阿三笑笑说:随便。神色终有些黯然。那同学要送她,她也没拒绝。两人走在冷清的校园里,路灯照着两条人影。这同学本不是最亲近的,可这时彼此都有些伤感似的,默默地走了一程路。曾经朝夕相伴近三年的景物都隐在暗影里,呼之欲出的情景。然后,阿三就说:回去吧。走出一段,回过头去,那同学还站在原地,就又挥了挥手。

阿三没有告诉比尔被学校开除的事情,带着些自虐的快意。她的住在邻县的家人,更无从知道。她有一段时间,在华泾村蛰伏不出,画丝巾或者睡觉。连比尔都以为她离开了本市。这段时间大约有两个月之久,华泾村又架起了花棚,铺开了白菊花。花香溢满全村,花瓣的碎片飞扬在空中。阿三独坐屋内,世事离她都很远,比尔也离她很远。她画了一批素色的丝巾,几乎全是水墨画似的,只黑白两色,挂了四壁。房间像个禅房。她除了吃点面包,再就是喝点水,也像是坐禅。再次走出华泾村时,她苍白瘦削得像一个幽灵。又是穿得一身缟素,白纺绸的连衣裤,拦腰系一块白绸巾。化妆也是尽力化白的,眼影眼圈都用烟灰色。嘴唇是红的,指甲是染红的。穿的鞋是那种彩色嵌拼式的,鞋帮是白的,鞋尖却是一角红,也像染红的脚趾甲。就这么样，来到比尔面前。

比尔惊异阿三的变化。不知在什么地方，变得触目惊心似的。他抚摸着她的皮肤，不知是什么东西，灼着他的手心。他什么都不了解。这个与他肌肤相亲的小女人，其实是与他远离十万八千里的。但是他觉出一种危险，是藏在那东方的神秘背后的。然而，比尔的欲念还是燃烧起来了，有一些肉体以外的东西在吸引着他的性。这像是一种悲剧性的东西，好像有什么面临绝境，使得性的冲动带有着震撼的力量。这一回，是在阿三朋友的房间里。这朋友是个离婚的女人，很理解地将钥匙交给了阿三。周围是人家的东西，有不认识的女人的微笑的照片，还有不认识的女人的洗浴露化妆品的气息，形成一股陷阱似的意味。阿三瘦得要命，比尔从来没经验过这样瘦的女孩。胸部几乎是平坦的，露出搓衣板似的肋骨，臀也是平坦的。他的欲念并不是肉欲，而是一种精神特质的。阿三脱下的衣服雪白的一堆，唇膏被比尔吻得一塌糊涂，浑身上下都是，就像是渗血的伤口。那危险的气氛更强烈了。

很远的地方，楼群中间的空地，有吱嘎吱嘎的秋千声传来。

比尔渐渐平静下来，望着身边的阿三，这才渐渐有些认出她来，说：阿三，这么多天你在做什么？阿三说：在想一件事。比尔问：什么事？阿三说：就是，我爱比尔。说完，就转过脸去，背对着比尔。许多时间过去了，房间里有些暗，两人都没动，按着原先的姿势。终于，比尔说话了，他说：作为我们国家的一名外交官员，我们不允许和共产主义国家的女孩子恋爱。又是许多时间过去，秋千声也静了。比尔几乎要睡着，有一些梦幻从脑海过去，他好像回到了他在美国中部的家乡，有着无垠的玉米地，他在那里读完了中学。忽然一惊，他发现天已经黑了，阿三正窸窣着穿衣服。她的脸洗干净了，头发也重新梳过。他说：很抱歉，阿三。阿三回眸一笑：比尔，你为什么抱歉？于是，比尔便觉得自己文不对题，难道方才发生过什么吗？

什么都像是没有发生过的，比尔和阿三的关系继续着。比尔给阿三介绍了两份家教，一份是教汉语，一份是教国画，教的是美国商社高级职员的孩子,报酬很不薄。因为要对得起,阿三就很认真,可是无奈孩子们不在乎,连家长都让阿三"轻松"些。尤其是那学国画的男孩子,一只长满雀斑的小手满把满抓地握了笔,蘸饱了墨,一笔下去,宣纸上洇开一大片,边上站着的父亲便很敬佩地说:很好!于是,阿三也乐得轻松。两家都是住繁华的淮海路后头的侨汇公寓,外头还是甚嚣尘上,进了门便是另一个世界。气息都是不同的,混合着奶酪,咖啡,植物油,还有国际香型的洗涤用品,羊毛地毯略带腥臭的味道。阿三有了这两份薪水,经济宽裕许多。她便开始在市区寻找房子。

后来,她在一幢老式公寓里找到了房子。是一套中的一间,主人去美国探亲,不知什么时候回来,一半是招租,一半是找人看房子。另外大半套公寓里住了个保姆样子的女人,也是给东家看房子的,每天下午就招来一帮闲人打麻将,直至深夜。因各有各的犯忌之处,所以,与阿三彼此不相干,见面都不说话。华泾村的房子就退掉了。

现在,比尔来就方便多了。这地方是要比华泾村闹,比尔又常是白天来,楼下市声鼎沸,人车熙攘。窗帘是旧平绒的,好几处掉了绒,一抖便有无数毛屑飞扬起来。地板踩上去咯吱地响,还有一股蟑螂屎的气味。这使事情有一股陈旧的感觉,好像已经有成年累月的时间沉淀下来,心里头惬惬的。阿三就在这旧上做文章。她买来许多零头绸缎,做了大大小小十几个靠枕,都是复裥重褶的老样式,床上,沙发上,扶手椅上都是。她给自己买了一件男式的缎子晨衣,裹在身上,比尔手伸进晨衣,说:我怎么找不到你了。他们在柔滑的缎子里做爱,时间倒流一百年似的。她那学生的家长送给她一个咖啡壶,她就在房间里煮小磨咖啡,苦香味弥漫着。主人家有一架老式唱机,坏了多少年,扔在床下,阿三找出来央人修了修,勉强可以听,嗞嗞啦啦地放着老调子。美国人最经不起历史的诱惑,半世纪前的那点情调就足够迷倒他们了。

这是又一场新戏剧,两人重换了角色,说话的语气都变了。这回他们扮的是幽灵,专门在老房子里出没的,弄出些奇异的声响。他们看着对方的脸,看见的都不是真人,心里都在想:这一切多么不可思议!这就是他们彼此都离不了的地方:不可思议!换了谁都做不到,非得是他们两人,比尔和阿三。有时他们赤裸着相拥在窗前,揭了窗帘的一点角,看着马路对面的楼房,窗是黑洞洞的,里面不知有什么人和事,与他们有干连吗?这旧窗幔和旧墙纸围起来的世界,比华泾村的更有隔绝感,别看它是在闹市。从这里走出,再到灯火通明的酒店,两人都有些回不来的感觉。隔着桌子,比尔的手还是搭在阿三的手背上,眼睛对着眼睛。在这凝视中,都染了些那老公寓的暗陈,有了些深刻的东西。

要是换了中国的外交官,就会离开阿三了,可比尔的思路不是这样的。他只觉得他和阿三都很需要,都很快乐,这是美国人在性上的平等观念。于是,阿三也避免使自己往别处想,她对自己说:我爱比尔,这就够了。她真以为自己是快乐的,看,她跳舞跳得多欢啊!大家都为她的旋转鼓掌,她也为人家鼓掌。每当比尔说出一句有趣的话,她就笑个不停。好好地走着,她一下子猴上比尔的背,让比尔背着她走。然后再倒过来,她来背比尔。她哪背得动他呀,只不过是让比尔趴在她背上,迈开着两腿自己走着。比尔一边走,一边唱他大学里拉拉队的歌谣。这时候,阿三多高兴呀!谁能比她和比尔玩得来?

可是,谁知道阿三一个人的时候呢?

这间阴沉的公寓房子里,什么都是破的。天花板那么高,阿三在底下,埋在一堆枕头里,快要没有了似的。阿三自己也忘了自己。这么一埋可以整整一昼夜不吃不喝,睡呢,也是模棱两可的。没有比尔,就没有阿三,阿三是为比尔存在并且快活的。这间房子,是因为比尔才活起来的,否则,就和坟墓没有两样。现在,连华泾村的菊花都是遥远的,那时候,对比尔的爱还比较温和,不像现在,变得尖锐起来。阿三有一个娃娃,穿着牛仔背带裤,金黄的头发蓬乱着,像一堆草,手插在口袋,耳朵上挂着"随身听"的耳机。阿三在他的背上写下"比尔"的名字。她将它当比尔,不是像中国传统中的巫术,为了咒他,而是为了爱他。

比尔的假期就要来临了,这一去就是几十天。比尔说:我会想念你的,阿三。阿三脱口而出:你们国家的外交官,可以想念共产主义国家的女孩子吗?话一出口,阿三便为她的狭隘后悔了。不料,比尔却笑了。他并没有听出阿三的讽意,他甚至没有联想起他曾经说过的话,他笑着说:我已经在想念了。阿三就更懊恼了,想这比尔心底那么纯净,没有一丝芥蒂。别看他比自己年长,其实却更是个孩子。这么大这么大个的大孩子,是多么可爱啊!阿三将脸埋在他的怀里,想着自己与他这么样的贴近,终于却还要离去,忽然就一阵伤感袭来,顿时泪流满面。比尔以为这是快乐的眼泪,这使他激动起来。这一回,阿三从头到底都在呜咽,比尔在呜咽声里兴奋地喘息。他的脸叫阿三的泪水浸湿了,阿三的伤感也传染给了他,他也想哭,但他以为这是由于快乐。

比尔临回美国度假前还来参加领馆的大型酒会,为欢迎大使从北京来上海。阿三也去凑热闹了。一进门,便看见比尔身穿黑色西装,排在接客的队伍里,笑容可掬的。他头发梳得很整齐,脸色显得十分清朗。当他握着阿三的手,说"欢迎光临"的时候,阿三觉着他们就像是初次见面。阿三今天也穿得别致,灯笼裙裤底下是一双木屐式的凉鞋,裸着的肩膀上裹着宽幅的绸巾,耳环是木头珠子穿成的,头发直垂腰间,用一串也是木头的珠子拢着。比尔忙中偷闲地走过来,说了声:你真美!这非但不使阿三感觉亲密,反觉着疏远,是外交的辞令。她看着英俊的比尔与人应酬着,举手投足简直叫人心醉,真是帅啊!阿三手里握着一杯白葡萄酒,站在布满吃食的长餐桌边,等待欢迎仪式开始。人们三三两两站着,说着,也有像她这样单个的,谁也不注意谁。此时,阿三体验到一种失落的心情。

露台下草坪周围的灯亮了,天边的晚霞却还没褪尽。人越来越多,渐渐拥挤起来。其中有她认识的一些人,画界的朋友。看见阿三就惊奇地问:阿三,你没走?阿三反问:走到哪里去?朋友说:都传你去了美国。阿三笑笑没答话,朋友就告诉她,某某人去了美国,某某人也去了美国。正说着,人群里掀起一阵小小的浪潮,又有新人来到。是一个女人,穿一身黑套裙,身材瘦高,雍容华贵的样子,可却扬着手臂大声地说话,声音尖利刺耳,有着一股粗鄙气。她显然是这里的老熟人,许多人过来与她招呼。不一会儿,身边就簇拥起一群,众星捧月似的。朋友告诉阿三,这是著名的女作家,人们说,凡能进她家客厅的,都能拿到外国签证。女作家旁若无人地从阿三身边走过,飘过一阵浓郁的香水味,还有她尖利的笑声。人群拥着她过去,连那朋友也尾随而去了,这才看见对面靠墙一排椅子上,坐着两个昔日的女影星,化着浓妆,衣服也很花哨,悄悄地端着盘子吃东西。还有一些人则端着盘子徜徉着吃,大都衣着随便,神情漠然,显见得是一些科技界人士,与什么都不相干的样子。阿三远远看见了比尔,在露台下的草坪中央,与几位留学生模样的美国女孩交谈着。

  人渐渐聚集到草坪上。由于天黑了,露天里的灯变得明亮起来。女作家也在了那里,又形成一个中心。大厅里只剩下那几个学者,老影星,还有阿三。穿白制服的招待便随便起来,说笑着在打蜡地板上滑步,盘子端斜了,有油炸春卷滑落到地板上,重又拾回到盘子里。她又看不见比尔了。有人过来与她说话,问她从哪里来,做什么的。阿三认出这也是领馆的官员,但不是比尔。她开始是机械地回答问题,渐渐地就有了兴致,也反问他一些问题,那官员很礼貌地作答,然后建议去草坪喝香槟,香槟台就设在那里。等他将阿三置入人群之中,便告辞离去,阿三明白他是照应自己不受冷落。这就是外交官。比尔在人群中穿梭着,也是忙着这些。阿三的情绪被挑起来了,心里轻松了一些,便去找人说话。她原本性情活泼,英文口语也好,不一会儿便成了活跃人物。甚至连那女作家都注意地看了她几眼。酒会行将结束,比尔走过她身边,笑眯眯地问:快活吗?阿三回答:很快活,比尔。最后,她向比尔道别走出领馆,走在夜晚的林荫道上。时候其实还早,意犹未尽。阿三走着走着,忽然唱起歌来。

  然后,比尔就走了。

  阿三和比尔约好,每星期的某个时间在她朋友家等他的电话。那朋友家只是一个画室,空荡荡的,什么家具也没有,电话就搁在地上。阿三坐在地板上,双手抱着膝盖,望着那架电话机。许多时间过去了,电话没有动静。约定好的时间过去了半天,电话还是没有动静。阿三望那电话久了,觉着那机器怪形怪状的,不知是个什么东西。阿三忽然感到毫无意思,她不明白这电话会和比尔有什么关系,再说,就是比尔,又有什么意思呢?难道说真有一个比尔存在吗?她笑笑,站起身,这才发现腿已经麻木得没知觉了。她拖着身子走了几步,渐渐好些,然后便走出房间,把房门钥匙压在踏脚棕垫底下了。

有时,对比尔的想念比较清晰,她就到曾经与比尔去过的地方,可是事情倒又茫然起来。比尔在哪里呢?什么都是老样子,就是没有比尔。她想不起比尔的面目。走在马路上的任何一个外国人,都是比尔,又都不是比尔。她环顾这老公寓的房间,四处都是陌生人的东西和痕迹,与她有什么关系,她所以在这里,不全是因为比尔?她丢了学籍,孤零零地在这里,不全是因为比尔?可是,比尔究竟是什么呢?她回答自己说:比尔是铜像。

这一天,有人来敲她的门,是两个陌生人,一个年轻些,一个年长些。阿三怀疑地问,是找她吗?他们肯定就是找她。他们态度和蔼却坚决,阿三只得让他们进来。坐定之后,他们便告诉阿三,他们来自国家的安全部门,是向她了解比尔的情况。阿三说,比尔是她的私人朋友,没有义务向他们作汇报。那年长的就说,比尔是美国政府官员,他们有权利了解他在中国活动的情况。阿三说不出话来了。年长的缓和了口气,说他们并无恶意,也无意干预她的私生活,只是希望她考虑到她身为中国公民的责任心,她与外交官比尔的关系确实引人注意,比尔那方面想来也会有所说明,他们自然也有权利过问。阿三依然无话,那两人便也无话,只等着阿三开口。沉默了许久,阿三说道:我和他之间没有什么,真的没有什么。眼泪哽住了她,她哑着声音,摇着头,感到痛彻心肺。她想她说得一点不错,一点不错,她和比尔之间,真的,没有什么。

不久,阿三就搬出了这间老公寓房子,新租了地方。在隔了江的浦东地方,一个新规划的区域里最早的一幢。整幢楼房,只搬进三五户人家,其余就空着。晚上,只那几个窗户亮着,除此都是黑的。楼道里更是寂静无声。从这里再到她任家教的闹市中心的侨汇公寓,真好比换了人间。可是,这并没什么,比尔没有了,其他的都无所谓。算起来,比尔应当来了,可是他找不到她了。再说,很可能他根本没有找她。她想象不出比尔一个人来到那幢老公寓里,按她的门铃,然后,由那隔壁的看房子女人从麻将桌前站起来,给他去开门。不,比尔从来不是这样凡俗的形象。阿三决定结束这段关系了,她想她不能影响比尔作为一个外交官的前程。这么一想,便有了些牺牲的快感。然而,紧接着的一个念头却是:我和比尔之间有什么呢?什么都没有,于是也就没有牺牲这一说了。

没有比尔的日子,一天一天地过去。手绘丝巾渐渐市场饱和,那丝绸厂就想转方向,阿三早已画腻了,正好罢手。这时,有画界的朋友来联合,举办一次画展。她已有多日没有正经画画,且有许多新观念,就积极投入进去。这样,阿三就有些重振旗鼓的意思。当她将画布绷在木框上,再用细钉子一只一只钉牢,她意外地发现,这一切做起来还是那么熟练,灵巧,得心应手。劳动的愉悦从心头升起,比尔变得虚枉了,不值得一提的样子。画笔在画布上的涂抹,使她陷入具体细节的操劳与焦虑,别的全都退而求其次了。倘若不是为了房租和生活,那几份家教阿三也是要辞掉的。现在,她对付完课程后,便急匆匆地往浦东赶,想起有一幅画未完成在等待她,心头竟是有股暖意的。

阿三望着丘陵上的孤独的柏树,心里说:假如事情就停止在这里,不要往下走,也好啊!

她想起那阵子,朋友们又开始来到她的住处,吃着罐头、面包,喝着啤酒、可口可乐,商量办画展的事项,是多么自由的日子啊!可是现在,她看了看窗上的栅栏,不由叹了口气,后来闹得确实也不像话了。要说和比尔有什么关系呢?后来她再没见过比尔,也没有他的消息。她做家教的人家,虽然是比尔的朋友,但他们外国人从不过问别人的私事,你要不提,他们绝不会先提。直到两年后,她在那女作家的客厅里,听说比尔已经调任去韩国,再见比尔,更不可能了。阿三想到,当时听到这消息的漠然劲,她简直不知道,她究竟爱还是不爱比尔。

那年的圣诞节,阿三还是给比尔寄了一张卡,没有签名,也没有写下地址。不知比尔接到这没头没脑的圣诞卡,是怎么想的。这年的画展,最终也没有办成。发起人首先退出,为了要去法国。他在马路上结识了一个向他问路的法国老太,恰是个画廊老板,很赏识他的才华,将他办去了法国。其实,仅仅是走了一个人,还不要紧,要紧的是他这一走,人心都散了。其余的人似乎也看见好运在向他们招手。大马路上走来走去的外国老少,不知哪一个可做衣食父母的。画展不了了之,阿三的房里堆了一堆新作品,大多是浓墨重彩的色块,隐匿着人形,街道和楼房,诡秘和阴森,具有着二十世纪艺术所共有的特征,那就是形象的抽象和思想的具体,看起来似曾相识。这些年里,阿三看得多了,听得多了,思想有些膨胀,但久不练习,技术退步了,因此,形上的模糊更夸张了抽象感,而思想的针对性则更加鲜明,一切都显得极端和尖锐。其中有些力不从心,还有些言不由衷。有时候,阿三自己对着画坐上半天,会疑惑起来,心想:这是谁的画呢?

当这些画积起了一层薄灰的时候,来了一个人,是本地的美术评论家。文章写得不怎么样,对画的评价也往往莫衷一是,可因为写得多,渐渐也形成了权威。现在,他正为一个香港画商做代理人,这使他在制造社会舆论的同时,又开辟了通往市场的道路。他来到浦东的阿三的住处,看了阿三的画,立即拍板购下了一幅,并且,与阿三展开了讨论。讨论是从为什么作画的问题开的头。阿三说因为快乐,这同几年前的说法一致,语气却要肯定,经过深思熟虑的。评论家说:奇怪的是,说是为了快乐,画面却透露出痛苦。阿三笑道:你难道连这都不懂,快乐和痛苦在本质上是一回事,都是濒临绝境的情感。评论家就问理由,阿三又笑了:还需要理由吗?事情发生了,就存在了,存在就是合理。评论家就又刨根问她:为什么是这样发生,而不是那样发生,这样发生和那样发生之间究竟有什么不同?阿三说也许有不同,也许没有不同。于是他们又谈到事物之间有没有具体的联系。评论家以为表面上没有,实质上却有。阿三的观点则相反,表面上有,实质上却没有。评论家便一下绕回去,说:既是这样孤立的形态,快乐和痛苦怎么会是一回事呢?这就把阿三问愣了。

他们的讨论东一句,西一句的,不太接茬的样子,却都兴致盎然,彼此感觉有启发。评论家回忆起阿三初露头角时的胆怯样子,想她真是成熟得快,都能在一起探讨理论问题了,她是从哪里得来的养料呢?阿三与评论家说着这些,思想逐渐清晰起来,原先对自己新作品的茫然减退了,觉得那正是自己想说的话,一切全都自然而然。

半月之后,阿三拿到了支票,支付的是美金。这似乎是一个证明,证明阿三的画汇入了世界的潮流,为国际画坛所接纳了。阿三不再是一个离群索居的地域性画家了。

从此,评论家便成了常客。务虚完毕,接下来就是赶着阿三作画,像一个督工似的。有一阵子,阿三看到颜料就心烦,想着偷一天懒吧,可是评论家又在敲门了。就是这种农人式的辛苦劳作,将阿三从漫无边际的思想漂流中拯救出来,也将她从懒散中拯救出来。生活变得紧张,而且有目标。现在,那几份家教也结束了,主人们任期已满,先后回国去了。阿三就专心画画,还有看画。她又奔忙于一些画展之间,以及朋友的画室之间,去看他们的新作品,听他们的新想法。阿三过去在班上并不被看作是出色的学生,而现在,评论家的谈话以及卖画的成果使她看见了她的才华。

这段日子里,阿三挥洒掉多少颜料呀!她画腻了那种补丁似的色块以及藏在色块里的实体,开始画那种逼真的小人儿,密密麻麻的,散布在反透视法的平面的十字路口,或者大楼上下,沙丁鱼罐头似的。这是颇费功夫的,是个细活,阿三绣花似的画着。起初的效果确实惊人,由于长久地在画里找不见清晰的人和事,一旦看见这栩栩如生的场景,真是叫人高兴。这些小人儿全都有模有样,有根有据,十分可爱。也能看出,阿三心里的安宁。一些汹涌澎湃的东西过去了,留下的是心细如发的情绪。在这画小人儿里,又有一些时间淅淅沥沥地过去。有时画久了,阿三一抬头,看那太阳已经西去,有轮渡的汽笛传来,不禁生出今夕是何年的感触。

后来,那香港画商就来了,让评论家介绍阿三认识。见面才知道,香港画商是个美国人,在香港有个企业。他并不懂画,可他经过多方调查,预测到若干年后,中国年轻一代的画作,将会获得很大的世界市场。于是,他便订下一个购买计划,专门收买那些未成名的画家的作品。他要的都是西画,并不是中国传统画。这也是来自预测,他认为中国画和那些中国民间技法作品目前的热门只是个暂时,这并不标志中国画家真正走上世界大市场。只有那些操纵着油画刀,在西方观念下成长起来的画家,才有可能承担这角色。阿三便是其中一个。

他在和平饭店请阿三、评论家,还有一个担任翻译的外语学院教师,一起吃了顿晚饭。这一天过得十分快乐,蜡烛点起了,老爵士乐奏起了,邻桌是一个西欧国家的旅行团,随着音乐唱起来了。阿三泪汪汪的,看出去的景色都散了光,她想:坐在眼前的,用筷子笨拙地夹东西吃的美国人,是比尔多好。这种夜晚特别像节日,并且不分国界。阿三就是喜欢这个。这美国人要比比尔年长得多,算得上是半个老头了,可他喝了点酒,也那么活跃,喜欢说笑话,说完之后就停下来左右看他们的反应,好像小孩子做了好事在等待大人的褒奖。看他的样子,一点没有投机商的精明,甚至还有些诗人的浪漫的天真。他虽然老了点,可是神气却不减,也像是莎士比亚戏剧中的人物。他们这样的人种啊,就好像专门为浪漫剧塑造的。这晚上唯一的不足就是评论家的紧张不安情绪。他见阿三英语说得好,可以与美国人直接对话,便担心起阿三会甩开他这个代理人,直接卖画给他,于是阿三和美国人的每一句对话,他都要求那教师替他翻出来,有一些玩笑话不那么好翻,教师有些迟疑,他便眼巴巴地瞪着教师的嘴,好像那里会吐出金豆子来。其实,阿三说的都是一些无关的事情。

次日,美国人便来到阿三的画室,后面自然跟着评论家和那位翻译。美国人看阿三的画的时候,神色一扫前日晚餐上的傻气,显出严格挑剔的表情。他不再与阿三多话,而是向评论家提出问题。阿三在一旁听着。美国人的问题虽然与绘画艺术无关,却带有商业方面的见识,他说:这些画看起来与西方画几乎无甚区别,假如将落款遮住,人们完全可能认为,是一个美国画家的作品。那么,在市场上,将以什么去引起注意呢?评论家说:一个中国的青年艺术家,在十多年里走完了西方启蒙时期至现代化时代的漫长道路,这本身就是一件值得引起注意的事情。美国人就加重了语气说:可是我指的是,把落款遮住,我们凭什么让人们注意这幅画,而不是那幅画,在我们西方,这样画法的非常多。说着,他将阿三新完成的那幅百货公司的人群的画拉到跟前,说:这完全可以认为,画的是纽约。评论家说:在我们这城市,现在有许多大酒店,你走进去,可以认为是在世界任何地方。美国人接过他的话说:对,可是你走出来,不,不需要走出来,你站在窗口,往外看去,你可以看到,这并不是世界任何地方,这只是中国。阿三不由暗暗叹服这个美国人,他不是看上去那么简单的。然后,他总结道:总之,西方人要看见中国人的油画刀底下的,绝不是西方,而是中国。评论家丧气地说:那么国画,还有西南地区的蜡染制品,不是更彻底的中国?美国人宽容地笑笑:这个问题我们已经讨论过了。

美国人这次来,没有买下阿三一幅画,但他对阿三说,他认为她是有才能的,他还是会买她的画。过后,评论家向阿三抱怨,说美国人出尔反尔,他本来特别强调的就是中国青年画家的现代画派作品,现在又来向他要差别。阿三却说她懂美国人的意思,只是觉得为难,当她拿起油画刀时,她的思想方式就是另一种了,这是一个形式和内容合为一体的问题。评论家要她说得明白些,阿三解释道:你看,我用毛笔在宣纸上作画,我的思想就变得简约,含蓄,我是在减法上做文章,这个世界是中国式的,是建立在"略"上的;可是,画布、颜料,它们使我看见的却是"增"上的世界,是做加法的,这个世界正好和中国世界相反,一切都是凸现,而后者却是隐匿。评论家不由地点头。阿三接着往下说:中国人的思想就像是金石里的阴刻,而西方人则是阳刻。评论家说:那么能不能用油画刀作阴刻呢?阿三没有回答,她觉得自己已经接近事情深处的核心,可是却触及不了,有什么东西将思想反弹回来了。

但这些并没有阻碍阿三继续画画。她决心从另一条途径入手。她搞来许多碑拓,仔细看那些文字的笔画,以及风蚀的残痕。她想:中国画里的水墨,其实黑不止是黑,而是万色之总。因此,她在用色上应当极尽绚烂浓烈之能事。中国意境不是雅吗?她就用俗丽来表达雅,中国意境不是有余地吗?她就用繁复庞杂去做余地。她相信两个极端之间一定有相通之处。接下来的一批画,便是在此思想下画成的。依然是色块与色线,以魏碑为形状基础,很细致的笔触,皴染似的,又像湘绣,织进百色千色。她刚画完一幅时,自己都有些惊奇,但她并不急着往外拿,直等到画成一批,才将它们环壁一周,请评论家光临指导。

现在,阿三渐渐有了些名气,外国领事馆举行活动,也常常会寄请柬给她。当然,她不再去美领馆。她把美领馆寄给她的印花请柬划一根火柴,慢慢地烧掉,眼前就好像出现穿了黑色西装微笑迎候的年轻外交官比尔。其实,这时比尔已去了韩国。

阿三在这些聚会里,身边也能聚起一群人了,有些与那女作家分庭抗礼的意思。而且,她不必像女作家那样声嘶力竭地表现,她年轻,打扮不俗,有卖画的好成绩,再加上一口好英语,自然就有了号召力。开始时,她能感觉到女作家敌意的眼光,还有加倍努力的夸张声势。心中不由暗喜,知道这是冲着自己来的,说明她占了些优势。再接着,女作家就来向她套近乎了。一见面就像熟人似的,上前夸奖阿三的裙子,还有手镯,并且把阿三介绍给她的熟人。阿三自然就很友好,向她请教些事。转眼间,两人就成了好朋友,肩挨肩地站着,然后再分头各自去应付自己的一伙。有几次两人交臂而过,就很会心地笑。晚会结束时,女作家便向阿三发出邀请,去她家玩。

女作家住在西区一幢花园洋房的底层。独用的花园并不大,收拾得很整齐,有几棵树,巴掌大的一块草坪。这天她举行的是化装舞会,每个来宾自己设计服装,然后再带一个菜。花园的树枝上点缀了一些小彩灯,放了两把沙滩椅。她自己装扮成黑天鹅的样子,穿了紧身裤,走来走去招呼客人。她的丈夫也很凑趣地戴了一个纸做的眼罩,腰上佩一把剑,算是佐罗,忙东忙西的。阿三把自己化装成一只猫,其实不过是在头上戴一只纸冠,妙的是她在屁股后头拖了一条尾巴,这使女作家很感激。因为除了几个外国人装成中国清朝人,还有一个德国小伙子穿了红卫兵的服饰,其余的客人要么不化装,要么就是不得要领,只是穿着讲究些而已,女客们大多是很拘礼地穿一条曳地长裙。说是化装舞会,其实只说对了一半。

阿三望着满满一房间的人,想起朋友曾经说过的话:凡是能进入她家客厅的,都能拿到外国签证。这说明了这客厅的高尚。此处有些什么人呢?有一个电影明星,有歌剧院的独唱手,角落里弹钢琴的是舞蹈学校里的钢琴伴奏,有文风犀利的杂文作家,专在晚报上开专栏的,有个孔子多少代的后人,在这城市里也算个稀罕了,还有些当年工商界人士的孙辈,再有一个市政府的年轻官员,是自己开着汽车来的。

陆续来到,先是喝饮料,然后吃晚餐,一边吃一边就有出节目的:唱歌,讲故事,说笑话,变戏法,还有出洋相,晚会就到了高潮,大家开始跳舞,还有到花园里去聊天的。聊着聊着,就见落地窗里,一队人肩搭肩地扭了出来,将聊天的人围起,绕着转圈。阿三排在最后一个,就有排头的那个去揪她的尾巴。树枝上的彩灯摇动起来,花园里的暗影变得恍惚不定,队伍终于有点乱,互相踩了脚,最后谁被椅子绊倒在地,才算结束,纷纷回到房间。

女作家忽然拍着手,招呼大家安静,说要宣布一个消息,录音机关上了,嬉闹停止了。女作家从人背后拉出一个女孩子说:劳拉下个星期要去美国。大家便热烈地鼓起掌来,有调皮的立即奔到钢琴前,在键盘上急骤地敲出"星条旗永不落"的旋律。这位英文名叫劳拉的女孩,此时成了中心人物,人们围着她问长问短。一些片言碎语传到阿三耳中,是在议论美领馆的签证官员,一个男的好对付,另一个女的,是台湾人,不好对付,如何才能避开女的,排到男的上班的日子。阿三正竖起耳朵听着,忽然有人拉她的尾巴,回头一看,是女作家。

女作家递给阿三一碟蛋糕,悄声说:劳拉看上去年轻,实际已经三十多了,从云南插队回来后,至今没有男朋友,工作也不合意,这回去美国是读书签证,前景怎么也难预料。女作家脸上出了汗,洗去些脂粉,肤色显出青黄,看上去很疲惫。她狼吞虎咽地吃着蛋糕,嘴角都粘上了白色的奶油。又接着说:劳拉的父亲当年是圣约翰大学毕业,家里很有钱的,"文化大革命"被扫地出门,从此一蹶不振。然后她用手里的勺子指了指那化装成红卫兵的德国人,说:这种纳粹瘪三,算什么意思!被她骂作"纳粹瘪三"的小伙子不知道她在说什么,笑微微的,朝这边举了举酒杯。她俩便也一起朝他笑笑。阿三忽然有些喜欢这个女人。她吞下最后一口蛋糕,抹了抹嘴,带了股重振旗鼓的表情,离开阿三,再去酝酿下一个高潮。

就这样,阿三成了女作家的座上客。女作家再要召集晚会,就是和阿三一起筹备。阿三到底年轻,又是学艺术的,鬼点子就特别多。有一次,她设计一个游戏,让每个来宾不仅要带一个菜,还要带一句话,写在纸条上。这句话一定要有三个条件:什么人,什么地方或者时间,做什么。比如:阿三,吃过晚饭,画画;劳拉,在床上,哭泣;查理,在冰上,跑步。然后,就将句子分三个部分剪断,各自归拢一处。游戏开始,大家坐成一圈,先将"什么人"发下去,再将"什么地方或者时间"发下去,最后是"做什么"。这样,每个人手里就又有了一个完整的句子,不过却是重新组合过的,于是便出现奇异的效果。比如:阿三,在床上,跑步。事前,阿三又撺掇几个年轻会闹的,写一些特别促狭古怪的句子,结果就更是惊人。每一个句子都引起哄堂大笑,几乎将屋顶掀翻。有打趣在座的人,有讽刺大家都认识的人,有调侃当政的要人。终于轮到阿三打开手里的三张条子,拼在一起,要读却没有读出声来。大家都屏住笑等着,以为有一个特别大的意外将来临,这是游戏的策划者嘛。停了一会儿,阿三一个字一个字地读道:比尔,在某个诗情盎然的夜晚,向阿三求爱。这是这一整个谐趣的晚上的一幕正剧,大家都有些失望,礼节性地笑了几声。主持人便将字条收拢,洗牌似的洗过,开始了下一轮。

晚会结束已是下半夜,阿三没有回家,在女作家的沙发上蜷了几小时,天就亮了。她悄悄起来,女作家夫妇还在隔壁熟睡,她没有惊动他们,自己拿了块昨晚剩下的蛋糕,又倒了杯剩咖啡。一夜狂欢后,没来得及收拾,遍地狼藉。茶几上还摊着做游戏的纸条。她将它们拢起来,塞进提包,然后轻轻带上门,走了。

早晨的轮渡,只寥寥数人,汽笛在空廓的天水间回响。太阳还没有升起,江面罩着薄雾。阿三的思绪有些茫然,想不起为什么是这时候回家去。耳边有江水的拍击声,一下又一下。浦东渐渐就到了眼前。她走上码头,太阳出了地平线,忽然一切都焕发了光彩,她却感到了疲倦,眼睛是酸涩的,满是隔夜的睡意。

回到房间,她洗了澡,换了衣服,然后拉上窗帘,上了床。阳光照在窗帘上,又有些像夕照。她盘腿坐着,从包里掏出那些字条,将它们分别放作三堆,一个人做起了游戏。她依次抽出三张纸,拼成句子,看一遍推到一边,再排出下一句。周围安静极了,这幢楼房里仅有的一点响动也没有了,人们都上班的上班,上学的上学。阿三静静地排着纸条,她在等待那个句子的出现:比尔,在某个诗情盎然的夜晚,向阿三求爱。她知道不会是这一句了,可是别的一句将是什么呢?终于,"比尔"的名字出现了,然后是:在沙滩上,最后是两个字:游泳。比尔,在沙滩上,游泳。这是什么意思?阿三对自己说。她将纸条团起来扔在床下,打了个呵欠,瞌睡上来了,她都没来得及拉开被子,便睡熟了。

其时,画界正悄然而起一股新画风,就是宣传画风。将当年十分流行的宣传画,以精细写实的风格再现出来,却作一些微妙的改动。就像那一幅画,将达·芬奇的"蒙娜丽莎"添上两撇希特勒式的小胡子。这样的宣传画,通过评论家一类的中间人,流向海外的收藏家。这种画风所要求的写实功力,使得画家们临时抱佛脚地日夜练着基本功。然后,宣传画又进一步变成新闻照片,以同样的手法作些改动,政治的讽意便更加突出了。阿三似乎是在一觉睡醒之后发现这新走向的。她想她是晚了一步,如何才能迎头赶上,摆脱落伍的处境?她从一个画室跑到另一个画室,这些画室里又充满了兴奋的情绪,前段时期的惶惑摇摆终告结束。人们或是在紧张地作画,或是高谈政治。许多小道新闻和政治笑话在这里流传,这些都成了他们创作的材料。其中最成功的一位是艺术院校的青年教师,他的画已被香港报刊刊登并作专题介绍。这个来自农村的孩子,有着惊人的想象力,将中国历史和现代化社会镶嵌成的场景,令人捧腹,比如秦兵马俑是足球看台上的观众,门将是孔子,罚点球的则是鲁梅尼格。他在他的乱糟糟的单身宿舍里日夜作画,废寝忘食。房间里充满了颜料味,脚汗味,还有方便面的调料味。他以农人样的苦吃苦做,创造和实践着新潮流,走向了世界。

　　阿三从这些画室一个圈子兜回来,脑子里乱了一阵子,慢慢地理出了头绪。其实所有的荒诞只来自于一个道理:时间空间的错乱,人和事的错乱。她翻出她的旧画,那些百货公司和十字路口的小人儿,决定就在这上面进行新的构思。她重新设计了调子,是亮丽而逼真的,就像美国柯达胶片的效果。这些小人儿不仅是芸芸众生,那些在醒目位置上的,都担任了重要角色,古今中外的政治人物,电影明星,著名人士,宗教首领,都是大家特别熟悉的形貌,经常在传媒中出现的那些,象征着历史和社会的趋向。此时此地,他们却在街头巷尾忙碌着凡人的生活琐事。这个画面除了那种刻薄的讥讽之外,却还流露出一些令人感动的气息,这是来自于那生活场景的细致和感性,是女性特有的对日常人生的温馨理解。但是,这正使评论家有所犹疑,认为批判的力度不够,充斥着庸俗的市井乐趣。他不能认同他内心的触动,因为许多成功的作品都是违反着内心原则来的。不过评论家还是决定试一试,谁知道,也许呢?这些美国人是那么不可思议。

　　许多古怪的画,源源地涌向这些代理人手里,连他们都有些吃不准了。他们的判断力受到挑战,有时便不得不求助于画家。他们将这个画家带去看那个画家的画,将那个画家带去看这个画家的画,听取他们的意见作为参考。同时，也有许多画家，最终抛开了中间人，自己与画商发生了联系。再有就是一些国外的职业的代理商开始进入画界，他们自然是内行多了。他们很快挤走了本地的这些半路出家的中间人，甚至不需要他们介绍画源。他们一到某个酒店住下，就会有画家上门。他们来到的消息，传得比风还快。那个驻香港的美国人果然预料得不错，甚至，比他预料的还要迅速，仅只两年时间，市场就大了起来。而两年后的今天，他却已经把注意力投向越南和柬埔寨。这时候中国内地的画价，已经远不是当初，带着哄抬的架势，连最无资历的画家，开价也有些吓人，并且非美金不行。过去那些老主顾，如阿三他们，有时也会寄画作的照片给他，他以一个生意人的灵敏嗅觉，看出这些画作的商业气和潮流化，早先的为他视为宝贵价值的那股天真的茫然，不再有了。渐渐的，这个带有开拓者意味的画商便悄然退出了这个城市。

　　事情变得很热闹。更多的画家纳入卖画的行列，竞争日益激烈，紧张的气氛笼罩在画室上方。有一些画家率先关闭自己的画室，谢绝参观，为防止探索的成果被模仿。所有的创新一律带有容易模仿的特征，抢第一的风气极盛。新探索面世的这一日，就是被埋没的一日，一大批同种面貌的画作涌现，淹没了独创性。这时候，大家都有些手忙脚乱的，迫不及待。宣传画风已经被真正的宣传画替代。这些不知从哪个角落里觅来的旧宣传画，被剪贴制作成另一幅作品，那画上的污迹和折痕都赋予了抽象的含义，深不可测。拼贴画就这样兴起了，画家们放下画笔，拿起剪子，埋头于制作。

　　一切都取决于灵感。灵机一动也许就能带来巨大的成功。其中没什么道理好讲。像先前评论家和阿三的那类理论探讨，再是文不对题，在此也不需要了。现在是像参禅似的。人心有些焦虑，好念头迟迟不到。那种农人式的勤勉劳动也不起作用了。那位青年教师已经辞职，背一架照相机，骑一辆自行车出去旅行，抛下了身后这个喧嚣的城市。

　　阿三住的那幢楼里，陆续有人进来装修，成天敲打个不停，还有冲击钻和电刨的怪响。阿三只得腰里别个"随身听",用耳机把耳朵堵上。就这样还不行,依然吵得头昏。无奈,便避出去,反正在房间里也无甚可做。她已经有许久没有画画了。似乎,该画的都画过了,接下来,再做什么?她已经经历过几次这样丧失目标的阶段,每次都会获得契机,柳暗花明。阿三相信这次也会,所以心头不像前几回那么着慌。可是,契机什么时候来临呢?她无从着手去做努力争取,只有等待。

在阿三的这幢楼的前后左右,都开辟了工地,许多楼房将要平地而起。很快,就是一个大规模的住宅小区了。阿三走在工地旁的泥路上,看着自己的鞋尖,一些草和小花,被她踩进了柔软的泥里。她发现,春天又到了。迎春花疏朗的黄花在冷风凛冽的空气里摇曳着。空气里有一股含蓄的潮湿,也是春天的意思。阿三的心情有些好转,轻松起来。

她走到土路的尽头,并没有急着转身,而是走进那一片刚清理出来的空地。这里刚迁走一个乡镇小厂,地上有平地机的压痕,还有汽车轮胎的压痕。这时候,阿三在地上看见了一幅奇异的图画,十几只线织手套被压进了泥地,呈现出纵横交错的线条,分布得那么均匀,手套上的辫子花有一股粗粝而文雅的气质。阿三停住脚步,眼光久久留连在那上面,心想:这才叫踏破铁鞋无觅处,得来全不费功夫。

阿三退出空地,然后转身向回走去。她明白她要做什么了。现在,又有一大堆事情等着她做,而且刻不容缓。

阿三的画室成了制作工场。她用颜料和油剂调制成灰浆,厚厚地抹在画布上,不等它干便将线手套或者线袜随手抛上去,然后压实,再慢慢揭去,使其留下印痕。那分布与交叠的微妙之处,全在于她任意地一抛之间。这带有中国画泼墨的即兴的意味,也带有命运的哲学的意味,还像是一种游戏。有一些手套和袜子抛到了一堆,有一些却抛出了画外,这都是宿命。阿三给这些画起了一个名字,叫作"劳动"。她是反其道而行之的意思,明明是玩耍,却偏说是"劳动"。这批画一出阿三的画室,便在画家之间流传开了。同类型的作品一时间蜂拥而出,当然,印痕的样式各是各的,花色百出,有一些更加别出心裁。其中卖得最好价钱的一幅,是二乘二米大小,刻着砖石瓦砾的锐痕,题目叫作"原始社会"。要追究起来,阿三的画是这一切的源泉,可是大家都心急慌忙的,谁有耐心去追根溯源呢?

当然,也有阿三在别人的源头上发展的时候,比如那些剪贴画。阿三动的是月份牌的脑筋,收集来一些美女月份牌,再行加工。所以,这笔账就不能认真算了。

阿三的这些痕迹画,其实还开了个头,就是绘画向雕塑方面的转变。人们渐渐不甘心只在画布上刻些痕迹,而是要真实物件亲自登场了。一些破布烂衫出现在画面上,甚至更大的物体:水壶,铝锅,火钳,草帽。名堂越来越多。只是这样的作品给那些画商的收藏带来一定的困难。但与此同时,画商为某些画家在海外开办商业展出的好消息也传来了。出国办画展,是每个画家的美好心愿。

阿三开始寻找这样的机会。她把她作品的照片纷纷寄给各领事馆的文化部门,以及她所知道的画商。明知道这样并不会有什么结果,但聊胜于无。随后,她再各个出击。她跨过中间人,直接和画商联系,为他们安排住宿的酒店,陪他们看画,游玩,买东西。就这样,她认识了法国画商马丁。马丁的画廊在法国东部与德国交界的一个小城里,他对中国并不熟悉,阿三是他认识的第一个中国画家。

马丁所在的小城是一个僻静的地方,城里人口不过几万。画廊是他祖父手里创建的。和那个时代的法国人一样,艺术是他生活的一部分,并不视为奢侈的。这个画廊有上下两层,一层是主人的收藏,二层则是流动性的展出。在过去的岁月里,马丁家并不指望它挣钱,只是将它作为他们家庭的一个建设,同时也很骄傲为这小城提供了艺术生活。到了马丁这一代,情形则有些不同。马丁是在美国西部读的大学,学的是传播。他是有些野心,也有些见识。当他回到他那宁静的带有避世意味的故乡小城,就产生了一种要使家乡与世界沟通的想法。他决定利用画廊这个地方。

就像欧洲人从教堂里上了西方艺术的第一课,马丁是在中国餐馆里启蒙了东方文化。那金碧辉煌的厅堂,富丽豪华的气派,俗艳到头又折回到雅的装饰,都暗合着马丁内里的浮华的心意。中国菜也是浓油重彩的,有一股香艳的格调。而与这一切形成对比,中国侍者的黄皮肤的脸却一律呆板,冷漠,面无表情。在垂着华丽流苏的宫灯照耀下,真有些像安格尔的画。在美国读书时,他认识了一个大陆来的中国留学生,就是通过他,再经过几道转折,他来到阿三面前。这时候,他是二十四岁,比阿三小三岁。

马丁是瘦长的个子,颈子和手腕从扣整齐的衣领衣袖中伸出长长的一截,就像是那种正在蹿个子的中学生,无法买到合身的衣服。他的白皮肤叫东方夏季的太阳晒得发红。为了降温,他便一个劲地喝可口可乐,然后就打着嗝,一边说着"对不起"。虽然他去过巴黎和纽约、洛杉矶,上海的拥挤和杂乱还是叫他吓了一跳。他一走出酒店就蒙头转向,在联络到阿三之前的两天里,他都是在客房看电视度过。因此,阿三一旦出现,并且说着流利的英语,马丁立即有了种他乡遇故知的心情。然后他们便走出酒店,到各处逛着。一天下来,马丁便晒红了。

严格地说,马丁是个乡巴佬,没见过多少世面。他一步不离地跟着阿三,生怕走丢了。花钱方面也很吝啬,他们总是在那种小铺子里吃饭,并且总是在晚饭前回到酒店,然后就在大堂站住脚,握手,道别,把阿三打发回去了。他对艺术也说不出有多懂,甚至谈不上是爱好艺术。尤其让阿三感到意外的是,他对西方现代艺术几乎无甚见解,他甚至显得有些闭塞。这倒使阿三在他面前有了自信。她陪他逛了三天,就带他去了浦东。当轮渡渐渐离岸,马丁站在甲板上,望着往后退去的外滩的楼群,说,这有些像塞纳河,阿三方才想起马丁是来自法国的青年。

马丁看阿三的画时,神情变得慎重和严肃了。在此之前,他还是腼腆,羞怯,对阿三怀着依赖。他坐在地上,阿三将一幅画安置在他前面,过一会儿,他用手指轻弹一下可口可乐的铁罐,表示可以过去了,阿三就再放上另一幅。他一直没有出声,也没有喝可乐和打嗝,凝神在画上。阿三不由有些不安,她克制着不去看马丁的淡蓝眼睛,那里有着一些决定命运的东西似的。她原先是没有把马丁放在眼里的,可是现在却有些不同。这个画廊老板的孙子,生活在法国,他的天性里就有着一些艺术的领悟力,虽然无法用言语表达。从米开朗琪罗开始的欧洲艺术史,是他们的另一条血脉,他们就像一个有道德的人明辨是非一样明辨艺术的真伪优劣。

上午九点钟的太阳已经炎热起来,电风扇忙碌地转着头,徒劳地驱散着热浪。有一块阳光正照在马丁一边脸颊上,汗流了下来,而他浑然不觉。

所有的画都看过了。马丁喝了一口可乐,又喝了一口,然后把那剩下的半罐统统喝完了。他抬头看着阿三,脸上又恢复了先前羞怯和依赖的表情。他说:你还有没有别的画了。只这一句便把阿三打击了。阿三生硬地说:没有。马丁低下了头,好像犯了错误却又无法改变。停了一会,他说:你很有才能,可是,画画不是这样的。阿三几乎要哭出来,又几乎要笑出来,心想他自己从来没画过一笔画,凭什么下这样的判断。她用讥讽的口气说:真的吗?画画应该是怎样的?马丁抬起眼睛,勇敢地直视着阿三,很诚实地说:我不知道。阿三又是一阵哭笑不得。可是在她心底深处,隐隐的,她知道马丁有一点对,正是这个,使她感到恐惧和打击。她也在地上坐下,坐在另一角。热气渐渐灌满了这房间,电风扇的风也是热的。马丁伸手到背囊里又掏出一罐可乐,刚要拉盖,被阿三制止了。她说:我给你拿冰镇的。然后起身去冰箱里拿来,一人一罐。马丁从她手里接可乐时,朝她一笑,很老实卖乖的样子。阿三就不好意思生气了。

马丁说:我热得就像一条狗样,说着就伸出舌头学狗的样子喘气。阿三没好气地说:你是一条会咬人的狗。两人都笑了。有一股谅解的气息在他们之间升起,彼此好像接近了一些。这天的午饭,是吃阿三煮的方便面,面里打上两个鸡蛋,再加一把蒜苗。吃过饭都有些困顿,各在各的角落里打盹,有一句没一句地聊着闲天。最热的午后挨过去了,太阳西移,稍稍透气了一些。远处有电动打夯机的声音响起。最后,天边泛起了晚霞。先是一团,然后崩裂开来,铺了一大片,光线变得瑰丽多彩。马丁说:这像我家乡的天空。接着就说起那里的情景:蜿蜒上行的石子街,街边的小店,张着太阳伞,门前有卖冰淇淋的,上方悬一只小铃,摇一下铃,老板就出来做买卖。城里有一个方场,早晨有农人设摊卖菜和鲜花。节日的晚上,青年们就走出家门,在广场上跳舞,居民自己组织的乐队奏着乐,通宵达旦。这里的人几乎彼此认识,都是几辈子的老住户,有些人,从来就没有离开过。你知道,马丁说,法国和中国一样,是一个老国家,就是这些永远不离开的人,使我们保持了家乡的观念。最后,他说到了他家的画廊,两人不由都静默了一下。

停了一会,马丁说:我们那里都是一些乡下人,我们喜欢一些本来的东西。本来的东西?阿三反问道,她觉出了这话的意思。马丁朝前方伸出手,抓了一把,说:就是我的手摸得着的,而不是别人告诉我的。阿三也伸出手,却摸在她侧面的墙上:假如摸着的是那隔着的东西,算不算呢?马丁说:那就要运用我们的心了,心比手更有力量。阿三又问:那么头脑呢?还需不需要想象?马丁说:我们必须想象本来的东西。阿三便困惑了,说:那么手摸得着的,和想象的,是不是一种本来的东西呢?马丁笑了,他的晒红的脸忽然焕发出纯洁的光彩:手摸得着的是我们人的本来,想象的是上帝的本来。

现在,阿三觉得和马丁又隔远了,中间隔了一个庞然大物,就是上帝。这使得他们有了根本的不同。一切在马丁是简单明了的,在阿三却混淆不清。阿三不由得羡慕起马丁,可她知道她做不了那样,于是便觉着了悲哀。

这天晚上,他们一起乘轮渡到了浦西,然后在一条曲折的弄堂里找到一家面店。面店设在老式石库门房屋的客堂间里,天井里也摆了桌子,大门口亮着一盏铁罩灯。楼上和隔壁照常过着自己的日子,都已吃过晚饭,开着电视机,频道不同,声音就有些杂沓,又掺着电风扇的嗡嗡声。弄堂里有人摆了睡榻乘凉,聊天或者下棋。他们各人吃一碗雪菜肉丝面,要的啤酒是老板嘱咐邻居小孩临时到弄堂口买来的。他们碰了碰杯,忽然会心地笑了。这一天,虽然没有任何结果,可是,两人却都过得很满意。他们已经是朋友了。

在外滩分手的时候,阿三照往常伸手握别,马丁却说:不,我们应当按法国式的。说着,上前在阿三两颊上亲了亲。阿三看着他弓下瘦长的身子,钻进一辆夏利小车。然后,车开走了,融进不夜的灯火之中。阿三没有回浦东,而是转身跳上一辆公共汽车,向市区去了。

女作家的家里开着空调机,阿三一进去便感到沁骨的凉爽,心也安静了。女作家一个人在,穿着睡衣看电视,问阿三怎么多日不来,是不是有了奇遇?阿三不说话,只一杯杯地喝水,方才面条里大量的味精,这时候显出效果来了。喝了半天水,阿三放下杯子,问了女作家一个关于宗教的问题:上帝在什么地方。女作家戏谑道:你问我?我还问你呢。阿三就有些不好意思,觉着自己造作了。这也就是女作家可爱的地方,她不虚假。女作家又紧逼着阿三问有没有奇遇。阿三很想和她谈些马丁的事,可是一张嘴,说的竟是比尔。她说:比尔,你知道吗?美领馆的那个文化官员。女作家说:怎么不知道,他早已调任韩国了。阿三说:我和他有一段呢,你看我英语说得这样,从哪里来的?就从他那里来的。

女作家认真起来,注意地听着。阿三眼睛里闪着亢奋的光芒,她说着比尔和她的恋情,好像在说别人的故事。她隔一会儿就需重复一句:怎么说呢?她真的找不到合适的词汇,可以把这段传奇描述得更为真实,好叫人信服。一切都像是叙述一部戏剧,只有结尾那一句是肯定无疑的,有现实感的,那就是,比尔说:我们国家的外交官不允许和共产主义国家的女孩子恋爱。这是千真万确,也因为它,女作家相信了阿三的故事。

阿三说完了比尔,心里突然涌上一股空虚感。她怀着恐惧想道:她现在什么都没有了,倘若没有新的事情发生,而且,难道她真的能够忘记比尔吗?她沮丧起来,在沙发上蜷起身子,一言不发了。她感到了这几天受热和奔波的疲乏,喉咙剧痛起来。她怕她要生病,就向女作家讨几片银翘解毒片。女作家递给她药时,她抬起可怜巴巴的眼睛,说:你看我能有一天出去吗?

女作家把药片重重地往她手心里一放,转身回到自己的座位上:出去,出去有什么好?停了一会儿,她缓和下口气,说:阿三,我送给你两句话,有意插花花不发,无心栽柳柳成荫。

第二天,阿三到马丁住的酒店去。马丁已经站在大堂里等她,看见她到来,便很高兴地迎上前。阿三感觉到这一天过后,马丁对她产生的亲切心情,心里有些感动。马丁拉着阿三的手问,今天去什么地方。他觉得阿三有权利安排他的一切。原先,阿三是不打算让马丁和其他画家见面的,可是昨天过来之后,她的计划变了。她晓得马丁不是欣赏他们这些画家的人,他和以往的画商不同,所以也没必要垄断他了。并且,她想到马丁花了这么多法郎来到中国,应当看得再多一些,也不致显得自己太小气。于是她就向马丁宣布今天去看另外一些画家的画。然后,他们出发了。

马丁与比尔相比如何呢?阿三问自己。在这矗立着孤零零的柏树的丘陵地带,马丁和比尔一样显得朦胧,含糊不清。好像只是两个概念,而没有形象。

穿过茫然,马丁的眼睛还是浮现起来了。同样是蓝色的眼睛,却也不尽相同。比尔是碧蓝的,是那类典型的蓝眼睛,像诗里写的那样;马丁却是极浅淡的蓝色,几近透明。两人都是高大健壮的,但比尔匀称,似乎身体的各部位都经过了严格的训练,而使其发育完美,比例合格;马丁则像是一棵直接从地里长出来的树,歪歪扭扭,却很有力量。比尔自然更为英俊漂亮,像个好莱坞的明星;马丁却更接近天籁,更为本质。似乎,比尔是个从试管里培育出来的胚胎长成的,马丁却是一千代一万代延续下来的生命果实。而正因为马丁是这么一种自然的生物,阿三便觉着更加隔膜了。连他的吸引也是隔膜的。比尔的世界是大的,喧腾的,开放的;马丁的则是宁静,偏僻,孤立,接近它的道路更为曲折。

他们的爱发生在最后的三天之内。这确是称得上爱的关系。这三天里,他们一天比一天亲密。尤其是马丁,因为知道他们一定是要分离,流露出的情感更为强烈。阿三却要比他乐观,因她抱着事在人为的希望。她留宿在马丁的房间,"请勿打扰"的牌子从傍晚直挂到次日中午。马丁人在旅途,知道这爱情的宿命,不会有任何结果。他对阿三难以释手,他连连地说"我爱你",好像要以爱来拯救一切。阿三想到,她等比尔说出这句话,结果是在马丁这里听到,人事皆不同了。可她心里也是欢喜的。她是相信爱的,和比尔不成,是因为比尔对她不是爱,可是,"马丁爱我"。他们百般缱绻,然后累了,便一同睡去。有时马丁先睁开眼睛,看着阿三的中国人的脸在窗帘透进的薄光里,小而脆弱,纤巧的鼻翼看不出地翕动着,使那轮廓平淡的脸忽显得生气勃勃。他想起在他遥远的家乡,那一家中国餐馆里,有一幅象牙的仕女图。中国人的脸特别适合于浮雕,在那隐约的凹凸间,有一股单纯而奥妙的情调。他真是爱她,他忍不住要去吻她,把她吻醒,再缱绻个不够。

尽管是有这留宿的三晚,阿三仍然感觉与马丁是一场精神上的恋爱,保持着特别纯洁的气息。他们像姐弟一般搂抱着睡觉,又像姐弟一般手牵手地逛街。马丁的那双大手啊,流露出多少虔诚。它是笨拙的,因知道自己笨拙,便小心翼翼。光凭这双手,阿三也知道:"马丁爱我。"看见马丁过于瘦长的四肢,阿三忍不住就要去胳肢他,于是他便像落水的人一样胡乱划动着手脚,将近旁的东西都打落在地。阿三笑着说:我们中国人有一句老话,说男人怕胳肢,就怕老婆。马丁笑着说:我不怕老婆,我怕阿三。听到这话,阿三的心就沉了沉。趁阿三走神,马丁也去胳肢她,却没有收到预想的效果。马丁有点扫兴,可是接触阿三的身体使他温存。他把阿三抱在怀里,看着她的眼睛。这像浮雕似的细致的眼睛里,有一些模糊的神情是为他所不能了解,这触动了马丁,于是他又伤感起来。

他抱着阿三,阿三也抱着他,两人都十分动情,所为的理由却不同。马丁是抱着他的一瞬间,阿三却是抱着她的一生。马丁想,这个中国女孩给了他如此巨大的感动,虽然她画得一点也不对头。阿三想,这个法国男孩能使她重新做人,尽管他摧毁了她对绘画的看法,她可以不再画画。一个是知道一切终于要结束,一个是不知道一切是不是能开始,心中的凄惶是同等的。马丁看阿三,觉着她离他越来越远,如同幻觉一样,捉也捉不住了。阿三看马丁,却将他越看越近,看进她的生活,没有他真的不行。马丁说:阿三,你是我的梦。阿三说:马丁,你是我的最真实。他们彼此都有些听不懂对方的话,沉浸在自己的思想里,被自己的心情苦恼着。

太阳一点一点下去,又一点一点起来。它在房间的固定的一点上慢慢地收住它的光,又在另一点上伸延着它的光。即使隔着窗户上的纱帘,它也能穿透进来。这真是催人落泪的。

离别的时刻就要来临了,马丁终于要收拾他的行李了。房间里东一摊西一摊的,他的东西,渐渐地收拢起来,渐渐的就好像没有住过马丁的样子。马丁的剃须刀、香水,马丁的旅游鞋,马丁的衬衫,全都装进了房门边的两个大包里。那两个大包却还是空空的,有许多空余。阿三忽然说:把我装进这里,带我一起走吧!马丁说:我要把你揣在我的口袋里带走。他把阿三的话当作了离别前恋恋不舍的情话,可阿三却一不做二不休,她抓住马丁的手,颤抖着声音说:马丁,带我走,我也要去你的家乡,因为我爱它,因为我爱你。她有些语无伦次,可是马丁听懂了。他的眼睛变得冷静了,却依然十分的诚实。他握住阿三的小手,送到眼前,仔细地看着那透明皮肤底下的蓝色脉络,然后说:阿三,我爱你。听了这话,阿三的身子向他近了一步,昂起头,焦灼地看着他的眼睛。他的眼睛淡得几近无色,那里有着什么呢?马丁接着说:可是,阿三,我从来没想过和一个中国女人在一起生活,我怕我不行。为什么?阿三脱口而出。她知道这问题无聊,不会有结果,可她却急于听到马丁的回答。马丁沉思了一下,说:因为,这对于我不可能。这就是马丁的魅力。他的回答,总是简朴到了极点,简朴到了真理的程度。

阿三垂下了手,马丁也松开了她的手。此时,两人都有一股说不出的失望,一个美好的记忆还没有形成就已经破碎了。彼此都猜错了心思,本来的相互理解,现在变成了不理解。都有些委屈,又不便诉说。于是就沉默着。最后的时间在沉默中度过。马丁的中国之行在这最后的时刻变得不堪回首,带着毁于一旦的痛切之感。于阿三来说,却几乎是痛及她的整个人生。她想:比尔不和她好,是因为不是爱她,马丁爱她,却依然不和她好,她究竟在哪一点上出了毛病?

最后,就要走出门了,两人又紧紧拥抱在了一起。可是,都体会到这动作里的虚假。似乎,在这一刻里,两人都认识到自己的义务:要将这场恋爱画上一个句号,使之善始善终。两人都极力不流露自己的失望,热烈地亲吻着,心里却感到了疲惫。因此,一旦分手,就都感到如释重负。阿三甚至没有送马丁到机场,只在酒店门口看他坐进出租车,与他挥手告别。她几乎是急着要与他离开。但这只是当时,仅仅过了一分钟,阿三就后悔了。她差一点就要跑回酒店门口,再要一辆出租车,赶往机场。她对自己说:时间还来得及。然而,她努力克制住了。

一个人往回走的时候,和马丁在一起的情景便涌上心头,历历在目。这二十天里发生了多少事情啊!天气依然那样炎热,看不见转凉的希望,可是马丁已经走了。阿三的眼泪流了下来。她想起了马丁温存的大手,是那样搛着她的小手,走在这人车熙攘的马路上。这时候,马丁从出租车的窗口望着烈日下赶路的人们,也在想着阿三。他知道他这一生中再也不会遇见这姑娘了,不由心如刀绞。

马丁走后给阿三来过两封信,阿三一封也没有回。信封上的那个陌生的法国地名,于她是海角天涯。她知道那是欧洲的腹地,有着几百年不变的纯真的血统,它忠实地驻守在法国,是一道永恒的风景。她没什么要对马丁说的,说什么都无济于事。谈爱吗?算了吧,这是近乎奢侈的消遣,拿自己的感情做游戏。马丁的热情和忧伤,都扇不起阿三的心了。她甚至不懂他到底要什么。看他将他们的关系比作永恒中只能相遇一次的行星,是永远的瞬间,阿三便笑了,心里说:什么叫"永远的瞬间"?话是分开来说的,他,马丁,还有比尔,都是永远,而阿三就是瞬间。阿三把马丁的信都撕了。

可是,有一件事却激怒了阿三,使她平静不下来。那就是,阿三再不能画画了。马丁的全盘否定,在一个重要的节骨眼上,打中了她。她想:马丁,你不负责任!马丁把她苦心建造的房子拆毁了,他应当还她一座,可是没有,他就这样拍拍屁股走了,留下阿三自己,对着一堆废墟。比尔走的时候,阿三还能画画,马丁走了,她却连画画也不能了。阿三虽然没有像爱比尔那样爱马丁——这是她经过比较得出的结论——但是马丁却比比尔更加破坏阿三的生活。

天气终于有了凉意。阿三挂在窗前的一只"叫哥哥",渐渐声气微弱。阳光变得稀薄透明。房子前后的新楼也平地而起了。远处,有一只塔吊,在有雾的夜晚,那升降臂上的一盏灯,穿过雾障看着阿三,像一只夜的眼。这景色有一种纯洁的,但也是虚空的意味。午后时分,天空积攒着雨云,蜻蜓飞进房间,在突然变暗的黄昏样的光线里飞翔,翅翼闪着幽光。阿三想起马丁说的"本来"的概念。她静静地向昏昧的暗中伸手出去,似乎有蜻蜓飞行搅起的气流掠过手心。这就是"本来"吗?天已经暗到了这样的地步,如同黑夜一样,雨云铺满了整个天空,气压变得很低,呼吸都有些困难。雨马上就要下来了,甚至隐隐地听见有雷声,在厚厚的云层后面滚动。可是忽然间,雨云露出了边缘,阳光从那边缘里射了出来,天又亮了。这时候,才看见雨云原来是在飞速地奔跑,由于面积实在太大,要跑许久才可从头顶跑开。雷电终于没有来临,大雨也过到别的区域,蜻蜓飞走了。那接近于"本来"的幻觉也消逝了。

阿三躺在她的床上,看着窗口的景象。房间里堆着她的没卖出的画,几乎可代表这几年的美术史。没有人上门,人们都知道阿三和一个法国画商打得火热,眼看就要传开阿三去法国的流言。

现在,阿三已经划进专门为外国人准备的那类女孩子,本国的男孩子放弃了打她们的主意。这就是阿三至今没有遇上一个中国求爱者的缘故。她生活在一个神秘的圈子里,外人不可企及。谁也无法知道她们日常起居的真实内容,那就是有时候在最豪华的酒店,吃着空运来的新鲜蚝肉,有时候在偏远的郊区房子,泡方便面吃,只是因为停电而点着蜡烛。她们的时装就挂在石灰水粉白的墙上,罩着一方纱巾。还有她们摩登的鞋子,东一双,西一双的。

无所事事,阿三很想去找女作家。可是她似乎很感惭愧,她的新故事结束得太快,不值得一提。她想起那晚在女作家的客厅里,她的表现是让人有所期待的。她就没有去找她。

这样懒散地度过两个月之后,阿三终于囊中如洗。她这才强打精神去寻找挣钱的途径。上海宾馆对面有一家旅游品商店,老板是她的朋友,曾经向她收购过水彩画和油画,以风景和静物为主。她当时因卖画正走红,自然嫌那收购价低了。但是,现在,她想来想去,只有去找他。她梳洗了一番,吃了最后一包方便面作早饭,就出门去搭轮渡。十月的高朗的天空,使阿三振作了精神。风是爽利的,将她一身的隔宿气扫尽。阿三气色看上去还不坏,心事已经沉淀下去,要有新开头的样子。她甚至已经在考虑将要创作的题材。她想她离开学校之后再也没有去写生过,出外写生的情景来到眼前,便有些兴奋。这样,她又看见了浦西的建筑。江边的绿化地带有老人在做操,还有孩子。经历了这样的骚动的时期,她几乎怀疑还有没有和平的生活。现在,这情景给了她肯定的回答。阿三愉快地想到,去过旅游品店之后,就到女作家那里去蹭一顿午饭,对,要敲她一次竹杠,逼她去红房子。

阿三乘上电车,街景都是令人愉快的。商店刚刚开门,第一批顾客拥进店堂。地面上洒过了水,湿漉漉的,转眼间便干了。阿三的心情这样开朗,以致到了旅游品店,发现这店早已几经转手,竟也没感到太多的沮丧。老板是个中年女人,并不认识阿三的朋友,阿三就又举出四面八方好几位熟人的名字,以期与女老板搭上关系。只有一个得到她模棱两可的回应,她所说的那名字与女老板知道的有一字之差,阿三承认也许是她记错了。这样一来,就好说话些。可是,此时阿三却发现店堂里已不再出售油画和水彩画,多是些瓷砖画,还有俗丽的玻璃画。她就问女老板为什么不再卖油画和水彩画,女老板说那些东西卖不出好价钱,画家要的价又很高,索性算了。阿三就说:我给你画怎么样? 女老板很厉害地说:我又没看见过你的画,怎么好说呢? 阿三说:我给你画一幅,但你要先给我些定金。女老板就笑了:我没看见过你的画,怎么好给你钱? 阿三就说:某某人是我的朋友,也是你的朋友,连这点信任也没有吗? 阿三开着玩笑,然后转身出了店门,心里说:你要我画我还未必卖呢。

阿三站在林荫道上,秋天的阳光从梧桐叶里洒落在她身上,她感到身心都是轻盈的。新洗的头发直垂到腰下,合起来不过一指头粗细,披开来却千丝万缕。头发的凉滑感觉传到了全身。她穿一条旧的齐膝剪去、露着毛边的牛仔裤,黑色高领线衫的袖口则是从颈下开始,两个肩膀完全袒露着,脚上是一双细跟羊皮镂空凉鞋。她的样子显得很新颖,过路人都要驻足回望。

现在,我要去什么地方呢? 阿三想。这个思索一点没有使她茫然,她心里是清晰和坚定的。是的,她谈不上有一点茫然,只不过是没有地方去。

她在树阴里站了一会儿,心里并不盘算什么。她感到身心那么舒畅,脸上浮起了微笑。身后旅游品店的女老板透过玻璃门看她,似乎也在等待着,看她将去什么地方。她将这女孩子划为某一类人中间。在这里开店的日日夜夜,她见多识广,人们大多逃不出她的判断。

阿三细长的发梢在微风中轻轻飘荡,她用一个小玻璃珠子坠住它们,使它们不致太过扬起。她的细带细跟镂空鞋有一只伸下了街沿,好像一个准备涉水的人在试着水的流速和凉热。她的身姿从后看来,像是一个舞蹈里的静止场面,忽然间她的身体跃然一动,她跨下了人行道,向马路对面的宾馆走去。女老板的脸上浮起了微笑,似乎是,果然不出她所料。

阿三走进大堂,左右环顾一下,然后在沙发上坐下。早上的酒店,正处在一种善后和准备的忙碌之中。清洁工忙着打扫,柜台忙着为一批即将离去的客人结账,行李箱笼放了一地。咖啡座都空着,商店刚开门,也空着。在玻璃门外的阳光映照下,酒店里的光线显得黯然失色,打不起精神。阿三坐在沙发上,一条腿架在另一条腿上,悠闲且有事的样子。她的眼睛淡漠而礼貌地扫着大堂里忙碌着的人和事,是有所期待却不着急。她的视线落在空无一人的咖啡座,她和比尔来过这里,是在晚上,那弹钢琴的音乐学院的男生心不在焉,从这支曲子跳到那一支。

  这时有人走过来问,阿三旁边的座位有没有人。阿三收回目光,冷着脸什么也不说,只是朝一边动了动身子,表示允许。那人便坐下了。这时候,一圈沙发都已坐满,人们脸对脸,却又都躲着眼睛,看上去就像有着仇似的。阿三对面是一对衣着朴素的老夫妇,他们很快被一个珠光宝气的香港女人接走了。香港女人说着吵架般地广东话,老夫妇的脸上带着疏远而害羞的表情,三个人朝电梯方向去了。他们的位子立即被新来的两个男人填上了。阿三左边的单人沙发上坐着一个中年人,派头倒不坏,却全叫那一身灰色西服穿坏了。说是西服,可跨肩和后背,以及袖口,全是人民装的样子。膝上放一个人造革的公文包,两眼直视前方,一动不动。他对面,也就是阿三右侧的单人沙发上那一位则正相反,脖子上了轴似的,转动个不停,虽是坐着,却给人翘首以望的感觉。好几次,他眼睛里闪出兴奋的光,手已经挥动起来,差一点就要喊出声来,最后,才发现认错了人。

  阿三看见,前边一圈沙发上并没有坐满,一些外国人宁可站着,也不愿挤在一起。甚至本来坐着的,一旦旁边有人落座,也立即站起走了开去。阿三愤怒地想到,中国人连汽车上一站路的座位也不愿放过,而要争个不休的恶习,并且发现这团团坐成一圈,不是一家、胜似一家的滑稽景象,便想站起来也走开去。可是再一想为什么是她走,而不是别人走?就又坐了下去。这时再一抬头,发现左右对面都换了新人,连坐在她身边的那位也换了个与她年纪相仿的小姐。

  大堂里开始热闹起来。人的进出频繁了,隔壁咖啡座有了客人,大声说话,带了些喧哗。自动电梯开启了,将一些人送去二楼的中餐厅。一阵热闹过去,大堂重新安静下来。不过与先前的安静不同,先前是还未开场,这会儿却已经各就各位。阿三身边的沙发不知什么时候都空了,咖啡座又归于寂静,自动电梯兀自运作,没有一个人。柜台里也清闲下来,一个个背着手站着,清洁工在角角落落里揩拭着,有外国小孩溜冰似的滑过镜子般的地面,转眼间又没了人影。阿三依然保持着悠闲沉着的姿态,只有一件事叫她着恼,就是她的肚子竟然叫得那么响,又是在这样安静的中午,几乎怀疑身后不远处那拉门的男孩都能听见了。一个男人在阿三对面沙发上坐下,看着阿三,眼光里有一种大胆的挑衅的表情,阿三装作看不见,动都没动,那人没得到期待的回应,悻悻地站起身,走了。阿三敏感到,大堂里的清洁工和小姐,本来已经注意到她,但因为那男人的离去,重又对她纠正了看法。

停了一会,她站起身来,向商场走去。她以浏览的目光看了一遍丝绸和玉石,慢慢地踱着,活动着手脚。人们都在吃饭或者观光,这一刻是很空寂的。虽然饥肠辘辘,可是阿三的心情没有一点不好。她喜欢这个地方。虽然只隔着一层玻璃窗,却是两个世界。她觉得,这个建筑就好像是一个命运的玻璃罩子,凡是被罩进来的人,彼此间都隐藏着一种关系,只要时机一到,便会呈现出来。她走到自动电梯口,忽然回过头,对着后她一步而到的一个外国人微笑着说:你先请。外国人也客气道:你先请。阿三坚持:你先。外国人说了声"谢谢",就走到她前面上了电梯。阿三站在外国人两格梯级之下,缓缓地上了二楼,看着那外国人进了中餐厅。她在二楼的商场徜徉着,看着那些明清式样的家具和瓷器。

她没有遇上一个人。

当她再回到大堂,她原先的座位已被几个日本人坐去,她也乐得换换位置,便来到另一圈沙发前,仍然挑了一具双人沙发坐下。这一回,她的神情更加轻松,带了股勃勃的生气。她一扫方才的冷漠和悠闲,脸上浮起亲切可爱的笑容,使人觉着她有着一些按捺不住的高兴事,她所以坐在这里,就是为了这高兴事。大堂里的大钟已指向一点,用过餐的人从自动电梯上下来。又到了一个外国旅游团,拥满了大堂,柜台里重新忙碌起来。外国人的合着浓重体味的香水气,顿时充满了空间。阿三喜欢这样的气氛,乱是乱了点,可却有些波澜起伏的。她已经不再感到肚饥。她向旅游团里的一个老太说了声"哈罗",她正摸索过来坐下歇歇脚,她也对阿三说了声"哈罗",因为初到这个国家受到欢迎而心感愉快。阿三又问她是从哪里来,她回答说:美国。正要继续攀谈,却听导游在招呼集合,老太只得归队去。阿三很怜悯地看着她蹒跚的背影,说:祝你好运。

这时候,她听见耳边有一个男声用英语说:劳驾,小姐。起先她不以为是对她说,可是那声音又重复了一遍:劳驾,小姐。她这才回过头去,看见身后站着一位亚洲脸形的先生,系在长裤里的T恤衫上印着"纽约"的字样。他面色白净,头发剪得很整齐,脸上带着温文尔雅的微笑。你是在叫我吗?阿三用英语问。那先生点点头,阿三就说:我能帮你什么忙呢?他微笑着说:我能否知道,你是从哪里来的。阿三头一偏,说:你猜。日本,那人猜。阿三摇头。香港,那人又猜。阿三还是摇头。那么,美国,那人再一次猜道。阿三就说:保密。那位先生笑了,他绕到沙发前来在阿三旁边坐下,阿三嗅到他嘴里口香糖的薄荷气味,十分清爽。

阿三已经断定他是一个亚裔的外籍人,中国男孩很少有这样清明的脸色,干净整洁的发型,和文雅的笑容。并且,她注意到他长得十分端正清秀。阿三等着他提出邀请,邀请她去那边咖啡座坐坐。在她看来,这是起码的礼节,当一个男人主动搭识一个女人。他却好像忘了有咖啡这回事,而是和她一个劲地攀谈下去。他和她说上海这城市的美丽,外滩有些像纽约,人也很开放,很国际化。阿三则故意反着他来,说这城市又脏又挤,人也粗鲁,踩了你的脚还要骂你不长眼。他则很具历史态度地说:那是因为十年"文化大革命"破坏了文明的缘故。阿三却反问:"文化大革命"顾名思义不是应当对文明有益,建设新文明吗?那先生耐心地向她解释"文化大革命"的实质,阿三便想:这一位倒是听了不少中国的政治宣传。她知道有这么一类外国人,比中国人更了解中国。就装作有兴趣的样子听着。她有意对他亲切而稔熟,好使柜台那边的小姐认为,她终于等到了她要等的人,一个老朋友。

等他终于说完,阿三带着讥讽的口吻说:听起来,你就像个中国人。他谦虚地说:我就是个中国人,阿三等着他的下一句,"不过是出生在国外",好再去讥讽他的中国心,可那下一句却是:我出生在上海。阿三倒是一怔,再看那人的微笑,便觉带着些诡诈的意思。她沉下了脸,正过身子,往后一靠,说:我也是中国人,出生在上海。他站起身,依然以那温和礼貌的态度微笑着,说了声"再见",便不见了。阿三想着:难为他有这样的仪表,却不会请小姐喝一杯咖啡。而她忽然一转念,想到他也许正期待阿三提出邀请,请他去喝咖啡呢!阿三实在觉得荒唐,并且愚蠢。两个人还一句去一句来地说了一大通英语,直到最后一句"再见",也是用的英语,真好像两个外籍人似的。阿三这会儿才有些丧气,觉出了这大半天的不顺利。她恼火地站起身,将放长带子的小皮包一甩,走出了大门。她刚走了两步,却听身后有人叫:劳驾,小姐!这可是真正的美式英语,有些混沌的,她不由站住了脚步。

一个外国人疾步向她走来,是那类面色慈祥的老外国人,你既可以叫他一声"父亲",又可以与他谈恋爱。这就是外国人的好处,他们那种希腊种的长相,就像是一层浪漫的底色,无论何种身份,都可兼谈爱情。阿三等着他走近前来,准备问他:我能帮你什么。结果却是,他对阿三说:我能帮你什么?阿三想都没想,脱口而出道:请我喝杯咖啡。说这话时,她带了股怒气,将方才遇上的倒霉事,全怪罪到这个老头身上,谁让他自己找上门来的呢!老外国人说:很好。然后又问阿三,去什么地方。阿三沉吟一会儿,想这酒店她是不愿再回去了,还是换一个好。于是就带他进了邻近的一家老宾馆,上了二楼,在咖啡座就座了。

这宾馆的规模要小得多,客人也少,咖啡座只有他们两个。阿三要了一客蛋糕,眼睛一眨就下了肚,又要了一客。不动声色的,三客蛋糕下了肚。老外国人笑眯眯地望着她,说她吃这么多甜食,为什么一点都不胖,简直是魔术。阿三并不回答。她一直爱理不理,方才的气还没有出完。老人又称赞阿三长得美,尤其是她的头发,真是飘柔如丝啊!说着就伸手去抚摸她披在肩上的散发。阿三却将头一甩,头发滑向了另一边。老外国人摸了个空,却并不生气,笑得更慈祥了。这时,阿三才觉得气出得差不多了,心情开始恢复。她将餐巾纸铺开,摸出一支墨水笔,三笔两笔替老外国人画了幅速写。她几乎没有看他,在她眼睛里,所有的外国人都彼此相像,当然,除了比尔,还有马丁。她将画着速写的餐巾纸提起来,对着老外国人的脸。老外国人很孩子气地叫起好来,说,简直是魔术。阿三说:我有许多这样的魔术,你要不要,我们可以谈谈价钱。老外国人说:这样出色的魔术,应当由大都会博物馆来收藏。阿三听出老外国人的滑头,就顺着他话说:那就请你把这个转交给大都会博物馆。说着把餐巾纸叠起来,郑重地交到他手上。两人都笑了。

这时候,老外国人说:我叫乔伊斯,是美国人。阿三说:我叫苏珊,是中国人。因为这是不必说的,于是两人又笑。这样他们就算是认识了。乔伊斯接着告诉她,他住在美国的洛杉矶,开了一个加油站;儿女都大了,有的住在东,有的住在西,妻子去年死了;本来他们约好等将来老了,把加油站卖了,就来中国旅行,可是没想到,死神比将来先到一步,妻子走了,他这才明白,将来其实是永远到不了,又是永远在昨天的;过了一年,他便卖了加油站,到了中国,可是,他的妻子却永远不会来中国了。阿三听出了神,她开始怜悯这个老乔伊斯,并且开始消除他们这种邂逅方式里的天生的敌意。乔伊斯将领口里一个鸡心坠子掏出来,揭开盖,让阿三看他妻子的照片。阿三将脸凑近去,并没有看照片,而是眼睛溜了过去,看见老头领口里的脖颈上面长着斑点,起着皱,真是一个老人了。阿三退回身子,表示了她的同情。老人接着说他的妻子,是个老派女人,一生都在勤恳地劳动,抚育儿女,协助丈夫,料理家务,她生前很想来中国,是因为中国熊猫的缘故,她是一个爱护动物的女人,天性博爱。

阿三听着他的唠叨,心里有些不耐,惴惴的,不知道下一步会是什么。然而,事情立刻结束了。老人忽然把话头打住,招手让小姐来买单,然后笑盈盈地对阿三说,下午旅游团是去买东西,他对买东西向来没有兴趣,看见阿三之后就想,也许这位小姐会有兴趣听他谈谈,真是非常感激,上海真是个好地方,上海人那么友善,到处可以看见他们的笑脸,现在,他要赶回去和大家一起晚餐,然后去看杂技,那里有熊猫。阿三有些发懵,不知该回答什么,乔伊斯又加了一句:可是苏珊你真能吃甜食啊!阿三甚至没明白"苏珊"指的是谁,就跟着他一同站起,走出了咖啡座。

这一天的最后一件事,是去找评论家,向他讨来彼此都已忘却的一笔拖欠的画款,从此便两清了。

这一次酒店大堂的经验,很难说是成功还是失败。重要的是,阿三自己必须搞清楚,她期待的是什么,难道仅仅是与外国人同饮咖啡?阿三当然回答:不是。可是,喝咖啡是一个良好的开端,接下来的,谁又能预料呢?也不排斥会是乔伊斯的那种。天晓得他是不是叫乔伊斯,就好比天晓得阿三叫不叫苏珊。不管怎么说,和乔伊斯的事情至少证明了事情的开头是可能的,只要事情开了头,总要往下走,总会有结果。这样一想,阿三就安心了。

下一日,阿三直睡到日上三竿,下午三点才过江到浦西。这一回,她坦然地走进咖啡座,要了一杯饮料,然后,怀着新鲜的兴致望着四周。此时此刻,正是酒店大堂活跃的时分。咖啡座里几乎满了一半,三三两两,有的高谈,有的低语。唯有阿三是独自一人,但她沉着而愉快的表情,使人以为立即有人去赴她的约。这是幽暗的一角,从这里望过去,明亮的大堂就像戏剧开幕前的喧哗的观众席,而这里是舞台。大幕还未拉开,灯光还未亮起,演出正在酝酿之中。阿三心里很宁静。有人从她身边走过,不是她期待的那类人,所以她无动于衷。周围的人与她无关,都在说着自己的事,喝着自己的饮料,可就是这些人,这些低语,杯子里的饮料,咖啡的香,还有那一点点光,组成了一种类似家的温馨气氛,排遣了阿三的孤独和寂寞。这样有多好啊!她忘记了她的画,也忘记了比尔和马丁。因为这里除了有温馨的气氛之外,还有着一种矜持的礼节性的表情,它将私人性质的记忆隔离了。

有外国人走过来,眼光扫过她,向她微笑。阿三及时作了反应,可是没有抓住。那人走了过去,在角落里坐下,不一会儿,又来了他的中国男朋友。阿三就想:那是个同性恋。

阿三高兴她对这里感到稔熟,不像那边的一个中年女人,带着拘谨和瑟缩的神情,又穿得那么不合适,一件真丝的连衣裙,疲软地裹在她厚实且又下塌的肩背上。她喝咖啡是用小匙一下一下舀着喝的,也犯了错误。有了她的衬托,阿三更感自信了。她才是真正适合于此的。又有人来了,看上去像个德国人,严肃,呆板,且又傲慢,阿三作着判断。他是单身一人,在隔了走廊的邻桌坐下了。小姐走过去,送上饮料单,他看都不看就说了声"咖啡",然后从烟盒里取烟。一切都是那么自然,阿三站起来,向他走过去,问:对不起,先生,能给我一支烟吗?当然,他说,将烟盒递到她面前。阿三抽出一支,他用他的打火机点上,阿三又回到了自己的座位。两人隔了一条走廊吸着烟,谁也不再看谁。然后,他的咖啡送来了。小姐放下咖啡,从他们之间的走廊走过。似乎是,事情的一些成因在慢慢地积累着,这体现在他们两人看上去,都有些,僵。

当阿三抽完一支烟,在烟缸里揿灭烟头的时候,"德国人"又向她递过烟盒:再来一支?阿三谢绝了。两人相视而笑,神情放松下来。

先生从哪里来,德国吗?阿三问。美国,他回答。阿三就说:我错了。他问:为什么以为是德国?阿三戏谑地说:因为你看上去很严肃。美国人哈哈大笑起来。阿三心想:这就对了,一点小事就能逗乐他们美国人。美国人笑罢了说:你认识许多德国人?不,阿三慢慢地回答道,我有过一个美国朋友,他和你非常不同,所以,我以为你不是。美国人说:你的朋友到哪里去了?阿三将手指撮起来,然后一张开,嘴里"嘟"的一声,表示飞了。美国人就表示同情。阿三却说不,她微微扬起眉毛,表示出另外的见解,她说:中国人有句古话,筵席总有散的时候。美国人便不同意了,说:假如不是筵席,而是爱情。这回轮到阿三笑了,说:爱情?什么是爱情?

他们这样隔着一条走廊聊天,竟也聊到了爱情。两人都有些兴奋,都有许多话要说,可想了一会儿,却又都说不出什么来,就停住了。

停了一会儿,阿三问:先生到上海来观光吗?美国人回答说是工作,在某大学里教语言,趁今天星期日,到银行来兑钱,然后就到了这里。又问阿三是做什么的,阿三说是画家。问她在哪里学习,回说已经退学了。为什么,他问。不为什么,阿三回答,又说,知道吗?贵国的明星史泰龙,在他十三年的求学生涯中,被开除过十四次。美国人就笑了。

阿三很得意这样的对话,有着一些特别的意义,接近于创作的快感。这不是追求真实的,这和真实无关,倒相反是近似做梦的。这是和比尔在一起时时时获得的。当她能够熟练灵活地操纵英语,使对话越来越精彩的时候,这感觉越发加强了。这个异国的,与她隔着一层膜的,必须要留意它的发音和句法的语言,是供她制造梦境的材料,它使梦境有了实体。她真是饶舌啊,人家说一句,她要说三句。不久,便是她一个人说,美国人则含笑听着了。他显然没有她有那么多要说的。他看上去就是那种头脑简单的人,因为一个人在外工作,便更感寂寞,有人与他说话,自然很欢迎。

时间过去了,吧台那边亮了灯,演出将要开场的样子。灯光下调酒师的脸,也渲染了些戏剧的色彩。那边的形貌土气的女人早已与她的同伴走了,换上两个年轻小姐,一人对着一杯饮料,相对无言。阿三忽然提议道:一起吃晚饭,如何?美国人笑了,他正担心这女孩会一下子收住话头,起身告别,这一晚上又不知该怎么打发。他说:很好。并且说他知道这附近有一家小餐厅,麻辣豆腐非常好。于是两人各自结了账,起身走了。阿三感觉到那新到的两个小姐的眼光长久地停留在她的背上,吧台里的先生却低着头,摆弄他的家什,什么都没有看见。

晚餐是各付各的账，按美国人的习惯。虽然阿三手头拮据，但她却因此有了平等感。吃饭的时候，美国人告诉她，他的妻子儿女还在国内，倘若他再续职，就会将他们接来。阿三对他的家事并不感兴趣，心想：我又不打算与你结婚。也正是阿三漠不关心的表情，加强了美国人的信心。一走出餐馆，他就拉住阿三的手，说：让我们再开始一场筵席吧！阿三想起方才关于筵席的话，险些笑出来，想这些美国人都是看上去傻，关键时刻比鬼都精。阿三没有挣出她的手，抬头望着他的脸说：什么筵席？他认真地回答：就是总要散的筵席。他似乎受不了阿三的逼视，转过眼睛加了一句：我真的很寂寞。停了一会，阿三说：我也很寂寞。

后来，他们就到了他任教的大学专家楼的房间里。

这是一间老套房，新近才修缮过。现代装潢材料使它看上去更陈旧了。那些塑料的墙纸，单薄木料的窗帘盒，床头的莲花式壁灯，尤其是洗澡间的新式洁具：低矮的淋浴用的澡缸，独脚的洗脸池，在这穹顶高大，门扇厚重，有着木百叶窗的房间里，看上去有一种奇怪的捉襟见肘的局促感。阿三望着天花板上那盏新式却廉价的吊灯，垂挂于昔日的装饰图案的圆心之中，嗅着房间里的气味，混合着男用科隆水、烤面包和奶油香的气味。这使她想起她任家庭教师的那座侨汇公寓里的气味。那已经是多么久远的事了。她想起了比尔。

美国人被阿三所吸引。她在性上的大胆出乎他意外。相比之下，他倒是保守和慎重的。有一时，他甚至以为阿三是操那种行业的女孩。可是又感到疑惑，阿三并没有谈钱，连那顿晚饭都是一半对一半。当阿三套着他又长又大的睡袍去洗澡间冲澡的时候，他一直在心里为难着，要不要给阿三钱。最后决定他不提，等她来提。可阿三并没有提。她走出洗澡间后，就专心地摆弄着湿漉漉的长发。她盘腿坐在床上，有一些清凉的水珠子溅到他的身上。她的身子在他的睡袍里显得特别小，因而特别迷人。美国人忽觉得不公道，生出了怜惜的心情，他抱歉地说他不能留她过夜，因为门卫会注意到这个，并且他们还是陌生人。阿三打断了他的话，说，她知道。理完头发就开始穿衣服。等她收拾停当,准备出门时,他叫住她,红着脸,说:对不起,我不知道,是否……一边将一张绿色的美钞递了过去。阿三笑了,她沉吟了一下,好像在考虑应当怎样回答,而美国人的脸越发红了。阿三抬起手,很爽快地接过那张纸币,转身又要走,美国人又一次把她叫住,问他能否再与她见面。他说他下个星期日也没有课,还会去他们今天见面的酒店。

阿三走出专家楼,走到马路上,已经十二点了,末班轮渡开走了,她去哪里呢?这并没有使她发愁,她精神很好地走在没有人的偏离市区的马路上。载重货车哐啷啷地从她身边过去,脚下的地面都震动起来。她漫无目标地走着,嘴里还哼着歌。她洗浴过的裸着的胳膊和腿有着光滑凉爽的感觉,半干的头发也很清爽。一辆末班车从她身后驶过,在几步远的站头停下,连车门都没开。阿三疾步上去,叫道:等一等。才要起步的车又哗的开了车门。阿三也不看是几路车,去哪里,便跨上了汽车,门在她身后砰地关上了。

现在,阿三的生活又上了轨道,那就是,星期天的下午,与美国人约会,吃一顿晚饭,当然是美国人付钱,然后去专家楼的套房。这有规律的约会,并不妨碍她有时还到某个酒店的大堂咖啡座去,如遇到邀请,只要不是令她十分讨厌的外国人,她便笑纳。不光是消磨时间,也为了寻求更好的机会。什么样的机会呢?阿三依然是茫然。可大堂里的经历毕竟开了头,逐步显出它的规律,阿三的目的便也将呈现出来。

有一点是清楚的,那就是她避免发生太过混乱的情形。在这些流水似的大堂相识里,她基本保持有一个相对稳定的关系。起初是美国人,后来他的妻子儿女要来,这种每周一约便结束了。其时她已经开始和一个日本商社的高级职员有了来往,但是真正的亲密关系是在美国人之后才发生的。这关系持续得并不长,因他本来就是阿三过渡时期的伴侣。阿三不喜欢日本人,觉得他们比中国人还要缺乏浪漫色彩。阿三与他相处的一段日子,是被她称为"抗日战争"的。她以她流利的英语制服了他来自经济强国的傲慢。此外,在性上面,阿三也克敌制胜,叫他乖乖地低下头来。最厉害的,决定性的一着,是在他已经离不开阿三的时候,阿三断然甩了他,投向一个加拿大人的怀抱。

然而,这种相对稳定的关系,也是别指望长久的。在这样的邂逅里面,谈不上有什么信任的。彼此连真姓名都不报。虽然阿三致力于发展,可也无济于事。对方并没有兴趣深入了解,也不相信了解的东西的真实性。他们大都说的是无聊的闲话,稍一稔熟了,话就说得有些放肆。阿三的英语到了此时便不够抵挡了,弄得不好,还会落入圈套。她无法及时地领会这语言的双关和暗示的意思,还有些俚语,就更是云里雾里。她也意识到,凡热衷于在大堂搭识女孩的外国人,大都是不那么正经的。这倒和中国的情形一样,无聊的人才会到马路上去勾引女孩。而且,这些为了生意和供职在中国长期逗留的外国人,生活又是相当枯燥的,其中有一些,意趣也相当低下。这是有些出乎阿三的意外,她以为这些卑俗的念头是不该装在这样希腊神轮廓的头脑里。所以,开始的时候,她尽往好处去理解他们,直到真正的上当吃亏,才醒悟过来。这种失望的心情,是她对自己也不便承认的。

尽管阿三希望关系稳定,可事与愿违,她的相识还是像走马灯似的换着,要想找到美国人那样一周一约的伴侣相当不易。因此,阿三很快就念起美国人的好处。在最后分手的时候,这个中年人显然对她怀着留恋的心情。当然,阿三也明白,留恋归留恋,她要再往前走一步也不可能。美国人防线严密,有着他那种方式的世故。

酒店大堂就这样向阿三揭开了神秘的帷幕。在那灯光幽暗的咖啡座里,卿卿我我的异国男女,把话说出声来,都是些无聊的,没什么意思的废话和套话。阿三现在坐在那里,不用正眼,只需余光,便可看出他们在做什么,下一步还将做什么。

阿三能够辨别出那些女孩了。要说,她和她们都是在寻求机会,可却正是她们,最严重地伤害了阿三,使她深感受到打击。她从不以为她们与她是一样的人,可是拗不过人们的眼光,到底把她们划为一类。有一回,她坐在某大堂的一角,等她的新朋友。大堂的清洁工,一个三十来岁表情呆板的女人,埋头擦拭着窗台、茶几、沙发腿。擦拭到阿三身边时,忽然抬起头,露出笑容,对她说:两个小姑娘抢一个外国人,吵起来了。阿三朝着她示意的方向,见另一头沙发上,果然有两个女孩,夹着一个中东地区模样的男人,挤坐在两人座上。虽然没有声音,也看不见她们的脸,可那身影确有股剑拔弩张的意思。阿三回过头,清洁工已经离开,向别的地方擦拭去了。阿三想起她方才的表情和口气,又想她为什么要与她说这个,似乎认为她是能够懂得这一些的,心里顿起反感。再看那女人蠢笨的背影,便感到一阵厌恶。

  是这些女孩污染了大堂的景象,也污染了大堂里邂逅的关系,并且,将污水泼到了阿三身上。有时候,她的朋友会带着他的同事或老乡来,他们会去搭识那些女孩,然后,各携一个聚拢在一起。阿三为了表示与她们的区别,就以主人的姿态为她们作翻译,请她们点饮料。可是她也能看出,她与这些女孩,所受到的热情与欢迎是一样的。她想与她的朋友表现得更为默契一些,比如从他烟盒里拿烟抽。结果那两个女孩也跟着去拿,他呢,很乐意地看着她们拿。这样的时候,阿三是感到深深的屈辱,她几乎很难保持住镇静。到了最后,她总是陡然地冷淡下来,与女孩们之间,竖起了敌意的隔阂。

  不过,现在阿三不用去大堂,她也有着不间断的外国朋友了。在中国的外国人,其实是连成一张网的,一旦深入,就是牵丝攀藤,缕缕不断的了。但大堂里的结识,自有着它的吸引力,它是从一无所知开始的,有一些难以预料的东西,是可以支撑人的期望的。虽然大堂里的经历带给阿三挫败感,与这些外国人频繁建立又频繁破灭的亲密关系,磨蚀着她的信心,她甚至已经忘了期望什么。可是有一桩事情是清楚了,那就是她缺不了这些外国人。她知道他们有这样或那样的缺点,可她还是喜欢他们。他们使得一切改变了模样,他们使阿三也改变了模样。

  现在,当阿三很难得地待在自己那房子里,看见自己的画和简陋的家具积满了灰尘和蛛网,厨房里堆积着垃圾,方便面的塑料袋,飘得满地都是,这里有着一种特别合乎她心境的东西,却是使她害怕。她不想待在房子里,于是她不得不从这里逃出去。她一逃就逃到酒店的大堂:外国人,外国语,灯光,烛光,玻璃器皿,瓶里的玫瑰花,积起一道帷幕,遮住了她自己。似乎是,有些东西,比如外国人,越是看不明白,才越是给予人希望。这是合乎希望的那种朦胧不确定的特征。

为了减少回自己的房子,阿三更多地在外过夜。她跟随外国人走过走廊,地毯吞没了他们的脚步声,然后在门把手上挂着"请勿打扰",就悄然关上了房门。她在客房的冰箱里拿饮料喝,冲凉,将浴巾拦过身躯系在胸前,盘腿在床上看闭路电视的国际新闻,一边回答着浴室里传来的问话。这一切都已熟悉得好像回了家。透过一层窗纱,看底下的街市,这边不亮那边亮,几处灯火集中的地方,映得那些暗处格外的黑了。阿三晓得她是在那亮处里面,是在那蜂窝似的亮格子里面。

这些标准客房几乎一无二致,每一间都是那么相像。这也给阿三错觉,以为它们是和家一样的稳定的宿处,现在她就栖息在这里。她将她那些真丝的小衣物洗干净,晾在澡缸上扯出的细绳上,将她随意携带的梳洗用具和化妆品一一安置在镜台上,安居乐业的样子。外国人和外国人也是那么相像,仅仅一夜两夜之间,阿三根本无法了解他们的区别。也因此,阿三对他们的爱也是一无二致的,在他们身上,她产生着同样的遐想。

经过这么些,阿三知道自己是对外国人有吸引力的那类女孩,她特别能够与他们国度的女孩形成对比。他们对她的赞赏和激情使她想到比尔,甚至有过一个外国人,也称她作"九条命的猫",这是比尔曾经形容过她的。因此,渐渐的,对比尔的记忆便淹没在这些差不多的经验里了。马丁却是一个例外,始终没有人来重复他,尤其重复他关于"本来"的观念。所以,在所有这些经历中,马丁是鲜明地凸现着。有时候,阿三会想:倘若不是马丁,她现在会不会还继续画画和卖画?

自从马丁之后,阿三也再没使谁爱上过她了。这也是大堂邂逅的弊病,从一开始就注定不可能的。注意她的周围,那些比她更年轻,更摩登,也更开放的女孩们,似乎也都没有过爱情这回事。出于自尊,阿三也不去想爱情了,好像是你不爱我,我还更不爱你呢!爱情有什么?她想,我是再不能爱谁了,连马丁也不能,因为,因为我爱比尔。

由于没法有爱情,适得其反的,阿三对这些外国客人们,起了恨意。她常常生出一些恶作剧的念头,去报复他们一下。和他们吃饭,她点菜都拣最贵的点,点酒也是最贵的。进了客房,不等招呼,自己就去开冰箱吃东西。尤其遇到那些斤斤计较的守财奴。而另有一些特别好色的,她则将他们撩得欲火烧身,然后一个转身就不见了。这种游戏对她来说,已经得心应手,百发百中。现在,英语里的俚语,双关语,她也掌握了一些,学会了不少俏皮话,专门对付那些下流话。她不免有些得意,有时候就收不住,玩得过火了。

事情就出在这里。

其实,要算起来,阿三已经有一段日子,没到酒店大堂来了。她结识了一个比利时人,是个单身,就住在她原先任家教的那幢侨汇房里。她看出这是个老实人,属保守派的。时过境迁,阿三开始对保守派有好感。她知道,唯有和这一类人,大约还可能谈到爱。虽然同样是对爱不抱希望,虽然同样是大堂里的邂逅方式,可这一个确实不同。这是她在大堂里偶然结识的。之所以说是偶然,那是因为,事实上,所有的大堂邂逅都是别有用心,机关算尽的。阿三是在他身后拾到遗忘的钱包,追上去送给他,然后认识的。

事情的毫无准备的开头,使阿三想到女作家赠送给她的话:有意栽花花不发,无心插柳柳成荫。

这天阿三的装束也帮了她的忙。她穿得朴素极了,白衬衣,花布裙,脚上是白帆布搭袢鞋,头发从中分开,编成两条长辫子,就像一个中学生。比利时人与她聊了几句,才发现她的英语这么流利,几乎没有口音。问她做什么的,她回答画画,这也博得了他的好感。阿三很珍视比利时人的好感,为使他保持对她的印象,她甚至回到了浦东的住处,每隔一天乘轮渡去与他约会,就像一个正经恋爱的女孩。她直到两个星期之后,才到他在侨汇房里的公寓去,这也像一个正经恋爱的女孩。比利时人的公寓使她吃惊,她没想到一个单身汉的生活会是这样井然有序。在这里,她并没有受到挽留过夜的暗示,她便在电视开播晚间新闻的时候离开了他的公寓。下一次也还是这样。又是两个星期过去,比利时人终于拥抱了她。然后,应该发生的都发生了。这一切,带有循序渐进的意思,也更使阿三以为,这会是一场正式的恋爱。虽然不够浪漫,然而却似乎意味着一个有现实意义的结果。

在比利时人的公寓里,阿三看见的是居家的景象:厨房洁白的瓷砖墙上排列整齐的平底锅,洗澡间白漆柜里,经过松软剂洗涤的一整柜浴巾,洗衣房里的柳条篮盛着等着熨烫的衣服,冰箱上用水果型磁铁吸着的日常开支表。这时候,阿三非常清晰地看见了自己的期望。她的期望其实很简单,就是一个家,一个像比利时人这样的家。

阿三将比利时人的公寓看作了自己的家,她还自己掏出钱来为它添置一些东西,一个花瓶,一套茶垫。她期望再过两个星期之后,又会有新的情形发生。可是,新的情形却不是阿三期待的。比利时人国内的女朋友要来旅游,他请阿三再不要来了。阿三这才明白,这就是一个北欧人在中国的罗曼史,两个星期为一个台阶的。她没有表示丝毫的不满,相反,她流露出的全是早就知道的表情。他们很友好地在马路上分了手,阿三叫了一辆出租车,想也没想,就报出了一个酒店的名字。

阿三走进酒店,扑面而来的是蒸蒸日上的气息。钢琴弹奏着一支舒伯特的夜曲。灯火通明里包着一处暗,有着烛光融融,就是咖啡座。柜台里的小姐忙碌着办理住房或者退房,红帽子推着行李车辚辚辘辘地穿行。电梯一会儿上,一会儿下。阿三将那比利时人抛在了脑后,只有一个念头,那就是要好好地痛快一下。她心里跃跃然的,大堂里所有的情景都在向她招手,灯光映着她的眼睛,她自己都能看见眼里盈盈的光亮。她想:还是这里好啊!谁也不求谁,人人有份。迎面而来的人脸上都带着微笑,就像一家人一样。这才是大家庭呢!全世界的有产者无产者都联合起来。阿三脸上也露出了微笑,她在大堂有些熙攘的人群里穿行,耳边不时传来各种语言的谈话。这里,夜夜都举行着盛会,想来就可以来。

阿三走进咖啡座。全都满了,张张桌上都摇曳着一支蜡烛。人们头碰头地低语着什么,钢琴改奏了一支小步舞曲,就是那首耳熟的,有着许多附点,一扬一挫,有些造作的快乐和得意的小步舞曲。阿三对着入口处桌上的三个外国人说:我能坐在这里吗?她指了指空着的那个座。没有等他们回答,她便笑盈盈地坐下了,并且摸出她的摩尔烟给大家吸。小姐过来了,她点了一杯"白俄罗斯",一种甜腻腻,像咖啡糖一样的鸡尾酒。然后,她说:晚上好,先生们。先生们略有些诧异地看着她。她问他们从哪里来,其中一个回答,英格伦岛。她说她的名字叫苏珊,他们呢?他们也都报了名字:查理,艾克,琼斯。彼此就算认识了。他们全是漂亮的小伙子,有着褐色或金色的头发,眼睛的颜色是蓝或者灰,是那种标准的雅里安人种,都是可以上银幕做男主角的。只是他们都不爱说话,为什么?看来他们对我还不信任,阿三对自己说。于是笑得更可亲了。

你们是第一次来中国吧?阿三说,中国可是地大物博,而且,文明悠久,这些你们应当从地理书上学过,学过吗?艾克摇摇头。看起来他要比那两个更年轻一些,也嫩一些。她就先从他入手了。她说:武则天,听说过吗?就是和你们的伊丽莎白一样,也是女皇。江青,知道吗?看着艾克困惑的眼睛,阿三扑哧笑了,说:好,那么你说,你知道什么?小伙子眨了眨眼睛,说:黄山。啊,很好!阿三夸奖他。他笑了,像个大孩子似的。阿三很怜爱地看着他,说:你使我想起我的男朋友,他的名字叫比尔。于是她就对他说起比尔。他们三个都认真听着,并不插话。她说着,暗底下用裸着的膝盖抵了抵艾克的膝盖。艾克先是一缩,然后又停住了。比尔,他非常温柔。阿三最后结束道。

我能不能再来一杯酒。阿三的眼光从他们三个的脸上轮流扫过,请求道。那三个交换了一下眼光,就有一个举手叫小姐来,又点了一杯白俄罗斯。阿三举着酒杯送到艾克眼前,劝他尝一口,真的很好。艾克犹豫着,眼睛在阿三的脸和酒杯之间来回走着,终于喝了一口。很好!阿三说,也在他喝过的地方喝了一口。阿三感到身心都很轻盈,特别有说话的欲望。并且,她听见自己的声音是那么柔和清晰。她看着艾克的眼睛,那里的神情越来越坦率,开始兴奋起来。现在,轮到艾克说话了。他说他在他们国家,看过一部中国电影,名字叫作"黄山",真叫他心向往之。阿三一边听着,一边在心里好笑着,笑这些外国人都是有些死心眼儿,说熊猫就一个劲儿地说熊猫,说黄山就一个劲儿地说黄山,一点不懂什么叫作闲聊。

艾克喝的是啤酒,啤酒也渐渐地上来劲了。他不顾那两个年长同伴的阻止的目光,渐渐对阿三纠缠起来。可因为他是那么腼腆,他的纠缠便是胆怯的、迟疑的,抱着些惭愧的。他红着脸,眼睛湿润着,老要让阿三喝他杯里的啤酒。阿三就在心里说:看,就连调情都是一根筋的,要说喝啤酒就非要喝啤酒。阿三不说喝,也不说不喝,与他周旋着。眼看着嘴唇含住啤酒杯沿了,可她头一扭,又不喝了。艾克再止不住满脸的笑意。好几次,阿三的头发抚在他脖子里,他的激动就增加一成。

这时候,那两个提出要回房间,不由艾克反对,就叫来小姐买单。阿三喝足了,乐够了,正好也想走。此时,虽然带了几分醉意,但她仍然清醒地感觉到这个小伙子有些愣,而他的同伴却很刻板,这种不一致的情形会惹出麻烦的。她何必呢?她可不是像他们那种脑筋,一棵树上吊死的。果然,艾克不让她走了。她好歹哄他站起身,离开咖啡座,挽着他的胳膊,将他送往电梯。那两个年长的对阿三说道再见,就要从她手里接过艾克。可是艾克却搂住了她,怎么也不松手。小姐为他们扶着电梯门,等他们进去,可他们却拉扯成一团,无从分手。阿三对艾克百般温柔,劝他松手。那两个显然恼火了,有个性急的，竟把阿三从艾克怀里往外拽。这情景说实在很不像样。一些人从他们身后走进了电梯，电梯门关上，上去了。小姐静立在他们身后，等待他们了断后再开电梯门。而他们相持不下。

他们奇异的姿态引来了人们的目光。那些外国人，尤其是日本人，事不关己高高挂起地低头走过，装作看不见。喜欢看热闹的中国人则不然了，都往这边引头伸颈地张望。阿三心慌了，觉得大事不好。她带着求饶的目光对拉她的那个说：先上楼再说吧。想不到这话更加激怒了他，他一直对阿三没好感，她莫名其妙地参加进来，搅和了这个夜晚。阿三越向他解释，他越以为阿三是非进艾克的房间不可。他们都是第一次来中国，对这个开放的社会主义国家毫不了解。他们的心情一直很紧张，到了这时，受侵犯的恐惧就忽然成了事实。最终，他竟然叫起了"警察"。

此时，大堂里秩序依旧，钢琴在弹奏《魂断蓝桥》的插曲，《一路平安》。

阿三动了动身子，长久的坐车使她感到疲乏，风景又是那样单调。这时她注意到隔一条走廊的邻座上，那两个女劳教的脸上有奇怪的笑容。她不解地顺着她们低斜的目光看去，见其中一个正暗暗地做着一个下流的性交的手势。阿三感到了作呕，收回目光，扭过脸去。其实，在拘留所的日子里，她对她将要面临的生活，已经有所了解，做好了准备。

柏树终于走出视野，车停了。车门打开，那个年轻的女警察先下了车。然后，劳教人员络绎而下。阿三下车时，感觉有人在背后推了一下，险些儿没站住脚，几乎是从脚踏上跳下去的。她回头一看，正是那个先前做下流手势的女劳教，她若无其事地迎着阿三的目光，阿三瞪了她一眼。全体下车后，按照出发前分好的组排成小队，由前来迎候的管教中队长带领去各自的队里。

行李卸下来了，各人提了各人的，走进这座落于空旷农田中的大院。正午过后的阳光静静地照着，院子里除了她们这些新来的，没有别人。院墙上方是黛色的山影,由于天气晴朗,边缘分明,连萦绕不绝的白色雾气都清晰可见。阿三和另两个女孩属一个中队,包括那个向她寻事的。阿三的头上扣了一顶草帽,压得很低,帽檐的暗影完全遮住了她的脸。走在前边的中队长是瘦高的个子,穿着警服,没戴帽子,一束没加修剪的马尾辫垂在背上。她一直没有回头,似乎确信她们是跟在背后,老老实实地走着。走到院子深处的一个巷口,她拐进去了,前边是一扇铁门。她摸出钥匙开门,里面是一个天井,天井的三面是房间。房门口坐着一个女孩,手里编织着一件毛线活,一见中队长便站了起来。中队长让阿三几个在几张空床上安顿下来,先吃午饭。因考虑到她们坐了几个小时的汽车,就照顾休息到两点,再去工场间劳动。说话间,那房门口的女孩已替她们打来了三暖瓶热水和三盒饭菜。

　　阿三看看表,已经一点多了。她把被褥铺开,在床沿坐下,没有去动铁盒里的饭。那两个已经与这一个老的熟识起来,问她为什么不去工场间,回答说是"民管",就是负责管理劳教们生活的。她们开始吃饭,铁勺搅得饭盒当当响。吃着吃着,其中一个便哭起来,说她父母要知道她在吃着这个,不知要多么伤心。老的就劝她,说吃官司都是这样的,再说,她父母在上海,怎么会知道?寻阿三事的那个则冷笑说:你会吃官司吧,不会吃官司不要吃。听起来是蛮横无理的。阿三看着她,心想这是头一个难对付的。她和阿三不是在一个收容所里,到了车上才第一回见面,阿三不知道她为什么对自己有仇。

　　阿三在床上躺下,伸直身子,双手枕在脑后。她看着门外的太阳地,太阳地上有一个水斗,边上放着一只鞋刷,在太阳下暴晒着。虽说是十月份,可是这里的太阳依然是酷热的。几个苍蝇嗡嗡地盘旋着,空气里散发有一股饭馊气。床头的那三个压低了声音在说着什么,很机密的样子。然后,两点钟就到了。

　　阿三的新生活开始了。来农场之前,阿三从收容所写给女作家一封明信片,请她帮忙送些日用品和被褥来。女作家来了,借着她的关系和名声,允许在办公室里和阿三单独会面。一上来,她几乎没有认出剪短了头发的阿三,等认出了,便说不出话来了。停了一会儿,阿三不好意思地一笑,说:现在,从你客厅走出来的,不仅是去美国,还有去吃官司的。女作家讥讽道:谢谢你改写历史。又干坐了一会儿,女作家打开她带来的大背囊,将被褥枕头、脸盆毛巾一件件取出,摆了一桌子,最后,将那大背囊也给了她。告诉她,已经将她的房子退了,东西暂时放在她家,还有一些带不走的,她自作主张送了隔壁的邻居,那一堆旧画,她想来想去,后来让评论家一车拉走,但是她让他写了个收据。阿三这时插嘴说:给他干吗?一把火烧掉算了。女作家并不理会,将一个小信封塞在她手里。阿三一看,是五百块钱,就说:以后我会还你。女作家说了声不要你还,声音有点哑,几乎要落下泪来。阿三皱了皱眉头,就站起来要进去。女作家说:我好不容易来了这里,你倒好,才几分钟就要我走路。阿三说:你知道我为什么不要我家里人来吗?就是不想看他们哭,现在,你代他们来哭了。女作家咬着牙说:阿三,你的心真硬啊!说罢站起身就走了。

　　现在,阿三的新生活是在羊毛衫后领上钉商标。商标要用两种线钉上。朝外的一面是分股的羊毛线,朝里的一面是丝线,两面都不能起皱。许多人都干不来这活,大批的需要返工,阿三却立刻掌握了。

　　这批活是生产大队长硬从上海的乡镇企业手里争来的,以缴纳管理费为条件。交货的期限本来就卡得死,再加上交通不便,又需要一个提前量。因为活计难做,老是返工,拖了时间,如今只得加班。大队长几乎一个星期没有睡觉,喉咙哑了,眼睛充血;嘴上起了一圈泡。如今,农场需要自负盈亏,农田上的产值毕竟有限,还是要抓工业和手工业。干部们调动了所有的,也包括劳教人员在内的社会关系,争取来一些活儿,往往都是条件苛刻。由于这些活儿都是从各处求来的,形形种种,每一种都需要现学现做。这些劳动力又是流动的,无法进行技术培训,都是生手,因此便大量消耗了时间和体力。眼下这批羊毛衫的加工单,一上手大队长便明白她是被吃药了。显然是那乡镇厂自己吃不下来,转嫁于他们的,还可以从中赚取管理费。每一道工序都是难关，都需大队长亲自攻克,再传授传教。现在来了一个心灵手巧的阿三,大队长真有些喜出望外。她几乎要把她供起来,让那些手脚笨拙的女孩为她送茶送水,绞湿毛巾擦脸,不让她离开缝纫机半步。

阿三在这机械的劳动中获得了快感。活计在手里听话而灵活地翻转着,转眼间便完成一件。在她手下折叠羊毛衫的人,都几乎是被她催逼着,不由也加快了手脚。工场间里所充斥的那股紧张的劳动气氛,倒是使这沉寂的丘陵上的大院活跃了起来,增添了生气。时间就在这样的埋头苦作中过去了,天渐渐黑到了底,开了电灯,饭车早已等在外头,就是停不下来去吃。却也不觉着饿。人,就像一件上了轴的机器,不停地运作下去。

阿三什么都想不起来了,她好像来到这里不是一天两天,而是十年二十年,一切都得心应手,异常顺利。

阿三甚至有些喜欢上了这劳动,这劳动使一切都变得简单了。它填满了时间,使之不再是难挨的。有时候,她猛一抬头,发现窗外已经漆黑一片,而窗里却明亮如昼,机器声盈耳,心里竟是有些温馨的感动。只是那张床铺是她几乎不敢躺上去的,一躺上去,便觉浑身再没一丝力气,深深地恐惧着下一日的到来。她甚至是不舍得睡着,好享受这宝贵的身心疏懒的时间,可是不容她多想,瞌睡已经上来,将她带入梦乡。就像是一眨眼的工夫,哨子又响了。天还黑着,半睡半醒地磕碰着梳洗完毕,就走去工场间,那里亮着灯,生产大队长已经干开了。每个人都怀疑着究竟是昨天还是明天,是早晨还是夜晚,就这么懵懵懂懂地又坐到了机器前边。当身体第一阵的软弱和不知所措过去之后,一切就又有了生气,又回到了昨日的节奏。不过体力却是新生的,像刚蓄满的水。接着,天就亮了。

现在,阿三成了技术指导,有哪一处没法解决的,阿三去了,便解决了。大队长看她的眼光里,几乎流露出讨好的神色。作为生产大队长,她最苦恼的是她不能够挑选她的劳动者,这阿三,真就是天上掉下来的。由于对阿三的偏爱,不自觉地,她便也比较袒护她。比如阿三新蓄起修尖的长指甲,她就装作看不见地过去了。可是这却被同屋的劳教告发到中队长那里,受到扣分的处罚。

阿三知道是谁告发的她。

这是十六铺一带十分有名的人物,绰号叫"阳春面",意思是她的价格仅只是一碗阳春面。这使她在劳教中处于低下的地位。而像阿三这种她们所谓的,做外国人生意的,则是她们中间的最上层人物。随之排列的是港台来客,再是腰缠万贯的个体户,阳春面的对象,却主要是来自苏北的船工。这使她对阿三怀着特别嫉恨的心情。但恨归恨,却还不至于让她事事向阿三挑衅,理由还有一条。

就像阳春面的来龙去脉在人们中间相互流传一样,阿三的流言也在劳教中间传播。那就是当她为自己辩护时,对承办员所说的:我不收钱的。就这样,阿三也有了一个外号,叫"白做"。阳春面对此一方面是不相信,觉得她是说谎抵赖假正经,另一方面却愿意相信,这样她似乎就可以把阿三看低了。因此,当她向阿三寻衅的时候,也是带着些试探的意思。试什么呢?似乎是,连她自己也不能确定的,试一试,她能不能与阿三做朋友。这种心情既是复杂的,又是天真的,甚至带有几分淳朴。

阿三当然知道自己的绰号,但她不动声色地听凭它悄悄流传。她才不屑于和她们计较。其实,当她对承办员说出那句"我不收钱"的时候,心里立刻就后悔了。她怎么能期望这个刚从专科学校毕业的,唇上刚长出一层绒毛却一脸正气的年轻人,理解这一切,这是连她自己都难以理解的啊!事实上,说什么都是白说,什么都无法改变,该发生的都已经发生了。总算,还都过得去。好虽好不到哪里去,可也绝没坏到哪里去。

那远处的黛色的山峦,看多了,便觉出一股寂寞,茶林也是寂寞的,柏树是寂寞之首。

阿三原本是不搭理阳春面的,可她那些粗鲁委琐的小动作,也实在叫她腻烦了。她也没有大的冒犯,因阿三是生产大队长的红人,真惹翻了她不合算,所以她只能小打小闹地骚扰她。比如偷她热水瓶里的开水,搞乱她的床铺好叫她扣分,藏起她的东西让她四处寻找,还就是努力传播流言蜚语。阿三终于决定要有所反击。她也不愿意把事情弄大,毕竟还要继续相处下去,何苦结个仇人,叫日子再难受一些。但这反击必须要有效果,给她以彻底的教育,从此觉悟过来,决不再犯。阿三窥伺了几天,终于等来了机会。

这天,出齐了一批货,新的订单要下一日才来,破天荒让大家睡个午觉。大家都睡着了,阿三处于睡午觉时常有的半睡半醒之中,忽感到眼皮上有一丝热掠过,睁开眼睛,一道亮光一闪,她便去捕捉光的来源。最终发现是一面小镜子的反光,正来自于阳春面睡的斜对面的上铺。阿三暗暗一笑,悄悄地下了床。屋里一片酣畅的鼻息声,使这阳光灿烂的午后,显得分外的寂静。阿三走过去,蹬着下铺,猛地将她被子揭开一角,原来她正躲在被窝里,对了小圆镜修眉毛。

她涨红了脸,随后讨好地递上钳子和镜子:你要修吗?阿三没有接,只看着她的脸,笑着说:你看怎么办?阳春面垂下了眼睛:你也去报告好了。阿三说:我不报告,队长扣你的分,我有什么高兴?大家都是吃官司,都想日子好挨点,何必作对?你说是不是?说罢,将被子朝她脸上重重一摔,下去了。阳春面就这么被子蒙了脸,一动不动地躺到吹哨子起床。然后,一夜相安无事。第二天也安然过去。第三天,阿三在摇横机,是做一种花色编织衫,能上机的没几个,其余的都打下手,缝衣片,排花线,搬运东西。阳春面主动给阿三倒来一杯开水,一喝是甜的,里面掺了蜂蜜。阿三说声"谢谢",她竟像个孩子似的红了脸。晚上,阿三在枕头下看见一张字条,歪七扭八写了几个字,称她为阿姐:阿姐,我一定对你忠心。阿三又好笑又厌恶,将纸条团了。

在这里,盛行着结伴关系,几乎都是成双成对,同起同坐。尽管朝夕相处却还互传书信。晚上熄灯之前,各自伏在枕头上写着的,除了家信,就是这种倾诉衷肠的字条了。是为生活上照应,也是为聊解寂寞。阿三对此很觉恶心。由于她的傲慢,又由于她因生产大队长器重的特殊地位,没有谁向她表示过这种愿望。而现在,阳春面找上她了。她几乎有些后悔那日的反击,这样的后果倒是始料未及。比较起来,她似乎更情愿受些小欺负。因此,她比先前还要躲着阳春面,唯恐招来她的殷勤。

可是阳春面却很执着。她有些认死理的,一旦决定了要与阿三好,便决不改变了。倒真合了她纸条上的誓言:我一定对你忠心。阿三的热水瓶已经由她承包,阿三的衣服不是她抢去洗,就是抢着收,抢着叠,整整齐齐地放回到阿三的床上。晚上,她泡方便面,必定也要替阿三泡一袋。出操站队,她则不时地隔了几个人回过头,朝着阿三颇有含意地笑一笑。

起初,阿三采取视而不见、置之不理的态度,可到底经不住这样坚持不懈地对她好,就对阳春面说,只要不来捣蛋就行了,完全不必如此厚待,叫人受之有愧。不料她却正色说道:阿姐,你一定还在为以前的事生我的气,我其实已经向你认错,你为什么还不肯原谅我。阿三说:我并没有不原谅你,你我之间的事就算两清了。她则说:你这么说,就是不原谅我。说罢眼圈就红了,要哭的样子。阿三不胜其烦,赶紧说:好了,好了,算我没说过这些话。于是,一切如故。阳春面继续待她好,她继续置之不理。

这里的生活,只要不去多想,也还是容易习惯的。由于起居的有规律和受约束,阿三反倒气色好起来,长期以来的黑眼圈消失了,身体比以前健壮了。有时候,她被生产大队长召去讨论一个技术问题,得了允许走出中队的铁门,走在宽阔的大院里,竟还有着自由的感觉。她想:这有什么不好?这样也挺好。在这青山环抱中的四堵白墙里面,人几乎谈不上有什么欲望,便也轻松了。阿三又不像那些女孩,会为些鸡毛蒜皮的小事争个不休。她们明里和暗里比较着谁比谁长得好,谁比谁家里阔,谁比谁男朋友多,然后借着些由头抢占上风。阿三好笑她们无聊和愚顽,看不开事理,落了这样的地步还凡心不灭。岂不知其实她是比她们都要来得危险,因为她不像她们那样,一小点一小点地释放了欲望。她把欲望压抑着,积累着,说不定哪天会爆发出来,酿成事端。

活计不那么忙的时候,七点来钟就放了工,梳洗完毕,离熄灯还有一刻钟或二十分钟,阿三就搬个小凳子坐在门前,望着碧蓝的夜空,心里是安宁的。好,现在可以去想些别的了,可是想些什么呢?她并不知道,于是什么都不想,只看那天空。这是城市里所没有的天空,没有一点遮掩和污染,全盛着一个空了。这才叫天空呢!使人想到无穷的概念。这种仰望的时间也无须多,正好就是熄灯前的一小会儿,让人将心里的杂念沉淀下去,却不至觉着空落落的没意思,就够了。人也乏了,呵欠一个接一个,起身回到屋里,上了床转眼间便睡熟了。

时间这么过去,春节就要来临。由于阿三劳动出色,大队批准她在春节期间接受家属探望。批条发到阿三手里,她并没有寄出而是悄悄撕了,谁都没有注意这个。直到春节来临,并没有人探望阿三,也不使人奇怪。因这些女孩们的家属,不少是大为恼怒,发誓永不见面的。发出去的接见批条没有回音,是常有的事。阳春面却来管闲事了。大年初一,大家坐在礼堂里等着场部电影院来放电影,阳春面硬挤在她身边,凑到她耳边说:阿姐,为什么不让家里人来接见?阿三偏偏头,躲开她嘴里的热气。这个女人,总是使她感到污浊,压抑不住嫌恶的心情。你不要多管闲事,好不好?阿三说。你家里人不肯认你了?阳春面依然热切而同情地凑着她的耳根,毫不顾忌阿三的脸色。阿三决定不理睬她,就再不回答,阳春面便不追问了。阿三以为完了,不料停了一会,她却无穷感慨地吐出两个字:作孽!

接下来的几天里,阳春面都对阿三无限体贴,几乎称得上是温柔。她替阿三打饭,阿三这边一吃完,那边茶已经泡好了。阿三要睡觉,被子就铺好了。阿三钻进被窝,闭上眼睛,避免去看她那张布满同情的伤感的面孔。感觉到她正将自己脱下的衣服一件件理好,放在椅子上。还轻着手脚,小心翼翼地替她掖了掖被角。这天晚上,因为过节,大家都去中队长办公室看电视,只有她们两个,一个躺,一个坐。阿三敛声屏息地躺在被窝里,没有一点睡意。她又生气又发愁,不知应当如何结束这种滑稽可笑的"单恋"。

春节过去。即便是在这样单调的满目空旷的环境里,依然可以感受到春意。远处的山影由黛色变为翠绿,好像近了一些似的,几乎可以分辨出那造成浓淡阴影的不同颜色的树木。四周围的茶林开始长叶了,有嫩绿的星星点点。风里面,是夹着草叶子的青生气。阳光,也变得瑰丽了。尤其是傍晚时,彩霞布满天空,有七八种颜色在交替变幻。这一切,合在一起,形成一股热闹的气氛,人心也变得活跃了。

就因着这种活跃,事情也多了。

最初是两个女孩因为错用了茶缸而斗起嘴来。这类事情以前也三天两头的不断,可是这次却不知怎么,其中一个忽然火起,将手里一盆菜汤兜头向另一个泼去,然后就扭打成一团。队长闻声过来,喝都喝不住,只能叫人们将她俩拉开。人拉开了,骂声却不断,互相揭着底,都是以往好成一团时交的心,如今都拿来作攻击的武器。最后是以双方都关禁闭而告结束。这事以为是过去了,其实是个开头。不过两天,又发生了一起,其中一个甚至试图自伤,用摔碎的茶杯的玻璃片在胳膊上割出血来。这一回是连手铐都用上了。这种暴烈的事件,就像传染病似的,迅速地在各个中队蔓延开来,并且越演越烈。都得了人来疯,每人都要发作这么一场。这一阵子可真是乱得不成样子,成天鸡飞狗跳。有时从工场间回到宿舍,才只几分钟,就听那边闹起来了。一场惊天动地过去,之后则是格外的平静,那哭过吵过的,就变成了个乖孩子,抽抽噎噎地上了床,能太平好一阵子。问题是东方不亮西方亮,这里太平了,那里呢,就该登场了。什么时候能有个完呢?

开春的日子,人们处于一种失控的状态,个个都是箭在弦上。同时又人人自危,生怕会遭到侵袭。那些队长们,比她们更紧张,时时不敢松懈,想尽了安抚的办法:放电影,改善伙食,个别谈心,增加接见。可这些就像是火上浇油,反使得人们更加肆意放纵。这是个可怕而危险的时期,天天不知道会发生什么。平时相处熟悉的人,忽然都变得陌生了，不认识了。大家都别扭着，谁也碰不得谁。队长召集那些所谓"自控能力强"的劳教开会，阿三也是其中之一，动员她们一起维持正常秩序，在各自的宿舍里产生稳定的影响。可是，事情还是一桩接一桩地发生，酿成越来越剧烈的后果。终于有一个采取了最惨烈的行为，并且成功了。那就是将一把剪刀吞进了肚子。救护车连夜将她送进总场的医院，汽车的引擎声在暗夜里分外的刺耳，久久萦绕于耳边，将这丘陵地带的夜晚突出得更加寂静，而且空旷。

这一夜，人们悸动不安的心，被巨大的恐惧压抑住了，个个都敛声屏息。关于这类事件的传说听得很多，亲眼所见却是头一遭。人们想，那女孩立即就要死了。她的衣服、被子、碗筷，静静地放在原先的地方，已经染上了死亡的气息，看上去阴惨和感伤。人们睡在床上，却都没有合眼。月亮是在后半夜升起的，格外的明亮，院子里一地的白光。阿三起来上厕所，在院子里停了一会儿。她呼吸着带着潮气的清新空气，心里一阵清爽。这时候，她隐隐地体会到，在一场暴戾过去之后，那股宁静的心境。她甚至想，这么安宁的夜晚是以那女孩的生命换来的。

可是，当早晨来临，有消息说那女孩当晚在总场医院动了剖腹手术，生命已经没有危险，再过一周就可拆线出院。大家就又像没事人一样。昨晚的事变得平淡无奇，那恐惧的气氛烟消云散。然后，又有一种说法兴起了。那就是吞剪刀根本死不了人，农场曾经发生过吞缝衣针的，并且，那缝衣针至今还在肚里，那人不还好好的，劳教期满，回了上海，现正在青海路卖服装呢！好了，事情就这么过去了，波动的情绪没有一点改变，继续酿成事端。

现在，闹事已变成家常便饭，人们见多不怪。好像是非要引起大家注意似的，事情的激烈程度也不断升级。但所能唤起的反应已经不那么严肃，大家都有些看热闹似的，还跟着起哄，嬉笑，越来越成了闹剧。这类事对阿三的刺激，也逐渐为厌烦的心情所替代。这天，她们寝室里又在闹了，人们也不知是劝解还是激将，把两个当事人推推揉揉地轰来赶去。阿三推开门走出去,抱着胳膊站在院子里,等事情过去再回房间。不一会儿,阳春面也来了,颇有同感地说:真是烦死了。阿三照例不理她。过了一时,她忽地凑到阿三耳边,神秘地问:你知道她们都是为什么吵吗?阿三不回答。她接着说:春天到了,油菜花开了,所以就要发病了。

阿三不由惊愕地看她一眼,这一眼几乎使她欢欣鼓舞,便加倍耸人听闻地说道:对于这种病,其实只有一帖药,那就是——说着,她做了一个手势。阿三曾经在来农场的汽车上看见过这个手势。阿三厌恶地掉转头,向寝室走去。阳春面先是一怔,随后便涨红了脸,她冲着阿三背后破口大骂道:你有什么了不起的!给外国人×有什么了不起的!她的骂声又尖又高,盖过了整个院子的动静。有一刹那,院子里悄无声息,连那正进行着的吵闹也戛然而止,就好像是,意识到有更好更新的剧目登台,就识趣地退了场似的。

阿三冲进房间,将房门重重一摔,那"砰"的一声,也是响彻全院的。这种含有期待的静默鼓舞了阳春面。她被压抑了很久的委屈涌上心头,她想她一片真心换来的就是这副冷面孔,她怎么咽得下这口气啊!她扑簌簌地掉了一串眼泪,然后指着那扇被阿三摔上的门骂开了。

为了和阿三交朋友,她其实一直违着她的本性在做人。她极力讨阿三喜欢。因为阿三不骂脏话,所以她也不骂脏话;因为阿三对人爱理不理,她也对阿三以外的人爱理不理;甚至因为阿三拒绝家人探望,她也放弃了一次探望的机会。她暗中模仿阿三的举止行动,衣着习惯。虽然每个人只被允许带每季三套衣服,可她们依然能穿出自己的个性。然而,这一切努力全是白搭,阿三根本看不见,她的心高到天上去了。可这又有什么区别呢?不是还和大家一起喝青菜汤。阳春面心里的怨,只有自己知道,不想还好,想起来真是要捶胸顿足。

她压制了几个月没说的污言秽语,此时决了堤。她几乎不用思想,这些话自然就出了口,并且,是多么新奇,多么痛快,她又有了多少发明和创造。人们围在她身边,就像看她的表演。她越发得意,并且追求效果,语不惊人死不休的,引起阵阵哄笑。她的眼泪干在脸上,微笑也浮在脸上,她只遗憾一件事,那就是阿三为什么不出来迎战。因此,她又气恼起来,更加要刺激她。她的谩骂基本围绕着两个主题,一个是给中国人×和给外国人×的区别,一个是收钱和不收钱的区别。她的论说怪诞透顶,又不无几分道理。有时候,她自觉到是抓住了理,便情不自禁地反复说明,炫技似的。

她骂得真是脏呀!那个年轻的还未结婚的中队长,完全不能听。她捂着耳朵随她骂去。这些日子她也已经厌倦透顶,疲劳透顶,只要动嘴不动手,她就当听不见。

阳春面被自己的谩骂激动起来,情绪抖擞。她还有无穷无尽的话要说呢!并且都是妙不可言。她的眼睛放光,看着一个无形的遥远的地方。她完全没有发觉,在她面前的人群闪开了一条道,从那里走来了阿三,煞白着脸,走到她跟前,给了她一个巴掌。她的耳朵嗡了一声,就有一时什么也听不见。这时她才恍惚看见了面前的阿三,似乎将手打疼了,在裤子上搓着,搓了一会儿,又抬起来给了一下。这一下就把她的牙齿打出血了。她抹了一下嘴,看见了手上的血,这才明白过来。她说不出是气恼还是欢喜。阿三到底还击了。她不理她,不理她,可到底是理她了。她带着些撒娇的意思,咧开嘴哭了。

阿三却一发不可收拾了。她抡起胳膊,一下一下朝阳春面打去。她感觉到手上沾了阳春面的牙齿血,眼泪,还有口水,心里越发的厌恶,就越发的要打她。她感觉到有人来拉她的胳膊,抱她的腰,可她力大无穷,谁也别想阻止她打阳春面。这时,她也感到一股发泄的快感,她也憋了有多久了呀!她原先的镇定全都是故作姿态,自欺欺人。她体验到在这春天里,油菜花开的季节,人们为什么要大吵大闹的原因。这确是一桩大好事,解决了大问题。她根本看不见阳春面的脸,这张脸已经没了人样,可阿三还没完呢!她的手感觉到阳春面的身体,那叫她恶心,并且要阳春面偿还代价,谁让她叫她作呕的?

人们都惊愕了。不曾想到阿三也会发作。就如同队长们所认为的,阿三是属于自控能力强的一类。在这样的地方,她还保持着体面,人们称她是有架子的。可大家也并不排斥她,因她是生产大队长的红人,却并不仗势欺人,如同有些人一样。于是都对她敬而远之着。而她的这一发作,顿时缩短了她们之间的距离。人们一拥而上,强把她拉住。拉又拉不住,反遭到她的不分青红皂白的攻击,只得放开手,哄笑着四下逃散。这哄笑严重地刺激了阿三,她忘记了她已经错过严肃的闹事阶段,正处在一个轻佻的带有逗乐性质的时期,别指望谁能认真地对待她的发作。现在,阿三的攻击失去了目标,她抓住谁就是谁。院子里一片嘈杂,大家嬉笑着奔跑,和她玩着捉迷藏。最后,阿三筋疲力尽,由于激动而抽搐起来,颓然躺倒在院子的水泥地上。正午的日头,铁锤般的,狠狠砸在她的胸口。

自此,阿三开始绝食。起初,中队长为防止她自伤,给她上了手铐,后来以为她的绝食是为抗议上铐,便卸下了。可她依然不吃不喝,躺在床上。人们都去工场间了,只剩下民管和她。民管开始还守着她,与她说着开解的话,可统统没有回应,便也觉着了然无趣,自己坐到了门口。太阳很温和地照耀着,地上爬着一个奇怪的小虫子。她说:你来看呀,这里有一个怪东西,我保证你从来没见过!没有回答,她只得叹口气,不再说话了。等到晚上收工回来,人们看见她床边放着一动未动的饭盒,便都轻着手脚,不弄出一些儿声响,好像屋里有着一个重病的人。隔壁寝室的人也都过来,伸头张望一下。还有的陪坐在阿三的床边,对着她叹气。她的床边堆起了各种吃食,凡是小卖部能买到的,这里都有。有刚接受家人探视的,就将家人带来的好吃好喝贡献出来。似乎,这些能够诱使阿三放弃绝食,重新开始吃饭似的。

只有阳春面,一个人远远地躲在角落,不敢走近阿三的床铺。她脸上还留着阿三打的青肿。她本来也想跟着阿三绝食,是表示我不怕你不吃,还是表示声援,连她自己也弄不清的。可到底理由不充分,撑不起那股劲,熬不过肚子饿,也熬不过同伴与队长的嘲骂,只得照常吃饭。队长过来几次,劝阿三进食,见阿三不理,火了。嘴上说:后果你自己负责;心里却打着鼓,预备着再过一天,就送去总场医院输液。

阿三睡着,并不觉得怎么饿,她陷入一种深刻的反省。她想,她怎么能够在这样的生活里,平静地忍耐这么久。她这半年多是怎样过来的啊!所有的一切:钉商标,摇横机,缝衣片,打包,装车,再卸车;出操,上课,用铁盒吃饭,把头发剪短,指甲也剪短;一季只能换三套衣服,劳教们的污言秽语,结伴的情书,争风吃醋;还有阳春面的献媚献殷勤……一切的一切,多么叫她厌恶,烦闷,还不如死了好呢!

想到死,她倒平静下来。她回顾自己近三十年的生活,许多人和事都历历眼前。这些人和事在此时此地来临,竟使她激起了小小的兴奋。她想她也算是经历了跌宕起伏,领略了些声色,虽然没有把握在手的,可这正应了一句话:不求天长地久,只求曾经拥有。什么不是曾经拥有?生命都是曾经拥有。因是这样的计算得失,她对自己的人生就感到了满意,深觉着,死并不是可怕的,甚至都不是令她伤感,而是有些欣悦的。

她头脑特别清醒,思绪是轻快的,好像喝得微醺时的说话那样,带着些跳跃的动态。有几次她睡着了,思绪却还照旧,迈着小碎步前进,带出许多画面,也都是活泼有生气的。她放下一切的责任,感到轻松得无所不往。所有人的说话声都成了耳边风,对她没有丝毫意义,全是白费劲。她这样很好,真的非常好。现在,闭着眼睛,她都看得见那高院墙后头的,远远的山影,在春天的明媚阳光下,变成了翠绿,有一些光点,野蜂似的嗡嗡飞舞着。

第四天的早上,阿三被送到了总场医院。

为了防止她拔去输液管,她的手臂被固定在床上,不能动弹。她反正是个不在乎,对她说什么也听不见。然而,随着葡萄糖液输进体内,她的思绪却变得迟缓了,并且笨重起来。与此同时,身体则蠢蠢欲动,一些感觉复活了。她觉出了饿。开饭时间,病房里的饭菜气味唤起着食欲,耳朵积极地捕捉着别人的谈话,并且力求理解。可是困倦袭来,她睡熟了。人们的谈话在她耳畔渐渐消散,远去,再也听不见了。

这一觉睡得可是真长。当她醒来的时候,费了很长时间,她才慢慢明白过来,了解了她的处境。

她发现房间里暗暗的,不是夜色,而是幽暗的日光。同屋的人都静静地躺在自己的床上。盈耳的是一股绵密而柔和的沙沙声。后来,她看见病房的门开了,有一个人进来,靠门放下一把湿淋淋的伞,她才明白外面在下雨。这人朝她走来,是生产大队长。

大队长走到她床前,看了她一会儿,说:好了,你也做够了,面子也挣足了,还不行吗?停了一下,又说:生产任务这样紧,我还来看你,全大队都知道了,你的面子还不够吗?阿三躲开大队长的眼睛。大队长说:你总要给我一点面子,也要给人民政府一点面子。后一句话说得很有意思,两个人不禁都微笑了一下,又都赶紧收住了,可是气氛到底是松弛下来了。

大队长扑通在她床边的椅子上坐下,将两条腿伸直了,双手压在腿下,撑着肩膀,舒展了一下身体,说:我晓得你们个个心里都觉得委屈,到这种穷乡僻壤来吃苦,心里不知怎么在骂我们;可是两年、三年一到,你们不都又要回上海去了,又是灯红酒绿,而我们呢?我们还要在这里待下去,我们委屈不委屈呢?我晓得我不应当与你说这种话,你也不必要理解我们,只要我们理解你就行了;可是,是人,总要将心比心。说到此处,大队长忽然忧伤起来,眼睛看着前方,想开了心事。

阿三朝她看了一眼。看她年轻的脸颊上没有一丝皱纹,目光很清澈,只是肤色不好,青黄色的,是缺觉的颜色。阿三心里暗想,大队长其实不难看,只是这套警服穿坏了她。

大队长忽然出声地笑了,说:有一次,和一个劳教谈话,她告诉我们,在上海的什么宾馆做了什么生意,什么宾馆又做了什么生意,说到后来,她就说,队长,你们不要问我去过什么宾馆,就问我没去过什么宾馆,你说,叫我们怎么问? 她回过头看阿三,两个人的眼睛相遇了,停了一会,又闪开去。大队长向周围扫了一眼,病人们躺在床上,都闭着眼睛,似乎都入睡了。病房里很静,窗外还响着绵密的雨声。大队长说:你知道是什么支持我们在这里生活? 阿三摇摇头。那就是,在这里,我们比别人都好。大队长看阿三的眼光里,既有着示威,又有着恳求,好像是:我把底都交给你了,你还不给面子吗?

阿三的绝食在这天晚上结束,前后一共坚持了六天。第一次进食的时候,她略有些不好意思,觉着人们都在嘲笑她。可是没有人注意她。似乎事情的开头与结尾,都在人们意料之中,没有一点特别的地方。这就更叫她难为情了。她好像吃偷来的食物似的,喝完一盆稀饭,然后在床上躺下,希望别人把她忘记。她头一回神志清醒地打量这间病房,这是要比普通病房更为整洁和安静,因为没有人来探视,病人也守纪律。一共有八张床并排放着,略微偏一偏头,便可看见窗外的树丛。枝叶里掩着一盏路灯,白玉兰花瓣的灯罩,透露出一些城市的气息。晚饭在下午四点半就开过了,剩下来的夜晚就格外的长。这时候,病房里总是稍稍有一些活跃,人们轻声聊着天,声音清晰地传入阿三的耳中。

她们在议论离总场最远的男劳改大队,一个犯人逃跑了。前一日的夜里,场部出动了三辆警车搜捕,至今没有结果。阿三看看窗外逐渐暗下来的天,那路灯亮了,因为电力不足,发出着昏黄的光。她想她怎么没有听见警笛的声音呢? 继而又想起从上海来时,路上所见孤独的柏树,在起伏不平的丘陵上,始终在视线里周游。

又过了一天,大队长用送货的卡车,捎回了阿三。阿三坐在车斗里,颠簸着。高地上的小麦都黄了梢,洼地的水田里,秧苗已插上了。茶叶绿油油的。远近的山丘,也都变得青翠。不知从哪里冒出一些树丛,形成一些绿色的屏障。连那柏树,也都成了对似的,这里两棵,那里两棵。天空飘着几丝白云,转眼间便被蓝天溶解,渗进了天空。阿三心里涌动起一股生机,她眯缝起眼睛,抵挡着风里的尘土。田野的景色,推远了,推到地平线上,成为狭长的一条。

生活再次照常进行。工场间的活堆成了山,收工的时间越推越迟,连出操上课的时间都挤掉了。寝室里的那种癫痫似的发作还时有发生,不过频率显然稀疏下来,好像是,那股子劲已经过去。随着夏季的逼近,人们的骚动情绪也渐渐被慵懒和倦怠所代替。人们都变得沉默了。至于阿三呢,果然如生产大队长所说,挣足了面子。大家对她都有些新认识,怀着折服的心情。阳春面则不敢接近她了,远远地躲着,这倒使阿三很满意。要说,日子是比先前好过得多,可是,阿三的心情却再不是先前了。

现在,当一切不习惯都克服了,为了适应严酷现实的全身心紧张,终于松弛,她这才认识到这生活的不可忍受。她就好像睁开了眼睛,看清了现实。原先,在这里活动着的,只是阿三的皮囊,现在,阿三的魂回来了。阿三想:时间只过去了大半年,剩下的一年多该怎么过啊!阿三真是愁苦了,她夜里睡不着觉,各种念头涌上脑海,咬噬着她的耐心。她明知道不能想这些,可偏偏就要想这些。她的脸瘦削了,下巴尖成了锥子。她每顿只吃猫食样的一口,经常的头晕。而她却像自虐似的拼命做活,一双手好像不是手,是工具,应付着各种劳动。只要仔细地去看她的眼睛,就知道她在受着怎样的煎熬。她的眼光变得锐利,闪着炽烈的光芒。她比以前更少说话,一天到头,听不见她一点声音。她无形中散播着压抑感,她在哪里,哪里的空气就变得莫名其妙的沉闷。

可是,在这种机械的生活中,人都变得麻木,而且头脑简单,没有人看到阿三的变化。只有一个人看见了,那就是老鼠躲着猫似的躲着阿三的阳春面。那一大场事故发生之后,阳春面却感到与阿三更贴近了。这种交手似乎消除了她与阿三之间的隔阂,虽然表面上她再不能走近她了。现在,阿三的所思所想,阳春面都一清二楚。只有她知道,阿三撑不住了。她真心地为阿三发愁。她知道,照这样下去,阿三得垮。这日子不是阿三这样过法的。

阿三不知道,在她痛苦的时候,有一个人比她更痛苦。并且,在她一筹莫展的时候,却有一个计划在那个人心中慢慢地形成了。

这一天,已经收工了,阿三却因为有一些活计需返工,留在了工场间,阳春面自己要求替她打下手。大队长同意了,阿三懒得反对,装作没听见。等人都走空以后,她忽然走近阿三,说道:阿姐,你跑吧!由于出了这么个好主意她兴奋得几乎战栗起来。阿三惊愕地抬起头,看着她凑得很近的脸。这张脸在日光灯下显得极其苍白,鼻凹里有粗大可见的毛孔,额角上还有一个乌青块,是她打的。

阿姐,你跑吧!阳春面又说,她压低了的声音在空阔的安静下来的工场间里,激起了回声。

我晓得你是和我们不一样的人,你在这种地方待不下去,你跑吧!跑到南方去,那里都是外来人,不需要报户口,特别好混!

阿三镇静下来,她在心里掂量着阳春面的话,揣摩着这话的真伪虚实。

听那些二进宫、三进宫的人说,每年都有人跑,有一些再也没有回来过;出了大门,往后面山上去,先找个地方躲着,等天黑了,再翻下山去,那里有农民的房子,你给他们钱,在那里住一夜,第二天早上走到公路搭上卡车,就可以到火车站;真的,我都帮你打听清楚了,那些农民很贪钱的,多给些钱,他们都会送你去车站,不过,你不能说你是从这里去的,你不说,他们其实也知道,只是这样就没有责任了;你要跑,我会帮你应付,瞒过一夜就好办了。

阿三的眼睛慢慢地从阳春面脸上移开,埋下头重新做起活计,缝纫机声又嗒嗒地响起了。阳春面一脸失望,她喃喃道:你不相信算了,可是我说的都是真的。她离开阿三,远远地缩在角落里,双手抱着膝盖蜷在纸板箱上,眼睛望着窗外出神。她的脸色变得忧郁而且严肃,流露出受到巨大伤害的表情。

深夜,万籁俱寂,阿三轻轻地翻转身子,手伸到枕套里,撕开枕头上的一块补丁,在木棉芯子里摸索到一卷纸币,是女作家给她的五百块钱。她虽然没有想到过它们的用途,可却多了个心眼,没有交到大队上登记。现在,她将这卷钞票握在手心里,明白她要做什么了。她情不自禁地在黑暗中笑了一下。

阿三做好了逃跑的准备。她开始强迫自己多吃,试图使自己健壮。她将一瓶驱蚊油从早到晚带在身边,以备在山上躲着的时候,不致叫蚊子咬得太惨。她早已经走熟了从中队出大院的路线,那都是与生产大队长谈工作时来去的。她也了解到,星期日这一天,队长们都回总场,只留一个人值班。她甚至巧妙地藏匿下一张外出单,是有一次大队长找她去,走到大门口,门房正忙于接待总场来人,忘了收她单了。她兴奋而冷静地做着这些,脑子里无时不活动着这一个逃跑的计划,一千遍一万遍地在想象里进行演习。想到紧张的时候,她的脸上便浮起红晕,手指也微微颤抖起来。没有人发现这些,连阳春面都不再关注她,她变得消沉而安静了,现在很难听见她的聒噪,只看见她埋头苦作的身影。

阿三等待着时机。她知道,时机是最最重要的。什么是时机,不是依赖判断,而是来自于灵感,她静等着时机的来临。这应当是一种神之所至,她几乎凝神屏息地感受着它的来临。时间一天一天过去,天气渐渐变得炎热,白昼也变得漫长。夜晚,斗大的星在头顶,照得一片雪亮。月光也变得灼热。人人都被困乏缠绕着,成天呵欠连天。而阿三的头脑一日比一日清醒,眼睛亮着,心却是按捺着,伺机而动的形势。

这一天,早晨起来天就阴着,午后飘起了毛毛雨。是星期天,上午,大队长还在工场间里和大家一同加班,下午,交代说提前收工,便走了。由值班中队长一个人带着。下午三点钟,是难挨的时候,人们打着瞌睡,头一点一点的,手上的活都掉到了地上,机器声也显得零零落落。满天的阴霾更叫人心绪沉闷。好容易又挨了一小时,中队长说收工了,于是大家纷纷起身,收拾起手里的活计,争先恐后地往外走,为了抢水池子洗衣服洗头发。阿三却说:中队长,我再做会儿,把这一打做完再走。中队长说好,交代她走时别忘了关灯锁门。这时候,阳春面突然抬起头,眼睛很亮地向她看了一眼,脸上屏出一个压不住的笑容。她们的眼睛相遇了,有那么一刹那,彼此都没有躲闪,生发出心领神会的表情。阳春面便带着这笑容从她身边走过,她的手在阿三的缝纫机上有意识地扶了一扶,好像在等待一个回答。如不是十分十分地厌恶阳春面的身体,阿三几乎就要去触碰她的手了。可是,没有。阳春面从她身边走过,没有回头,可她焕发的笑脸却长久地在阿三眼前,挥之不去。

一切都是按照阳春面所说的进行,并且一切顺利。这天,天又黑得早,不过六点,天色已暗了下来。灰色的苍穹笼罩着雨濛濛的山丘,天地间便好像有了一层遮蔽。雨下得紧了,却不猛烈,只是严实而潮湿地裹紧了阿三的全身。那雨声充盈在整个空间,也是一层遮蔽。阿三几乎看不见雨丝,由于它的极其绵密,她只看见树叶和草尖有晶莹的水珠滴下来。

好了,阿三开始下山了。感谢丘陵,山路并不是陡峭的,甚至觉不出它的坡度,只有走出一段以后,再回过头去,才发现原来是在下山,或者上山。阿三在草丛里胡乱踩着,忽然发现她所下意识踩着的这条路,其实是原先就有着的,不过很不明显。难道是前一个逃跑的人留下的吗?那么,沿着它走就对了。可是当她刻意要追踪道路的时候,道路却不见了。

阿三抬起头,她的眼睫毛都在滴水,流进了她的眼睛。模糊中,她看见一片广袤的丘陵地带,矗立着柏树的隐约的身影。那身影忽然幻化出一个人形,是比尔?还是马丁?是比尔。想起比尔,阿三心里忽有些悲悯般的欢喜,想着:比尔,你知道我现在在哪里吗?她用比尔鼓舞着自己的信心,使自己相信,这一切都是不平凡的,决不会落入平凡的结局。

丘陵上没有一个人,只有阿三和那棵柏树。她茫然地走着,雨雾和夜色遮断了路途。她也不去考虑路途,只是机械而勤奋地迈着脚步。她打着寒噤,牙齿格格响,好像在发出笑声。她忘记了时间,以为起码是第二日的凌晨。当她眼前出现农舍的灯光,她竟有些意外,她以为那是永远不会出现的了。她停了停脚步,同时也定定神,发现那灯光其实离她很近,只一百米的光景。到了此时此刻,她才感到一阵恐惧,她惊慌地想:要是那农民去报告农场,该怎么办呢?她的腿忍不住有些发软,这一百米的距离走得很艰难。她心里想好,要是那农民流露出可疑的行迹,她立即拔腿。这么想定,心里才镇静下来。

走近灯光,她嗅到了饭菜的香气,还有烧柴灶的草木炭气。她恍悟到,这其实还是晚饭的时候。这人家的饭再迟,也不会过八点吧。她打量着这一座房子,是一座平房。正面一排三间砖瓦房,两侧各两间茅顶土坯屋,一边是灶屋,已经关灯熄火,一边是放杂物的,连着猪圈,没有院墙。正房的门紧闭着,就像没有人住,两边的窗洞里却透出些黯淡的灯光。阿三走近门前的时候,踩着一摊鸡屎,险些一跤,她轻轻叫了一声,稳住了身子,然后就去敲门。门里传来女人的声音,问是哪一个。阿三说大嫂,开开门。女人还是问哪一个。阿三说,大嫂,开开门,是过路的。女人执拗得厉害,非问她是哪一个不可。阿三再敲门,门里就嚷起来:再敲,再敲就喊人了,农场里住着警察呢!阿三这才想到,像这样靠近着劳改农场,单门独院的人家,是怀着多么强烈的恐惧。

阿三停了敲门,可她觉得疲乏透顶,再也迈不开步子了。她沿着灶屋慢慢走着,防止着脚下打滑,走到了屋后。那正房的背后,有一扇后窗,支着长长的雨檐,阿三便在雨檐下坐下,歇歇脚再作打算。

她蜷起身子,抱着双膝,埋下了头。这一切是怎么发生的,她忽然恍如梦中。她困倦得要死,睡意袭来,好几次она歪倒了身子,不由得惊醒过来,再又继续瞌睡。天地都浸润在细密的雨声和湿润里,是另一个世界。她渐渐学会了这么坐着睡觉,身体不再歪倒。她忘记了寒冷和下雨,瞌睡的甜暖罩住了她。她好像是睡在床上,阳春面的脸庞渐渐伏向她,她看见她额角上的青块,不由得一动,醒了。

这一回,她完全清醒了,听见有小虫子在叫,嚁嚁的,十分清脆。她有些诧异,觉得眼前的情景很异样。再一定睛,才发现雨已经停了,月亮从云层后面移出,将一切照得又白又亮。在她面前,是一个麦秸垛,叫雨淋透了,这时散发着淡黄色的光亮。她手撑着地,将身体坐舒服,不料手掌触到一个光滑圆润的东西。低头一看,是一个鸡蛋,一半埋在泥里。

她轻轻地刨开泥土,将鸡蛋挖出来,想这是天赐美餐,生吃了,又解饥又解渴。她珍爱地转着看这鸡蛋,见鸡蛋是小而透明的一个,肉色的薄壳看上去那么脆弱而娇嫩,壳上染着一抹血迹。

这是一个处女蛋,阿三想。忽然间,她手心里感觉到一阵温暖,是那个小母鸡的柔软的纯洁的羞涩的体温。天哪!它为什么要把这处女蛋藏起来,藏起来是为了不给谁看的?阿三的心被刺痛了,一些联想涌上心头。她将鸡蛋握在掌心,埋头哭了。

一九九五年九月十一日初稿
一九九五年十月十七日二稿

隐居的时代

曾经有一个时期,我们随时随地可能遇见意想不到的人,这真的很有趣。这使得我们的经历,变得非同寻常起来,变得富有传奇色彩。在我们所插队的淮北乡村,有着几百年,上千年的历史,这样漫长的历史其实却只是由一些固定的人物演义下来的。这就好比毛泽东同志描写的愚公移山:"我死了以后有我的儿子,儿子死了,又有孙子,子子孙孙是没有穷尽的。"就这样,一直繁衍到了今天。这样的以家族为组织单位的乡村,就是一座坚实的堡垒。当你听到村里的狗忽然之间一同狂吠起来,不用问,一定是村道上走过一个外乡人。外乡人头也不抬地,匆匆走出村子,走远了,狗才渐渐安静下来。可是,就是在这样的铜墙铁壁的堡垒中,会有奇遇发生。事情就是这样不可思议。

在这沉闷的乡村里,竟然隐藏着那样的人和事,他们在某种程度上,与乡村的环境融合在一起,并不显得有什么特异,看上去是同样的自然,好像他们早就加入了乡村的历史。乡村的生活就有着这样强大的洇染力,它可将任何强烈的色彩洇染。很多尖锐的情节,在这里都变得温和了。它看似十分单调,其实却潜藏着许多可能性,它的洇染力就来自这些可能性。这些可能性足以使一切突兀的事情变得平淡和日常。就这样,我在我插队的大刘庄,遇见了黄医师。

那已经是我来到大刘庄数天以后。我住在公社的一名副书记家中,他的妻子是这个大队的妇女主任。家中有五个孩子,最大的年龄与我相仿,最小的尚在吃奶。除了我,还有一名县城插队知青,也住在他家。主任家住三间两进青砖茅顶大屋，这在我们村庄，算得上首富。后三间是主任夫妇的房间，他们带着最小的吃奶的孩子睡那里。前三间，东边一间锅屋，西边一间住孩子，以及我们两个知青，中间迎门的是堂屋。这天，晚饭的时候，县城的知青收工就回家了，几个小些的孩子早早吃过去玩了，只有主任，主任的大女儿，还有我，坐在堂屋里的案板前吃饭。是收麦的前夕，天已经很长了，太阳虽然下去多时，天光还很明亮。此时的光线非常接近早晨，太阳都是在地平线以下，光是均匀地平铺着，景物倒比强光下的更为清晰。黄医师就在此时，从村道走上了我们的台子。

主任家的房子，坐落在我们庄最主要的村道边上，高高的台子上。白日里，各家的门都是敞开着，迎门坐在案板前，村道上的情景便尽收眼底。主任首先向着村道招呼：黄医师，吃过了吗？接着，主任的大女儿，县中学的毕业生，应声起身，让出一个板凳，转身又去盛一碗稀饭。这时，才见黄医师在了门口。他大约有五十岁，也许没有，在我们那个年龄里，总是容易把人看老的。他脸色较黄，似乎有些浮肿。他穿着洗旧的蓝卡其人民装，脸上带着谦和的笑容。他走进门来，在板凳上坐下，回答着主任有没有吃过的问题。尽管一再说吃过了，吃过了，可主任母女执意要他喝一碗稀饭。也没有太推辞，就端起了碗。他的脸相有些木，甚至还有些俗，可是态度却十分温和文雅，这就使他显得不一样起来。他说话动作都比较迟缓，这迟缓不仅是出于慢性子，似乎还出于，一种忧郁的性格。他问我多大年龄，住上海哪个区，来这里习惯不习惯。由于我正处在极度的不适应和想家之中，时刻心事重重，所以我也看出他心事重重。我看出他不快乐，不轻松，百无聊赖，而且非常寂寞。虽然，他在这里出现一点没有令我惊奇，可我还是一眼看出他是来自外边的世界。

主任问他晚上做的什么饭，他笑着说烧一点米饭。他的笑容里有着自嘲和无奈，就是这自嘲和无奈，说明了他的骄傲。他的态度表明，"烧一点米饭"不是他该干的事情，多少有一些无聊和滑稽。他只稍稍坐了一会儿，喝完那碗稀饭，然后拿着主任塞给他的一大块麦面饼,告辞了。这时节,只有主任家还有麦面饼。他说有了这块麦面饼,明天早上就能不烧锅了。他慢慢地走下台子,天色略有些暗,却还不十分暗,他的背影依然很清晰。他有些背驼,不知是生来如此,还是境遇所致。他的步态与庄里人决然不同,是较为笔直的步子,双膝并得较拢,脚跟比脚掌先落地半步。这种步态,要遇到下雨天,可够他受的了。庄里人走路都有些岔开腿,箩筐似的,其实并不箩筐,脚跟与脚掌是同时落地的,这样,立足就稳。在泥泞的地里,可像撑船似的左一划右一划,乡里人叫作"岔泥",从泥里趟过去的意思。黄医师的步子,却是"岔"不开泥的。他背着手,手里掂着那块宝贵的麦面饼,而一点不知这饼的宝贵。饼是发面的,碱性不大不小,真够香的,围着锅贴一圈,锅一圆气,灶里就停了火,等锅略凉些,才揭锅。这饼就是在这略一等里,陡地发起来,像胖娃娃的脸。然后一只手摁着饼,另一只手就拿锅铲铲饼,一铲便离锅。饼面上还留着摁饼的手指头的螺纹或者簸箕纹。

黄医师是蚌埠下放的医师,同他一起下放我们庄的,还有张医师、于医师。我们庄的农民都称他们为"医师",而不是"医生"或者"大夫"。"医师"这种称谓显得十分专业化,十分严格。表明了我们庄对他们的郑重其事的态度。这支蚌埠医疗队住在我们庄东头,大队部的院子里,四间正屋分为两部分,住张医师一家和于医师一家。他们都是合家下放。而黄医师则是单身一人,住东边一间侧屋。西边的两间侧屋就是医院的诊室,药房。可黄医师通常是不去那里的,他在自己的小屋里看病,这带有些私家诊所的意思。

黄医师是名医,专治五官科。他所在的蚌埠的那个医院,过去以他而得名。现在,他到了我们庄,我们庄也因此而得名了。许多病人从老远的地方,坐车坐船再加步行,走过一个庄子打听一个庄子:大刘庄在哪?他们就这么终于来到大刘庄,走进黄医师的小屋,向他求诊。黄医师的小屋很小,只一间,顺山墙放一张床,就差不多满了。他的床,架得很高,是一张宽大的床,床上铺了特别洁白的床单。他就在床沿上侧身坐着,一只手撑着床,另一只手放在架起来的膝上。

病人呢,坐在床前的椅子上,述说着病状。这样子一点不正规,倒是很家常。黄医师听得也并不专注,提问很随意,有时候还会岔开话去,和小屋里别的客人说些不相干的事。这情景说是看病,不如说是诉苦。诉说的人是不经意的,听的人也不怎么在意。来的人大都是口讷的农民,三言两语便无话可说,吃苦对他们又是常事,于是就止了下来。黄医师并不急着打发他们,似乎有他们陪伴也好。他也不是善言者,加上心情抑郁,就常常是彼此都默着。在这静默里,他们互相像是很了解的,双方都不感到有什么压力,就这么可坐半天。凡是想到这来求医的农民,都是病症严重的,而几经车马周折,来到偏僻的乡间找黄医师的,也都是病症严重的。所以,几乎无一例外的,需要手术。而我们庄没有手术室,医疗队也没有麻醉师、手术护士,手术是不可能做的。最后,黄医师总是说:要到蚌埠做手术。农民往往对手术望而生畏,一听要到蚌埠手术,就更知其不可为了。他们大都是天命论者,心里早已服了病,而到底是看过了黄医师,虽然不是被病苦着,却都心满意足,再不作他想。那些从合肥、淮北、芜湖,甚至就是蚌埠找来的城里人,则是决心下定,对手术也抱科学的态度。这时候,黄医师就会和他们约定到蚌埠的时间。这往往是黄医师回家探亲的日子。

　　黄医师回蚌埠探亲很频繁,并且每回都要超假,他是一个恋家的人。我们庄无论干部还是社员,从来没有指责过黄医师的不遵守纪律。农村本来就是散漫的,缺乏纪律的观念,何况人们都同情黄医师的境遇。一个人在此地,不会挑水,不会烧锅,也不会洗衣。人们看见黄医师在塘里将一件衬衣越洗越脏,塘水则越来越浑。他不会将衣服铺在水面上,而是让衣服一径沉下去,搅起塘泥。这是女人的本事,黄医师不会这个,理所当然。他又是干大事情的,去塘里洗衣,实在凄惶得很。人们说,让他在蚌埠多住几日吧!人们又传说,黄医师的妻子没有工作,专在家里伺候男人和孩子。孩子有四个,都是儿子,黄医师特别想要个女儿,可是没有。曾经有人开玩笑提议,让黄医师认我做干女儿。黄医师只是笑,并不应声。他显然无意于接受任何干亲。他是一个把家团得很紧的人,性格也比较封闭,这就已经比其他人要感寂寞得多。同他一起下放在大刘庄的同事,又都各是一个家庭,更显得他孤家寡人。你看着他,就知道他的日子有多难熬。傍晚的时候,就是在前面说过的那种均匀清澈的天光里,黄医师就在村道上散步,有从湖里割猪草回来的孩子,就对大人说:看见黄医师了。

大队开会,通常总是要等天黑到底了,才能正式开场。大队会计凑着油灯的一豆光亮,读着文件或者报纸。农人们在黑影地里打盹,抽烟。劣等烟叶燃烧出呛人的气体,那种很难消化的粗粮在体内发酵而成的气体,也足够呛人的。但很奇怪的,这一切都不顶难闻。因是草木的本质,再是发酵腐烂也是清洁的干燥的气味,有着一种单纯的性质。时间其实并不太晚,可乡间的没有照明的夜晚总是特别的黑,又特别的静。鸡和狗都安歇了,就觉得夜已经很深了。在这满房间的黑影里,有一具影子高高地矗立着,那就是黄医师。他搬来他房间里的那把椅子,虽然只是把普通的椅子,可周围的农民大都是蹲在地上,或是坐在小马扎上,连蹲在板凳上的几个,也比黄医师要矮上一截。因此,这把椅子就显得格外突出,很不协调。黄医师高高地坐在椅上,双手笼在袖子里,这倒和农民的习惯相合,可坐姿却不是农民的。他架着腿,笼着的手搁在膝上,很安详。这时候他显得比较惬意,也比较放松。听着会计用乡音一字一句地读官样文章,四周鼻息声起伏,有一种昏沉的安宁。谁会知道在这座黑暗的乡村里,有一个黄医师呢?

与黄医师一起下放我们庄的,医疗队里另两名医师,张医师和于医师,她们的形象,气质,以及精神面貌都要比黄医师现代。也就是说,她们比较具有"6·26"精神。她们经常身背药箱出诊。她们背着那种上面画着红十字的白漆药箱,走过村道,来到老乡家中,坐在当门的马扎上,嘘寒问暖。尤其是张医师,因为长着一张明朗的脸庞,大大的眼睛,高高的鼻梁。庄里顶有学问的王大爷说过,张医师的相好,好在大气。她体格匀称,结实,穿衣服很利索。她喜欢把裤腿卷起,赤脚穿一双球鞋,露出白皙饱满的小腿肚。她背着药箱,就有点像舞台上的人物,药箱则是道具。那时候,她大约是三十五六岁的年纪,各方面都显示出是个幸运的福气的女人。她的丈夫老梁原是蚌埠政府机关的干部,如今在公社知青办任职。一个女儿,两个儿子,都在县城上小学和中学。他们虽然离开了城市,来到这个偏远,贫瘠,组织散漫的乡村,可却依然保持着原先的严格规律的生活秩序,以及相对保障的社会地位。他们家庭和睦,老梁是个尽职和体贴的丈夫,对孩子要求颇严,与干部群众关系都很融洽。孩子们呢,都挺乖,学习努力,品德优良,少叫人操心。总之,这是一个理性的家庭,处处可给人做楷模。它很为张医师挣脸面的,人们对张医师的好感有一多半是对她的家庭。在庄里人眼里,张医师的家特别像个家。我们庄,对美好的家庭是怀着尊敬和崇尚的。姊妹和媳妇们都挺羡慕张医师的,她们传颂着,天好的时候,在院子里搭一个凳子,张医师洗头,老梁提一壶热水,替她冲头发上的肥皂沫。这情景很亲热,甚至带了些私密的性质,可在这对夫妻做来,却一点不肉麻,连我们这个保守的村庄都能接受,并且大加赞扬。

于医师的家庭就大不同了。这是一个倒霉的家庭,正应了俗话:"屋漏偏逢连夜雨,船破又遇顶头风。"于医师一家下放我们庄,性质与张医师、黄医师都不同。他们下放带有罪贬的成分。于医师的丈夫是一个右派,在文化大革命中他被开除了公职,下到生产队里劳动改造,和农民一样凭工分吃饭。他的工分评不高,工分值本来就低,到分红时,总是透支,只得用于医师的工资去买口粮。他家有四个孩子,都在上学,又都能吃,所以,于医师家的经济就要比医疗队的其他同事差几个等级。老大是个女孩,名叫卡佳。这个异国色彩的名字,据说是当时一部苏联电影里的女主人公的名字,她是一名社会主义劳动勋章的获得者。由此可以推想,她的父母是在什么样的时代精神感召下,成长起来的一代知识分子。卡佳是个缺心眼的孩子,一点不懂事,不能体会父母的处境,也不能体会自己的处境,总是乱说话,给大人生事。几个弟弟也都调皮捣蛋,不懂得相让,姐弟间纷争不断,都是要于医师来调停的。于医师的丈夫,则表情阴沉。衣服是灰的,脸色是灰的,神气也是灰的。他一点不肯打起精神,表现出改造的积极性,以改善自己和家庭的境况,反是一任消极颓唐到底,显得特别的落拓,很露骨地表示着他的顽固与抵抗。是他,使我认识到有一类人所以成为右派,是由性格决定的。他们并不是对某一种现实不满,而是对一切存在不满,他们对人生抱着黯淡的心情。同时他们又缺乏忍耐和自谦,往往是自我中心者,就必须将这心情发泄出来。他们表现得与一切意见激烈相左,什么都不会合他们意。倘若不是成为右派,他们的处境也好不到哪里去。于医师的丈夫,就属于右派中的这类人。农民们很难对他抱有好感,觉得他懒惰,傲慢,不体恤妻儿。他时常借病不出工,让于医师为他去请假。即使出工,他也不大肯出力。歇息的时候,一个人背对着大伙儿坐着吸烟。队里有个年轻人,读过高中,会吹笛子,人很聪明,但因是单门独姓,所以地位很低,属于那种有志向且不得意的农村知识青年。有时候他会主动搭理于医师的丈夫,可能是出于同是天涯沦落人的心理,还有对城市知识分子的向往心理。他挤坐在右派的身边,向他要烟吸。这个套近乎的举动却遭到右派的极度厌恶,他是给了,回到家里则大发牢骚。卡佳的一张嘴又是张漏嘴,到处说:某某人最讨厌,老向我爸爸要烟。农民是没有政治头脑的,他们对人的评价是出于处世做人的原因,其中也不排除有一点审美的因素。他们怎么也不能喜欢一个破衣烂衫,成天挂着脸,对劳动和生活都没有热情的人。他们看见他就觉得扫兴。队里的干部在所有这些理由之外,又加上了阶级阵线的理由,自然更不待见他。在例行的四类分子训话中,常常要把他单独拎出来训斥。老实说,他在我们庄还没遭到太坏的对待,有一大半是看在于医师的面上。人们对于医师是同情的。

人们看着这个鸡飞狗跳的家,说,于医师就好像是这个家的箍,要没有她,这个家就散了。事情就是这样,在这个家里,人人都缺乏自律,只有于医师,撑持着,保护着生活正常进行。其实,于医师完全可以不下放,而让她的丈夫自己一个人去农村,可是她却带着孩子们一起来了。这行动颇有些像俄国十二月党人的妻子,跟随丈夫流放西伯利亚。虽然事实上,一点不像涅克拉索夫的长诗那样浪漫,所有的艰苦都是卑琐的,烦心的,叫人沮丧,损害着人的尊严。

于医师戴眼镜,头发齐齐地梳向耳后,显得比较苍老。红十字的药箱背在她身上,更具有应用的意义,不那么戏剧化。她和农人说话,也更为家常。她显然是个贤妻良母,可惜命不好。她对人很和气,但并没有屈就的意思。她表现得很开朗,可也不是强颜欢笑。她看起来是平静的,从容的。要知道她是隐忍着那么多不顺遂的。庄里那些婶子大娘,都特别和她拉得来,背底里就说,于医师不容易。有一次,上面又下达什么指令,对于医师的右派丈夫进行批斗。批斗是在场上牛房里进行的,从庄东头来开会的人说,于医师家早早就闭了门,熄了灯,屋里一点声息也没有。这时方能体会到于医师的苦,这一家的苦。平时,这苦都被过日子的杂碎掩盖了。

这两个家庭,以及黄医师,虽然来自同一个城市蚌埠,住在一个高台子上,但却保持着微妙的距离。他们相互间很客气,但决不多话,完全没有人们想象的相濡以沫之感。相反,隐隐的,似乎还都怀着戒备之心。他们彼此间远远不如各自和农民的关系轻松和亲密,但亲密和亲密的性质则有所不同。张医师和老梁对农民是最热情的,农民们对他们也最尊敬,而且器重。他们对谁家的造访,会被视作一种光荣,引起人们的羡慕。在农民们的眼睛里,他们是有身份的人,却没有架子。当他们从村道上走过,农民们从自家敞开的堂屋门里,走到台子边,招呼道:张医师,来吃!老梁,来吃!他们则招着手应道:吃过了,吃吧!他们招手的姿势是城里人,而且是城里的干部特有的,高高地扬起,有幅度地挥动着。农民是做不来这动作的,他们只是用手里的筷子向前点了点,作为回答。老梁每天早上骑一架自行车,往公社去上班,沿途也是这样向农民们招手,农民们就拄着锄把目送他远去。他们家三个孩子在县城住读,每周回家一次。三姐弟手牵手走进庄里,目不斜视,快快挪动脚步,就这样走进庄东头高台上的家中,再也不露面了。有一次,他们回家正逢下雨,我们庄是出名的黏土地,一下雨,地就烂得要命,能把脚粘去一层皮。我有事去大队部,看见他家的一个男孩,在门槛上刮胶鞋底的泥,脸上露出嫌恶的表情。这段路可叫他们走惨了。

于医师家的孩子则截然不同,由于生计,也由于家教,他们缺乏管束显然不是一日两日的了,他们几乎终日和我们庄的孩子搅在一起。一起下湖割猪草,一起在生产队干些小碎活,挣几个工分,也一起打架、捣蛋。一群泥猴似的孩子,背着比人高的草箕子,从湖里回庄,其中就有于医师的孩子。卡佳呢,是家里的大小姐,脾气大,和小姊妹相处时也不知道有所约束,毫不掩饰对乡间人和事的鄙夷。姊妹们听了自然不愿意,当面没什么,背底里却没少说她。只是知道她是没心眼的,没坏肠子,所以倒也不挤对她,还是同她一处玩。就像方才说的,于医师和农民的关系,其实是真正融洽的,他们会和于医师说些家务事,过日子的难处,养儿育女的难处,等等的。他们有时候大声地喝唬于医师的孩子,有时候则把于医师的孩子扯过来,往手里塞块馍馍头。

庄人们对黄医师的心情是最动人的,他们既把他当作一个有大本事的人,很敬重他,同时却又十分心疼他。谈起他的口气,总是流露出怜惜。他孤身一人住在我们庄,生活能力又特别差,这都使他变成一个无依无靠的大孩子。这个大孩子虽然过得很狼狈,却很乖。同样是抑郁的性格,黄医师的抑郁却和于医师丈夫的抑郁不同。于医师丈夫的抑郁是阴沉的,紧张的,甚至带着一种暴戾。队干部在训话时,常常会被他的眼光激怒,变得失去控制。这时,就会用锄把子,在他腿上不轻不重地敲一下:看什么看,剜你的眼!黄医师的抑郁却是甜美的。当他凝视着见了底的水缸,或者掉到井底的水桶,他的眼光柔弱得叫人心都一颤。他一个人在村道上趔趄,夕阳染在他的肩膀上,有一些亮色,他的身影显得又凄凉又美丽。他既不是张医师那样向庄人们招手,学着庄人们的口气说:吃过了吗?吃了。他也不是于医师那样,坐在农人家的马扎上,拉着庄稼呱儿。他也从来不背药箱。可就是他的这种落落寡合,格格不入,使农民喜欢上了他。他们并不是把他当庄稼人,却也不是当他外人,敬而远之,他们承认他是另一种人,一个异数,然后便接受了他。

当我从青春的荒凉的命运里走出来,放下了个人的恩怨,能够冷静地回想我所插队的那个乡村,以及那里的农民们,我发现农民们其实天生有着艺术的气质。他们有才能欣赏那种和他们不一样的人,他们对他们所生活在其中的环境和人群,是有批判力的,他们也有才能从纷纭的现象中分辨出什么是真正的独特。他们对张医师和于医师有着足够的尊重,对后者,还有足够的同情。但都不是喜欢。张医师的热情爽朗里,是有着政治社会赋予的特权,她是另一种异数,这种异数是与人性无关,是在人性以外的,她激不起农民的自然性的反应。于医师却是与农民有共鸣的,她是农民们最易了解的那类人,同情就是由此而来。但由于太相似了,她也同张医师一样,无法走进农民们的审美领域。而黄医师既是在共同的人性之中,又是独立之外,自成一体。有了黄医师在,我们庄就此有了一种甜美的格调。他们对黄医师,是称得上爱的。

在那种物质贫乏的日子里,人们的精神需求便生长起来,对美的感觉神经,格外发达,形成了一种自然的欲望。他们喜欢听好听的声音,看好看的景象,感受优美的情趣。下雪的日子里,人们就特别的兴奋。雪是大自然赐给贫瘠的我们庄的厚礼,这个黄泥巴垒成的乡村,此时变得粉妆玉琢。看上去,真是洁白得晃眼。孩子们,相约着到湖里看庄稼的窝棚去套麻雀。每逢下雪,麻雀们便都栖宿到无人的窝棚避寒。孩子们带着大人的打鱼的网,穿着毛窝窝,一种麦穰编结的,里面填上干草的大头鞋,特别暖和。他们岔开了脚,在雪里蹚着,地上就留下一串毛窝窝的印。麦子都在雪底下冬眠,大沟边的树,也罩了雪,晶莹剔透地立了一行。那远处的窝棚变成了个雪宫,本来是烂趴下的,现在被雪又砌住了,立了起来。孩子们奋力拔着毛窝窝,比赛谁走得快,雪纷扬了起来,像一阵白烟。孩子们的笑声听起来比平时旷远,而且隔着,蒙了一层透明的膜。又绵又厚的雪是吃音的。于是,就好像在做梦似的,有些恍然。他们终于到了窝棚跟前,雪已经封了门。他们将网抖开,张在破柴门上,然后吆喝着顶开了门。他们一下子闭上了眼睛,急等着震耳欲聋的、哗啦啦的麻雀扑翅声,可是没有。他们惊诧地睁开眼,没看见有麻雀,却见网里裹着一个老头,挣扎着,愤怒得说不出话来。孩子们咋唬一声,抛下网就跑,毛窝窝在雪地上划出了犁沟。谁能想到,这老不死的看青的,这时候还赖在窝棚里。进晌午的时候,老头回庄了,提着渔网挨门挨户问是谁家的。

这是冬季雪天里的快乐,到了春天,就是等待南归的燕子飞来梁下,旧年的窝在等着它们。谁家的燕子来了,大人小孩都出门去报信。谁家没燕子来,可不好,会被人戳脊梁骨,说是坏心眼的人。燕子是善鸟儿,就和善心人亲。夏天,瓜地里的瓜熟了,夜半偷瓜是一大乐事。裤褂叫露水潋得透湿,冰凉地贴在身上。下露水也是一桩奇事,看不见,也听不见,可转眼间,天地都水淋淋的。到了早晨,太阳出来,收露水了,原先平铺着的,这时收拢起来,收成一滴水珠子,顶在草尖上。然后,刷的一下,全干了。秋天这个收获的季节,是最具有装饰感的。大秫秫,串起来了;红辣子,串起来了;大白蒜,也串起来了;深褐色,富于骨节感的豆秸,在屋前垛起来了;青秫秸秆,也在屋前搭成了篱笆。即便是像我们庄这样没有色彩的村子,此时也变得嫣然起来。

现在,又有了黄医师,他给我们庄,增添了一种新颖的格调,这是由知识,学问,文雅的性情,孩童的纯净心底,还有人生的忧愁合成的。它其实暗合着我们庄的心意。像我们庄这样一个古老的乡村,它是带有些返璞归真的意思,许多见识是压在很低的底处,深藏不露。它和黄医师,彼此都是不自知的,但却达成了协调。这种协调很深刻,不是表面上的融洽,亲热,往来和交道,它表面上甚至是有些不合适的,有些滑稽,就像黄医师,走那种城里人的步子,手里却拿着那块香喷喷的麦面饼。这情景真是天真极了,就是在这天真里,产生了协调。这有些像音乐里的调性关系,最远的往往是最近的,最近的同时又是最远的。

所以，我们庄这支蚌埠医疗队的队长是张医师，灵魂实际上是黄医师。有了黄医师，这支医疗队于我们庄才具有了一种精神上的关系。它不仅仅是"6·26"，送医下乡的意义，而是有了近于美学上的意义。它不仅仅是实用性的，功能性的，它的价值是潜在的，隐性的，甚至是虚无的，那就是，它微妙地影响了一个乡村的气质。

在我插队的两年半时间里，我们庄从来没有发生过戏剧性的"6·26"事件。在农村贫困的，温饱难以维系的生活里，其实是含有着健康的性质，这是以简朴为基础的。吃的是五谷杂粮，烧的是草木秸穰，庄稼人的肠胃是很清洁的，他们的呼吸也是清洁的。夏季的溽热中滋生的病菌毒害，在冬季的寒冷中死亡了，秋季收净的土地在春季又长出新的庄稼。春夏秋冬有序地交替，恪守各自的职责，自给自足着。这是合理的生存环境。就在这无可指责的生态中，人们也生出了前边所说的天命观。我们庄有一句话，叫作"人吃五谷杂粮，哪能不生病"。所以，他们对任何病痛，都抱着忍耐与服从的态度，他们不会为此大惊小怪，他们也很少求医问诊的习惯。在许多种病痛中，他们感到最受折磨最无奈何的，恐怕就是牙疼。也有一句话，叫作"牙疼不是病，疼起来不要命"。于是，止痛片就成了神药，治疗疟疾的奎宁片也是神药。疟疾是又一种使他们不知所措的病痛，似乎每个人都躲不掉，能够药到病除无疑是奇迹。医疗队其实清闲得很，他们在我们庄真有些窝工。而到了真正应该找医生的时候，农民们又往往忽视了，结果酿成大祸。有个媳妇割猪草时，镰刀砍破了小腿，自己用火柴盒上有红磷的纸皮盖了伤口止血。这种止血的方法应当是产生于工业社会的近代，不知缘于何种道理，有无科学依据。奇怪的是，它确实能止住血，百试不爽。就这样，血止住了，伤口也封口了，甚至都没有化脓感染。可是到了第七天上，却突然发烧抽搐，医生到场已经来不及挽回。其实这就是破伤风，只要当时注射一剂破伤风预防针，就没事了。可是庄稼人谁会为了手脚拉开一道口子去找医生呢？我们庄称这是七日疯，指的是受伤到七日头上发作致死。可见死于这病的并不少见，他们依然没有想到这完全是可以避免的，事实上它果然又没能够避免。庄里人传说,那媳妇出事之前,夜里上茅房,见家门口坐着个黄狼子。黄狼子就是黄鼠狼,被视为不祥物,预示着灾祸。出殡这天,天下着雨,一地泥泞。媳妇很年轻,大孩子刚会走,小的还吃奶,是她男人扶着孩子的手摔的黄盆,父子两人在泥里一步一滑,滚了一身泥。男人哭得极惨,头上系着白麻,打一杆幡,几乎是爬着的,将一口薄皮棺材送上了路。

生活照原样进行着,倒是一些无关的小事,似乎包含了某种意义。那是我到我们庄经历的第一个麦收之后,我们庄来了一个游方郎中。乡村里的游方郎中,其实并不是像武侠小说中的那样,随风飘流。他们走村串乡还是凭借着一定的社会关系。他们所到的村庄,都有着或亲或疏的亲友,绝不是书中的游侠那样从天而降。比如,这一个郎中,来我们庄就是投奔他的一个远亲。这个远亲从来没见过他的面,连他的名字也叫不上来,只是很笼统地随孩子称他表舅,但依然打酒割肉地接待了他,并且承担起宣传的义务。这天晚上,他家里就聚了不少庄里人,看他施展医术。他是一个扎针的郎中,这时节正是一个扎针的时代。我下乡时,专带了一副金针。其时,与贫下中农结合的途径有一,就是为老乡们扎针。那时候,现代医学的迷信已经破得差不多了,几乎人人可以无师自通做一名赤脚医生,一本《赤脚医生手册》可包治百病。与此同时,又诞生了金针的神话,它无所不至。不是有一部电影就叫《无影灯下颂银针》吗?我这副金针,当时的价格是一元五角,是最昂贵的一套针。它从缝衣针长短,直到筷子长短。亮闪闪的,针头上则是金黄的铜色,依次排列在一个考究的塑料封套里,还配有一本人体穴位简图。这晚,我就带着这副从未拆过封的金针,去到那一位来了远亲的老乡家里,准备向他的远亲学习扎针。

去的时候,屋子里已经坐满了人,凉床上躺了个老头,裸着上半身趴着,背上立了几根针。那郎中坐在床沿,面前案板上点着油灯,灯下摊开一个布包,包袱皮上是几根黑擦擦的针。我的针一放上桌,人们的眼睛不由一亮,连昏暗的油灯都发出光来。这些针闪着真正的银光,而且那么纤长,细挺,均匀,光滑。他的针呢?黑,脏,粗,锈,还不直,连底下的包袱皮都是油腻腻的很腌臜。一个大爷看着我的针,忽然"嘿"地笑了一声,说:小王还藏着这宝贝哪!它可真像是宝贝。在这土坯屋里,熠熠生辉。那郎中用脏兮兮的手拆开了封套,捻出一根针,又用他的黑棉球煞有介事地擦了擦,然后果断地插入身后那老头的腰上。这时,我向他提出一系列的扎针的问题。他没有正面回答我一句,而是东一锤子、西一榔头的,不知说些什么。那老头趴在凉床上,差不多睡着了,对金针没什么反应似的。屋里人也都把他给忘了,很热烈地说着些无关的事情。显然,人们聚到这里来,并不完全出于对游方郎中的兴趣,除了老头,谁也没打算要他来治病,只是凑个热闹,找个由头坐到一起聊天。平常的日子,谁也不会允许点灯点到这时候的。这就是乡村的夜生活。其实从一开始,人们就没有对游方郎中加以注意,还赶不上对我的金针的注意。他们随他在老头身上糊弄着,那老头则已经老得千锤百炼似的。游方郎中显然是受了大大的冷落,这冷落是出于一种见识,但因为有涵养,也就不计较,不点破了。应当公允地说一句,游方郎中里确实有着奇人,可不是所有的游方郎中,甚至不是大多数。绝大部分的,是借了神人的名,混口饭吃。又有不少的一部分,还招摇撞骗。游方郎中的神人,就是在这些垫底的大多数之上的一个两个,他们的英名笼罩了全体人员。这郎中分明感觉到了人们的冷漠,他们从周游的经历中得来的经验,告诉他们这个村庄不可久留。他们毕竟是手艺人,凭手艺吃饭,再是亲戚也不兴白吃白住,这也是他们的职业道德,或者说行规。此时,他对身后的老头也失了兴趣,他的注意力全在了我的金针上,他爱不释手。于是,就在众目睽睽之下,他十分坦然地从我的针里,抽出最长的几根,包括老头腰上的那根,放进了他的布包里。这种偷窃的行径是如此大胆地在眼前进行,几乎使人以为是正常的事情。就这样,一眨眼工夫,我的三分之一的闪亮的宝贝就进了他的腰包。第二天一早,他就离开了我们庄,从此再没有回来过。

我们庄就是这样一个有教养的村庄,它虽然是天命论的,但却并不愚昧。它对事物有着自己的看法,颇有分辨力。不要以为它是麻木的,它只是不露,而到了某一个时机里,它会以一种空前的强烈程度爆发出来。

蚌埠医疗队里还有一个成员,叫马医师。他也属于我们庄的医疗队,但是被留在公社医院里帮忙。据说有时也到我们庄来看病,我却好像从没见过他。后来听人描绘,说他是黑黑的、矮矮的、瘦巴巴的,我就好像是见过他的。他有心脏病,有一天,正和病人问诊,突然滚到桌肚里,死了。他的葬礼就在公社所在地举行,农人们从四邻八乡赶来,许多是年过七旬的老人。他们老远地打着幡旗,号哭着走过泛青的麦地,向马医师走来,老人们哭倒在地。公社里从来没有聚集过如此众多的农民,人们说至少也有几千人,号哭声掩盖了领导的悼词。送葬的队伍排成长龙阵。我很难相信,我的古板的、世故的、老到的、深藏不露的乡人们,会有如此激情的表达,可事情确实如此。马医师绝不是医疗队里最优秀的一个,也不是与农人们接触最多的一个,他的家人们也留在了蚌埠,这使他不得不往于城乡之间。但马医师是一个代表,代表着一种与乡间传统的知识、性格、生活方式全然不一样的存在,而这存在的深处,再深处,且与乡间的古老的道德相符,所以受到乡人们真心实意的欢迎。

在这一个时期里,青年们普遍热衷于以文学来表达思想和心情,这大约是有着两个原因。一是因为这时的青年大都是苦闷的,前途茫然,这茫然倒不是如"五四"的那样,徘徊式的,无从选择与决定,而是没有选择,一切都难由自己决定,束手无策的;二是因为文学是个人的自由的方式,无所作为的青年们能够做的,恐怕就是私底下,用一支笔在一张纸上书写什么,由于是纯粹私人性质的写作,因此却是政权难以干预到的。所以,那时候才是真正的文学的时代,几乎每个人都和文学沾上一点边。书写是一个极其普通的行为。青年们互相传阅着一些名著,同时传抄着一些著名的诗句和篇章。当时,最为流行的是旧俄时期的小说:屠格涅夫的《罗亭》,《父与子》;托尔斯泰的

《安娜·卡列尼娜》,《复活》;高尔基的人生三部曲;陀斯妥耶夫斯基《罪与罚》,《被污辱与被损害的》;涅克拉索夫的《俄罗斯女人》;普希金的《假如生活欺骗了你》,等等。我们从中吸取的是一种悲哀的情调,这种悲哀的情调于我们是很好的抚慰。四周围都是昂扬奋发的歌声,告诉我们幸运地处在一个伟大的时代,而心情却是黯淡的,低沉的。我们明显与现实脱了节,于是,我们只能到虚构的生活,这些旧俄文学里,寻找安身立命之所。在那里,生活反倒变得真实了。我们读着这些来处不明的,被翻得破烂不堪的书,沉浸在那虚拟的故事里,再将那故事拆成砖瓦,拿来建筑我们自己的故事。一个写作的时代就此开始了。

在我们这个县城中,热爱文学的插队知青不知有多多少少,像播种一样分散在各个生产队里,彼此缺乏联系,要等待一个契机来临,才可将这些文友集合起来。这需要时间,还需要某种转变,才能形成这个契机。其实,机会并不是没有,有时候,会有很好的时机来临,却因为某种缘故,终未达成默契。因为,这种阅读和写作都是私人性质的,带有"地下"的色彩,还带有隐私的色彩,所以必须在默契之下才可走到一起来。而这默契需要什么条件呢?它需要一定的心理准备,由一定的心理准备积累起来的信任与了解。它还需要灵感。这时候,信任会一触即发,就好像触及了某一个灵敏的穴位,一下子通了。

在我插队之后不久,我便参加了县委主办的学哲学学习班。这个学习班总共十来个人,由各公社选拔上来,可说是知青里的精英。除了我,他们都是下乡一年以上的知青,在接受再教育方面,已经做出了突出的业绩。并且,一无二致的,还显示出了思想和文字上的水准。这样,才可能被选拔来参加这个富有学术意味的学习班。而我,所以能来这里,是因为县里有一位受父母委托照顾我的副县长,我称为"伯伯"的。他一是知道我喜欢读书,二是想让我在这麦收时节,好吃好住地偷几日懒。我们十几个人从早到晚在一起讨论毛泽东的《实践论》和《矛盾论》。我们结合各自在农村的生活,颠来倒去地证明毛泽东关于"实践"和"矛盾"的观点,为这些观点提供了许多生动活泼的实例,其中不乏一些相当私人性的经验。可是我们最终也没有超出范围。就是说,我们始终围绕着《实践论》和《矛盾论》,围绕着毛泽东的理论。奇怪的是,即便是在宿舍里聊天,我们聊的也还是这些内容,我们一点不觉得有什么不自然,为这样的氛围深受感动。那几天过得真不赖,我们五个女生住一间清洁凉爽的房间,床上挂着白色的蚊帐。一日三餐都是净米白面,有鱼有肉,另外还有补助。我们吃饱了就坐在一处谈《实践论》和《矛盾论》,一点没有想到可以夹带些私货,说些别的。来的这些人至少一半以上是高中生,文章的文采也不错,可通篇都是从"两论"里延伸出来的观点。我们朝夕共处七天,却彼此隔膜,谁也不了解谁,谁对谁也没有深刻的印象,直到有一个人的出现,事情才显示出一点不同寻常。倒不是说,事情就此有了什么变化,事实上什么变化也没有发生。但是,此人的出场,至少说明了,这次学习班里,确实潜伏着契机的成因。

　　学习行将结束,是最后一天,还是最后第二天的时候,带领学习的老师突然间安排了一次发言,这次发言明显地带有辅导与讲课的意义,发言者就是学习班的一名成员。所以到这时候才特别地让他发言,是因为老师从大家交上去的总结文章里,发现了他的不同凡响。这是个上海男知青,平时并不引人注目,事实上,有许多时候,他不和大家在一起,而是单独行动。大家甚至叫不出他的名字。这次额外安排的发言,使大家觉得有些不可思议。在人们疑惑的等待中,他开讲了。几乎就在他说出第一句话的时候,大家都改变了表情。这真是语惊四座啊!他的态度很沉着,很平静,并没有炫耀和唬人,可他的用语,措辞,解释和证明的方式,全是不同的。无论是当时还是现在,我都无法复述他的话,我甚至是不理解他的思想的。可他那种光芒四射的言辞,留给我的印象至今还很鲜明。他说的实在是很漂亮,在他的照耀底下,我们终于显出了平庸。他依然是在证明毛泽东的思想,可他的华丽的证明形态却赋予了这思想一种个人化的面目。他的话不长,很简洁地结束了。没有人可以和他讨论,对话。大家都沉默着。这颇像是一次身手不凡的表演,表演结束,观众沉浸在惊愕与震动之中,久久回不过神来,甚至连鼓掌都忘了。

他那样具有修辞性地解释《实践论》和《矛盾论》,这仿佛是一种暗示,暗示了我们的学习本可以有另一种方式,一种文学的方式。可是事情已经无法从头来起,我们的学习班到了末期。此人最后还出现过一次,就是学习班临解散前组织看电影。他来看电影,是穿了一双夹趾拖鞋,手里持一把大蒲扇。这样子有些名士风度,并且电影还没有放映,他就走了,似乎对看电影并没有兴趣,只不过来点个卯。他一走,剩下的我们也都有些没劲。他的走,表示了一种轻蔑,对看电影这项活动的不以为然。于是,大家也觉得无聊起来。他显然是学习班里的一个异数,他独往独来,独自地思想。而他的独特,又与我们心底暗存的一种渴望呼应着,可惜契机只向我们露了一点点苗头,然后,倏忽而去。

时过两年,我又与他见了面。这时我们已在县城农机厂形成了一个圈子。在我们省首批知青招工中,县农机厂进了一些上海知青,其中有我姐姐。从此,我就经常进城,进城就到农机厂落脚。而那几个农机厂的上海知青,也都各自有尚在生产队插队的同学,也是隔三岔五地来叨扰。我们两三个人挤一个铺,实在挤不下,就到县城里别的单位找上海知青搭铺。吃饭呢,就用脸盆打一大下子,大家围着盆吃。此时,上山下乡运动已进入第三第四个年头,大家都有些疲沓。招工呢,则将众人的心打散了。绷起的一股劲都泄下了,人也就放松了,坦然了,没什么顾忌,开始任性,倒流露出了真实的性情。于是,我们很自然地,开始交谈文学,还有哲学。这样的交谈是以阅读为前提的,它又反过来刺激了阅读。说起来,令人难以相信,与阅读的热情成反比的,是阅读资料的匮乏。我们将每一本幸运到手的书读得个烂熟,我们能到手什么就读什么,就使我们的阅读涉及面很广。其中,文学是基础,阅读的兴趣往往是从文学出发,由文学推动的。因为文学是阅读中最浅显的,最具普及性的。哲学则是高一级的,它将我们从文学的兴趣中提升了。我们不管懂还是不懂,真有兴趣还是不那么有兴趣,都大谈特谈哲学。那些高深莫测的概念在我们的三寸舌上,翻来翻去。需要说明的是,我们此时说的哲学已不再是《实践论》和《矛盾论》,而是黑格尔,费尔巴哈。我们说,黑格尔的体系,费尔巴哈的体系。重要的是"黑格尔"和"费尔巴哈"这两个名词,体系部分是含糊的,混乱的,莫名所以的。但是不要紧,这阻止不了我们一夜一夜地谈下去。就是在这当口,我们中间的一个,带来了那个哲学奇才。

他的模样有很大的改变,其实也是我当时根本没注意他的样子,他的思想震慑住了我。倒是他还记得我。再说一句,此时,我在县城里也小有名气,并且就是在文学方面。甚至地区报纸《拂晓报》都曾起意要我。这名气从何而来,似乎很难说清,并没有具体的事实,比如说,写作有某篇文章,我也很不善言辞。这多半是因为我的作家母亲的名声,小半则是因为我在县城知青圈子里露面的频繁。这有点类似现在以媒介露面的频率疏密,来决定是否为名人,以及哪一级别的名人。不管怎么说,我在知青中小有名气。所以他就对我说:我们见过面,是在两年前的学哲学学习班上。记忆突然闪亮了,我记起了他,我脱口而出:你就是那个人啊! 他肯定地说:我就是。于是,两年前埋下的契机的种子,这时候开花了。

在那时期里,对文学的了解不仅限于文学爱好者,有一些其实并不专门对文学有兴趣的青年,也具备了相当于现在一个大学文科学生的,对文学的知识。这好像是一个思想的前提,凡有头脑的,勤于思考的人,都必须要有文学的武装。假如没有文学,所有的思想就失去了组织的形式,成了一盘散沙。好像思想没了语言,没了依附于存在的实体,最后不得不流失了。而那时期里,青年大多是勤于思考的。当你无法去自由地做什么的时候,你就只能自由地去想。这时候,思想即是虚无的,又是实际的,因为它成为我们生活的一部分内容。那时候,谁不在使劲地想啊,想的。这是我们的娱乐。它使得我们枯燥乏味的生活,变得有趣味了,可以容忍了。就这样,一个意识形态最狭隘和严格的时代,却恰恰是青年们思想最活跃的时代。我们整天想着一些最无用的事情:人类的命运,国家的前途,人生的意义究竟在哪里?个人的存在是否合理?等等。就是这些不会有任何结果的思考,充实了我们空洞的生活,使我们的生活至少有了一种痛苦的意义。文学使得我们的思想变得可以叙述,它为它们找到了命名。所以,那时期里,凡是苦闷的青年,就是文学青年,文学青年则是苦闷的青年。文学修饰了我们的荒凉的青春。就这样,许多思想的交流我们都是从文学的交流开始的。

在乡村和乡村之间,流传着一些破烂的书本,它们传着传着就不见了踪迹,不知道去了什么地方。但又会有新的书本加入流传的行列。有多少重要的思想,或者说辉煌的思想,隐藏在我们这最不起眼的小土坯房里,在油灯熏黑了的土墙之间徘徊,游荡。有时候,我们三五个人约好了,去一个偏远的生产队,向那里的知青借书,胳膊下则夹着用来交换的书。我们夹着书走过土路,那情景竟没有引起农人们丝毫的注意。在他们的传统的眼光里,夹着一本书就跟扛着一杆锄,同样的天经地义,自然而然。要知道,那不是普通的农人,那是有着上千年的耕读历史的农人。我们大大咧咧地将书夹在腋下,有一些碎页便飘落下来,有时候,一本书就是这样,越传越薄,直至没有。往往不巧的是,我们从早上走到中午,终于走到那个偏远的,没有交通工具的生产队,找到那名知青,说明了我们的来意,可是他却说,书已经借走,借去了另一个更远的生产队。没有通讯工具,所有的消息都是隔夜消息。我们只能凭着两条腿,跟踪追击。还有时候,我们走那样远的路,忍着饥渴,是为了见一见某个人,和此人谈谈。因为听说他读过许多书,很有见解。在那么长距离的跋涉之后,结果总有些令人失望。或者那人外出不在,或者人倒在,可却言语平淡,水平不怎么样。我们将许多时间消耗在这种不果的奔波上,收获甚微。可,这就是我们的文学活动。在文学的资源相当匮乏的情景之下,我们的精神却分外积极地活跃着。

就因此,当第一批招工上去的知青在县城里落下脚后,他们的所在之处,很快就成了我们碰头、交流、互通消息的地点。一些书本也汇集到此。于是,也就渐渐产生出一些知名人士。我姐姐所在的农机厂,是这个坐落在淮河沿岸的县份里,工业化程度最高的单位。在这时期内,分配来几名工科大学生。大学生的白净的、斯文的、架着琇琅架眼镜的面孔,出现在既荒凉又破烂的工厂里,这情景是有些伤感的。大学生们自然是不得意的,不顺遂的,苦闷的,抑郁的。环境是粗鲁的,还是落后的,阔大的车间里,寥落地安着三两部车床,车着一些简单粗陋的农机铁件,一个四级工便尽可以胜任。大学生们大部分时间是在自己的宿舍里度过。他们还不像知青,因为一无所有,甘于一味消沉和颓唐。多长的几岁年纪和多受的几年教育也加深了他们的修养,他们是稍加自律的。他们在自己的宿舍里看书睡觉,在自制的煤油炉上烹调家乡口味的菜肴,然后在灯下小酌。他们彼此间难免有些门户之见,多少揣着防守之心,交往相当谨慎。是这帮招工上来的知青,将他们从各自的小天地里解放了出来。知青们给农机厂带来了活跃的气氛。他们是没什么顾忌的,也没什么成见。他们从大城市上海来,带来了大城市的风气。他们又都是知识青年,受过不同程度的教育。他们同样还都很苦闷,对境遇不满。他们很快就与大学生交上了朋友,并且,各自都还带着一大串知青同学的关系,使得农机厂一下子拥塞了成群的知青。

农机厂是我插队后阶段的根据地,我一周或者二周就要进城一次,到农机厂的姐姐处落脚。任何时候,农机厂的宿舍里都有着进城落脚的知青。白天,姐姐他们去上班,我们便在宿舍里聊天。聊到他们下班,再一起上街,下馆子,看电影,或者散步。县城里有一处分洪闸,是这个县城最为壮观的景物。它是解放初期治淮工程的产物,一座巨大的水泥建筑,顶上刻着三面红旗,闸下过着大河,万舸争流。此处是淮、浍、冲、通、沱五条河的交汇之处,所以叫作五河。当淮河泛滥时,这道闸能起着分流截洪的关键作用。有一年,为了保蚌埠,分洪闸的闸门,拉到了最高位,致使五河全面受淹。这是那个时代的时代精神。站在此处,我们方能体会到这个偏僻县城与外面世界的联系,还有和时代的联系。而其他时候,我们却有着世外桃源的感觉。我们在县城仅有的两条街上徜徉,不时遇到另一伙知青,也徜徉街心。天渐渐黑了,就那几盏街灯孤魂似的。路两边的房屋都暗了灯,店铺打烊了,民舍都闭了门。只有我们这些知青,高声大气地走过去,唱着旧时的歌曲,朗读着名章名句。这座孤寂的小城,却也并不因此变得喧闹起来。

这真是一个孤寂的小城。很多年过去以后,它都没有改变它的孤寂的面目。我们大多离它而去,但也有一些少数,留下了,参加了它的孤寂的命运。农机厂有个大学生,上海人,毕业于南京工学院,六八届生。就是说,到一九六六年文化大革命开始,他已经读到了三年级。这在文化大革命中毕业的大学生中间,可算是高学资的了。他显然是个勤奋的学生,热爱自己的机械专业。即便在这个颇为初级的农机厂,他也积极地参与工艺改革,创造发明。他是一个稳重的人,性情宽厚,有兄长风度。人们便在他的姓之前,冠以"大"字,称它"大虞"。大虞他长着一副欧化的脸形,狭脸,高鼻,深目,薄唇,头发微卷,戴一副深色边框的眼镜。照理说,他这样的长相应当赢得女性的青睐,遗憾的是他身量矮小,这使他在个人问题上屡遭挫败。而他又极爱容貌美丽的女孩,总是将目光流连在县城里那几个出挑的女孩身上,不免更贻误了时机。我以为他并不是如人们常说的那样,自视太高,不自量力,而是天生喜爱美好的东西。他喜爱的女孩不仅形象妩媚,性情也都纯真,甚是美好。实是很有审美的眼光。他对他所爱的女孩终是持尊重的态度,甚至是崇拜的态度。我想,大约这也是他所以挫败的原因之一,这使他表现得无所作为。女孩子往往喜欢男性积极进取,甚至粗暴些也无妨,这可以证明她对他的吸引力。而大虞却温文尔雅,欣赏多于行动。但恋爱上的挫败并没有使大虞有所失态,他依然宽仁待人,心情平和。他是一个理性的人,可惜这种优质缺乏个性的光彩,它显得平淡无奇。理性的魅力是埋藏很深的魅力,而美丽的姑娘大都头脑简单。这种资质不容易觉察,但它却能给人以感染。我想,这就是大虞特别有人缘的道理吧。人们有了困难,总是向他求助。即便是那些被他喜欢并且追求的女孩,拒绝了他之后也不因此与他拉开距离,以避嫌疑。她们依然能坦然地与他相处,心理上并无负担。就是这样,他从来不给人施加压力,他总是温和、谦让,而没有人会因此轻视他,不把他当回事。哪怕他在恋爱上有了这些败迹,也依然不影响他在人们心中的分量。这是一种健全的人格,可惜在这一个封闭的县城里,机会有限,难有知遇。

大虞最后是和县城里另一家工厂的女大学生结婚的。也是上海人,学工出身,六八届毕业。这也是大虞理性的表现,即便不能找到审美理想中的对象,那么就尊重实际,找合乎现实条件的伴侣。大虞的妻子是瘦小的,貌不惊人,身体羸弱,她一直在暗中喜欢大虞。他们在农机厂里,大虞的单身宿舍结了婚,然后大虞妻子就怀了孕。在一个大雪封门的晚上,大虞妻子提前临盆了。大虞踩着半尺高的雪去找医生,医院关着门,他又找到医生的家,医生家也关着门。于是,大虞只得回到宿舍,自己给妻子接生。孩子生下了,是个女孩,像一只猫,不会哭,一息尚存。大虞将孩子裹在棉袄里,抱在怀里,在屋里来回踱了一宿,想把孩子暖过来,哄过来。可是,天亮时分,孩子还是死了,死在这个雪封的寂静的时刻。这就是大虞的遭遇。其时,农机厂的知青们一个一个地都走得差不多了,关于知青后来有着许多补偿性的政策。另有一些像大虞这样分配来的大学生,也都自找门路,走得差不多了。农机厂里只剩下大虞一个上海人,不知道他为什么不走,结果把孩子生在了这个荒凉的地方。知青们走了之后,这里可真是冷清啊!

我们在的时候,可说是黄金时代。大虞是我们的兄长,他将他的房间提供给我们的男生住,为我们打饭打菜,请我们看电影。当我们之间有了龃龉的时候,充当斡旋调解。而当我们闹起小心眼,对他心生芥蒂的时候,他则作浑然不觉,等待我们脾气过去,回复常态,再一如既往。那阵子,我们这些下乡知青,在农机厂拥来拥去,旁若无人地高谈阔论,吃饭时则挤在最前面,一买一大堆,以至后来的人都没了菜。人们都对我们侧目而视,背底里闲话也很多。可我们不管这些,老实说,我们压根儿没把这破厂放在眼里,也没把这破县城放在眼里。我们我行我素。在农机厂的知青里,有一个来自上海复旦附中。这是一个市级重点中学,地处上海东北角,学生都是住读。因是高等学府附属,深受学术风气熏陶,学生们与普通中学气质很不一样,学养很厚的样子。这个复旦附中生是个比较母性的女生,很会照应人,集体户的男生得她照顾已成习惯,就很依恋地往农机厂跑着。有的还正式在她这里养病,吃住得十分安心。这些青年都热衷于政治和哲学,到了农村便积极进行社会调查,然后起草"中国农村现状之分析",我对"黑格尔"和"费尔巴哈"的认识,就是得自他们的传播。他们的话听来半懂不懂,但这些艰涩的名词和概念,却非常有魅力。在它的字面后头隐藏的,是一种与它本意完全不同的东西,这种东西其实更接近文学,这是一个审美范畴内的东西。它的性质到了我们中间,发生了奇妙的变化。这些概念完全不再是哲学的了,它成了一个艺术的符号。它们与我们日常使用的词汇,语言,句式,那么不同,和现实相去甚远。这些从外来的概念生硬翻译而成的名词,在我们这里,散发出唯美的光辉。它的不同寻常的字和字的组织,由此生发的字形,音节,在我们的实用性语系之外,建立了另一套系统。它交流的是一些不明所以、模棱两可的思想。这思想,或许称不上是思想,它只是一种茫无所措,游离失所的思索的片断。它们很像是一个思考的不成形的胚胎,在寻找自己的躯壳。又像是相反,是一些躯壳,在寻找思考的实质。这是一种虚无的游戏,我们使用着空洞的美文,你一言,我一语,竟然能衔接得如此严密、紧凑,并且连篇累牍。这一切都带有极强的虚构的意味,也就是文学的意味。说这是一个文学的时期,还是指我们的生活方式,这包含有我们的行为都带有着虚拟的情节的含义。那不是一个实用的年头,真实的世界非常狭小,我们只能享用虚构的生活。

前面说过,阅读已经满足不了我们,写作的时代就此开始。最有力的证明就是那首流传甚广的南京知青写作的"知青之歌"。其实,这首歌只是那时期的写作的千分之一,万分之一,许多写作都自生自灭,随着时间自行消失了。这些写作所以没有昭示于众,一方面是因为社会的原因,因这些写作表现的是个人的情感,显然违背社会总体原则;另一方面也出于个人的自谦的心情,我们深以为是大胆造次,非常害羞,只拿此当作游戏,自己写,自己看。所以,这时的写作倒是纯粹的私人化写作,没有一点功用的目的。我们的写作深受我们的阅读影响,具体地说,就是受旧俄文学的影响。只要举一个作品为例,便可看出这点。那是我们中间的一个写作的作品,渐渐地传开了。有时候,我们写了东西,也在私底下传看,讨论,学习。这是一篇小说,写的是一名知青,在一个偏僻的小城里,在粮站认识了一个压面条的老人。由于她常常去那里买机压面,便与老人熟识起来。老人有着不同于常人的文雅的气质,谈吐间流露出他颇有来历。他单独一人住一间小土坯屋,在倾斜的河岸。他的屋里有着许多书籍,古今中外,以苏俄的小说为多。知青和老人渐渐成了忘年交,时常上门借书。就这样,她慢慢地知道了老人的身世。原来他是一个右派,被放逐到偏僻的小城。他的妻子早已离他而去,剩他孤身一人,患着晚期的结核病。有一次,知青回家过年,再来小城时,粮站里压面条的却换了个年轻人。她又寻到老人的小屋,见小屋锁着门,门前河岸上,却多了一座坟墓。这样的故事遍布旧俄时期的小说情节之中,情景气氛也是西伯利亚式的,但却与我们所处的现实契合得很自然。人物以及人物的邂逅关系贴近着我们的生活,是我们生活中随处可见。说真的,这篇小说很能反映我们那个时代,那个隐居的时代。我们可在根深蒂固的社会关系中,突然发现一种新的,外来的因素。这种因素很不起眼地嵌在这些偏僻的历史的墙缝里,慢慢地长了进去,成为它的一部分。可是它却给原先纯粹的历史和社会掺进了沙子,改变了它的稳定的性质,有一些根子一样的东西就动摇了。其实,从某种程度上说,我们自己就是那种沙子,那个时代的隐居者。

我们穿行在县城的石子路上,县城的表情似要比乡间冷漠。它们不太关心我们,视我们于无睹,我们和它两不相干。乡间却是柔软的,它要温情得多,时常感动着我们的心。可是在乡间的柔软底下,其实是有一股韧劲,它的柔软是因为它的质地特别纯,颗粒细腻,彼此间挤压很紧。它们是更为绵密的结构。而县城则是有杂质的,它的成分比较粗粝,组织比较松散,事实上,它远不如乡间来得坚实。在它的漠不关心的底处,是兼容并收的空子。对于外来的因素,柔软的乡间是有足够的消化力,将其演变为可以吸收的成分,当然在这演变的过程,它自身的性质也在潜移默化。而县城则要粗略一些,它的胃口比较大,它容纳那些不完全对脾性的东西,不消化也不要紧。这就是它杂的缘故。因为它杂,它就没有乡间那种一贯如一的风范。那种一贯如一的风范是内外和谐,首尾相应,气韵通顺的景象,它有着完整的自给自足的循环系统。而县城别看它外表生硬,实质是要软弱些的,但也还行,虽有些疏松破碎,但足以支撑到底。隐居者们便嵌进了这些历史长壁的裂痕里面,他们孱弱的生存结成了裂痕里的藤蔓植物。

在我们的文学生涯里,还出现过一些昙花一现的人物。他们是我们生涯里的过客。我已经想不起来那位复旦大学六六届生,究竟是在县城里的哪个单位?他为什么是突然出现,又突然消失的?他肯定就是在这个县城的某个地方,是那四十人一批的上海大学生之一。他们在同一天里从蚌埠乘船来,登上码头,然后分散在县城的各个单位。可是他又明明只露面过这么一次,从此无影无踪。他的音容笑貌,宛如眼前。他是那类旧式的上海人,中山装像西装一样整齐服帖地穿在身上,袖口里露出雪白的衬衫袖子,毛料的裤缝笔直,微尖的皮鞋擦得锃亮。他也是戴琇琅架眼镜,但和大虞不同。他的眼镜更像是一种装饰,镜架也是老派的精致。他身左身右伴着我们这些邋遢的知青,走在县城的石子路上,怎么看也不像。人多少是要受环境影响的,来到这里的上海人,即使是像大虞那样严格自守的,也不免要有些妥协和迁就。比如,大虞就经常穿一双高抵膝下的胶皮防水靴,是有些戏剧化,但也是内地式的戏剧,与上海的风气相去甚远。而这一位,却绝不。他的步态、身姿、说话、微笑,一丝不苟,没有一点走样。我不记得他是否说过普通话,想来这是不得不说的,要不,他怎么生活呢?而他的上海话则使我印象深刻,那是最最标准的上海话。如我们这一辈的上海人,有许多字词,都不会发音了。这时候的上海话,已吸收了相当多的北京语的字词,尤其是务虚方面的。当要表达思想、感情、观点、观念,我们不得不以北京话来代替。而他不,他坚持用纯粹的上海话来进行,并且贯彻到底。而且,他将上海话说得那么温文尔雅,这也是不容易做到的。开埠不到一百年的上海是个粗鲁的地方,上海话难免是有些俚俗气,还有些江湖气。可他,改变了这种语言的面目。这种上海人,大都集中在上海的西区,世家出身,西学教育,再加欧风陶冶。但也可能只是普通职员家庭出身,是耳濡目染,精心学习的结果。这就是海派,是十里洋场的上海的正传。现在,他来到了这个县城,来到我们中间。

他所以找到我们农机厂来,是事出有因。农机厂的这伙人,在县城里相当出名。在我们的周围,渐渐围拢了一些别的单位的知青和大学生,就像我们的外围。其中有窑厂的,手管局的,中学的,小学的,还有文工团的。他找我们,就为了与县城文工团的上海知青接上头,因为他要介绍一个上海待业青年来投考文工团。他就是这样来到了我们农机厂。是为了与我们笼络关系,还是真对我们有好感,那几天,他与我们混得很熟。他先是听我们谈,接着就加入了讨论。他一旦发言,我们便全噤了声。我们显然不是同他一个量级的,在他面前,我们都成了小学生,只有听的分,没有说的分。过后回想,其实他是很技巧的。他巧妙地把谈话引开,引入另一个领域,这个领域正是他的强项,而我们都是弱智。这是个什么领域呢? 就是杂闻博见。他谈三十年代的好莱坞电影,五十年代的苏联戏剧,还有上海的文坛旧事。他不温不火、不紧不慢地说着这些,在我们听来都像是海外传奇。我们是连提问的准备都没有的,他说什么,我们就听什么。而他却渐渐地惜字如金,越说越少,在博得我们的崇拜之后,他就不再说什么了。其时,他的沉默都是有含义的,都值得我们好好学习和思考。他坐在农机厂宿舍的床沿,用我们的搪瓷盆吃着农机厂的饭菜。可他从容镇静,仪态一点不打折扣,上海的风范也不打折扣。这真是一个奇迹,可一切都显得非常自然。

他也带来了那个从上海来考文工团的待业青年,到我们这里做客。事前,他已经与我们谈了这女生的身世。这女生是因身体原因而划入"待分配"一档的。"待分配"就是免去下乡,留在上海,暂缓分配的意思,是上海的毕业生求之不得。可这女生却生在一个不幸的家庭。她母亲早逝,同继母一起生活,继母自然是嫌弃她的,所以她就希望能早有工作,自食其力。她自小就有艺术天赋,尤其表现在戏剧方面,无奈出身是资产阶级,几次报考文艺团体都落榜。这一回,她降低标准,决定到县一级的文工团试试运气。她报考的是导演这一行。听起来就像是个灰姑娘的故事,我们都很向往和她会面。可她的形象却与我们的想象大相径庭。她老练,大方,还有些傲慢。她长得也很一般,两边耳畔各长有一个绿豆大的肉疙瘩,看上去就不怎么面善。可是,崇拜遮住了我们的眼睛,我们将她尊为上宾,卑微地不敢向她提问,也是她说什么,我们听什么。那天上午她已经去过文工团的考场,她说她做了一个"小品"。我们甚至不敢问一问"小品"是什么。看得出她对我们没什么兴趣,主要与她的朋友,那位上海人谈话。他们互相都很懂得的,说着戏剧上的典故术语,我们完全插不进嘴去。下午她就搭长途车离开了县城,考文工团的事情并无下文,而那上海人从此也不再露面。印象中,他的退场也是彬彬有礼的,微笑着,微弯腰,点着头,退下了。

想起来,那四十个上海大学生登上码头,似乎平静得有些奇怪。这四十个年轻男女,携带着样式摩登的行李,那可不比我们知青,都是凭上山下乡证明购买的式样单一简陋的箱笼。他们是要色彩丰富多的,带着各自的家庭出身,生活环境的背景。并且,他们已经是有了职业的人,拿着一份不菲的薪俸。是那时代的有产者。他们下了码头,走过坡岸,集中在县委招待所里,他们闹嚷嚷的上海话,讥讽着这个县城里的所有一切。他们照着上海人的习惯,在县城的街道上漫步,竟也没有更多地惊动这个封闭已久的县城。他们一两日以后就纷纷离开了招待所,去了各自的工作单位。这样就更难见其踪迹了。你想象不到,这个结构简单,人口不多,建筑单调乏味的县城,竟有着这样多而隐秘的空间,四十名大学生一下子销声匿迹,生活照常进行。可是,改变还是发生了,它是在最不相干的地方发生。什么地方？就是物价。

鱼和虾的价格上升了,最令人注目的是螃蟹。县城人从来不吃螃蟹,而上海人视为珍物。于是从一斤五分,逐步一角,二角,最终五角。上海大学生雄壮的购买力和古怪的食欲,重新调整了县城的物价和经济。火油的销售也大大提高。上海人精巧的火油炉抵得上整个单位食堂的工作量,他们可在上面做出正宗的法国菜。铁排鸡,葡国鸡,红烩大虾,奶油蛤蜊。这些奇异的香味飘荡在县城的犄角旮旯里,混进了几百年不变的柴米烟火气中。

要是你见过河边拉水的车,你就会伤感。是那样古老的营生。生了水锈的铁皮桶盛满了淮河水,在平车上晃荡。拉车人弯下了腰,车轱辘碾过河滩的碎石子,上了堤坝。水从桶口悠了出来,在车下延出长长的水迹。远远望过去,这里,那里,都是拉水的车。县城的地下水矿物质太高,俗话说就是水硬,洗衣服不下灰,烧饭米不烂,吃在嘴里,发咸发涩。因此,日常生计就靠了淮河水。县城没有自来水,有句儿歌是:五河五条河,吃水要人驮。本地话,"河"是念成"活",这样就押了韵。这种营生啊！是这县城的活化石,给这县城的历史打上了印记。那码头上叮叮当当的下锚和起锚的声音,敲着历史的铜墙铁壁,激起悠然的回声。码头上走来走去的水手,穿着齐膝的胶皮防水靴,大虞穿的,就是这种。码头下的石柱子,长着绿生生的苔藓,还有寄生的贝类。这县城有着它自己的气味,就是酒糟的气味。这也是活化石。大路是不必说了,各条巷道里,都铺着金黄色的酒糟,空气里充满了酸甜的、热烘烘的发酵味。这气味也有年头了,否则怎么能发出这样浓厚的、强烈的酵气,酸得眼泪都要流出来了。你还没摸着头脑,就一下子被这老八股的糟味罩住了。这样,你就算进了城,进了这个荒凉的繁荣县城,开始了你的隐居的时代。

五河县中有许多怪人,这些怪人的集中,使得这个县城中学有了才情。因要容纳这许多特异的性格与经历，它不得不开放了思想，于是就变得自由了。不要以为在那个政治生活一体化的时代是谈不上自由的，即便谈自由，也是可笑的，将就的。其实，那种大一统的社会，往往是疏漏的，在一些小小的局部与细部，大有缝隙所在，那里面，有着相当程度的自由。当世界上只通行着一种意志的时候，空间其实是辽阔的，这里那里，会遍生出种种意愿。当然，它们是暗藏的，暗藏在那个大意志的主宰的背阴处。它们不是书写历史的，它们书写的只是些随风而逝的私人生活。可它们真的很活跃，不怕人不信，事情就是这样。五河县中就是证明。

五河县中的校舍是很大的，几乎比得上上海的一所大专。因都是阔大的平房，每一排房屋之间的间距也都宽阔，看上去平展展的，甚是开阔。前边是教学区，后边是教师住宅院，中间是学生宿舍。县中一半以上是乡间镇上的学生，他们大多住校。镇上的学生用粮票及钱领饭票，乡里的，则从家里带细粮来交到灶上，换取饭票。在我们乡间，供一个孩子读县中，须将全家全年的细粮集中起来，还要欠些。所以学生们大都有个干粮袋，装着豆面，秫面，芊干面的馍，充实口粮。尽管是这样艰难，乡间也还有积极供孩子上学，能上县中是一件荣耀的大事。这是有着上千年耕读传统的乡间，在路上，遇姊妹尊称"大姐"，男孩子的尊称是"学生"。也因此，这里尊师成风，真的是"一日为师，终身为父"。五河县中的怪僻性格，也是在此纵容下，才得以发展的。这有些魏晋风的，时代也有些像，却是尊师重教的民情，熏出来的名士风气。现在想来也有些吃惊，这些生活在偏僻庄落里的孩子，何以能面对了这些怪脾性，不惊不怪，从容处之。其实，骨子里都是有教化的，性情深厚，一点不轻浮，特别有肚量。在校舍间，规规矩矩走着的都是学生，那疯疯癫癫、歪歪斜斜的，却是先生。在礼仪和做人上，学生是老师的老师。

五河县中的老师，来路很杂。倘若到人事科去看档案，就会发现每一个的历史都很复杂，来到这里，或多或少都带着一些罪贬的性质。而他们之间,却有着默契,从不互问来历。他们都是独往独来的,自己在自己的屋里,头上各有一片天,各有各的社交圈子,互相也不参与。时间长了,难免会露一些端倪,也不要紧,谁也不干预谁的事,依然我行我素。所以,五河县中表面看上去散得很,见面如同路人,但内里其实团得很紧,有着牢不可破的一致性,有些滴水不漏的。它和农机厂的自由不同。农机厂的自由是无产阶级式的,是"无产阶级失去的只有锁链"的意思,带着点破坏性,风格比较粗鲁。这里却是有着些家底,带着些享乐主义,难免是沾点颓废的边,但还是被人生抓得很牢,不愿放弃。这两种都含有些尖锐的东西,前种宣泄得比较厉害,因此便所剩无多,反而调和了。后种表现得很温和,比较节制,结果是在继续培养和生长。这也是因为后种的尖锐要更加深刻,源远流长。也许是这两种之间掩藏着我们所不觉察的前后继承的关系吧,我们农机厂的圈子渐渐倾斜,转移五河县中,知青的桥梁作用也为上海来的大学生所代替。

我们这两个地方开始走动起来,并且热情渐高。首先吸引我们的是一名复旦大学新闻系的六七届毕业生,这学校和这专业都令我们瞠目结舌。在我们这些乱世少年心目中,那是不复回返的光荣与梦想。时代已经荒芜到头了,再不能有什么耀眼的辉煌。他在我们眼里,是前朝遗民,带着盛世的余晖。而且,而且他不止是一名新闻系的学生,他还是一名反动学生。他所以分配到这个贫瘠的县城,就是因为他的反动学生的身份。这就更加不同寻常了。在这种偏僻的所在,许多概念都会变得模糊和隔离。"反动"这两个字就是这样,它非但不使我们提高警惕,反使我们激动起来。这个概念所包含的内容,抽去了具体的性质,剩下的只是一些审美性的含义。比如"受难",比如"受罚",还比如"叛逆","叛道"。好了,这足够刺激我们的好奇和虚荣了。我们缠住了他,一有机会就到他的房间,守着他,眼巴巴地望着他,等待他吐出骇世惊人之语。可是,一切竟很平淡,他说的尽是一些你我他都知道的内容。而且,他一点不比我们更激进,也不比我们更有热情。他甚至有些市侩的习气:吝啬,斤斤计较,小肚鸡肠。他是较为敦实的矮个子,梳偏分头,脸部的轮廓不是不鲜明,而且有些多肉,就变得浑圆了。他说话有时会带出几句切口,明眼人就可看出他是生活在上海这城市,大墙背后的狭弄里的小市民堆里。他还有些不良的生活习性,比如他一身上下笔挺,皮鞋锃亮,可是与人合住的宿舍却可以不扫地,不铺床,不洗碗。这不是落拓,而是邋遢和懒惰。尽管我们承认,这些都不要紧,都是他的个性和特质,可是这些特质说实在是有点叫人倒胃口。然而这时候,我们还没有真正地认识他,我们其实并不十分知道,我们遇到的,究竟是谁。

后来,我们回上海探亲,与人谈起了他,那人几乎是惊呼了起来,说道:原来他在你们那里! 就好像是我们将他藏匿了起来。那人是文化大革命的先驱,红卫兵的一员,所有的革命的起落跌宕都在他胸中一本账。那人告诉我们,当年在文化广场召开过他的专场批斗大会,斗大的字写了一条街的围墙,写着,打倒反动学生某某某。某某某就是他的名字。这名字可是振聋发聩的。那人怀恋地谈起他的政治主张和理论原则,以及他所组织的盛大的行动。革命真的是狂欢节,而他是狂欢节的首领,坐在众人拥戴的宝座上。那人遥想过当年,便急于倾听他目前的情况,还有,他在日常生活中是一个什么样的人。我们很惭愧我们一点也说不上来什么。他的表现极一般,没有什么是值得加以描绘和渲染的。这完全可能是我们缺乏洞察力的缘故,我们没有觉察,在我们身边发生着什么样的历史性的人和事。不过,还有的是时间,我们还可以继续和他在一起,这是历史赐予的良机。那人失望过后,又继续告诉我们一些,有关他的道听途说。他出身于工人世家,可尽管如此,也没有减轻对他的处罚。他在狱中度过了一段时间,然后就销声匿迹,却原来是到了我们那里。那人又一次这样说道。甚至,就连他的家人都没能幸免受他株连。他的弟弟,一所著名的重点中学的高中生,说来也奇怪,这个三代工人的家庭里,尽出高材生,孩子们大都学业出众。他的弟弟本已经参军入伍,连军装都穿上了,编进了新兵连,却因他哥哥事发,脱下了军装,去了西南少数民族地区插队落户。

就这样,我们带着新的认识和崇敬再回到他身边。可是情形依旧,没有变化,没有新的升华发生。由于日渐稔熟,他益发显得平常,以至庸俗。他和他的同屋常生龃龉,都是一些不足挂齿的小事,通常是发生于女人间的。比如,将吃剩的鸡骨鱼刺扫到同屋的床下,用了同屋打来的开水,湿衣服挂在了对方的箱子上,蚊香燃着了人家的床单,等等。这些事倘若在关系好的时候,至多只能算是恶作剧,大可忽略不计。可当关系有了裂缝,彼此生出成见了,性质便不同了,就变得比较严重了。平心而论,他虽是历史的风云人物,可在日常生活中,实在乏善可陈。他有一种上海人称作"精刮"的做派,就是出不敷入。只占便宜,不肯吃亏。其实呢,亏都不是大亏,便宜也就是小便宜,算大账是划不来的,但小账上确实有盈利。眼光是短浅的。这就叫"精刮",大大有损于他的形象。所谓"风云人物"毕竟只是个抽象的概念,具体的是日复一日。直到有一天,学校奉上级旨意,将有政治问题的人集中起来,脱产办班,学习改造,历史的严峻性才又回来了一些。人们重又恢复了对他的热忱,从中体验到激昂的感情,连他的同屋也放下芥蒂,对他说,你全力以赴去对付学习班,你的营养问题由我负责。从此,杀鸡宰羊,日烹夜调。然而,学习班并不如想象的那样严酷。学校显见得是走过场的,念念文件,训训话,每个人谈谈思想,仅此而已。气氛相当宽松。回到宿舍,又有美味给养,大饱口福。这样过了几天,形势就淡了下来,提供营养的那一位积极性也感受挫,便懈怠了,他倒反有些不满。那一位想,又不是我该你的,情形竟比先前更紧张了一些。好在,学习班也到头了,各回各的班里继续上课,一切恢复原状,总算没有酿成新的事端。

他的同屋也是那一日登上县城码头的,四十个中的一个,是师范学院体育系七〇届毕业生。学历,专业,经历的传奇性,都比不上他,但这一个却具有着个性的色彩。他是上海街头真正称得上时髦的人物,是骨子里头的时髦。他的发型是板刷式的,平平地推过去。他总是赤脚穿一双夹趾拖鞋,这一个装束和那个"哲学奇才"相同,但效果有所区别。"哲学奇才"是名士派的,这一个则是嬉皮风的。他的裤腿一高一低地挽着,脖子上挂着一把吉他,是西班牙式弹奏法,然后,很讽刺地弹奏《东方红》,将其时的国歌弹得很是颓废。他出生在一个私产者家庭,一九四九年以后家道中落,从原先的花园洋房迁入嘈杂长弄里的一幢弄堂房子。每天放学回家,他从后门走进潮湿阴暗的底层客堂,后阴沟涨溢的污水气味一直漫进房间。母亲在二楼卧室开着无线电,唱的是京剧。成年后,他一听到京剧,就感受到一股没落的气息。他是在新政权的阴影中生长起来的一类人,心底是压抑的,对社会也是游离在外的,抱着漠然的态度。他虽然没有成为"反动学生",其实是比那一位更具阶级异己的性质。那一位是处在政治社会的中心,成为对立面仅只是历史的误会。这一个则是真正的边缘人,他所以没有沉沦到底,那是出于享乐的天性。他爱玩,游泳,唱歌,船模,排球,等等。他对生活还是有兴趣的,在这个沉闷的县城里,他都因地制宜地找到了快乐,那就是钓鱼。他扛着渔竿去钓鱼的样子,真的是很迷人。他对生活的认识是感性和具体的,注重细节,这使得他对政权的不满,不会概括归纳为抽象的理论,从而招致危险。这种不满,在他竟是表现得很有人情,那就是,他对所有的失意的人施以强烈的同情和关怀,尽管有一些失意并不完全出于政治的原因。他就是出于这个原因,才容忍了他那位同屋的恶习,而终于相安无事。

在五河县中,受他庇护的,还有一个老教师。老教师曾经是黄埔军校的教官,现在学校教数学。他至今保持着黄埔军校严格规范的操行传统,衣着特别整齐,从不见他敞领捋袖的。在最炎热的夏天,他走进课堂也是穿着中山装外套,领下的衣扣,扣得严严的。他操着一口标准的普通话,绝对一丝不苟,有一个字说差了,也要纠正重来。他早年丧偶,自后没有再娶。天好时,他将被褥箱笼搬出门外,支一张凉床晒霉气。在他的箱子里,有一个绣花绷,显然是他亡妻的遗物。体育系七〇届生看了,很受感动,便暗下决心,要负起保护他的责任。他年老体衰,但身住一室。五河县中校舍很大,宿舍间距较远,又是在县城边缘,靠近农田。体育系生想搬过去,与他同住。可老黄埔生独处惯了,并不欢迎有人进驻。体育系生很能理解,以为这是一种高尚的习性,不像他那位复旦的同屋,全是低级习性,不尊重自己,也不尊重他人。可是他又不放心老黄埔生一人独住一室,考虑良久,就交给他一个叫操的哨子,嘱他若遇到紧急情况,就吹这哨子,他将闻声赶到。老黄埔生也受了感动,他对这上海小伙子生出些喜欢,可长期的单身生活,已经使他很难与人深交。倒不是有什么防范心,而是不习惯。但体育系生则以为已经足够了解他,并且也取得了他的了解,不是有句话叫"君子之交淡如水"吗?有一些晚上,他提着酒,端着新烧的菜,到老黄埔生屋里,二人开宴畅饮。喝到深处,老黄埔生红了脸,眼睛里也有了水光,有些倾心相告的意思,结果还是什么也不说。不过,对这样的晚宴,他终究表示出了兴趣。这样,他们这一老一少,就成了莫逆之交。虽然,彼此相知甚少。即便是喝酒喝出了眼泪的这一刹那,心和心还是隔得很远的。

老黄埔生像影子一样生活在这县城中学里,他严己律行,留给人们的依然是单薄的印象。他倒是颇有些相似,前面说过的,我们中间的一个,所写作的"小说",那个压面条的老人。只是后半截与知青深交的情节不像,那是来自我们年轻和温馨的想象。我们良善地期望去打开一扇扇紧闭的心扉,好安慰寂寞的心。我们并不知道,真正的孤独是不留一线缝隙的,他们将孤独坚持到底,永远居住在黑暗的影地里,这就叫隐居。在这个偏僻的县城里,居住着多少影子,我们知道的只是万分之一。它们隐入隐居地的夜晚之间,当太阳出来,天地大明,就已改换了声色。那小说里所写的,最后留下的坟墓,更是天真的文艺气,教条的浪漫主义。事实上,什么坟墓也没有,隐居是不留纪念碑的。

年轻的体育系生后来有了恋人。时间进入了一个阶段，县城里的外地青年突然开始了恋爱。就是这么些人头，际遇都是有限的。倘有一对发生变故，就可能推翻全局，打散所有的组合。这样的调整甚是波动，要大大地乱上一阵才可达到新的平衡。这些外来者的恋爱使县城的空气活跃起来，城外的田野小径上，留下了年轻而开放的恋人们的身影。这情景是带有戏剧性的，人们像看电影似的看着，怀着嘲讽和羡慕。在所有的恋爱画面中，体育系生和他的女友，无疑是出众的一幅。他的女友就是农机厂那一拨里的，压面条老人的小说就是出自她手。他们各自都拥有着追求者，但当他们真正结对的时候，各自的追求者便都识时务地退出了，不再作徒劳努力。他俩走在城郊的田地里，照县城人的话，就是像电影里演的一样。就此，也可看出，人们对他们的恋爱抱着的审美的态度。这是一种敬而远之的态度，欣赏的，也是爱护的。没有人想要去破坏它，至多是，有调皮的好奇的孩子，要去撩拨一下。这有些类似现在的追星，就是说，看看电影上的人物，真相究竟如何。有一回，学校英语老师生病，教务处让体育系生去代课。这堂课是教的名词，体育系生教得很生动，不仅讲了大纲上的那些，还增添了许多别的内容，涉及到古今中外的名人，名胜。告诉道，这在英语里怎么说，这在英语里又怎么说，课堂气氛也相当活泼。忽然，有一学生举手提问：某某某，英语应当怎么说？这某某某，就是农机厂的，他的女友。这问题提得相当俏皮，而且大胆，具有挑衅性。体育系生愣了有那么几秒钟，然后大步上前，揪住那学生的衣领，怒斥道：你这个流氓学生，滚出去！说着，就把他拎了出去，推到门外。这一幕发生得那么突兀，还那么出格，可是没关系，课继续上下去，并没有受什么影响。事后也没有什么影响，没有人来告他体罚学生。这地方就是这样尊师重道。

在他的班级里，有一个特殊的学生。这个学生要比其他孩子年长几岁，已接近青年，加上他身材高大，体格成熟，看起来又要比实际年龄年长。他是一名中央高级干部的孩子，在上层派系斗争中，被贬罚,全家下放到此乡间。两个姐姐按知青下放政策在农村劳动,他则到县城中学继续求学。其实他已过了读中学的年龄,这年大约是十八足岁吧。他也不时常来校学习,而是四处游荡,并没有什么目的的,走到哪算哪。有一回,在轮船上遇我和姐姐去蚌埠办事,他便也随我们去到蚌埠,在我们蚌埠的朋友家住下。这实在相当冒昧,好在他有着许多中央上层的内幕新闻,又很会聊,吸引了人家的兴趣,也就接纳了他。他很有些没落的世家子弟的习气,吃人家的,喝人家的,心里还是瞧不起人家的。虽然是一无所有,却也什么都不在他眼里,对什么都没有敬畏之心,想干什么就干什么。他就是凭着这样的赖皮式的信心,四处游荡。当他认识了体育系生在农机厂的那位女友后,就开始接二连三地上门,坐在人家的宿舍里,吃饭时也不走。他说小是个大男孩,说大也可算是个青年了,个子又大,在宿舍里一占就占去一大块,十分惹眼,不免会引起非议。终于,在一堂体育课上,体育系生在全场列队前面,将他训斥了一通。体育系生斥道:你搞搞清楚,你是多大的一点人,轮得上你吗?等等。他再是高干的孩子,再是纨绔,终究还是个十八岁的少年,处在男孩和男人之间的年龄,特别渴望长成一个真正的男人,因此不免会因自己的不成熟而自卑。体育系生的话无疑是指到了他的痛处,他红了脸,梗着脖子,却说不出一句话。体育系生还不放过他,又将他揉了一把,警告道:再看见你去农机厂,决不饶你!从此,他便从农机厂绝迹,进而从县城绝迹,也不再上学了。

这样的师生对峙的场面,在五河县中也没引起什么轰动。这里发生的一切都是合理的,没什么可大惊小怪。很多怪人怪事在这里上演,这只是其中的一幕。这里不仅师承了严肃端正的儒风,也师承了放荡不羁的老庄,有着这些准备,什么样的乖戾都可容忍了。但这乖戾,是必以知识作前提的。那个时代确实扼杀知识,许多文化的传统被灭绝掉了,成了文化的荒漠时期。可是,在我们县城这样的地理的夹缝里,倒正好相反,被排斥逐杀的文化和知识,退居到了这里,比平时更加聚集起来，变得突出和鲜明。要说，正是这种夹缝样的地方，才是藏精蓄锐的地方。它们有着一种固定不变的东西，是这种固定不变，保护了我们人类积攒了很多时间的优良的素质和训练，使其不至流失，得以传继。你要是走过淮河，乘着轮渡，轮渡扯着呜呜咽咽的汽笛，缓慢地行驶着，那缓缓退去的两岸，和两岸间的笛声，就有些像这种固定不变。拉水车在河滩上，淋淋沥沥的车辙，也有些像。

在五河县中后排的家属院里，还住着一个右派。他是上海外国语学院英语系学生，在上学期间戴上了右派帽子，被下放到安徽劳动。在农场里结识了安徽省医学院的女大学生，女大学生义无反顾地跟定了他，毕业分配放弃了留省城合肥的机会，跟着结束劳动的右派的他，来到了这个县城。右派在学校里教英语，右派妻子在县医院当大夫。这位妻子出身于诗书礼仪之家，从小生长在合肥。自从跟上了右派，便学会了一身市井泼妇的本领。当人家欺负右派时，她便挺身而出，可堵着门骂天，骂得人不敢出门。其实人家欺负右派，倒不止因为他是右派的缘故，他本是一个软弱的人，命运又不济，不免就猥猥琐琐的，凡事都退让在先，别人自然就要进了。现在知道他老婆厉害，就不敢再冒犯，两头算扯平了。但这也并没使她就此恢复闺秀和知识分子的清高做派，生活依然是艰难的。她接受的不仅是一个右派，还有一个处在贫困线上的家庭。右派是上海人中"江北人"的那一类，生活在棚户区中，干着这城市里最苦最累最下贱的营生。他们大约是三代人才供出一个大学生，不想折戟在右派这回事情上。但他并不能够因此推卸作为长子长孙的养家的重任，他每月的工资，要供祖父祖母生活，弟妹读书，还有多病的母亲的药钱。于是，右派的妻子不得不锱铢必较，为一分钱，和菜贩肉摊争得不可开交。她的一儿一女也像乡里孩子一样，上学时带着一个搂草的竹耙，一路走一路耙，将路上的碎枝草秸，搂回家烧锅。有人笑话孩子，她就又冲到人家里去骂，骂得人不敢吱声。可是这一切都没有使她丧失乐观的天性，她依然笑口常开，快快乐乐地打发着艰难的时日。她很有幽默感,即便是叙述自家的窘境,也是带着快乐的风趣的口吻。贫困也没有妨碍她赤诚待人,她依然很好客,总是拿出最好的待客。贫困其实是比政治上的落难更压榨人,使人丧失自尊。而她将外表磨得粗糙了,就像是有了保护层,她始终保持着人格的独立完善,不受侵蚀。只有贫困生活养成的极端节俭的习性,伴随了她,直到境遇彻底改善以后。这就不免要出很多洋相,她自嘲地说给人听,一边说一边笑,直笑出了眼泪。

改革开放之后,右派摘了帽子,得到改正。他的一九四九年跑去台湾的老兵叔父,也联络到了他们,然后,这一年的夏季,就到沪探亲。这年的夏天,上海特别炎热,好像掉进了火炉。他们一家特意赶来上海看望从未见面的叔父,叔父请他们在他住宿的宾馆里吃饭,接着他们就要回请。宾馆这一顿并没有给右派妻子留下什么好印象,只觉得繁琐的杯盘碗碟带来不必要的麻烦,她说,正吃得好好的,忽然却要换碟子。殷勤的服务也使她不安,小姐蜡烛似的戳在身后看着,吃饭怎么吃得下去?不菲的价格更令她触目心惊,深感造孽。于是,她决心回请的这一顿,在自己家中进行。她从前三天就开始置办酒席,买了三只鸡,一条猪腿,一木盆鱼。那时,家中也还没有冰箱,东西有一大半变质了。到了那一日,天气热得可怕,叔父与他的同伴,乘着出租车,百折千回地在陋巷深处,找到了他们家,然后走进火烤似的水泥屋顶的平房,坐在条凳上,面前一大片热气腾腾的鸡鸭鱼肉,几乎摆到桌沿上来,倒是一点不掺水的,实实在在。可炎热败坏了人的胃口,又已经是年过七旬的老人,流汗流得几乎虚脱,最终也没能动了三五筷,便打道回府,匆匆结束了这餐宴席。

后来,他们全家离开了五河县城,溯流而上,到了长江边上的芜湖城,在那里一所大专院校供职,此后杳无音讯。以上说的那些人后来大都离开了这个偏僻的县城,去到各大城市,可是他们依然带着隐居的影子,走哪,带哪。他们的历史明暗相间,隔成一段一段的,他们全都默默无闻。

在我后来居住过的苏北城市徐州,根据传闻,我们在夜晚穿街走巷,来到一座大杂院的背后。那里有一扇朝北的窗户,糊着旧报纸。由于大杂院坐落在台基上,那扇窗就离地面很远。大青石的墙壁陡立着,墙面很光滑,没有可攀附的,好让我们爬上去,接近那窗口。我们只能伏在窗下,耳朵贴在墙缝,等待着。人们说,夜深的时候,窗户里会有留声机的声音,放的是贝多芬的第五交响曲。我们去了几次,也没有听见过一回。我们就贴着那堵高墙,守至夜半。窗户里非常寂静,耳边只有风声。那时候,我们谁也没有听过贝多芬的音乐,也不知何为"第五交响曲",可我们就那样虔诚地等待着。我们完全相信,在这条莫名的巷子里,有可能潜伏着莱茵河畔的那位巨人。

短篇小说

天 仙 配

夏家窑的村长发了大愁。他日想夜想,这事可如何收场呢?

事情要从打井说起。打井又要从夏家窑的那股泉眼说起。那股泉眼是夏家窑的生命之泉,它从山那边淌过来,淌到这山折折里的夏家窑。夏家窑,就好像一只飞得特别高的老鸹,下在山折折里的一个蛋,挤在石头缝里,再也找不着了。可夏家窑却世世代代地生存下来。夏家窑古时是烧炭窑的,那时候,山是青山,树林非常茂密,泉水就从树林里穿行而过。坡坡坎坎里,都是窑眼,烧着木炭。所以,夏家窑就被窑烟蒙了一层白雾,夏家窑又像是天上掉在山折折里的一朵云。从这庄名也可看出窑家是夏姓人,但这只是开始,后来又来了一户孙姓,是沿着挑炭出山的山路找过来的。夏姓人慷慨地收留了孙姓人。反正有着满山的树木,泉眼很旺,日夜不停,从春到秋,从冬到夏。淙淙的水声,是夏家窑的天乐。又是很多代过去,夏姓和孙姓繁衍后代,人丁兴旺,坡坎里的窑眼挤挤挨挨,把山都挖麻了。不知不觉的,树林稀了,土也薄了,接着,泉眼细了。争窑的事端就此开了头。先是来文的,到衙门打官司。其时,夏姓和孙姓都是富户,买得通官,请得起讼师。可官司是个无底洞,扔给架金山也咽下去了。官司打了十几年,夏姓人和孙姓人的钱养肥了几任知县知府,状子就是批不下来。于是,就来武的了。两姓都是旺族,有的是人,前赴后继地打了几年,最后是,孙姓人把夏姓人赶下了山。这也就是,夏家窑里没有一个姓夏人的缘故。再是多少代过去,树木都烧光了,窑呢,一口一口地熄了火,凡是有土的地方,都驴拉屎似的种上了庄稼。夏家窑,如今连个旧窑址都找不着了。泉眼只剩手指头粗,很稀薄地贴着山石，一点一点溜过去。甚至，有那么几次，很危险地断了流。打井的事情，就这么来了。

打井是村长的提议，村委会讨论通过，大家集资，到县农科所请了技术员，买了设备，每户按人口田地摊派义务工。然后，钻机声就在夏家窑寂静的天空中隆隆地响起了。此时，山已经是秃山，山折折里尽是石头基，土坯墙，茅草顶的房屋，挤仄得前檐接后檐，人就在檐下侧着身子走。钻机日夜不停，歇人不歇机，拉了电灯，照得铮明，小孩子在灯下窜来窜去，可真是热闹啊！像过年似的。村长就背着手，走来走去，吩咐这，指示那，哪想得到会出什么事呢？样样看来都是喜庆的迹象，技术员说不两天就可出水，没一个人说过晦气的话，做过有凶兆的梦。天天都是晴天，大好的日头。可是清石头的时候，却把孙惠家的独苗，孙喜喜，埋在井下了。村长恨不得在井底下的是他自己。

孙喜喜今年十八岁，去年高中毕业，没考上大学，准备复习一年，今年再考。他长得清眉朗目，宽肩长身，又爱穿西服，就像电影上的人。初中时，就有女同学给他写信，表达爱意，还有上门来提亲的，但都被他拒绝了。他一心要考大学。他认为，只有考上大学，才能走出夏家窑。走出夏家窑，是夏家窑这一辈的青年普遍的想法。他们认为上级政府对夏家窑的种种扶贫政策，其实都是白搭。什么送电，拨款，传授养长毛兔的技术，等等，都不是根本的办法。根本的办法只有一个，就是迁徙。丢下这块不毛之地。当他们听说二十年前，政府曾经动员夏家窑，迁到山下平地去，还给了迁移费。可夏家窑就是不走，有人呢，走了，走上个把月，花完了迁移费，又回来了。这一段历史可把他们气炸了。他们甚至还有人动心思，去乡里讨回这个政策。可是乡里回答说，这可不好办了，现在都分地了，二十年来，平地上的人口更稠密了，你们往哪儿插呢？谁能匀出地给外来户呢？这样，走出夏家窑，就只有靠个人奋斗了。像孙喜喜这样有知识、有头脑的青年，走出夏家窑的决心就更比别的青年要坚定，执着。可是，现在，他非但没走出夏家窑，还埋在了夏家窑的山肚里了。

孙喜喜他爹妈只他一个孩子,还是个老来子,四十岁上得的,传宗接代的指望都在他身上。兴许是那遥远年代,孙夏二姓争窑的胜负结局,给后人留下的生存原则,夏家窑特别重子嗣。若不是人多,怎么能打败夏家,占山为王?人嘴能吃穷山,可是没人呢,连穷山都没了。人,是立足之本啊。夏家窑不怕穷,只要有儿子,就是个富户。院子里,爬着带小鸡鸡的,披屋里,草盖着寿材,那么,就前有古人,后有来者,做人的着落就有了,其余都好说了。为了这,夏家窑每年都要欠下大笔的超生罚款,说实在话,它的穷,有一半是罚穷的。村长,要不是为超生,部队上带回来的党籍,怎么能丢了。所以,这里的青年,定亲都早,怕人家女儿不肯来这穷地,就下大彩礼,夏家窑的彩礼大是著名的。这一来,又把它那一半,穷掉了。孙喜喜他爹妈,早为孙喜喜积攒下厚厚的彩礼,人民币都掖在炕席底下,就等着定亲那一天。无奈孙喜喜就是不要,硬是要上大学。就这么一个儿子,什么事都指着他,又什么事都由着他,挺不好办的。不过,孙喜喜就这件事上不听大人的,其他地方,都是个好孩子,性格特别绵善,也孝顺。这不,打井派义务工,他爹孙惠一个人就够了,可他偏,要顶他爹去。孙惠觉得儿子是顶他去死的,心都碎了。

孩子就这么走了,孙惠用年前备下的板子发送了儿子。这板子原先是备给自己打寿材的,备料时怎么想得到睡的会是自己的儿子?孙惠又觉得自己是送儿子去死的,年前就送上路了。真是过不去啊!发送完儿子,老两口拾掇拾掇,就喝了农药。兴好半路被人看见,夺下瓶子,再连夜送到乡卫生院,救下了。人是回来了,可那心却回不来了,只剩一口气罢了。村长看着并排躺在炕上的一对孤老儿,心想,怎么才能救老人的心呢?村长想了三天三夜,终于想起了这么一件事。

这事就更远了,要远到打胡宗南的时节,几十年的事情了。村长是五十年代生人,这事也是听老人们说的。说的是,胡宗南进攻陕甘宁的时候,夏家窑跑来一个受伤的小女兵。不知是哪个部队的,叫胡宗南的队伍打散了。小女兵伤在肚子上,沿着一条古时挑炭的旧道,硬是爬到了夏家窑,钻进了孙来家的草堆里。那时,孙来他奶奶还是刚进门的新媳妇,早起抱草烧锅,见那草堆都让血染红了,接着就看见草里窝着个小女兵,小脸苍白,眼闭着。小女兵在孙来家的草堆里,窝了七天七夜,乡亲们都去看她。开始还想搬她进屋,可一动她,肚子上的洞就流血,再不敢挪她了。也不敢喂她吃喝,她一吃喝,肚子上的洞就流脓。她已经说不出话了,问她什么也未必听见。她只是睡着,偶尔睁开眼睛,很安静地看看天,夏家窑被山挤成狭缝的天空。她的眼睛特别黑,特别大,眼毛又长又密。看一会儿天,又合上了。她只剩一口气了,可这一口气就是不散。乡亲们都落泪了,想她实在是舍不得走啊!那么年轻,还没有活过人呢。大家一起相帮着在孙来家草堆上搭了个棚,好替她遮挡夜里的露水。草堆上摞几床被,围住她。小女兵显得更小了,就像个婴儿似的。就这么,第七天傍晚,小女兵终于咽下最后一口气。咽气前,她开口了,叫了声"妈",声音很脆生,就像没受伤的好人似的,可是紧接着就闭了眼。这时候,脸上竟有了丝血色,红润润的。人们听她叫妈,就想她妈在什么地方正牵挂着她呢,哪想得到她是来了夏家窑呢?这一声"妈",就当是叫夏家窑吧!大家凑了副杂木薄板子,几十年前的夏家窑,虽然不烧窑了,树还是有几棵的。大家凑了副板子,发送了她,将她埋在进村口高岗子坟地里。人小,棺材小,坟也小,像个小土墩子似的。到了清明,自会有人在坟头给她压块土。

这时候,村长就想起了小女兵。在人们的传说中,这是个俊俏的乖女子,有一双大而黑的眼睛,尖下巴颏。村长想,给孙喜喜结个阴亲吧,老人心里好歹有个念想。他又想,孙喜喜一心想考大学,就为了走出夏家窑,走到什么不知名的地方,现在走不成了。可小女兵是从外边不知名的地方来的,兴许是个大码头,当兵嘛,也多半是有文化的人,说给孙喜喜,会称他心的。还有,这两个孩子都走的叫人心疼,前一个遭了老罪,后一个呢,是眨巴眼间没了天日,神都返不过来呢。又都是花骨朵样的年纪,还没活过人呢!村长在想象中看见了小女兵望着夏家窑的天的大眼睛,一点不诉苦,一点不抱怨。这两个苦孩子会互相心疼的。村长的眼眶湿了,心里十分酸楚。停了一时,村长摇摇头,对自己说,你还当真了呢!他虽然丢了党籍,可毕竟是受过教育的,是唯物主义者。此时却想,还是唯心主义好,唯心主义慰人心,让人走到哪一步,心里都存个念想。

夏家窑替孙惠家办了这门阴亲。将小女兵的坟起了,与孙喜喜合了坟,立了夫妻碑。因不知小女兵姓甚名谁,就新起了一个,叫凤凤。是个娇名字,想她这么苦,这么孤,现在有人疼了。纸扎了洞房,贴着白色的喜字,内有床柜被褥、电视机、电冰箱、洗衣机,院子里除了骡马猪羊,还停了辆汽车,和着纸钱,一起烧了。请来一班吹鼓手,吹了大半天。又办了几桌酒水,凡有头有脸的都上了席,包括那名打井来的技术员。酒席上,村长红着眼对孙惠两口子说,往后,你们过你们的日子,孩子过孩子的日子,两下里都要好好的。从此,孙惠家果然安宁了。倒不敢说不伤心,伤心还是伤心,不时也要哭上两把,可到底是把日子过下来了。一日一日,春去冬来,不知不觉三年过去了。新坟变成了旧坟。然而,不曾想到的事来了。

这一日,近晌午的时候,夏家窑开来了一辆吉普车,开到村口就不得已停了下来,走下三个人。头一个是熟人,王副乡长,来过夏家窑几回。一回是来宣布对村长的处分,二回是来发救济款,三回是通电那晚,还在村长家住了一宿。后两个就眼生了,但一看就是城里的干部模样。一老一少,都穿着黑皮夹克,脸白白的,戴眼镜。王副乡长对看热闹的小孩一挥手,告你们村长去,客来了。于是,一串孩子顺着山坎,一溜烟地跑了。等这里磕磕绊绊,脚高脚低地走近村长家院子,村长家的鸡已经杀了,正等着锅里水滚好拔毛。派去供销社买烟的小孩也回来了,村长则站在院子前迎客。王副乡长向村长介绍那两位,一位是县民政局的老杨,一位是县文化局的小韩,边说边进了屋。初春的日子,还冻得很,屋里生着烟囱炉,炉上坐了茶水,主客围炉坐下。先是一番问暖嘘寒,再是一番秋收春种,然后静场一时,那个民政局的老杨掐了烟,咳一声,说话了。

老杨开口第一句便问村长,今年多大年纪。村长说,比王副乡长虚长一岁,五四年生人,属马。又转而问道,王副乡长可不是属羊吗?老杨又问,家中老人在不在了。村长道,母亲是七岁那年没的,父亲呢,年前也走了。老杨再问,这庄里目前还在的,年纪最长的老人是谁家的。村长就笑了,说老杨您有什么事,尽可问我,只要是夏家窑的,不敢说上下五千年,一百年却是敢讲的。老杨被村长这么一说,脸上便有不悦之色。王副乡长在一边圆场道,这里的老人没大见过外人的,话又说不清,不如先问村长,问不到了再去把老人找来问。这样,老杨才说到了正题:一九四七年春上,夏家窑有没有来过我们的伤兵。村长心里咯噔了一下,嘴里却说,可不,您问的这事我正知道,打小就听老人们讲古,说是胡宗南进犯的时候,跑来过一个伤兵,沿着古时挑炭的旧道爬过来的。老杨和小韩对看一眼,又问,是男还是女?村长心里又咯噔一下,想他们怎么想起来问这个?嘴里就有些含糊,女的吗,女伤兵可不多。老杨说,还是去找个老人吧。村长一听,只得把话说实了,是女的,所以我才记下了呢!老杨这又坐定了,再问,多大年纪。村长说,当兵的年纪总归大不了。这一回,老杨很坚决地站了起来,小韩也站了起来,他们要村长带去找老人家打听。这时候,村长家里的以为他们要走,便上前留饭,说面条才擀好了,鸡也炖烂了,说话就齐,怎么也要吃了饭走。村长就不让走了,王副乡长也帮着说话,说吃过饭再去找老人也不迟。这样,那两个只得坐下来,暂把话题搁一边,说些闲篇。喝着酒,吃着辣子鸡,老杨的脸渐渐红了,眼睛带了些水光,柔和下来,说话也不那么硬了。村长一边劝酒,一边暗底思忖他们的来意。听他们的问话,句句都是指着那小女兵,不像是胡乱问的。是小女兵她家里人找来了?又为何这多年没音信,这会儿却特地来问?要是她家里的人,就不知是个什么身份,在什么地方,想把她怎么着?倘若知道有孙喜喜这门阴亲,又会是个什么态度呢?村长不敢想,心里很不安。有几次走神,问他话只支吾着,等醒过神来,就想,这样不行,他要争取主动,摸清来人的底,再想对策。这样一径地躲,躲得了初一,躲得了十五吗?

这样,村长就将搁在一边的话题再又挑了起来。他从孙来他奶奶在草窝里发现小女兵开头,直讲到第七天傍晚,小女兵终于开口叫了声"妈",合上了眼。最后,他大有深意地结束道,小女兵这一声"妈"叫的是夏家窑啊,所以这多年来,夏家窑一直把小女兵当成自己的孩子。饭桌上一阵寂静,都有些动情。半响,老杨才说,看来就是她了。停了一会,村长小心地问,就是谁了?老杨看了他一眼,说:烈士李书玉。接着,便将事情的原委一五一十地道来。

李书玉,江苏人氏,一九三〇年生人,金陵女中学生,在学校时就接近革命,宣誓加入了中国共产党,与男友一同赴延安,不久,延安战略撤退,在过黄河时遇敌军追击,受伤掉队,从此没有下落。据最后看见她的同志说,她受伤就在这一带。她的男友一九四九年后便从部队转到了地方,曾在南北数省任领导,现已离休。虽然早已成家生子,但几十年都怀念着他的初恋女友李书玉。尤其是近年来,他开始写作回忆录,往事涌上心头,就生出寻找她下落的念头。早在半年前,就由省民政局发函来问过。这位小韩,是负责撰写这一地区的党史的,凡是当年发生过激烈战事的地点他都去寻访过了,却没有收获。回了上去,这不,前几日又下来一函,让再寻访寻访,说是受了伤掉队的,总走不远,一定是在这一带。于是这一回,无论是有过战事还是没有过战事的地点,都挨个儿走上一回,这才来夏家窑了。是这一乡最远最背的地点,来时是从县上开一辆桑塔纳,到了乡里,因是要去夏家窑,便让派出所出一辆吉普,换了车,一路颠上来,有几处石头滚了坡,还都下车去搬石头,推车,这才到了夏家窑。原是没抱什么指望的,不想倒有了结果,真是"踏破铁鞋无觅处,得来全不费功夫"啊!老杨一是高兴,二是喝酒,话就滔滔不绝起来。

村长听着这些,心里茫然着,怎么也不能把小女兵和"李书玉"这个名字联系起来。草窝里的小女兵,这个苦妞啊!虽说是几十年过去了,夏家窑少有人见过她,可却是活生生的。再加上和孙喜喜的阴亲,这更是眼一闭就到了眼前。不过,这回不是窝在草堆里了,而是偎在孙喜喜的怀里。可是,"李书玉"是谁呢?"李书玉"和这些有什么关系呢?这名字听起来,确实就像老杨说的,一个女烈士,可以上书上报,是个大人物。夏家窑原来还隐姓埋名着个大人物啊!村长就像在做梦似的。他就是趁着这股迷糊劲,应了老杨要去瞻仰烈士墓的要求,将面碗一推,站起身,走出了门。

酒喝得有些上头,脚下微微发飘,身子就很轻快,心里也很轻快。晌午后的太阳明晃晃的,略有些懒,庄子里很静,猪在圈里哼哼,鸡安静地啄食,偶尔的"咕"一声。村长带着那三个在夏家窑的沟沟缝里走着,还走过了孙惠家院子。院子里没人,晒着一席粮食,门框上挂着一串红辣椒,挺醒目的,日子过得像是返过一点神了。村长心里依旧茫然着,从孙惠家院子前走了过去。渐渐地到了村口那片高岗上,是夏家窑几十辈子的坟头啊!看见坟头,村长脑子清醒了一些,他想,他们这是来做什么呢?脚下却机械地绕着坟头,向孙喜喜那里走去,现在,没有退路了。

这四个人站在了孙喜喜的坟前,是个双坟头,石碑上刻着两个人的名字:孙喜喜,凤凰。村长抬头看看天,天蓝蓝的,远处,山坡上是人家庄里的苹果树,褐色的树枝,矮矮地巴着地。清明没到,已有人赶早来上过坟,有几座坟头上的土坨是新铲的。还有一座新坟,扬着白幡。他向四周望了一遭,转回头看见了那三人疑惑不解的眼睛,他惭愧地笑了一下,低下头去。

村长从此就开始了发愁的日子。开始,没什么动静,就像什么事都没发生过似的。那吉普车一开走,转眼没了影,什么老杨小韩的,也都没了影。再过几天,庄上就有传言起来了。传言说,小女兵的家人寻了过来,要把小女兵接回祖籍去。又说小女兵的家人都很发迹,也有权势,有说在北京的,有说在上海的,还有说在香港台湾的。话传到孙惠两口子耳里,老人就来找村长了,问有没有这回事。村长心想,能瞒一日就瞒一日吧,说不定事情就到此为止了,不是没动静吗?那老杨小韩兴许在别处找到了真的李书玉,小女兵就还是小女兵了。这么想,便说:没这回事。老人却又问:要真有这事可怎么办?村长想都没想,脱口就道,有又如何?咱们给烈士找婆家也没错,孙喜喜是个正派孩子,当年学生下放,不还有找庄里农民成亲扎下的?老人这才舒了口气,回去了。村长再回头想想自己方才的话,心里好像也有了底。一天一天平静无事地过去,村长就更有底了,心想,没事了,没事了。正这么想的时候,乡邮员却捎来了王副乡长的话,让他明日去一趟乡里,有话同他说。

村长颠颠地骑着自行车,往乡里去,心里七上八下的,不知是什么事情在等着他。沿路常有各庄子派出的义务工在修路,大多是星期天放假回家的学生。脸在学堂里捂得白白的,穿着牛仔裤,或者西服,怕脏了衣裳鞋袜,干活不免就扎手扎脚的,还不时停下来讲国事,说笑话。听见自行车响,就回头看,脸上还带着笑,露出一口白牙。村长心里一惊,他看见了孙喜喜。太阳热辣辣地晒在背上,浑身上下出了点汗。有几段路是要下车推着走,又有几段是要扛着车走。山下平地里的麦子都有一拃高了,山里就有了些单薄的绿意。村长想着,王副乡长招他去,会是好事还是坏事呢?上回开除他党籍就是他去乡里说话的。但有几回发放救济款也是招他去乡里说话的。不过他任怎么想,对这一次说话,心里还是有几分知晓的。离乡里近一步,心里的明白劲就强一分似的。

星期天,乡里的办公室都锁着门。村长沿着砖砌的甬道,穿过办公室,走到后院。后院有两排平房,传来剁馅的锵锵声,还有电视机里的歌曲声。王副乡长就住那里。王副乡长正蹲在地上拾掇自行车,一架车给拆的东一摊,西一摊,一盆水里泡着破旧不堪的一根车胎。村长正要想在王副乡长跟前蹲下,王副乡长却站了起来,乍着两只大黑手,说,我看你怎么交代,把人家女烈士娶了阴亲。话这么挑开了,村长倒心安了,他耍着油嘴说,我的党籍已经开除了,你就开除我的人籍吧!王副乡长不和他油,盯着他问,你说怎么办?村长又笑,王副乡长就说,人家信都来了,下个月要来看坟呢,你拿什么给人家看?村长笑不下去了,抬眼看着王副乡长,看得他有些心软,说,回去把坟刨开了,另立一块碑。村长一急,说,坟不能刨。王副乡长说,不刨怎么办?村长说,要刨坟,老人又喝农药。王副乡长一听这话就蹲了下去，接着在水盆里洗猪肠似的捏叽那根破车胎。他也是乡里人出身，如何不知道刨坟的事大。村长也蹲了下去，将手插进水盆，帮忙的样子，然后就说了那天和孙惠说的同样的话。王副乡长"嘿"了一声，道，这阴亲配得也不合适，岁数就不对。村长也"嘿"了一声，你连这个都不懂吗？人在阴府是不增寿的，否则，为什么要叫阳寿呢。王副乡长说，你同我说这话行，你同人家说行吗？村长腆着脸，那你去说。王副乡长把水盆一拖，背对着他不说话。村长空着两只湿手，脸上十分尴尬。半响，他慢慢地站起身，说，走了。也没搭理，王副乡长生气了。

往后的几天里，村长有几回走到孙惠家院子前了，又折回来。老人家门框上的那串红辣椒，辣着他的眼。这好像是一点过日子的心劲，不是那么旺的，稍不留意就会扑灭了它。还有几回，他走到了那口井边上，往里瞧瞧，黑洞洞的深处，有个人影，远远地望着他，一言不发。村长想，真是多一事不如少一事啊！庄里的谣言传过一阵又平息了，这时倒是格外的安静。只有村长才感觉到不妙。清明到了，村长给老人坟上添土时，看见孙惠家的也在坟地，烧了一叠纸，又烧了一些纸扎的小孩衣裤鞋帽。他装作没看见，不料孙惠家的叫住了他。村长，她说，一边擦着泪眼，这俩孩子也该添人口了吧。村长嘴里敷衍着，那是，那是。脚下快快地挪步，想离她远些。她却也挪快了步子，紧随着他，口里念着，添个闺女，再添个小子。那是啊，村长说。他们一前一后走进庄，终于分了道，各走各，村长这才放慢了步子。他将手袖在袖筒里，腋下夹着铁锹，慢慢地往家走，心里定下个主意。

清明过去半个月的光景，果真如王副乡长说的，来人了。一个是老头，另一个是老太，都花白着头发，腰板倒挺得很直，是大干部的模样，由县上的干部陪着。王副乡长，还有老杨、小韩，也来了，却到不了跟前，只尾随着。早有人去报告村长，村长一路小跑地迎去，脚下打着绊，几次要摔倒没摔倒。迎到跟前就往兜里摸烟，竟摸不着兜。

这时,他才发现他的手在哆嗦。他的嘴也在哆嗦,话都说不成句了。那两个老人却很和蔼,还同他握了手。引去村委会的路上,村长心里颤颤的,但却是另一番心情了。他看见了老人花白的头发,还有脸上的褶子,尤其是那老汉,虽然是干部的装束,可那眼皮下的囊肉,和庄稼老汉差不多。他们的和蔼触动了村长,清明那日定下的主意,在这一时竟动摇了。他想,他们也不容易。走到村委会,门早已打开了,地扫净了,水烧开了,人一到就沏上了茶。坐下,聊了几句闲天,人口啊,提留啊,年收入啊,就学率啊,等等,便言归正传,那老太发言了。

老太操着一口清脆的普通话,听声音就像个年轻妇女,广播电台里的那种。她开门头一句就是,感谢老区的人民,保护了我们的烈士。然后又接着说,李书玉同志是老樊青年时代的朋友,一起参加革命,几十年来,我们没有一天忘记过她。村长的心渐渐静了下来,他忽然明白,这对老人不是小女兵的父母,而是她的同辈人。他这才想起来,这老头原来是小女兵的未婚夫。就是说,小女兵要是活着,就该也像这个老太一样的年纪,一样的装扮,一样的清脆的普通话,称他们为"老区的人民"。村长心里的感动平息了,甚至有些不舒服。他再接着方才的思路想,那么,这老太算什么呢?她不是占了人家李书玉的窝吗?当然,李书玉死了,老樊总归是要娶的,可人家既然旧情还在,她在这里来什么劲呢?照理说,她都不该跟着来的。村长心里的不舒服变成了反感,于是,方才动摇的决心,此时又定了。

老太说完,大家都静着,等村长说话。村长咳了一声,慢慢抬起眼睛,说道,真是对不起首长和领导,事情兴许有些误会了。所有人的眼珠子都瞪起来了,先瞪村长,又转过去瞪王副乡长,老杨和小韩。那三个通红了脸,不约而同要张嘴说话,却被樊老头的一个坚决的手势制止了,示意人们继续听村长说。村长说,昨天夜晚,听说首长要来,就特地把夏家窑七十岁上的老人会齐来问情况,老人们有的说记不清了,有的倒还记得,说孙来家草窝里的小女兵其实不是兵,是不晓得哪个地界上的砍柴的女子,失了脚,掉下崖,挂在树枝上,才留住一条命,然后顺着古时的挑炭的旧道,爬到了夏家窑来了;因为正是胡宗南进兵的当口,人们就把这两件事联起来传了;还有,那小女子头几天还能说话,见大爷叫大爷,见大娘叫大娘,好像是山西那边的口音,这就对不上了;因为是烈士的事,政府的事,不能有半点差错的,要不,咱们也对不起烈士李书玉啊!老头的脸板着,十分僵硬,他一动不动地坐着。村长发现,至此,老头还只字未语。老太显然不是省油的灯,当即向陪同前来的副县长发难了,你们的工作是怎么做的,老樊知道找到了李书玉同志的下落,激动得几夜没睡,血压都高了。副县长的脸一阵红一阵白,只能对老杨和小韩责问,老杨小韩再向王副乡长责问,最后是王副乡长望着村长,虽然一言不发,可那眼睛是把村长十八代祖宗都骂到了。村长不接他的茬,把眼睛挪开,看外头。外头地上站着乡亲们,静静地看着这一幕。村长将人头看了一遍,没看到孙惠和他家的。

老太又说,老樊也知道你们搞了迷信,结什么阴亲,但老樊并不计较,农民嘛,是需要长期教育的,老樊只是想把李书玉同志的遗骨,送进烈士陵园安葬,也了了几十年的心愿,对后代也是教育,真不知道你们基层的工作是怎么做的,这不是不负责任嘛!村长心里静得很,老太说什么他并没听进去,只是看着她的嘴,想怎么会有那么多的词这样不间断地从这嘴里吐出来,就像炒锅崩豆子似的。忽然间,那老头又做了个坚决的手势,老太戛然而止。老头站起身,说道,看看那女子的地方吧。他声不高,言语也不多,可村长却震了一下,他不由跟着站起身来。他又在老头那双垂着囊肉的小眼里,看见了一些熟悉的东西。就是这些熟悉的东西,透着一种你知我知、天知地知的了解,厉害着呢!村长又有些不安了。他乖乖地引着人们走出村委会,门前的人群默默地让出一条道来,看他们走过去。

村长带着他们沿了沟坎走,阳光从屋檐上漏下来,一条条的,照着半张脸,都沉默着。离他们一段距离,是夏家窑的乡亲们。屋檐后边是光光的山崖,崖顶是雪亮的太阳,空荡荡的,什么都没有,崖的那边是另一个世界,是什么样的世界呢?人们来到了孙来家院子,孙来和他媳妇还有他爹妈,站在院子里,比划给来人看当年那一堆草垛的地点,又比划给来人看,当年的院子是如何,现今改掉了哪些。南墙朝外推了几步,山墙也撑了出去,所以地形就有些两样了。一边说,一边往四处撵鸡,不让它们到中间那块地面来,鸡就喳喳着。人们围了院中间的空地一圈,想象是当年窝小女兵的草堆的地方。老头沉着脸,听孙来他爹说话,说那小女兵在草堆里度过的七天七夜。孙来也是听他娘说的,他是小女兵来到后的第二年生人。村长蹲在人圈外头,不再说话。孙来爹的声音好像是从很远处传来,漏出好些破绽,他口口声声称她为"小女兵"。老头并没有置之疑问,村长也不去纠正。他知道没什么能哄住这老头的,他钝钝的,却看得清底细。这老头身上有一种东西,确实打中了他,这也是钝钝的,是钝钝的悲哀。

然后,队伍就由老头带领了。他领头出了孙来家院子,村长不由得随在身后,向村口坟地走去。老头将手背在身后,抬起头四下里打量。看门里的院子,圈里的猪,场地上晒的粮食。有小孩子挤了他的腿,他还摸摸小孩子的头。老头的脸色松开了些,不像方才绷得那么紧了。那种钝钝的东西,似乎变得柔软了,可以流动的了。近午的阳光照着他花白的头顶,村长想,多少日月过去了啊!从这老头的头顶上过去,也从夏家窑过去,可是小女兵还是小女兵。他们来到了高岗上的坟地,站在孙喜喜和凤凤的合坟前头。清明添的土还湿润着,坟头的土坨坨也是新的,土坨坨下压着一张粉红纸,炫目得很。老头对着坟站了一会儿,转过身,看一眼身后围着的乡亲,低下头从兜里摸出一个小钱夹,夹子里摸出张相片,递给人群中一个老汉,说道,您老看着,是这个女子吗?

老汉拿了相片看了半晌,没吭声,传给了另一个比他还老的老老汉。老老汉看了一会儿,也没吭声,再传给一个老婆儿。老婆儿又传给老汉。相片在人群里传了一遭,最后传到了村长手里。这是一张比手指盖略大一点的旧相片,泛黄了,却还是清晰的。照的是半身正面,学生头,齐额的刘海,旧式便袖的竖领,嘴抿着,不笑,眼是黑漆漆的。从未谋面的小女兵一下子跳到了眼前,村长觉得已经认识了她几十年似的。几十年,他在娘肚子里从无到有,再从光腚猴长成这么个半老汉,可小女兵却一直是这副面容。就和相片上一样,不笑,不吭声,眼睛黑漆漆的。这个受了伤的小雀儿啊!村长眼睛湿了。他将相片还到老头手里,见几个老婆老汉都在擦泪。停了停,村长使劲将喉咙里哽着的一块东西咽下去,哑着声说,这多年来,夏家窑把她当自家闺女看。老头也哑着声说,她信仰共产主义,是无神论者。老头说过后,就看着地面,一动不动了。这时,村长知道,他到底是输给了这老头,他到底是犟不过这老头的。

这天晚上,村长迈过了孙惠家的门槛。他晓得,今晚他要迈不过这个门槛,老人家一宿不得安泰。他要一直迈不过这门槛,老人家就一直不得安泰。老两口子见他来,立刻明白了,掉起了眼泪。孙惠家的一把一把地擦泪,眼睛擦得通红,都烂了,那是叫眼泪腌的。哭了一会儿,孙惠家的便起身要去烧茶,被村长拦下了。村长说,这几天,早想来同你老说,可是一直没得闲工夫,说实话,也怕你老哭,就挨着,可不说呢,又老堵在心里,是块病。孙惠就说,村长,大家都知道你也不好办。村长拦住他的话,等等,你老先听我说;有半个月了,还是清明前,我就做了个梦,现在想来,是喜喜那媳妇托给我的;她对我说什么呢?她说,她和喜喜小日子过得不错,和和美美的,可是不期然的,玉皇大帝点了她去投胎;你老知道,她上一世没活够人呢,吃苦比享乐多,尤其是最后那七天七夜,真是煎熬啊,她想活人呢!我就说,那就去呗,你先去,二年把喜喜拉扯去,再做夫妻。她就说,大叔啊,你不知道,夏家窑太背了,挤在山折折里,路又不好走,还没有水,玉皇大帝的船撑不进来接我呢!她说,大叔,你能不能送我出去呢?梦做到此就断了,开始我倒并没有上心,不就是个梦?可是过了一段,这不,来了个首长,专为了认这女子,要把她带到省城的烈士陵园。我心里就不由一惊,这不是应了那日的梦了?是玉皇大帝托人来引路了不成?

第二日,村长就专派人到乡里,给王副乡长捎了信。说是一切都妥帖了,三天后可来人领遗骨,事情由他来操办,请领导和首长放心。

这一天,吉普车先后三辆连成一队,开来了夏家窑。近村口时,就看见高岗上许多人忙碌着,有白烟腾起,被风吹开,夹着些焦黑的纸屑。有指令从最后一辆车传到了第一辆,吉普车停了,停在距村口二百米的地方。没有人下车,就这么等着。高岗上坟地里的人们没注意到吉普车,兀自干着。他们由村长带领,在孙喜喜和他媳妇的坟头四角烧了四堆纸,一边烧,一边念叨,大爷大娘,大叔大婶,我走了,感谢这三年的处处照应,和睦相处,我走了,撇下喜喜和孩子,还请多多相帮。念罢,便开始起坟。铁锹试探着插进土里,辨别着方向,然后才下力一掘。再烧纸,这回是烧给喜喜的,说着劝慰宽心的话,还有大丈夫要自立自强的话,烟裹着烧不尽的焦纸,飞扬着,就像一群黑蝴蝶。经这几番折腾,几十年前的薄板子早已散了,村长将遗骨拾在一口坛子里,又在喜喜的棺木跟前抓了几把土。等他直起身,便看见了村口路上的吉普车。他将坛子捧在手里,想这坛子只装了这些遗骨和土,怎么就突然变沉了。他小声地说了句,凤凤,这就送你出山呢。他下了岗子,走上路。最后一辆吉普车里走下一个人,是那樊老头,手里拿一块红布,等他走过去,便用红布蒙在了坛子上,然后接过了坛子。车上的人纷纷下来了,没有那老太,村长心里感到少许的安慰。而就在这老头接过坛子的那一刻,村长觉得小女兵突然间变老了,也变得像樊老头那样的年纪,头发花白,垂着大眼囊。几十年的日月一下子走了过来,闪忽之间,没有了。

老头上了车,随行的人,王副乡长,老杨,小韩,都纷纷上了车。然后,车就开走了。村长站在路上,望着车沿了山路,慢慢远去。在他身后,人们继续干着活,将孙喜喜的坟重新垒圆,垒高,四周添了新土,又烧了一圈纸。石碑上,凤凤的名字油了红漆,表示人在阳间,留着个寿穴。

发廊情话

这一间窄小的发廊,开在临时搭建的披厦里,借人家的外墙,占了拐角的人行道,再过去就是一条嘈杂小街的路口。老板是对面美发厅里辞职出来的理发师傅,三十来岁的年纪,苏北人。也许,他未必是真正的苏北人,只是入了这行,自然就操一口苏北话了。这好像是这一行业的标志,代表了正宗传继。与口音相配的,还有白皙的皮肤,颜色很黑、发质很硬的头发,鬓角喜欢略长一些,修平了尖,带着乡下人的时髦,多少有点流气,但是让脸面的质朴给纠正了。脸相多是端正的,眉黑黑,眼睛亮亮,双睑为多,鼻梁比较直,脸就有架子。在男人中间,这类长相算是有点"艳",其实还是乡气。他们在男人里面,也算得上饶舌,说话的内容很是女人气,加上抑扬缠绵夸张的扬州口音,就更像是个嘴碎的女人了。这与他们剽悍的体格形成很有趣的对比。他们的一双手,又有些像女人了,像女人的白和软,但要大和长了许多,所以,就有了一种怪异的性感。那是温水,洗发精,护发素,还有头发,尤其是女人的头发的摆弄,所养护成的。他们操起剪子来,带着些卖弄的夸张,上下翻飞,咔嚓作响,一缕缕头发洒落下来。另一只手上的梳子挑着发绺,刚挑起,剪子就进来了,看起来有些乱。一大阵乱剪过去,节奏和缓下来,细细梳平,剪刀慎重地贴住发梢,张开。用一句成语来形容,就是,动如脱兔,静如处子。

这一个苏北人,就是说老板,却不大爱说话。他的装束也有了改变,穿了件黑皮夹克,周转行动多少是不便的。也许是做了老板,所以不能像个单纯的理发师那样轻佻随便了,再加上初做生意,不免紧张,于是就变得持重了。他包剪和吹,另雇了两个年轻姑娘洗头,兼给烫发的客人上发卷。有了她们,店里就聒噪多了。她们大约来自安徽南部一带,口音的界别比较模糊,某些音下行的趋向接近苏北话,但整体上又更向北方语靠拢。最主要的是,语音的气质要粗犷得多,这是根本的区别。她们的年龄分别在二十出头和三十不到,长相奇怪的很相似,大约是因为装束。她们都是削薄碎剪的发型,发梢错乱地掩着浑圆的脸庞,有一点风尘女子的意思。可她们的眼神却都是直愣愣的,都像大胆的乡里女子看人。五官仔细看还有几分秀气,只是被木呆的表情埋没了。她们都穿一件窄身编织衫,领口镶尼龙蕾丝,袖口撒开,一件果绿,一件桃红。裤子是牛仔七分裤,裤口开一寸叉,脚下各是一双松糕底圆口横带皮鞋。衣服都是紧窄的流行样式,裹在她们身上,显得很局促。她们经过室外强度劳作的身体,出力的部位,像肩、背、臂膀、髋部、肌肉都比较发达,就将这些衣服穿走了样。倘若两张椅上都坐了洗头的客人,她们便一边一个,挺直身子站到客人身后,挤上洗发水,一只手和面似的将头发搅成一堆白沫,然后,双手一并插进去,抓、挠、拉。她们就像是一个师傅教出来的,抬肩,悬臂的姿势一模一样,抓挠的程序动作也完全一致,看上去,很是整齐。她们还都喜欢抓挠着头发,眼睛看着正前方镜子里客人的眼睛,直逼逼地,要看出客人心中的秘密。看了一时,再侧过头去,与同伴说话。她们说话的声音很大,笑声也很响亮,总之是放肆的。老板并不说她们,看来,是个沉默的人,还有些若有所思的。她们于是会疏懒下来,只是依样画葫芦般地动作,却没什么实质性的效果。这时,客人就会发声音了:你不要在表面划来划去,要抓到里面去。受谴责的小姐便委屈地说:方才的客人还说我的指甲太尖了呢!客人再说:你手指甲再尖也无用,只在表面上划。这时,老板就站起来,走到客人身后,亲手替客人洗发。小姐呢?依然带着受委屈的表情,走开去,到水池前冲手,然后往墙边铁架折叠椅上一坐,那姿态是在说:正好歇着!她们多少已经学油滑了。

　　店里时常还会坐几个闲人,家住附近,没事,就跑来坐着。人还以为等着做头发的,推门并不进来,而是问:要排队?里面的人一并说：不排队，不排队！生怕客人退走。闲人多是女性，有的手里还拿着毛线活，有的只是抄着手。虽说是闲人，可却都有一种倦容，衣履也不够整洁，好像方才从床上起来，直接走到店堂里似的。可能也不是倦容，只是内室里的私密气息，总有些黏滞不洁，难免显得邋遢气。果然，有几次，方才还蓬头垢面地在这里闲话，这一时却见换了个人似的，化了妆，换了衣服，踩着高跟鞋，登登登，头也不回地从店门前走过去，赴哪里的约会去了。等再来到这里，已经是曲终人散的阑珊之意了。她们回忆着前夜的麻将，麻将桌上的作弊，口角和得失。或者是一场喜宴，新郎新娘的仪表，行头，酒席的排场，各方宾客来头大小。就好像一宵的笙歌管弦，要在这里抖落掉余烬似的。此外，股市的起伏波动，隔壁店家老板与雇员的争端，弄内的短长事，还有方才走出的客人的吝啬与大方，也是闲话的内容。有她们在，那两位洗头小姐，也觉得不沉闷了。并且，有多少知识，可以从她们那里得来。遇到和计较的客人吵嘴，她们则会出来打圆场。她们都是有见识的，世事圆通的人。甚至你会觉得不相称，像她们这样见过世面，何以要到这小店来，与两个安徽女子轧道？难得她们如此随和。岂不知道，这城市里的人原不像看上去的那么傲慢，内心里其实并没有多少等级之分的。她们生活在人多的地方，挺爱热闹，最怕的是冷清。她们内心，甚至还不如这些外来的女子来得尖刻。这倒是出于优越感了，因为处境安全，不必时时提防。当然，还是因为生性淳厚，你真不会相信"生性淳厚"这几个字能安在她们身上，可事实的确如此。在这闹市中心生活久了，便发现这里有几分像乡村，像乡村的质。生活在时间的延续中，表面的漂浮物逐浪而去，一些具有实质性的内容则沉积下来，它们其实简单得多，但却真正决定了生活的方式。所以，这些闲坐的女人里，没几个能猜得到那两位小姐背底里如何谈论她们，当她们光鲜地从玻璃门前走过去，她们在门后的眼光，藏着怎样复杂的心思。

每天早上，将近九点钟光景，玻璃门上的帘子拉开了，门从里面拨了锁。这城市的街是扭曲的，房屋的朝向便不那么正，说不出是怎样一来,太阳从门外照到镜子上,很晃眼的。在晃眼的阳光里,两位小姐在摆放椅子,收拾镜台上的小东西,顺便对了镜子整理身上的衣衫和头发。有一点像舞台,方才拉开帷幕。倘有赶早的顾客,这时候推门进去,会嗅出店堂里的气味有些浊,夹杂着许多成分。"他"或"她"当然分辨不出那里面有被褥的气味,混了香脂的体味,还有几种吃食的气味:泡饭的米汤气,酱菜的盐酱气,油条的油气,再有一股灼热的磁铁气味,来自刚燃过的电炉。她们就是在里面过宿的,折叠床,铺盖,锅碗,都掩在后门外面。这里还有一扇后门,门外正是人家的后窗台,用纸板箱围住半平方米的地方,搁置这些杂物,上面再覆一张塑料薄膜。在这条窄街上,沿街的住户门口,都堆放着杂物,所以,就不显得突兀和不妥。过了一时,老板也来了,进来看看,并没什么事,就又走了。走了一时,又来,再看看,还是没什么事,再又走了。他显得很忙碌,有着一些对外的交际需要处理的样子。有了自己的生意,做了老板,他的外形上似乎有了改变。他黑了,抑或并不是黑,而是粗糙,就像染了一层风霜。而且,有一种焦虑,替代了他们这类手艺人的悠闲劲。那是由手艺娴熟而生出的松弛,以致都有点油滑气了。现在,他却是沉郁了。这件黑皮夹克他穿着真是不像样,硬、板、灰蒙蒙,就像一个奔走在城乡之间的水产贩子。黑色牛皮鞋也蒙了灰,显出奔走操劳的样子。等他跑进跑出告一段落,停歇下来,一时又没有剪和吹的客人,他便坐在柜台里面,背后是嵌了镜子的玻璃壁架,架上放各种洗涤品,冷烫精,护发素,焗油膏。柜台上立有一面硬纸板,上面排列着标了号码的各种焗染颜色样本。总之,这发廊虽小,可五脏俱全。老板坐在柜台里边,用指甲锉锉着指甲。这带有女气的动作,倒流露出一点他本行的小习气。

　　他低头坐在那里,任凭小姐们与闲坐的人如何聒噪,也不搭腔。人们几乎都将他忘了,可是,很奇怪地,又像是要说给他听。倘若他要不在场,说话的兴头就会低一点,话题也变得散漫,东一句,西一句,有些漫不经心的意思。这个沉默的人,无论如何是这里的主人,起着核心的作用。现在,他坐在这里了,眼睛望着前边的玻璃门,门外街面上的忙碌,有一种熟稔的日常气息。人脸大致是相熟的,所作所为还是相熟。在这闹市的腹地,夹在民居中间的街,也是近似乡村的气质,相对封闭。外面世界的波澜,还进不到这里面,只会因冲击边岸而引起骚动。老板的眼光茫茫然的,这是处在创业艰难中的人统有的眼光。忙定下来,不禁自问道:有什么意思呢?发廊里的闲话很热烈,两位小姐兴奋着,手在客人头上动作,连带身体雀跃着,形成一种舞蹈的节奏。肥皂泡飞到客人的眼睛里,客人抗议了一次,又抗议了一次,待到第三次,空气中就有了火气。老板在柜台后面立起来,可是,没有等他走到客人身后,有一个人却代替他,挤开了那位小姐。这是边上坐着的一个闲人,也算是常客了,家住街那头百货公司楼上,丈夫是做生意的,养着她,没事,就到这里来坐着。

她从铁架折叠椅上站起来,走到客人身后,略一挽袖,抬起手臂,手指头沿了客人发际往两边敏捷地爬行开去,额上立即干净了。她快速地将客人顶上的泡沫推叠起来,然后伸进深处抓挠。她笑嘻嘻地回头看人们,好像在说:怎么样?是孩子气的技痒,也显出她曾经是干过这一行的。要这么一想,你便发现,她其实也和那两个小姐有些像呢!圆脸,短发,细淡尚端正的五官。所有的洗发小姐几乎都像从一个模子里刻出来的。她的个子比那两个小姐还要小些,穿呢?又穿了一条灯芯绒,胸前缝一个狗熊贴花的背带裤,这使她看起来,完全是孩子的形容。不过,再仔细端量,才会看出她怀有着身孕!这样,你忽就不确定起来。进一步地,你注意到她看人的眼光,不是像那两位一样直逼逼的,恰巧相反,很柔软,似乎什么都没看,其实全看见了。你想,这女人有些不简单啊!到此,她已经与那两位小姐完全区别开来了。她们有着本质的不同,这不同来源于经验、年龄、天赋,还有地域。对了,这女人是上海人,她说一口上海话。她甚至还不像她那个年龄,二十多,三十,或者三十出头?就这一个年龄段吧,她不像这个年龄段的上海男女,有许多流行语,又有许多生硬的发音。她的上海话竟有些老派的纯熟,这显示她应该是在正宗的沪上生活里面。

客人安静下来,小姐们则兴奋着问出诸多问题,总起来就是,你也做过这一行啊!她翘起下巴,朝柜台,也就是老板的方向一点:我开过一个发廊。不等人们发出惊愕的叹声,她又加上一句,先前做过一段百货。再是一句:还开过一家饭店,名叫"好吃再来"!说到此,人们反倒不吃惊了,因为不大可信。这三段式加在一起需要多长时间?而她究竟又有多大年纪?再看她脸上的笑容,那样得意的,又变成孩子了,沉不住气,爱说大话的孩子,狡黠地眨眨眼:信不信随便。小姐们不看她了,由她自己替客人洗头。她笑着将干洗的全套动作做了两遍,然后说:冲去吧!将客人还给原先的小姐,带到洗头池前,自己举着手等在一边,等水池子空出来好冲手。她很有兴趣地看着手上堆着的泡沫,手指撮弄出一个尖,尖上正好停着一点太阳光。光流连到她脸上,她的笑容在晃动的光影里有一点惘然。店里有一瞬是静着的,只有水冲在头发里柔和的啦啦声,还有煤气热水器噗一声开,又噗一声关。老板肘撑在膝上,下巴托在掌中,那样子有点像小孩,想着小孩子家的心事。

我的发廊在安西路,安西路,知道吗?她说。小姐们摇头说不知道。现在已经拆了,那时候,很繁荣呢!长宁区那边有名的服装街,有人叫它小华亭的。我的发廊在服装街的尾上,或者也不能说尾,而是隔了一条横马路的街头上。我对那地方比较熟,虽然我自己家住在淮海路那边,可是朋友借给我做小百货的门面在安西路,所以就熟了。

小姐们回头朝向她,听她说。冲头发的冲好了,送到座位上,老板起身去吹风。小姐自己站在一边,用一块干毛巾擦手。她走到空出来的水池,拧开龙头,冲净手上的泡沫,暂时停下来,脸上带了微笑。她左右手交换握了花洒,冲手。水丝很软弱地弯曲下来,汇成细流。电吹风的嗡嗡声充满在店内,头发的气味弥散在透进玻璃门窗的阳光里,显得有些粘腻。她洗好手,那小姐将手中干毛巾递过来,她没接,只是在上面正手反手摊了摊,算是擦干了,回到先前的折叠椅上,坐下。后来呢?小姐中的一个问道。她抬起微笑的脸,询问地看着发问的人。为什么不做百货而要做发廊?那人解释了自己的问题。

她"哦"一声,仿佛刚明白过来似的。小百货,你知道利极薄,倘若你没有特别的进货渠道,赔煞算数。那些供销商,你打过一趟交道,三天吃不下饭!说到此处,她忽然收住,意识到险些说到不该说的话。安西路的铺面,是我朋友借我做的,本来说不是我自己的,做也做不长。所以呢,做,做,做,我就想自己做了。做什么呢?在家待业的时候,我陪隔壁邻居家的小姑娘,到理发学校听过课,回到家,我让她在我头上练洗发,我在她头上练,就这么练着玩。到后来,我洗得比她还好。她抬了抬下巴,好像在说:方才你们也见到了。我想:就开个发廊吧!安西路,就这点好,做什么事都像玩一样,没有心理压力的。朋友又多,因为都是靠朋友的,所以都肯帮朋友的。当然,安西路的人和我们淮海路的不一样。就是这里,她用手点点脚下的地面,这静安寺地方的人和淮海路的都不一样。淮海路的女孩子,走到哪里都看得出来不一样。不是长相,不是说话,也不能说不是,可能有一点是,不过并不是主要的。主要的,大约是气质。她为自己说出"气质"这两个字,有些不好意思,笑了一下,似乎觉得不够谦逊。不过,安西路的人有安西路人的好,他们很肯帮忙,而且,更重要的,就是我刚才说的:什么严重的事情,在他们看来,都和玩一样。听他们说话,你会听不懂,难道是吹牛?吹牛也要打打草稿。可他们完全是像真的:开发廊?好呀,我的朋友在香港学出师的,专给明星做发型;店面吗?安西路服装街要延长,还要丰富品种,我有个朋友和区长认识,同他说一声好了;第三个朋友恰巧专门做推销洗发香波的,可以用批发价卖我。还有工商局,卫生局,劳动服务公司,治安大队,都有朋友,或者朋友的朋友,都是一句话就成的。当然,实际上不会有这么好运道,否则,人人发财了。那个做发型的朋友,不是在香港,而是在温州学的,不过曾经在香港人的发廊里做过,开的价高过天,还要有住房,包交通,因为他实际温州人都不是,而是温州底下的德清乡下人。服装街不仅不延长,连原来的都有拆掉的危险,有几户居民是有来头的,人大代表和政协委员,一直在呼吁。你知道,安西路一带多是洋房,本来是极清静的。那推销洗发香波的,倒是天天来,来到我的百货摊位上,这时我的百货还没有结束。他拎一只拷克箱,盖子揭开来,里面像中药房样,一小格一小格,放着样品。样子蛮像,结果全是假货,在火车站那里的地下工厂生产出来,四面八方去兜售。一上手就知道,处处是关隘,问题是,一上手就甩不掉了。本来,不过是玩玩的,一来二去,玩成真了。脾气上来了,志气也上来了,非要成功不可了!发廊到底开出来了,倒真开在隔横马路的街那头,政策有一时松动,一要解决待业人员生计,二要街道里委创收。不过,松几天又紧起来,除了我这家发廊,再没有开出别的铺面。我的发廊正好嵌在弄堂贴边上,狭长的一条,门是朝里的,对了弄堂另一侧墙面。

在她讲述的过程中,又先后进了两个客人,一个男客,一个女客。老板先给男宾修面,再给女客焗彩色油。女客对了硬纸板上的颜色样品思忖很久,最后选定一种。两个小姐听得出神,听故事并不比聊天更影响她们干活,甚至聆听产生的专注,使她们安静下来,手下就不那么浮躁了。老板依然沉默着,这是一个静默的男人,即便需要与客人交流,他也尽可能以动作示意,比如,点头、摇头、用手指划。万不得已要说话,他就用极轻的音量说出极简单的几个字。她的叙述相当流利,语言清晰,轻盈地穿行在店堂间,透过刀剪的喊嚓,花洒里的水丝,客人与老板耳语般的对话。

生意好不好?一个小姐问道。她没有正面回答这问题,依着原有的思路往下去。开张这一日,大家,就是安西路服装街的朋友,都来放炮仗了。朋友中有一个人,大家都叫他"老法师",她停顿一下,绕过这话题,这个人等会儿再说。你问我生意如何?她看着方才提问的小姐。这一绕道有些打乱叙述,需要一个缓冲,用来调整节奏。生意嘛,不好不坏,多的还是洗头,其中起码有一半是朋友,"挑"我生意的。她一笑,因为用了一句粗俗的切口稍有些羞惭。像我们这种发廊,多少有点不上不落。居民习惯去国营的理发店;隔壁小区里,就有一个里弄开的理发室,洗头只要五块钱。生活质量高的又要去美发厅、美容院,香港台湾人开的。再有一类发廊,是要在城乡结合部,外地人集聚的地方,叫是叫发廊,小姐们连洗头都不会。她停下来,略过去了。到我们这地方来洗头的,多是一些小姑娘,读中学的,刚刚学了时髦,大人又不许去美发厅,就只得到我们这里来。她们多数是一头直发,拖到背脊处,额角上胎毛还没掉干净,怀里抱一瓶自家的洗发水,坐到椅子上,喊一声阿姨,多抓抓噢!别看她们年纪小,已经学了白领的脾气,一会儿说抓重了,一会儿说抓轻了,一会儿又说洗出头皮屑,一会儿再说吹风筒太近,头发开出叉。半通不通,口气却很凌厉,你也不好跟她凶,只好和她"淘糨糊"。她又用了一个俚语,自己笑出声。和这帮小姑娘混的时候长了,要来真正做发型的客人,倒有点不晓得怎么下手了。当然,即使有做头发的,也不过是几个老阿姨,卷一卷,吹一吹。就算是比较时髦的,也不怕,我的师傅路子还是正规的,原来在紫罗兰做过,怕是怕那种路子外边的。但是,你越怕什么,就越来什么。这一天,不早不晚,来了一个人。她忽然止住,本来交错抱在肚子上的手臂解开来,插进背带裤的口袋,这样,腰就往前挺一挺,肚子也挺一挺,脚尖并拢朝伸直。再继续往下:他要剃光头。

  这是一个光头客,只不过长出薄薄一层头发茬,他要再推推光。他是这样进来的,推开门,一脚在门里,另一脚在门外,说:推不推光头?好像他自己也没什么把握,只是来试试。我们那个师傅,已经笑出来了,马上有话要跟进:到剃头担子上去推!其实谁看见过剃头担子,只不过放在嘴上说说罢了。就在这当口,也不知道怎么,我"拔"地立起来,抢过师傅的话头,说了一个字:推!事后再想,并不是一时冲动,而是有来由的,我感觉到这不是一般的光头。她笑了,两位小姐也笑了,问:不是一般,又是什么?这话怎么说!她沉吟了一时。这一时很短促,可在她整个流畅连贯的讲述中,却是一个令人注意的间隙,好像有许多东西涌了上来。她沉吟一时,说下去。假如是一个老头,民工,乡下人,或者穿着陈旧……怎么说,反正是那种真正剃光头的朋友,我就不会留人了。但是这一个呢,年轻,也不算顶年轻,三十左右。他穿一件中式立领,黑直贡呢的棉袄,那时候还不像这几年时兴穿中装,猛一看,就像道袍,裤子是黑西裤,底下一双黑直贡呢圆口布底鞋。背的一只包,也很奇怪,你们猜是什么包?洗白的帆布包,盖面上缝一只五角星,军用书包。他的样子就是这么怪,但是,很不一般,一点都不一般。

我请他进来,坐下,抖开尼龙单子,围好,封紧,再去镜箱里拿工具。我们店里的人都看着我,不晓得我准备怎么下手。我眼睛盯着我的手,一会儿拿起一把电推刀,一会儿拿起一把剪刀,先是拿大的,再是拿小的,我一捏住那把小剪刀的时候,心里忽然定了,我拿对东西了。我这个人就是这样,做事情都凭感觉,感觉呢,又都集中在手上。所以,许多事情,我都要先去做,做在想前边,做以前什么都不知道,可是只要做起来,自然就懂了。小时候,我们弄堂里的小姑娘,兴起来钩花边,大家把花样传来传去。还有书,书上有照片、针法。我是不要看这些,我就是要钩针、线,在手里,三绕两绕,起了头,各路针法我都钩得出来了。大人说我手势好,说,什么叫手势好,伊就是!这时候,我捏了这把小剪刀,回到客人身边,把椅子放低一节,这个光头客个子挺高的。他看了看我手里的小剪刀,没有说话,也不晓得是看出我会,还是看出我不会。我反正觉得我会。事后,我们那师傅也问我在哪里学的,说一看我拿起剪刀,就晓得我会。其实,我不但没学过,连看也没看过,我就是知道,不能用推刀,也不能用刮刀,那就真的是剃头担子了。而我们是发廊,客人呢,又是那样的,我们必须是新潮。我拿起剪刀来就再没有犹豫,我从发际线开始,一点一点往后剪。剪刀小,刀口短,留下的"角"就小,总之,一句话,就是要剪圆。这是基本原则,不要有"角"。这个客人的头型很好,圆。你们不要笑,你们接触的头比接触的人还多,是不是都圆?不是吧!可以说大多数的头不圆,或者整体圆,局部却有凹凸。可他不!不仅圆,还没有凹凸,更难得的是,他头上没有一些斑秃和疤。倘若要把所有人的头都剃光的话,你们会发现,人人头上都会有几处斑秃和疤。可他就没有。所以他敢剃光头呀！光头不是人人能剃的，要有条件。这个头，我整整剪了一个半小时，剪下的头发茬，细得像粉。我虽然注意力全在他的头上，可我知道，他一直睁着眼睛，从镜子里看着我的手势。后来，他告诉我，他以前的头，都是用电推刀推的，他的女朋友帮他推。他和他的女朋友，都是戏剧学院的，他是老师，女朋友是学生。他的女朋友出去外地拍电视剧了，他只好出来找地方推头。走过几条马路，找了无数家发廊，都说不推光头，最后才找到我的发廊。他和他的女朋友，在武夷路上借了套一室户住，离安西路不很远，以后，他就时常来了。这些都是他以后告诉我的。

叙述显然到了关键部位，店里的空气竟有些紧张。正是下午两三点不大上客的空当里，两个小姐一左一右坐在她身边，老板在柜台里打瞌睡，对她的故事不感兴趣的样子，但是也没有出来干涉她们这样大谈山海经。他真的改了脾性，理发师傅都是饶舌的，爱听和传一些家长里短的事故，而这一个，已经变得漠然了。小姐们等着情节继续发展，不料她却话锋一转：

我刚才有没有提到一个"老法师"？那是安西路做服装的朋友中的一个。叫他老法师，一是因为年纪，那时候他已经四十岁，二是因为他有社会经验。他的社会经验用在生意上面并不多，主要是用在嘴上。他只要坐下来一开讲，老板就都忘了做生意，聚到他身旁边来听课。据说他在局里面，承办员听他讲得忘了问案情。她顿了一下，因为说漏嘴脸红了，旋即坦然一笑：不讲也明白，安西路上的老板，大约有一半进过"庙"。带出切口没有使她再停歇下来，脸上的红却扩大并且加深，就有了类似豁出去的表情。从"庙"里出来，找不到工作，就做生意了。老法师吃官司，还是因为他的嘴：诈骗！他骗人家说他是华侨，在南洋开橡胶园，到上海来是想娶个上海太太。南洋那边的华人多是福建一带过去，长相不好，矮、瘦、黑、热带瘴气重，遗传上有许多问题。所以，他就决定到上海来解决婚姻大事。上海人种好，他说。你们知道，他说起来一套又一套的，天底下哪个角角落落他好像都去过。他说上海人种好，上海人里面，女更比男好。江南地方,水分充盈,就滋阴。他说:你们看过《红楼梦》吗?贾宝玉说,女人是水做的,就是这个意思。上海的女人,就是水做的女人。水土湿润,气韵就调和,无论骨骼还是肌肤,都分量相称,短长相宜。比如脸相,北方人,多是蒙古神,颧骨宽平,腮大,眉毛疏淡,单眼皮,矮鼻梁,嘴形缺乏线条,表情呆滞。南方人,是越人种,就像福建的那种,眼睛圆大,而且重睑,但陷得太深,鼻孔上翻,有猴相,欠贵气。江南人,却是调和了南北两地的种相,上海呢,又调和了江南地方的种相。上海的调和,不仅是自然水土的调和,还加上一层工业的调和。有没有看过老上海的月份牌?美人穿着的旗袍,洋装皮大衣,绣花高跟鞋,坐着的西洋靠背椅,镂花几子,几子上的留声机,张着喇叭,枝型架的螺钿罩子灯,就是工业的调和。老法师穿一件西装,手里拎一只拷克箱,坐在宾馆的大堂酒吧里,和一批批客人开讲。到了吃饭时间,自然有人请去餐厅,水晶虾仁,松鼠桂鱼,叫花鸡一道道点上来。这时候,他就改讲吃经。这些人都是鸡生蛋,蛋生鸡地生出来的,多数二十多左右的小姑娘,有一些家世还挺好的,据说有高干的女儿,医生的女儿,有大学生,教师,还有一个电影演员。认识过后,不出一个月,就向人家开口借钱。其实不要他开口,人家自己就会给他钱:外币兑换起来不便当,还要去中国银行排队填表,拿人民币去用吧,不必客气!上家的钱给下家用,就像银行一样,周转起来非常顺利,没有一点漏洞的。老法师长得难看,不是难看,而是怪。猛一看没有下巴,定定睛,下巴是有的,却连着喉结这一段,形成一个收势。第二者,没有肩膀,其实肩膀肯定有,而且相当宽,可是头颈太粗,两块肩胛提肌特别发达,肩膀就塌下来,变成黄牛肩膀了。第三,多了一副手臂转弯骨。原因是手心朝里,转弯骨朝外,手心一翻,转弯骨就到里面来了,就好像多出一副。要说,老法师是长得没有福相,不过,一双手脚又补回来一些。他的手脚都小,与他一米七八的身坯比起来,实在小得不相称。所以,这也是一怪。这样七歪八扭的一个人,就全凭着一张嘴,招蜂引蝶。她说到这个词,大约想到与老法师的形象不符,便笑了。笑里边带了讥诮,又很微妙地带一点怜惜。她脸上的红没有褪去,而是均匀地布开了,使她平淡的面容变得有些姣好。后来,有一日,人家介绍给他一个小姑娘,跟过来看的,有她一帮亲眷朋友,其中一个看过后就有点起疑,觉得这人面熟,像是他们单位,区饮食公司里的供销员。但他自己还不敢确定,过一日,又带了另一名同事来看。另一名同事连他的名字都喊出来了。于是,报告公安局。骗过的人再鸡生蛋,蛋生鸡地吐出来,竟然有十二个,整整一打。老法师一个也不赖,统统顶下来。他说,是他自己失足,就要自己承担,有本事不要穿帮,穿帮就不耍赖,本事不是用在这时候的。审他案子的承办员也很服帖他,夜里值班瞌睡上来了,就把他叫出来,听他讲,然后一人一碗大排面消夜。因为他态度好,就判了从宽,三年劳教。在白茅岭农场,劳教也都服帖他,他做了大组长。劳教也分三六九等,诈骗第一等,因为智商高呀!老法师又是高里面的高人。

有客人进来了,一个女客,洗和做,因晚上去喝喜酒,要求做得仔细一点。叙述被打断了,一个小姐去洗头,另一个拉过盛卷发筒的塑料筐,将卷发筒上挂着的橡皮筋扯开来,各放一边,等会儿好用,一边问:那么光头客呢?怎么就讲到"老法师"上面了呢?洗头的小姐也侧过脸对了这边问:是呀,光头客到哪里去了呢?她光笑不答,向老板要了个一次性塑料杯,到饮水器上接了水,慢慢地喝。人们便不敢催她,耐心地等着。店里的骚动平息下来,重新建立秩序,恢复了讲述和聆听的安静气氛。

老法师在白茅岭农场待了两年半,另外半年减掉了。她继续说老法师。从白茅岭回来,他就到安西路上租个铺面,做服装,专做女装。他生意经一般,这也正是他有社会经验的表现。他常常说:大家都是一条船上的人,何必要强过人家的头呢?安西路上做得巴结的人做大了,摊位转租出去,自到虹桥路开时装店的也有,开服装厂的也有,去南非、阿根廷做生意的也有,老法师却稳坐钓鱼台,不动。他有一句话,叫作:家有千千屋,日卧三尺。所以他生意就做得潇洒,进来的服装,有我们喜欢的,他就很慷慨地一送:拿去!他对我们小姑娘很好,出手也大方,还教我们许多事情。他说:女人只要基本端正,没有大的缺陷就可以了,重要的是要有脑子,就是有智商。老话说,"红颜薄命",这句话的另一层意思是,长得好看并非有好命,是不是?还有一句俗话,叫作"聪明面孔笨肚肠",什么意思?为什么要把面孔和肚肠对立起来?原因就是,女人自恃有一张脸就放松了头脑的训练,结果就是前一句——"红颜薄命"。中国的四大美女,其实并不是漂亮。杨贵妃,你们知道吗?就是唐代皇帝的妃子,皇帝为了她,差点丢了江山。后来,将士要求皇帝杀了杨贵妃,才肯为他出兵打仗,重返朝廷。杨贵妃有狐臭,所以就在脖子上戴一圈鲜花,"闭花羞月"的"闭花"二字,就是从这里来的。可见她并不是以色貌取得唐明皇欢心宠爱,凭什么?你们自己去想。再有王昭君,你们以为她有多美?皇帝会把真正的美妃送给野蛮人!重在贵而已,贵是贵在大汉王朝宫里的人,这身份就足够有余了。可她聪明啊!让她去那种地方,住帐篷,吃羊肉,天寒地冻,话也听不懂。她没有一头撞死,真去了。这一去,便青史留名。西施和貂蝉两位,智商就更高了,她们实实在在就是两个间谍,放进去的倒钩。没有超人的智商,担当得起吗?反过来说,女人聪明,自然就会漂亮,这漂亮不是那漂亮,是一种气质。说到"气质"这个词,她又不自觉地笑了一下,却没有减缓叙述的进程。比如西施,从诸暨乡下选来的民女,为什么不直接送去给吴王夫差,而是要由大夫范蠡专门调教她,调教什么?走路,抬手,说话,看人。学这些,靠什么?智商。走路,可以说决定了整个人的风度。人家说回头率,回头率从哪里来?马路上人头挤挤,都是擦肩而过,五官,皮肤,身材哪里来得及端详?引人回头的就是走路:步态。过去贵族学校,中西女中,有一堂课,就是走路。头上顶一本书,直走,转弯,上楼梯,下楼梯。书不能掉下来。练的什么?挺胸,但不能挺得太过,像军人走操;抬头,也不能抬得太过,变成"额角头朝天花板"了,以眼睛平视为标准。胸挺起来,腰、背、颈就直了。步子不宜太小,小了就像戏台上跑圆场,忸怩作态;亦不能太大,大了就有男气。有没有发现老电影里的旗袍,开衩开到膝盖下面一点,这就对了,这个尺寸就是跨步子的长短,要用足,但不能硬撑。现在新式旗袍,衩一径开到腿跟,忒粗鲁,可以跑步了。没有生意的时候,老法师就教我们练走路。不瞎讲,走在马路上,我一眼就认得出,老法师教出来的人。我们中间有几个,与老法师特别好,猜也猜得出来,关系不平常。但是大家都晓得不可能,因为她们或者有家庭,或者有男朋友,或者只想和老法师玩玩,并不想结婚。老法师到底年纪大了,那时候已经四十多岁。他自己也不想,他说大家在一起是因为开心,不是为了烦恼。他还关照我们,不要和年轻的男孩子搞,搞出感情来麻烦得很。

店里的女客已经卷好头发,在烘发,手上翻一本时装画报,不晓得哪年哪月的,都卷了边。主雇三人暂时都歇下来。太阳到了这一面,透过窗上的尼龙镂花帘子,从背后照了她。她的脸就在暗处了。不过,这只是对此而言,在强光下的暗,依然是明亮的,而且显得柔和。她笑一笑,将手里喝空了的塑料杯一下子捏瘪,这个动作有一种结束的意思,可是底下还有:

你们没有想到吧,我老公就是老法师。其实,我不是和老法师特别好的小姑娘,可我是要和老法师结婚的。老法师说:这就是你比她们聪明的地方。他以前也曾经说过这样的话,但意思是指我的气质:到底是淮海路的女孩子。她得意和羞怯地笑了笑,站起身来往外走。光头客呢?两个小姐着急起来,追着她身后问。死了!她回答,推出门去,手一松,弹簧门又送回来,将照在上面的微黄的阳光,打了两个闪,映在小姐们失望的脸上。稍停一时,她们就又热烈地讨论起来,讨论她的年龄,到底有多大。看上去只像二十多岁,可是,将她经过的事排一排,又不够排的,怎么都要三十朝上。忽然间,老板吐出一个字来:鸡!这是他迄今为止发出的唯一的声音,仅一个字,声气言辞却极粗暴,小姐们的聒噪便戛然而止,静下来。

一家之主

我走下小码头,登上船,坐稳了,老大发动马达。船一离岸,新加坡就像一个剥开的石榴,绽出璀璨的灯光。船溯新加坡河向上游行去,岸上的灯,以各种几何体形状,嵌在热带的植物丛里。这些茂密的植物在夜幕前尤显得稠密黑浓,无比幽深,于是,越发衬托出灯光的亮丽。当船从桥下过去,桥上的灯就缀在头顶,开出花来。河岸上,布了沙滩椅,坐着外国人,白种人尤多,穿着热带风情的花布短裤和T恤,坐姿也很随便,就像在自己的家里。桌上点了蜡烛,在不夜的新加坡,谈不上是亮,只是一点一点的活动的斑。有乐声和歌声从耳边吹过,马来族的琴瑟鼓点,在这华丽的夜晚里,增添了旖旎的土风。新加坡的夜晚,真是美啊!这热带的肥水充溢的土壤,一年四季光照不歇,植物永无疲倦地生长,盛开,硬是被混凝土、钢铁、玻璃、化合预制件,规范出一种固定的形状,由电力做能源,发出光来。这光就特别有物质感,特别的丰饶,汁和瓤都饱满。你真不知道新加坡河原先的样子,那河滩的泥和水,还有趴在上头的平房,太阳一当头,满目疮痍。其实,这变迁不过发生在一百年间,可是,身在其中,就不知觉。再说了,有多少人对历史是有知觉的?人在历史跟前,就像盲目的虫蚁,碌碌穿行而过。倘有机会让他们回眸,保准惊呆了眼,想不起是怎么来到这一全然不同的地场。或者还应该反过来说,历史是盲目地一味地行进,偶一回顾,看见附在它身上的这些短命的蜉蝣竟变成这种形貌,一准也要惊呆了眼。

新加坡河畔的人啊,有多少是土生土长的新加坡人?土生土长的新加坡人,又散布在多少个异乡?白得耀眼的白种人,衬着黑黢黢的热带植物,黑黢黢的热带植物,衬着几何流线型的、镶了灯的蕾丝的建筑物,再加上幽微的烛光,土著人的音乐,美不美!你说新加坡是在什么地方?什么时候?盛着些什么?岸上的沃土繁殖着灯光,河里的肥水繁殖的是灯光的倒影。船是木头的船帮,船板,老大亦是闽南人的脸相,凹眼高颧,紧腮瘦颊,肤色暗黑,闽南话里夹着英语,马来语、泰米尔语,还有华语普通话。但却是缄默的,立在船尾,手扶着舵,像一座黑塔。波光映在身上和脸上,塔就变成了铜质的雕像。他对历史有多少感受?他简直就像从古代走过来的活化石。他至少是个见证吧!他封存着那许多语言的碎片,好比封存着历史的碎片。有一阵子,灯光特别热烈,几乎要发出声响,泼洒下来,披了一身。眼睛里全是光斑,急骤地跳跃,那已经是光的余烬了。船从石榴的芯子里穿行过去,石榴子晶莹剔透。南太平洋湿润的空气,将什么都加重加浓了颜色,达到饱和度,加倍绚烂。

这一个亮壳子,镶在太平洋与印度洋之间,要从飞机上看,就不可思议,好像天外飞来的飞来峰。其实,在那里边,有着多少年的变迁,都是虫蚁和蜉蝣般的生命操纵的历史,掘啊掘的,终于在蛮荒中开垦出巴掌大的一块。这是如工蚁和工蜂般的智慧灵巧,对生存的理解和对危险的敏感,还有对美观的要求,筑成了精致的巢穴。外面的生物,如何晓得这里面包含的劳动。这劳动甚至改变了劳动者的外形与功能,然后再自行组织与分工,紧紧地锲合成一个坚固的块垒。这又要引用蜂蚁的例子,在它们细小的身躯里,竟有着如此强大的理性,就只能归于"灵"。有了"灵"的一说,便可解释那些盲目的能量,最终抵至合理。听说过"蛊"的传闻吗?南太平洋上的女子,就是用蛊来牵住游子的心,让他无论走多么远,都要回来,吃她亲手调的解药,否则,性命难保。这湿漉漉的风里,就有着"蛊"呢!热带的水土实在太丰腴了,活力跃出物质性的实体,化成看不见摸不着的能量,比如"蛊",比如瘴气,比如种种灵异的传说。许多种催熟的元素,使生物都在疯长,生命力从四面八方膨胀出去,长成怪异的形状。这几乎是不可自主的生命力,弄不好就要吞噬自己。有许多物种变异的缘由,其实就是自己吞噬自己。而有时候——这"有时候"的概率可能非常之低,大大低于平均值之下,就这样,有时候,那格外旺盛的元气突然调整了结构,形成锐不可当的理性,就有了方向。这就是天才的诞生,比如说,李光耀。于是,蜂蚁们的劳作就变为非凡的创造。那些漫游的无边无际的灵异,集成队形,不可思议的生长力就来自于此。

好了,让我们结束这虚空中的漫游,回到实地上,进入某一个局部,也就是工蜂或者工蚁的一格巢穴。这些盲动的生命里,也充满着血肉,敏感的神经系统,富有弹性的肌腱,甚至,发达的表情肌肉。这使他们有着完整生动的形,而且,性格各异。我总是,情不自禁地被那些上了岁数的脸和身体吸引目光。这些脸和身体有一种,篆刻的金石刻,那种刀刃使劲划下石面,崩裂飞溅的印痕,那是与外部环境直接接触所造成的形状。年轻一代,由于空调机的产生推广,阻隔了压力,所以外部就变得光滑,他们几乎一律是白和丰腴,衣着鲜亮,鞋帽整齐。你再少见那种黑瘦,表情严厉,带着些痛楚的南洋少年。这些典型的南洋少年都已长成老年,很老很老,行将就木的老年,他们已经定了形,也定了性格。人种遗传在他们还相当鲜明,来自沿海一带族群,轮廓较深的生相,与中国大陆中原往北部,更大多数的蒙古人脸相大不一样。由于受热,还有受苦,他们的咬肌常是很紧,颌部也呈紧张状态,是忍耐的表情。眼睛在眉棱后面发着灼热的光,多少有些热迷糊的,类似高烧病人的光。他们到老还是瘦和黑,四肢裸在宽大松垮的短衣短裤外面,以倔强的姿势划动,脚上大多一双木屐。在年轻白亮的人群里,他们都显得孤介,甚至乖戾。可还是他们有性格,因此不可兼容。

历史是要一长列来看的,个人在其中占的份,肉眼看也看不见。所以,这些有性格的老一辈,其实就是如今的,冷空调中养出来,在跨国公司写字间大楼上下班一族的活动的蝉蜕。他们有棱有角,满是气候、社会、生活尖锐的刻画,在这表面之下,是榨干,或者说抽空的生命力。他们只是不透明罢了,里边是一片虚无。那壳子的质地太过结实了,生生是磨厚的,如同茧子的形成。可就算是躯壳,也是有性格的躯壳。这些躯壳,还惯性样地保持有某一种动作,是经过许多种演变,最后留存下来的。至于是什么样的演变,可不好猜测,许多变更都来自偶然的机缘。比如说,蚕变成蛹。谁知道是什么激发了这一个变异的形式?可能只是一桩不经意甚至无聊的因素中途加入,改变了蚕这一种族的全体性质,使它们从此成为一种有益于人类文明的昆虫。当然,对于它们自己,却蹈入了衰败的命运。它们如此寿短和利他,沙沙沙吃着桑叶,就为了最后一个劲儿地吐丝。大约本是要摆脱某一种束缚,获得光明,不料却将自己封闭在黑暗中。它们预料不到事情的变化,只是遵从原始遗留下来的本能,这本能已简约成机械的动作,就是吐,吐,吐!

在我眼前的这个老人,穿了南洋风味、图案缭乱的花布衬衫,束进西装长裤,脚上的木屐已换成牛皮凉鞋,雪白的头发齐齐往后梳去,鼻梁上架一副金丝边眼镜。他的轮廓较深的脸相,有一点像马来人或印度人。他不过是越洋的第二第三代人,祖上从未有过与异族通婚的事实,可他真有一点像呢!大约是地理、气候、食物所造成的,还有,中国大陆沿连接太平洋内海一带的人种,追根溯源,说不定这里那里,是有着一些些关系。这样——对了,再有,他基本不说话,只是微笑,这样,看上去,他就像一个印度学者,专门研究东方神秘主义哲学,他的思想沉浸在富饶多彩的精神世界里,就像恒河那样的地方。可是,你只要看一眼他裸在衬衫短袖外面的小臂,上面藤一样的筋络,就会知道,他不是。他简直就是一名水手,或者码头上的卸货工人,或者胶园里割胶的,砍椰子的,凡是在这热带国度的蛮荒时期,所能有的营生,看起来他都搭上过几手。他的手,爬了筋络,黝黑黝黑的,没有专门的技能所留下的特别记认,而是东一点、西一点的出力和控制,形成杂芜的痕迹。这痕迹并非具体可辨,是合成一个整体,全部呈出互相冲突又互相融合的形状。骨节朝不同方向突出,看上去就扭曲着,似乎无法协调合作,其实呢,在它们笨拙的动作之下,有着意外灵巧的效果。就像此时,他拈起餐桌上薄薄的一张纸餐巾,另一手握着一个铅笔头,这铅笔头,小得完全消失在他手的掌握中,可铅笔芯分明写下了一串阿拉伯数字。这一串数字,谈不上好看,可对于一个目不识丁的人——你很难想象吧,一个"神秘主义哲学的印度学者"竟然目不识丁,就是这样,千真万确,对于一个目不识丁的人来说,能握笔就算不错了,这串数字至少还是清晰的,而且,还有着一种质朴的工整,那往往出于目不识丁者对书写的崇拜之心。这样顺手抬起一张纸写下一串偶然遇见的数字,就是眼前这位老新加坡人的惯性动作。你要问他为什么?他只神秘地一笑,显得十分深奥。可你要再多留神一会儿,答案就来了。答案就是,六合彩。

凡进入眼睑的数字,比如说我们这时所在的餐室,我们的餐桌号,菜单上的价码,开来账单上的钱数,开餐时与餐毕时的几点几分,抑或只是某人随口说到某一件事情带出来的一个数字,都被他即刻抄写在纸上。这纸有时是桌上的纸餐巾,有时是筷子的封套,牙签套,再没有可攫取的了,就到他的包里去翻。他的那个包,斜挎在胸前的,可是包罗万象,里面什么都有:眼镜——他虽然不是"印度学者",可也有用得上老花眼镜的时候,比如写彩票和看彩票,龙虎牌万金油,汗巾,钥匙——是用一根长链拴在包带上,一是防止遗失,二还是防止,开过门后遗忘在锁孔上,这比遗失还糟糕。再有茶杯,裹在塑料袋里的茶包,家人,尤其是孙辈的照片,插在柯达胶片免费赠送的小相片册里,几张名片,上面的人名是谁,恐怕都想不起来了,报纸的剪报,内容不一,有关于某桩刑事案件的报道,婚丧启事,总统告全国公民书,专业人士谈话……等等,全循了文章边缘曲曲折折小心剪下,也体现了目不识丁者对文字的崇拜。还有溶了一半的巧克力,这是随时要拿出来送给小孩子吃的,一架旧的电池用光的电子计算器,是儿子淘汰了的,旧手表,旧打火机——这于他都没什么用途,全是出于惜物的心情,凡来自物质匮乏时代的人共有的习性。在这一包杂七杂八的东西里边,会有一些纸张,写着小孩子幼稚的笔迹,是孙辈们的作业纸,他就在那背面,或者空白处,写下他所接触到的一切数字。

他自己也许都不知道，可我们知道，他是以为这些不期然相遇的数字暗藏着机缘，否则怎么解释为什么是这样排列，而不是那样排列？为什么是他遇见，而不是别人遇见？他将这些数字填入六合彩彩票，投出去，就好比向茫茫大海投去一个漂流瓶，不晓得有没有机缘再相遇了。他从来没有中过一次奖，我敢说。他就是属于六合彩概率发生中的那个基数，是其中忠实的一分子，不断地向六合彩输送着底金。我还敢说，他也没有期望中彩。不是说过，写彩票已经成为他的惯性动作？他只要是这样写啊写的，便完成功课了。在座的亲友小辈都拿这件事与他玩笑，假设他中了头奖将如何分享。他一点不生气，还以微笑。他的微笑比其他所有人的都含蓄和深刻，所以才说他像"印度学者"嘛！气氛很轻松，谁也不会记得，掩埋在这玩笑底下，极深极深的底下，那些激烈紧张的场面。这就是历史的深邃了，它把不堪的过去，推向时间的黑暗幽密，完全遮断视线，于是变成可以承受。谁愿意退回去，重现那伤人的场面？把最后一点买米的钱扔在赌注上，输得精光。也不是什么有名堂的赌，不过是孩子气的，用几块石头或者一枚铜钱，在泥地上扔来扔去。买米的，一家老小眼巴巴望着的钱就这样没了。他——这老人，远不是印度学者的模样，而是一个剽悍的水手形象，金属一样的骨骼，几乎要发出响来，脸形端正，眉眼的形状相当秀美，秀美到有几分轻薄了。他脸上带着笑，不经意的微笑，就是在这样的处境：两手空空，既没有钱也没有米，回到家不晓得会遇着什么悲惨的情形，他依然松弛地微笑着。这使他变得有些像动物，无知无觉享着内心生活的动物，其间有着一种混沌的诗意，看上去挺美。在四周围众多被炎热与生计熬成焦苦的脸色中间，就显得格外注目。人们都骂他呢！骂他败家子和孽障，可这一点不妨碍他们拉他进赌局，并且下套子赢他的钱。

他喜滋滋地——就好像他是全赢，而不是全输，输赢不会影响他的心情，他要的只是那险零零的一掷，那前途未卜的一掷。要说，他很具有丛林共产党的素质，可他天生没头脑，本能里就缺乏判断这一条。同时，补偿性的，元气就特别旺盛。他真有些像热带的草木，由于气候区域零散,变化频繁,活跃地交互流动,所以草木便呈出无序的杂芜状态。俗话说的"疯长"就是这般。与寒带的森林完全不同,比如,北欧的树。北欧的树是一崭齐的,线条流利得连棵小树杈都不会毛出边,你几乎用肉眼都看得见那大块的气流,温湿,从空中浩荡走过,切齐了植物的边。而热带的气候简直就是闪灵,它们没有一刻安静,时不时地跳一下,就形成莫衷一是的形状。这人,早年的水手,晚年的印度学者,就是在这种无端的气候活动中养成的性格,没有逻辑,全然谈不上有什么理性,从来不会预测危险。他喜滋滋地走在新加坡旧日的骑楼底下,这些骑楼是无数东南亚城市的风景,门面上留有着英,法,荷,葡,以及中国,一小点被曲解的风格,多少有些诌媚的,孤立出来。可就是这,形成了整个东南亚城市的面目。他游荡着,眼睛就像初生的婴儿一样新鲜。他的肌肤,由于受热和冲凉,变得结实和光洁,黑亮亮的,头发甩在额上,黑亮里带了些黄,是被太阳烤的。空气里有水果的腐味,热带的蛋白质很高的水果,有些类似荤腥的腐味,还有咸鱼味,他穿行过去,赴他的赌局。

他每天早上离家出门,明知道他是去赌,心里都还希冀这一次不是。他夹着一部榨甘蔗水的机器,袋里装些做找头的零钱,俨然一副养家糊口的样子,出门了。他的模样挺招人疼,所以生意其实不错,再加骄阳当头,偶有一两次,他口袋里的钱略满了些,这一日他便真正成了一家之主。女人烧一桌菜,炒蛤蜊,煎咸鱼,家乡粿条,小孩子团团坐。此时此刻,即便是他,有哪一刻记着自己为人之父的?不免都受了感染,要发表几句家训,可他能说出什么呢?无非是"好好坐","好好呷","大的不与小的争"。这几句朴素到不能再朴素的训导从他嘴里说出,自有一种动人。这样一个天真俊美的青年,竟要担负起一家老小的生计呢!这一刻,连他自己都有一些儿动容,桌边上簇拥一堆的萝卜头,都是他的血亲,都是靠他的人!他心中充满柔情,特别想对他们好。倘若这心情能够再延续一天,那么下一日回家的时候——恰巧这一日天气依然晴好,骄阳似火,生意就不断,他又幸运没有碰上他的赌友,袋里的钱便又略满了些,那么他也许会带回一面小小的鼓,从印度人的杂货铺里买来的,那种他们印度教祭祀膜拜击乐用的小鼓。他买这面鼓,完全不是因为他对音乐或者宗教有什么兴趣,不是。他也只是出于一个简单的理由,他的孩子中的那个最小的,前一晚上,将一个马口铁听覆倒过来,在它底部奋然敲击有数十下。"他有很大的力!"这位父亲钦佩地想。

他携了这面印度鼓击乐器从街上走过,就像一个古代的异族的游吟诗人。他有着浪漫的气质,一种对现实毫无功用只作用于精神审美的气质。他所有的行为都体现出稍纵即逝的特性,不可能停留、持久、积累和物化,带有闪烁的意思。他的仁爱也是如此,倏忽而来,又倏忽而去。但他无论如何也不会施恶,这是因为他诗意的禀性。诗意完全出于人性中向善的一面,它只是没有规矩的约束,便呈现出杂芜散漫的状态,但根子上是慈悲的,对万物,而不是对某一桩具体的人与事的慈悲。他的这件礼物并没有引起太大的反响,这面印度鼓出现在这个贫寒的家中,显得十分古怪,就像不速之客,敲击起来也不如马口铁听来得响亮。最主要的是,孩子们没有习惯从父亲手里接受礼物。他们不晓得这是怎么了,这个人,忽然要送给他们一面鼓。这样的父亲,与孩子总是生分的,这在客家人的家庭里很平常。总是母亲在操劳,哺育儿女,父亲则是抽象的权威,于是便抱了敬而远之的心情。而这一个,却不大能生敬意的,孩子们对他,不亲不畏,也没有怨艾。他们的玩伴与同学中,有一些家中开咖啡店、肉骨茶店、榴莲档,或者杂货店,他们去到那里玩,看见人家的父亲勤勉地做着生意,自然心生羡慕。可那是人家的父亲啊!他们很认命,从来不曾想:倘若是那样而不是这样,该是如何?他们多少有些继承父亲的秉性,不会向命运问个"为什么"。但懵懂中还是有一丝意识,意识什么?意识父亲是个不争气的人!这是自小听祖母、母亲、邻里说着长大的,也是社会进化的结果。他们又不是没有眼睛,看不见买米的钱被赌掉,祖母、母亲的眼泪,父亲恼羞成怒的发威,还有债主们上门讨赌债。曾有一次,全家老小到橡胶林里躲了一天一夜。父亲一个人坐在地上,愧疚地缩着身子,看任何人的眼光都带着乞怜与告饶,叫人怎么恨得起来？只有怜悯。他们中间最小的一个，都对他怜悯，路还走不妥，摇摇摆摆走过去，碰碰他的手，送过去一张碧绿的香蕉叶。简直是像《诗经》中唱的："投我以木桃，报之以琼瑶。"这就是血亲啊！

可他永远缺乏吸取教训的脑筋。也不怪他，社会进化漫长的过程，一代人根本充不足一个单元，怎能指望他！就算是二次大战以后，世界历史进入飞跃性的发展速度，快是快了，可也轮不上他来承担进步的环节。有时候，他走在街上，心中忽降神明，看见周围情景大变，似乎是，一下子被刷新了。原先的污迹、斑驳、圮颓，全都平复在光滑鲜艳的色彩之下。他辨不出这些新型建筑材料，只觉着四处亮闪闪的，他惊异地自语道：新加坡很美！新加坡河，他费力地想着，有多少时候不泛滥了？河道取直，岸上大片的棚屋转眼间不见了！他恍惚以为，自己在了一个新的国度里。独立日过去有多久了？日本入侵又过去多久了？共产党在街上惩罚汉奸，手心里藏一个马口铁空咖啡盒，猝不及防套在汉奸耳朵上，陡一旋，耳朵便割下了。有一次，血还溅到他身上。那共产党眼睛朝他一横，转身隐入骑楼的暗影，不见了。他本能地抬脚跟了去，却又住步了，他怕血。这情形过去有多久了呀！怎么就好像在眼面前。他对时间没有概念，对历史也就没了概念。所有一切在他身上像沙漏一样漏下去，连个底都没有存起来。早说过他是没有积累的。他甚至没有注意到他的孩子们怎么长大的。也是陡然间，矗立在他跟前的，都是一个个的俊男了。他们都有着和父亲一样的秀美的，带些女人气的眼睛，连最小的那个，圆圆脸颊也变成有轮廓的长脸。他使劲记也记不起来，他是如何喂饱他们。他怎么喂得饱他们，连他自己都感到畏怯的。然而，这疑惑并不会愁倒他，因为这于他其实十分自然，从这里说，他又是极了解时间的概念，凡附在时间上的，都是必要发生的。所以，他是一名朴素的历史唯物主义者。他信赖历史的必然性，至于发展过程中的细节，他是不予追究的。比如他女人不得不出去做工，到一家工厂做杂役，将一窝孩子交给老母亲带着。他的大女儿，才满九岁，放学

387

回家,就站在小板凳上煮饭给弟弟们吃,当然,也给他吃。这些惨淡的日子,随了时间过去,过去,一去不返,就到了现在,他,从健壮的水手变成印度学者。

他们的旧屋,在老祖母手里盖起的。那个带了他的父亲涉洋过海来到马来西亚的客家女人,捆过他的嘴巴子,他唯一敬畏的人。他的敬畏表现在,必要将老祖母的相片,供在家中。他每去他分门独立的儿女家中,总是要搜索他们的房间,看墙上和柜上的照片中,有没有这位老祖宗。倘若没有,就够他忙一阵的了,他立马翻箱倒柜,寻找出底片,大太阳头里,拿了底片去冲洗,领取,再装框,赶着送到这名儿女家,亲眼监督挂上墙。这一阵子忙,显现出明确的目的性,就此看,他对历史也是有认识的。老祖母主持盖起的屋子,一长条,无阻隔,中间开个天井,采光和通风,砌了水池,养一些盆栽,小孩子骑了脚踏车,可直来直去。这大屋子,几次债主威胁要烧了它,还有几次,他动念头要卖了它,被母亲、女人服毒上吊地保下来——当然,是在老祖母过生之后,没人能捆他耳刮子了。父亲算是个长辈,可和他差不多,也是遭老母和女人痛骂的,染的不是赌,是抽。在这终年溽热的气候里,人总要有个什么瘾似的,逃避其中喘息一下。可是,肉体上的适宜能维持多久呢?反而更加剧了接踵而来的煎熬,情绪变得焦躁不安。这父子俩不碰头则已,一碰头必定崩。他们忽就变得暴烈,像要搏命一般,受惊的小孩子围了母亲与祖母,头扎在小胸脯上,绝望地等候雷鸣电闪过去。这大屋子里没了权威,只靠着女人们的坚韧维持。这大屋子,几次临危又几次保下。可是,简直就是悄无声息地,换成了今日政府的廉租屋。推土机是何日来的?还有搬家的罗厘车。其实这大屋子差不多是自己圮颓的,白蚂蚁噬透了木梁、地板。屋顶上露出了天空,东北季候风时,外面大雨,里面小雨,雨季过后,便处处霉斑。这屋子还像是被孩子们撑破的,他们在里面挤挤挨挨,磕磕碰碰,一夜之间,就盛不下了。他竟记不得这屋子所在的地方,满眼新起的大楼,过往的汽车,还有快铁。对了,快铁是一桩令他兴奋的事情,他从中领略了风驰电掣的速度,就好像一个幼儿乘过山车似的,他忽然兴起便会去乘上一趟,自动售票机也叫他喜欢!快铁里多是年轻的,脸色孵得很白,表情淡漠的上班族,他在其中,尤其显得突出。他的黑、瘦、闪烁新奇光芒的眼睛,被笑容掀动的嘴角,他有一种奇异的生动,比所有年轻人都有个性。

要是在较为陈旧的后街的咖啡店里,就能看到一簇簇的,这样的人。都是上了岁数,可年轻时候的荒唐还刻在脸上、手上和身体上。现在,骚动平息下来,顶多余下一两个惯性动作。他们都有些像化石呢,凝重而收缩。他在他们中间,应当说是有归宿了,可他就是比一般人元气更加充沛,或者说,比其他人都晚熟,他的性格还在生长出枝枝蔓蔓。忽然间,他皈依了基督教。这样,我们便不得不触及信仰这个话题了。

他的敬爱的祖母,就是方才说到的老人,是怀揣一尊观音像,带了独生子,即他的父亲,来到这个岛上。从此,这尊槟榔木雕的观音便不弃不离,每日早上,像前都供上一炷香。所以,他就应当是佛教徒。初一十五、观音诞日,他也会随家人进庙拜佛,盂兰盆节,则到新加坡河岸放河灯。看那一河的灯飘飘摇摇去远,他的魂也像是去远了,倒不是去到幽冥地府,而是飞上了天。他不由自主跟了灯跑啊跑的,心就像插了翅膀,说不出的快活。他就是喜欢这样,人簇拥着人,鬼簇拥着鬼,亲亲热热,热热闹闹,朝了一个方向去,去干什么?不知道。这盲目的喜悦攫住了他,他从来是不明就里的性子,特别容易受鼓动,勃勃然的。他却是不像他的祖母,以及他们家的那些女人,对菩萨有务实的需求:保平安,保衣食,保子孙兴隆,保今生后世的福禄。这些庶务,在他心里占不了一点点角落,他追求的是精神的满足,似是更符合信仰的真意。他总是无心插柳柳成荫,不自觉就走入花影风月中去。

新加坡河的灯,偶尔会叫这个老人绰约想起什么,他实在不是个有意识的人,谈不上有什么历史的记忆,有的只是一些乱了秩序的印象。所以,他脑海里就会出现一些奇异的景象,比如说,璀璨的新加坡河里,灯光交互中间,忽有一盏莲花心里的灯,摇曳着烛光,乘着河流向海口驰去。这一盏灯虽说是黯淡了些,可是边缘清晰,有一种动画的平面的效果。这盏灯,又分明是他敬爱的祖母的那一盏,他是多么想念她的耳刮子呀!也不知他是怎么认出来的,这地方的人和事,就是有些魅。这一盏莲花灯穿行在灯的光和影中,一直在他视野里滑行,几乎要唱出歌来,闽南的客家小调,他还是想念她的耳刮子!这真是不可思议,可在他,却不存有一点儿吃惊。这个人的内心其实是有一种虔诚的,他对整个虚空都生有敬仰之心。芭蕉叶在湿润的晨曦中一点一点凸现出来,他便欢欣起来,以为世界在向他招手。他的虔诚是在美学意义上的,这又一次涉及了信仰的真意。在这个榛子纷落的岛屿上,他们渡海的先辈带来的宗教,只是一些乡间的膜拜礼俗,敬着师出无名的小神。同乡的集资筑个小庙,造像的师傅多是半路出家,见识也少,所见的神像,不外是乡里的灶神,门神,土地爷。但他们用彩却有着乡下人的大胆,于是,粉绿粉红,镶金嵌银。香烟缭绕中,自有一种诡黠的艳丽。他走进去,就会兴奋。他甚至动过做庙祝的念头,可一出庙门,这念头便烟散了。他的念头总是这样活跃地生息湮灭,倒不是不虔诚,是元气太过旺盛,看看这热带地方的草木便知道,生长的激素如何的不安宁。

于是,他陡然间,皈依了基督教。这里面真是难说有什么世界观的转折,多少有一点一时兴起的意思。可能就是某一日,他怀了某一种心情,经过礼拜堂前,听见了赞美诗的歌声,机缘就这样来临。礼拜堂的素朴唤起他的另一种美感,牧师讲道里的圣经故事又唤起他对神迹的向往,这些神迹在他的世界里,全不需要有哲理的解释和说明,因他分明是看得见福音的。他看得见黑夜里的路人,身上罩着光。唉,他要是受过教育,或者有手艺,一定能成为大艺术师,可现在,他只能独享他的艺术人生。周围的人不仅不能受他惠顾,反而要作出牺牲。说实在的,他剥削了至亲的人的权益,为他的艺术生活付代价。他迷了这门宗教,用"迷"这个字很是冒犯,可于他,还有什么字比这个"迷"更说得像的?再说句冒犯的话,在这样长年不息的溽热里,不知觉地滋长出一种类似阿拉伯制幻剂的空气,让人着迷。他迷上了基督,心里充满感激,如何回报呢?他唯有向奉献箱送上他的银两。他出手的爽快就好比一个富豪,其实,不过勉强够得上李光耀政权下的小康。

这时,他已经从一间罐头厂看门人的职业上退休,得了一笔退休金。这笔退休金很快消散殆尽,不仅在基督礼拜堂里,奉献给了上帝,以报答沐恩,还救助了他所以为的穷人。谁要是正为难,又正被他撞见,他就一定要这人收下他的钱,并且,一定不要记住他的姓名,他会说:不是我帮你,而是你帮我!他像打架似的将钱揿进这人的掌心里,言之凿凿地说下这句话,好像在起誓。钱财总是被他看成身外之物,不足以惜。事实上,即使是身无分文了,他也总是有饭吃。先是女人出去挣,现在是儿女。儿女们都成了家,有了好职业。他们是新一代的新加坡人,穿了雪白的衬衣,西装长裤,鞋袜齐全,鬓发理得短短的,神清气爽。他们多是中等技术学校毕业,是一位母亲最明智和现实给予的教育。他们就多是在中等规模的公司做中层管理人员,进出装有空调冷气设备的写字间——空调不仅改变了热带的生活方式,更重要的,是使人头脑清醒。他们全都是理性的国民,懂得忠诚国家,也懂得孝敬父母,他们每月都要交给母亲零花钱。他们和父亲总是淡漠的,他一世没有在孩子面前立下什么威严,也没什么父爱。随了孩子的长大,他逐渐变成了他们的孩子,一个老孩子。就这样,他很快变得身无分文,可他不还有一身无处使的力气?他满街走着,看见有搬家的,就上去扛东西,看见有行动困难的,就携了人家走路过街。他真的像是耶稣,总是与为难的人在一起。其实是一种生性,手不停脚不停,不能安坐于一处,而是要走动着,从这里到那里,再从那里到这里。所以又像受罚的西绪福斯,永远不能停止推石头上山。

他无度地挥霍钱财和精力,从不计算一下还有多少库存,可这到底已于大局无碍,这家里进来出去的都是壮年人,老与孺皆有所依,昔日家道单弱的情形一去不返。这个家就和新加坡所有的家庭一样,秩序井然,而他是这家庭的一个弦外之音。家中商量什么事情,他从不加入，反正有的是小爸爸，小妈妈，不会向他讨主意。他忙着他自己的，谁也不知道他在忙什么，他自己都未必知道。就见他匆匆地进，匆匆地出，脸上是郑重的表情。他的手和脚，总是处在忙碌却目的不明的运动之中，这些动作在不知不觉之中，缩小着幅度和力度，他不可阻挡地衰老下来，变成一个老祖父。虽然，他就像这家里的一个外人，但是，逢年过节，全家团圆的时候，他当然还是坐上座。儿孙绕膝，他简直认不过来，他们中间那几个肥胖的，格外叫他喜欢。他这一生，很少看见胖孩子，热带的气候，人都黑而消瘦。他最喜欢看那最小的，也是力大无穷的，用一柄勺和一柄勺在空中挥舞，与假想的敌人激战。"他有很大的力。"他佩服地说，嘱这孩子的父亲，他的第几个儿子，为他买一面鼓，让他敲击。儿子应承了，却并没有去买，现在的小孩子哪有玩这个的，他们都玩电子玩具。他坐在儿孙群中，感到很骄傲，这从他的姿态可看出，他昂然地抬着脸。脸形与年轻时倒无大改，骨架子还在。因为是劳作活动的人，所以并没有赘肉，只是纹路多了，使得眼睛的形状有所变化，不再是那种带女人气的秀美的眼睛，而是显得深邃。嘴形也是这样，不是原先丰润的甜蜜的线条，多少干枯了，却表现出一种坚执的个性。他的形象在向印度学者靠拢呢！

  他们这一大家子，常常是在楼下餐店里用餐，满满坐了两大个圆桌，占据了餐店前的空地。社区花园里都是饭后散步的人，走过来，看一看，在心里说：这是幸福的一家。晚风习习，即使是热带，此刻也有些凉爽的意思了。他身心惬意，一股满足感涌上心头。舒适的生活在一定程度上驯服了这个人，使他安静下来。六合彩是最后的余韵。孙子的年龄，儿子汽车的牌照号码，每一桌的人数，都填上了彩票。现在，儿女们对他的钱袋略微放心了些，有时会给他几个零用钱，他统统用作买六合彩。他不再有力气去扶助为难的人了，走在街上，他也像个需要帮助的人。这不仅因为上岁数，还因为驯服，他甚至变得有些文弱。狂热生长的活力渐渐降到一个适度的水平，他安静下来。他甚至变得有些居家，有时候，他竟然有一天不出门，对了电视机坐着。电视机是继空调器之后,第二改变生活状态的物件,它有些移性呢!内里的不安骚动会移向它那个小荧光屏里。那小小一方天地里的活跃竟会扩展,以至笼罩住整个视野,就好像他们家乡的打"油灯"的谜语:枣大枣大,一间屋子装不下!他看着电视机,脸上逐步绽出"印度学者"那种神秘的笑容,谁知道他在笑什么呢!

在第三代的眼睛里,他是个懦弱可欺的老爷爷,当然,也是可亲的。他们随时会爬上他的膝盖,摇摇他的脑袋,拉拉他的耳朵,或者夺去他手里的写彩票的笔。他绝不会动怒,而是佩服他们的智慧,伸手拧拧他们的小脑袋,继而佩服的,是这脑袋的圆实。第二代本是与他不亲,但第三代调和了他们之间的气氛,聚在一起时,儿女们也会逗弄他,主题大多是他永无收获的下注。这种小赌已伤不了他们了,只能制造笑料。所有沉痛的往事都沉淀了,沉淀到历史的渣里面,就好比新加坡河的淤塞疏通,河水清澄,映得出岸上的倒影。他如今行动能力减弱了,活动范围便也小了,再则他们居住的社区,就是一个小社会,什么都有:医院,产房,婚纱摄影,学校,庙宇,甚至寿衣纸扎,一个人可在这里安度一生。他好久没有走去过新加坡河岸了,可是新加坡河上的灯光却照亮了天际,新加坡的夜晚是微亮的夜晚。露水降落,光映上去,变成光的幕。氤氲中飘散着无数诗魂,渐渐冥息。电光将这城市国家的轮廓勾画出来,明确而清晰。老大跳上岸,系好缆绳,将木船拉拢岸边,我登上岸,新加坡的灯光,如同一本书,合上书页。

创作要目

1981年　中短篇小说集《雨,沙沙沙》由百花文艺出版社出版。

1983年　中短篇小说集《黑黑白白》由少年儿童出版社出版,《流逝》由四川人民出版社出版,《尾声》由四川人民出版社出版。

1986年　长篇小说《六九届初中生》由中国青年出版社出版,《黄河故道人》由四川文艺出版社出版;中短篇小说集《小鲍庄》由上海文艺出版社出版;散文集《母女漫游美利坚》(与茹志鹃合作)由上海文艺出版社出版。

1988年　中短篇小说集《荒山之恋》由香港南粤出版社出版;散文集《蒲公英》由上海文艺出版社出版。

1989年　中短篇小说集《海上繁华梦》由花城出版社出版。

1990年　长篇小说《流水三十章》由上海文艺出版社出版;散文集《旅德的故事》由江苏文艺出版社出版。

1991年　文艺理论集《神圣祭坛》由人民文学出版社出版。

1992年　长篇小说《米尼》由江苏文艺出版社出版;文艺理论集《故事和讲故事》由浙江文艺出版社出版。

1994年　长篇小说《纪实与虚构》由人民文学出版社出版;中短篇小说集《乌托邦诗篇》由华艺出版社出版;散文集《乘火车旅行》由中国华侨出版社出版;文艺理论集《父系和母系的神话》由浙江文艺出版社出版。

1995年　长篇小说《长恨歌》由作家出版社出版;中短篇小说集《伤心太平洋》由华艺出版社出版。

1996年 中短篇小说集《人世的沉浮》由文汇出版社出版;自选集《王安忆自选集》(六册)由作家出版社出版。

1997年 中短篇小说集《姊妹们》由华夏出版社出版,《屋顶上的童话》由山东友谊出版社出版;散文集《重建象牙塔》由远东出版社出版;文艺理论集《心灵世界》由复旦大学出版社出版。

1998年 散文集《独语》由湖南文艺出版社出版,《接近世纪初》由浙江文艺出版社出版。

1999年 中短篇小说集《隐居的时代》由上海文艺出版社出版,《王安忆小说选》(英汉对照)由中国文学出版社出版;散文集《塞上五记》由吉林摄影出版社出版,《王安忆散文》由华夏出版社出版。

2000年 长篇小说《富萍》由湖南文艺出版社出版;中短篇小说集《妹头》由南海出版公司出版,《剃度》由南海出版公司出版,《岗上的世纪》由云南人民出版社出版;散文集《男人和女人,女人和城市》由云南人民出版社出版。

2001年 中短篇小说集《弟兄们》由中国文联出版社出版;散文集《我读我看》由上海人民出版社出版,《窗里与窗外》由广州出版社出版,《寻找上海》由学林出版社出版。

2002年 长篇小说《上种红菱下种藕》由南海出版公司出版。

2005年 长篇小说《遍地枭雄》由文汇出版社、上海文艺出版社出版。

2007年 长篇小说《启蒙时代》由人民文学出版社出版;文艺理论集《王安忆读书笔记》《王安忆导修报告》由新星出版社出版。

2008年 《王安忆散文》(插图珍藏版)由人民文学出版社出版。

2009年 《王安忆短篇小说编年》(共四卷)由人民文学出版社出版;中篇小说《月色撩人》由云南人民出版社出版;《王安忆小说选》(中国文库)人民文学出版社出版。

2010年　文艺理论集《七月在野 八月在宇》由解放军出版社出版；中篇小说《骄傲的皮匠》（海豚书馆之11）海豚出版社出版。

2011年　散文集《雅致的结构》（海上文库）由上海书店出版社出版；长篇小说《天香》由人民文学出版社出版。

晓华　汪政

图书在版编目（CIP）数据

王安忆精选集 / 王安忆著. – 北京：北京燕山出版社，2015.9
ISBN 978 – 7 – 5402 – 3956 – 5

Ⅰ. ①王… Ⅱ. ①王… Ⅲ. ①中篇小说 – 小说集 – 中国 – 当代 ②短篇小说 – 小说集 – 中国 – 当代 Ⅳ. ①I247.5

中国版本图书馆 CIP 数据核字（2015）第 218796 号

王安忆精选集

王安忆 著
责任编辑／张红梅 王 滢
装帧设计／小 贾
北京燕山出版社出版发行
北京市西城区陶然亭路 53 号 邮编 100054
全国新华书店经销
北京盛源印刷有限公司印刷

开本 850×1168 1/32 印张 13 字数 355,000
2015 年 11 月第 1 版 2015 年 11 月第 1 次印刷

定价：36.00 元

版权所有 盗版必究